HENRI POURRAT

Gaspard des montagnes

Tome II

ALBIN MICHEL

LE PAVILLON DES AMOURETTES

OU

GASPARD ET LES BOURGEOIS D'AMBERT

PREMIÈRE VEILLÉE

PREMIÈRE PAUSE

Le retour de J.-P. Grange. — Il parle de l'héritage. — Ce que lui apprend Anne-Marie.

LORSQUE Grange revint des Iles, *dit la vieille,* il acheta un cheval à Bordeaux et prit sa route par Limoges. De Billom, où il avait couché, il repartit avant le jour.

C'était un de ces matins rafraîchis de bise, où le soleil sort de la brume au-dessus des pacages. Ses premiers rayons, la feuille de trois bouleaux bruissante et fuyante, les roues des araignées secouant des gouttes brillantes entre les genêts, ces brouillards d'argent qui glissent et ces grisailles des montagnes immobiles avec des poursuites de lueurs de côte en côte, tout cela fait un monde de vie et de jeunesse. Pas très haut, en l'air, le vent emporte deux pans de nuages où il s'entonne comme dans de grandes pièces de linge. A chaque tournant s'étendent plus au large des lointains qui ont la couleur de ces clochettes bleues sur le bord de la route. Et si fins, et si larges!

De Mauzun, au pied des tours en ruine, sur ce fond étalé, ces vingt lieues de cantons qui fumaient comme des soupes parce que le soleil levait la rosée, Grange retrouvait toutes choses par leurs noms, à leurs places : les vallées, les bourgs, les buttes à châteaux, les passages, les puys de Clermont, emmêlés de nuées, et les monts d'Or, ces sommets où l'été on monte avec les bêtes...

Il se souvint d'un mot de sa pauvre mère. Elle n'était pas de trois jours à la foire de Beaucaire, que, pensant à son Auvergne, elle disait : « J'aime tellement le pays que quand je reviendrai, j'irai embrasser tout le monde dans toutes les maisons. »

Près de Toutée, pour raccommoder son éperon, il entra dans une métairie. Là, le pied sur le banc, quand il respira une odeur froide de lait, de foin, de vieillerie paysanne, il dut reprendre souffle comme s'il venait de boire un coup trop fort.

Maintenant il reconnaissait les champs. On avait mis en jachère cette pièce, et là, au contraire, arraché les balais de la lande. Les sapins de ce bois avaient richement monté. Mais ce pauvre M. Verdier fume ses terres avec du fumier d'alouette. Ça se connaît, un pré de métayer, un pré de propriétaire.

Tout devait aller bien aux Escures. Tout irait bien à présent. Les lettres, elles ne peuvent pas en dire long, les lettres.

Il comprit confusément qu'il s'était amusé à des remarques sans cesser de songer à ce qui l'attendait à la maison. Anne-Marie donnait les nouvelles du domaine plutôt que celles de son ménage. Elle écrivait que son mari avait été obligé de partir pour l'Espagne...

Grange enfila au trot l'allée de sorbiers. Une servante, avec un effort de reins pour passer sur les pierres, poussait un bayard chargé de liasses de draps. Elle allait les étendre sur le pré, au-dessus du jardin. Des fumées sortaient par la porte de la buanderie. En mettant pied à terre sous le tilleul, Grange voyait tout, jusqu'à la brosse de chiendent qui traînait près d'une terrine. La matinée sentait le savon, le lessif. C'était jour de ces grandes buées qui reviennent deux fois l'an.

Il dégrafait son manteau, il se retourna : Anne-Marie et Pauline, les voilà, hors d'haleine. Ces grands baisers de l'arrivée. On s'arrête, les mains aux épaules, pour se considérer, et puis on se reprend... Grange donnait des coups de tête, comme quelqu'un qui est là, à la fin des fins. « Et laissez-moi souffler : je vous raconterai tout un peu plus tard. »

Anne-Marie le trouvait vieilli : ses favoris bouffant contre son col avaient grisonné; sa face à gros plis s'était jaunie, amollie; les yeux semblaient fouettés d'un peu de sang rouge. Il respirait fort, passant le regard, pour en reprendre possession, sur le vieux château de pierre grise. Voilà la cour du frêne pleureur, les bâtiments, sous la bosse en sapins de la montagne. Du jardin on a devant soi le val de prairies et d'arbres qui descend vers Ambert. Un canton lavé comme une feuille d'avoine, encore bien frais, bien vert aux approches de septembre.

Grange voulut aller lui-même remplir une bouteille au cellier; puis il s'assit devant la table, tira le tiroir au pain. Comme autrefois, il taillait des bouchées qu'il piquait de la pointe du couteau, trempait dans le verre de vin et portait à sa bouche. C'était ce qu'il nommait déjeuner avec le marquis de Vinageac.

« J'ai vu que vous aviez su tout gouverner; des terres bien épierrées, sans un fil de chiendent...

— Une triste année. Les blés n'ont rien rendu »

Mais il les regardait comme s'il hésitait à parler. Il se passa lentement une main sur la figure. Puis d'un ton changé :

« Alors? Vous êtes seules, ici, toutes les deux? »

Ils ne se parlèrent qu'après le dîner de midi. Dans le cabinet, entre l'armoire à graines et le petit bureau surmonté de registres, dormait toujours un relent de chandelle et de cuir. La branche qui frottait aux vitres assombrissait le jour un peu plus qu'autrefois.

Anne-Marie avait fermé la porte. Le père y alla, la

referma. Pour lui, elle ne pouvait être vraiment fermée que s'il l'avait fermée lui-même.

« Tu me dis que Robert est encore en Espagne? »

Au fond, il aimait mieux ne pas avoir à exposer les affaires devant son gendre Il repoussa machinalement un paquet de plumes, près de l'écritoire. Eh bien, ce n'était pas du trop bon qu'il rapportait. Tout n'irait pas comme on l'avait pensé. Mais il ne fallait point se démonter encore.

Le sang aux joues, il se réinstalla dans le fauteuil de basane rouge. La succession de son frère Jérôme s'était embrouillée petit à petit. On avait présenté des corps de billets valablement signés par lui, comme en témoignaient des personnes respectables qui l'avaient vu les écrire. Finalement le défunt laissait presque autant au débit qu'à l'avoir.

Peu avant sa mort, Jérôme avait pourtant dit à un capitaine de vaisseau marchand qu'il possédait une belle fortune et qu'il allait la réaliser pour rentrer en Auvergne. Les choses ne s'expliquaient donc que d'une façon : il avait dû fournir des signatures de complaisance à un sieur Coussangettes, installé à la Guadeloupe pour faire l'escompte et la banque. Sans doute ils étaient secrètement associés. Jérôme, pour ses sûretés, avait certainement retiré une déclaration de ce Coussangettes. Mais on ne l'avait pas retrouvée dans les papiers. Grange pensait que Jérôme, toujours méfiant, pouvait l'avoir serrée dans leur maison de Chenerailles. C'était pour cela qu'il avait, lui, demandé à Anne-Marie d'aller visiter la cachette, derrière la plaque de la cheminée. Cette visite n'ayant rien donné, retombaient ainsi sur la succession trois cent vingt mille francs de dettes fictives.

Le père se noyait dans les faits, les dates, les explications, tant il tenait à prouver qu'il n'avait pu mener la liquidation autrement. Il avait engagé certaines affaires qui donneraient sous peu de beaux profits. Et il saurait remonter sur sa bête. « Suivez-moi bien, mes petites; il est forcé que d'ici quelques mois... »

Mais à ce tassement du dos, à ces reprises de souffle, on le sentait las et vieilli. Il allumait un cigare comme un planteur — c'est lui qui a fumé les premiers dans le pays —, et le rougeoiement éclairait une face noyée de graisse jaune dont le teint brouillé aux joues, brûlé aux tempes, n'annonçait pas la vraie santé.

S'il avait été moins préoccupé, il aurait deviné que ce qu'il venait d'apprendre à ses filles n'était pas une nouvelle pour elles. Anne-Marie lui dit enfin qu'elle ne s'attendait pas à mieux. Ce M. Coussangettes était un cousin de Robert...

« Et tu ne me l'as pas fait savoir! »

Une idée aborda Grange : Robert a épousé Anne-Marie la sachant riche héritière et l'a abandonnée voyant la succession tourner à rien. Mais si Robert pouvait aider à retrouver trace des garanties?

Il balança un peu, dit son idée, et il s'y prenait tout en parlant.

Il fallut bien le mettre au fait. D'abord, il ne comprenait pas. Puis il ne voulait pas comprendre.

Oui, l'oncle Jérôme, expliquait Anne-Marie, avait signé des traites de complaisance pour fournir un fonds de roulement à Coussangettes. Et, comme l'avait bien supposé le père, une contre-lettre de Coussangettes reconnaissait que son soi-disant débiteur ne lui devait rien et le déchargeait de tout paiement. C'était pour reprendre ce papier considérable caché en effet à Chenerailles qu'une nuit était venu là-bas le monsieur en noir.

Grange, les yeux attachés sur Anne-Marie, martelait à petits coups de poing le bord du bureau. Tout à coup, il éclata. Mais elle était folle de ne lui avoir rien écrit.

Même si leur voleur avait détruit la contre-lettre, il fallait engager un procès. Quand il devrait aller parler aux juges, aux ministres, au roi!

Il s'était levé, empoignait une chaise, la plantait de côté, la replantait. On verrait s'il ne saurait pas reprendre l'affaire.

« Ecoutez, pauvre père, le monsieur en noir, c'est un cousin de Coussangettes... »

Tournant court, Anne-Marie déclarait d'une voix plus serrée que puisque l'héritage était leur bien, à Pauline et à elle, c'était à elles de se résoudre, et elles avaient résolu de le laisser aller. L'argent, l'argent! Si l'on savait comme la poursuite de l'argent peut boucher la vue et mettre du malheur dans toute une vie!

C'était pour aller recueillir l'héritage, que son père l'avait contrainte au mariage avec Robert : de l'héritage, elle ne voulait plus rien savoir. A vingt-deux ans, malgré les peines qu'elle avait eues, il y avait encore de l'enfance en elle. Sa joue tremblait et se creusait au-dessus de la mâchoire. Mais dans l'instant, elle dut comprendre qu'elle en voulait au père. Elle lui mit les bras autour du cou :

« Rappelez-vous ce que disait ma pauvre maman : « La « fortune! Plutôt manger vingt et une soupes par semaine « et être tranquille! »

Sans le lâcher alors, elle lui confia que le monsieur en noir, eh bien, c'était Robert lui-même, qu'il l'avait épousée pour avoir la contre-lettre, n'ayant pas su trouver ce papier dans leur maison de Chenerailles, où un autre avait dû le découvrir plus tard. Pour cela et surtout, selon sa menace, pour tirer vengeance d'elle, qui lui avait tranché trois doigts sous la porte, à Chenerailles, la nuit de sa venue. De fait il s'était vengé : il l'avait laissée pour morte d'un coup de couteau trois jours après le mariage et il avait ensuite fait enlever leur enfant.

Le père était tombé dans un silence où il regardait

droit devant, assis et comme assommé dans le fauteuil. Pauline disait que Gaspard avait tout démêlé; qu'ensuite, avec ses frères et Valentin Verdier — Plampougnis et Jeuselou aussi, ajoutait Anne-Marie — il les avait sauvées, arrachées au guet-apens où Robert les avait attirées dans le cabaret du Pont-du-Merle. Grange ne parla que pour demander où était Robert, à présent. En Espagne, dans une geôle?

Enfin il s'enleva pesamment, les mains aux genoux, fit deux pas, s'arrêta devant Anne-Marie comme pour lui demander pardon. Il alla à la fenêtre, l'ouvrit, respira un moment cette fraîcheur d'automne et ce parfum de pommes qui venait, puis il prit la porte.

Il tournait du côté des étangs; Anne-Marie voulut le joindre. Elle eut peur que sa présence ne rappelât trop au père le malheur de ce mariage. Elle lui envoya Pauline.

« Non, ma petite, je vais dans mes bois. Laisse-moi seul. Vois, seul avec moi, je me sens déjà de trop. »

DEUXIÈME PAUSE

Débats en famille. — Le temps des deux sœurs. — Le domaine des Escures. — Ce que Grange résout.

Il y eut huit jours où Grange ne se montra guère hors des Escures. Depuis qu'il savait, il avait besoin de tout revoir : ses filles, le domaine, le passé, tout. C'était comme si cela devait maintenant lui paraître autre qu'il ne l'avait eu en idée. Lorsque le cadet Redon et M. Regouyat l'aîné se présentèrent pour le visiter, il s'échappa, fila dans ses bois. Il s'enfermait avec Anne-Marie et Gaspard pour tout leur faire raconter une fois de plus. Mais pourquoi n'avaient-ils pas fait ceci et ceci?

Gaspard se borna à lui dire un soir :

« Que voulez-vous, je ne suis pas infaillible. Vous devez bien savoir que personne ne l'est. »

Anne-Marie désirait que Gaspard l'aidât à convaincre le père. Dénoncer Robert, ç'aurait été déshonorer l'enfant, qu'on retrouverait un jour.

Grange tournait comme une brebis lourde. Il aurait voulu à la fois tout cacher aux gens et tout déclarer aux juges. Ce qu'il voulait, il ne le savait pas.

Mais laisser aller ces trois cent vingt mille francs! Quand on a vu ses père et mère vivre de privations et qu'on a toujours regardé le fait de ne plus se priver comme le paradis même, renoncer à de pareils moyens!...

Gaspard s'attendait à ce que Grange se montât sur la mort de son frère Jérôme, car enfin les autres l'avaient fait empoisonner dès qu'ils avaient eu la contre-lettre, c'était clair. Grange pensa plutôt à se mettre en colère contre le mort. Jérôme avait bien besoin de lâcher ces traites de complaisance, toute cette cavalerie!

Après l'assassinat de M. Fualdès, la loi proscrivit en effet les contre-lettres. Mais prendre une colère contre un défunt!

Ces derniers mois avaient été tout unis pour Anne-Marie, sans rien qui marquât. Gaspard disait que le meilleur était de patienter : on arriverait un jour à surprendre quelque nouvelle de l'enfant.

A six heures, en août, quand le soleil est rose et que le bruit d'un char sur les pierres arrive de loin dans la campagne, il traîne un grand parfum de paille tiède et de ces herbes poussiéreuses qui sentent l'âcre au bord des chaumes. Alors, on descend au jardin arroser les planches de laitues. Du parapet, on voit les vaches rentrer dans les villages, tandis que s'étend lointainement la paix des prairies rases, entre les collines de fougères où les sorbiers commencent de rougir. Comme tout est tranquille! Et quelle est cette douceur sans nom qui revient nous toucher le cœur? « Mon Dieu, vous n'avez pas voulu que j'eusse un mari, un compagnon de ma vie, et vous m'avez si tôt retiré mon petit garçon. Je n'ai rien à quoi me prendre, ni personne. Personne à qui j'aie le droit de songer, puisque je suis liée par le sacrement et que mon mari est indigne. Vous savez que j'aime Pauline et mon père; mais ont-ils seulement besoin de moi? »

Puis elle s'en voulait comme d'un péché de ces pensées. « Crois-tu n'avoir pas assez d'ouvrage, toi qui as charge du domaine? Dieu t'a mise là, et c'est à toi de veiller au pain de tout ton monde. »

Elle appelait Pauline. Les fèves à cueillir, le seneçon et l'herbe de lait à arracher pour les lapins. C'est bon, le travail en plein air, devant la grande vue. Sa fatigue même allège le cœur. On regarde les derniers rayons sur les chaumes peints d'or rouge, les métairies qui fument derrière les panaches d'arbres, le bleu d'un sommet désert sous son secret de tranquillité, et l'on a envie de chanter un cantique.

Pauline, un couteau rouillé à la main, travaillait agenouillée entre deux carreaux de légumes. Elle était l'enjouement même, amusée d'un rien, partie parfois en un fou rire à en perdre le souffle. Peut-être un peu coquette : chaque printemps, pour avoir plus joli teint, elle prenait bien soin de se faire des soupes aux fines herbes. Et romanesque, aimant se promener sous la pluie et monter au grenier pour contempler l'orage. Elle avait pourtant à s'occuper des fleurs, des abeilles, de la basse-cour. M. le curé l'avait chargée d'entretenir une des chapelles de l'église. Une fois que l'eau manqua, elle remplit très bien les vases d'eau bénite. « Est-ce que c'est un péché? Pour que la Sainte Vierge ait des roses fraîches! » Si enfant, mais avec une grâce et je ne sais quoi de vrai qui gagnait tous les cœurs.

Il fallait la voir au jardin, tout à la besogne, des gouttes de rosée lui perlant jusque sur le nez. Elle se relevait, riait, soupirait, essuyait d'un revers de main ses yeux bordés de grandes soies qui battaient. Et ses boucles roulaient sur ses joues.

Anne-Marie alors pensait à l'avenir, aux partis qui se présenteraient, se demandant si Pauline avait déjà des idées à elle là-dessus.

C'était ordinairement sur le soir qu'on voyait Gaspard. Anne-Marie aurait pu laisser tout aller, au milieu de ses peines. Mais, devant son cousin, elle en aurait eu honte. Il voulait trop qu'elle prît la bonne marche du domaine à cœur.

Gaspard avait mis les Escures sur un tel pied que tout y était ménagé à la perfection. On pouvait y vivre sans avoir rien à demander au-dehors, ni en grains, ni en huile, ni en légumes, ni en fruits, ni en pitance, ni en viandes. L'allée de sorbiers attirait les grives, le bois les lièvres. Les étangs avaient été réempoissonnés et fournissaient de grenouilles, de tanches et de carpes pour les jours maigres. On y jeta même deux troncs de chêne qui bruniraient sous l'eau, et qui donneraient dans trente ans un bois à faire des meubles aussi beau que le palissandre.

Pour ne parler que du jardin, les parterres étaient si bien combinés qu'il y avait toujours des fleurs pour les abeilles et les vingt-huit herbes qu'il faut pour fabriquer l'eau d'arquebuse. Toutes les espèces d'arbres étaient si bien choisies, si variées, qu'on avait longtemps des prunes et longtemps des cerises. Et les espaliers! Dès la fin d'août on commençait de cueillir, et il n'y avait qu'à suivre, les poiriers étant rangés par ordre depuis la poire blanquette et le bon-chrétien d'été, jusqu'à la louise-bonne et le bon-chrétien d'hiver. On entendait l'art des greffes de façon à avoir des fruits par ordre de maturité dans le fruitier jusqu'à la saison nouvelle.

Ah! c'était ordonné! Les plans étaient à jour et les terriers si bien tenus que, par la suite, quand un voisin voulut élever une contestation, il se trouva immédiatement de quoi établir les droits sans chicane possible.

C'était à Gaspard qu'on recourait pour tout. Il vint donc parler à Grange huit soirs de suite, tête à tête dans le cabinet des registres. Il fallut des heures de rabâchage et des torrents de paroles pour faire entrer dans la tête de Grange trois idées : que s'il dénonçait Robert, il se déconsidérerait lui-même; que le procès sur la succession lui coûterait gros; qu'il le perdrait certainement, n'ayant aucune pièce pour le soutenir. Grange l'admettait presque, mais ces trois cent vingt mille francs qui s'enfuyaient! En sortant de ces séances, à la nuit, dans l'allée, Gaspard rencontrait Anne-Marie. Il lui expliquait alors ce qu'elle aurait à dire au père le lendemain.

Enfin, un soir, Grange déclara qu'il avait pris son parti : il ne dirait rien à la justice.

« Je me suis avisé d'une chose que tu ne vois pas. Si je fais savoir la vérité sur la succession, j'ébranle mon crédit, et je ruine d'avance les affaires que je compte entreprendre. »

Non, Gaspard n'avait pas vu cela : il le lui avait fait souffler par Anne-Marie, pour que Grange crût l'avoir trouvé lui-même.

En s'en allant, sous le bois des fourches, il y repensait et haussait les épaules.

« Ce pauvre Grange! Il ne devrait songer qu'à sa fille et se reprocher ce mariage jusqu'au sang. Ah! bien oui!

Et il croit aimer Anne-Marie... Qu'ils sont malades ceux qui ne se connaissent pas! On porte Dieu à des gens qui ne sont pas si malades.

« Oui, et le malheureux va tant vouloir se rattraper de l'héritage qu'avec ces fameuses affaires il s'enfoncera encore. »

TROISIÈME PAUSE

Grange fait ses visites. — Il s'occupe de ses filles. — Pauline et son cœur.

QUAND Grange se fut donné l'assurance qu'il pourvoirait à tout, il reprit goût à la société.

Son jeune cousin Jean Domaize, qui habitait chez un oncle à la Chapelle-Agnon, vint le voir et lui fit un rapport de ce qui s'était passé au Pont du Merle. Grange alla remercier Gaspard et ses frères, Benoni, le dragon Baptiste, d'abord.

C'était chez eux, à *La Belle Bergère,* dans l'arrière-salle de l'auberge. Le dragon Baptiste passait pour un fantasque, mais quel avisé, vite au fait, devinant les gens, les clouant d'une malice! Grange, là, en causant, se donnait des airs sûrs de soi. Cela faisait tiquer le dragon, et plus encore Benoni, ce terrible, toujours entre deux vins. Gaspard les sentit sur le point d'entreprendre le cousin Grange. Mais il crut voir Anne-Marie près de la fenêtre, lui parlant des yeux, souriant, suppliant. Il regarda ses frères, appuya sur le bout de leurs bottes.

A la porte, Grange secoua longuement la tête.

« C'est un coup de canon, un vrai coup de canon! »

Ce mot trouvé pour résumer ce qu'il pensait de leur malheur, il le fit servir. Il le dit à Plampougnis, il le dit à Jeuselou, un peu gêné d'avoir à revenir là-dessus, avec ces garçons qui n'étaient pas de la parenté. « Mais je sais qu'avec vous rien ne s'ébruitera. » Il avait tenu à leur faire une visite en forme, lui, le monsieur des Escures, à ce menuisier et à ce leveur d'œufs.

Les gens du bourg avaient vu Grange venir trois soirs de suite avec son pantalon de nankin et son beau chapeau à poil. Cela faisait parler. Il avait à rendre visite à Valentin Verdier encore. Qu'allait-on croire? Il guetta et s'arrangea pour rencontrer Valentin devant *La Belle Bergère*.

« Ah! monsieur, je suis en retard, je comptais aller vous exprimer ma gratitude! Si, si, j'y tiens, mais faites-moi l'amitié d'accepter en attendant la demi-tasse et le petit verre. »

De grandes manières, enfin. Valentin, franc et vrai, avec une candeur antique, prit pour de l'amitié ces amabilités de Grange. En rougissant, il demanda des nouvelles de ces dames.

« Vous leur avez sauvé la vie, mon brave. Des actions pareilles ne s'oublient pas. Si mes affaires retardent le plaisir que j'aurai d'aller vous voir, je leur en voudrai. A moins que vous ne me fassiez l'honneur de venir aux Escures... »

« Quel excellent homme, songeait Valentin avec émotion, et que c'est beau, la reconnaissance! » tandis que Grange en lui serrant la main répétait comme pour soi :

« Ah! tout ça, un coup de canon, un vrai coup de canon! »

Trois jours après, Valentin vint aux Escures, serré dans une redingote verte à larges boutons de métal qui boutonnait carrément jusqu'au cou. La servante l'avait fait entrer dans la petite pièce où travaillaient Anne-Marie et Pauline. Grange arriva et ne l'y laissa pas trois minutes.

Il l'emmena à l'écurie voir le bidet qu'il avait acheté à Bordeaux : une bête de dix louis, qui faisait à l'amble, montées et descentes, ses trois lieues à l'heure. Valentin aimait les chevaux, autant que Benoni qui ne pouvait aller à Clermont sans y acheter une bête. Mais Benoni, c'était Benoni, épais de charnure et d'os, avec son fouet autour du col, ses bottes graissées à la chandelle. Valentin, quel cavalier, aussi à l'aise sur son cheval que l'autre à table, devant les bouteilles; et avec cette figure ferme, ces yeux fiers, ce beau front sous des cheveux en coup de vent, quel soldat ce devait être au champ d'honneur.

Pauline, qui remontait du jardin, le retrouva dans la cour, comme le père le raccompagnait. Elle lui sourit, parut près de rougir. Valentin, qui était de teint bistré, devint couleur de la flamme. Il chercha un mot de courtoisie pour l'adieu, ne trouva rien.

Sitôt en selle, il lança son cheval au galop; et il allait... « Si pourtant il y avait amitié mutuelle, sans qu'elle et moi nous osions nous l'entredire? Il lui arrive de vous regarder droit, comme pour se demander si vous êtes celui qu'elle imagine, si vous l'êtes bien... Tu deviens fou. Le beau parti que tu fais, avec tes cent vingt-cinq francs par an de la Légion d'honneur et tes soixante-deux francs par mois de demi-solde! »

Mais véritablement il se sentait fou. Le plaisir des commencements, le sentiment de n'être plus seul, une sorte de profonde confiance, tout cela le montait. Mêlé, enlevé de tout son corps au galop de son cheval, il lui semblait qu'il aurait pu se lancer sur des carrés de baïonnettes et enfoncer n'importe quel obstacle.

Par l'entremise de M. César Chargnat, l'avoué, Grange prit à ferme deux fabriques à papier dans le faubourg de Notre-Dame-de-Layre. Il fournissait les chiffons, et paierait la façon par quintal de rames. « C'est une clef de millionnaire », disait-il à Anne-Marie. Et il énumérait sur ses doigts les Ambertois qui avaient ainsi fait fortune.

Il se voyait déjà le personnage le plus riche de l'endroit, après M. Regouyat l'aîné. Avec son argent, ses relations, il viendrait bien à bout, lui, de retrouver le petit Henri. Un homme considéré, un homme opulent, un homme puissant. Soufflant dans ses joues comme un sanglier, et répondant d'un coup de tête au salut du métayer, il tenait tout le chemin.

Il retourna au bois avec ses bûcherons. Il tournait autour des arbres, les cubait de l'œil, ne pouvait se résoudre à les laisser abattre. « Eh! non, eh! non, enfants. (Comme les gros bourgeois il appelait enfants tout son monde, même les vieux journaliers.) Celui-là? Vous me dépareriez l'entrée de mon bois! Laissons-le pour l'année prochaine. »

Se retournant vers ses filles, il vantait le croît que les sapins prenaient en cette place. Du bout du bâton, pour leur frayer un passage, il détournait les branches, appelait Pauline s'il voyait une framboise, expliquait à Anne-Marie quel chemin il ferait ouvrir plus tard.

Pauline s'écartait un peu. Il y a des histoires folles qu'on aime bâtir dans sa tête. On fait un petit bouquet d'œillet des bois et de bruyère. « Pourquoi Jean n'est-il pas devenu amoureux de moi? Est-ce que je voudrais embrasser mon cousin Jean? Et Gaspard? (Comme Gaspard a l'air dur quand il ne sait pas qu'on le regarde et qu'il regarde Anne-Marie! Est-ce vrai qu'il a eu une passion pour ma sœur?) Eux, non, mais un autre. Ce serait au pied d'un château désert. Je l'aurais vu arriver à cheval sous les branches... »

Avec la mousseline et les indiennes rapportées des Iles, Pauline s'était fait faire trois robes d'un coup par la meilleure couturière de la ville, la nièce de la Poule-Courte. Si elle savait que le père allait à Clermont, elle rêvait de quelque chapeau, de quelque écharpe. Elle se confiait à Anne-Marie : « Tu parleras au papa... » Le père, un jour qu'il était dans ses bonnes, lui dit qu'elle aurait désormais pour elle, pour sa toilette, l'argent de la laine des moutons.

Plus qu'autrefois il s'occupait de ses filles, tâchait de les divertir, les emmenait au bourg, à la ville.

Anne-Marie ne voulut pourtant pas changer sa robe-fourreau noire. « En robe rose, je ne me supporterais point. Je penserais aux gens, à leurs misères : il me semblerait que je porte tous ces maux sur moi. »

Au vrai, elle n'aimait pas beaucoup la société, ces personnes à vanités, à curiosités! Toujours quelque dame pour venir lui parler de son mari. Tous les romans qu'elles avaient fait courir...

Maintenant, on voyait beaucoup les Chargnat. M. César, dit l'Empereur, avait été parfait dans l'affaire des papeteries. Grange était un peu gêné vis-à-vis de lui, parce qu'il l'avait mis en rapport avec Robert jadis, et que M. César n'avait pas eu à s'en louer. Un jour d'alors, M. César l'avait même mis en garde contre son futur gendre. Depuis, il avait eu la courtoisie de ne jamais revenir là-dessus.

Regardé comme le plus gros avoué d'Ambert, et propriétaire d'une maison en pierre de taille sur le Pontel, M. Chargnat était une de ces personnes dont on aime parler dans les auberges, dans les diligences, comme faisant honneur à un pays. Son frère, ancien militaire, était précepteur à Saint-Amand Roche-Savine. Grange avait été flatté de les trouver si accueillants.

Il ne déplaisait pas à Pauline de descendre en voiture à Ambert. Tout lui semblait gai, en ville, même le soir, au baisser du soleil, où des jeunes demoiselles jouaient aux grâces devant les fontaines.

Un dimanche, à une sortie de grand-messe — elle

avait par bonheur sa robe neuve, la dentelée, et son écharpe écossaise —, elle eut le plaisir d'être saluée par Valentin Verdier. Quand des gens du bourg se rencontrent à la ville, il leur semble soudain qu'ils sont un peu parents. Valentin avait suivi ce mouvement naïf, mais, les nouvelles demandées, il demeurait interdit. Il voyait à Pauline un tel éclat de fraîcheur et de vivacité, qu'il n'entendait pas ce que disait Mme Anne-Marie et ne savait plus lui-même ce qu'il avait commencé à dire.

« Vous regardez ces roses. Oui, nous en avons encore aux Escures. »

C'était un bouquet que Pauline portait épinglé sur sa robe. Sa joue avait pris plus de mine encore. Comme cela passait en lumière, en couleur de vie, le satin même de ces fleurs.

« Quand vous êtes là, on ne regarde plus les roses. »

Il le dit sans presque s'en aviser, dans la simplicité de son cœur. Ensuite, empêtré, il salua, prit congé, s'enfonça dans la foule.

Le long de la route, à la montée que le cheval fit au pas, Pauline pensa sans cesse à ces deux minutes, aux airs de visage qu'avait eus Valentin, à une nuance de surprise, vue dans ses yeux, d'impatience peut-être, après le compliment sur les roses.

Le cheval trottait à présent. Le roulement de la voiture, par bonheur, empêchait de causer. Une rangée de noisetiers derrière une pauvre ferme lui rappela ces moments chez le rebouteur, où l'on avait ramené Valentin blessé, au soir du Pont du Merle. Le vent remuait ainsi les feuillages au fond d'un préau d'herbes. Depuis j'ai toujours pensé à lui; tous les contes que je me suis faits, c'était lui. S'il était venu tantôt à moi, et qu'il eût pris ma main, et qu'il l'eût gardée dans la sienne, je n'aurais même pas su montrer de surprise.

Elle sentit une fraîcheur sur ses doigts : une feuille que

le vent venait de cueillir à un peuplier, et qu'il lui apportait, pareille à un cœur d'or... Un de ces cœurs qui ne sont pétris que de courage, de générosité, de droiture, ah! c'est bien cela qu'on lit dans ses yeux. Je voudrais me retrouver dans le danger comme ce soir, là-bas. Il sentirait alors, lui qui est un être à part, un héros, qu'il peut me parler vrai, avec des mots où le cœur passe, et non pas m'adresser un compliment, comme à une jeune personne occupée de bagatelles.

Elle se laissait emporter dans la voiture où le bruit, les cahots, la vitesse lui tenaient lieu maintenant de pensée; et dans cet état il lui semblait courir au-devant d'elle ne savait quelles images de poursuite et de violence, qui se formaient sur ce fond de montagnes, dans un confus avenir.

QUATRIÈME PAUSE

A la chasse au lièvre. — Gaspard et les personnes du sexe.

Ils marchaient sur les petites montagnes de sorbiers et de pins qui dominent la grand-route. Dans les prés du fond, quelque vieille, qui filait, gardait deux vaches appliquées à tondre pas par pas un pauvre regain. La chaîne des feuillages au long du ruisseau se tachetait de bigarrures. Des places de fougères jaunes, à travers les pacages, éclairaient déjà comme des lampes. Sous la nue qui moutonnait, l'air doux avait un goût de jonc, de feuilles mortes, ce goût d'arrière-saison qui donne envie d'errer en silence par la campagne.

Ils chassaient. D'en haut Gaspard et Valentin virent passer la voiture des Grange. Mlle Chargnat y trônait entre les deux sœurs. Dans le pays on commençait à donner Pauline à M. César.

« Grange est si content de la façon dont il a marié son aînée, qu'il tient à marier vite sa cadette, dit Gaspard, surveillant Valentin du coin de l'œil. Ce pauvre Grange! Il en trouverait un plus bête que lui, il lui chercherait querelle. Laissons tout ça, tiens, mon lieutenant. Quand on a vu les guerres, l'empereur, ce c'en dessus dessous, qu'est-ce qu'on voudrait prendre au sérieux?... »

Ils allaient sous le couvert des pins. Valentin se taisait. Puis, sans regarder Gaspard : voilà, autant le dire, peut-être partirait-il pour le Champ d'Asile. Il avait écrit au général Lallemand qui fondait une colonie d'anciens soldats dans le Texas.

Et brusquement :

« Que veux-tu, elle est tout pour moi. Je vais, je viens, je chasse, mais... »

Il rabattit les chiens de son fusil, s'assit sur un tronc d'arbre. Du bout de son soulier, il soulevait et arrachait une peau de mousse.

« La demander en mariage? Tu sais que je n'ai rien et mon père peu de chose : une petite métairie, des bois si écartés que les arbres y pourrissent de vieillesse... »

« Il y a aussi une maison à Ambert, songeait Gaspard, mais le bonhomme Verdier est ainsi fait que quand ses locataires tardent à le payer il leur apporte lui-même de l'argent pour qu ils le donnent à sa femme. »

Alors? Renoncer à elle? Cet air de franchise et d'âme qu'elle a! La bouche nette, et cette lumière de ses yeux! S'il fallait voir son père la marier... Ce sont des pensées qui ne sont bonnes ni pour le jour, ni pour la nuit.

Gaspard s'était assis près de Valentin, le dos rond, son fusil en travers des genoux.

« Laisse, mon lieutenant, laisse, va, les amours.

— Je l'ai là, devant moi... Vois-tu, quand elle relève

les yeux et qu'elle vous regarde, on sent d'un coup ce que pourrait être la vie avec elle... N'en parle jamais, hein, que tout ça soit enterré. D'ailleurs, tu ne peux pas comprendre. »

Gaspard jeta sur Valentin un regard singulier, rapide. « J'ai connu une petite qui avait des yeux plus clairs que ceux de ta Pauline. C'était dans le pré de serpolet. Elle m'avait tout dit, ses peurs, ses peines. Et, quand je l'ai embrassée en partant, un matin, dans la salle basse, j'avais sa tête sur ma poitrine... Oui, que ce soit enterré. Et je n'avais pas tort, je pouvais m'assurer sur Anne-Marie Grange; mais non pas sur la vie qu'on a. »

« Il faut chabroler, dit-il tout haut. Chabroler, tu sais, verser du vin dans la soupe. Eh bien, dans les soupes que le sort nous trempe, on peut toujours verser un verre de vin rouge. »

D'autres que Valentin ont eu à porter leur charge d'ennuis et ils n'ont pas plié l'épaule. Quand le camarade passerait par où ceux-là ont passé...

L'amitié, cependant, le secouait plus qu'il ne se le disait. Valentin, c'était un compagnon : de ceux qui se retrouvent loin des bourgeois, dans les occasions, prêts à boire un coup de vin rude.

« Ecoute, ton alliance honorerait mes cousins. Reste, et tâche d'avoir l'œil à tout. »

Gaspard disait à Valentin de demeurer, et il ne savait pas si, lui, il ne quitterait pas le pays. Il ne se plaisait plus à aller aux Escures. Ou bien les Grange n'y étaient pas, ou bien ils avaient du monde.

Ses père et mère auraient voulu le marier. Une fille, pas mal tournée, tant s'en fallait, et le père avait un bien de douze vaches; mais pas assez dévote. Une autre l'était trop. Et toujours, à toutes, il trouvait quelque chose à dire.

« Pauvre Anne-Marie, dit un jour la mère, il n'y aura que toi pour dénicher celle qu'il lui faut. Marie-moi ce terrible. Si c'est toi qui la lui donnes, il la prendra.

— Si je savais où la trouver, je la lui amènerais des deux mains. »

Et c'était vrai. « Peut-être que Dieu me paierait en me rendant mon enfant, et tout serait comme tout doit être. »

La mère s'était adressée à Anne-Marie parce qu'elle pourrait le marier bien, et dans le beau monde. Gaspard était quelqu'un. A *La Belle Bergère* on venait le trouver sans cesse pour lui demander un conseil, un service. Les dames de Saint-Amand avaient même pris l'habitude de faire faire leurs achats par lui à Clermont et à Lyon. Dès qu'elles le savaient de retour, elles arrivaient. Et de demander qui son châle, qui son cahier de musique, qui son vinaigre des quatre voleurs. Un bruit, un embarras! Elles ne pourraient pas être comme Anne-Marie, non, qui ne sait ce que c'est qu'affectation de manières? Quand il en eut assez il mit les choses sur un autre pied.

« Ah! mesdames, j'avais écrit vos commissions sur des petits papiers, pour m'y reconnaître. Sitôt à Lyon, j'ai rangé ces papiers sur le parapet du grand pont, en posant l'argent dessus, quand on me l'avait remis. Ma foi, est arrivé un coup de vent. Tout ce qui n'avait pas été financé est allé dans le Rhône.

« Et adieu, mesdames, je vous ai vues! »

Il se sentait d'humeur à ne rien supporter, cet automne-là. Brusque, toujours en action, il ne tenait pas dans sa peau.

Pauline, avant de s'endormir, songeait parfois à Gaspard et à Anne-Marie. « Si jamais quelqu'un me témoigne des empressements, je ne laisserai pas aller les choses comme ma sœur les a laissées aller. »

Anne-Marie, lorsqu'elles travaillaient à la fenêtre de

la petite salle, s'inquiétait de la voir partie pour les songeries, loin d'elle, loin des Escures. Que fera-t-elle si M. César se déclare? Et que lui conseiller, même? Est-ce un sort de devenir une de ces vieilles filles occupées à faire la gazette du bourg, leur chaufferette sous les pieds, leur carlin sur les genoux? Mais aussi avoir toujours à son côté, jusque dans sa chambre, un homme qu'on n'aime point!

Elle crut voir qu'elle n'aurait pu, elle, supporter de vivre avec Robert, quoi qu'elle eût résolu. « Je suis folle. Pourquoi M. César répugnerait-il à Pauline? On dit qu'il est vaniteux, ne pardonne jamais un mauvais tour : mais nous en a-t-il voulu pour Robert qui l'a trompé? Il est bien de sa personne; il joue du violon dans les concerts d'amateurs. La vérité, c'est que, à cause d'une malice qu'Elmire avait faite à Pauline au couvent, je garde une prévention contre les Chargnat. Et cela est monstrueux. »

Elle avait beau se raisonner, il lui semblait que Pauline n'accepterait jamais de devenir la femme de M. César. Mais M. César ne la demanderait pas, puisque l'héritage tournait en fumée. Le père avait dit à M. Regouyat : « Ma cadette, je peux la marier avec un bouton de rose! » Cela signifiait : elle est si jolie que je n'ai pas besoin de la doter. Et aussi, pour qui savait percer les gens, qu'il n'était pas présentement en état de la doter, son argent étant engagé dans ses affaires.

CINQUIÈME PAUSE

Gaspard et les papetiers. — Dîners bourgeois. — Gaspard enseigne les gens de Thiers.

Grange s'aperçut vite qu'il était difficile de mener les papetiers. Ses airs d'autorité, ils les avaient mal pris. A leurs yeux, il revenait du pays des nègres. Ils le voyaient en grand chapeau et un fouet à la main, surveillant des esclaves en caleçon rayé, sous le terrible soleil.

Deux fois déjà ils étaient allés aux Bouteilles, un vert vallon où ils se concertaient quand ils voulaient faire monter les journées. Grange fut prié d'y venir. Il s'emballa. On se quitta bêtement. Et voilà ses fabriques en interdit : aucun compagnon n'aurait plus osé travailler pour lui; il aurait été mis en quarantaine comme renégat.

Les deux moulins chômaient. Grange se faisait un sang d'encre. Il y allait quatre fois par semaine, mais la face rouge et l'épaule haute, ce qui n'avançait pas les affaires.

Anne-Marie trouva moyen de parler à Gaspard un dimanche.

« Eh bien, tâche d'obtenir de ton jeannot de père qu'il se tienne au moins tranquille. »

C'était la fête de Valeyre, qui tombe à la Saint-Côme. On l'y vit, dans les auberges. Il connaissait les papetiers, du monde fier, ombrageux, vétilleux; des personnages, sous leur tablier aussi blanc que du linge fin.

Gaspard les prit par le point d'honneur. Et puis, au bon moment, il fit apporter les pots.

Le lendemain matin il passa aux Escures dire à Anne-

Marie que dans les deux moulins les pilons battaient la pâte.

Seulement la journée était montée à vingt-cinq sous. Et comme les délais de livraison couraient, il fallut embaucher des compagnons. On travailla à perte. Grange fut obligé de souscrire des effets de commerce. Mais il serait en mesure à l'échéance : « L'argent, je n'irai pas le prendre chez le voisin! »

« S'il commence à se vanter, pensait Gaspard, c'est mauvais signe. »

Anne-Marie poussa le père à faire le voyage de Catalogne. Mais il n'emmena pas Gaspard, piqué de ce que sa fille lui avait fait sentir qu'elle le désirait. Naturellement, il revint sans avoir rien appris de l'enfant disparu. Il se donnait d'autant plus des airs dégagés. Il parla de Robert comme s'il l'avait fait maintenir en prison par son crédit, alors que l'autre, pour un crime de fausse monnaie, se trouvait condamné à vingt ans de geôle. « Où il est, il n'a pas peur des chiens enragés. » Gaspard s'en doutait avant que Grange fît le voyage.

On revit plus souvent les Chargnat : M. César, qui marchait sur les talons et portait la tête en arrière, et M. Amédée, le percepteur, plus débraillé, dans sa polonaise et son pantalon de molleton blanc. Les jours de soleil, le père leur offrait un cruchon de bière, dans le pavillon en triangle, au bout de la terrasse. On entendait sur les côtes le grincement d'un araire, perçant comme un flûtiau. Dans ces longues collines où chaque arbre, marron, cramoisi, se détachait des autres, deux ou trois fumées se défaisaient sans contours, parfois toutes d'argent, mêlées à la lumière. Un tombereau ramenait un chargement de raves, et le petit du métayer suivait pour ramasser celles qui tombaient dans le chemin.

Du coin de cette terrasse, haut devant les bois, les terres et les prés, Grange se sentait le maître d'un beau bien qui ne devait rien à personne. Cela le consolait de ses mécomptes. Il fallait le voir montrant et expliquant les Escures. Comme si tout n'avait pas été fait par Gaspard! Mais pour Gaspard ne comptait que ce qu'on a pu faire, et pour Grange comptait surtout ce qu'on possède. Quand il causait avec M. César, parlant du grain, qui était déjà d'une cherté... et des embarras des propriétaires, il avait le plaisir de se sentir un monsieur.

Le train, le goût même de l'existence avaient changé. Il y a ainsi des périodes où habitudes, esprits, sentiments, tout prend d'autres couleurs dans une maison.

Anne-Marie ne pouvait refuser les invitations que le père acceptait. Ces dîners duraient des heures : trois services, de chacun quatre plats de viande — toujours une tête de veau, toujours un cochon de lait à la drap d'or —, puis l'omelette au rhum, le nougat et le fruit. Au Mardi gras, après le dessert, le dîner recommençait, ce deuxième suivi aussitôt d'un troisième. Comme tout venait des domaines, ces mangeailles n'étaient pas considérées comme des dépenses. On payait le boulanger en lui donnant un veau.

Grange, qui avait vécu toute sa petite enfance de soupe, de pain bis et de chèvreton, regardait ces dîners comme le triomphe de l'opulence. Il n'imaginait pas mieux sur terre, ne s'étant d'ailleurs jamais levé de table avec le sentiment qu'il ne pourrait recommencer tout de suite un autre repas. Mais comme gros mangeur il n'approchait pas de M. Amédée. Court de cou, un peu soufflé, M. César était un de ces blonds tirant sur le rouquin, qui ont une peau d'un rose de jambon, plus rose au nez, aux paupières et aux oreilles. M. Amédée, mal ficelé, mal embouché, lui ressemblait en plus gros, luisant de toute sa face de suif rouge. Un bon garçon, le cœur sur la main et la joie sur la figure. Un jour qu'on dînait chez M. Regouyat, il avise un petit garçon qui tournait autour de la table. Il le tire par la manche, lui parle à l'oreille. « Tous, tonton Amédée? — Parbleu oui, tous. » Le petit revient au bout d'un quart d'heure : « Il n'y a que le gros dinde qui n'a pas pu passer par le trou. » M. Amédée lui avait fait précipiter la volaille dans les lieux. Les poules suivirent l'égout, allèrent sortir dans le pré... On riait aux larmes de ces jovialités aimables. Il y avait dans ces dîners beaucoup de gaieté, si l'on choisissait de le prendre ainsi.

Brusquement, sous les poutrelles de ces salles à manger obscures que boisaient d'un côté de grands placards-dessertes, Anne-Marie songeait à son petit garçon. Peut-être traînait-il sans pain sur les routes, et la pluie lui battait le visage.

Elle passait le regard sur la société : ces têtes de poules, dures, méfiantes, le bec en dehors; ces têtes de chèvres, longues, lubriques; cette tête de lapin aux traits ronds, à la peau mate, un duvet sur la lèvre... Il lui semblait lire les égoïsmes, les folies, les enfantillages.

Mais les pauvres valent-ils mieux? Avant ses malheurs, un soir, elle avait entendu la femme du sabotier dire à une voisine : « Ils sont bien trop heureux, ces gens-là! Il ne leur arrivera donc pas quelque chose? » Et la métayère, un soir de l'an dernier, d'un air de satisfaction naïve : « Quand vous vous êtes mariée, je pensais que vous aviez trop de chance. Maintenant je vois bien que vous en avez juste autant que les autres. »

« Mon Dieu, comme je suis devenue! Le terrible, ce n'est pas d'avoir appris la lâcheté, la méchanceté, l'ordure des hommes : c'est d'avoir perdu l'amitié. J'ai de l'éloignement pour tout le monde. Songe aux bons, pourtant. Aux amis que tu as trouvés sur ta route. Des pensées comme tu en as ne seraient jamais venues à ta pauvre mère, ni à ton oncle prêtre, qui était la sainteté de la bonté. Qu'ils m'assistent, qu'ils ne me laissent pas durcir le cœur. Ah! si j'avais mon petit enfant, je ne serais pas ainsi. »

Gaspard avait affirmé qu'on le retrouverait : bien des soirs, Anne-Marie eut besoin de se redire cela. « Ç'a été comme une promesse qu'il m'a faite. Je lui donne deux ans. J'attendrai deux ans encore avec patience. »

Sur quelques bruits, il avait fait deux voyages, d'où ils étaient revenus, Chopine et lui, crottés comme la Hollande. Rien, rien; des racontars qui ne reposaient sur rien. Elle savait qu'il ne se découragerait jamais. On l'avait toujours vu dégagé, hardi, — si leste qu'il cueillait les cerises de ses sept cerisiers sans descendre, en sautant d'un arbre à l'autre. Mais, là, c'était une sorte d'agilité muette, un jeu de souplesse, de promptitude dans tout son être, un feu dans ses yeux.

Il dormait vite et se levait matin. Dès qu'il était sur la porte, le vent lui parlait. Il ne pouvait plus se souffrir ici. L'idée des gens que voyaient maintenant les Grange lui mettait les pieds en dedans. La bêtise de ces dîners interminables, de ces réunions qui ne rimaient à rien. « Tant manger! Il faut qu'ils aient des boyaux jusque dans les jambes. » Et cette comédie de niaiseries, ces propos appris, ces toilettes, ces prétentions, toute cette parade... Il en aurait sauté les murs. Ce qui était fait pour imposer, cérémonial et phrases, le mettait hors de lui. Les gens vrais, sans apprêt, il ne supportait plus que ceux-là. Et la vie bien crue, bien verte, qu'assaisonnent le travail et l'amitié d'hommes.

Le bourg, pour lui, puait le renfermé et la lourde cuisine. Il sortit beaucoup cet hiver-là, faisant de bonnes affaires, parlant peu, donnant parfois une recette, rarement un conseil.

A Thiers, c'était une pitié. Ils ne savaient pas saigner les cochons; ils les assommaient à coups de bûche. Un matin, sur la place du Pirou, Gaspard n'y tint plus. Il écarta ce monde, attrapa la bête par les oreilles, la coucha du genou, toute hurlante, sur un bayard, enfin fit les choses comme les chrétiens doivent les faire. Et de leur montrer à flamber le porc jusqu'à ce que les onglons se détachent, à l'ouvrir, à le découper; et quels morceaux sont, par ordre, les plus honnêtes.

C'était un de ces matins de gel où les haleines fument. La terre sonne sous les talons. Le ciel, là-haut, va devenir tout bleu. On aime voir les grandes flammes claquantes et les fétus noirs qui partent dans les bouillons de l'air tremblant à grosses ondes. Les Thiernois accourus s'ébahissaient dans cette bonne odeur de grillade; les gamins étaient fous de joie. Le filleul de Gaspard leur apprenait à arracher les soies, à promener les torches de paille sur le ventre roulant et craquelé de noir de la bête. Et cela comptait plus qu'une révolution.

Gaspard passa dix jours à Thiers. Il saigna cinquante-sept cochons, n'acceptant que le verre de vin pour trinquer à l'amitié. On donnait au filleul l'écu de trois ou de six livres. Un soir, Gaspard lui fit vider ses poches, ne lui laissa que le raisonnable et l'envoya remettre deux poignées d'argent aux pauvres de l'hôpital.

Là-dessus, le maire arrive :

« Il n'y a qu'un mot sur vous dans le public, vous avez mérité une récompense. La ville de Thiers veut vous offrir un banquet... »

Avec le savoir-vivre d'un enfant de famille, Gaspard s'en excuse. Il haïssait les honneurs, le tapage, les choses qui éclatent. Mais une heure après :

« Il y a là trois dames qui vous demandent, l'épouse du maire et celles de nos deux plus gros fabricants. »

Les dames se présentent; de belles femmes, d'un port

aussi majestueux que leurs manières étaient aimables.

« Monsieur, nous ferez-vous l'honneur d'accepter à dîner? »

Gaspard dut répondre que l'honneur était pour lui. Et puis... Une des dames était marraine d'une jeune fille, point à craindre, de figure heureuse, avec des yeux clairs. La vie vous prend. « Je ne demande pas des montagnes. Mais une bien douce et bien vaillante, de qui il serait bon d'avoir un fils... » Gaspard se croyait le cœur un peu remué, et les choses commençaient d'aller leur petit train.

« Eh bien, ce sera demain à trois heures à l'hôtel de ville.

— Parfait, je n'y manquerai pas.

— Nous vous demandons de nous amener vos frères et votre filleul.

— Mesdames, vous leur faites trop de grâces. »

Le lendemain, les voilà tous quatre, en veste de serge bleue, mais sans un grain de poussière au collet, (le linge éclatant de blancheur, nets, frais, rasés, brossés, briqués, beaux comme des astres. Le maire vient les recevoir, le chapeau à la main. Compliments de part et d'autre. Une table servie magnifiquement. L'épouse du maire faisait les honneurs. Des pâtés défilent, un marcassin entier, des pièces de venaison telles qu'on n'en avait jamais vu. Et tout un régiment de bouteilles.

« Vous accepterez cette grappe. Le raisin vient de notre fruitier; je l'ai conservé moi-même.

— Madame, il est fort bon.

— Cette grappe-ci sera pour votre frère. »

Benoni, lui, répondait à tout : « Accepté sans inconvénient. » Devant la grappe seule, il fit la grimace, aimant autant de ne pas prendre son vin en pilules... Il se rattrapa en tapant sur le Corent, sur le Chanturgues. Les demoiselles même étaient en gaieté. Les rires, les propos, les louanges se croisaient, et, le moment des chansons venu, l'une n'attendait pas l'autre.

Le maire se lève, carillonne sur son verre, adresse un discours à Gaspard, et lui remet un jeu de couteaux à découper travaillé avec un art merveilleux.

« Maintenant, dites-nous ce qu'il faut que nous fassions pour que vous demeuriez ici.

— Monsieur, je vous remercie, mais j'ai tous mes intérêts à Saint-Amand.

— Restez parmi nous. Nos dames promettent de vous trouver une prétendue digne de vous plaire.

— Combien je vous remercie! Je n'oublierai jamais ce jour. Mais je dois regagner la montagne. Je bois à la santé de ces dames et demoiselles de la ville de Thiers. »

Il ne disait pas qu'à la porte de la salle on lui avait remis une lettre où Anne-Marie lui marquait son désir de le voir.

SIXIÈME PAUSE

M. César parle de la contre-lettre. — Anne-Marie a recours à Gaspard.

GRANGE avait son entrepôt d'Ambert au moulin de Chinard, devant l'église. Le meunier, Martin, qui lui était petit-cousin, lui avait loué un bâtiment dans la cour. C'était une cour dallée, vieille et gaie, où jusque vers trois heures, en décembre, on avait le soleil. Une poussière blanche y poudrait les encadrements de bois, brunis par l'âge, des portes et des fenêtres. Devant l'escalier de pierre, qui montait de flanc, se balançait un arbre de lilas. Un auvent, soutenu d'un pilier de bois à potences, protégeait le palier. Pauline s'installait là avec Mariette, la petite du moulin. On y était bien, bercé par le bruit de l'eau, le train des meules et le tremblement de la bâtisse.

Souvent Anne-Marie accompagnait le père aux fabriques. Un dimanche qu'il était allé voir M. Chargnat, il revint au moulin tout animé, avec un air de contentement et d'assurance. En attelant, il dit à Anne-Marie :

« Eh bien, je ne suis pas fâché d'avoir causé avec qui tu sais. Je te raconterai, sur la route. »

« M. César a demandé la main de Pauline, pensa Anne-Marie. Nous voilà aux difficultés, mon Dieu! »

Quand le cheval prit le pas à la côte, le père la mit au courant. Seulement, voyant comme elle le prenait, il fut un peu démonté et ne lui présenta qu'à moitié les choses.

M. César l'avait emmené visiter sa serre, puis, le prenant par le haut du bras, l'avait promené sur sa terrasse au-dessus du boulevard. Il l'avait mis d'abord sur le voyage d'Espagne, ensuite sur les affaires de l'héritage. « J'ai beaucoup songé à tout cela par amitié pour vous... Impossible qu'il n'y ait pas eu de contre-lettre... » Sans insister, il donnait à entendre que M. Robert s'était marié en faisant état de ce papier-là, qui assurait la fortune de sa femme, et avait dû être très déçu de ne pas le voir aux mains de la famille. Quelque misérable aurait volé cette lettre à Chenerailles, mais ne l'aurait pas détruite. On ne détruit pas un papier de trois cent vingt mille francs. « Réfléchissez. Un malandrin quelconque doit avoir en main cette contre-lettre, et il serait content de vous la vendre, mais il ne sait pas comment vous la faire offrir. »

Grange revoyait M. César lui parlant de cela à mi-voix : un peu gros, serré dans son pantalon collant et son gilet blanc à paquet de breloques, sous un habit marron ajusté. Ce qu'il avait dit semblait bien raisonné. Grange, après son mécompte des papeteries, tenait à ce nouvel espoir.

M. César lui avait demandé de ne dire mot à personne de leur conversation. Discrètement, il avait indiqué que si une personne déliée, ayant des relations tant avec le parquet qu'avec des coureurs de foires et d'auberges, était mise au fait de ce qui s'était passé jadis, cette personne pourrait cheminer jusqu'à la contre-lettre, et la racheter, en promettant au besoin le secret au détenteur.

Grange fut sur le point de faire à l'avoué sa confidence complète. Il eut peur d'Anne-Marie, pourtant. De fait, dès les premiers mots, Anne-Marie parut aussi inquiète que si le feu était aux Escures.

« Mais, pauvre père, pourquoi avoir parlé de nos affaires à M. Chargnat?

— Hé! pourquoi le regretterais-je? Est-ce qu'il ne voit pas juste? Et je te dis qu'il a été parfait : pas le mot sur Robert, pas ça! Alors que... tu sais bien. »

Grange secouait les guides d'un geste mécontent, aux regrets d'avoir donné Robert comme client à l'étude Chargnat plus encore que de l'avoir donné comme mari à sa fille. Il grommela quelques mots sur la confiance qu'on aurait dû mettre en M. César.

« Vous ne voudriez pourtant pas lui parler de Robert! »

Grange n'osa pas répondre que Valentin Verdier savait, et Jeusclou, et Plampougnis. Un avoué, c'est presque un confesseur.

« M. César croit que Robert est parti de dépit, en voyant manquer ses espérances sur l'héritage, et voilà tout.

Quoi qu'elle fît, Anne-Marie gardait quelque prévention contre les Chargnat. « J'ai tort. Cette méchanceté d'Elmire, qui n'était qu'un enfantillage, m'a donné une aversion contre la famille. Je prends tout par famille, Gaspard me l'a reproché un jour. Je ne devrais pas. La rancune, quel bagage de païen! »

Elle aurait voulu revenir sur leur compte, rendre justice à leurs bons procédés. Mais, à cause de sa sauvagerie, se disait-elle, elle ne se voyait pas bien dans leur compagnie. Elle nommait sauvagerie sa simplicité, son goût des grandes mœurs.

Elle hésita quatre ou cinq jours, puis elle écrivit à Gaspard.

Elle guettait son retour. Le matin même où elle l'espérait, elle apprit en sortant de l'église qu'il venait d'arriver à *La Belle Bergère*. Elle y alla tout droit.

Il devait mettre en ordre son bagage dans l'espèce de long hangar qui donnait sur le verger. C'était là qu'il menuisait. Entre les fenêtres, derrière deux liteaux, étaient rangés des ciseaux, des tournevis et des gouges. Trois glanes d'oignons et des vessies jaunes pendaient à la poutre. Il renversa un tabouret pour le débarrasser, l'offrit à sa cousine. Sur un autre, entre l'établi et les planches appuyées de biais au mur, il chassa des copeaux d'un revers de main; mais ne s'assit pas d'abord.

« Sais-tu quoi? M. César a raison. C'est comme ça qu'on pourrait retrouver la contre-lettre. D'autres y ont pensé avant lui... »

C'était comme si on enlevait un poids de sur les épaules d'Anne-Marie. N'est-ce pas? Le père n'avait aucun besoin de s'adresser à M. César.

Mais Gaspard ne disait pas cela. Personne mieux que l'avoué ne serait à même de retrouver le fameux papier... Il se fit répéter mot pour mot la conversation de M. César et de Grange. M. César parlait de quelque misérable qui aurait volé la contre-lettre à Chenerailles. Carcaille avait parlé d'un bourgeois. Les Chargnat le devinaient peut-être mais ne le dénonceraient pas. S'ils pouvaient lui faire rendre la contre-lettre en lui promettant le secret, ils toucheraient une récompense des deux côtés, et du bourgeois, et de Grange. Voilà toute l'affaire. Pauline redevient une riche héritière, et M. César épouse Pauline.

Gaspard voyait cela, mais il ne pensait pas tout haut, de peur d'effrayer Anne-Marie. « Le clair de l'affaire, c'est que M. César a une idée sur ta sœur... » N'était-ce pas pour lui que le cadet Redon avait tâté Grange ici même, à l'auberge : « Maintenant vous devriez songer à marier votre demoiselle. Le cas échéant, combien lui feriez-vous? » Lors du mariage d'Anne-Marie, Grange avait dit : « La cadette n'est pas plus bâtarde que l'aînée : elle aura ce qu'a eu l'autre. » Mais là il s'en était tiré en plaisantant : Pauline? si jeunette? il ne serait pas embarrassé de la placer, le moment venu : elle avait des yeux de vingt-cinq mille francs. Etait-il bien en état de lui constituer une dot? « Les affaires ne s'arrangent pas, et tu devrais y veiller de près. »

Il voulait occuper Anne-Marie, afin qu'elle n'eût pas le temps de se faire des dragons au sujet de la vieille histoire. Justement, elle revenait là-dessus. Gaspard le sentait : elle en voulait à M. César de s'être inquiété de Robert. Elle désirait que Gaspard s'enquît, vînt à bout de savoir ce que savaient au juste les Chargnat.

Il avait dû s'asseoir près d'elle. Il l'écoutait, un poing au genou. Mais les Chargnat ne savaient rien, rien de rien, ni eux ni personne! Non et non!

Il affirmait, affirmait, sans que rien vînt appuyer cette affirmation-là, et il voyait Anne-Marie se rassurer, ses yeux perdre leur inquiétude. « Pourquoi? Simplement parce que je le lui dis... » Il en était remué. Comme si c'était lui qui faisait que M. César ignorât tout.

« Je ne sais ce qu'il y a, reprit-elle doucement, contemplant par la fenêtre les arbres du verger. Il me semble qu'il va nous arriver des tracas, des malheurs. Chaque fois, je les ai sentis venir. »

Gaspard dit que les riches se retranchaient déjà, que

la cherté du grain augmentait encore. Elle fit signe de la tête que ce n'était pas cela. Puis elle murmura :

« Je voudrais ne pas me sentir seule.

— Hé! tu n'es pas seule. »

Elle le regarda; elle comprit que la promesse était faite.

« Pourvu que je sache...

— Oui, va seulement. »

Il aurait aimé se lever, changer de place. Quelque chose, comme autrefois, lui barrait la gorge, l'empêchait d'avoir sa salive. Mieux vaudrait courir les routes. Mais quand un être met cette confiance en vous, le moyen de ne pas y répondre! Pauvre petite, sur qui sont tombées toutes les croix... Pourquoi semble-t-il devant elle qu'on ait toujours quelque chose à se faire pardonner?

Anne-Marie...

« Allons », dit-elle encore.

Elle refermait son manteau pour partir.

« Est-ce que tu ne tiens pas cette contre-lettre pour une chanson?... Non?... Enfin que veux-tu, si l'héritage est perdu, nous n'en mourrons pas. Et du moins, M. César ne viendra pas penser à Pauline. J'aimerais autant. »

Oui, ces Chargnat...

Ils avaient tous deux le sentiment que la conversation avait tourné autour de quelque chose qu'ils n'avaient pas besoin de dire. Une force revenait à Gaspard, une sorte de soulèvement profond. Thiers, les courses, tout cela était soudain loin de lui, loin, sans vie, comme si ces derniers temps il avait seulement vécu à côté de soi. Il vivrait, il ferait. Robert et les autres, il n'aurait pas besoin des messieurs Chargnat pour en venir à bout. Il se sentait fort de tout le peuple de la campagne, de ceux qui mangent et qui dorment près de la terre, qui ont affaire en plein air à la roche, aux sapins, au foin qu'on fauche, au pain qu'on fait pousser.

Les frères, les amis, les compagnons... C'était presque fou, mais lui coulait dans le sang, à cette minute, la force de tout un monde.

Anne-Marie, Anne-Marie...

Anne-Marie en sa mante de bergère s'arrêta dans le biseau de brume dorée qui tombait de la porte. Sa figure claire ourlée d'argent à contre-jour, et debout, devant le lointain des bois et des montagnes, elle semblait la reine de tous ceux de ce pays. Les mots qu'on n'avait pas dits s'envolaient vers le soleil.

DEUXIÈME VEILLÉE

PREMIÈRE PAUSE

M. César fait parler de lui. — Anne-Marie reçoit une lettre. — La farce du Mardi gras.

IL ne fit pas bon vivre, dès le mois de janvier. Ceux qui avaient du grain de cet antan le resserraient dans leur grenier. On n'était pas au large, et il ne fallait pas le trouver vilain, c'était la même chose pour tous.

L'hospice d'Ambert disposait de trois sous par jour et par tête pour nourrir son monde. Les gens aisés n'aidaient guère. L'aumônier, le père Gaschon, avait seulement obtenu des propriétaires qu'ils laissassent aux pauvres la liberté de planter des pommes de terre dans celles de leurs terres qu'ils ne cultivaient pas. Cela soulageait un tout petit peu.

Ces temps de cherté, quels temps calamiteux! Le pain était à sept sous, plus cher que la viande. On mangeait du pain d'orge aussi noir que du vieux cuir. Les familles d'ouvriers achetaient un chevreau — vingt sous — ou une tête de vache — dix-huit sous — et en tiraient leur vie toute une semaine.

Les gens ne parlaient que de cela sur le pas des portes. Il se chuchotait que M. César avait ses greniers pleins de blé. Il n'ignorait pas ces bruits. Mlle Elmire recevait ses pauvres à la cuisine et savait par eux tout ce qui se disait au lavoir, toutes les nouvelles qui passaient au ruisseau.

M. César traversait la rue, un samedi. Martin, Gaspard, le Guillaume de Montfanon, un ou deux autres, étaient là. A leur air, il devina qu'ils mettaient le propos sur lui. Alors, en passant :

« Eh bien, Martin, le grain monte encore? Les meuniers vont prendre leur volée.

— Ah! monsieur César, les meuniers sont comme les corbeaux : pour voler il leur faut toutes leurs plumes. Aux avoués, il leur suffit d'une, vous le savez bien. »

Si tu m'as cherché, tu m'as trouvé. Chez le barbier, il s'en dit bien d'autres. Et surtout sur l'Elmire. On ne la voyait pas rire de loin comme ses frères, elle n'avait pas cette mine heureuse, ces joues florissantes, cet œil pointu qui guette de coin le moment de lancer la plaisanterie; mais une grande bouche à casser des noix, et le teint comme une eau trouble. Cela faisait qu'on prétendait lui avoir entendu dire : « Si j'étais la mère des pommes de terre, il n'y en aurait pas tant! C'est trop bon pour les paysans! »

On assura que les rouliers avaient amené des quintaux de blé de Marsac; et l'on avait déchargé les sacs de nuit, chez M. César. « Il a fallu étayer le hangar de la cour qui pliait... »

Grange — il venait d'entrer — soutint qu'on n'avait mis d'étais au hangar que pour la vermoulure. Martin, qui parlait à tue-tête, selon l'habitude des meuniers, s'amusa à le pousser en donnant des précisions sur les achats et les charrois. Tout congestionné, Grange finit par marmonner quelque chose sur l'envie qui s'attache à tous ceux qu'on voit réussir, et, tambourinant des doigts sa tabatière, il se jeta dans le silence.

Gaspard le démêlait : si Grange parlait pour M. César, c'était qu'il avait fait lui-même, en cachette d'Anne-

Marie, quelques achats à Maringues. Ce qu'il avait perdu sur les rames de papier, il essayait de le retrouver sur les sacs de grain. L'argent fait danser le monde.

Ce dut être vers la fin de février. Le propre jour du Mardi gras. Sur le soir, le Nanne remit à Anne-Marie un bout de papier qu'il avait trouvé sous la porte de derrière, celle qui répondait à la montagne. Ce papier était resté là peut-être plus d'un mois, mouillé par la neige, collé à la pierre du seuil; ce n'était plus qu'une dentelle portant des mots d'écrit à moitié effacés.

Le père se trouvait à Ambert, dînant chez ses amis. Anne-Marie, puis Pauline, prenant, reprenant cette espèce de billet, l'étalaient sur un coin de table, et s'y usaient les yeux, à la lumière de deux flambeaux.

Il semblait qu'une personne sans lettres eût essayé d'écrire qu'ayant aidé le petit à se sauver, elle voulait encore aider sa mère à le reprendre. On le trouverait chez un nommé Chassaigne, l'avare...

Etait-ce seulement cela? Quant au reste, mordez-y.

Vite une mante et vite à *La Belle Bergère*. Sur la route, tout en fièvre, elles cherchaient dans leurs dernières journées ce qui pourrait se rapporter au papier et y ajouter un peu.

« Que je voie. »

Gaspard tournait, retournait la feuille, restait longtemps dessus.

« Le papier est bon âne : ce qu'on lui met sur le dos, il le porte. »

Anne-Marie le regardait avec une envie de pleurer qui faisait trembler sa bouche. En venant, elle avait de si grands mouvements d'espoir! Il y avait un nommé Chassaigne dans le bourg, un sabotier; et il pouvait passer pour avare. On racontait que, sa première femme étant à la mort, elle lui avait fait signe d'approcher :

« J'ai caché de l'argent dans le mur... » Là-dessus elle avait rendu l'âme. Il avait cherché, cherché, et ma foi, enragé à la fin, il avait démoli le bâtiment. Pour trouver trente-trois francs entre deux pierres de la muraille.

Ce Chassaigne demeurait à soixante pas d'ici. Si pourtant le petit Henri était retenu dans sa maison?

« Chez Chassaigne? Dans une maison neuve et sans cache? Du reste, tu lis Chassaigne... »

On sentait qu'il se mettait en garde contre ce papier. « On veut s'amuser à la tourmenter ou à la faire tomber dans un piège. Ce Chassaigne est un vieux cuir, un malgracieux. Est-ce pour ça qu'on nous adresse à lui? »

Gaspard, l'esprit un peu inquiet, voulut ramener lui-même ses cousines aux Escures. Assis sur le brancard du cabriolet, il voyait Anne-Marie regarder devant soi ce pays dans la nuit : les sapins, les pacages. Elle roulait toujours les mêmes pensées : il y avait peut-être par là un homme qui avait pitié du malheur de son petit garçon. Où le joindre! Cette impuissance et ces espoirs mêlés la mettaient dans un état terrible. Gaspard devinait tout cela et n'aimait pas cette histoire de lettre.

« Promets-moi que tu iras chez Chassaigne, dit-elle en descendant, au portail, que tu fouilleras tout.

— Tu n'es pas folle, non?

— Ah! tu trouveras bien un moyen. »

Aller parler raison après cela.

Il rentra à fond de train — avec lui, il fallait que tout roulât.

C'était donc le soir du mardi-gras : autour du chaleil, les gens de la campagne finissaient les deux bouteilles de vin et le pain double qu'ils avaient achetés, si pauvre que fût la maison, pour marquer le carnaval.

« Si nous profitions de la fête? » En passant, il appelle Plampougnis, Jeuselou, et, sitôt rentré, ses deux frères. Il ne fallut que trois mots pour leur dire son idée.

« Qui mettrons-nous dans la hotte?

— Hé! le bossu Gervais. Va le chercher, Plampougnis. »

Le bossu les trouva dans l'écurie, derrière les charrettes. Il ne les reconnaissait pas d'abord, à la lueur d'un falot posé par terre, qui faisait luire les croupes des chevaux. Gaspard, avec les habits de rase blanche de Jeuselou, s'était déguisé en meunier; Jeuselou, Benoni et le Baptiste, en Turcs ou en rois mages.

« Veux-tu venir décrocher quelques saucissons? »

L'autre cligna de l'œil, jeta son chapeau dans un coin.

« Tu as apporté tes ciseaux? Ça va. »

On fit de Plampougnis un vigneron, en lui bouclant une hotte sur le dos; enfin, on installa dans la hotte le bossu barbouillé de suie et orné d'une paire de cornes de bouc.

La bise traînait ses lames de giboulées de montagne en montagne. Le grésil fusillait les vitres. Personne sur la route, personne dans les rues.

Chez le Beccabeu, faisait la veillée une troupe de femmes et de filles. La porte s'ouvre comme enfoncée par le vent. Ces masques en glapissant — Rou! rou! rou! — fondent sur elles. Les voilà la tête sous le tablier, riant, criant, toutes en tas. Ils se contentèrent de les envelopper de grands tours de bras, et dans la minute ils purent ressortir.

De là on passa chez Treize-Langues. Tandis que les masques faisaient le sabbat, courant sur les gens et renversant les chaises, Plampougnis s'arrêtait sous la poutre aux saucissons. Le bossu se dressait, coupait la ficelle, se renfonçait dans la hotte.

On eut aussi beau jeu chez Coq-Rouge et chez Graisse-Blanche. Les plafonds étaient bas, les lumignons n'éclairaient guère. Si quelqu'un approchait, Gaspard, qui s'était muni d'un saladier de farine, lui en envoyait une poignée dans les yeux.

Avant d'entrer chez Chassaigne, ils regardèrent par la vitre : au coin de la cheminée la ménagère pilait dans un chaudron les pommes de terre de ses porcs. Eclairé par une chandelle, Chassaigne creusait un sabot sur son banc de sabotier.

Ils claquent la porte et se jettent là en hurlant comme des démons. Le sabotier se retourne, plonge la main dans le chaudron et applique à la volée un emplâtre en pleine figure de Benoni. Comme les autres s'écartent, le bossu qui coupe la ficelle se voit à découvert. La femme, avisant ce diable cornu, pousse un cri. Il plonge en donnant une secousse au saucisson. Par malheur, c'est le liteau auquel ils pendent qui se décloue, et toute la cochonnaille dégringole.

Chassaigne et sa femme, braillant des injures, se précipitent, les mains en avant. Le bon Plampougnis, ma foi, ne pense qu'à leur porter aide. Il se baisse. Et la hotte se vide, le bossu lui passant par-dessus la tête pour s'abattre dans le chaudron de patias.

Des hurlements, un hourvari, une confusion pis que jadis à Babylone.

Gaspard, d'un coup de chapeau, avait tué la chandelle. Dans le noir, le ménage se démenait au hasard; les uns enfilèrent l'escalier, les autres la porte de la souillarde. Le bossu s'ébroua en chien mouillé et fila entre les jambes du vieux. Il fallut se reconnaître, rallumer, pourchasser les masques jusqu'au galetas, les pousser dehors...

« Mon pauvre homme! C'est de la diablerie. Je compte et recompte, je trouve quatre saucissons de plus. »

Pendant ce temps, les amis se rejoignaient derrière l'église.

« Alors, rien? »

Ils se turent, s'apercevant que le bossu était là, et ils allèrent boire.

DEUXIÈME PAUSE

Anne-Marie accueille les chercheurs de pain — M. Verdier le père et les trois misérables.

Il y en eut qui n'eurent pas de peine à faire leur carême. On en était à manger un pain moitié seigle, moitié pomme de terre, qui pesait sur l'estomac comme une masse de plomb. Encore n'en trouvait-on pas. A côté du moulin de Chinard, les Joubertou avaient huit enfants à nourrir. La mère se fit apporter une tourte de Clermont par le roulage, mais il fallut engager l'alliance d'or chez le bijoutier. Quand Joubertou sut la chose — lui qui était compagnon papetier! — il devint blanc comme sa chemise.

Plus que jamais on parlait des Chargnat. Chargnat l'Empereur avait encore fait emmagasiner des grains. Il se tenait des propos qui ne seraient pas jolis à répéter.

Des bandes de pauvres s'amassaient aux portes des bourgeois qui donnaient. Ils espéraient là des heures. La distribution faite — et il n'y en avait jamais pour tout le monde — la bande se déplaçait, allait attendre devant une autre porte.

En campagne, des affamés traînaient dans les chemins pleins d'eau du dégel. Ils rôdaient le long des buissons d'épines rougis, derrière les fermes, aux carrefours, sur le dos des collines. Et de si loin qu'ils apercevaient une fumée, ils descendaient vers elle.

Aux Escures, le jour des pauvres — le lundi —, ç'avait toujours été un défilé de toutes les paroisses : les estropiés qui se balancent entre leurs crosses de frêne, les hernieux, les idiotes lippues, qui regardent en dessous, de leurs yeux morts, les hébétés, les vieux encrassés que secoue un tremblement perpétuel, les vieilles au cabas rapetassé de velours sans couleur, et dont on voyait les jambes égratignées, mais sèches comme un manche de buis, par les trous de la jupe : tout un peuple qui entremêlait son marmottement de sourdes injures ou de mauvaises prières.

Maintenant venaient non plus seulement ces mendiants de naissance, mais des métayers, des petits possédants qui avaient dû se mettre chercheurs de pain. Ils toquaient au portail, parlaient aux chiens sans trop oser les écarter du bâton. Et ils avançaient d'un pas, prêts à prendre la charité qu'ils ne savaient pas demander encore.

L'hiver, on se tenait dans la cuisine. Anne-Marie y accueillait les malheureux. Elle aimait recevoir chacun à part, lui donner sa portion, lui dire un mot. Et peut-être qu'un de ceux-là, quelque soir, lui apporterait des nouvelles de son petit garçon.

Gaspard ne chérissait pas trop ce peuple. Il aurait voulu qu'elle se tînt sur ses gardes.

Il était là. Un homme se présenta dont on ne sut trop ce qu'il voulait d'abord. Un homme propre, bien en ordre — on vit seulement ensuite qu'il portait la besace sous sa blouse —, et les chiens ne s'étaient pas mis après lui. Il se tenait sur la porte, regardant le feu, la table, tout ce qu'il avait eu...

Anne-Marie comprit la première. Elle lui dit de s'asseoir. Il s'assit de coin sur le banc, tira un croûton, demanda si on pourrait lui tremper la soupe. On lui avança le pain, le fromage. « Taillez-y. » Naguère, il l'aurait fait parce qu'il aurait pu rendre la politesse. Mais manger le pain d'autrui, les bouchées ne passent pas. Il se dit bien que celui qui a quelque chose doit le secours à celui qui n'a plus rien. Une honte pourtant roidit le malheureux, un frisson qui lui court le long de l'échine, et il se sent gêné en chacun de ses mouvements.

Grange le questionna, rondement, bonnement, d'un mot, gonflant les joues, sans vouloir faire de réflexions ensuite. Une façon de se carrer là, de dire à mi-voix à Anne-Marie : « Allons, tu lui donneras un morceau de lard », qui du coup mettait l'homme à cent pieds au-dessous des Escures, en faisait de toute éternité un pauvre bougre qu'il fallait bien secourir, sans qu'on s'en trouvât autrement joyeux.

L'autre glissa ce qu'on lui donnait dans sa besace. — « Que Dieu vous le rende! » parce qu'il savait ne pouvoir jamais le rendre, lui, — et se leva pour repartir. Repartir en songeant qu'on n'a plus pour lot que la vieillesse et d'être à l'aumône.

Ce fut alors qu'Anne-Marie lui fit dire sa misère. Peu à peu il parla, de cette voix à soubresauts, qu'ont les gens de la campagne quand la peine leur serre le cœur. Brusquement, sa face se plissa, se défit, et, baissant la tête, il se prit à pleurer.

C'est une chose de voir ainsi un homme dans le malheur. La peine de ses bras ne peut plus les faire vivre, son monde et lui. Il avait une maison où vous offrir le pain, le fromage, peut-être un verre de vin. Et maintenant...

Qu'est-ce qu'Anne-Marie avait su dire pour lui relever le cœur? Pourquoi retrouvait-on près d'elle l'amitié, le respect des gens? On ira finalement dormir entre quatre planches : alors, l'argent, le grain, les biens, qu'a-t-on tant à en faire? Ce n'est rien de cela qui compte, c'est l'amitié. Le cœur d'un homme vaut tout l'or d'un pays.

Tant qu'on ne l'a pas compris, on n'est pas un vivant. Et y en a-t-il une autre comme elle pour vous le faire comprendre? « Après tout, ça ne me vaudrait rien de n'avoir plus sa vue ni sa causerie »

Anne-Marie avait appris les achats du père. Elle le supplia de vendre, de vendre sans attendre, sans prendre son bénéfice. Cela leur porterait chance. (Elle espérait que Gaspard, tout en n'en parlant pas encore, pouvait se trouver sur les traces de l'enfant.) Mais le père promettait de vendre, et c'était toujours pour la semaine qui venait. Il fallait attendre la pleine lune : avec d'autres, il tenait pour certain que le blé croît et décroît dans le grenier quand et quand la lune, et qu'on ne doit pas vendre qu'elle ne soit pleine.

Enfin Anne-Marie lui arracha la vente. Elle avait prié Gaspard d'acheter ce qu'il trouverait à Vic-le-Comte. Ils le jetèrent d'un coup sur le marché pour faire baisser les cours. C'était trop peu, les cours ne baissèrent pas.

Les gens ont conté que l'on avait eu les premières nouvelles de l'enfant par M. Verdier, le père de Valentin. Allant à la Chaise-Dieu, il avait mis pied à terre devant la chapelle de N.-D. de la Roche. Trois misérables l'attendaient là, dans les genêts. Ils avaient comploté de lui prendre la clef de son grenier et de le précipiter dans le ravin de la Dore. Mais ils le regardèrent prier sans pouvoir sortir de leur cachette.

Celui qui avait eu l'idée de l'assassinat, ensuite, l'arrêta sur la route.

« Il a fallu que je vous raconte. Je ne pouvais pas garder ça sur le cœur. »

M. Verdier les prit en pitié parce qu'ils étaient pères de famille et leur dit de venir le lendemain avec des sacs.

« Mieux vaut demander qu'avoir des idées de meurtre. Le Bon Dieu lui-même a pris son pain des uns et des autres, pour que chacun pût demander sans honte à un mieux pourvu. »

Ce serait un de ceux-là, qui, le cœur remué, aurait parlé à M. Verdier du petit Henri.

D'autres ont assuré que c'était l'homme accueilli un matin aux Escures, qui, le premier, par la suite, avait mis Gaspard sur le chemin de la cache.

TROISIÈME PAUSE

Les jours de disette. — L'enfant dans la cache. — Arrivée de la troupe.

CERTAINS grondaient de besoin et de colère. Dans beaucoup de maisons, les chrétiens souffraient la faim comme des chiens.

Venaient les mois les plus durs, pour aller jusqu'à la belle saison. C'était à se demander si l'on ne reverrait pas les temps de la famine, ces temps où l'on faisait le pain de racines de fougère et de poudre d'os, et où les créatures tombaient de faiblesse sur le bord des chemins avec des figures de déterrés.

Le blé valait jusqu'à des neuf francs le quarton, et où le prendre? Il fallait se dire : « Si tu as faim, il y en a bien d'autres. »

On vit de la misère, ces mois-là, dans les maisons de la montagne, les maisons de pierre couleur de temps sombre, sous le chaume que le vent ébourre. Un peu de jour, venu de la fenêtre-lucarne, éclaire la maie et les deux bancs qui boitent sur la terre battue. Remâchant ses peines, les mains à la flamme, on se tient devant la cheminée encroûtée de suie. Le feu fait sa lueur, près de l'enfoncement où l'on met le menu bois, les pignoles. Deux des petits dorment dans le lit qui semble un amas de vieilles hardes.

Va sur le chemin : le vent passe toujours, mêlé de petite neige et de brouillard, passe sur les pacages pleins de joncs dans les creux. Il ne reste plus que quelques raves, et les pommes de terre de rebut, les petites, comme des billes, qu'on mangera sans les peler. Mais c'est le pain qui fait la vie du sang.

Décide-toi, prends une besace et un bâton blanc; cherche du pain de porte en porte.

Dans ces jours-là on achète à bon marché les misérables. La faim fait sortir le loup du bois, mais surtout fait sortir un loup de l'homme. A quelque prix de conscience que ce soit, on veut avoir du pain. Quand ce ne serait que pour ces petits qui tournent, et reviennent vous harceler, vous demander à manger avec ces figures de cire où les yeux brillent.

Pourquoi pas espérer de faire parler sur l'enfant quelqu'un de ceux que Robert et les messieurs avaient embauchés autrefois? Ce que Gaspard savait, il ne voulait pas encore le dire à Anne-Marie.

L'enfant, dès qu'on l'eut enlevé, dût être porté dans une cache pareille à celles qu'on trouve parfois en labourant. Le sol manque sous le pied des vaches : on tomberait en quelque galerie à demi éboulée, qui débouche dans une cave voûtée de pierres; souterrain où serrer le grain, lieu de refuge, terrier de paysans.

Il y en a sous les châteaux, aussi. Vous entrez par un soupirail, tel qu'un trou de renard. Ah! ceux qui l'ont fait n'ont plus mal aux mains. Des chiffres mal écrits : quinze cent, quatorze cent même. Puis, tout de suite, vous vous tenez debout, comme dans une chapelle. Ça s'en va, ça se perd. On avancerait assez, mais la lanterne charbonne. On se dit qu'il y a peut-être des serpents, des bêtes; c'est sous les bois...

La cache du petit Henri devait se trouver dans le lieu

le plus solitaire des forêts de Dorange. Elle répondait à quelque maison écartée. De la campagne on arrivait par un boyau fermé en son milieu d'une grille de fer. Ce boyau s'ouvrait au creux d'un tertre, dans un buisson, derrière un gros arbre d'épine nouailleux. Une bande de déserteurs se terrait là, autrefois, quand on la serrait de trop près.

La salle ne ressemblait à rien, taillée dans le gore, ce granit à moitié pourri des terrains pauvres, et voûtée d'un gros cailloutis blanchi de salpêtre. Par place, les gouttes qui tombaient grêlaient le sol. Des planches, sur quatre piquets, portaient un pichet d'étain presque écrasé et des écuelles de terre brune. Au fond, un lit de camp, fait d'un bâti et de quelques brassées de paille.

Les premiers temps, l'enfant eut une chèvre en guise de nourrice. La vieille qui l'avait volé dans la chambre haute des Escures se relâcha bien vite de tous ses soins. Elle était devenue aux trois quarts imbécile : il lui arrivait de porter le boire et le manger pour deux jours. Elle se souciait de ce petit à peu près autant que des souris qui nichaient sous le lit de paille.

Quand le chaleil s'éteignait, c'était le noir, un noir de poix. L'enfant jouait à faire des boulettes de boue ou à conduire par des rigoles l'eau qui découlait d'une fente. D'aventure, il voyait des hommes, qui venaient, restaient un peu de temps, repartaient et restaient longtemps sans revenir.

S'il y avait des saouleries, des batailles, il se rencoignait dans une galerie où il se mettait à pleurer; puis il tirait une pointe de langue pour goûter ses larmes, et, d'épuisement, finissait par tomber dans le sommeil.

Une branchette d'églantier qui était restée par hasard agrafée à la jupe de la vieille, un soir, lui dit beaucoup de choses. Comme en un songe, il se souvint des brassées d'herbe qu'on apportait à la chèvre, du rosier près de la porte des Escures, dans un grand parfum de campagne. Les rêves et la vie, ce qu'il voyait et ce qu'il imaginait de sa tête, c'était tout un pour lui. Il vivait dans une sorte de vision.

Il dut demander à la vieille de l'emmener là où on trouvait ce qui sentait si bon. Déjà il avait essayé de prendre le couloir. Dans une des galeries en cul-de-sac, un filet de jour glissant sous un éboulis faisait reflet à la paroi de sable; une fougère presque blanche avait poussé là-haut; souvent il venait la regarder.

Il fit la même demande à un homme en lui montrant la branchette. Celui-là, entre les autres, lui apportait des poignées de noix, de châtaignes. « C'est vrai, se dit l'homme, ce petit n'a jamais vu les arbres, la campagne, le soleil; il n'a aucune idée de rien, de rien. Le garder dans une cave avec l'araignée, le crapaud et cette vieille qui est la troisième bête, c'est un trop grand malheur. L'enfant d'une dame, qui aurait tout chez lui. Regarde-le avec cette veste rousse qui lui bat les jarrets. Tu risques un mauvais coup en trahison, mais il te faut tirer cet enfant de là. »

« Ecoutez-moi, pauvre petit... »

Attendre que la vieille ait apporté le manger et soit repartie, aller à la grille, passer le bras entre les barreaux, trouver une pierre qui remuerait et prendre une clef dessous. Une clef? l'homme dut en montrer une au petit, et il tâcha de lui faire entendre comment ouvrir une serrure. En viendrait-il jamais à bout? Il n'y a que si Dieu l'aide.

« Il faudra vous souvenir de moi. Je le fais pour racheter ce qu'on m'a forcé de faire. Si vous ne pouvez rien sur terre, souvenez-vous de moi dans le paradis. C'est le lieu où l'on est sauvé de tout mal... »

Voilà à peu près ce que Gaspard réussit à apprendre.

Mais comment savoir ce que le petit était devenu après s'être échappé?

Les esprits n'étaient pas à cela. Tout le pays remuait sourdement. Il y avait eu des émeutes dans le Berry et dans la Marche. A Ambert, des attroupements s'étaient formés sur la place, devant l'église.

Sur la fin d'avril, un soir, comme il passait par la ville, Gaspard avisa de loin une foule d'enfants et de femmes qui se pressaient pour « la donne » à la porte d'une maison bourgeoise. Un petit de huit à dix ans revenait en courant, écarlate, hors d'haleine, avec une demi-tourte dans les bras. La mère attendait dans la rue de la Calandre, serrée contre un mur de jardin et baissant le front. C'était la femme de Joubertou, le papetier. De ce monde propre, courageux, honnête, mais fier, jusqu'à dire à Martin, en s'essuyant la bouche les jours où tout manquait : « Nous autres, nous venons de manger une trop bonne soupe au lard! »

Elle jeta un regard à Gaspard, quand il fut à sa hauteur, un regard où elle n'était point. L'attente et la honte l'occupaient trop. Lorsqu'elle aperçut son petit, elle l'attrapa par le poignet, cacha sous son tablier cette demi-tourte. Mais le cœur lui creva, elle fut forcée de s'appuyer au mur. Et ses épaules qui allaient, allaient...

Une heure après, Gaspard l'avait encore devant les yeux.

Il entra au moulin. A peine y était-il qu'il entendit des portes battre, des gens courir sur la place. Et, au milieu de tout ce mouvement, le pas cadencé d'une troupe en marche. C'était un détachement de cinquante fusiliers, en uniforme blanc, leurs revers et leurs parements bleu ciel. Il reconnut à cela des soldats de la légion du Puy-de-Dôme, n° 62. (Celle de la Loire avait le collet et les parements roses; celle de la Haute-Loire, le collet, les revers, les parements et les pattes cramoisis; celle du Cantal, c'étaient les revers et les pattes jonquille; ainsi des autres.)

Dans l'officier qui commandait, Gaspard crut retrouver un lieutenant Asteix, d'Ardes-sur-Couze, qu'il avait connu en Champagne en 1814.

Ainsi le sous-préfet avait fait venir la troupe. Si l'on pouvait, il serait temps de mieux faire.

QUATRIÈME PAUSE

Le drap de M. César. — Le marché du dimanche. — La maison Chargnat tremble dans la nuit.

TOUT ça pour les Chargnat! Ah! misère de nous!

« Fait son profit qui peut. Il y aurait moins de mendiants si chacun regardait au ménage de ses biens.

— Il y regarde, oui, de ses petits yeux de goret! Et l'Elmire? Elle en a dans la tête, et pas des bonnes. Qu'est-ce que c'est, vos Chargnat? Le père était clerc de notaire, et sans M. Maignet il allait aux galères pour avoir détourné du bien de mineurs. »

Le meunier d'ordinaire parlait en narquois, le nez en l'air, relevant ses lunettes. Mais là il se montait, sur ces affameurs de monde. Grange, lui, s'impatientait sur ce qu'on disait de M. Verdier — pardi, une personne qui laisse tout aller, il faudrait voir ses bois! — et prenait le parti de M. César. « Il ne ferait pas ce que fait M. César, pensait Gaspard en l'envisageant, mais voudrait avoir l'estomac de le faire. Ça va mal pour ses fabriques. Il paraît qu'il doit de l'argent aux banquiers. Et celui qui a un cheval à cette écurie... »

Le jour baissait, les gens rentraient chez eux. Passèrent quatre soldats et un caporal.

« Vous verrez, dit Gaspard; laissez crier contre les Chargnat. Ces crieurs auront deux peines; celle de se fâcher d'abord, celle de se défâcher ensuite. »

Grange lui sut gré d'avoir dit ça. Il fallut que Gaspard lui fît compagnie jusqu'au Pontel. Au fond, cela le gênait un peu d'aller heurter à la porte de M. César. Il s'imaginait tous les regards attachés sur son dos.

Gaspard enfila la rue de la Quelette. Comme il tombait sur le boulevard, il vit quelque chose qui lui donna à penser. Il vit la servante apporter sur la terrasse des Chargnat un drap plié, et l'ayant sans doute trempé dans quelque cuveau d'eau, l'étendre tout ruisselant sur la corde à lessive.

Il regarda la fille, il regarda le paysage. Un peu de bise se levait qui éclaircissait la nue au-dessus de ces montagnes, les unes longues, les autres pointues, qui s'en vont, en tournant, vers Augerolles et Thiers.

Le temps tournait au nord. Et l'on était à ce moment de l'année, lorsque pointe l'épi, où les gelées sont le plus à craindre. M. César veut savoir demain matin à quoi s'en tenir. S'il trouve son drap raidi par le gel, c'est la mauvaise récolte; et il resserre encore son blé.

Mais si l'on aidait un peu les choses?

Le lendemain dimanche, bien avant la première messe, M. César sort dans l'escalier en caleçon, un foulard noué sur la tête.

« Perrine, va vite voir si le drap est pris! »

Et il attend, penché sur la rampe. Comme elle lanterne! Enfin :

« Hé! oui! monsieur, il est pris.

— Bon.

— Vous êtes content, monsieur, qu'on ait pris ce

drap?... Hé! oui, ma foi, le drap est pris, j'ai regardé sur la terrasse, j'ai regardé partout... »

Au bruit, Mlle Elmire arrive. C'était une de ces maisons où tout fait drame : une écuelle qu'on casse, le clerc qui marche sur la patte du chat. Et là, un drap volé! Reniflant, soufflant, M. César passe sa robe de chambre. Ce n'est pas possible, le vent l'a fait tomber, l'a roulé dans un coin, ce n'est pas possible autrement. Il descend au jardin, cherche, fait chercher — cherche, si ça t'amuse —, envoie demander des nouvelles à tout le voisinage. « Mon drap! il faut que ce drap se retrouve! » Il se retrouvera, ne porte pas peine.

Enfin il s'habille, si fâché qu'il n'arrive pas à faire son beau nœud de cravate à deux pointes, et, marchant raide comme la justice, il va porter plainte au commissaire.

Lorsqu'il revint, replet, glacé, les gens arrivaient pour le marché du dimanche, parmi les chars et les charrettes à ridelles. Mais, au lieu de se ranger panier au bras, les femmes se mettaient en pelotons, ou couraient appeler leurs hommes qui les rejoignaient, dans un tapage de sabots et de voix, l'aiguillon à la main. Tout ce monde remontait du côté de chez M. César. « Lou véqui! lou véqui! » On se pressait, on se poussait du coude sur son passage. Si bien qu'il fendit les groupes, le teint plus rose encore qu'à l'ordinaire, et se jeta chez lui sans regarder ni à droite ni à gauche.

Le corridor était plein de paysans qui parlementaient avec Elmire.

« Salut, monsieur Chargnat!

— Salut, monsieur César! »

Et tous de s'adresser à lui, touchant l'aile du chapeau, avec de gros sourires, avec des coups de tête, comme on fait à l'ami qu'on a plaisir à retrouver. Ils avaient laissé leurs sabots à la porte. Une odeur d'étable et de fromage emplissait la maison.

« Alors, monsieur César, puisque vous vendez ce grain...

— Qui vous dit que je suis vendeur? Et qui vous dit que j'ai du grain?

— Nous n'avons pas nos sacs, monsieur César; mais nous reviendrons avec les sacs et avec l'argent. »

M. César, raidi, tâchait de repousser ces hommes vers la place. Mais d'autres paysans se bousculaient pour entrer, ou se haussaient pour regarder dans le couloir.

« Allons, on ne vient pas ainsi chez les personnes! »

Un grand traîne-diable, qui forçait des épaules à la porte, apostropha l'avoué, en battant l'air d'une main.

« Dites, si vous ne voulez pas vendre, pourquoi faites-vous écrire le contraire sur votre maison? »

Pour y comprendre quelque chose, il fallut que M. César sortît sur le Pontel. Alors, il vit une bande de toile, un morceau même de son drap, qui portait BLÉ A VENDRE, en lettres d'enseigne.

Il envoya le clerc enlever ce placard. Des hommes de la campagne parlaient et déparlaient, levant le poing en l'air et s'arrachant le chapeau de la tête pour l'y replanter d'un coup.

Le jeudi suivant se trouvait être le jour de l'Ascension. Dans la nuit qui précéda, sur les deux heures les habitants de la maison Chargnat s'éveillèrent à un bruit effrayant. Les murs chantaient, tremblaient, semblaient craquer, à croire que tout partait en ruine. M. César fut vu à la fenêtre, sorti à mi-corps, son chandelier au poing et regardant en l'air. A une autre fenêtre, Mlle Elmire en cornette et camisole criait :

« César, notre grenier s'effondre! »

Ils dégringolèrent les montées, se retrouvèrent sur la place. Il fallut calmer Elmire et la servante, que les cris avaient mise hors d'elle. Ce bruit, tel qu'un broiement de meule, s'était tu: le tremblement qui secouait le bâtiment comme un moulin avait cessé. Les voisins ouvraient à leur tour les croisées et, abritant d'une main leur lumière, posaient des questions à tue-tête. M. César eut le courage d'aller inspecter les murailles, à la chandelle. Tout ce qu'il découvrit, ce fut une énorme pierre posée sur le montoir.

On dit que les farceurs de village, pour faire peur aux filles qui couchent dans des maisons isolées, empoignent à deux mains quelque quartier de roche et le frottent, le roulent contre la chaîne d'angle du bâtiment. L'effet est surprenant. Mais quel homme aurait pu manier une telle pierre? Le Plampougnis de Saint-Amand, et encore!

Les Chargnat n'osaient ni regagner leurs lits, ni abandonner la maison. Ils la traversèrent en hâte et allèrent se réfugier sous le hangar. Tous les quarts d'heure, M. César s'avançait pour voir si quelque bande de gueux ne s'essayait pas au pillage.

Un peu après le lever du jour, il reprit courage, cependant. Il fit une visite des murailles, planchers, charpentes, et revint dire aux femmes qu'elles avaient été folles de crier ainsi.

Il se faisait la barbe sans bonne humeur, détraqué par sa nuit blanche, lorsqu'il entendit Perrine monter en hâte l'escalier. On le demandait en bas.

« Qui ça? Un bourgeois?

— Bourgeois de Bourges, alors; des hommes avec des sacs. »

Même scène que le dimanche, et mêmes propos. Seulement ces paysans entraient plus brusquement et parlaient plus roide.

— Puisque vous vous décidez à le vendre, ce blé...

« Ce sont ces femmes, et leurs cris de volaille, pensait M. César, qui soufflait fort. Si toute la ville n'a pas eu des nouvelles de mon grenier cette nuit... »

Il se tournait, se retournait, des palpitations partout. Il n'avait pas de grain à vendre... Il n'en vendait pas un jour de fête... Il lui semblait que les chandelles de la nuit lui couraient devant les yeux.

Sa colère tourna en désir de vengeance lorsqu'il eut compris qu'un autre pan de son drap, placardé au même endroit, portait aussi en lettres tracées au cambouis : BLÉ A VENDRE.

CINQUIÈME PAUSE

Les portes de la maison Chargnat disparaissent. — Troubles sur le Pontel. — L'événement.

LE lendemain, rien de notable. De telles rumeurs couraient que M. Amédée vint de Saint-Amand voir son frère. Il ne devait pas être dans ses bonnes : son cheval ayant remué comme il l'attachait à l'anneau de fer, il le cravacha cruellement.

Le surlendemain, samedi, il faisait un de ces beaux temps tranquilles où l'on n'entend que des bruits calmes : les battements d'ailes de pigeons qui prennent leur volée, le martelage du maréchal, une cruche qui grince parce qu'on la tire sur les barreaux de la fontaine.

Vers trois heures le métayer amena un chargement de pommes de terre. La provision se conservant mal dans leur cave, les Chargnat faisaient apporter leur part en deux fois.

Perrine ouvrit la porte à deux battants. Le métayer posa son aiguillon contre le joug, et cala la première boge sur son dos. Le clerc pesait chaque boge, chaque sac, sous le hangar, à une grande romaine suspendue. M. César, que la confiance n'étouffa jamais, notait le poids sur un calepin.

Les pas pesants s'enfonçaient dans l'escalier de la cave et les pommes de terre déroulaient dans leur coin. Sur la place, les vaches faisaient tinter les deux anneaux du joug...

Ensuite, M. César emmena les deux hommes à la cuisine : deux doigts de vin, une tranche de miche. La miche, on s'en serait voulu d'en manger tous les jours. Alors, s'il en restait tant soit peu, dure comme la pierre, on ne la donnait pas aux servantes, on en régalait les métayers, à l'occasion.

Celui-là la savourait, bouchée par bouchée, et considérait prudemment dans la cuisine voûtée cette richesse : la rangée de chaudrons, le tourne-broche, toute une artillerie de cuivres rouges.

« Les blés ne sont pas vilains. Il n'y a que si la bise les brûle quand ils seront en fleur. »

Pour trinquer, comme il ne buvait pas, M. César poussait la bouteille.

Dans le couloir, il entendit le métayer dire au clerc :

« Il y en a un qui s'est bien fait brider. Il criait contre ceux qui ont du grain. Ça prouve deux choses : qu'ils en ont et que tu n'en as pas. Ils font din-din, et toi tu fais toc-toc. »

« Oui, voilà, se dit M. César ; suffit que j'aie des écus pour faire din-din. Si ceux qui toquent aux portes parlent mal de moi, c'est qu'ils m'envient. Je tiens le bon bout. »

Il se promenait devant la serre à cent petites vitres et les rosiers de Damas. Son œil allait sur la plaine, les carreaux des champs, les fermes basses, et, de chaque côté, sur ces ondes de montagnes.

Mon blé, se répétait-il, mes sacs de blé.

Une fraîcheur venait, au cri des hirondelles. M. César

cria à Perrine d'aller fermer la porte restée grande ouverte sur la place.

Perrine revint avec une drôle de figure.

« Monsieur, je ne trouve plus la porte... »

Il l'envisagea, la suivit dans le corridor. Alors, ma foi, il le vit de ses yeux : la porte n'était plus là.

On cherche, on enquête, on court, on tourne. On questionne tout le monde et personne ne trouve rien à dire. Dans l'après-midi n'avaient passé que trois marmots, deux gendarmes, la vieille Mlle Solier du Malmontat. Aussi Gaspard des montagnes et Plampougnis. Mais Mlle Elmire les avait aperçus sur la place vers cinq heures, et M. César les avait vus descendant le boulevard comme cinq heures sonnaient. Ils ne s'étaient donc pas arrêtés... Impossible d'ailleurs qu'on eût pu emporter loin ces deux épais vantaux; et impossible aussi qu'on eût pu les cacher par là.

Une telle disparition renversait les cervelles.

Avant la nuit tombée, bien des gens vinrent devant la maison en raisonner. M. César commençait de prendre peur. Il croyait à un complot formé contre ses biens. En hâte, il envoya chercher le charpentier, lui fit barricader l'entrée avec des ais et des planches. Puis, ne voulant pas s'éloigner, il chargea Elmire d'aller demander au sous-préfet un piquet de militaires, des fauteurs de désordre devant venir piller sa maison.

Les gendarmes firent quelques patrouilles. Mais de toute la nuit rien ne bougea.

Dès ce matin de dimanche, le récit de l'aventure s'étant répandu, de tous les quartiers on se porta vers le Pontel. Gens de métier, ouvriers des fabriques, teinturiers, galochiers, papetiers, les ménagères à grandes coiffes bouillonnées, les grosses buandières qui ont les bras rouges, tous venaient à la maison Chargnat comme à la comédie.

Des apprentis et des petites ravaudeuses passaient et repassaient devant la porte à moitié débarricadée, avec des cris tournés en rires qui semblaient alors ne s'adresser qu'aux camarades. Ce fut bien autre chose lorsqu'on vit se dresser à la muraille un pan de drap cloué à deux voliges :

M. CHARGNAT NE SACHANT PLUS OU METTRE SON BLÉ
LE VENDRA AUJOURD'HUI A BAS PRIX

Elmire, au bruit, était allée soulever le rideau. Le Pontel fourmillait de monde. Des gens débouchaient par toutes les rues, des gens de la campagne, les paysannes aux jupes relevées dans les poches sur les cotillons rayés de rouge, les paysans aux grandes guêtres de drap boueuses, aux vestes épaisses, aux cheveux tombant bruts et roides sur les épaules. Leur masse grossissait sur place, presque sans se mouvoir, formant là de gros amas de peuple, comme à la sortie de la messe.

Elmire se précipita à la cuisine où son frère mangeait la soupe. Il était debout, l'écuelle au creux de la main, avançant le cou de peur de tacher son bel habit.

« Va voir! Va voir la place!

— Et après? Laisse-les faire. Je te dis que je tiens le bon bout. »

Elle lui arracha l'écuelle et la posa si impétueusement sur la table qu'elle la cassa.

« Le bon bout! Ils vont te tenir par le cou au bout d'une corde, oui! »

Elle l'attrapa par le haut du bras, l'entraîna dans l'étude, et sans le laisser trop approcher de la fenêtre :

« Regarde! »

La place, comme un milliard aux cerises, fait de faces couleur de terre ou couleur de pierre, semblait se gonfler par endroits. Ces lents mouvements, les contenances pesantes, le piétinement, le sourd grommellement de propos, tout donnait à cette lourde foule on ne savait quoi de sauvage. Il en arrivait encore en rivières par les rues, et il semblait que ce fût cette poussée qui fît là-bas balancer le réverbère suspendu entre les maisons. Toutes ces têtes, toutes, tournées de ce côté même. Des garçons grimpaient sur des chariots à bâche de cuir, alignés d'un côté de la place. Aperçut-on M. César et sa sœur? Soudainement, au-dessus des grands chapeaux, se levèrent trois ou quatre de ces gourdins, armés d'un fourchon massif, qu'on prend quand il y a des chiens enragés dans le pays.

« Toi, passe par le jardin, cours si tu sais courir, et ramène les gendarmes. Moi, je vais chez le sous-préfet demander la troupe. »

La veille au soir, Gaspard s'était arrangé pour rencontrer en ville le lieutenant Asteix. Quand on a parlé du pays la veille de Montmirail, et qu'on se retrouve, on y va sans giberner. Le lieutenant, homme brave et brave homme, ne devait avoir aucune joie d'être là pour un tel service. En effet, il le dit carrément.

« Oh! bien, vous allez repartir. Il y a eu des arrivages à Lyon. Hier à Montbrison, les prix ont baissé. La disette est finie. »

« Elle finira bien, se disait Gaspard. Pourquoi ne pas l'annoncer un peu à l'avance? »

Le lendemain matin dimanche, à la première nouvelle des attroupements, le sous-préfet fait appeler l'officier commandant le détachement de troupe.

« Mais, monsieur le sous-préfet, on a fait quelque farce à un bourgeois, c'est de la plaisanterie, rien de plus. Je pense bien demain emmener mes hommes. Il y a eu des arrivages à Lyon, la disette est finie. »

Le sous-préfet dit, avec importance, qu'il est au courant, fait quelques phrases et congédie le lieutenant, qui se retire plus soulagé encore.

Arrive, un peu ému des rapports de ses hommes, l'officier de gendarmerie. Au second mot, le sous-préfet le coupe.

« Il ne peut plus y avoir de troubles. On me l'annonce de source sûre, les prix viennent de baisser. La disette est finie. Soyez ferme, mais prudent. »

Et cœtera... Tranchant de tout cela derrière son bureau, en homme qui domine de cent pieds les événements et en possède de naissance la mécanique.

Comme l'officier de gendarmerie rentrait à la caserne, tombe sur lui M. César à bout de souffle.

« Non, voyons, monsieur Chargnat, vous grossissez tout à plaisir. Il ne peut plus y avoir de disette. De gros arrivages ont fait baisser les cours. L'autorité est avertie, je le sais positivement. »

Pendant ce temps, le sous-préfet, avec plus d'assurance encore, tenait les mêmes discours à Mlle Elmire.

« Ou alors, ce sont les libéraux qui essaient de fomenter une émeute, avant que le peuple apprenne...

On heurtait à la porte; un commis l'entrouvrit, passa une tête défaite, murmura quelques mots à M. le sous-préfet. Le sous-préfet prit un air grave et piqué, décrocha son chapeau et gagna au plus vite le Pontel.

Les choses allaient mal. Les gens de la ville avaient ri du placard; mais ceux de la campagne l'avaient pris comme une cruelle dérision. « Tu fais ton passe-temps des malheureux. Ce que tu ne veux pas vendre, on peut te le prendre. »

De la rue du Château, le sous-préfet entendit un bruit fait de mille bruits, pareil à celui qui se lève dans les bois avant l'orage. Aussitôt sur la place, il se jeta au plus épais, et, s'étant juché sur une chaise que venait de lui apporter le pharmacien, il tenta de haranguer la foule. L'écouta-t-on seulement? Les hommes s'entre-disaient qu'ils étaient tout prêchés et qu'ils savaient ce qu'ils avaient à faire.

Tout à coup un grand « ah! » courut, passant de rang en rang, comme un coup de vent venu de l'autre bout du Pontel. La foule faillit culbuter le sous-préfet sur sa chaise, et forçant, poussant, d'un même mouvement branlant sur place dans sa presse, commença de se porter vers la maison Chargnat.

L'annonce de la baisse des cours, en donnant une seconde peur à M. César, avait recouvert sa peur première. Elmire et lui, les oreilles bourdonnantes, s'étaient rejoints juste à la porte du jardin.

« Faut-il vendre? Aujourd'hui, nous pouvons vendre à huit francs le quarton. »

Etait-il encore temps de balancer? En débouchant de l'escalier sur la terrasse, ils virent la cour noire de paysans. Leur foule entrechoquée semblait couler du corridor et s'épancher là, hésitante, sombre, muette. Métayers et manouvriers, chefs de maison et batteurs en grange, en apercevant M. César et Mlle Elmire, ils soulevaient gauchement leur chapeau.

M. César, un peu pâle et le nez rouge, s'était arrêté à dix pas d'eux. Il renifla deux, trois fois, puis il bredouilla quelque chose d'un peu de blé qu'on avait gardé en prévision d'une autre mauvaise récolte. Mais on ne voulait pas laisser dans l'embarras le brave monde du pays.

Ce fut alors que ce grand « ah! » se fit entendre, qui courut de la cour jusqu'au bas du Pontel.

Les gendarmes arrivèrent pour aider à ce que la vente se passât avec ordre. La troupe n'eut à aider à rien. Les militaires, appuyés sur leur fusil, causaient avec les demoiselles, si blancs, dans leurs uniformes passés à la craie, qu'ils éblouissaient dans ce soleil. Une bande de pigeons vola d'un toit à l'autre au-dessus de la place, et l'on ne sut pourquoi, tout le monde se mit à rire.

SIXIÈME PAUSE

Après la disette. — Au préau des noisetiers. — Les grands jours.

CE dimanche de mai ramena le beau temps. M. César céda du blé tout le jour et, aussitôt la nuit tombée, fit porter des sacs à la halle pour le marché du lendemain. Puis il tâcha de se débarrasser du reste par des particuliers, sous main, dans les foires des environs. Les accapareurs, voyant que les halles s'approvisionnaient, se hâtèrent de vendre. Ainsi finit cette disette factice.

En causant avec ces messieurs du tribunal, M. César insinua que s'il s'était décidé à être vendeur, c'était parce qu'il avait eu besoin de fonds pour obliger une personne de connaissance. On en conclut qu'il avait prêté la forte somme à Grange. Et il aurait tambouriné qu'il n'avait plus chez lui ni blé ni argent.

Les émotions lui avaient donné une crise de palpitations et, avec ses grosses poches sous les yeux qui étaient un des apanages de la famille, il n'avait pas trop bon visage.

Ses portes, il les avait vues revenir trois jours après. Lorsque le métayer enleva les boges vides, il trouva les deux vantaux dessous, au fond du char. Qui les avait dégondés et cachés là, rejetant les sacs par-dessus, tandis qu'on faisait quatre heures à la cuisine?

M. César mena par la suite sa petite enquête sur ces journées. Elmire lui rapporta les propos qui se tenaient au pas des portes. De ce qu'il apprit, il ne témoigna rien. Mais Gaspard et Plampougnis savaient parfaitement que M. César chercherait à se payer sur eux un jour ou l'autre.

Anne-Marie s'inquiétait. Gaspard, pourtant, n'avait rien fait de bien méchant. Le père, toujours au mieux avec les Chargnat, ne pourrait-il arranger les choses? Quand il prenait la défense de ces messieurs — les esprits s'étaient calmés —, Gaspard ne le contredisait plus. Une fois, devant Gaspard, le père déclama contre les horreurs qu'à un certain moment on avait osé faire courir sur M. César. Peut-être parce qu'il se disait que s'il avait fait comme eux, il serait à cette heure hors de ses grands embarras d'affaires? Volontiers Gaspard retournait sur les gens ce qu'ils disaient d'autrui, et le leur appliquait, tenant pour certain que quand un homme parle des autres il ne songe qu'à lui et à ses affaires.

« Ne regrettez rien, pauvre père. Il leur est venu d'un coup beaucoup d'argent? Eh bien, vous verrez, cet argent partira de même. Ces profits-là peuvent fleurir, ils ne grainent point. »

Tassé sur sa chaise, les mains à cheval sur les cuisses, Grange haussait les épaules :

« Veux-tu que je te dise? Si on se met contre M. César, comme ton cousin que voilà, c'est à cause de la politique! »

Mais Gaspard ne se mettait contre personne. La politique? Il se contenta de hausser à peine les épaules, lui aussi. « Pense-t-il à ce mariage qui se brasse peut-être pour Pauline? Il a l'air de le trouver bon. Mais son ami Valentin? Ou bien pense-t-il aux affaires du père?... Enfin, je le vois plus doux, plus traitable. Il n'a plus un mot contre les Chargnat, depuis la fin de la disette. »

En revenant de piéger des renards, un matin. Gaspard

s'arrêta aux Escures. Anne-Marie cousait, assise sur un tabouret de bergère, au-dessous du grand bâtiment d'entrepôt. De ce préau d'herbe à deux vieux pommiers crevassés, au fond de la matinée couverte, on entendait sonner lentement les cloches du bourg.

Anne-Marie s'était installée à l'abri du vent, contre un bouquet de noisetiers feuillus. Gaspard s'assit sur une auge de pierre, laissée là parmi d'autres pierres verdies. Il parlait des chiens qu'il élevait maintenant, des chiens courniauds, bâtards de chiens d'arrêt et de chiens courants.

« Jusqu'à neuf heures, je leur mets un grelot, ils chassent en chien d'arrêt... »

Pour les élever à bon compte, il avait trouvé un biais : celui d'échanger à tout venant contre deux livres de pain rassis un quart de pain frais, une chopine et une soupe chaude.

Anne-Marie l'écoutait sans savoir à quoi cela pouvait aller.

« Les mendiants m'apportent leurs croûtes, et j'en nourris mes courniauds. Ça s'est vite dit par les chemins. Des chercheurs de pain, maintenant, j'en vois tous les jours. *La Belle Bergère* va devenir un grand endroit de gazettes. »

Pour le coup, Anne-Marie comprenait. Les aveugles, les jambes de bois, ceux qui avaient un coin dérangé dans la tête, les anciens soldats vendus au marchand d'hommes, et qui reparaissaient au bout de vingt et un ans, pourris de vices, tous ceux-là avaient leurs maisons. Des maisons bien connues de leur peuple parce qu'ils y trouvaient une soupe, une place près du feu, qu'ils s'y passaient les uns aux autres les nouvelles. Et les nouvelles, c'était leur écot, leur façon de payer le bout de pain qu'ils allaient chercher de ferme en ferme. Les mendiants faisaient la chronique du pays. Anne-Marie savait maintenant pourquoi Gaspard lui avait dit : « Laisse-moi un an, dix-huit mois; j'aurai bien du malheur si je ne peux pas te parler de ton petit garçon. »

Elle releva le front, attacha le regard sur lui, un regard où tout son remerciement passait. Gaspard, de la main, fit entendre qu'il faudrait avoir de la patience.

Il pleuvra demain, sans doute. On entend crier les geais qui s'attroupent près de la lisière. Des limaçons sortent d'entre les trous de la muraille. On respire la senteur du lierre terrestre; on est bien, dans ce lieu d'herbe et de verdeur où l'air dérange à peine la feuille épaisse du coudrier. Un chardonneret est venu se poser là, qui se promène à petits sauts, et qui becquette une chandelle de pissenlit : il avale les graines; d'un coup sec du bec, de côté, il jette le duvet.

« Anne-Marie coud près de moi. Elle tourne la tête sur son cou; elle coupe le fil entre ses dents. Il suffirait ainsi d'un jardin d'herbe où quelque noisetier en touffe jette son ombre... »

Dans la cuisine, l'horloge, après un raclement, sonna dix heures, Anne-Marie se demandait si elle parlerait de Pauline, de Valentin. Elle jeta un coup d'œil sur Gaspard : il lui parut changé, sombre dans son silence. Un peu de rose vint aux joues d'Anne-Marie. Elle laissa glisser ses ciseaux. Il parut s'éveiller, comme s'il revenait de loin, les ramassa dans l'herbe. Alors elle le questionna sur la disette. Sans le louer, elle avait de ces mots qui chauffent le cœur plus qu'une louange. Que faire encore, lui demandait-elle, pour faire reculer la misère dans le pays?

Eh bien, ce serait beaucoup d'obtenir que ceux qui les cultivaient eussent la propriété des lopins pris sur les communaux. Dans nos pays, plus les paroisses sont pauvres, de maigre sol, plus les communaux sont grands. Depuis le roi Louis XV surtout, les paysans se sont mis à défricher quelques coins de ces pâtures sous les bois. Ils y sèment un peu de blé noir, ou des raves. Ces parcelles sont devenues à peu près leur bien, parce que, des pierres trouvées en grattant la terre, ils leur ont fait une bordure. Mais il faudrait un arrêt du Conseil d'Etat pour leur en donner vraiment la propriété. Alors, ces champs-là, ils oseraient mieux les travailler. Voilà pour commencer.

« Pourquoi ne leur aurais-tu pas cet arrêt, si tu le voulais bien? »

Elle savait qu'il le pourrait. Elle savait qu'il était de ces hommes qui changent autour d'eux tout le train d'un pays.

Dans ces mois où les jours sont si longs, c'est bon de se lever avec le soleil et de se jeter tout de suite au travail. L'espace est plein d'aurore. Des bourres glissent encore sur les prés, et montent déjà, bues par la lumière. Une première voiture roule sur la grand-route. On a devant soi tout le pays et tant d'heures jusqu'au soir.

Il y a ceux qui partent la pioche à l'épaule, pour arracher des genêts sur la côte; ceux qui vont bûcher dans les bois; ceux qui déchargent des poutres dans les chantiers; les carriers de Volvic qui taillent la dalle en chantant, ceux de Joze qui apportent au four la pierre à chaux; les hommes de Limagne qui montent, la hotte au dos, vers leurs vignes; ceux qui jettent l'épervier dans les étangs de la Combraille; ceux qui partent avec leurs vaches pour les pâturages des monts Dôme; ceux qui font le fromage dans les burons, au col de Diane; ceux qui pressent le caillé à deux genoux et rangent les grandes fourmes dans les caves, vers le puy Mary; ceux qui commencent de faucher l'herbe, fauche que faucheras-tu, dans les basses vallées; ceux, partout, qui travaillent de tout leur corps au plein air de la campagne, dans l'herbe ou sous la feuille sauvage, devant la grange ou près du torrent, au fort des bois, ou sur le découvert des monts.

« Je les connais, j'ai partagé le pain et le vin avec eux, et je suis ma besogne ici, comme chacun suit la sienne, à sa place. Les hommes, ce sont ceux qui ne remâchent pas les joies et les tristesses, mais qui, tant que le jour est long, font ce qu'ils peuvent faire. »

Alors l'ouvrage lui fuyait au-devant. « La force, j'aurai la force. Tout se fera. Et même ce que je ne vois pas encore. »

L'air du matin, l'entrain de la besogne, la vision de la justice, cela enlève. La fureur d'une chanson le jetait de l'avant. Et il commençait de chanter : une de ces vieilles qui s'en vont loin sur le pays, de longue résonance comme les cloches de vêpres, mais aussi dansantes et déchaînées que la bombarde. Des airs venus d'un monde plus large que celui de la tristesse et de la joie. Des airs de plain-chant où il y avait la vieille peine des villages; la marche des tambours, son tonnerre montant au mordant des fifres; la hardiesse de la diane, à l'aube, dans les camps, près des fleuves. Il chantait. Une amitié et une audace lui chauffaient le sang, tandis qu'il faisait voler la faux dans l'épaisseur du foin, ou qu'il abattait, à grands coups tranquilles, la cognée dans le pied tremblant d'un fayard. Et il lui semblait alors qu'il viendrait à bout d'assommer le diable.

TROISIÈME VEILLÉE

PREMIÈRE PAUSE

Valentin et ses espérances. — Au quartier des jardins.

Un petit dimanche de mai, Valentin avait donné rendez-vous à Gaspard au café Ronzier. Il devait l'aboucher avec un de ses amis, auditeur au Conseil d'Etat, qui se trouvait de passage à Ambert.

Ils accompagnèrent ce jeune homme jusqu'à sa chaise de poste, contents tous deux d'avoir mis en train l'affaire des communaux.

Ils remontèrent par ces rues tortueuses dont les galetas de planches avançaient comme pour rejoindre ceux d'en face. Des fumiers luisaient jaunes et bruns, dans les enfonçures. Une troupe d'oies ou un cochon en quête vaquaient par les ruelles aux encoignures rongées. Mais le soleil dorait le crépi d'un bâtiment à lucarnes basses, grillées de fer. A des perches sortant des étendoirs de teinturiers pendaient, en longs festons, des banderoles d'étamines rouges et bleues. Les tuiles fanées, leurs toitures déjetées, soutenues de potences, les murailles tassées et peintes de mouillures, les bornes éraflées, la poulie du grenier et l'épais anneau de fer de la porte, tout cela gardait un air encore proche des choses de campagne.

De sorte que, même là où la ville se tasse sous son

clocher à quatre aiguilles de granit, on sentait autour de soi le pays vert : la plaine de maigre gazon fleuri de centaurées où de tournant en tournant d'eau brune, la Dore court sous les chênes.

Ils firent tant de tours qu'au marché aux chèvres ils rencontrèrent les Grange. Gaspard crut remarquer que Grange rendait le salut de Valentin avec quelque froideur. Il jeta un coup d'œil au camarade et le vit radieux. « Que se passe-t-il? La petite lui aurait-elle fait entendre qu'il peut concevoir des espérances? Si cela est, nous voilà bien. »

Valentin, vite, l'entraîna, par-derrière la Grenette, où s'étendait l'ancien couvent. Sur ces murailles, au midi, étaient peints des lunes et des soleils, probablement des restes de cadrans solaires; et là où le boulevard s'élargit, sur le cimetière des moines, on avait installé un jeu de boules ombragé de peupliers.

Ils s'y assirent. Gaspard se demandait s'il y avait dû nouveau. Il n'y avait rien. Mais, sur des regards — il est vrai que les yeux de Pauline étaient parlants, pleins d'esprit et de feu —, Valentin s'était persuadé qu'elle avait une âme à cent lieues des âmes mesquines. Là-dessus, il remerciait chaleureusement Gaspard, qui lui avait conseillé de demeurer ici.

« Valentin croit qu'avec l'âme on force le destin. D'autres aussi l'ont cru. Et pourrait-on s'assurer sur Pauline autant qu'on le pouvait sur sa sœur? Mais qu'il passe par là. Il faut de ces écoles pour former un homme. »

Parler de ces amourettes à Anne-Marie, c'était bien simple, Gaspard n'aurait pas pu. Lui parlerait-il même des entreprises de son père? Grange voulait maintenant dans ses fabriques remplacer la mécanique de bois par de vraies machines. Il avait fait venir un Anglais qui mangeait comme trois chrétiens et qui lui coûterait bon.

Les Grange descendaient souvent au moulin de Chinard. Le père ne s'y attardait pas. Martin avait toujours quelque pointe à lancer : « Prends garde, Pauline, si tu vas au Pontel, tu y seras prise. La gelée y est forte, tout s'y prend, même les draps sur la terrasse. »

Pauline aimait ces venues à la ville, ce mouvement, ces grandes heures de rire et de jeunesse. Là, elle retrouvait d'abord cette Mariette, rose et brune, toute petite et à petites frisettes, mais la moitié d'un diable. Toujours pétillante de vivacité, d'invention, de malice. Sans autre beauté que des fossettes, combien elle était appétissante à regarder, avec ce nez large, gai, villageois! Et ces yeux à mettre le feu partout!

Pauline y retrouvait encore Lucie, la nièce de la Poule-Courte, un peu compassée, mais aussi gentille que fille sur terre. La cousine Hortense, parfois; et d'autres : Miette, Suzon, Julie, Zélie Messance et Françoise Solier, toutes sur les seize ans, venant à dix-sept, rieuses, éveillées comme des linottes, les lèvres mouillées et les yeux vifs, des yeux étincelants de bonheur à toute idée un peu folle.

Quand elles étaient au moulin, l'entrain n'y manquait non plus que l'eau dans le ruisseau qui coulait là, sans garde-fou, le long du boulevard. — Un jour, un commis marchand voyageur, sorti du Cadran-Bleu en lisant son journal, piqua le nez devant elles, malgré leurs cris. Elles l'en tirèrent, qui pataugeait dans les pots cassés, le hissèrent ruisselant, et s'allèrent cacher, de peur de mourir de rire. De tels événements faisaient longtemps époque.

C'était le printemps, la partie de l'année la plus agréable, mais la plus ingrate en fruits et en légumes. On allait s'égayer dans les jardins. Le temps clair, ces chants à cent reprises des oiseaux sur les bosquets, le vent qui ronfle dans les branches nues, le voyage de trois nuages dans ce bleu si vif, tout cela éveillait le courage. La nature pourtant commençait ses bienfaits par les fruits rouges, qui sont les fraises de jardin et celles des bois, les cerises à courte queue, les bigarreaux, les guignes, les aigriottes, les groseilles. En partant pour son jardin, le barbier criait à la voisine : « Allons, prenez une assiette et suivez-moi : vous ramasserez une assiettée de fraises! »

Sur les quatre heures, ces demoiselles mettaient dans la poche de leur tablier un croûton frais et des cerises. Il fallait faire sortir l'habillé de soie. Chacune, baguette au doigt, amenait le sien. On allait garder dans les fausses rues, ces rues d'orties et de liserons, vers le Petit-Cheix ou la Calandre. Des lézards couraient sur les murs chauds, depuis le renflement verdi du pied, dans les herbes, jusqu'au chaperon de tuiles que débordaient les palmes pointues d'un sumac. Par une porte entrouverte, on voyait le soleil sur une allée sablée entre deux grosses touffes de pivoines. Nulle fenêtre ne donnait là, sinon l'œil-de-bœuf d'un pavillon rose, dans les lilas, les faux ébéniers, les saules pleureurs, et c'était le vrai pays de l'amusement.

Françoise Solier et Zélie Messance amenaient aussi leur habillé de soie — chaque maison avait le sien pour tirer parti des épluchures et des eaux grasses. Mais, en guise de bâton, elles portaient une ombrelle. Une belle ombrelle de percale. Mariette les accusait de poser, avec leurs robes garnies de broderies à roues. Dans ces rues des jardins, pourtant, elles oubliaient leur rang de demoiselles pour s'amuser de tout leur cœur.

Elles imaginèrent bien d'organiser des courses de cochons. Le filleul de Gaspard dressa à peu près celui de Mariette, un gros lard de cinq cents pesant. Il l'enfourchait et le guidait en tirant sur les oreilles.

La bande était allée dans la petite rue des Prairies. Il faisait si beau ce soir-là, et on s'amusa tellement, que cette endiablée de Mariette ne se possédait plus. Ne gagea-t-elle pas de revenir à cheval au moulin? Elle s'assoit, comme font les dames, sur l'échine de sa monture. Le cochon ne veut point partir. Elle le fouaille, point de nouvelles. Le filleul prend la badine, cingle les oreilles battantes. Du coup, le cochon détale, arrive en un clin d'œil au coin du boulevard. M. César, gourmé, portant haut la tête, et le lieutenant de gendarmerie, sanglé, astiqué, miroitant, faisaient les cent pas devant la caserne. Ils attendaient le général inspecteur; et M. César, qui depuis l'émeute craignait pour ses biens, désirait se mettre sous sa protection toute spéciale.

Probablement le mouvement des basques doublées de rouge donne dans l'œil du cochon. Il s'arrête, grogne et, jetant bas la Mariette, fonce sur le lieutenant. M. César se retourne, voulant lancer un coup de canne. Le cochon happe au vol le pan de son habit marron, l'arrache d'une secousse et passe entre les jambes de M. César en le ruant par terre.

Mariette, qui se relevait, voit la chose : elle s'écrie et s'enfile dans la rue des Gonfanons. Les gendarmes sortent. Le troupeau arrivait, au petit trot, la queue en tire-bouchon. Les demoiselles précipitent les coups et déguerpissent en poussant des cris comme une volée de moineaux. Quel tumulte, quelle déroute! M. César, couvert de crotte, s'épongeait et reniflait plus que tous les habillés de soie ensemble. Ceux qui virent cela le contaient encore soixante ans après.

DEUXIÈME PAUSE

Banquet des papetiers. — La tournée du Dragon. — Plampougnis et le Bel-Ange.

A LA Saint-Pierre, fête des papetiers, pour la transformation de ses fabriques, Grange donna un banquet en plein air dans le pré, sous Minard. Il y avait son Angliche, les compagnons papetiers, des gouverneurs aux apprentis, et jusqu'aux chiffonnières. Il y avait M. le curé et plusieurs gros bourgeois. Tous les Chargnat y étaient.

Une fête, ce qui se peut imaginer de plus beau. Puisait qui voulait à un tonneau posé debout dans l'herbe. Comme on avait de quoi s'occuper, on resta cinq heures à table. A la nuit on alluma un feu de joie et il y eut grand bal.

Pauline parut si jolie ce jour-là qu'on en fit proverbe. Elle avait des anglaises, dont on parla beaucoup; car ces dames estimaient que seules les filles des deux plus grosses familles du pays étaient en possession de porter des anglaises. Mais Grange l'avait voulu ainsi. Sa nuque nue, ses traits gracieux, un air naturel de vivacité et de timidité, tout la faisait attrayante au possible. Il y en avait là quelques autres, le cou dégagé dans la collerette, mais pas une qui approchât de Pauline Grange.

M. César témoigna de tels empressements qu'il fit figure de prétendant pour beaucoup de personnes. La semaine qui suivit, le bruit d'un mariage courut dans les compagnies, et même dans les rues, car, l'été venu, les gens mangent la soupe assis sur la cadette, le soir, et l'on cause de porte à porte.

Grange faisait des avances, mais se repliait bientôt, embarrassé par la question de la dot. M. César se demandait si les rumeurs de la disette ne l'avaient pas refroidi, et se sentait piqué.

Dans les rues, maintenant, M. César forçait son air de personnage sûr de soi. Sur la porte du moulin, Martin le désignait d'un coup de menton : « Regarde-le : il n'y a que lui et les oiseaux! » Entendez : pour crotter sur les branches. Il le détestait parce qu'il avait eu peur d'avoir à payer l'habit marron. De six mois, Mariette n'osa passer devant la caserne.

Que Pauline aima ce temps de soleil! Anne-Marie l'envoyait ordinairement au moulin avec la Fanchon, leur servante, celle qui avait laissé voler le petit Henri et qui, l'esprit à moitié tourné, ne s'était remise que par leur douceur et leurs bons soins. Grange n'était pas surpris que Pauline préférât la compagnie de ses amies aux salons où ces dames dévidaient les obits, comme elle disait, c'est-à-dire parlaient des familles, des oncles morts, des héritages, et bâtissaient des généalogies interminables. Il n'insistait pas trop pour qu'elle le suivît chez les Chargnat. Mais il faisait remarquer à Anne-Marie que tout le mal qu'on avait chanté d'eux était vite tombé. Anne-Marie ne répondait guère.

Gaspard se montrait assez peu au moulin. On y voyait plus souvent ses frères et ses amis, le Dragon Baptiste surtout.

Dans cette troupe de demoiselles, le Dragon avait remarqué la Mariette, qui semblait toujours rire à la vie. Mais elle se défiait de lui, sur son renom de trompeur de filles. Il lui aurait plu assez : un grand brun, sec et leste, tout nerfs et tout muscles, avec un visage de pain d'épices. Il avait fait la campagne d'Espagne et montrait la pointe et la contre-pointe : « Fendez-vous comme un lion! » Il rasait, aussi, et saignait quelques bourgeois de Saint-Amand. Le samedi, il fallait le voir aller dans les domaines, d'un train, d'un pas, sifflant et faisant le moulinet de son petit bâton — on entendait craqueter ses nerfs —, un moulinet tel qu'on l'aurait dit couvert d'un parapluie. D'ailleurs le plus habile des humains : il était un peu horloger de ses mains, sans avoir appris. La finesse même.

C'était cette finesse qui inquiétait Mariette. Sa défunte mère l'avait élevée fort droit, et sous tout son endiablement elle cachait une peur des amourettes. Elle avait vu arriver quelques histoires. La petite du boulanger, après bien des pleurs et des soupirs, s'était décidée à se laisser enlever par son ami pressant. Ils étaient partis pour Saint-Etienne — c'était le refuge des pécheurs, c'est Clermont aujourd'hui —, et cela avait tourné bien ou cela avait tourné mal... Et cette blanchisseuse qui fauta avec un commis du greffe, quelle affaire! La police y monta : le père menaçait de l'assommer de coups. Aussi, après l'accouchement, elle se plaça à Lyon, la vie ne lui ayant plus été possible ici.

Mariette, donc, se moqua si bien du Dragon, qu'elle le rebuta. Il tâcha de se rattraper ailleurs. Sa sœur, qui le voyait courir, voulait croire que c'était pour le bon motif. « Tu n'es pas fou de fréquenter cette fille de Fournols? Il n' y a que trois vaches et elles sont cinq sœurs. Je t'en connais une, moi; elle est seule, il y a dix vaches et la mère n'est pas désagréable. »

Un matin, il décide de se marier. Il monte sur le Grand-Blanc, prend sa sœur en croupe, qui connaissait mieux que lui la carte du pays, met son chapeau sur son bâton, et en route, du côté où le vent tourne.

« Non, là, personne pour toi... Ici, nous pourrions descendre : la fille est bonne ménagère et le parrain passe pour riche. »

Il en demanda onze la même semaine, n'attendant pas d'avoir réponse de l'une pour s'adresser à l'autre. Dès le second jour, sa sœur ne voulut plus le suivre. En tout, il en demanda vingt-quatre, dont vingt-trois se sont repenties de l'avoir refusé. La vingt-quatrième se fit religieuse.

Lorsqu'il revint au moulin, où Gaspard avait peut-être dit deux mots, il fut reçu avec bien des moqueries, bien des rires. Mariette ne put pourtant s'empêcher de le regarder d'un certain air. Voilà un garçon qui lui parle avec des paroles si vraies, si vives, qu'elle, de son côté, ne sait plus se défendre de ses amitiés.

Il n'y avait qu'une difficulté, si peu que rien : c'était que Martin ne voulait rien entendre. « Camarade, plus que jamais, donne le bonjour quand tu passeras, et nous trinquerons. Mais tu n'auras pas la petite. Et, dans trois mois, tu me remercieras de ne t'avoir pas embarrassé d'une femme. »

Avant le goûter, d'ordinaire, elles cousaient ou brodaient dans la galerie à balustres de bois, au-dessus du ruisseau. Il y traînait des boisseaux, des rouleaux de corde, des poulies; cet attirail, les parois de sapin, le train des meules et de l'eau fluant, le grand air, tout faisait qu'on pouvait s'y croire en bateau, en voyage. Et puis on dominait le grand chemin jusqu'au pont; quand Valentin Verdier venait en ville à cheval, on avait son salut.

La plus assidue à travailler là, c'était Lucie, qu'on appelait le Bel-Ange. Un jour, pour quelque point de côté, elle avait paru à sa fenêtre, mais atournée et pomponnée sans qu'un cheveu passât l'autre; et, levant languissamment les yeux vers le ciel : « Bel Ange, s'était-elle écriée, venez me prendre! » Une mignarde, au teint de dragée rose, toujours recueillie en sa beauté. Elle savait soupirer, et ne marchait qu'à petits pas, comme une chèvre.

Sa tante, la Poule-Courte, était venue du Monestier s'établir près d'elle lorsqu'elle était restée orpheline. Et cette pauvre Poule-Courte aimait tant fureter, s'insinuer au plus épais des commerces et des commérages qu'on la voyait souvent arriver, plus roulant que marchant, essoufflée, enluminée, mais pointant son nez de belette et remarquant tout de derrière ses lunettes bleues.

On vient, entre voisines, on se dit ce qui est arrivé, on l'écoute, ça ne va pas plus loin. Mais elle : « Où était-ce? Vous êtes sûre? Qui y était? Qui vous l'a dit? — Hé! ce n'est pas monsieur le curé qui me l'a dit. »

Elle montait les degrés en soufflant, une main à la muraille, et, tout de suite : « Pour qui a-t-on sonné hier soir? » Ou bien : « Dites, et l'Angèle? elle est allée chez le pharmacien... » Elle savait tout, tout et tout. Elle avait l'œil à tout ce qui arrivait, pour être la première à avoir à dire là-dessus.

Lorsqu'elle vit pointer le mariage de Pauline, il lui fallut absolument s'en mêler.

Mariette a assuré l'avoir rencontrée un soir, dans la rue du Petit-Cheix, en grande conférence avec M. César et lui faisant des messes basses chuchotées grand train. Important comme il l'était, M. César n'aurait jamais consenti à s'exposer à un refus pour Pauline. Il avait besoin de quelqu'un qui le renseignât sur ce qui se passait autour des Grange.

La vue de quelques écus n'aurait pas fait peur à la Poule-Courte. Mais enfin elle démangeait surtout de se faufiler dans une bonne maison et d'y être au temps du jeune ménage comme une marmite montée.

La voilà donc toute à sa manigance.

Elle comptait sur Lucie pour endoctriner Pauline. Aux premiers mots, la nièce déclara, les yeux au plafond, que

M. Chargnat, l'avoué, n'avait point une nature faite pour agréer à une jeune personne vraiment sensible.

Que s'entendit-elle chanter? Que son pauvre père était à coup sûr en purgatoire, pour le tort qu'il avait eu de l'élever de cette façon. Qu'elle, sa tante, savait trop comment cela tournerait, et ce qu'on viendrait lui apprendre un jour. Qu'elle priait seulement le Bon Dieu de la ramasser auparavant.

Et elle entreprit de catéchiser Pauline elle-même.

« Pauvre mignonne, c'est écrit sur sa figure : il vous chérit à en perdre le boire et le manger! Vous seriez maîtresse de la maison la mieux pourvue du pays : cent vingt paires de drap dans les armoires!

— Et combien de sacs dans les greniers? » demandait Mariette.

Un après-dîner, comme elle se rendait au Monestier dans son charreton, la Poule-Courte s'arrêta chez Martin. Gaspard et Plampougnis se trouvaient sur la porte. Le Guillaume de Montfanon, un vieil estafier, qui, ayant perdu tous ses biens en procès, s'était fait valet de moulin, s'approche. Il détèle le petit âne, Plampougnis enlève le baudet à bras-le-corps, l'assoit dans la charrette; Guillaume l'enveloppe du châle, lui attache le chapeau sur la tête, le cabas au cou. Plampougnis se met aux brancards et fait faire à l'ânichon le tour du quartier par le Chicot.

Quand il revint, il fut reçu! La Poule-Courte l'attendait, plantée en pieds, les yeux flambants, comme si elle voulait se jeter sur lui et lui arracher la figure. Lui avait repris l'ânichon, l'avait posé à terre, le rattelait. Là-dessus Lucie, se demandant ce qui pouvait se passer, descendit de la galerie.

« Et à présent! Cette dévergondée qui viendra se rire de sa tante? »

Et comme, bien sûr, elle ne pouvait s'attaquer au Plampougnis, la Poule-Courte, levant le bâton, fit un pas vers sa nièce. Elle ne sut ce qui arrivait. Plampougnis l'enleva, la colla sur la banquette, piqua l'âne sous la queue. Elle partit à la renverse, se rattrapa, et la voilà embarquée, mais se retournant pour crier encore des injures.

Voilà aussi devant Lucie toute blanche un Plampougnis tout rouge. Ces garçons-là, ils étaient fous! Etourdis comme des cloches, toujours prêts à se lancer sans calculer dans ce qui était rire et farce. Les vieux, du reste, c'était du pareil au même. « Guillaume, criaient les demoiselles, chantez-nous le *Te Deum! — Té Déon laudamus... Baü!* » Baü, c'étaient les bombes. Qu'ils se sont fait du bon sang, ces chrétiens! Mais il n'y a plus de monde ainsi bâti depuis longtemps.

Plampougnis restait là, tout vermeil et tout démonté, à l'idée qu'il aurait procuré des ennuis à cette demoiselle si pâle, si touchante. Il n'y avait pas moins habile à parler. Il sut pourtant demander son pardon d'une façon qui porta. S'il avait osé regarder Lucie, il aurait lu sur son visage quelque chose qui n'était pas rebutant.

La Poule-Courte eut l'esprit de tant en dire à sa nièce, de tant l'accuser de s'être entendue avec ce charpentier de Saint-Amand pour la tourner en dérision, qu'un mois après Lucie l'avoua à Mariette : elle voyait ce grand jeune homme frisé avec intérêt et plaisir.

TROISIÈME PAUSE

La jeunesse et son train. — Le petit bal.

MARTIN voulait profiter de la belle saison pour changer une maîtresse poutre pourrie par des gouttières. Faire la réparation sans défaire la toiture semblait impossible. Et quel embarras! Par hasard, Martin en parla à Gaspard. Gaspard regarda, toisa :

« Ça va. Je descendrai avec Plampougnis. »

On le croira ou non, il vint à bout de changer la poutre sans déplacer une tuile! De quelques madriers, il bâtit un appareil, mit un ais au point juste pour former levier. La Poule-Courte était là, curieuse comme une javotte. Il l'appela, la fit asseoir tout au bout. La toiture se souleva. Plampougnis et Martin n'eurent plus qu'à retirer et remplacer la poutre.

Pour l'engin, pas un homme n'eût égalé Gaspard. En ce temps, sa tête travaillait sans cesse sur le petit Henri, sur la contre-lettre, sur tout cela. Il ne trouvait pas ce qu'il aurait voulu trouver. Alors, parfois, il portait son esprit ailleurs, sur des inventions qui l'exerçaient, le soulageaient, le récréaient. Il avait acheté le bois de Combeneire. Ce fut là qu'il fabriqua une espèce de cric tout nouveau, avec une perche à trois crocs de fer, pour arracher les arbres. Il inventa aussi un engin fort simple pour les cuber sur place. L'ingénieur des Ponts et Chaussées passa par le bois, essaya l'appareil, le trouva aussi juste que son graphomètre. Il fut forcé d'en convenir devant Benoni et le Dragon.

Les gens de la ville venaient par curiosité examiner la toiture du moulin. Valentin Verdier s'y fit amener par M. Jean; puis par les frères de Gaspard.

Les périodes où il ne voyait pas Pauline gardaient la couleur du jour où il l'avait vue. Avec cela, quand il l'apercevait, il avait envie de tourner bride et de se sauver au galop. Il lui était carrément pénible d'avoir à la saluer, à lui parler, et de sentir des personnes autour d'elle. Pourtant, il n'y avait plus de bonheur pour lui qu'en compagnie de Mlle Grange. Et mille doutes, mille assurances, mille tourments, mille joies. Il sentait bien qu'avant peu il faudrait sortir de cet état extraordinaire, mais il vivait comme dans un nuage.

Pauline avait moins de choses qu'auparavant à dire à ses amies. Deux fois, elle raconta à Mariette et à Lucie des rêves qu'elle avait faits. Mariette devina qu'elle y cherchait sa bonne aventure. Elle lui voyait tenter des épreuves. « Si je puis broder ce fleuron avant que la cloche sonne... » Elle formait donc sans cesse quelque grand vœu secret.

Un jour où Valentin vint, Gaspard repiquait les meules, le marteau tranchant à la main, à moitié couché sur un sac. Il avait les yeux protégés par des lunettes, mais il vit ce qu'il y avait à voir. Dès que Valentin entra, Pauline prit un certain petit air de fierté, d'innocence, qui l'avantageait beaucoup. Puis elle ne songeait plus à aucune pose. Un élan du corps, un éclat du teint la transfiguraient.

Il fut ce soir-là de mauvaise humeur. Anne-Marie, le lendemain, lui demanda de voir aux transformations des fabriques. (Grange avait fait venir des machines trop fortes pour le ruisseau, qui n'arrivait pas à les faire tourner. Prendre l'avis de Gaspard lui avait coûté; et, maintenant, le cric et la charpente lui montraient son tort.) Mais Gaspard s'excusa, prétendit n'y rien entendre. Anne-Marie espérait qu'il lui dirait un mot de ses recherches. Rien et rien. Il restait dur, avec une face de bois. Ce qu'il voyait se préparer entre Pauline et Valentin dérangeait ses mesures, peut-être.

Du côté de bise, même par les jours brûlants, il y avait un souffle d'air. Les peupliers qui entouraient les bâtiments fléchissaient tous ensemble, en chantant comme une fontaine. Le soleil donnait sur les architectures de l'église; sa lumière blonde soulignait d'ombres la vieille tour ouvragée avec ses gargouilles, ses colonnettes, ses balustrades à jour. Trois heures sonnaient à la cloche pendue dans une cage de fer, là-haut, tout en haut de la tourelle du guet.

Le père Montel et son ouvrier battaient la semelle dans leur échoppe d'entre deux contreforts. La carriole de Benoni arrivait, roulant comme un tonnerre. Il sautait à terre, offrait la main à Pauline, à Fanchon qui avaient profité de son voyage pour venir retrouver le père et Anne-Marie, souvent en ville depuis le matin. Il s'apprivoisait, ce dévorant, ne s'enivrait que le dimanche, et encore pour faire honneur à la maison. Aussi simple de cœur que Plampougnis d'ailleurs. Un soir, le Dragon et Martin l'emmenèrent à la représentation que des comédiens de passage donnaient dans la grande salle du Cadran-Bleu. Au plus beau moment du mélodrame, il tourna la tête, passa l'œil sur l'assistance, puis tout d'un coup, sautant sur ses pieds : « Tas de lâches! Vous laisserez assassiner ce petit! »

Le chaud du jour tombé, les demoiselles allaient au jardin. Mais dès qu'elles revenaient, et sitôt l'ouvrage fini, tous chaussaient des souliers bien plats, bien usés, pour être plus à l'aise, et vite à la danse. Au Pontel, au foirail, au marché aux chèvres, devant les Pénitents, sur chaque place, dans chaque rue, on dansait. La valse, la bourrée, le galop. Celui dont la tendre amie était en retard allait la chercher, la ramenait par la main.

Ah! que tes beaux yeux m'enchantent,
Me riant, me regardant...

Du moulin, on sortait sur la petite place. Le Guillaume s'asseyait devant les carreaux à emplâtres du père Montel. Avant qu'il commençât, tel galant l'abordait, lui plaquait deux sous dans la paume : « Tu feras gri-gri quand je passerai devant la Suzon. » Le vieux singe empochait très bien les deux sous, et dès que l'autre se trouvait devant la plus laide : « Gri-gri, embrassez vos demoiselles!... — Ah! ma foi, si tu crois que je peux tout voir! Tu te rattraperas.

Il reprenait son crincrin — le seul bien qui lui restât à force d'avoir gagné les procès où l'avait poussé M. César —, passait la résine sur les cordes. Et les pailles, que le vent avait roulées entre les carrés de marelle tracés d'un charbon, s'envolaient au tournoiement des jupes.

Gaspard regardait danser Pauline et Valentin. Ces deux-là, Martin les regardait aussi. Comment faire pour ne pas voir une sorte d'étincelant autour d'eux? Ils avaient ce je ne sais quoi qui enlève, qui fait qu'on prend leur entente en amitié, qu'on voudrait la servir. Martin dut en dire quelque chose à Gaspard, et parut tout ébahi de ce qui lui fût répondu.

« C'est comme ça, conclut Gaspard, leurs amours ne serviront pas Anne-Marie Grange. Donc, savez-vous, donnez désormais le bal dans votre cour : Valentin est timide, il viendra peut-être moins. Et surtout, si la Poule-Courte s'amène, fermez votre porte. »

La Poule-Courte, Martin ne pouvait la sentir. Il voulait qu'elle fût la pourvoyeuse de M. Amédée. Il assurait les avoir entendus de son jardin à la nuit, dans le jardin de M. César : « Voyons, vous ne connaîtriez pas une petite, pour passer un moment d'agrément? » Et il imitait la voix du percepteur qui parlait du nez, pour avoir, selon lui, été mal pansé d'une maladie de garçon.

O mon Dieu, que vous êtes offensé par du sale monde! Celui qui vit bien ne peut pas se mettre cela dans l'idée. Mariette disait que son père, avec sa chaude cervelle, imaginait trop de choses. Si la Poule-Courte courait de nuit, c'était par curiosité. « Les fenêtres sont éclairées, on voit les personnes, ce qu'elles font, qui elles reçoivent J'en apprends deux fois plus que le jour. »

Sur la place, tout se passait au grand soleil. Mais Martin savait que Grange était à peu près tenu par les Chargnat. Si la Poule-Courte allait faire des rapports à M. César, les choses s'embarrasseraient fâcheusement.

Il fit inviter Jeuselou; on donna le bal dans la cour.

Jeuselou est là avec sa vielle et ces yeux perdus qu'il a quand il joue, marquant la mesure à la fois du menton et du sabot. Toutes les demoiselles sont là, sauf Lucie que la Poule-Courte retient au logis, par malice. Plampougnis remonte son pantalon de grosse toile, ajuste son gilet bleu à boutons de corne, et court au Chicot avec le Dragon.

« Je me rends à votre vœu, mais intercédez auprès de ma tante afin qu'elle me laisse aller danser. »

La tante est en haut, on l'entend qui furette. De la rue, le Dragon crie :

« Ho! Poule-Courte, nous emmenons le Bel-Ange! »

Les voilà toutes, coiffées l'une à la grecque, l'autre à la girafe. Les voilà, tabliers et frisons voletant, et déjà la danse leur fleurit la mine. Celle, hier encore, qui sautait à cloche-pied et s'arrêtait en renversant la tête, ou celle qui berçait du pied son petit frère : toutes, et le brillant de leurs yeux, et ce parfum de trèfle à peine en fleur...

Et, quand on y songe, toutes avec leurs noms et leurs surnoms, leurs manières, leurs manies, sont mortes, tellement mortes! Ces garçons et ces jolies amies, ces jeunes pleins de leurs idées, de leurs goûts, de leurs projets, morts et oubliés sous quatre pieds de terre. N'en reste qu'un souvenir qui se déforme dans le brouillard. Demain, ce sera comme s'ils n'avaient pas vécu.

On voudrait essayer de dire : se pourrait-il que ce qui a été vivant, avec un cœur, n'ait été qu'un hasard, une sorte d'apparition qui n'a pas de sens ni de réalité vraie, et qui s'est toute défaite dans la mort?

QUATRIÈME PAUSE

Tonton Amédée vient au bal. — Le jeu de quilles. — Scène fâcheuse.

ET puis, un jour, on vit M. Amédée pousser la porte.

« J'ai entendu la musique. C'est la bonne maison, ici! Ma foi, j'entre, pas plus gêné que gênant! »

M. César le portait trop haut, était trop monsieur, pour paraître dans ces assemblées de jeunesse. Le tonton Amédée, c'était le bon garçon : il avait la façon de parler aux gens dans le gousset, de les envelopper de propos et de taloches. Pas une noce sans lui. Il s'invitait, quand on ne l'invitait pas. « Si vous ne me voulez pas, je viendrai tout de même. Mais si vous me voulez, je viendrai avec mon castor à bout de nacre. » Et dites qu'il tapait bien sur le rôti. Il avait mis les gens sur ce pied de lui servir, pour lui seul et comme agrément, par-dessus sa part qui en valait trois autres, un gigot. Ce gigot mis à l'abri, il s'essuyait la bouche : « Peu, mais bon. »

Une semaine, il fut ainsi de quatre noces. Le dimanche, s'il ne dînait chez personne, il lui arrivait d'entrer chez le boulanger, d'ouvrir le four. Si quelque pâté gras, ou quelque morceau de mouton sur des pommes de terre croustillantes lui disait, il l'emportait fort bien. Allez crier contre le percepteur qui peut doubler vos impôts. Il enleva ainsi une fois le milliard aux cerises de *La Belle Bergère*. Le lendemain, Gaspard fait un crochet, passe par la métairie des Chargnat. Près du portail à boules de pierre, il attrape un des deux paons qui se promenaient, lui tord le cou. « Tu diras à M. Amédée, cria-t-il au métayer. Il nous a fait l'amitié de prendre notre milliard, nous ne voudrions pas lui faire affront en le laissant en arrière. Mais j'irai lui porter les plumes. »

Il les lui porta et lui dit en riant qu'avec les amis il fallait y aller sans façons.

Sa mère le gronda. « Au moins, tu n'aurais pas dû, pour ces plumes. — Hé! les plumes de paon portent malheur. Suivez bien ces Chargnat, vous verrez. »

Au moulin, aussitôt entré, voilà le tonton Amédée faisant la belle jambe, riant, tournant, envoyant chercher chopine pour le musicien et invitant Mariette.

Les mains aux poches, Martin regardait faire le percepteur. Il poussa le Dragon du coude :

« Petit, dis-lui d'aller faire ses grâces chez la Quelette. »

La Quelette demeurait dans la ruelle à côté de chez M. César. On montait trois marches et il y avait un petit palier. Laide à faire faire un écart à une mule, et toujours mise salement, comme une femme de campagne. Mais quoi, elle était seule de son métier dans le pays. Quand une particulière se conduisait mal : « Va faire renfort à la Quelette! »

Valentin pourrait bien survenir. Sûrement les Chargnat et lui se rencontreront quelque jour autour d'une demoiselle que je connais.

Si M. Amédée accueille Valentin par un : « Alors? toujours en train d'amourettes? » comme tantôt pour Plampougnis, qu'en recevra-t-il en guise de réponse?

On se sentait à la gêne. On se demandait comment, par quel tour, se débarrasser du tonton.

Après vêpres, le dimanche, comme Jeuselou accordait sa vielle. M. Amédée reparut. Anne-Marie était au jardin avec Fanchon, mais Grange demeurait là. Pauline tremblait de voir survenir Valentin.

« Ces chaleurs d'août vous tuent, dit Mariette. Je crois bien que nous ne danserons pas.

— Nous serons, dit le Dragon, plus vaillants que vous. Monsieur Amédée, la partie de quilles? »

On laissait chez Martin les quilles du quartier. Ils passèrent sous les peupliers, mirent bas la veste. Gentiment, le Dragon prit la polonaise de M. Amédée, alla l'accrocher dans la cour, posa le castor et le jonc à pomme d'ivoire à côté, près des demoiselles.

Une partie, une autre, une autre encore. Il n'y en avait que pour le percepteur. Ses trois enjambées faites pour lancer sa boule, il criait, jubilait quand elle emportait le neuf ou envoyait une quille à la volée à travers le bataillon. Et de ce train tout l'après-midi : une fumée, un volume!

« Monsieur Amédée, vous devriez desserrer votre cravate. On dirait que vous allez avoir un coup de sang comme votre pauvre père. »

Si cette remarque lui fit plaisir, il ne le montra pas. Il se donna moins de mouvement. La partie terminée, il s'étira et alla décrocher sa polonaise.

Martin l'envisageait, et se tourna pour dire quelques mots à Gaspard, à Jeuselou, qui firent les mêmes grands yeux.

« Il n'y a pas que la tête qui ait enflé, fit Jeuselou à mi-voix : tout le corps a comme forci .»

M. Amédée qui les avait écoutés, la tête de côté, plongea la main dans une manche qui lui parut étroite. Il n'arrivait pas à enfiler l'autre. Sa polonaise le gênait aux entournures. Il fit effort, le dos craqua.

Les oreilles lui tintaient. Il prit son castor, voulut l'enfoncer : sa tête n'y entrait plus. Jusqu'à son jonc qui se trouvait de deux doigts trop court.

« Vous ne semblez pas bien, monsieur Amédée; nous allons vous accompagner chez votre frère. »

Le Dragon et Jeuselou l'escortèrent, d'un air d'attention, d'inquiétude. L'autre, les yeux ronds, regagna le Pontel en silence. Aussitôt rentré, il se dit malade à la servante et se mit au lit sans souper, pour la première fois de sa vie.

Mariette avait compris le Dragon au premier mot. Elle s'était mise avec Lucie à la polonaise — jamais travail de couture ne leur coûta si peu —, puis avait resserré elle-même le castor, et forcé Pauline à rogner la canne. Si Grange les avait surprises!

Tonton Amédée ne reparut de huit jours, puis revint un soir, affecta de rire très haut, et de chercher ces demoiselles.

« Elles m'ont joué le tour, les friponnes! Mais je les repincerai et je me paierai sur elles, dites-le-leur, père Martin. »

On ne le revit que par occasions.

Il marquait toujours, cependant, beaucoup de jovialité et de cordialité. Le jour de la foire, à Saint-Amand, il distribuait ses bonnes grâces sur le foirail. Il aperçut Valentin et vint à lui, la mine riante, la main tendue. Valentin mit ses mains derrière son dos. Et comme l'autre à cet affront public, se récriait, disant qu'il fallait oublier les vieilles querelles de la politique :

« Il n'y a pas de politique. Je ne vous aurais fait aucun affront si vous n'étiez venu le chercher. Voulez-vous que je vous dise tout haut, devant tous, pourquoi je ne mets pas ma main dans la vôtre?

Il s'était souvenu d'un mot de Gaspard, et sur cela, tant il avait de confiance dans son ami, il avait marché. Ils aimaient peu le tonton, qui n'avait été qu'une manière d'officier, plutôt commis aux vivres, et qu'on appelait Vaisselle-d'Etain, parce qu'il n'allait pas au feu. Enfin, ce fut dit, et en plein soleil. L'autre perdit contenance, mâchonna on ne sut quoi entre ses dents, et fit demi-tour.

D'un personnage aussi absolu, cela fut remarqué. M. Solier dit à Gaspard que Valentin le paierait cher un jour ou l'autre.

« Si, si, je connais l'oiseau. Il est encore plus rancunnier et plus dur que son fameux frère. »

Gaspard prétendait que la mode était venue de mal parler d'eux et qu'il n'en fallait pas croire la moitié de la moitié.

Ce fut ce qu'il dit à Anne-Marie. Il vit bien que cette scène l'avait inquiétée et qu'elle aurait voulu en raisonner avec lui.

Anne-Marie repensait à part soi à ces messieurs, à Pauline. Elle s'accusait de n'avoir pas suivi ces dernières semaines d'autre pensée que celle de son petit garçon perdu. « Pauline ne me parle plus comme autrefois. Alors, elle aurait cru n'avoir d'amitié pour quelqu'un que si nous partagions cette amitié. J'avais promis à notre pauvre mère, la nuit de sa mort, de veiller sur cette petite. Ma mère, elle, aurait su veiller, mais c'était une autre femme que moi!... Ah! que Pauline ne se marie pas sans rien comprendre à la vie ni à soi-même. J'étais trop innocente, aussi. Pauline, je ne me suis pas assez occupée d'elle. Je sortirai moins avec le père. Nous irons, elle et moi, au jardin des Martin. »

Grange grogna beaucoup.

« Alors, maintenant, dans la famille, l'un d'un côté, les autres de l'autre? Ça a bonne façon! »

Anne-Marie l'apaisait, et n'était pas fâchée d'espacer les visites chez les Chargnat. L'air qu'on respirait dans cette maison l'oppressait.

Gaspard, on ne le voyait plus. Il travaillait à l'abatage de son bois. Il s'était installé à Combeneire. Il échappa au Dragon de dire qu'il avait fait des courses du côté de Doranges.

Anne-Marie aurait aimé raisonner des choses avec lui. Un changement de Pauline lui donnait à penser. Pauline avait perdu sa coquetterie, ses chansons. Par périodes, elle s'imposait des mortifications qu'Anne-Marie devinait, comme de manger le dessert du côté de sa mauvaise dent. On la sentait occupée d'une idée, comme si elle avait à prendre quelque décision d'importance.

Anne-Marie remarqua que, depuis sa dernière danse avec Valentin, elle n'avait plus dansé avec personne. « Elle n'aime pas Valentin Verdier, pourtant; il ne se peut pas qu'elle soit amoureuse? »

Alors qu'elle était petite fille, une nuit où elle couchait à *La Belle Bergère,* sur les deux heures Anne-Marie avait été réveillée par des coups à la porte. C'était un homme, un grand à joues rouges, avec de la barbe. Il avait demandé une soupe et une chopine. Elle avait senti les parents de Gaspard intrigués par cet homme, de sorte qu'elle était venue le regarder entre les barreaux de l'escalier. Il achevait de manger, debout, avalait en hâte un dernier verre de vin; et il était parti à travers la nuit, la tempête. On en parla beaucoup. « C'est un amoureux ou un fou », disait la mère de Gaspard.

Ce mot d'amoureux était depuis ce jour-là entré dans la tête d'Anne-Marie avec une couleur singulière. Elle admettait que Robert eût été amoureux d'elle. Gaspard, non : ils s'étaient connus de toujours, ç'avait été l'ami de toute sa vie. Pauline, certainement, n'était pas amoureuse. Valentin ne lui était rien, ni son cousin, ni son compagnon. Pourquoi Pauline songerait-elle à lui engager tout? « Seulement, Pauline se demande ce qu'elle devra répondre si M. César la veut pour femme. Et M. César, sans doute, va faire bientôt sa demande. »

CINQUIÈME PAUSE

La Mariette de l'Imberdis et son message. — Gaspard sur les routes.

Arriva ce qu'elles n'attendaient pas.

Un soir de septembre, elles allèrent au jardin. Un parfum de coings et de feux d'herbes traînait dans les venelles. Une prune bleue tombait sur les tuiles, roulait parmi les orties. Dans ce grand calme, il sembla à Anne-Marie que quelqu'un les suivait. Elle eut peine à enfoncer dans la serrure la grosse clef à quoi pendait un morceau de bois.

La porte poussée, on se trouvait dans une resserre de brouettes et d'outils. Des tresses d'ail, des bottes de thym mettaient là une odeur rustique et vive.

Anne-Marie et Pauline chaussèrent des galoches. Il leur arrivait de jardiner un peu, de lier les salades ou de soulever la citrouille pour glisser dessous la tuile qui la garderait de pourrir. Travailler, c'est laisser couler ses peines.

Anne-Marie s'était attardée à songer une demi-minute. Elle se leva pour bien enfoncer les pieds dans les galoches, fit deux pas. Quelqu'un, dehors, frôlait la porte. Son cœur s'arrêta.

On toqua, d'un coup brusque.

Entra une femme à face rouge et sauvage, battue de deux mèches noires, une mendiante à la robe roulée sur ses cotillons, qui tenait un grand bâton à la main. Alors, Anne-Marie reconnut la Mariette de l'Imberdis.

Une déraisonnée qui s'en donnait peut-être plus l'air qu'elle n'en avait la chanson, afin de pouvoir insulter les personnes. Cette grande chabraque avait une maison; elle était la droite sœur de M. de l'Imberdis, le charlatan qui vendait son onguent devant le portail de la paroisse, les dimanches; mais elle aimait mieux courir les chemins. Elle entrait partout, refermait la porte d'un coup de sabot en ruade, et, sans bonjour ni bonsoir, d'une voix à crier au feu, débitait les nouvelles : les malheurs, les morts, les mariages. C'était un journal. On lui donnait toujours quelque chose. Elle le fourrait dans le devant de sa jupe retroussée, comme font celles qui cueillent les pommes, et reprenait la porte.

Là, son entrée faite, elle tend à Anne-Marie un papier plié et cacheté avec de la mie de pain.

L'écrit n'était pas long.

« *Vous avez dû savoir que je vous avais dit vrai. Mais vous vous y êtes prise trop tard. Si jamais je retrouvais qui vous savez, il faudrait tenir tout de suite compte de l'avis.* »

Anne-Marie devint blanche comme sa guimpe, avec des yeux qui éclairaient. Elle tenait ce papier qui lui tremblait dans la main, et faisait des efforts incroyables pour avoir un mot. L'autre — ce fut si subit qu'il n'y eut pas à l'empêcher — rattrape la feuille, la met en boule et l'avale.

Elle allait pour sortir. Anne-Marie se jeta sur la porte, criant, appelant Pauline. Les voilà toutes deux après cette femme. Anne-Marie, cherchant ses yeux, la suppliait et trouvait pour lui parler du petit garçon perdu tout ce qui se peut de plus déchirant et de plus fort. Et des instances, des promesses, des prières. Une âme chrétienne n'y aurait pas résisté. Cette Mariette finit par la regarder; elle se troubla.

« Je vous connais... Je connaissais votre mère. Une fois, j'étais petite, elle me donna deux pastilles. Je m'en souviendrai tant que je vivrai. Ces pastilles! J'étais reine de France! »

Sa voix, toute basse, coupée, machinale, comme si elle se parlait à elle-même, faisait contraste avec sa crierie ordinaire.

« Le papier, c'est un homme qui me l'a remis : « Tu « le lui donneras et à personne autre. Tu le reprendras « ensuite. » C'était loin d'ici, dans les bois, près d'une fontaine où je mangeais mes croûtes en les trempant. »

Il n'y eut rien à en tirer de plus. Rien ne servit à rien. Anne-Marie étala l'argent qu'elle avait sur elle. L'autre envoya la main et le rafla d'un coup pareil au coup de patte d'une bête. Elle marmonna :

« J'ai la maladie de chercher le croûton. »

Cela signifiait que l'argent ne pouvait rien sur elle parce qu'elle aurait toujours le goût d'errer en mendiant. Pauline imagina de courir au cabaret et de rapporter deux bouteilles. Ce vin passa comme de l'eau. La Mariette, appesantie, promit d'un signe de tête, si elle revoyait l'homme, de lui parler comme Anne-Marie se tuait de le lui demander. Elle se taisait, le regard plus lourd, la face plus flamboyante et plus sauvage, cuvant son vin avec de gros renvois.

Anne-Marie l'envisageait, cette femme qui pourrait l'aider à retrouver son enfant : et comment la toucher? Comment la rejoindre? Sur sa figure torturée, les larmes coulaient fil à fil.

Elle faillit tomber malade. Un tourbillon d'espoirs et de craintes ne lui laissait aucun repos. Elle n'eut pas de cesse qu'elle n'eût vu Gaspard.

Gaspard, en achetant le bois de Combeneire, avait fait un coup magnifique. Son état dans le pays en fut bien augmenté. Il avait commandé des harnais tous pareils pour sa cavalerie. Il fallait voir cela : les houppes de laine bleue, les courroies, les grelots, le luisant des montures de cuivre! On partait avant l'aube. A côté des limoniers, des cordiers, des brancardiers, les fouets claquaient en coups de pistolet dans la nuit. Les chars roulaient ainsi qu'un train d'artillerie, chargés de troncs énormes, et balançant de leurs lanternes cerclées de grands ronds jaunes sur la route. Ah! il fallait voir ces descentes vers Jumeaux, où était la batellerie, ou sur Issoire par Sarpoil et Parentignat.

Le jour venait; tout était gris encore, dans l'odeur du brouillard, qu'on commençait de voir filer par grandes brassées. Le bout des branches des fayards dégouttelait, sur le bord raviné du chemin où couraient leurs grosses racines. Une dernière grisaille s'enlevait, bue par la lumière, et du haut d'un tournant on se trouvait au soleil devant la plaine.

Devant l'Allier qui vient des bonnes terres chaudes de Langeac et de Brioude. Là-bas, c'est le Lembron, un pays riche, la plaine d'Issoire et ses trois Couzes. Là, Sauxillanges et ses fours de potiers; Usson, sous le château en éboulis de la reine Margot; la Comté, le pays des bois, comme on dit, sa terre à blé, devant les puys pointus couverts de chênes. Et l'Allier tourne sous les vignobles de Corent, de Soulasse; puis les vergers de Veyre; les pièces et les pièces de froment, vers Clermont, et les noyers au fil des routes, le grand pont de Pont-du-Château, et le Marais, passé Riom, le terreau noir si fameux qu'on le travaille à la bêche à deux dents, sans y mettre les vaches; le grand bocage de pommiers et de saules; et plus bas, vers Randan, là où le pays devient moins propre au labour, la belle forêt, feuillue et fraîche.

Les cloches des bourgs parlaient à Gaspard dans le vent du matin. Il avait fait amitié avec les gens, ceux des métairies, ceux des chantiers, des ateliers, des boutiques. Ceux même des chemins, les mendiants, étaient de son alliance. Il marchait, la main sur la chaîne de ses gros pommelés, et il se sentait aussi solide que le tonnerre du ciel.

Il vint. Anne-Marie savait qu'il ne voulait pas croire aux histoires. Elle s'était dit qu'il ne s'arrêterait pas à ce billet, à ces avis... Eh bien, si. Peut-être sentait-il que l'émotion d'Anne-Marie devait répondre à quelque chose de véritable. Alors, elle espéra de lui une promesse. Il lisait cela sur sa pauvre figure. Et elle le regardait si droit dans les yeux, d'un tel regard d'attente et de confiance qu'il ne sut pas se retenir de penser tout haut devant elle.

Que pouvait-on? Voyait-elle bien qu'il allait sans moyens, sans lumières, comme s'il cherchait de nuit une aiguille dans un bois?

C'était elle à présent qui se taisait, qui faisait signe qu'elle savait bien. Mais elle continuait de le regarder avec ce grand air d'attente. Un être qui attend tout de vous, qui vous apporte sa foi, qui se tient là, s'en remet tout à vous, comment ne pas tout lui donner?

Il aurait voulu encore une fois que sa poitrine s'ouvrît pour qu'elle pût y lire. Il se leva. Il ne savait pas ce qu'il pourrait faire, mais il essaierait de forcer le hasard.

SIXIÈME PAUSE

Le second jardin. — Détermination de Pauline.

PAULINE sentait beaucoup de choses dans l'air à cause de Valentin et de M. Amédée, à cause de Gaspard, de l'enfant perdu. Tout lui disait qu'on arrivait à un tournant.

Au fond, elle était bien la sœur d'Anne-Marie. Plus indépendante, peut-être, quoique aimant davantage la compagnie; moins chrétienne de pensée aussi, un peu plus attachée aux plaisirs, aux dehors; mais le même fonds de vaillance, d'opiniâtreté et de candeur; la même croyance généreuse qu'il faut suivre la vérité de son cœur, trouver la voie royale et n'en plus vouloir sortir.

Les nuits, elle se réveillait pour y penser. C'est terrible de se voir à une heure où la destinée est en jeu. Il faut se déterminer seule, parce qu'on est seule pour sentir ce qu'on sent et pour entendre ce que la noblesse commande. Les autres veulent vous rendre heureux à leur façon. « Mais je ne me laisserai pas mettre la main dessus. Anne-Marie aurait dû obéir à son âme et non à ce qu'on a fait passer avant cela : la famille, l'argent, les convenances. »

Pauline s'était résolue à une démarche qui la faisait trembler. « Je n'aurai jamais le courage, je sais seulement que je dois l'avoir. »

Elles descendirent à Ambert pour la foire, le jour de la Saint-Michel. Le temps était encore beau et clair. L'année, d'ailleurs, avait été sèche, par malheur pour

Grange. Faute d'eau, les papetiers avaient chômé plusieurs semaines.

Sur le soir, elles allèrent aider Mariette à cueillir les poires. Martin vint, amenant Barthaut, le magister du Monestier. Il était un peu fier de ses jardins, et il voulait les montrer au bonhomme. Valentin Verdier et le Dragon les avaient suivis.

On fit tous ensemble un tour complet, allée par allée. Le Barthaut, descendant de sa montagne, s'émerveillait des vignes. Là le petit noir qui est mûr pour la fête de Notre-Dame, là celui de la Madeleine, là le chasselas doré, le raisin gris, le raisin rose, les muscats dont on fait le vin de Madère, le gros raisin du Cap, si bleu sous ses feuilles si larges...

« Ah! c'est que ça mûrit dans ce coin, disait Martin, la chaleur s'y ferme! »

Et cueillant une tête de rose trop ouverte, un peu fatiguée déjà :

« Tenez, mettez ça dans votre poche, ça fera sentir bon votre mouchoir. »

De derrière le mur, dans les feuillages de noisetiers pourpres, un pavillon rose surveillait l'enclos de son œil-de-bœuf.

« C'est le pavillon de M. César. Là-bas, ces têtes d'arbres, le jardin du maire. Après celui du maire... »

Le Barthaut cependant dut repartir, et Martin le raccompagna. Chacun s'était espacé à sa fantaisie. Le Dragon prit à part Anne-Marie. Gaspard l'avait chargé de lui demander la lettre où ils avaient cru lire que l'enfant était chez un avare, chez Chassaigne.

Lorsqu'il repassa devant le moulin, il s'entendit saluer par Martin qui fendait du bois au bas de l'escalier :

« Au revoir, petit! »

Il ralentit, approcha. Alors Martin :

« Tâche d'en trouver une à Saint-Amand. Si tu attends la Mariette, tu attendras trop. Mais, vois-tu, tu feras une heureuse en te tenant tranquille. »

Le Dragon, d'un clin d'yeux, fit signe que tout irait comme il faudrait et qu'il ne s'agissait pas de cela.

« Gare l'histoire! dit-il à mi-voix. Votre jardin est bien joli; seulement, autant vaudrait qu'il ne joignît pas celui de Chargnat l'Empereur.

— Et pourquoi ça, petit?

— Parce que M. Amédée était à la lucarne. Il aura vu se promener un monsieur et une demoiselle. Attendez la suite... A l'honneur de vous revoir, beau-père. »

Cependant, au jardin, une lune quasi ronde avait commencé de luire entre les branches des acacias.

De la petite butte qui formait bocage, Pauline et Valentin la regardaient monter. Tout tournait pour Pauline dans un vertige fait de peur, de courage, de confiance. Un tournoiement de brouillards pâles qui lui vidait la tête. « Je vais oser une chose inouïe. Mais si je me trompais, s'il ne m'aimait point? »

Elle sentait sa jeunesse comme une sorte de manque, qu'une confiance venait combler, et il lui semblait que la noblesse serait de suivre cette confiance-là. « Comme ce serait bon de nous trouver l'un l'autre! Mais le courage d'oser, le courage! Si cette feuille qui vole tombe sur le buis, j'attendrai encore. »

Ils suivaient, sans parler, la sente qui montait en lacet à travers les touffes d'épine-vinette et de poule-qui-pond. On arrivait à un banc et à une table de lave sous de gros acacias caverneux. Pauline avait le souffle aussi court que si elle venait de gravir une montagne. De son gant, Valentin balaya une jonchée de feuilles, rondes comme des piécettes. Pauline ne s'assit pas. Elle entendait la voix d'Anne-Marie dans l'autre jardin. « Non, il n'en ira pas de nous comme il en est allé de Gaspard et d'elle. »

Valentin était debout, la main posée sur la table de lave. Dans la demi-clarté, il vit que Pauline cherchait son regard. A travers le feuillage clairsemé, la lune éclairait cette jeune tête charmante : le col nu, les boucles roulant sur la joue, la petite bouche au sourire tiré, singulier, quasi perfide. Il vit les lèvres se séparer; se séparer de nouveau... Elle paraissait vouloir dire quelque chose. Elle avait des yeux d'un éclat extraordinaire; et soudain, elle devint toute vermeille par le feu de son cœur. La voix lui manquait. Alors, elle posa simplement la main sur la main nue de son ami.

QUATRIÈME VEILLÉE

PREMIÈRE PAUSE

La Poule-Courte assassinée. — Elle sauve le tailleur de la rage.

LE lendemain même de la foire, la Poule-Courte se montra au moulin. Et quels yeux aux aguets derrière ses besicles. Elle venait chercher des nouvelles de Pauline, ce pauvre agneau qu'on ne voyait plus. Peut-être Mme Anne-Marie hésitait-elle à descendre, à cause de la Fanchon? Le fait est que M. Verdier le jeune courait après cette fille d'une façon qui faisait parler tout le monde.

Suivaient sur Valentin des horreurs et des rages.

Martin s'avança, les mains aux poches. Il s'attendait bien à voir les Chargnat et leur Poule-Courte en campagne. D'autant plus qu'en ville le bruit du mariage avec M. César grossissait.

« Pauvre Poule-Courte, comme vous feriez mieux de penser à votre bonheur en l'autre monde qu'au bonheur de vos amis en ce monde-ci!

« Tu ne viendras pas chez moi faire tes manigances. » Il la prend par la main, la ramène jusque sur les marches. Maintenant, compte les clous de la porte, tu sauras combien il y en a.

Une des vaches de la Calandre était tombée dans le

ruisseau et s'était cassé un pied. Le Dragon avait reparu dès l'après-dîner, un peu curieux de voir ce que les Chargnat allaient entreprendre contre Valentin. Il proposa d'abattre la bête sur place et de saler la chair. On met les pièces avec le sel dans un sac à deux gueules, car si la chair de porc n'en prend que ce qu'il convient, la chair de vache en prendrait dix fois trop. Martin et lui, chacun de son côté, tirant pour tenir la toile bien tendue, agitaient ce sac tant qu'ils pouvaient. Guillaume achevait de gratter la peau de la bête. Tous se démenaient. Mariette se voyait plus d'ouvrage que quand on saigne le cochon. Elle en était à regretter que son père eût mis la Poule-Courte dehors, le matin, parce qu'elle n'osait aller chercher Lucie.

« Il fait chaud, dit le Dragon, parions que la Dorothée est allée à la cave avec son verre en poche, et qu'elle ronfle à présent derrière ses volets. Quand elle se réveillera, elle reviendra. »

Martin emportait avec Guillaume un baquet de sang.

« Elle ne reviendra pas; parions bouteille. »

On parie. C'était une journée de gros soleil. Une bouffée de vent du midi, par moments, enlevait aux peupliers trois feuilles jaunes. Les pigeons roucoulaient sur le toit du Cadran-Bleu.

Martin ne voulait pas rester sur le malheur de cette vache. Il dit cinq ou six paroles au Guillaume; et une minute après ils s'échappent, le meunier portant une seringue de cheval, et le Guillaume un pistolet de cavalerie aussi long que le bras.

A ceux qui leur demandent où ils vont :

« Donner un clystère à une mule. Suivez-nous seulement. »

Ils arrivent au Chicot avec tout un cortège. Martin fait signe au monde de se tenir coi, se hisse sur le dos du Guillaume, regarde par le cœur du volet. Au frais, dans la salle, la Poule-Courte ronflait, les mains sur le ventre. Il se poste, braque sa seringue. Le Guillaume arme son arquebuse.

Les femmes s'écartent en se bouchant les oreilles. Un marmouset n'a que le temps de se sauver en piaillant. Le coup part en l'air, faisant révolution dans le quartier. Et aussitôt des hurlements de goret qu'on égorge. La Poule-Courte paraît, dans la fumée, bramante, révolutionnée, dégoulinante de sang.

« Au secours! On m'a assassinée! Main-forte! A mon secours! »

Après cela, elle fréquenta moins le moulin. Mais elle n'hésita pas à aller espionner Pauline aux Escures.

Elle avait su qu'il était revenu quelque chose du petit garçon. Elle imagina qu'il faudrait consulter là-dessus le bossu Gervais.

Ce bossu avait pris renom de sorcier; un peu sur sa mine, son air malin, sa voix aigre comme un bouchon qu'on coupe; un peu sur ce qu'il avait chez lui un mauvais livre, le *Petit Albert* ou le *Dragon rouge*.

Gaspard et ses frères n'en pensaient pas grand-chose. Parce qu'ils n'aimaient pas ces tailleurs qui travaillent assis. Et d'autres bonnes raisons. Chacun se fait ses idées.

Le Dragon eut quelque chose à dire qui regardait l'enfant. Il vint un matin aux Escures. Il trouva le bossu qui cousait, jambes croisées, sur la table, et il fit signe à Anne-Marie qu'ils parleraient mieux dans la petite salle. Mais il n'y était pas de cinq minutes que, se levant sur la pointe des pieds, il alla à la porte et l'ouvrit si brusquement qu'il envoya le bossu rouler à quatre pas.

« Mais que diable faisais-tu là, pauvre ami?

— Je cherchais mon dé, qui avait roulé.

— Ton dé? Le voilà sur la table... »

... Comme le Dragon s'en retournait, du portail il vit venir la Poule-Courte.

Il s'arrêta, lui donna le bonjour, lui dit qu'elle serait forcée d'attendre sa cousine, qui était allée chez le métayer, mais qu'elle aurait le bossu pour lui tenir compagnie.

« Je sais, fit la Poule-Courte un peu revêche, il est venu en journée faire un habillement pour le Nanne. »

Elle savait tout.

« Oui? Eh bien, surveillez-moi de près cette bosse. Ce matin, il sent approcher une de ses rages.

— Qu'est-ce que vous me chantez?

— Ce que je chante? Comme si vous ne saviez pas qu'en lune nouvelle la rage le prend sept coups du jour. »

Le Dragon la mène jusqu'à la fenêtre. Le bossu avait cette manie, quand il coupait le drap, et surtout aux tournants, de s'accompagner de grimaces qui lui tordaient le coin de la bouche.

« Vous voyez? Si jamais il mord son étoffe, c'est signe que la crise arrive : empoignez la demi-aune et faites vite : un coup par les dents de toutes vos forces. Il n'y a que ça pour arrêter l'accès. »

Elle passa, elle entra dans la cuisine, un peu embarrassée de s'y voir seule avec le bossu. Lui, il pensa que c'était pour le renom de sorcier qu'on lui donnait, et pinça le nez en ricanant. Elle lui trouva une façon d'autant plus bizarre... Les voilà, elle à attendre, au coin de la cheminée, lui cousant une boutonnière, et tous deux s'observant à la dérobée par petits coups d'œil.

La boutonnière achevée, il n'usait pas de fer à repasser, bien sûr. Selon son habitude — le Dragon ne la connaissait peut-être pas —, il prit l'étoffe à deux mains et, pour aplatir la boutonnière, se mit à mâcher de côté comme un chien fait d'un os à moelle.

Il ne mâcha pas longtemps; par le travers des badigoinces il lui arriva un tel coup de demi-aune qu'il ne sut où il en était. Jean de l'Ourse, celui qui abattait les forêts avec une canne de fer de deux quintaux pesant, même s'il était ressuscité tout exprès, n'eût pu mieux là que la Poule-Courte dans sa peur.

Echarpé, stupide, éperdu, le tailleur jeta les mains à ses mâchoires. Il lui semblait n'avoir plus une seule dent qui ne branlât. Puis, empoignant ses grands ciseaux, il se lança sur la Poule-Courte qui n'eut que le temps d'enfiler la porte.

Ils ne couraient pas, tous les deux, ils volaient. On croit que s'il avait pu la rejoindre, il l'aurait mise en pièces.

DEUXIÈME PAUSE

Pauline parle à sa sœur. — Tracas d'Anne-Marie. — Catastrophe d'affaires.

Le soir même de la foire, comme Anne-Marie venait de se coucher, elle avait vu Pauline entrer dans sa chambre.

Pauline s'assit près du lit, se leva, tira un peu le paravent — c'était un cadeau d'Hortense, un paravent tapissé de gravures découpées, — comme pour faire là une petite chambre à elles. Elle paraissait très animée, et respirait vite. Tout de suite, voulant tout établir d'un coup, elle dit qu'elle s'était engagée à Valentin Verdier. Elle pensait mettre ainsi cet engagement hors de discussion, faire bien sentir ce qu'il était pour elle et sa force. Mais elle comprit aussitôt qu'elle avait blessé sa sœur : d'abord en ayant pris une telle détermination sans l'avoir consultée, et en venant la lui jeter à la figure ensuite. Anne-Marie, qui ne répondait rien, lui paraissait dans un état aussi violent qu'elle-même. Alors, Pauline essaya de montrer de la gaieté; elle parla des Chargnat; comment pourrait-elle entrer dans cette famille? Non, ce n'était pas à cause d'Elmire. Elle avait horreur de M. Amédée surtout.

« Il a une façon de me regarder... Je ne peux te dire comme il m'est odieux. Je l'appelle ce gros lard. »

Anne-Marie voyait dans tout cela un mélange d'audace et d'enfantillage qui la confondait. Elle éprouvait une sorte d'admiration traversée de peur, qu'elle prenait pour de la colère. « Comme je suis irritable! Si je la chapitrais, je me monterais trop. Jamais je n'aurais cru que j'étais aussi colère que mon père, que j'avais ce coin-là de lui... »

Pauline, de la chaise de nourrice où elle était assise bas, ne pouvait pas bien la voir dans l'enfoncement du lit. Elle avait tiré les rideaux verts. Mais ce lit avec son placard-armoire à son pied, était fait comme une grande boîte de bois peint, ouverte d'un côté seulement et pleine d'ombre. Il y eut une conversation longue et confuse sur Valentin — Anne-Marie avait cru comprendre que Gaspard n'était pas tellement favorable au mariage Verdier, — sur les Chargnat, sur les obligations que pouvait leur avoir le père. Le tout à voix basse, de peur que le père précisément ne les entendît et ne leur demandât de sa chambre quel chapelet elles dévidaient.

« Que veux-tu? M. César avec ses reniflements, ces regards froids qu'il coule de biais, sa peau rose, je sens que je ne pourrai jamais le supporter près de moi. Et tu trouves que ce n'est pas une raison raisonnable? »

Cette contrainte d'étouffer la voix la faisait paraître plus fâchée. Elle s'était levée, elle secouait la tête, prête à batailler contre tous.

Pour empêcher Anne-Marie de mal juger Valentin, elle

dit que c'était elle qui s'était déclarée à lui, raconta tout. « Elle veut, songeait Anne-Marie, me rappeler ce qu'a été mon mariage; elle me signifie qu'elle n'a pas attendu comme moi qu'on disposât de sa main... » Mais aussitôt : « Est-ce que je m'irriterais par dépit? Si elle s'est résolue à une telle démarche, c'est ma faute. Et là, lorsqu'elle a fait allusion à Robert, je n'ai songé qu'à en être piquée. Voilà où j'en suis, avec de l'aigreur contre cette petite qui devrait être mon enfant. Doublement, puisque mon enfant à moi je ne le verrai peut-être jamais plus... » Des larmes lui roulaient dans les yeux. Pauline s'en aperçut, et, commençant de sangloter, elle se laissa aller sur le lit. Elle cachait son visage contre l'épaule de sa sœur pour étouffer ce bruit qui aurait pu réveiller le père.

Vinrent doucement les remontrances, les objurgations. Pauline faisait non de la tête entre deux sanglots. C'était Anne-Marie maintenant qui essayait d'aller à la gaieté.

« Tu accuses M. César de renifler. Mais dis-moi qui renifle, ce soir, dis-moi? »

Finalement, il fut convenu que le lendemain Anne-Marie parlerait au père; à ce prix, Pauline s'engageait à ne pas écrire à Valentin tant que le père n'aurait pas dit s'il donnait des espérances.

Encore battue d'orage, d'un mouchoir chiffonné elle tamponnait son visage en feu, humide de pleurs.

« Si on ne veut pas que je l'épouse, je n'épouserai personne. Personne; ou lui pour être mon compagnon à toujours et jamais. »

Pauline avait regagné sa chambre. Anne-Marie, qui tenait à se lever la première, en vraie maîtresse de domaine, aurait aimé s'endormir. Elle ne trouvait pas le sommeil. Ses pensées l'effrayaient. « Si Pauline a vraiment donné son cœur... Mais si le père a déjà pris des engagement? La contraindre, pourtant, ce serait affreux. »

Elle se tournait, se retournait. La lune était la même qu'autrefois, et couchait par terre ce même carré de blancheur où se décalquaient les barreaux de la fenêtre. Ces bruits, les mêmes, de la fontaine qui semble s'arrêter et reprendre plus fort; du vent qui arrive de loin, remontant de la plaine, de côte en côte, de feuillage en feuillage. Les mêmes, cette odeur de jardin, cette fraîcheur d'automne. La lune des nuits de ses quinze ans, alors qu'elle se réveillait pour penser à son ami.

Se sont aimés sept ans
Sans jamais rien s'en dire,
Au bout de ces sept ans,
Son père la marie,
Son père la marie...

Il lui avait fallu obéir à son père, comme dans la chanson : elle n'avait rien vu d'autre. Mais qu'oserait-elle conseiller à Pauline?

« Je parlerai au père demain après son café. M. César en est au point de demander Pauline cette semaine. »

Elle ne savait pas que M. Amédée avait vu du pavillon Pauline et Valentin ensemble, qu'à cette heure son frère et lui se concertaient là-dessus.

Elle essayait de se persuader que le père n'aurait aucune raison de rebuter Valentin Verdier; ou du moins de se démontrer qu'il n'y avait entre le père et M. César que des liens d'affaires. Mais sa tête travaillait comme un moulin, et de toute la nuit elle ne put fermer l'œil.

Depuis les chaleurs Grange paraissait plus soucieux. On le voyait seul dans les chemins, les mains derrière le dos, et il croisait les troupeaux sans rien dire. La sécheresse, en réduisant les papeteries au chômage, avait rompu ses mesures. De plus, les affaires de son frère pesaient toujours sur les siennes propres. Il avait dû faire expédier à la Nouvelle-Orléans du sucre et du tafia qu'on ne trouvait pas à vendre à la Guadeloupe.

Ce fut ce matin-là qu'il reçut une lettre de Bordeaux. Il la lut, passa au jardin. Anne-Marie devina qu'il avait quelque ennui considérable. A peine à la grille, il déplia le papier, et il ne pouvait le tenir ferme. Il marcha un gros quart d'heure, le long du parapet, allant et venant, mais du pas d'un homme assommé. Le Nanne ramenait un tombereau. Il le regarda sombrement, d'une façon si appuyée, que l'autre, empêtré, s'y prit mal, faillit accrocher la borne. Alors, un vrai coup de fureur, avec des injures si grosses qu'elles n'auraient pas passé le portail.

Il se mit à table et mangea sans un mot. En se levant, il se versa encore un grand verre de vin.

« Père, votre café? »

Il fallut le lui apporter comme il montait en voiture. Il partit sans demander à ses filles si elles voulaient aller à Ambert.

Il ne parla que trois jours après : son correspondant de la Nouvelle-Orléans avait fait banqueroute.

« Je m'arrangerai pour ne porter tort d'un sou à personne, même s'il faut hypothéquer le domaine. J'ai toujours payé recta... »

Ses filles savaient quelle grande idée il se faisait de la probité; cela menait tout pour lui. Pauline aurait voulu dire qu'elle ne se souciait pas d'une perte d'argent et que Valentin Verdier l'épouserait sans dot. Mais elle sentait en ce moment le père lointain, prenant les choses de tout autre façon qu'elle. Elle convint avec Anne-Marie qu'il fallait attendre pour lui parler. La maison avait un air d'enterrement.

« Ah! tiens! On se dit qu'on ne sera bien que là-bas, au jardin des orties, répétait le père comme un refrain. Un drap blanc, cinq planches, un bouchon de paille sous la tête... »

TROISIÈME PAUSE

M. César fait la demande. — Grange parle à ses filles. — Il porte la réponse aux Chargnat.

GRANGE en était, comme on dit, à déshabiller saint Pierre pour habiller saint Paul. Il cherchait pour payer l'un à emprunter de l'autre. Ni M. Regouyat, ni le Cadet Redon ne purent l'aider. Finalement il dut retourner à M. César, qui lui avança les fonds, et qui promit même, si Grange se trouvait embarrassé lorsque les billets arriveraient à échéance que le renouvellement n'en souffrirait pas de difficultés.

M. César prêtait sur première hypothèque, à huit du cent. C'étaient des conditions raisonnables : Grange n'aurait pas pu trouver mieux. Il dit à Anne-Marie qu'il était tiré d'affaire, ajoutant que M. César avait eu des façons de haut parage.

Il était encore ébloui par la délicatesse de l'avoué, qui n'avait amené la question du mariage qu'après avoir réglé l'affaire du prêt. Le mariage, dans ces conditions, l'allégeait, le libérait, lui rendait la vie. Le domaine hypothéqué à un particulier quelconque, il n'aurait pas vécu. Etre maître chez soi et ne faire perdre personne, tels étaient pour lui la loi et les prophètes. Mais M. César devenant son gendre, ces hypothèques prenaient le tour d'un arrangement de famille.

En une soirée on convint de tout. Il y aurait communauté de biens. Sur les deux cent quatre-vingt mille francs que disait posséder M. César, cent mille entreraient dans la communauté, le surplus étant stipulé propre au futur et à sa famille. Il dotait sa femme de quinze cents francs de rente et lui assignait un préciput de quinze mille francs. La demoiselle de son côté apportait un mariage de quarante-huit mille francs dont le père se réservait de ne verser les fonds que dans cinq ans, en payant simplement les intérêts d'ici là.

M. César ne parla plus de la contre-lettre. Après ce qu'il avait promis à Anne-Marie, Grange n'avait pas osé y revenir. Il n'allait pas dire à M. César qui était au vrai ce Robert, son futur beau-frère.

Malgré tout, il ne put s'empêcher de glisser un mot, touchant l'espoir qu'on avait de retrouver le fameux papier. M. César approuva, dit d'un air un peu froid qu'il s'en inquiéterait dès qu'on l'aurait mis au fait exactement; qu'il pensait du reste que M. Grange voyait où et comment entreprendre des recherches. Grange, le rouge aux joues, avec des rires de bonhomie, traita cela comme une chose en l'air, dont on reparlerait lorsqu'on serait sorti de la grande affaire des noces.

Il ne dut pas s'écouler plus de cinq jours entre le soir de la foire et cette conclusion du mariage. Anne-Marie attendait le moment favorable pour parler au père. Pauline se promenait dans l'allée d'où l'on voit la route, et y entretenait ses espérances, tirant parfois rêveusement le bout de quelque branche couleur d'aurore. Valentin lui avait fait remettre une lettre par le filleul de Gaspard; elle dormait chaque nuit la joue sur ces feuillets. Mais, fidèle à la promesse exigée par Anne-Marie, elle s'était interdit d'y répondre. Elle avait simplement envoyé à son ami un bracelet de ses cheveux.

Au souper, ce soir-là, le père se montra plus gracieux, bien qu'occupé d'affaires à lui et suivant assez mal ce qui se disait. Puis il revenait, cherchait un compliment à faire à ses filles sur la soupe de raves ou sur la confiture de reines-claudes. Pauline sut le mettre sur les bois de M. Verdier et le faire causer un bon quart d'heure. Ce nom seul de Verdier dans une phrase, des propos quelconques sur leurs bois, sur leur métairie, donnaient à Pauline de grands plaisirs.

En sortant de table, elle s'approcha de sa sœur, lui souffla de parler ce soir même. A cette minute le père leur demanda de l'accompagner dans son cabinet.

Il s'installa, les mains à cheval sur les genoux. Ce mariage qui l'avait ravi, au Pontel, ici l'oppressait un peu. Sans le savoir il en voulait de cela à ses filles. Il parlait du dérangement de ses affaires et des services immenses que lui avait rendus M. César. Il essaya de passer de là au mariage. Son ton, son allure changeaient. Il s'embrouilla, s'arrêta, repartit, entama le chapitre comme si c'était chose de longtemps entendue...

La vieille odeur de cuir et d'humidité faisait mal à Pauline. Elle s'inquiétait de ne plus se sentir aucun courage. Le moment était venu pourtant où il fallait faire tête. Elle entendait à peine le père exposer les questions d'intérêt. Des mots inconnus, comme préciput, lui frappaient l'oreille et lui paraissaient avoir un sens secret, révoltant. Le cœur lui battait jusque dans la gorge.

Tantôt, à table, elle avait tout échafaudé encore. Il lui semblait que le père ne pourrait que se laisser convaincre. A présent, toutes ses raisons s'étaient sauvées. Elle saurait seulement dire qu'elle n'épouserait jamais M. César.

Embarrassé par le silence et par la pâleur de ses filles, le père s'empêtrait, parlait avec un soupçon de brusquerie mais sans chaleur et sans force. Pour sortir d'un moment si pénible il se résuma : un tel parti, c'était magnifique!

« Vous vous marierez d'ici à l'Avent. Dans ces affaires, rien ne vaut de traîner quand tout est conclu. »

Il s'attendait à quelque résistance, peut-être. Au premier mot de Pauline, et plus encore à son air qu'à ses paroles, il comprit que c'était non et non. Parfois il disait, d'un certain ton, que la petite avait une tête aussi dure que la sienne. Mais aujourd'hui il ne songeait plus à lui en savoir gré. Il se leva, bouscula du pied sa chaise, marcha de furie jusqu'à la muraille.

« Echinez-vous toute une vie pour faire vivre vos enfants comme vous n'avez jamais vécu! Quand vous croirez avoir un pauvre mot de merci, vous aurez ça : qu'on n'en fera même pas compte. On ne se soucie ni de vous ni de vos peines. Mais, sacré tonnerre de tonnerre!... »

Il repartait, continuait de faire le cabinet dans toute sa longueur. De l'épaule il heurta une liasse de brides pendue à une patte de fer, la fit choir, ne s'arrêta pas Pauline le suivait de ses yeux tout grands, et se butait dans son silence. Anne-Marie, clouée sur sa chaise par cette violence, tâchait par ses regards de supplier le père qu'il se calmât. Enfin, congestionné, tremblant, il se passa la main sur la face, et se redressant, de l'autre bout de la pièce :

« Vois, Pauline, ça vaudra tout autant, monte dans ta chambre. Je ne souhaite pas que tes enfants te donnent un jour le camouflet que je viens de recevoir de toi. »

Il attendit qu'elle fût sortie et revint à son fauteuil. Cela lui avait fait une révolution. Que répondrait-il à M. César?

« Parle-lui, toi, à ta sœur. S'il le faut, dis-lui qu'on lui donnera du terme. Nous trouverons un prétexte pour retarder jusqu'après l'Avent. Raisonne-la qu'elle ne reste pas sur ces enfantillages. »

Il avança son fauteuil près d'Anne-Marie et se remit à lui exposer l'état de ses affaires. Si M. César exigeait le paiement des billets à l'échéance, ce pourrait être la vente du domaine, et même la faillite.

« Tu sais que ça me tuerait. »

Alors que tout s'arrangeait par ce mariage!

« J'ai trop gâté Pauline. Elle avait des canards, je lui ai acheté des pintades! Il est vrai que les couvées ne font pas bonne fin ici; le pays est trop froid; ces bêtes crèvent avant d'avoir la tête rouge... Mais, enfin, nous la traitons en princesse. Il aurait fallu voir ça chez mon père. Qu'est-ce qu'elle s'est donc mis en tête? »

Anne-Marie n'osait parler à fond contre les Chargnat, parce que Gaspard paraissait maintenant les ménager beaucoup. Elle voulut pourtant demander au père s'il ne pourrait trouver d'autres prêteurs et sortir sans eux de ses difficultés?

La colère le reprit.

« Tu ne sais pas où j'en suis, pauvre petite! Vous, vous ne vous inquiétez de rien. Moi, je sais le train de ce monde. M. César tâcherait de mettre la famille plus bas que terre. »

Jusqu'ici il n'avait pas vu si nettement qu'il se trouvait dans sa dépendance. La poitrine barrée, il tâcha de reprendre souffle, passa deux doigts entre son cou et sa cravate.

« Allez vivre avec ces belles idées de faillite devant vous! Les ennuis qui arrivent, passe. Mais ceux que vous font vos enfants... »

Et se tournant, s'adressant à Anne-Marie (oui, à elle!) :

« Pourtant, pauvre petite, est-ce que je n'ai pas toujours tout fait pour votre bonheur? »

Grange attendit six grands jours avant de retourner au Pontel. Encore se fit-il bien enseigner par Anne-Marie ce qu'il aurait à dire. Pauline était toute jeune : il serait meilleur d'attendre un peu; aucune maladie ne l'attaquait, non; seulement elle avait besoin de se fortifier, d'être surveillée et dorlotée par sa sœur. Pourquoi se presser, puisque le projet tenait plus que jamais? Il dit cela de son chef et n'ajouta pas, comme le voulait Anne-Marie, que M. César et Pauline avaient besoin de se connaître davantage.

Mais ces défaites, il les déballa en phrases si entortillées, avec un visage si contraint, que la chose paraissait tourner moins à un consentement qu'à un refus.

M. César jouait avec son paquet de breloques, et, par instants, comme pour le percer, jetait à Grange un regard oblique et rapide.

Tout à coup Elmire entra. Avec une amabilité au vinaigre, elle s'adressa à M. Grange et à son frère ensemble, les félicitant, leur demandant à quelle date ils arrêtaient le mariage. Grange avait chaud aux oreilles. Il fut sur le point de répondre qu'elle devait le savoir, puisqu'elle écoutait derrière la porte. Il recommença ses excuses. Elmire prenait une figure de chatte furieuse. Elle s'écria qu'elle voyait bien d'où le vent soufflait. Pauline, elle, s'estimait en âge d'agréer les empressements des messieurs, sans se demander si son papa la trouvait assez bien formée, assez grande fille. Certainement elle avait besoin d'être surveillée par sa sœur et de plus près encore que ne le pensait M. Grange.

Grange, le sang à la face, demanda à Mlle Elmire de parler nettement. Elle cessa de ricaner, ne fit qu'un saut à la porte, appela Amédée qui parut aussitôt, comme à la comédie.

M. Amédée voulut tout prendre en riant. Il s'étala dans un fauteuil, croisa les jambes.

« Eh bien, oui, quoi! Le beau Valentin tourne autour, si vous tenez à le savoir. Parlez-en à la jeune personne... »

Il faisait de ces amourettes un enfantillage sans suite, pourvu que le père y coupât court.

Si Grange contint sa colère, ce fut parce qu'il se promit de la passer toute sur Pauline, le soir. Il protestait, criait, s'échauffait. Allait-on croire des ragots, des commérages!

Tout le monde parlait à la fois. Mais M. Amédée plus fort que tout le monde. Il s'appliquait de grands coups du plat de la main sur la poitrine.

« Je les ai vus, moi, moi, non pas un autre. Mon pauvre Grange, je sais mieux que vous ce qui se passe autour de vous. Dites donc à vos amis qu'on ne s'est jamais moqué de nous sans le payer bougrement cher. »

Elmire suivait sa sortie avec le plaisir de quelqu'un qui s'y associe de tout son cœur. Mais M. César, qui après les événements du printemps avait souffert de crises d'étouffement, ne voulait pas d'émotions. Il débita un petit discours courtois, glacé, inquiétant, dont la conclusion fut qu'il fallait laisser réfléchir Mlle Pauline. Dans trois semaines il demanderait à M. Grange une réponse définitive.

QUATRIÈME PAUSE

Le père confère avec Anne-Marie. — Tourments d'Anne-Marie. — Elle ne sait que tirer de Gaspard.

Au Pontel, Grange avait eu à faire bloc avec Pauline, pour la famille. Déjà il en voulait aux Chargnat de le tenir ainsi. Sa colère passa dans la bataille qu'il eut à mener contre M. Amédée, contre Elmire. De sorte qu'il arriva aux Escures moins furieux qu'on ne pourrait le croire.

Anne-Marie avait envoyé sa sœur chez le métayer, redoutant pour le retour du père quelque scène pénible.

Grange raconta l'entrevue en forçant tout. Il s'étendit sur son humiliation. Cette histoire sur Pauline et M. Verdier, il l'avait rejetée à cent lieues comme hors de créance. Mais si Pauline persistait à refuser M. César, il ne saurait plus ce qu'il devrait penser et verrait alors de plus près à tout cela.

« Te rappelles-tu la sœur de M. Regouyat qui avait eu une fausse fréquentation? On lui fit faire une réprimande par toute la famille assemblée. Puis on l'enferma dans une chambre et on l'y tint serrée plusieurs mois. Elle eut le temps de pleurer et de changer de sentiment. Il n'y avait rien eu de bien criminel; elle avait seulement manqué de réserve. Eh bien, Pauline aura affaire à moi. Je la ferai passer par les petits chemins.

— Si M. César vous la demande, il sait bien qu'elle n'a en rien démérité de vous. »

Il se radoucit un peu, écouta, la face rouge et rogue, Anne-Marie parler de la reconnaissance que Pauline pouvait avoir pour Valentin Verdier depuis le Pont du Merle. Mais alors il fut blessé de ce rappel. Eh bien, il entendait savoir ce qu'il y avait eu entre Pauline et ce jeune homme. Et si elle avait été tant soit peu imprudente, il lui serrerait les pouces.

« Dis-le lui! Commence par lui retirer tous ses livres : ne lui laisse que son paroissien. Je ne veux plus qu'elle aille sans permission dans les chambres du devant. Elle ne sortira que pour aller à l'église, mais toujours accompagnée par toi. Cette princesse! Nous verrons si... »

Il allait parler, parler, pousser sa fureur, prendre de grosses mesures. Anne-Marie, pour rompre cela, l'entreprit sur le mariage de Zélie Messance et de M. de la Vernadelle. On mariait les propriétés qui iraient depuis la Dore jusqu'au mont de Grandrif. Mme de la Vernadelle annonçait que son fils pourrait désormais chasser sur ses terres tout le long de l'année : tantôt la grive en montagne, tantôt les canards sur la rivière. C'étaient des terres bien jointes, mais l'union des personnes, que vaudrait-elle?

Le père haussait l'épaule. Comme si l'union des intérêts n'était pas de toutes la plus solide, la plus durable. Anne-Marie essayait d'entrer dans ses raisons, qui étaient celles de Gaspard aussi, puisqu'il semblait tenir pour les fiançailles avec M. César. Non, pourtant, elle ne les comprenait pas. Se pouvait-il que les hommes eussent la tête ainsi faite? Elle se serait reproché comme un péché de rappeler à son père son mariage, dont il s'était tant applaudi. Mais elle le promena sur plusieurs unions de convenance qui avaient mal tourné par là autour, haussant la voix à la fin pour le mettre en garde contre une de ces alliances si ingrates, si pesantes, qui ferait le malheur de Pauline.

Il faillit éclater, et brusquement se démonta. Il venait de voir au cou de sa fille la cicatrice qu'y avait laissée le couteau de Robert.

Il marmonna deux mots du malheur extraordinaire d'Anne-Marie, qui ne devait pourtant pas fausser toutes ses idées. Il comptait qu'elle raisonnerait sa sœur. Que Pauline se débarrassât donc la tête de ses romans et vît les choses comme elles sont. Pour se faire au mariage Chargnat, elle avait trois semaines.

Grange se croyait en grand ennui. Il ne voyait pas qu'Anne-Marie était dans un ennui bien plus grand, parce qu'elle prenait sur elle et ses inquiétudes à lui et le désespoir de Pauline. Avec toute la force qui se pouvait, Pauline déclarait que si elle n'épousait pas Valentin, sa vie, elle n'avait plus de goût à vivre.

« Trois semaines pour répondre? Eh bien, les trois

semaines sont passées. Je dis non, comme j'ai dit non du premier jour. »

Anne-Marie essayait de causer avec elle et lui demandait de songer à tout. Elle lui apprit enfin dans quelle passe se trouvait le père. Pauline se leva toute tremblante, voulut s'écarter. Puis les sanglots, l'abattement, la fièvre. Il fallut la coucher, lui apporter de l'eau de tilleul.

Que lui dire? Que dire au père aussi? Anne-Marie de tous les côtés ne voyait que malheur. Il y eut des jours difficiles. Les repas, quel supplice, dans cette salle à manger obscurcie par les pluies de l'arrière-saison! Grange avait dû vendre ses machines à la fabrique de la Vigne, où le ruisseau est plus fort. Il aurait désiré que cela ne se sût pas. Mais un marchand papetier l'accrocha au café Ronzier et le plaisanta lourdement. Rentré aux Escures, Grange s'enferma dans son cabinet, et refusa d'aller à table. Anne-Marie y vint; elle fut rembarrée de telle façon qu'elle sortit les larmes aux yeux. Les servantes se mirent à pleurer. C'était la maison des âmes en peine.

Pauline, abattue sur sa chaise, descendait Dieu sait dans quels pensers. A quoi se résoudrait-elle? Et que souhaiter pour le moindre malheur de tous?

Anne-Marie prenait sa mante, allait à la métairie. Elle avait aimé parler avec le métayer et avec Gaspard des bêtes, des pièces de terre, des façons à leur donner. A présent il lui semblait que tout cela était inutile, tellement inutile! Rien ne lui disait plus. Elle craignait de tomber malade et elle n'avait pas le droit d'être malade. Alors, avant de se mettre à table, pour pouvoir manger sans aucun appétit, elle se frottait la bouche d'un peu de vinaigre.

En sortant de la métairie, elle montait jusqu'à la route, prendre la bénédiction au coup de la grosse cloche. Puis elle s'en revenait, de pierre en pierre, sur la pointe de ses galoches, voyant les flaques blanchir, froides et vides comme le ciel du crépuscule. « On ne sortira jamais des peines. Ce sera comme pour ton petit garçon que tu ne retrouveras pas. D'ailleurs, s'il est mort, comment Gaspard te le rendrait-il? Il n'y a pas d'avenir et tu es une créature finie. »

Elle regardait, dans l'obscurité descendue, les sorbiers, le château de pierre grise, les montagnes de sapins. Des nuages de pluie passaient. « Nous continuerons de vivre là sans bonheur, et puis un jour il faudra mourir. Si je savais mieux me résigner... Si je savais mieux aimer Dieu, de tout mon cœur... J'y arriverais encore, à condition de n'avoir que mes peines. Mais voir celles des autres et ne rien y pouvoir! »

Gaspard voyageait : ses bois, ses entreprises. S'il avait été là, peut-être aurait-il pu parler au père. Le père le voyant s'enrichir en était dépité, mais il en prenait plus de considération pour lui. S'il lui demandait de l'aider à se libérer des Chargnat? On assurait que Gaspard s'y était pris de telle sorte qu'il avait fait baisser le taux de l'intérêt dans le pays. L'affaire des communaux était devant le Conseil d'Etat maintenant.

Par chance le père eut à se mettre en quête de Gaspard pour une vache malade. Il alla à *La Belle Bergère,* l'y trouva rentré du matin, le ramena sur l'heure. Il était temps d'aviser. La bête crevait si l'on ne s'y était mis tout de suite. Anne-Marie et Gaspard la frottèrent longtemps avec des couvercles de pots enveloppés de linge. Grange, planté sur ses pieds, les regardait et embarrassait le passage. Il partit enfin, lorsqu'il vit la bête hors d'affaire. Anne-Marie put alors amener ce qu'elle avait à dire.

Gaspard n'eut qu'un mot ou deux sur les amourettes, avec un coup de tête qui renvoyait loin ces histoires. On le sentait un peu roidi. Anne-Marie le regarda, se tut. Il s'affairait autour de la vache, sans parler, l'aspergeait d'un révulsif, l'étrillait d'un bouchon de paille. La bête se secouait, tapait du pied.

« Là, il n'y a qu'à la laisser tranquille. »

Il recula d'un pas. Anne-Marie tenait timidement la bouteille. Elle semblait humble, presque confuse. Alors, il lui sourit...

Il se trouvait à côté d'elle. Elle lui toucha la tête d'un doigt, appuya doucement sur une bosse de son crâne :

« C'est là qu'il a sa méchanceté. »

Puis elle osa lui demander ce qu'il conviendrait de répondre à M. César.

Il dit qu'il fallait laisser faire, laisser signer le contrat. Que c'était le seul moyen de tout sauver. Si, si, il parlait sérieusement. Elle et Pauline n'avaient pas assez de manège. Quand on est ainsi bâti, on ne se change pas, mais il arrive qu'on le paie cher. Renoncer à ce mariage sans avoir retrouvé la contre-lettre, il croyait que c'était la ruine, la faillite.

Il se contenta de penser ce dernier mot. Anne-Marie savait que son père se verrait plutôt mort que failli.

Lorsqu'elle lui redemanda : « Que faire? »

« Nous verrons... Il faut encore préparer une soupe pour cette bête : deux chopines d'eau et une chopine d'huile de noix... Tu sais qu'arrive toujours ce qu'on n'attendait pas. Nous verrons, je te dis. »

CINQUIÈME PAUSE

M. César perd sa botte. — Il la retrouve et ne l'a pas davantage.

POUR la Toussaint, Anne-Marie ne se trouva pas en état d'aller sur la tombe de sa mère à Champétières. Si elle ne prenait pas le lit, c'était parce qu'elle ne se donnait pas la permission de le prendre.

Trois jours après, à la fin d'un dîner silencieux, le père dit qu'il descendait à la ville.

« Il y a cette visite à rendre à Mlle Chargnat. Anne-Marie ne peut pas m'accompagner, mais Pauline doit le pouvoir. »

Pour demander cela il avait un air de contrainte, presque de soumission qui serrait le cœur. Pauline fit oui, de la tête, avec une grosse envie de pleurer, et alla mettre sa robe-redingote, la belle, de mérinos rouge, garnie de fourrures.

Grange lui trouvait mauvaise mine. Eh bien, justement, la montrer au Pontel avec cette figure souffrante.

Sous le bois des Fourches il aperçut de loin Gaspard et Valentin qui chassaient. Pauline les vit aussi. Ses pensées prirent une couleur encore plus sombre, qu'elles gardèrent jusqu'au Pontel. La visite dura un quart d'heure et lui parut interminable. Elle n'avait pu prendre sur elle de dire deux phrases.

Grange avait affaire à la sous-préfecture. Il laissa Pauline au moulin de Chinard.

« Nous allons au jardin, monsieur Grange. Mon père serre ses plans de dahlias, il en fera choisir deux à Pauline. »

Grange savait Valentin au bois des Fourches; il n'osa consigner sa fille.

« Sois-là dans vingt minutes, pas plus tard! »

Au jardin, il y avait le filleul — il aimait tant venir en ville chercher dans le ruisseau des clous rouillés qu'il vendait deux liards la livre! Il y avait Gaspard. Il y avait Valentin...

Valentin avait couru seller son cheval et était venu au galop par les coursières. Gaspard l'avait accompagné pour l'empêcher de faire quelque sottise.

L'accablement de Pauline n'avait pas échappé à une finette comme Mariette. Elle supposa quelque brouille. Elle croyait avoir les amourettes en aversion, mais elle voulait voir ces deux-là se rapatrier.

On n'était pas d'un instant dans le second jardin que Gaspard leva le nez, juste à temps pour voir M. César se retirer de l'œil-de-bœuf. « Nous voilà jolis. Il va courir chercher Grange. Et Grange va faire quelque idiotie à grand fracas. »

Gaspard sortit en hâte dans la rue, se mit par contenance à battre du feu pour allumer sa pipe. Rien ne lui venait.

M. César parut. Il portait de magnifiques bottes à la Souvarof, ornées d'un gland d'or. Gaspard laissa tomber son briquet et prit subtilement, en le ramassant, une pincée de sable.

« Salut, monsieur César. Eh bien, les braves bottes!

— C'est du cuir de Russie. Pardon, dit l'autre, d'un ton assez frais, cherchant à passer outre.

— Quel cuir! fort comme une semelle, souple comme un gant... »

Et pour mieux tâter la tige, Gaspard coula la main en dedans, le long du mollet.

« A l'honneur, monsieur César. »

Il rentra en deux enjambées, s'essuyant vivement les doigts, fit signe à son filleul.

« Vois ce bourgeois, là-bas. Suis-le. Il te demandera de lui tirer sa botte. Tire-la-lui et rapporte-la-nous. Allez, dépêche. »

Lorsque M. César, qui se hâtait, fut vers la petite rue des Allées, les graviers commencèrent de se faire sentir. Encore vingt pas, il n'y tint plus. Il s'assoit sur une borne, et avisant ce gamin, l'appelle.

Le petit empoigne à deux mains la botte, l'arrache, détale avec. Le monsieur s'égosilla quelque peu, dans ce quartier désert, puis prit le parti de revenir au pavillon. Au tournant, comme il allait sautant, un pied chaussé, l'autre en chaussette, il se trouva nez à nez avec Mlle Grange. Il fit une telle figure que Pauline et Mariette eurent peine à répondre à son salut. A peine les eut-il dépassées qu'il entendit le fou rire les prendre. Cela lui donna des battements si violents qu'il dut s'appuyer au mur. Mais Grange, lorsqu'il lui aurait parlé, prendrait des mesures furieuses à l'égard de la jeune personne. Cette idée, seule, le remit un peu d'accord avec lui-même.

Il faut croire qu'il s'était mal levé, ce jour-là : la botte que Gaspard lui avait renvoyée par-dessus le mur voltigea dans le jardin et tomba dans les framboisiers. Il ne s'en avisa pas. M. Amédée devait la retrouver là à la fin de l'arrière-saison.

Comme Gaspard repartait, il fut arrêté par le Guillaume de Montfanon sur le pont des Feignants. Quel pèlerin que ce Guillaume, avec son œil d'écureuil! Garçon meunier, ménétrier, tambour de ville, il roulait partout; mais ce pont près du moulin, c'était son quartier général.

Il connaissait déjà l'histoire de la botte et il fringuait de plaisir. Sa manie des procès avait mené ses bois, terres et prés à passer un à un à M. César pour frais et débours. Et il venait de perdre sa dernière affaire. On comptait vingt et un avocats à Ambert, sans compter les autres gens de robe. Cela mange, un avocat, et un avoué mieux encore.

« Pauvre Gaspard, j'aurais tant aimé lui en jouer une! Je vais être forcé de quitter le pays. Ce mange-monde ne m'a rien laissé!

— Que ta part de cimetière. Allons, n'y pense plus : viens boire.

— Si, j'y pense. Cette botte me trotte dans la cervelle. »

M. César s'était proposé d'aller dès le lendemain parler à Grange de ces entrevues entre Valentin Verdier et sa fille. Mais ces messieurs du tribunal le forcèrent à venir faire quatre heures dans une auberge du foirail. Pour s'y débaucher, de fois à autre, ils y buvaient une bouteille de vin bouché, en mangeant un morceau de fourme. Ils venaient là dans leur tous-les-jours, en casquette et sabots, mais tenant à la main quelque gazette vieille d'ailleurs d'une semaine.

Ils entendaient malignement lui faire raconter sa mésaventure. Mariette et ses amies ne s'étaient pas tues. Maître Solier, maître Banière, tous ces messieurs entreprirent donc M. César. Il avait attendu la nuit noire pour revenir tout clochant du pavillon. Et les quolibets le vexaient plus que la perte de sa botte. Non, il n'arrivait pas à le bien prendre. Il reniflait, il enfonçait à petits coups la pointe d'un couteau dans la table.

« Si je tenais ce gamin, je lui couperais les oreilles. »

Ce fut dit avec une rage si serrée, qu'on se regarda.

Soudain, là-dessus, le tambour roula. Piété au milieu du foirail, le Guillaume battait la caisse à faire trembler les vitres. Et il pivotait sur les talons pour montrer de partout au public une botte à gland d'or, accrochée dans le dos à son baudrier.

« Mais, Chargnat, regardez donc, ce sera votre botte!

— On fait savoir, criait Guillaume, touchant de deux doigts sa peau d'âne, qu'il a été trouvé une botte de monsieur. La demander au tambour, qui la rendra contre récompense. »

M. César se précipita sur la place. La compagnie le suivit.

« C'est ma botte, Guillaume, vous pouvez demander, c'est ma botte. »

Il prend ces messieurs à témoin, veut envoyer chez lui chercher la botte qui apparie celle-là.

« Suffit, monsieur César. C'est le surnommé Graisse-Blanche qui me l'a apportée. Pour la récompense, voyez vous-même; et il y a aussi mon tour de ville. »

M. César mit la main au gousset avec raideur. Il fallut faire apporter bouteille, encore.

... Lorsqu'il rentra chez lui, du corridor il montra la botte à bout de bras, comme un lièvre. Elmire le dévisageait :

« Et l'autre? Vous verrez qu'il aura perdu l'autre! Oh! non, té, tu perdras tes oreilles!

— Quelle autre?

— Hé! celle que je t'ai envoyée à l'auberge, celle que tu voulais montrer au tambour. Tu l'y as laissée, à présent? »

Cinq bonnes minutes ne suffirent pas à éclaircir cela. Sur les deux heures, un certain Graisse-Blanche, un pilier du pont des Feignants, était venu demander la botte. Il avait dit que le tambour en promenait une et que M. César voulait prouver que c'était la sienne en produisant celle-ci.

Comme il n'admettait pas qu'on l'eût joué, M. César préféra se mettre en colère.

Il sortit de la cuisine en claquant la porte. Elmire lui criait dans le corridor :

« On s'est encore moqué de toi! On t'a fait retrouver celle que tu n'avais pas perdue. »

SIXIÈME PAUSE

Le dernier bien du Guillaume. — Accident subit. — La complainte de M. César.

M. César, debout dans l'étude, tâchait de calmer ses palpitations. Irait-il consulter son médecin? Maître Vialleron le verrait heurter à la porte. Demain au tribunal ces messieurs viendraient lui demander de ses nouvelles avec une petite lueur dans l'œil.

Il en était là lorsqu'on toqua. Le Guillaume entra, laissant ses sabots dans le couloir et touchant de deux doigts le bord de son chapeau.

« Ah! vous voilà, vous! Qui vous a apporté cette botte? »

Mais Graisse-Blanche... « Si j'avais pu me douter! Vrai, il y a du monde trop canaille au jour d'aujourd'hui. » Et M. César n'avait donc pas vu que c'était toujours la botte du pied gauche?

Puis le Guillaume reprenait sa voix paysanne, avec des hochements de tête sur son propre sort. Voilà, il venait dire son mot d'adieu. Il lui fallait quitter l'endroit, puisqu'il n'avait plus vaillant que lui et sa chemise. On lui avait trouvé un petit trafic à Saint-Etienne.

« Allons, faites excuse, je suis attendu par Etagnon, au Cadran-Bleu.

— Etagnon, le marchand de biens? »

M. César dressait l'oreille. Le bonhomme avait donc encore quelque terre à vendre?

Le Guillaume parlait comme à regret, frottant l'un sur l'autre ses pieds chaussés de gros bas.

« Dire qu'il faut lâcher ça aussi! Un enclos de trois quartonnées, fermé de murs, et fumé! On y ferait pousser ce qu'on voudrait, monsieur César. »

M. César lui reprocha de ne pas en avoir parlé plus tôt.

« Je vous ai acheté vos terres à des conditions que personne n'aurait consenties...

— Dites pas ça, monsieur César, dites pas ça! »

Grand débat coupé de protestations, chacun refaisant l'estimation, puis revenant sur les procès : « Une chance à courir », disait l'un; « que j'aurais dû laisser courir », disait l'autre.

« Allons, monsieur César, à Dieu soit! Etagnon paie le souper, il m'attend. »

Mais M. César le força à s'asseoir, à tirer de sa veste le sous-seing privé préparé par Etagnon. Ils étaient tombés d'accord à douze cents francs; à l'enregistrement, ils déclareraient les deux tiers.

« Eh ! mais, vous n'avez pas signé encore ? Nous allons souper ; vous ne perdrez rien à causer avec moi. »

Le Guillaume aurait bien voulu faire plaisir à M. César, seulement Etagnon l'attendait, avec l'argent. Il devait, lui, partir le lendemain au jour.

Etagnon attendrait. Il n'était pas à la pluie. Et le coffre de M. César valait sa bourse.

« Vous irez le retrouver au dessert si nous ne nous sommes pas entendus. Mais vous verrez que nous nous entendrons, espèce de vieux terrible! »

Elmire ne fit pas trop bonne mine à ce compagnon crasseux comme un peigne. M. César, pour remettre de la cordialité, versait souvent à boire. De verre en verre, le vieux lui parlait d'une voix plus ronde et lui abattait la main sur la cuisse. Il avoua son idée de ne pas tout vendre au même, une idée comme ça! Mais tous les écus étaient frères.

L'avoué offrait de payer en louis, demandant seulement un prix plus raisonnable. Il discutait, se récriait, si bien que le Guillaume se leva soudainement, sérieux comme si tout cela n'avait été qu'amusettes. On eut peine à le faire rasseoir, à lui faire indiquer les limites de l'enclos. M. César cherchait à se figurer Champétières et voyait assez bien cela. Il y eut encore quelques manèges de matoiserie. Mais le clerc dépêché au Cadran-Bleu y avait vu Etagnon en attente. A la fin des fins, l'affaire se conclut. Le coude en l'air, le Guillaume, échauffé et les yeux noyés, topa trois fois dans la main de M. César.

« Vous le voulez? En avant, portez armes! Vous aurez mon dernier carré de terre. »

M. César pensa qu'il parlerait à Grange le soir — Mlle Pauline et Valentin Verdier ne perdraient rien pour attendre, — et dans la matinée du dimanche il monta à Champétières avec Mlle Elmire en croupe. Il faisait un temps vert, comme on dit, un peu bourru. Mais il tardait à M. César de prendre possession de ce qu'il venait d'acheter. Ce fut ce qu'il dit à M. Solier sur la route. On revint sur ce mot, par après, et l'on fit des considérations là-dessus.

Ils arrivèrent comme finissait la grand-messe, M. le curé chantait encore. Trois hommes déjà sortaient de l'église.

« Bonjour, père Mathevon, que contez-vous de neuf?

— C'est bien tout vieux, monsieur César, excepté le vin. Vous êtes venu faire un tour? »

M. César dit qu'il venait voir un enclos que le Guillaume de Montfanon lui avait vendu. Mlle Elmire, à coups de mouchoir, chassait la poussière de sa jupe.

Un enclos, le dernier bien du Guillaume? Le père Mathevon passait la main sur son menton et questionnait de l'œil les deux autres. La porte de l'église s'ouvrit lentement toute grande. Des paysans rejoignaient le groupe.

« Et vous dites par là derrière? »

M. César tira la vente de son portefeuille, inspecta ces hommes, d'un regard mécontent et sec, revint à son papier : « ... de la contenance de quatre quartonnées, confrontant, du côté de jour le pré de Jean Mathevon, — voyons, c'est bien votre cousin? — et la terre des héritiers Achard; du côté de matin un pacage communal... »

A cause du cheval qui s'ébrouait, il forçait la voix. Des paysans encore approchaient, car on voyait mal l'affaire. La foule sortie de l'église peu à peu formait cercle. Mal à l'aise, M. César agitait son feuillet avec une impatience rageuse.

Mlle Elmire, qui s'était tenue à distance de ces paysans, se décida à intervenir : un enclos si bien fumé, au-dessus du bourg...

« Et vous l'avez payé, le Guillaume?

— Je l'ai payé en louis. Il est parti hier matin.

— Oui, oui, je vois. Il vous a dit vrai en tout, monsieur César.

— Ah!

— C'était bien tout ce qui lui restait. Seulement j'ai des droits sur cet enclos, moi; et plus d'un autre.

— Comment, des droits? »

Le père Mathevon se retourna, dit deux ou trois mots que M. César comprit mal. Un brouhaha monta, courut, une joie singulière.

« Si vous voulez que je vous dise, il vous a vendu le cimetière de la paroisse. »

La foule était là, étagée sur les marches, qui se pressait, se haussait, et de tous ses yeux regardait M. César. Le regardant, le dévisageant avec une passion de curiosité, de secrète jubilation; et tout à coup le rire éclata, roula comme une crue, le rire de tous, face à M. César, un rire débordant, tonitruant, énorme...

M. César devint cramoisi, devint violet. Il ouvrit lui aussi de gros yeux sur ceux-ci, sur ceux-là, fit une espèce de petit salut, chavira contre le flanc de son cheval et s'affaissa sur la place. Lorsque M. le curé arriva, dans la minute même, tout était dit.

Le Guillaume de Montfanon fit un trou à la lune. Le Dragon prétendit l'avoir vu à Lyon, à la montée du Gourgouillon, qui criait les petits pâtés, mais ce ne fut jamais certain.

Ainsi finit l'histoire de M. César l'Empereur. Ces choses

se sont racontées longtemps. Puis, de veillées en veillées, comme la montagne se mêle au nuage, elles se sont fondues et mêlées à de vieux contes.

C'est l'année de la disette. Un pauvre métayer se prend, s'en va, s'en va trouver son maître, lui demander une hémine de blé. Le maître, le gros bourgeois, ricane :

T'as quatre enfants, mets-en un à la broche,
Les autres trois, ça les soulagera.

Le malheureux s'en retourne, le cœur failli; mais en son chemin il fait une rencontre : il rencontre Notre-Seigneur :

Où allez-vous, d'où venez-vous, brave homme?
Vous avez l'air bien triste et ennuyé.

Notre-Seigneur lui ordonne de retourner vers son maître, de lui dire que les blés sont en herbe, et qu'il faut qu'il aille les voir. Le maître fait seller son cheval. A peine est-il aux champs que la terre s'ouvre et le cheval s'enfonce.

Adieu, adieu, les bourgeois de la ville!
Je suis damné pour un minot de blé!
Je suis damné pour une éternité!

CINQUIÈME VEILLÉE

PREMIÈRE PAUSE

L'enfant des fées. — L'avare des grands bois. — Le petit Henri prend la campagne.

TOUJOURS une oreille au vent pour les bavardages des routes, ceux des colporteurs, des musiciens, des mendiants qui venaient à *La Belle Bergère* troquer leurs croûtons contre du pain frais. Jeuselou, le Dragon s'en amusaient comme d'une gageure. Il savait si bien amener ceci, cela, faire parler tous ces frères-là sur les caches, sur les avares.

« Des avares, dit un jour un marchand de bois d'Allègre, j'en ai vu pour plus de trois cent mille francs. Mais pas un pour approcher du Grabié des Griffoux, qui vivait en forêt près de chez moi. Celui-là, le roi des oiseaux! Il avait bien des sous, le bougre, mais il était comme le crapaud, qui se nourrit de terre, et n'en mange jamais son content de peur d'en manquer. »

Le marchand eut quelque mal à se rappeler le nom de ce Grabié. Ce devait être Charpaigne. Il avait une misérable cahute au fond des bois, derrière Saint-Vert. On l'y avait trouvé mort aux environs de Pâques.

Charpaigne! Gaspard eut chaud tout d'un coup. Si c'était Charpaigne qu'il fallait lire, dans le billet glissé sous la porte?

Mais les choses avaient été si couvertes qu'il mit plus de quinze jours à les retrouver.

Un soir, un bergerot qui gardait ses bêtes, sous un grand bois, avait vu paraître un enfant plus blanc qu'un brouillard, avec des yeux drôles qu'il abritait de son bras, comme s'il ne pouvait supporter le jour. Cet enfant avait dit des choses singulières. Il avait parlé de la grande lampe — c'était sans doute le soleil —, qui paraissait l'inquiéter.

Le bergerot, un peu saisi, lui avait demandé d'où il venait. Cet enfant, montrant la terre, avait fait comprendre qu'il était sorti de là-dessous.

Le voyant si pâle, avec ses yeux luisants, son odeur de cave, l'autre le prit pour un fadou, fils de fade. Les fades, les fées, vivent cachées sous les roches, dans les lieux solitaires. Dès qu'on a cessé de sonner l'angélus, durant la grande Révolution, elles ont reparu, et plusieurs les ont bien vues alors, au pont de Thiolières ou en divers endroits. Le berger soudain tourna les talons et s'enfuit le beau galop.

Cependant, devant les herbes des champs et les oiseaux de l'air, le petit Henri perdait la tête. Le plein vent l'étourdissait; le soleil l'éblouissait. Les moutons lui avaient confusément rappelé sa chèvre. C'était d'eux plus que du berger qu'il s'était rapproché. Mais, lorsque ce berger se sauva, il prit peur, lui aussi. Il pensa que les hommes allaient l'enfermer de nouveau sous terre. Et il gagna les bois, cherchant le couvert et l'ombre.

Un peu de bise soufflait. Il transit, n'ayant jamais senti le froid. Il se trouvait mieux depuis que la grande lampe avait disparu, qui lui faisait mal aux yeux comme une brûlure. Il allait, il allait, mais déjà ne pouvait plus soulever ses pieds gonflés. La nuit était tombée. Il lui sembla qu'il retrouvait sa caverne, il se mit à pleurer de fatigue et de désespoir. Il s'assit à terre, au milieu du sentier, ne sachant pas ce que c'était qu'un sentier, seulement. Et, aussitôt assis, il roula dans le sommeil.

Il rêvait que des arbres le poursuivaient, des arbres qui étaient des hommes. Un d'eux l'attrapait, lui trouait le cou, c'était la fin... Il s'éveilla, porta la main à son cou, où quelqu'un appuyait du bout d'un bâton, ouvrit les yeux, les referma vite, les rouvrit à demi, gêné par le jour. L'homme le poussait du pied. C'était un grand vieux décharné, couleur de rave, avec le tour des yeux rouge. Un tremblement le secouait sans arrêt comme un jonc dans un courant d'eau. Il demeura un moment à examiner cet enfant étrangement fait, étrangement vêtu. Le petit, une main sur les yeux pour se garder de la lumière, ne comprit rien à ces questions : son nom? son village? L'homme le considérait avec méfiance, mais se disait que cet enfant, parce qu'il mêlait à son parler des mots qui n'étaient pas d'Auvergne, devait sortir de bien loin. « Ce n'est pas gros, ça prendra sa vie d'un croûton; il gardera les chèvres et je pourrai aller en tournée dans les bourgs. »

Le Grabié des Griffoux faisait sa demeure au plus épais des bois. Des houx en meule noire y cachaient sa cabane, une cabane de pierre, qui s'en allait d'un côté, étayée sur une jambe de sapin comme sur une béquille. Le toit de chaume bosselé, verdi de vieillesse, était rapiécé de genêts, maintenus par des bâtons en verrou. Au-dedans, des bouquets d'épis garnis de toiles d'aragnes passaient entre les planches. Le Grabié vivait là avec deux chèvres parquées derrière une mauvaise cloison à hauteur d'appui. Mais la cabane était remplie d'un ramas de choses sans nom, cueillies derrière les fermes : pots égueulés, courroies racornies, cabas effondrés, loques durcies de boue, fers à cheval mangés de rouille; tout cela en montagne, bouchant presque les quatre carreaux de papier huilé.

C'était un rêve bien sauvage, cette masure et ce mendiant tremblotant. Mais le sombre même du lieu allait bien aux yeux de l'enfant que le jour blessait encore. Et le feu, le tas de pommes de pin, les deux chèvres, il se croyait dans le château d'un roi. Le Grabié lui apprit à garder les chèvres, et à rapporter du bois mort. Il lui apprit aussi, pour épargner le pain, et comme font les petits bergers, à déterrer les châtaignes de terre, qui sont grosses comme le bout du doigt et qui ont un goût entre celui de la pomme de terre et celui de la noisette.

Le Grabié le tenait pour un simple, parce qu'il le voyait revenir du bois avec aux mains des fleurs blanches et des fleurs rouges. Il avait remarqué que ce petit se cachait des créatures et préférait n'aller dehors qu'à la brune. Alors, il le prit comme il était, sans trop le charger de mauvaises paroles. Cela fit une sorte d'association, le petit se terrant dans la masure ou au fort des bois, et le Grabié courant les villages.

Ce Grabié avait été de ceux qui se condamnent à manger du pain d'orge toute leur vie pour manger du pain blanc sans doute après leur mort? Ayant trouvé à bien vendre une terre, il la vendit et vendit ensuite tout son bien pour le changer en louis qu'il porta sur lui dans une ceinture. Rien ne l'aurait fait toucher à cet or. Aussi se retira-t-il dans les bois pour y vivre de ce qu'il y pourrait trouver et de la charité des gens. Avec l'âge, son avarice devint entière. Les croûtes, il les gardait longtemps avant d'y mettre la dent, parce que quand elles sont dures et quasi moisies on en mange moins. Il les mendiait de porte en porte, couvert de guenilles si loqueteuses qu'on ne savait plus que par tradition que ç'avait été des habits. Et coiffé d'un chapeau luisant de crasse, qui paraissait du même âge que son chef, c'est-à-dire de quelque soixante-dix ans. Un épouvantail.

Cet hiver-là, le Grabié baissa beaucoup. Il se voûtait;

ses cuisses semblaient des bâtons; on eût dit d'une figure de spectre, avec ses yeux éraillés qui faisaient mal à regarder. Le tremblement le secouait plus fort et il ne savait plus que marmonner sa complainte de cherche-pain.

Lorsqu'il y eut deux pieds de neige à plein pays, il ne put plus sortir. Il aurait voulu envoyer le petit dans les villages. Le petit ne comprenait même pas. Alors, du lit où il gîtait, le vieux empoignait son sabot, et faisait mine de le lui envoyer par la tête.

Mais quand il l'entendait ronfler, l'enfant sortait du coin des chèvres, derrière la demi-cloison — il couchait là, avec les bêtes — et venait s'asseoir devant le feu. Les yeux sur les braises qui se craquelaient, il suivait des visions. C'était tout simple et très compliqué, comme dans les songes; et parfois, pour mieux penser ce qu'il pensait, il avait besoin de se le dire à mi-voix. Il songeait au chaleil qui éclairait sa cave et que la vieille venait regarnir, et il songeait au soleil. Au jour, à la nuit. Il ne voyait pas que les jours étaient plus courts, et qu'il n'y avait plus de feuilles vertes, parce que aujourd'hui suivait hier sans guère changer. Mais il se rappelait telle fleur en rosace qui sentait si bon, agrafée à la jupe de la vieille. Dans son idée les églantines étaient liées au « paradis ». Et tout cela roulait en sa tête.

Il fit plus doux. La neige fondit. Si l'on sortait sur la porte, on entendait de partout un ruissellement. Le Grabié ne se levait plus. Un matin, l'enfant écarta les cendres, souffla sur les braises, ralluma le feu, puis revint traire les chèvres sans que le vieux lui parlât. Trois jours passèrent ainsi. Henri allait au bois avec les deux biques et restait plus longtemps dehors. Une fois, il s'approcha, toucha la main du vieux, la sentit aussi froide qu'une pierre du chemin. Il regarda ces yeux ouverts à moitié, blancs comme du lait qui a tourné.

Le lendemain il partit tout de suite. Ce jour-là, comme

il rentrait, il vit bouger le vieil homme. Il fit deux pas vers le lit, une bête sauvage s'en échappa. Alors il fut tellement effrayé qu'il enfila la porte et se sauva avec ses chèvres.

Plusieurs semaines après, quelques hommes des environs prirent jour pour monter ensemble à la cabane, parce qu'on disait l'avoir vue de loin à moitié renversée. Ce que le Grabié avait amassé ne formait plus qu'un monceau : tessons, loques, ferraille, tout tenait, sous un enduit de cendres et de moisissure. Le cadavre desséché était rongé par les bêtes. Rien n'avait plus figure de rien, sauf la ceinture d'or, qui creva quand on y toucha en ruisselant comme un soleil. Et, sous l'amas de saletés qu'il fallut attaquer à la pioche, on dénicha un chaudron plein d'argent blanc.

Quelques-uns parlaient d'un enfant qu'ils avaient aperçu parfois avec les chèvres. Si ce petit n'était pas une imagination, il avait disparu comme un feu follet par le milieu de l'air.

DEUXIÈME PAUSE

Gaspard et ses veillées. — Nouvelles des amourettes. — Les Chargnat reparaissent.

Son petit garçon vivait. Dieu est bon. Ah! qu'il le garde à toute heure du jour! Elle le sentait bien, que son enfant vivait encore. Parfois, les soirs, du fond de ces campagnes, une sorte d'appel sans nom venait lui passer près du cœur. Le terrible c'était de songer qu'il grandissait : près de quels êtres vivait-il et que faisait-on de son âme? Longtemps, elle avait renfoncé cette pensée en elle; mais cela avait mûri, comme un mal blanc dont les élancées ne cessent plus. Pourvu qu'elle ne le retrouvât pas trop tard!

« Gaspard dit que, puisque l'enfant n'est plus dans une cache, il sera signalé, et que nous le retrouverons avant la Saint-Jean. Si cet été je pouvais le voir, attrapant les basses branches du cerisier, dans le Pré-Long, et mangeant les cerises... »

Elle avait peur de s'être réjouie de la mort de M. Chargnat. Elle ne pouvait pourtant empêcher que ce fût une délivrance. Gaspard disait bien : le temps est le père des miracles. Elle ne voulait plus songer qu'à son petit garçon.

Il devait se tenir caché dans les bois. L'idée était venue à Anne-Marie d'une grande battue, sous ombre de débarrasser le pays des loups. Ce serait malaisé à organiser. Mais Gaspard tenait les paysans par l'affaire des communaux.

Sans cesse on venait lui demander un conseil, un service. De son fait, la vie changea beaucoup dans la montagne. Avant lui, les vaches n'avaient pour toute ration, l'hiver, que leurs dix livres de foin. Quand on les lâchait en mai, qu'elles sortaient de l'étable noire, les côtes en cerceau et les cuisses écaillées de bouse, on les eût prises pour les vaches maigres de Pharaon.

« En mars, tu sèmes du trèfle dans ton blé. L'année suivante, tu as du fourrage. Et tu verras si ça se connaîtra à ton bétail! » On l'écoutait, sans le quitter des yeux, appuyant d'un coup de tête pour ranger ce qu'il avait dit et ne plus le laisser perdre.

Ils ne sont pas épais ceux qui en savent autant. Ce fut lui le premier par ici qui cultiva le trèfle et qui fabriqua des chars, de vrais chars, non plus ces méchantes carcasses sur quatre roues pleines; il avait su en regarder la façon dans les Vosges, pendant les guerres; et s'ils sont plus beaux vers Ambert que dans le Velay ou dans la Limagne, c'est à lui qu'on le doit.

Il y eut moins de terres en jachères. Les gens prirent goût à bâtir des maisons qui donnaient plus d'aisance. A avoir des jardins avec des ruches, des arbres à fruits, des bouquets. Saint-Amand y gagna bon renom de la butte de Montpensier qui commence l'Auvergne, jusque passé la montagne de Bar qui la borne.

Déjà, de bien loin, on demandait à Gaspard d'enter les arbres, parce qu'il avait la main à cela. On venait dans son atelier faire la veillée et le voir façonner un joug, emmancher une hache. L'un entrait, puis l'autre. « Salut, Gaspard et la compagnie! — Ça va? — Il faut bien tout. » Ils s'asseyaient, les mains nouées entre les genoux, les vieux, les priseurs au dessous du nez noir comme de la poix, près des jeunes qui tiraient sur leur brûle-gueule. Le petit poêle ronflait. L'odeur du vin chaud à la cannelle se mêlait à celle du vernis que le Dragon passait sur les harnais à légers coups de pinceau. Ils regardaient tous ces outils, le tour qui est comme un arc à courroie de cuir, le couteau-paroir, le deux-mains, la varlope et le guillaume, le trusquin, l'herminette. On pouvait demander à Gaspard de fabriquer des pièges à taupe ou de raccommoder une vielle : il n'était embarrassé sur rien. Avoir ainsi bonne idée sur toutes choses, c'est un don du sort.

On causait. Quelqu'un remontait la mèche du chaleil avec une épingle. Gaspard ne parlait pas beaucoup. Mais par le chiffre seul de sa personne, il donnait aux garçons l'idée de cette liberté qui regarde tout en face et qui ne craint homme qui vive à la rencontre. Cette liberté, qui naît sous le feu de l'ennemi, parce que là on est tous égaux, tous du même âge, cette liberté apprend aux gens de cœur à ne plus faire état des conventions, des conditions.

Non, il ne bavardait guère : un mot ou deux qui

tombaient bien; mais si on l'échauffait contre ceux qui faussent le droit et tyrannisent les pauvres gens, alors, ah! il se levait droit en pied, et l'œil en feu. Quand il parlait ainsi de la droiture, en homme qui suit son cœur, il vous empoignait, vous arrachait de terre. On se taisait comme sous le coup de la foudre. Mais après cela, s'il avait eu besoin de vingt paires de bras, il n'aurait pas été obligé d'aller cogner à vingt et une portes.

Anne-Marie le savait. Elle aimait penser à tout ce qu'il pourrait faire pour lui rendre l'enfant perdu.

Le printemps revenait, avec ses arbres noirs de mouillure, ce tramail d'argent ruisselant, lointainement, aux pentes des prés reverdis, ces coups de vent et de lumière détalant par la montagne, et ce bleu soudain du ciel, comme la force d'une chanson.

Ses frères et ses amis étaient plus souvent en ville, près des demoiselles, qu'ici, prêts à le suivre.

Les amourettes allaient bien et n'allaient guère. Bien, très bien auprès des chères et tendres. Pour le jour de l'an, Plampougnis avait apporté à Lucie une poire rouge confite au sucre; le Dragon à sa Mariette un mouchoir de cou en cotonnade de couleur. Elles y avaient répondu l'une par une bourse brodée d'initiales en perles, l'autre par un médaillon bleu céleste, représentant en cheveux tressés deux tourterelles sur un autel de gazon, et au dos : « Don de Lucie. » Mariette, qui se moquait de tout, qui aurait tourné en ridicule un aussi bel ouvrage que la mairie d'Ambert, fit mettre aussi ses cheveux en sentiment. Le médaillon fut de fond vert, couleur d'espérance, et l'on y vit un petit chien, symbole de fidélité, sur un parterre de pensées et de fleurs d'amour.

Espérance, fidélité... C'est qu'auprès des parents les amourettes n'allaient guère. Les vieux croient de leur office de bien marier les jeunes. « Qu'est-ce qu'on lui donne? — Quinze cents francs, son armoire et sa garniture. » Et après : « La famille? — Il n'y a eu ni fous, ni voleurs, ni pendus. » Et enfin : « La fille? — C'est de bon naturel, épargnant et vaillant. »

Les entrevues entre la Poule-Courte et la mère de Plampougnis n'avançaient pas les choses. La dot, cette dot de Lucie, il n'était question que de cela. Compte tes poules, je compte mes coqs. Plampougnis, lui, ne savait même pas quelle bête c'était, une dot. La Poule-Courte continuait à le regarder de travers.

« Mais que lui reprochez-vous? demandait Mariette.

— Il mange trop. Le bien de la Lucie, il l'aurait mangé en trois semaines, ce dévorant.

— Que voulez-vous? C'est un défaut qui se voit. Chez d'autres, il y a d'autres défauts qui ne se voient pas. »

La Mariette le tournait ainsi. Son père à elle s'entêtait à rebuter le Dragon, tout en lui riant quand il le voyait arriver.

« Tu es trop fou et la petite est trop jeune. Que sais-tu, toi? Gouverner les chevaux et parler aux demoiselles. Tu ne saurais pas même faire une omelette. »

C'était le dimanche des brandons; il y avait sur la table des œufs, une motte de beurre.

« Si de ces œufs tu me fais une omelette, je te donne la petite. »

Le Dragon vole à la poêle. Mais, lorsqu'il veut casser les œufs, le voilà camus : ils étaient cuits durs.

« Vous êtes content? Un jour vous serez encore plus content de m'avoir pour gendre. »

Il se consolait en menant Mariette à la ronde autour du feu de joie. Toute vive, toujours en action et chantant sans cesse, il l'aimait ainsi.

Quand je ne puis courir, je vole,
Quand je ne puis voler, je cours.

Il fallait danser, chanter et rire, et puis après se regarder tant qu'on pouvait, de ces yeux qui aiment et qui parlent du cœur. « Peut-être serons-nous l'an prochain ces deux mariés du quartier qui viennent mettre le feu à la grande meule de genièvre et d'épines. Mais comment amener les parents à cela? »

Ce même dimanche, Anne-Marie et Pauline avaient été invitées à manger les soupes dorées au moulin.

Grange avait à voir. Mlle Elmire et M. Amédée. Ils renouvelleraient certainement les billets, comme l'avait promis leur défunt frère.

M. Amédée changea de jambe dans son fauteuil, regarda le pied de la table, fit observer que le pauvre César, de son côté, avait adressé une requête à M. Grange? Grange, de la main, signifia que par malheur il n'y avait pas eu à lui rendre réponse.

« Mais, n'est-ce pas, nous pouvons croire que vous auriez agréé sa recherche? »

Grange commençait de se sentir mal à l'aise. Il dit que pour sa part, bien sûr, il désirait beaucoup...

Voyant que la fin de la phrase ne venait pas, M. Amédée se leva, plia l'épaule, déclara qu'il aspirait à la main de Mlle Pauline et qu'il espérait que sa flamme serait bientôt couronnée.

Grange aurait senti le plafond lui arriver sur la tête qu'il n'aurait pas été plus étourdi. Il ne sut que balbutier :

« Laissez refroidir les cendres de votre pauvre frère. »

Sur quoi, M. Amédée exposa lourdement qu'on pourrait bien pendant ce temps lui couper l'herbe sous le pied; que du reste — et il appuya son dire d'un salut qui avait sa portée —, les raisons qui rendaient désirable l'union de son pauvre frère et de la jeune personne allaient parler encore plus haut en faveur de cette union-ci.

Il aurait fallu tout de suite poser que Pauline ne saurait ainsi passer d'un prétendu à l'autre, que la chose demandait à être amenée au long de quelques semaines. Grange vit seulement que la demande de M. Amédée serait plus fâcheuse encore que celle de M. César. Il se retira en personne qui n'a plus l'esprit présent.

Lui qui respirait, après cette mort, qui croyait avoir du relâche!... Il avait envie de s'asseoir comme s'il venait de recevoir un coup sur le crâne. De la voiture, en ramenant ses filles, il regardait, sans la voir, tomber la pluie. Il se sentait tellement dans les mains des Chargnat qu'il suivait des raisonnements pour se prouver que Pauline ne répugnerait peut-être pas à accepter le percepteur. « Il a l'air plus martial, plus ouvert que son frère. Une femme qui saurait le prendre... »

Il se déchaussait, d'habitude, en rentrant. Il resta botté comme si cela devait lui donner plus d'assurance. La pluie avait cessé. Des gouttes se détachaient, une à une, des bourgeons noirs du frêne pleureur, au milieu de la cour. Debout sur la porte, il ne se décidait pas à rentrer. Pauline revint près de lui; et elle était là, doucement, à compter de l'œil les feux des brandons qui s'allumaient en grosses étoiles rouges sur les terrasses de la montagne.

Alors, il regagna la salle qu'on achevait de desservir. Il y faisait froid. A la lumière du quinquet, le feston de salpêtre qui montait du bas de la muraille paraissait plus blafard. Il observa Pauline, fut frappé de voir qu'elle avait repris sa mine d'écolière, ses yeux qui riaient de gaieté. Que c'est jeune et léger, et rose à la joue! Après tout, admit-il, il suffirait d'une petite révolution dans sa fantaisie.

Il tira à soi une chaise, s'assit avec une débonnaireté assez mal jouée, et entama son petit discours.

TROISIÈME PAUSE

Idées sur les Chargnat. — M. Amédée manque de perdre la vue. — La tête de veau mugissante.

Ils étaient bien revenus, les jours noirs. Il y eut des entretiens entre le père et Anne-Marie, où Anne-Marie s'enfonçait dans sa chaise rotonde pour se sentir étayée par le dossier. Elle n'aurait pas tenu sur ses jambes. Le père ne se mettait même plus en colère : il n'avait aucun ressort.

« Ta sœur est une péronnelle de comédie. Songe au parti qu'est M. Amédée, qui vient d'hériter de son frère. Elle est folle, je serais dans mon droit en la forçant à ce mariage. En tout cas, qu'elle voie bien les choses : si les billets ne sont pas renouvelés, je suis pris de trop court, c'est la faillite. »

Comment parler à Pauline? Anne-Marie avait vu que passer, simplement, devant la maison de M. Amédée lui donnait un frisson nerveux. « Cette maison toute noire sur la rue, je la prends pour une cage de corbeaux. » Ceux qui ne sont pas tristes ne vont pas chercher des idées pareilles, mais celle qui est enfoncée dans les ennuis se fait des monstres de tout.

Vers qui se tourner, sinon vers Gaspard?

Lorsque Anne-Marie l'entretint de Valentin et de Pauline, Gaspard prit ce qu'elle appelait sa face de bois. La demande de M. Amédée lui avait donné une espèce de contentement, comme s'il l'avait prévue. Anne-Marie aurait voulu le comprendre. Elle conta que le percepteur passait pour un tyran. On le surnommait le Blaireau :

de fait tout s'enfournait chez lui comme dans la tanière du blaireau : il savait se faire apporter les coins de beurre et les saucissons de campagne, les lièvres et les pleins paniers de poires! Si on lui riait encore, parce qu'on le craignait, on le détestait bien! Comme il passait, l'autre jour, devant l'église, une femme avait murmuré : « Passe, va : je t'arrêterai pas. » Anne-Marie avait essayé de faire parler ce vieux bon Barthaut. « Me fais rien dire; il faut être chrétien, pauvre petite. »

Le tonton Amédée? disait Gaspard. Mais on ne pouvait lui reprocher qu'une chose, comme à Plampougnis : de manger trop! C'était le bon vivant, le bon garçon.

Non; Anne-Marie faisait signe que non.

« Il est grossier, il est sans-gêne, avec presque des coups de marteau par moments; mais bon garçon, non. Tu ne le crois pas. Et moi je sens qu'il a le cœur dur comme un morceau de fer.

— Ecoute, il tient ton père, à cette heure, et voilà. Au moins, ne lui fais pas la tête, puisqu'on ne peut pas vous demander davantage. »

Gaspard reparti, elle réfléchissait. Il fallait que ce M. Amédée tînt en effet le père, parce qu'au fond le père ne l'aimait point. Les façons de M. César lui imposaient, lui donnaient le change. M. Amédée, il le trouvait grossier comme du pain d'orge. Si donc il l'acceptait pour gendre, c'était contraint et lié; Gaspard même ne voyait pas comment on pourrait libérer le père en si peu de temps.

Mais pourquoi Gaspard avait-il prévu la demande de M. Amédée, comme si elle confirmait ses suppositions?

Malgré tout, elle ne voulait pas croire qu'il ne travaillait pas contre ce mariage. Et il trouverait bien quelque chose à faire, s'il s'y donnait de tout son sens.

Lors de l'émeute, cela pouvait aller loin. Peut-être voyait-il la foule lancée contre les Chargnat, M. César lâchant un coup de pistolet, de gros événements. « S'est-il avisé qu'une pincée de gravier dans une botte a fait davantage? Il dit que le rire est grand. Il doit vouloir mener les choses ainsi. Ses yeux ne trompent pas : je l'ai senti enragé, endiablé, comme aux jours de ses quinze ans, jadis. »

En descendant de son coucou, un soir, M. Amédée entendit le Dragon dire au maréchal :

« J'ai failli ne pas reconnaître notre percepteur : comme il a mauvaise mine! »

Le lendemain et dans la semaine, en naviguant par le bourg, il put ouïr dans son dos des propos cousins de ceux-là.

« Vous l'avez vu? Il ramasse une drôle de figure.

— Un de ces quatre matins, un coup de sang l'abattra comme son pauvre frère. »

Ces compliments font toujours plaisir, même quand on crève de santé. M. Amédée plastronnait; mais, il avait beau faire, il baissait l'oreille.

Un dimanche, il prenait l'air sous sa coudrette. Passa Jeuselou.

« Salut, monsieur Amédée. Vous vous délassez de vos chiffres? Vous auriez besoin de vous divertir. Venez faire la partie chez Treize-Langues. »

M. Amédée refusa brusquement, mais se ravisa et suivit le garçon. Ils rejoignirent Plampougnis et Benoni dans un cabaret du bourg. On but, on joua au piquet, on mangea les tripes avec ce qu'il fallait de moutarde, on rebut, on rejoua jusqu'à la nuit franc-noire. Le tonton, suivant l'habitude qu'il avait prise dans les noces, posa son bras sur la table, son front sur son bras, et piqua un somme.

De grands éclats de voix l'en tirèrent; Jeuselou et Benoni se disputaient :

« Voilà celle que tu devais jeter! Té! regarde, l'atout était trèfle. »

Il les entendait manier les cartes, les abattre sur la table. Et il ne voyait rien. Tout était noir pour lui.

« Allons, ça va. A moi la donne. Je tourne le roi, je le marque. »

Il gémit d'épouvante.

Les autres le questionnèrent, — comment, il ne voyait pas la chandelle? — se levèrent.

« C'est vrai que ses yeux semblent morts. Si nous n'arrêtons la congestion, et tout de suite, il demeure aveugle. »

Ils l'entraînèrent dans la cour. Plampougnis se jeta sur la pompe. Jeuselou, Benoni le poussèrent sous le jet, qui le doucha, le glaça, l'abrutit. Ils lui plongèrent la tête dans le seau avant de lui frotter les oreilles d'une serpillière, et ne le lâchèrent que lorsqu'ils n'en purent plus.

La congestion avait cédé. M. Amédée voyait en plein, à présent, la lumière de la chandelle. « Et dire que vous ne la voyiez pas, tantôt!... » On l'entoura, on lui donna de bons conseils. Mais il ne consentit pas à se laisser saigner par le Dragon qu'on était allé quérir.

Le filleul amena à Gaspard son oncle d'un village, un vieil homme au bon visage humble et ouvert. On comprenait qu'il avait dû longtemps concerter cette visite avec sa femme : elle l'avait habillé de ses dimanches, lui avait noué un beau foulard au cou.

En payant ses impôts, il avait oublié sa quittance sur le bureau du percepteur. Quand il était venu la réclamer, il s'était entendu dire par la gouvernante que M. Amédée était à Ambert. Comme cela trois dimanches de suite. Sa vieille femme alors avait arrangé dans un panier les poires de leur poirier, celles qu'ils gardaient pour le filleul; et il était revenu en semaine. M. Amédée prit négligemment une poire, l'avala en deux bouchées, une autre, haussa l'épaule, consulta un registre, et dit qu'il ne pouvait y avoir de quittance, puisqu'il n'y avait pas encore de paiement.

« Comment, monsieur? C'était un matin qu'il neigeait; je vous ai porté l'argent dans un sac, tout en écus de six livres. »

M. Amédée se leva, l'empoigna par l'épaule et claqua la porte sur lui, le menaçant d'un coup de botte s'il le voyait revenir.

A présent il le faisait sommer de payer ses impôts.

Cela fut conté avec un accent de vérité qui ne laissait pas de doute. Gaspard avait entendu d'autres histoires, d'ailleurs.

Ses yeux luisaient, à croire que le diable lui sortait par les fenêtres, tandis que le vieil homme disait la menace du coup de botte, et son tracas.

« Suis-moi, té! Allons causer avec cet autre. »

La gouvernante leur cria d'entrer — elle ébouillantait une tête de veau, — et les voilà dans le bureau du percepteur. M. Amédée se retourna, les considéra :

« Si tu viens payer, tu ne fais que bien. J'ai vu l'huissier. Tu le verras un de ces jours.

— Mais, monsieur, rappelez-vous! »

Le vieux donne des particularités : il neigeait, c'était le mardi après la Chandeleur; il avait aligné ses écus ici; la quittance était là; il avait oublié de la prendre parce que M. Amédée s'était mis à parler d'un loup qui courait le pays vers Carcasse.

« Tu l'as rêvé. »

M. Amédée dit cela d'un air froid, mais un peu contraint. Cette nuance de contrainte, il sentit aussitôt que Gaspard et le filleul, qui avait suivi, venaient de la saisir.

« Assez causé, les fonds ou la quittance! Ni moi ni le gouvernement ne sortirons de là.

— La quittance est ici, vous la retrouverez, dit Gaspard. Monsieur Amédée, prenez garde. Tout le pays parle. Un jour les bêtes mêmes crieront contre vous.

— Quand les bêtes crieront, je verrai. En attendant, mon ami, de quoi te mêles-tu?

— Je pourrais bien me mêler de plus de choses que tu ne voudrais », fit Gaspard à qui le sang montait au crâne.

Il avança d'un pas, les yeux toujours fichés sur lui. M. Amédée était un puissant gaillard — à la suite d'un pari il avait soulevé sur son dos la patache de Clermont —, mais il passait pour craindre naturellement les coups. Il s'établit pesamment dans son fauteuil, et, rentrant le menton, élargissant ses bajoues, il défiait, tutoyait Gaspard du regard. Croyait-on qu'il fût homme à se laisser picoter par des farces ou pousser par des menaces? Du reste, si on venait le menacer, lui, fonctionnaire public dans l'exercice de ses fonctions, on aurait affaire aux tribunaux. Et il débita une grosse phrase, comme en portent les papiers du gouvernement, sur la force armée qui le ferait respecter au besoin.

« Avez-vous dit? Bon. Ecoutez quatre mots. Je crois, moi aussi, que la force armée vous fera respecter un jour. Je vois très bien un gendarme à votre droite, un à votre gauche... Comprenez-vous ce que parler veut dire? »

M. Amédée blêmit. Il se réinstalla, la tête en avant, sans cesser de regarder Gaspard, qui continuait de le regarder droit, de ses yeux de feu. Il y eut là, sans un mot, un moment si violent que le vieil oncle se mit à trembler et lâcha sa canne d'épine.

Le percepteur finit par se détourner en disant, avec une mine atroce, qu'on reprendrait cette conversation-là.

« Eh bien, entendu, à l'honneur de vous revoir. »

Gaspard sortit. Il sentait qu'il ne se commandait plus.

A midi tapant, M. Amédée passa à table. Il n'avait pas déplié sa serviette qu'une stupeur le cloua sur sa chaise. La tête de veau fumant dans le persil, venait de lancer un meuglement. Une bramée qui ne pouvait sortir que d'un gosier de bête, et qui reprenait, qui sortait à deux pieds de lui, de cette tête dont il voyait alors trembler le mufle, les joues cuites. Encore un coup, il la voyait, cette tête de veau, lourde, absurde, aveugle, qui mugissait là, à deux pieds de ses yeux.

Ce mufle brut prenant vie, prenant voix, qu'on imagine bien cela. Ce fut comme s'il se trouvait devant le monstre même de la bestialité stupide. L'effet fut tel que les trois sueurs le prirent. Il recula, se cognant au buffet, gagna la porte. La tête beuglait toujours, effroyablement.

Par l'autre porte, le filleul se faufila, vint à cette tête de veau. Il en retira une grenouille, emprisonnée sous la langue brûlante. (Le mot de Gaspard : « Les bêtes crieront », lui avait donné des idées.) Puis il passa à la cuisine dire à la gouvernante que, décidément, cette canne d'épine, il ne la retrouvait pas.

Le vieil oncle vint la chercher dans l'après-dînée : elle avait glissé sous le bureau. M. Amédée était là, non comme un homme qui fait des chiffres, mais affalé, hébété, le teint brouillé, l'œil vague. Un moment, il demeura ainsi, voyant et ne voyant pas, puis étendit la main vers un tiroir, en tira un papier.

« Tiens, elle s'est retrouvée, ta quittance. Si tu l'as laissée, elle a été serrée. Je ne peux pas me souvenir de tout. La voilà. Tu es en règle. »

QUATRIÈME PAUSE

Gaspard en campagne. — Tourments aux Escures. — La montagne de Roche-Savine.

Ce qu'il avait à faire accélérait son sang. Une colère aussi. « Je me suis découvert bêtement; j'ai cédé à la fureur, comme Valentin qui ne sait que bouillir. Et maintenant, comment s'y prendre? »

Avec quelques fonds et son crédit, il était arrivé à parer au plus pressé. Grange avait payé les traites de fin mars. Etait-ce cela qui avait imposé au Blaireau? Il avait consenti à ce que la réponse de Pauline fût différée jusqu'à la Fête-Dieu. Ou bien, simplement, voyait-il que les Grange seraient alors en son pouvoir, parce qu'ils ne pourraient jamais faire face à la grande échéance de fin juin?

« Comme j'aurais dû rester coi, ne pas lui chanter ma chanson! Il fallait que Grange acceptât sa demande; et l'étourdir de confiance, le peloter, le rouler, le forcer à abattre ses cartes. S'ils tiennent tant, l'un après l'autre, à épouser Pauline, en stipulant la communauté, serait-ce parce qu'ils auraient en main la contre-lettre?... »

Gaspard refusait de suivre son imagination trop loin. C'était elle qui l'avait emporté, en lui peignant ces petites gens humiliés, cette Pauline abominablement contrainte; Anne-Marie même pliée d'angoisse. Ah! pouvait-il se contenir!

Restait qu'il s'était découvert un peu trop vite. Il s'agirait de jouer plus serré maintenant. Eclaircir la vieille affaire, retrouver l'enfant, relever des traces de la contre-lettre, travailler contre ces gros, ces Chargnat, pour les gens de la montagne, ce n'était qu'une même chose. Seulement, il se voyait hors d'espérance d'avoir jamais la contre-lettre, si Pauline n'épousait le percepteur. Et rien ne sauverait Grange de la faillite. Il ne pouvait faire de miracles.

Mais peut-être qu'il viendrait à bout de changer le pays même : les routes, les champs, les fermes. « A cette heure, il n'y a que quinze ou vingt propriétaires par commune. Le reste est manouvriers, tâcherons, dans des cambuses sans étable ni grange. Eh bien, regarde; les Regouyat, les Solier, les Goyon; combien sont-ils qui ne demandent qu'une chose : vendre leurs terres! Il y a cela depuis la paix : l'industrie et les actions industrielles, qui donnent de bien autres revenus que les domaines. Les bourgeois vendront, puis ils quitteront les bourgs pour la ville. Si les paysans veillaient et voulaient, dans cent ans, par ici, chacun aurait son bien et porterait mieux la tête. »

Parfois, de Toutée, de Mauzun, il faisait halte devant les espaces peuplés de gens, d'histoires, de travaux et de vies. Il suffirait de tout diriger selon la bonne pente, comme ces rigoles qui font ruisseau, qui font rivière et drainent le canton, changeant en une prairie ce qui eût été marécage, et cela va mieux, sous le soleil. Il voyait les campagnes et les villes, leur monde, et leur train, depuis le journalier qui fagote au bord du bois jusqu'au banquier derrière son grillage et ses registres à coins de cuivre. Il aurait affaire à tous : et il voyait et concevait et ferait tout par ordre.

L'air prenait un goût d'herbe neuve, à la lumière de mars. Dans les prés, les femmes courbées, pas par pas, cueillaient la doucette ou le pissenlit. Le soleil séchait les chemins et donnait envie de voler avec lui à la rencontre de la belle saison.

Il ferait toutes choses seul, car les frères et amis étaient à leurs amourettes : là-bas, dans ces jardins où se chauffe le crépi du vieux mur, où l'on retrouve l'odeur, si bonne, des giroflées, près d'un poirier caduc. Les soirs sont longs, dehors, et l'on a envie de dire à une jeune fille tout ce qu'on garde dans sa tête. Mais arriveront-ils seulement à épouser leurs belles?

« Et Valentin qui sèche de ne plus voir Pauline! S'il est mis en faillite, comme je le connais, Grange se cassera la tête d'un coup de pistolet. Tout ce que je pourrais, ce serait de sauver Anne-Marie en lui rendant l'enfant. Mais sait-on jamais tout ce qu'on peut? »

Pauline aurait voulu parler à Gaspard. Et il lui semblait qu'elle ne savait plus parler, qu'elle nourrissait un grief contre tout le monde. Contre la vie.

Agenouillée, elle essayait de greffer un rosier en écusson. La belle matinée! Des ballots de vapeurs voguaient au loin sur les monts dans le vide bleu de l'étendue. Deux papillons jaunes menèrent une minute leurs jeux au-dessus de la terrasse, puis repartirent avec tout l'espace devant eux. Comme on pourrait être heureux, si seulement...

Le père serait mis en faillite : cela voulait dire qu'ils seraient chassés des Escures. Que lui faisaient les Escures? Une maison de paysans où partager avec Valentin du pain noir et des peines, verrait entrer plus de soleil.

« Je serai vôtre pour toujours, quoi qu'il arrive; nous ferons notre vie ensemble. »

Et les personnes d'âge avaient raison, celles qui ne croient pas à ces ententes-là, celles qui parlent lourdement de l'argent, si certaines qu'il mène tout. « Moi, liée par l'argent!... Mais si je n'accepte pas ce M. Chargnat, ce sera comme si je tuais le père avec un couteau. »

La veille, elle avait chargé Anne-Marie d'apprendre

au père son engagement avec Valentin Verdier. Que dirait-il?

Tantôt il lui semblait que cet engagement était si fort qu'il ferait tout son destin. Tantôt il lui semblait que c'était l'histoire tant de fois arrivée à d'autres qu'à elle, l'histoire de la vie plus forte que tout. Est-ce qu'elle parlerait à Gaspard?

Valentin, elle ne l'avait pas revu. Mais, depuis sa dernière danse, elle n'avait pas souffert qu'un autre lui prît la main pour la mener en place. Elle avait imaginé de porter une robe semblable à celle d'Anne-Marie. « Voyez, je suis en noir. — Ah! pardon. »

Elle ne se trouvait pas encore tout à fait malheureuse, parce qu'elle évitait de savoir ce qu'elle avait décidé. Mais elle ne se sentait aucun courage.

En se relevant, elle vit venir Anne-Marie. Anne-Marie avait dû causer avec le père.

Anne-Marie dit deux mots des rosiers, du temps. Puis comme pour parler de cœur avec Pauline, elle parla de son petit garçon. Elle désespérait de le retrouver, certains jours. Ses pauvres ossements, la pluie les blanchissait peut-être sous un buisson, au fond des bois. Et c'était pourtant l'enfant qu'elle avait le droit d'aimer, de tenir contre elle, la petite personne chaude et vivante qui l'aimerait!

Pauline lui passa le bras autour du col. Elle comprenait qu'Anne-Marie renonçait à rapporter ce qu'avait dit le père; et elle ne le lui demanderait pas. « A quoi bon, se disait de son côté Anne-Marie, lui faire savoir que le père a tout écouté, de la façon lasse et sombre qu'il a maintenant, pour déclarer à la fin, avec un haussement d'épaules, que les engagements qu'une jeune fille prend sans sa famille ne peuvent avoir aucune valeur? »

Elles se tenaient embrassées. Anne-Marie, silencieusement, suivait ses pensées.

« Nous voilà devant les choses de la vie. Comme on

devrait s'aimer, s'entendre contre le mal, entre créatures! Et voyez, dans la même famille, le père et Pauline se font souffrir l'un l'autre, et il n'y a à cela aucun remède.

« Pauline, ma Pauline! Le père aussi, pourtant, il faudrait le comprendre. Sa vie, à lui aussi est engagée. S'il doit faire perdre ses créanciers, il ne supportera plus de vivre. Il a tant travaillé, s'est tant tracassé, et voici que ça ne sert de rien, parce que ses deux bêtes de filles ont l'esprit à autre chose! Il ne peut pas changer son être. Pauline non plus. Chacun est seul au monde. Je ne sais même pas leur parler...

« Mais je ne fais plus aucun ouvrage que je ne doive refaire ces jours-ci. Cette nuit, je me suis levée, croyant prier, je suis venue à la fenêtre. J'aurais voulu... point d'arbres, point de jardin... »

Peut-être avait-elle de l'humeur contre Gaspard même, comme s'il prenait trop bien les choses, qu'il n'y vît jamais qu'une occasion de lutte. « Enfin il est fait pour lutter et pour faire, et moi pour aimer et pour me tourmenter. On le dit : le chagrin tue l'homme et nourrit la femme. »

Aux Escures, il semblait à Gaspard qu'on laissait tout aller. Comme si Grange ne s'y sentait plus chez soi. Anne-Marie tournait, tracassée, l'œil fixe. Pour la première fois il la vit se tromper dans ses besognes. Cela lui fit un peu mal. Il reprit son fusil; il allait dans la montagne, au-dessus de Roche-Savine. Elle lui dit timidement qu'elle allait le suivre. Le père était dans les bois, par là-haut.

Il ventait et il y avait du brouillard. Dans le chemin elle commença de lui parler. A présent, elle avait besoin de sa présence pour le mieux comprendre. Mais c'est une chose bonne de parler à un ami comme on se parle à soi-même, de lui tout dire et d'en attendre tout.

Elle disait que M. Amédée prenait d'autres manières :

plus distant, plus méfiant, plus menaçant. Que fallait-il en penser?

Gaspard supposait que ce changement datait du jour de la quittance. « Après ce que je lui ai dit et parce qu'il a vu Grange se débarrasser lors de la première échéance, le Blaireau croit peut-être que c'est la guerre, qu'on lui refusera Pauline? S'il le croyait, il serait bien capable d'imaginer de grosses canailleries. »

Il expliqua à peu près cela à Anne-Marie, sans l'effrayer. Il aurait voulu qu'elle se fît d'avance à ce qu'on voyait approcher, la vente, la ruine. Pourquoi ne s'installeraient-elles pas à *La Belle Bergère*? Il ferait réparer le bâtiment du jardin. Elle aurait alors son petit garçon...

On ne rencontrait personne. Ils avaient dépassé les restes d'un clos bordé de grandes vieilles épines tortes, aux branches fourrées d'une bourre couleur de vert-de-gris. Les ruines de Roche-Savine n'étaient qu'une motte de pierres grises et de gazon, aux casiers émoussés. Le brouillard s'abaissa. Une mer de nuages s'était formée au-dessous de leurs pieds, poussée par la bise qui creusait en copeaux les crêtes de ces houles. Anne-Marie et Gaspard suivaient un chemin de troupeaux, sur ce découvert de pacages battus des vents. Par-dessus les bois un gros nuage revint. Dans ce gris tout semblait se défaire. On ne voyait plus que quelques genièvres à moitié effacés, quelques pierres — une grosse au bord du sentier portait encore le sang et les plumes d'un petit oiseau dépecé par l'épervier. Après ces ruines on ne savait plus où l'on était : dans un autre pays au-dessus du monde. Aussi seuls qu'Adam et Eve au commencement des temps...

Anne-Marie sentit venir sur elle une espèce d'esprit sauvage. « Et si je voulais, pourtant, me séparer de tous et de tout? Les gens, est-ce que c'est ma vie, à moi? Mais trouver la liberté, la solitude! Oui, si je voulais connaître le vœu de ma vie?... Ici, le monde est fini, et nous sommes tout seuls. Mon ami sans autre resterait avec moi, de jour en jour, jusqu'à l'heure de la mort. »

...Elle ne comprit pas d'abord ce que Gaspard disait; c'était comme s'il songeait tout haut. Il disait qu'il s'était cru d'une autre pâte que les paysans, si lents, si têtus.

« Mais veux-tu savoir leur vrai rêve? C'est d'être leur maître au point de n'écouter personne, de suivre leur sentiment tout seul, et sans se soucier de quoi que ce puisse être. Eh bien, j'ai reconnu qu'au fond j'étais comme eux. J'ai toujours aimé ce temps de brouillard dans la montagne, parce que c'est la liberté, la sauvagerie... »

Elle fut saisie qu'il lui eût dit cela au moment où elle suivait des pensées de folie semblable. Je sais que tu me crois la courageuse et sage. Le serai-je jamais? Et pourtant être dans son chemin, dans la dıoite voie, parce que autrement il serait impossible de vivre.

C'était elle maintenant qui parlait. Elle voyait bien que Gaspard ne pourrait pas faire ce miracle de les sauver de la faillite. Mais où les créatures ne peuvent plus rien, il y a Quelqu'Un qui peut tout.

« Je ne sais pas à quel bien m'attendre, mais, même sans espérance, je garde une confiance encore. »

Il marchait à son côté, et il regardait la lumière qui était dans ses yeux.

CINQUIÈME PAUSE

Le Gourg du Drac. — La pêche aux flambeaux. — Trait d'énergie du curé de Saint-Amand.

ENTRE la Chapelle-Agnon et Bertignat, il y a des ravins enfoncés qu'on nomme les gorges de Carcasse. Les pentes avancent en éperons de ronciers et de pins, ou plongent en dévalées de bruyère. Tout en bas, sautant, tournoyant en cent replis, roulant à grand bruit entre ses boulets, le ruisseau écume comme du lait bourru.

Au sortir de la première messe, Anne-Marie avait été abordée par le tailleur. Faute d'homme de bien, on l'avait fait sacristain de la paroisse. Il lui dit qu'il avait entendu dire qu'on disait... Bref, le bruit courait, selon lui, d'un enfant à l'aspect sauvage qui rôdait dans les bois de Carcasse.

« Il t'a fait, dit Gaspard, le conte du gourg du Drac. »

On peut voir dans ces gorges deux cascades, dont l'une a creusé une pierre qu'on donne pour le Bénitier du Diable, et l'on dit que, là près, le Drac sort du gourg sous forme d'un petit homme velu et bizarrement fait.

Ce conte de nourrice, Gaspard le savait de naissance. Mais Anne-Marie était là presque suppliante. Il lui promit qu'ils battraient les bois tous sept le jour des Rameaux.

Le dimanche donc, ils vont dîner chez M. Jean, à la Chapelle, et sitôt après, gagnent les bois.

Ils y trouvèrent des terriers de renard, et sous les racines, dans les endroits sablonneux, quelques morilles, mais n'aperçurent pas âme qui vive. Et de monter et de descendre, et de ne pas laisser passer un creux de roche. Valentin tâchait d'être à ce qu'il faisait; mais il avait la tête en feu et sa Pauline dans le cœur. Gaspard ne le quittait pas : sans savoir pourquoi, il lui tardait d'être sorti de ces ravins.

Il ne voulut pas qu'on soupât près du ruisseau. Ils remontèrent sous les arbres. La place était sèche, le bois aussi sonore et aussi tranquille qu'une église. Une lumière singulière, qui ne donnait point d'ombre, celle des crépuscules de printemps, emplissait le lieu. Des coups de vent tiède traînaient des odeurs de source, de verdure, de fraîcheur. Le ciel s'ouvrait toujours davantage, sur un vide de pâleur entre les fûts de pins, et le silence était si grand que le bois paraissait plus désert encore.

Comme ils tiraient des carnassières les œufs durs et les bouteilles, ils eurent la surprise de voir arriver le bossu. Il se trouva qu'il venait là à la pêche aux grenouilles. Il s'assit, sans trop demander si on l'invitait. Et il briba si bien qu'il ne devait plus se ressentir du coup de demi-aune reçu naguère par les mandibules.

Ils se levaient, secouant les miettes. A ce moment, Gaspard crut voir, là-bas, quelqu'un se défiler entre les arbres. Chopine se souleva en dressant les oreilles. D'ailleurs, parce qu'au lendemain des Rameaux, les grenouilles tournent crapauds, la campagne, ce soir-là, est pleine de garçons qui vont les pêcher aux lanternes. On les vend écorchées et enfilées à des baguettes, pour la semaine sainte. Au beurre noir, en omelette ou en civet, c'est un manger délicat, mais le diable emporte ces petits os!

La nuit tombait. Le bossu fit tant que les plus enragés décidèrent de le suivre à la pêche. On alluma des branches garnies de résine. Le bossu portait au bout d'une perche un panier à salade rempli de pignoles qui flambaient. Les grenouilles attirées par la lueur, sautaient de l'eau sur les bords, et on les assommait d'un coup de bâton.

Chopine, deux fois, avait donné des marques d'inquiétude. Lorsqu'on arriva vers le gourg, Gaspard dit qu'il était temps de repartir. Mais le bossu, en trois sauts de chèvre, traversa le ruisseau.

« Une minute, je vais voir vers la cascade. »

C'était un plaisir de le regarder voler de pierre en pierre, secouant son panier de flammes.

« Si quelque vieille l'aperçoit, le pays saura que le drac était à Carcasse! »

Tout à coup, Gaspard jeta l'œil sur Chopine : elle

grondait, le museau pointé vers le haut de la pente.

« Ecoutez! »

Par-dessus le bruit sifflant du torrent, une sorte de roulement se précipitait, devenait un bondissement à gros frappements sourds.

« Jetez ces torches! Et vite ici, tous! Sacré bon sang, nous sommes cuits! »

Une masse énorme parut s'enlever devant eux, creva les buissons, s'abattit dans un rejaillissement, sauta à contre-pente, retomba en envoyant encore l'eau par grandes flaques.

Déjà une autre roche dévalait, en vingt bonds, ébranlant le terrain, éventrant les verdures. Elle passa comme un tonnerre.

Ce fut la présence d'esprit de Gaspard qui les sauva. Il les ramassa tous sur un dos d'âne. Les roches, malgré leurs sauts à hauteur d'homme, suivaient les creux de la pente. Ils ne traînèrent pas là, d'ailleurs. Ils se lancèrent comme des loups sur cette échine, pour aller voir de près ce qu'il y avait là-haut.

On ne s'était pas soucié de les attendre. M. Jean, le seul qui eût un pistolet, crut voir des ombres qui détalaient et tira sur elles.

Ils revoyaient le bossu s'écartant et allant secouer son panier, comme un signal. L'affaire était concertée. Il les avait menés dans la souricière.

Il les rejoignit, portant toujours le panier flambant où il remettait des pignoles. Gaspard le lui prit des mains, le vida sur l'herbe, piétina les flammèches.

« As-tu vu? Quelque simple nous a pris pour le drac. On nous a fait dérouler dessus quatre grosses pierres qui ont failli nous enlever comme des quilles. »

Et ils revinrent, le bossu au milieu d'eux. Ils avaient sué une rude chemise. Mais le cœur bat mieux à courir des malandrins qu'à pêcher des grenouilles. Ils sentaient qu'on était aux bouillons de la lessive, à présent.

Par hasard, le lendemain matin, Gaspard rencontra M. le curé près de la communauté. Le bossu passait.

« Monsieur le curé, savez-vous? Tenez à l'œil monsieur votre nouveau sacristain. Je ne vous en dis pas davantage. »

L'abbé Boutarel croyait savoir que le bossu avait une tabatière avec des figures gravées contre la modestie. Il imagina que Gaspard le lui signalait comme porté à débaucher les filles. Il le surveilla donc de si près que ce même matin, de la sacristie où il accrochait son surplis, il l'entendit dire à la veuve de Chassaigne :

« Je t'attendrai au Saint-Martin sur les neuf heures, ce soir. »

Le soir, sitôt la soupe mangée, le curé se tourna vers sa servante.

« Allez chez Chassaigne et ramenez la Jeanne-Marie passer la veillée avec vous. »

La veuve serait-elle allée au Saint-Martin? Le sacristain n'était pas un galant joli-joli, quoiqu'on ait prétendu qu'il savait par sortilège apprivoiser les courages les plus revêches. En tout cas, elle n'osa résister à l'invitation de la cure.

Lorsque M. le curé la vit installée à filer près de la servante, il passa dans le corridor, jeta sur son dos la grande mante que l'autre y avait accrochée, rabattit le capuchon, et se munit d'un nerf de bœuf. Comme neuf heures sonnaient, il descendit vers le Saint-Martin, qui est un faubourg de trois maisons.

Le bossu se promenait par cette terre vague, à travers les gratterons, les tuiles cassées et les choux d'âne, se bourrant le nez de tabac pour passer le temps. L'abbé Boutarel n'attendit que d'être à portée. L'autre, qui s'avançait vers une pauvre femme timide et craignant les raisons, vit un démon lui tomber dessus à coups de nerf de bœuf. Les cornes lui seraient venues à la tête qu'il n'aurait pas été plus étonné. Il lâcha la tabatière et se mit à crier comme un petit loup-garou. Puis il ne faut pas demander s'il tira ses grègues.

Son pasteur le poursuivit une cinquantaine de pas et regagna la cure où il jeta au feu la fameuse tabatière qu'il avait rapportée comme un trophée du champ de bataille.

SIXIÈME PAUSE

Les amis se concertent. — Les spectres du bois des Fourches. — Entrevue de Pauline et de Valentin.

TANDIS que les autres s'en retournaient à Saint-Amand, Valentin et M. Jean étaient rentrés à la Chapelle. Ils revinrent à cheval au matin, et attendirent dans la cour de *La Belle Bergère* le départ de la patache. Ils voulaient savoir ce que Gaspard pensait de l'aventure.

« Voyons, le bossu travaillait pour le compte de quelqu'un? Les pierres n'avaient pas dégringolé d'elles-mêmes?

— C'était peut-être le fait de deux ou trois lourdauds sans malice.

— Oui, dit Valentin; seulement, il y avait dans le chemin un cavalier et un piéton. L'un s'est jeté de côté, sous le couvert, et l'autre a fait prendre le galop à sa bête. »

Gaspard, assis sur le timon d'un char, se battait la jambe avec un liteau...

En les raccompagnant, il fit signe de l'œil à Jean Domaize. Un quart d'heure après, Jean revint seul.

« Il y a que je ne veux pas parler devant le lieutenant. Il ne voit plus la petite, il est outré de colère et de peine.

Alors, il irait trouver l'Amédée, il lui couperait la figure en quatre.

— Il ne sait pas biaiser.

— Ça ne ferait pas les affaires. Je parierais que les Chargnat ont pu se faire remettre la contre-lettre. On ne la leur reprendra pas de vive force. Tu bats du feu, ton papier s'envole en fumée, ni vu ni connu. »

Donc, mener l'Amédée doucement.

« Mais sois tranquille. Je sais qu'il a des conversations avec le bossu; je sais qu'hier il est rentré tard à cheval; je sais que vendredi il ira à Ambert... »

M. Jean dit que Valentin et lui, la veille, avaient cru le reconnaître dans ce cavalier. Si Valentin n'avait pas parlé de leurs soupçons, c'était de peur que Gaspard ne vît là un mouvement de jalousie.

Ils causèrent encore un peu.

« Ce n'est pas tant ce que nous ferons, nous, c'est ce qu'il fera, lui, qui nous le livrera. Le mener doucement, mais l'inquiéter, le pousser, et je parie qu'il fera des sottises. »

Le Vendredi saint, Gaspard envoya ses frères chercher Plampougnis et Jeuselou. Il prit avec lui son filleul et monta les attendre au bois des Fourches.

La lune se levait sur les monts, presque ronde. Le grand vent de la semaine sainte tombait, qui avait soufflé tout le jour. Il faisait tiède. On trouvait l'odeur des violettes qui avaient poussé dans les feuilles mortes sous les haies, on la perdait pour celle d'un fagotier de pin. C'était une nuit traversée de souffles qu'on démêlait mal, dans cette demi-clarté des nuées étirées et de la lune.

Les amis ne tardèrent pas. Gaspard leur demanda s'ils n'auraient pas peine à passer quelques heures à la fraîche. Il avait apporté des draps, mais ce ne serait pas pour coucher dehors.

Ils s'assirent dans les genêts. M. Amédée était allé souper à Ambert, manger le saucisson du Vendredi saint avec deux autres bonnes têtes. Il reviendrait tard, plein de vins et de viandes.

Ce saucisson, c'était en secret. Le percepteur ne posait pas au farouche que la vue d'une soutane met en rage. Mais il n'aimait rien tant que d'inviter quelque curé de la montagne et de le chavirer en droguant son vin de cendre de pipe. Jamais homme plus content de soi alors.

Il pouvait être près de minuit lorsqu'il remonta d'Ambert; ou plutôt lorsque son cabriolet l'en ramena. Le cheval allait son pas, habitué à revenir de lui-même à l'écurie. M. Amédée, rencoigné dans la capote, son castor sur les yeux, la bouche ouverte, ronflait. Une secousse lui fit piquer le nez de l'avant. Il faillit choir, se rattrapa; et, le cœur cloué, fumant de peur, crut devenir fou. La jument, plantée droite entre les brancards, reculait, reculait, en hennissant d'épouvante. Trois spectres plus hauts que des géants venaient à lui sur la route. Ils étaient trois, tout blancs, immenses, et c'était terrifiant de voir arriver dans la nuit ces présences sans nom, chacune une fois plus haute qu'un homme. Cela avançait, tendait le bras. Il entendit crier :

« Dans un mois, minuit pour minuit, et vendredi pour vendredi... »

Sa bête, au risque de verser le cabriolet, le fit pirouetter, et repartit à fond de train. Il aurait voulu la fouailler, mais, baigné de sueur, délié, défait de tous ses membres, il restait incapable de lever le doigt. Il ne recouvra ses esprits que lorsqu'il se vit sur le Pontel, devant la maison de feu César.

... Ils se débarrassaient de leurs draps, et Jeuselou, le Dragon, le filleul, sautaient des épaules où ils étaient juchés. Gaspard les laissait parler. Seulement, à *La Belle Bergère,* dès que le petit fut allé coucher, il les retint tous quatre. Soudainement, en voyant le Blaireau affalé et pesant, un souvenir l'avait frappé, ses idées s'étaient rejointes.

Ce bourgeois, au Pont du Merle, qui se renfonçait dans la cheminée, mais c'était lui... C'étaient les Chargnat qui avaient déniché la contre-lettre dans sa cachette même, à Chenerailles; et qui s'étaient ensuite débarrassés de Carcaille parce qu'il les avait reconnus. Ils avaient joué le tour à Robert en s'emparant du papier, et ils entendaient en faire leur profit à eux. De là ce besoin d'épouser Pauline, — sous le régime de la communauté de biens.

D'ailleurs, on n'était pas plus avancé de voir cela, puisqu'on ne pourrait le dénoncer sans découvrir Robert, ce qu'Anne-Marie ne souffrirait jamais. Mais savoir qu'il était une canaille de la grosse espèce, cela faisait le même effet que quand on sait la mèche à la mine et le feu qui court le long du cordon.

Le lendemain, Mariette s'arrangea pour entraîner Pauline au jardin. Valentin y était avec Gaspard.

Valentin revint le soir, la bride de son cheval au bras, pour sentir la terre sous ses semelles. Il se récitait des vers latins qu'il avait oubliés depuis le collège, et il allait, sous la lune, contre le vent qui courait la montagne. Il allait, à peu près fou de bonheur, de désespoir et d'enthousiasme.

Pauline lui avait parlé. Il n'y avait pas une jeune fille comme elle sur terre.

« Que c'est beau, une jeune fille qui, les yeux sur les yeux, vous dit tout de son sort! Elle était debout, près du grand acacia, le sein battant. Je voyais ses lèvres, à mille petites fronces comme la feuille du charme. Elle était là, elle m'expliquait tout, les embarras du père, qui a tant vieilli depuis l'autre année, ce qui tombe sur eux, et tout. Elle me regardait au visage, comme pour voir si j'étais bien celui qu'elle croyait, si elle ne se trompait pas. Si touchante, si courageuse! Que pouvais-je, moi, sinon me remettre de tout à elle, et accepter qu'elle fît mon malheur, s'il le fallait? Il se tire encore assez de coups de fusil dans le monde — il paraît que les troubles reprennent en Espagne —, j'irai chercher les balles, tant que la terre me portera.

« Elle disait qu'elle ne pourrait pas condamner son père à la faillite, mais qu'elle combattrait jusqu'à la dernière minute. Qu'une jeune fille puisse se lever du milieu des gens et vous parler si droit, ah! cela fait bondir le cœur. Elle était extraordinairement belle, alors, toute en rougeur, et il y avait une lumière qui venait de la profondeur de ses yeux, comme si elle n'était qu'une âme, qu'un feu d'aurore.

« Que la vie puisse donner de pareils moments, quelle chose singulière! Je me rappelle des instants — l'attente sous les boulets à Leipzig, la mêlée de cavalerie à Arcis-sur-Aube —, où la conscience s'avivait ainsi, et les facultés s'enflammaient à un point surnaturel. Là de même. Ç'a été la vie ordinaire qui prend feu; nous avons passé dans un autre air, pareil à celui qu'on voit trembler au-dessus de la flamme. Je ne sais pas ce qui sera, on ne va pas contre son sort. Mais, jusqu'à l'heure de la mort, j'irai avec cela dans le sang, à travers les ennuis, les hommes et les jours. »

SIXIÈME VEILLÉE

PREMIÈRE PAUSE

Les autorités visitent le pays. — Gaspard organise une battue. — Singulier propos de M. Amédée.

La mode était venue des promenades pittoresques. Le préfet et ces messieurs de Clermont, celui des impôts, celui des eaux et forêts, celui des chemins, avaient désiré voir les curiosités, coutumes et sites de nos petits pays.

Gaspard les avait conduits le jeudi saint au bourg de Viverols, pour la fameuse procession nocturne des Pénitents blancs. Et de là, à Ambert, pour le cournaire, qui chante de la plate-forme du clocher aux quatre vents du ciel, dans un cornet de fer battu de dix pieds de long.

Le même jour, il fit visiter à ces messieurs les moulins à papier de Grange. Il projetait d'y ramener la fabrication du papier timbré, qui s'était transportée à Thiers. Si Grange avait su s'y prendre, il obtenait de l'Etat un monopole, avec de grosses avances qui redonnaient vie à ses fabriques. Gaspard l'avait mis à même d'obtenir cela par le préfet. Mais le malheureux ne s'occupait plus que de regretter la contre-lettre. Un homme, c'est celui qui est à ce qu'il peut faire, et Grange était tout à ce qu'on ne pouvait plus défaire, maintenant.

Il voulut raconter sa vie à ces messieurs. De son parapluie, il la dessinait en dents de scie sur le sable.

« Il y a eu le malheur de ma fille quand un brigand est venu l'épouvanter à Chenerailles; je suis remonté. Il y a eu la mort de ma pauvre femme : un précipice, la remontée; un autre précipice : la mort de mon pauvre frère et la façon dont on nous a volé son héritage... »

Il se mit sur la contre-lettre, ne parla plus que de cela. Gaspard l'aurait pilé.

Après cette visite, il guida ces messieurs aux rochers de la Volpie, les fit asseoir dans le Fauteuil du Roi et regarder par le Trou du Renard. A la Pierre-Folle des Balays, dans la vallée de l'Enfer, à la cascade du Creux-de-l'Oule, à la Grand'Rive, au prieuré de Chaumont, à l'étang de Riols; et au Chambon, pêcher les écrevisses. Il les promena partout.

On a raconté qu'il leur avait procuré des baudets, et que son filleul imagina de peindre le nom des autorités sur la queue des ânichons. De sorte que, quand la caravane traversait un village, elle était saluée de vivats qui portaient juste. « Voilà monsieur le préfet! Vive monsieur le préfet! Et voilà monsieur l'ingénieur! Vive monsieur l'ingénieur! »

« Je n'aurais pas cru, disait l'un, être populaire jusque dans ces montagnes.

— Ah! disait l'autre, les braves gens! La bonne et honnête population! »

Gaspard les eut si bien en main qu'il les mena où il voulait. Le tracé de plusieurs routes fut décidé, et l'arrêt du Conseil d'Etat, légitimant les usurpations sur les communaux, promis pour le mois de juin.

Enfin, il obtint qu'on organiserait une grande battue. Qui sait si ce jour-là, en faisant parler tant de chasseurs et de gardes, il ne relèverait pas quelques traces de l'enfant?

Le temps n'était plus de la Bête de Gévaudan qui, ayant tué soixante-dix personnes et en ayant blessé soixante et onze, fit régner une telle terreur qu'on ne trouvait plus de bergers. Mais Gaspard remontra que paraissaient encore dans la montagne certains gros vieux loups qui se faisaient un nom à force de ravages. Si donc M. le préfet donnait des ordres pour cette battue très étendue, il se verrait bénir par un peuple qui avait déjà sa personne en recommandation.

Le préfet donna des ordres, et l'on mit ses paroles dans le journal. Mais il était malaisé de monter la chose. Et d'abord d'établir l'entente entre les gens des villages.

D'un bourg à l'autre, pas d'amitié perdue. Chaque endroit a son blason : les Lions de Valcivières, les Pelauds de Saint-Anthème, les Pataires d'Ambert, les Ventres-Jaunes de Marsac — à cause de leurs marécages et de leurs fièvres —, les Peille-Chèvres d'Arlanc, les Mange-Lard d'Auzelles, et comme cela d'un bout à l'autre de l'Auvergne. Ces noms volent, puis d'autres plus gros; puis, les coups de poing et les coups de bâton. A chaque fête, une bataille.

Mais il y a des hommes qui savent se faire écouter. On s'était bien trouvé d'écouter celui qui s'occupait des communaux et des routes. Certains soutenaient que ces routes feraient tout renchérir dans le pays, parce qu'on viendrait de la ville y chercher les œufs et le beurre, le bétail et le fourrage. Bien sûr! Et les bois d'abord prirent de la valeur. Et la journée de bûcheron monta à quinze sous.

On paie bouteille, on parle aux bonnes têtes, on les raisonne. Les grandes foires d'Ambert sont faites pour cela, celle du mercredi saint, celle de la Saint-Georges. Gaspard aimait ce train, devant la bonne vieille église où les maisonnettes s'adossaient, entre les jambes de pierre qu'elles enfumaient. Il aimait, parmi les bennes de légumes, les charrettes, les rangées de pots et de terrines sur la paille, ce mouvement de ceux de la ville et de ceux de la campagne.

En tricot sans manches, le boulanger sort de son fournil, appelle un paysan, celui qui lui vend ses fagots. Derrière les vitres vertes, on voit le savetier qui, tout en poissant le ligneul, cause avec un vieux de son ancien village; et l'âne attend à la porte, chargé de deux sacs déchirés remplis de plants de choux. Le marchand mercier et le bourrelier achèvent d'installer leur montre. Un vieux passe, tirant son bouc qui marche à pas comptés; un colporteur cherche ses chalands dans la foule. Quel bruit de propos, de rires! Et de partout le bêlement des cabris aux pattes liées qu'on apporte.

Il aimait cela, ces boutiques, ces rencontres, tout ce commerce à cent trafics d'un peuple qui s'est peu à peu arrangé pour qu'il y ait plus d'aise dans son monde. Ces foires, c'était la vie même d'un pays qui se faisait de fête, au pied de la grande tour dorée dont les gargouilles, là-haut, voient filer dans le bleu de l'air les cris des hirondelles.

Et quand ces hommes le quittaient, leur regard d'entente lui chauffait le cœur. Quelqu'un lui avait rendu l'amitié. Il suffit de vivre près d'Anne-Marie... On devient meilleur à respirer le même air qu'elle.

Mais la battue n'était pas encore sur pied. Il fallait aussi se faire entendre des bureaux. Là, ils se renvoient la balle l'un à l'autre de derrière leurs paperasses. Personne pour décider, personne pour agir. Qu'on les tire de leur trantran, c'est cela même qu'ils ne veulent pas.

Gaspard bouillait. « Si j'étais maître! Ces gens assis qui fourrent des bâtons dans les roues! »

Et il avait à solliciter ces gens-là, lui qui aimait à user ses souliers plus que son chapeau. La mécanique publique, les formules et la comédie des rangs, avec ce tarif exactement réglé des considérations et des mépris, tout cela enfin qui fait de l'homme une pièce de machine, il en aurait volé au plafond. Si pleins de leur importance, ces gens en place, armés de leur solennité et de leurs phrases!

Cette comédie de mensonges couvrant les intérêts, les rancunes, les amours-propres, quelle dérision! Il faudrait que le roi pût s'occuper du royaume comme un homme s'occupe de son domaine, qu'il fût le roi, dont le métier est de vouloir dans son cœur le bien de tous. On verrait alors une France où tout irait des quatre roues.

Mais c'est bête de penser que tout pourrait aller comme il faudrait. En remontant sur son cheval, à la porte du procureur du roi ou du lieutenant de louveterie, il ne se tenait pas de sourire. « Comme je deviens! Voilà que je voudrais, moi aussi, être un gros, un de ceux qui se mêlent de faire tourner la terre. »

Un loup enragé fut signalé du côté de Fournols. Gaspard, du moins, vint le dire aux personnages des bureaux, et que le préfet ferait retomber sur eux les malheurs qui arriveraient. Les lettres de convocation partirent enfin. On fixa le jour vers la fin de mai, à une huitaine de là. Toutes les communes en seraient, jusqu'à la Haute-Loire, et chaque maire amènerait son monde à un poste convenu.

Gaspard faisait tout cela pour Anne-Marie. Il n'en attendait pas grand-chose.

La veille au soir, M. Jean, qui était venu de la Chapelle pour la battue, rencontra M. Amédée, qui droguait sur le foirail, d'un air sombre, remontant tous les dix pas son pantalon.

« Eh bien, monsieur Chargnat, vous avez graissé vos bottes?

— Et pourquoi ça, les graisserais-je? J'en sais qui se croient solides dans les leurs, et qui y passeront avant moi.

— Qu'allez-vous chercher? Je vous parle de la battue.

— Ah! la battue? Je n'irai pas, je suis malade.

— Vous êtes malade?

— Non, ça va. Mais la battue... il y aura des accidents. Alors, pour ce qu'on chanterait... Je sais que j'ai des ennemis.

— Des accidents? fit Jean Domaize. Vous savez qu'il y aura des accidents?

— Avec tout ce peuple... et le beau désordre que ça va faire... »

Il mâchonna quelques paroles et, après un salut de la tête, rentra en tirant sur soi la porte.

M. Jean rencontra les trois frères et leur fit part de cette conversation. Il fut convenu que tous prendraient le lendemain les précautions les plus exactes.

DEUXIÈME PAUSE

La grande battue. — Gaspard et Valentin au bois des Tourtes.

A LA pointe de l'aube Gaspard se leva.

Du bois des Fourches, il vit un matin plein de rumeurs, de rosée, de feux légers sur les nuages. Le coton traînait par touffes d'où sortaient les buissons et les arbres. La montagne fumait. L'eau dégouttait, au talus, des crosses de fougères.

L'air était maintenant tout de vagues buées et de trouées de bleu. Il ne faisait pas chaud. Des roulements de carrioles, des appels lointains, des rayons humides emplissaient la campagne. Le brouillard se massait, coulait dans les fonds en bancs couleur de tourterelle.

Une troupe passa sur la gauche; des paysans. Une autre de gens du bourg, le maréchal, le boulanger, le messager de la poste, qui avaient de gros souliers ferrés et des casquettes de cuir. On les entendait parler : « Je mangerais bien ma paye sans ça... », disait le maréchal. Ils allaient vers les bois armés de baïonnettes emmanchées et de sabres, les sabres rapportés de l'armée en 1815, pour traverser les départements où l'on égorgeait les soldats. Comme cela est déjà loin! Il ne faut que vivre pour tout voir.

Des abois couraient sous les sapins des Chapioux. Les chasseurs, ceux qui avaient des fusils, coupaient par les pacages pour gagner leur poste. Deux cornets se répondaient et s'éloignaient vers Virennes.

Gaspard irait le plus loin qu'il pourrait, tout le long des rabatteurs. Le lendemain, comme s'il s'était égaré, il pousserait jusqu'à Saint-Vert, fameux par sa côte qu'il faut deux heures pour monter. La vraie France bossue. Sur ces dévalées, vous voyez pourtant les vaches chercher leur vie, tournées et ramenées par les chiens. Mais si quelqu'une se manque, elle roule jusqu'au bas.

Il avait pris du pain pour deux jours dans son sac.

Dès le matin, il vit que la battue suivrait un train désordonné. Vingt communes avaient été convoquées. Tous les hommes valides devaient rejoindre, depuis Saint-Amand jusque vers Fayet-Ronnaye et Sainte-Catherine-du-Fraisse. M. de Chaméane, qui avait promis d'amener sa meute, n'avait point paru au rendez-vous. Mais il était venu plusieurs bourgeois d'Ambert, le procureur du roi et ses gendarmes, le garde général avec les forestiers de toute la région. Chacun de ces messieurs commandait, de sorte que tout se faisait dans le plus grand bruit et sans aucun ordre. On se groupait à volonté : on tirait des coups de fusil de droite et de gauche; les uns allaient de la lisière au milieu du bois, les autres du milieu du bois à la lisière. Ceux-là battaient en retraite, disant avoir tout fouillé, alors que ceux-ci en étaient encore à fourrager dans les taillis.

Deux ou trois communes firent cependant de bonne besogne, et, menés par leur maire, ceux de Champétières surtout.

Dans le bourg, en mangeant la soupe de midi au pas des portes, on raconta que Valentin Verdier avait tué de bonne heure un loup gris entre Fournols et le Chambon.

Comme ils passaient par là sur les huit heures, Gaspard et Valentin avaient été appelés à la rescousse par des paysans contre un vieux loup qu'on venait de lever et qu'on traquait. Valentin abattit la bête d'une balle placée en plein crâne. On fit une décharge pour l'annoncer aux chasseurs, et la nouvelle en courut par tout le pays.

D'autres, cependant, battaient les bois des Escures et de la Souderie, le Bois-Noir et le bois des Fayes. Dans le haut du Bois-Noir, ils découvrirent le cadavre d'un loup qui paraissait ne porter aucune blessure. Ce loup avait écarté et déchiré toute la mousse du lieu, d'où l'on conclut qu'il était mort de la rage. Il se fit une seconde décharge. Ceux de Champétières, qui l'avaient trouvé, voulurent l'emporter, comptant le promener dans les villages pour se faire donner des œufs et du lard. Ceux de Saint-Amand accoururent et il s'éleva une grande querelle.

Pendant que les choses allaient partout avec cette confusion, Gaspard veillait à ne pas quitter Valentin. Il s'était gardé de dire où ils passeraient; mais le loup de Fournols les avait signalés; et depuis, il avait le sentiment qu'ils étaient suivis.

De bois en bois, de buissons fous en buissons fous, ils se trouvèrent au bois des Tourtes. (Il a pris ce nom des tourtes que ceux de Saint-Bonnet-le-Chastel y apportaient aux pieds des arbres, durant une grande peste. C'était pour fournir des secours aux pestiférés d'Arlanc et de Marsac, dont ils fuyaient l'approche.) A la fin, Gaspard voulut en avoir le cœur net. Il laissa Valentin prendre quelque avance et se pelotonna au milieu des genêts.

Un moment passa. Mais Valentin, qu'il avait averti ce matin de se tenir sur l'œil, fut surpris de sa disparition. Il revint sur ses pas, l'appelant de place en place. A cet instant, Gaspard vit un grand homme maigre sortir d'entre deux aubépines et se montrer tout juste le temps de faire un geste de bras du côté de Valentin. Peut-être pour le signaler à d'autres estafiers? Plutôt, semblait-il, pour le mettre sur ses gardes. Mais Valentin, qui lui prêtait le flanc, ne regardait point de son côté.

Gaspard avait des yeux à voir courir le vent, il était sûr d'avoir vu clair.

En un tournemain, il se débarrassa de sa carnassière; il signifia à Chopine de se coucher là; et, le fusil en main, il se mit à courir tout courbé vers le coin du bois où Valentin et l'homme avaient disparu.

Il n'avait pas fait trente pas. Tout à coup, à main gauche, il vit ou devina un remuement, dans une touffe de sureau, et un point d'acier qui étincelait. Avant même de rien penser, il plongea comme une cane, la tête en avant. Jamais il ne l'échappa si belle. La balle fit voler son feutre. Il épaula tout courant, lâcha son coup sur la bouffée de fumée qui se coupait aux fûts des arbres. Pour recharger il se jeta derrière un gros pin. Et il ne giberna pas. Dès qu'il fut paré, il commença d'avancer vivement, le doigt sur la détente, de tronc en tronc. Valentin l'appelait sans qu'il répondît.

Comme il entendait quelque bruit vers le bas du bois, il s'attendait à être salué par d'autres coups de feu. Mais point. Il tomba sur une espèce de clairière. Un grand bonhomme, peut-être celui de tantôt, se leva soudain de derrière des verdures et se mit à fuir, en enjambant des touffes de broussailles. Ce ne devait pas être celui qui avait tiré. Gaspard se défia, par bonheur, et, dans le moment, débusqua l'autre. Il se mit à ses trousses, et il répondait maintenant aux appels de Valentin, tâchant de l'attirer sur la voie.

TROISIÈME PAUSE

On annonce que Valentin est blessé dangereusement. — Pauline sur le chemin du bois. — Le voyage en chariot.

Sur les quatre heures, au Monestier, le Barthaut ramait les pois dans son jardin, lorsqu'il entendit heurter précipitamment à la porte. Un homme avec une poire à poudre et un carnier, mais sans fusil, était là, à bout d'haleine. Il fit signe de la tête qu'il n'entrerait pas.

« Il y a un malheur... On a cru tirer sur un loup, vers la Roche... M. Verdier, le fils, a reçu des chevrotines dans l'estomac... Il voudrait la demoiselle des Escures... Il est là, dans le bois, sur le bord du chemin... Courez, faites vite : il peut passer d'un moment à l'autre. »

Barthaut, le sang gelé, n'arrivait pas à mettre la main sur son chapeau propre.

« C'est que Valentin Verdier ne lui est pas parent. Mon cousin Grange trouvera-t-il bon?...

— Taisez-vous! Pour n'importe quel malheureux elle viendrait. Le sang sautait comme d'une fontaine. Qu'elle ne s'amuse pas si elle veut le trouver encore! »

L'homme s'essuya le front de la manche de sa veste et repartit en courant chercher un prêtre.

Pauline cousait au coin de la terrasse. Parfois, la lèvre mordue, elle écoutait les rumeurs de ces troupes dans les bois, ou le vent dans les feuillages de la combe. Un souffle revenait battre la feuille du tilleul. L'air était plein de cris de mésanges.

Anne-Marie était allée à la lisière, avec l'espoir de rencontrer des forestiers, des gens de la montagne, et, qui sait? d'en tirer quelque chose qui concernât son petit garçon. Le père était avec elle. Ou peut-être dans quelque coin du jardin, bêchant, en sabots. Il travaillait ainsi jusqu'à ce que l'eau lui coulât de la face. Il n'allait plus dans ses bois, ne sortait plus des Escures. Même il se négligeait, lui qui était toujours propre sur soi comme un marin. Il traînait des journées sans peigner ses cheveux et ses favoris, sans nouer sa cravate. Et il ne quittait plus la veste de droguet râpé qu'il passait pour aider le Nanne dans l'étable ou dans la grange.

Pauline entendit rouler des pierres dans le raidillon. Elle se pencha, vit le vieux Barthaut qui montait en hâte, son chapeau à la main, rouge et fondu de sueur. Il leva vers elle une figure si extraordinaire qu'elle se mit debout et courut au portail. Ce fut elle qui tira tout du pauvre homme, parce que les phrases étaient parties qu'il avait arrangées dans sa tête. Qu'il y avait un malheur. Qu'on avait blessé quelqu'un. Alors, d'une voix basse comme un souffle, elle demanda :

« Valentin Verdier? »

Elle avait perdu toute couleur de vie. Par une inspiration de son bon cœur, le vieux Barthaut embrassa la pauvre enfant près de partir en faiblesse, et lui dit qu'elle soignerait Valentin, qu'elle le guérirait, qu'il avait reçu de bien autres blessures durant les guerres. Il fallait appeler Anne-Marie et faire diligence. On les attendait avec des secours au bois de la Roche.

Elle regarda cette montagne, ce moutonnement de pins

sombres. Elle serait là-bas dans un quart d'heure. Qu'y trouverait-elle? Et désormais, que serait sa vie?

Déjà, elle ne perdait plus une seconde. Elle envoya le Barthaut à sa sœur, de l'autre côté des étangs, mit dans un panier de l'onguent vulnéraire, de l'eau d'arquebuse, du linge, et partit avec la Fanchon, sans même prendre le temps de changer ses souliers plats.

Un lièvre sortit des ronces — elle vit son œil effaré, bombé, sa houpe de queue noire et blanche —, traversa le chemin, signe de malheur. Elle décida que cela ne comptait pas, un jour de battue.

« Anne-Marie est bien devenue superstitieuse depuis ses adversités. On dit que les malheurs arrivent en troupe. Les siens, ceux du père, les miens à présent. Je le savais, je m'y attendais. Ce matin j'ai eu un frisson lorsque Fanchon m'a dit que Valentin avait tué un loup... »

Elle avait vu sur la face naïve du vieil homme, presque comme sur un miroir, l'effet de ses yeux torturés, de sa figure couleur de cendre. Elle avait eu le sentiment que ce vieillard était là ainsi qu'un enfant devant elle; elle, la petite fille d'hier, tout empêchée à épeler devant lui les lignes de l'abécédaire qu'elle suivait du doigt. Mais il lui semblait comprendre pour la première fois ce qu'est l'amitié au cœur d'une jeune fille et quelle force cela peut avoir.

Elle allait, presque toujours courant, tenant le panier qu'elle n'avait pas consenti à donner à Fanchon. Elles avaient dépassé le Monestier et pris la coursière qui chevauche la montagne.

Ce sont d'autres bois, dans ce lieu : des pins qui laissent voir le ciel; des bouleaux pleins d'air et de lueurs; des alisiers, chargés de boutons d'argent verdissant; une corbeille de fougères autour d'une fontaine, des endroits de pierraille chaude, de ronces, de baies sauvages, et des sentiers de chèvre qui s'en vont en tournant vers le haut, sous la roue du soleil.

Pauline avançait sans rien voir. Des paysans parurent qui du bras l'engagèrent à se hâter. Quelqu'un, qui devait revenir du bourg, arrivait en courant derrière elles.

Elle ne sut ce qui arrivait : Fanchon la bousculait, s'abattait. Elle vit sans comprendre un homme qui tenait une grosse pierre liée dans un mouchoir. Et elle fut elle-même lancée de côté dans les broussailles, renversée, ligotée, bâillonnée avec son écharpe.

Elle entendit boire bruyamment, à la régalade, la fiole d'eau d'arquebuse. Le panier vola d'un coup de pied à travers la fougère. Un homme se précipita, chercha les bandes de linge, l'onguent.

« Amusez-vous à des bêtises. Allons, du poil! »

Celui qui parlait devait être le chasseur qui était allé trouver Barthaut. De la main, il montra les pieds de Pauline à un grand maigre, de mine inquiète, qui se tenait près de lui. Il la prit lui-même par la tête.

« Et celle-là, qu'est-ce qu'on en fait? »

Un des paysans, du bout de son sabot, écartait la Fanchon qu'ils avaient liée et bâillonnée aussi. Son chignon l'avait gardée d'être assommée tout d'abord. Le chasseur s'arrêta, la regarda par-dessus l'épaule :

« Hé! mais, elle n'est pas si dégoûtante. Emballez cette belle avec la demoiselle. »

Ces paysans, dépoitraillés dans leur chemise de chanvre roux et leurs haillons, semblaient ce qu'il y a de plus grossier : des faces suantes et crasseuses sous de grands chapeaux de campagne. Ils chargèrent la Fanchon et tous descendirent à travers bois jusqu'à une voiture à deux chevaux. Le chasseur s'emporta, menaça de bûcher l'autre, parce qu'elle n'avait pas été tournée d'avance. Avec beaucoup de jurons, on enfourna Fanchon et Pauline au fond, sur du fourrage, et on les recouvrit de couvertures.

« N'ayez pas peur, nous ne sommes pas si méchants que nous sommes mal habillés. On ne vous fera pas passer une mauvaise nuit. Et demain matin, si vous voulez quitter vos galants, libres comme l'air. »

Il parlait et il riait, en homme échauffé de vin, tout en s'installant sur le siège avec son camarade. On entendit s'éloigner les sabots des paysans.

Quand la voiture, cessant de cahoter, partit au trot, Pauline comprit qu'on avait rejoint la route et qu'on descendait vers la ville; à une fraîcheur, au roulement qui changea, qu'on passait sur le grand pont, plus tard. Elle reconnut le bruit du moulin de Chinard, celui que faisait la porte de l'église. On tournait à droite : prenait-on l'ancien chemin de Marsac? Au bout d'une grosse demi-heure, la voiture roula sur l'herbe et s'arrêta.

Les cordes qui garrottaient Pauline lui entraient dans la peau. Elle n'aurait voulu demander aucune grâce; mais ses mains étaient tout en fourmillements et si douloureuses qu'elle se démena, se souleva pour montrer qu'elle n'en pouvait plus. Le chasseur vint, jovialement, et s'occupa de desserrer les nœuds. Puis il rajusta le bâillon, tout en s'assurant qu'elle pouvait avoir son souffle. Il redit d'un ton goguenard qu'il ne fallait pas être en peine de leur petite farce — il s'interrompit pour se moucher entre ses pieds —, que le lendemain matin ces demoiselles ne se porteraient pas plus mal, au contraire. Il lui mit du foin et une limousine roulée sous la tête. Elle put voir qu'on était dans une chênaie, coupée de hauts buissons, proche sans doute de la Dore. Les hommes dételèrent les chevaux et leur donnèrent l'avoine.

Le chasseur sifflotait. Un temps assez long passa. Les deux paysans qu'on avait laissés dans le bois rejoignirent. Alors, le chasseur commença de s'impatienter, sacra, s'éloigna un peu, comme pour aller voir, revint. Mais arriva une seconde voiture.

Pauline n'entendit qu'un murmure de propos. Par instants, pourtant à la façon de gens qui ont bu, ils parlaient plus haut :

« Ça-va se méfiait. J'ai eu du mal à m'en dépêtrer.

— Ils t'ont bien perdu?

— J'ai roulé mon chapeau dans ma blouse, fourré le tout sous une pierre. Puis, je me suis mêlé au monde et j'ai repris la charrette... »

Ensuite, ils tirèrent les prisonnières de la voiture et les couchèrent avec assez de soins dans ce chariot garni de paille et recouvert d'une bâche de toile. Les deux paysans s'assirent derrière, jambes pendantes, le chasseur et le grand maigre par-devant; et l'on repartit doucement, avec des chevaux frais. On prenait la montagne de l'autre côté de la plaine.

Il n'y avait pas plus d'une heure que cette idée était venue à Pauline : mais alors, ce n'est pas vrai, Valentin n'est pas blessé! D'abord, elle avait continué de croire qu'il l'était, et même pensé confusément que lui aussi avait été attiré dans une embuscade par ces hommes. Rien ne le disait pourtant. Elle en discutait et elle tâchait de ne penser qu'à cela. L'odeur du vin que soufflaient ces haleines, la crasse des paysans, plus encore les allures de coureur d'auberges du chasseur, tout lui donnait cependant une espèce de honte écrasante. L'épouvante s'amassait, comme des eaux de crue montent derrière un barrage, avant de le crever de leur poussée et de noyer le pays d'aval. Il lui semblait presque encore que tout cela, mené avec ce sans-façons d'ivrognes, n'était qu'un risible cauchemar. Mais elle ne pouvait s'empêcher de penser que ces individus feraient d'elles ce qu'ils voudraient parmi ce remue-ménage : Valentin et Gaspard étaient partis vers la Haute-Loire pour ne rentrer qu'après-demain; et les gendarmes, et tous les hommes du pays traînaient éreintés dans les bois de l'autre montagne.

Venait la fin du jour. Il n'y avait que le chasseur dans le chariot, les trois autres prenant les raccourcis pour soulager les bêtes. On fut secoué de cahots à croire qu'on allait verser. Les roues montaient sur des pierres, retombaient dans l'eau, des branchages se froissaient contre la bâche. Il semblait à Pauline qu'elle s'enfonçait dans les bois, dans la nuit, comme dans un pays sans espérance. Tout l'accablait, maintenant; tout l'abattait dans une détresse sans fond. Elle essaya de prier, mais elle ne parvenait pas à former sa prière.

Ensuite, les chevaux firent halte. Les paysans chargèrent Fanchon sur un brancard fait de deux leviers et de feuillages, et prirent le devant. Ils s'éloignaient, traînant les pieds d'un pas saccadé, comme ceux qui portent la civière des morts.

Ils revinrent chercher Pauline. C'était un bois de fayards. Les rames s'abaissaient et s'étendaient au ras du sol, balançant à peine. Sous elles, rien ne poussait. L'endroit écarté, désolé, semblait sombre comme une caverne. Un champignon blafard faisait tache dans ces demi-ténèbres. De ces arbres tous pareils de noirceur et de silence tombait une tristesse qui oppressait. On ne sortirait jamais plus de ce bois fait comme un mauvais rêve.

Puis ce fut une clairière molle où le pied glissait. Une mare luisait faiblement. Au fond, un pavillon ouvert par une lézarde, s'adossait à un haut fourré funèbre.

On a dit qu'une fille avait été forcée là, puis pendue à l'un des arbres. Le lieu depuis était resté à l'abandon. Il sentait les vieux crimes, à moitié perdus dans la mémoire des campagnes, mais dont l'horreur demeure en un lieu marqué, comme au fond d'une cave un relent de sang et de moisissure.

QUATRIÈME PAUSE

Le chasseur et ses propos. — Pauline et Fanchon au pavillon.

Le chasseur poussa d'un coup de pied la porte ronde, battit le briquet. Une chouette s'envola, qui se coulait là, par la lézarde. La première salle avait une fenêtre bouchée de planches et des murs verdis par le bas, d'un vert gluant de marécage. Des gravats encombraient la cheminée à hotte. La seconde, derrière, avait jadis été décorée de chasses au loup en grisailles : des futaies couleur de plomb, des poursuites, des mêlées de loups-cerviers et de limiers hagards, échines hérissées et crocs dehors; tout cela figuré par un méchant peintre dans un royaume de brouillard, de larves et de furies. Parmi ce gris qui s'effaçait, quelques touches rouges avaient tenu, d'un rouge de poison, aux gueules et aux yeux de ces bêtes diaboliques.

On posa Pauline près de Fanchon, sur un lit de grosse menuiserie à quatre colonnes. La fenêtre garnie de forts barreaux donnait sur rien, sur des branches.

Le grand maigre, qui serrait les épaules sous sa limousine, parut demander au chasseur s'il ne devait pas délier les prisonnières. L'autre relâcha encore un peu les nœuds. Ensuite, il dit à mi-voix de porter la servante sur le devant dès que l'autre arriverait.

« Moi aussi, je veux passer un moment d'agrément. Mais je vais descendre le chercher, puisqu'il ne connaît pas les chemins. »

Il se rapprocha, toucha l'épaule de Pauline :

« Faut pas avoir la tremblote, ma petite demoiselle. Si vous faisiez la sauvage, alors, oui, on pourrait vous attacher aux quatre montants par les poignets et par les chevilles. Vous recevrez une petite visite, voilà. Mais vous ne voulez pas rester novice toute votre vie?... »

Il riait, penché sur elle. Pauline entendait, encore occupée par son idée d'une farce abominable, mais s'enfonçant dans sa honte et dans sa transe. A quatre heures, elle cousait tranquille sur la terrasse, devant la campagne, elle avait même remarqué des bêtes à Bon Dieu sur le parapet. Et il y avait des semaines de cela. La tête fumante, les mains mortes, elle demeurait soigneusement immobile, comme si le moindre mouvement devait faire crouler quelque avalanche.

Fanchon, reprise certainement de sa folie, se tendait, avec un sérieux désir de faire craquer les cordes, et tenait fichés sur le chasseur des yeux aussi luisants que ceux d'une bête.

Il se redressa pour moucher entre deux doigts la mèche pleine de champignons qui empuantissait l'air. Il la posa à la porte, de façon à éclairer les deux salles.

« Je descends. Les margajats sont dehors, qui boivent devant le feu. »

Ils avaient allumé du feu dans la première salle aussi. Les flammes éclairaient d'en bas le grand maigre, qui demeurait là, comme un homme dans l'indécision. Il alla à côté, couvrit un peu ce feu, déplaça la lanterne, revint. Lorsqu'il fut près du lit, se retournant, il glissa derrière son dos quelque chose entre les mains de Pauline. Puis, avec une contenance singulière, il fit le simulacre d'enfoncer son chapeau et de s'enfroquer dans la limousine. Après quoi, il laissa couler cette limousine à terre et posa le chapeau, comme s'il les abandonnait à qui les voudrait. On l'entendit prendre à brassées les feuillages du brancard, et se coucher dessus.

Pauline l'avait regardé avec tout ce qui se peut d'attention. C'était un couteau qu'il lui avait remis entre les mains, et ce couteau la rendait à la vie. Elle scia péniblement les cordes de ses poignets, trancha celles qui lui garrottaient les bras, les jambes, et, avant même de se débarrasser de son bâillon, délivra pareillement sa compagne.

De bouche à oreille, elle la suppliait de faire sans faute et sans bruit ce qu'elle lui dirait. Elle, elle allait prendre le manteau, le chapeau; Fanchon se glisserait derrière elle, qui la masquerait à ceux du dehors, et essayerait de gagner le bois.

Elle lui répétait tout cela en lui tenant les mains.

Fanchon souffla :

« Je donnerais un de mes bras pour que ce fût ce chasseur qui dormît à côté. Je ne partirais pas si vite. »

Pauline la devinait reprise de sa folie, et se demandait, dans des affres terribles, si ces hommes ne faisaient pas que leur tendre un piège. « Dès que nous bougerons, ils se jetteront sur nous comme des bêtes. »

Elle voulut reprendre le couteau. Fanchon, qui s'en était emparé, le serrait si sauvagement qu'elle n'osa le lui disputer. Elle l'aurait pourtant payé de tout son bien.

Pour mettre Dieu de son côté, elle fit un signe de croix; et elle se laissa glisser à bas du lit.

Elle crut ne pouvoir se tenir debout : ses jambes lui semblaient de laine. « Ce sont ces cordes, si longtemps. Mais la force, j'aurai la force. » Elle se roidit, marcha en s'appuyant au mur, alla se coiffer du chapeau et endosser la limousine. Une limousine bien trop grande, qui traînait. Jamais ils ne voudraient la prendre pour l'homme.

Ses souliers de prunelle craquaient, et ce bruit lui était comme le crépitement de la mèche allumée à la poudrière. Le dormeur paraissait comme mort. Mais, au premier faux mouvement, l'explosion pouvait, dans un fracas de feu, abattre les murailles et la forêt sur elles.

Les deux brutes avaient allumé leur feu à six ou huit pas du pavillon, là où la terre était la moins fangeuse. Ils avaient un tas de bois mort derrière eux, et en tiraient de quoi jeter à la flamme. Voyant une ombre avancer hors de la porte, ils tendirent un gobelet, et crièrent au camarade de venir boire un coup de riquiqui.

« Ma taille va me trahir », pensa Pauline. Elle s'assit aussitôt sur le seuil même, baissant la tête.

« Les filles sont ficelées, elles ne s'envoleront pas! »

Entre Pauline et eux il y avait, appuyé au mur, un fusil de munition. Le feu l'éclairait en plein. Elle le regardait, à croire qu'elle se l'entrait dans les yeux. C'était comme si elle le tenait dans ses deux poings serrés. A ce moment, elle se sentait la force de dix hommes.

La Fanchon s'était glissée derrière elle et se tenait accroupie dans l'ombre. Mais impossible de descendre ces trois degrés et de longer jusqu'au coin la muraille que leur feu éclairait toujours.

Les moments passaient. Le chasseur pouvait revenir à toute minute. Et si l'autre, là, le dormeur, se levait en criant? S'il était soudain pris de peur, de regret? Pauline ne vivait pas. Se dresser, prendre sa course, comme un chien fou? Elle se voyait arrêtée par les buissons, dans la nuit, et ces brutes arrivant sur elle. Une transe pesante la clouait.

Un des deux hommes se retourna, ramassa entre ses mains ce qui restait de bourrée, le jeta au feu. Les flammes repartirent, mais deux minutes après la dernière se détacha, mourut en l'air. Ils ne se décidaient pas à aller faire du bois mort. De leurs sabots fumants ils poussèrent seulement les braises en un monceau. L'ombre vint, encore rougeoyante. Mais Fanchon ne marchanda plus. Elle poussa lentement Pauline, et, en tâchant de rester masquée par elle, glissa le long de la façade. Pauline compta jusqu'à cinquante. Puis, courbée comme si elle cherchait quelque chose, en quatre pas, elle gagna le coin.

CINQUIÈME PAUSE

La nuit dans les bois. — La robe blanche.

La nuit n'était pas très noire; mais parfois elles glissaient sur la bourbe autour d'une eau dormante, tombaient sur les genoux. Elles essayaient de tenir leur chemin droit vers le couchant; et sans cesse quelque fondis ou quelque fourré les contraignait à un détour. Les sentiers se perdaient dans la mousse. Ce renflement de gazon qu'elles avaient cru être une voie ne marquait sans doute qu'une limite; et elles arrivaient à un endroit gris où elles enfonçaient, une narse, une tourbière. Elles la longeaient, repartaient, montaient, descendaient; c'était un éboulis de roches qui les arrêtait. Un peu de brouillard flottait, où l'on voyait par moments une planète, comme une gouttelette rouge, et une rognure de lune. Mais elles les avaient maintenant devant elles, au lieu de les avoir, comme tantôt, à main gauche.

On entendit les jappements d'un renard en chasse. Un chuintement d'eau, ou de vent, venait de très loin dans la montagne. Et par là-dessous un monde de bruits étranges; n'étaient-ce pas des cris et un brouhaha, comme si les hommes, là-bas, s'avisaient de leur fuite?

Pauline boitait. Ses souliers plats, l'eau les avait détrempés, ils ne tenaient presque plus. Elle dut s'asseoir sur un arbre renversé qui portait des masses de terre entre ses racines.

« Regardez! Il y a un sort sur nous. »

Fanchon montrait, près d'un bouleau, un sapin fait comme un chandelier à trois branches.

« Je l'avais remarqué voilà plus d'une heure. Nous n'avons fait que tourner en rond. »

La lassitude, le découragement perdaient Pauline. Soudain, un coup électrique la dressa. A deux cents pas — peut-être, on ne pouvait savoir, dans cette nuit —, des hohoho! partaient, comme s'en lancent les bergers d'une montagne à l'autre. De loin, y répondaient des cris pareils. Un des hommes venait de trouver le chapeau ou la limousine.

Elles hésitèrent, écoutèrent, rapprochées, et d'un même mouvement se mirent à courir.

L'idée d'être reprise par eux lançait Pauline comme une folle. Elle laissa un de ses souliers entre deux pierres sans s'en apercevoir. Tête basse sous les branches, s'abritant la figure d'un bras quand les rames les fouettaient, bronchant, trébuchant, se rattrapant à un arbre, elles couraient et couraient. Leur cœur tapait; bientôt le souffle leur manqua. A ce moment, elles virent la lisière et elles la gagnèrent d'un effort sauvage.

Devant elles, la rampe s'élevait, une lande tachetée de roches pâles et de sombres genièvres que le vent avait rabattus en mottes. De cette crête, elles verraient peut-être une maison.

Là, il fallait marcher sur la bruyère et les cailloux. Pauline avait entortillé son écharpe autour de son pied. Elle tâchait d'aller encore. La crête sur le ciel paraissait toujours aussi loin. Enfin les forces lui manquèrent; elle se laissa tomber devant un bouquet de genièvres. Fanchon regarda les étoiles, dit que l'aube devait être proche.

« Si seulement... »

A cette minute, les cris de tantôt reprirent comme à quelque découverte. Et une torche allumée en manière de signal, fut agitée à la lisière.

« La vése! La vése!

— Il m'a vue! Mais comment? Moi, je ne le verrais pas sans la torche. »

Pauline était si épuisée que malgré son affolement, elle n'arrivait pas à repartir.

« C'est le chasseur... Il voit votre robe blanche, fit la Fanchon. Ha, si vous pouviez seulement aller sans moi... »

Elle, était-elle à bout, voulait-elle se rendre? Mais Pauline ne cherchait plus à comprendre. Perdue, sans forces, elle reprit la montée. Des cris les suivaient, les relançaient, des cris comme des poussées de rire, qui la rejetaient en avant pour cinquante pas... Fanchon tentait de l'entraîner en la soulevant à demi; mais les cris gagnaient toujours. La crête était loin sous les étoiles, au bout de cette bruyère déserte. Avant le matin, avant les maisons, ces hommes les auraient rattrapées.

« Donne-moi le couteau et sauve-toi... Fanchon, donne-moi ce couteau! »

Fanchon ne lui donna pas le couteau. Mais, la traînant, la portant, elle l'amena derrière une grosse roche où toutes deux se blottirent.

Les hommes poussaient un grand cri de dérision. Ils étaient cinq. Ils s'égaillèrent pour les prendre comme au filet, et montèrent avec moins de hâte. Le ciel commençait de blanchir. Fanchon leva la tête pour les observer, retrouva le chasseur à sa toque de fourrure. Elle reconnaissait vaguement les deux paysans, le grand maigre, et près de lui quelqu'un qui devait être un bourgeois, un monsieur.

Ils arrivaient sans plus crier. Tout d'un coup, ils se jetèrent tous du même côté, en hurlant, à la poursuite de la robe blanche. Elle venait de partir en flèche de derrière la roche, et, au lieu de remonter vers la crête, elle filait à flanc de pente.

Elle semblait aller par bonds de pierre en pierre, sans se soucier de cette troupe qui galopait lourdement et qui s'égrenait. Il y avait quelque chose de fou dans cette lancée, cette façon de se rejeter hors de portée de l'un, puis de l'autre, comme si une idée l'emportait, par-delà toute crainte.

Malgré le chasseur qui se trouvait le plus à main gauche, elle parut vouloir tourner de ce côté et s'échapper vers le bois. Il prit aussitôt de biais, à corps perdu, pour lui couper le chemin. Dans la minute, il en fut proche à la toucher. Il courait le bras en avant et il lui érafla l'épaule. Brusquement, elle se retourna, se jeta sur lui. Ce fut si subit qu'on vit mal le choc. Il y eut un cri à faire transir, un vrai cri d'assassiné : le hurlement désespéré de l'horreur à la face de la mort. L'homme, qu'un furieux coup de couteau dans le flanc avait porté à terre, se plia en deux, mordit du talon dans l'herbe, se roidit, pour se laisser aussitôt aller comme une chose qui n'a plus de vie.

Les autres ne perdirent pas leur temps à tenter de le faire revenir. Des bois, faisant trembler l'air, éclata soudain une lueur rouge. Au hurlement, deux coups de fusil venaient de répondre. Le mort en un tournemain eut ses poches vidées. Et la troupe s'envola, se défila du côté de la lisière.

« Pauline! Pauline! »

Valentin et Gaspard l'appelaient à grands-cris. Ils sortaient du bois, trop tard pour voir les chenapans, assez à temps pour voir la robe blanche en fuite par la lande. Ils l'appelaient en vain. Follement elle fuyait. La même idée les saisit tous deux, qui les fit suer d'angoisse : Pauline était réellement devenue folle, prise d'une démence.

Ils s'entre-regardaient, sans souffle, appuyés sur leurs fusils, après cette montée au pas de course lorsque, dans le moment, ils virent devant eux Pauline, Pauline en robe de sergette rousse, comme une paysanne. Tremblante, souriante, essayant de parler et ne le pouvant. Enfin :

« La robe blanche, c'était Fanchon », dit-elle.

Elle embrassa Gaspard, puis mit les bras autour du col de Valentin, et, se serrant étroitement contre lui, elle se prit à pleurer avec des sanglots qui secouaient sa tête brune.

Elle relevait cette tête pour sourire à travers ses larmes, faire signe qu'elle était heureuse, que tout était bien, mais qu'il fallait la laisser pleurer un peu.

SIXIÈME PAUSE

Le monsieur du Pavillon des Amourettes. — Récit de Valentin. — Pauline et lui au Siège de la Reine. — Le chemin des épines.

Gaspard était allé au cadavre. Il reconnut un mauvais garçon du Vivarais, un nommé Romanche, dit Sauguet, dit Pierrot, dit Main-Froide, celui-là même qui était venu aux Escures, en montreur de bêtes, voler l'enfant. On comprit la Fanchon, alors : elle avait pris la robe blanche pour entraîner la bande loin de Pauline; et peut-être aurait-elle pu s'enfuir, mais elle avait reconnu son voleur, et elle avait dans le poing ce couteau...

Benoni arrivait. Ne trouvant rien de meilleur à faire, il offrit sa gourde. Dès qu'il fut au fait, il dit qu'il partait à la recherche de la pauvre Fanchon. Gaspard auparavant l'emmena vers le bois. C'était pour qu'il l'aidât à porter le cadavre dans une narse, sous les premiers sapins. Ils l'y poussèrent, l'y envasèrent. Une eau noire, gargouillante, déborda, couvrit l'herbe. Puis l'herbe fangeuse reparut, le lieu tremblant s'aplanit. Personne ne serait venu chercher un corps là, sous le brouillis d'un large saule.

Alors ils rejoignirent Pauline et Valentin vers la crête. Ce devait être le Siège de la Reine, qui domine le col de Chemintrand : un lieu raboteux, encombré de têtes de roches, dont l'une est creusée en cuve. Une autre porte un anneau d'or, et celle-là se soulève pour découvrir un trésor à l'élévation de la messe de minuit. Cherchez-la, parmi tant de pierres, qui dévalent du haut en coulée d'éboulis!

Le vent agitait des touffes de noisetiers. Là-bas, le ciel devenait de la couleur d'une feuille de saule. On devinait des espaces où couraient des chaînes de montagnes et des chaînes de nuages.

Pauline s'était assise à terre. Un gazon fin comme des aiguilles et de grosses violettes d'Auvergne en sombre velours poussaient autour de chaque roche. Elle voulut demeurer là, les mains dans l'herbe. Gaspard et Benoni allèrent plus avant.

Gaspard, se laissant distancer par son frère, s'arrêta cent pas plus bas. Si fatigué qu'il laissait ses suppositions se dérouler plus qu'il ne les formait par ordre dans sa tête.

« C'est l'Amédée, parbleu! Avec un peu plus de chance nous tombions sur lui au pavillon, et je parie qu'il a la contre-lettre dans sa poche. Ce Main-Froide, et le grand maigre, le Breléqué, sont les gens de Robert. Les Chargnat ont eu partie liée d'abord avec Robert. Mais lorsqu'ils ont trouvé le papier, ils l'ont ensuite gardé pour eux. C'était pour leur faire rendre des comptes que Robert les avait convoqués au Pont du Merle. »

« Anne-Marie a raison : l'Amédée a de temps en temps des coups de marteau. Cette contre-lettre, dont M. César préparait la réapparition, l'a rendu fou. Je l'ai vu les yeux hors de la tête parce que son métayer avait manqué de gagner douze francs sur un veau, et il profite d'une quittance non réclamée pour voler dix écus à un vieil homme. Alors! un papier de trois cent vingt mille francs!... Et si Pauline ne voulait pas de lui, cela aurait tourné à rien! Ma foi, plutôt forcer la petite! Il se disait qu'ensuite on serait content de la lui donner. Et que, du reste, lorsqu'elle se verrait recouvrer grâce à lui tant de mille et de cents, elle ne saurait plus lui en vouloir... Puis c'est qu'il croit les tenir, Grange par les billets, Anne-Marie par Robert... »

Ses idées s'embrouillaient. Il prit le parti de s'allonger sur la bruyère et de faire un somme.

Cédant au sommeil, Pauline s'appuyait de l'épaule à l'épaule de Valentin. Sa tête allait, plongeant, roulant. Il fallait se sauver plus loin, se sauver encore. Elle se frayait passage à travers des feuillages, ses mains erraient sur des écorces. Elle ne pourrait passer et les hommes étaient sur ses talons...

Alors elle se réveillait, accrochée à la veste de son ami. Elle ouvrait sur lui de grands yeux qui soudain riaient.

Pour voir s'ils étaient seuls, elle se souleva. Et avec toute l'enfance de son cœur, elle appuya la joue contre cette grosse veste de chasse, contre cette poitrine. Puis, la face brûlante, elle s'en détacha.

Ils étaient assis à côté l'un de l'autre, adossés à la roche. Comme elle avait fait un soir de septembre, elle posa la main sur la main de son compagnon. Elle voulait savoir comment il était venu la retrouver ici.

Au sortir du bois des Tourtes, Gaspard et Valentin avaient été rejoints par la Mariette de l'Imberdis. Elle les cherchait de bois en bois depuis le matin. Depuis la minute où vers le Grand Tournant, elle avait revu l'homme, ce long à face de carême, qui lui avait une fois remis une lettre pour Mme Anne-Marie.

« Cours dire au fils Verdier qu'il ne se mette pas de la battue. Il te récompensera bien. Et s'il apprenait quelque chose, qu'il aille au Pavillon des Amourettes. »

Gaspard savait qui était l'homme : ce Breléqué que les messieurs des bois avaient contraint autrefois de porter le premier coup au vieux prêtre assassiné près de la Greleyre. « Ça ne me lâche pas. J'ai perdu ma religion depuis cinq ans, mais le mort voudrait que je revienne... » Pour se racheter, il avait fait évader naguère l'enfant et cette nuit Pauline.

La Mariette entendue, Gaspard et Valentin décidèrent de rentrer au bourg. Ils sortaient de Sumontargues lorsqu'ils entendirent un cornet de chasse qui sonnait à reprises. Ils y répondirent de même façon. Benoni, à cheval, était près d'eux une minute après.

Anne-Marie, sitôt avertie par Barthaut, était partie avec lui pour le bois de la Roche. Dans une grande émotion, car des chasseurs venaient de lui dire que Valentin ne pouvait y être. Au bois, voyant la place piétinée, le panier d'un côté, la fiole de l'autre, elle comprit tout. Pauline enlevée! Elle qui craignait tant que la justice ne vînt un jour à découvrir la vraie figure de son mari, elle n'hésita pas : elle voulut les gendarmes, puisqu'elle n'avait pas Gaspard. Mais leurs chevaux, laissés pour la battue dans une écurie d'auberge, étaient hors de service, quelqu'un ayant eu l'atroce malice de leur verser du verre pilé dans l'oreille. Alors, elle envoyait Benoni.

Ils tinrent un conseil de deux minutes sous un frêne. Le meilleur leur parut d'aller au pavillon selon l'avis donné. Gaspard connaissait à peu près le lieu. Sans s'amuser à chercher du secours, la nuit tombant déjà, ils décidèrent de descendre à Marsac, où ils pensaient trouver des montures. Mais à Marsac, à cause de la battue, personne n'avait de cheval à fournir. M. le curé, les voyant animés comme s'ils venaient de se battre, refusa net de prêter sa jument blanche. Ils se procurèrent à grand-peine deux méchantes bêtes, auxquelles Benoni fit avaler un demi-setier d'eau-de-vie, mais qu'il fallut laisser, fourbues, dans une ferme au bas des bois...

Le matin venait, dans le vent. Deux étoiles brillaient encore, grosses et limpides. De la crête, Pauline et Valentin voyaient, au milieu d'échines de pins, le ruban d'un chemin encaissé, les prés d'herbe rude et la traînée des toits de Viverols sous les tours rondes de son château. La vallée s'élargissait, gagnait de l'espace vers le Velay et ses puys laiteux comme la pervenche, encore veinés de neige.

Ils redescendirent. Un bois, à un quart de lieue leur masqua le levant. Le ciel demeurait d'un bleu nu, sans aucune teinte d'aurore. Au-dessus des sapins, des rayons d'ombre s'écartaient en gerbe. Il y eut sur la dentelure des arbres un minuscule nuage de feu, si brillant que les yeux en soutenaient mal l'éclat. Et ce fut le soleil : la lumière qui donne tant d'aise au cœur, la belle lumière emplissant la lande, et là-haut les campagnes de l'air où se jouaient deux aigles.

La rosée mouillait tout. Valentin arracha des bruyères — car la bruyère brûle même verte — et les enflamma avec un peu de poudre. Pauline, toute rose et secouant sa tête ébouriffée, tendait les mains à la flamme. Elle voulut faire un vrai feu pour le voir monter et grandir. Valentin déracina des genévriers morts. Elle prétendit qu'il ne savait pas les arranger, et s'agenouilla près de lui. Leurs têtes se touchaient, leurs mains se mêlaient, ils s'entre-riaient et reculaient ensemble quand le vent leur soufflait au visage la fumée brûlante et les bluettes.

Ils s'étaient relevés et se tenaient debout. Elle se pendit doucement à son bras.

« Vous êtes là, et vous êtes ma part du monde. Sur ce lieu étendu et désert monte un feu allumé par nous. Que tout prenne, à présent et parte ainsi en flammes, car nous sommes ensemble pour faire notre vie à nous deux, du milieu du monde, comme ce feu des pâles pacages d'ici. »

Les langues rouges, créatures d'un autre élément, s'élançaient, sautaient, se perdaient dans cet air bouillant qui ondoyait vers la nue. A trois pas d'elles, la bruyère restait givrée. Et au moindre fil d'araignée tremblaient des grains de pierreries allumés de feux purs couleur de l'herbe et de l'aurore.

Gaspard revint. Benoni partait décidément à la recherche de Fanchon, qu'il entendait ramener lui-même aux Escures. Ils reprirent le chemin du pavillon. Là était le rendez-vous. De Marsac, Gaspard avait envoyé un billet au Dragon Baptiste. De loin on le vit qui patrouillait avec Plampougnis, à la lisière, Grange était là, et Anne-Marie.

Ce furent des moments...

Anne-Marie était encore secouée de bonheur, de terreur, d'émotion, de besoin de savoir. La tête lui sautait. Tandis qu'il la mettait au fait, elle regardait Gaspard de tous ses yeux, comme pour en deviner davantage. L'affaire, on allait l'étouffer en ramenant Pauline. M. Amédée les braverait donc avec encore plus d'effronterie, de rancune. Même, si on le poussait, il était homme à venir aux Escures parler de Robert et se poser comme sa victime.

Gaspard disait qu'il lui mettrait la main dessus. Qu'on le voulût ou non, c'était la guerre. Se rappeler le gourg du Drac. Et le bois des Tourtes? Il fallait en venir à la grande explication.

Cet air de force et de commandement faisait peur à Anne-Marie.

On décida de gagner la pauvre ferme où étaient restés les chevaux. Un petit berger gardait ses moutons par la montagne. Il ne devait pas rencontrer des dames bien souvent en ces quartiers. Lorsqu'on lui demanda le chemin, par sauvagerie, il ne sut pas répondre. Mais il accompagna Anne-Marie et Pauline.

Pauline marchait près de sa sœur. Elle était un peu fâchée de ne pas la voir aussi enlevée de joie qu'elle-même.

Les tourments, dans l'esprit de Pauline, ils étaient loin.

« Rappelle-toi : tu m'as toujours dit que c'est le chemin des épines qui mène au paradis, et qu'on oublie d'un coup ses peines quand on est au bout. »

Anne-Marie essaya de sourire. Comme si l'on était jamais au bout! Pauline croyait donc les cieux ouverts, alors qu'approchait sans doute le plus noir de l'orage? Elle tourna la tête, soupira, vit le petit berger qui marchait contre sa robe.

« Mais il faut retourner vers tes moutons! »

Elle chercha une pièce d'argent dans sa bourse.

« Va, pauvre petit. Si tu nous suivais, tu te trouverais peut-être toi aussi sur le chemin des épines... »

Elle l'embrassa, se releva toute pensive. Elle regardait la feuille neuve d'un sorbier où passait le vent, et ce ciel de soie bleue, au-dessus des grandes montagnes. C'est vrai, mon Dieu! que ce monde est fait pour nous donner une idée du bonheur. Mais seulement l'idée... Elle regardait au loin... Et le petit berger suivait ce regard comme si la dame voyait là-bas au bout des monts le pays même du paradis.

SEPTIÈME VEILLÉE

PREMIÈRE PAUSE

Grange et les jours à venir. — Politique étrange de M. Amédée. — Gaspard retrouve Chopine.

On n'aurait pu dire précisément ce que c'était; durant cette première quinzaine de juin, il sembla qu'on vivait un pied en l'air : dans l'énervement, dans l'attente. On ne savait à quoi se prendre ni à quoi se tenir.

Mais Grange était absent de tout. Il se cachait de ses filles et il allait boire de l'eau-de-vie blanche, ce qu'il y a de plus fort. Anne-Marie avait tellement de soucis qu'elle renvoyait ceux qui venaient de ce côté-là. Elle ne pouvait concevoir qu'au milieu de leurs adversités ce fussent des affaires d'argent qui les accablassent. Le sort de Pauline, le sort de son petit garçon... Aussi, quand elle entendait le père dire au dîner que ses affaires s'arrangeraient d'un coup, elle était disposée à l'admettre.

Grange gagnait le jardin, parlant tout seul. « Elles s'arrangeront d'un coup de pistolet, oui. J'aurais voulu mourir honnêtement, comme mon père et ma mère... »

Jamais il n'avait pu joindre Amédée Chargnat pour lui parler du renouvellement des billets. M. Amédée était à Ambert, selon la gouvernante. On disait qu'il avait demandé un congé, et qu'il habiterait la ville. A Ambert, Grange l'avait cherché au Cadran-Bleu, au Lion-d'Or et partout. Il n'avait jamais pu voir qu'Elmire, qui lui avait paru d'une humeur si enragée qu'elle ne lui ferait certainement pas grâce d'un jour de retard.

Grange se sentait au bout du fossé. Dans quinze jours l'huissier monterait pour le protêt; puis suivraient la saisie, la vente.

Sans cravate, les cheveux dérangés par le vent, il marchait dans la cour. « Quand je vois arriver les oiseaux de malheur, je sors par les écuries, je vais dans les bois me tirer un coup de pistolet derrière l'oreille... » Ce serait une honte sur la famille; mais la honte serait plus grande encore d'être failli.

Il sentait trop fort ce que c'est que la probité. La probité exacte, souveraine, nette comme l'or. Ne jamais prendre plus que son dû, et n'avoir jamais fait tort d'un liard à quiconque. « N'aie pas le plus petit manquement là-dessus à te reprocher, car aucun argent, aucun avantage ne valent la fierté de conscience. » Il en arrivait à se dire, le malheureux, que le sang montrerait du moins qu'il avait tout engagé. « Si je vous ai fait perdre votre argent, moi j'y ai perdu ma vie même. »

Il se parlait ainsi avec de demi-gestes rompus, en se promenant entre le frêne pleureur et la grille du jardin. Il vit Gaspard et Valentin Verdier venir à lui par le portail. Deux secondes, il les regarda, et vite il s'écarta derrière les bâtiments.

Un soir, trois jours après la battue, Benoni avait ramené Fanchon aux Escures. Et lui-même était rentré à *La Belle Bergère*, l'œil frais, avec sur toute sa personne quelque chose de vif et de dégagé qu'on ne lui avait jamais vu.

Cette pauvre petite, disait-il, n'était pas du tout déraisonnée. Un furieux besoin de vengeance l'avait emportée. Mais, vite revenue elle s'était imposé d'aller pieds nus par pénitence à la fontaine de Sainte-Elidie. Il l'avait accompagnée, de peur que ceux du pavillon ne lui fissent payer la mort du camarade.

Quelle promenade dans le bois sans fin de la sauvagine, au sentes de feux verts, prises en écharpe par le soleil! Hallier sur hallier, futaie sur futaie, leur chemin les avait menés toute une journée parmi les lumières des mousses et les ombres des branches. Là, loin des personnes, sous la feuille, on aurait mené une vie d'enfant, sommeillant dans la fougère, nourri de la framboise et du chant du coucou. La petite, après confession, avait passé la nuit en prière au bord du bois. Et à l'aurore, dans la fontaine où la sainte a lavé sa tête, elle avait vu les trois gouttes de sang qu'y peuvent seulement voir ceux dont le cœur est toute pureté.

Ses frères l'écoutaient et paraissaient près de croire que si la Fanchon s'était débarrassée de sa folie, ç'avait été en la lui passant.

« Si vous saviez! Ça vous couperait en deux. Figurez-vous qu'elle m'a fait boire de l'eau! Quand on a grand soif, ce n'est pas si mauvais qu'on dirait bien. Il aurait fallu la voir : elle buvait aux fontaines comme un bouvreuil. »

Il s'attendrissait. A leurs questions il répondit d'un air de négligence. La petite s'était mise en grande amitié avec lui, autrement elle n'aurait rien confié, car elle tremblait d'être témoin et d'aller devant la justice. Mais elle avait fini par le lui dire dans les bois. Alors il lui avait promis, sur sa foi jurée, qu'on ne l'obligerait jamais à le répéter aux juges. Quand elle fuyait en robe blanche, elle avait reconnu un monsieur, un monsieur du bourg de Saint-Amand, M. Amédée, le percepteur.

Valentin éclata. Gaspard, qui l'avait tenu dans l'ignorance, lui exposait qu'il n'y avait rien à faire : Amédée avait pris ses précautions. On avait pu le voir devant sa porte, tandis que les autres enlevaient Pauline; et rien, rien à apporter contre lui, sinon le dire de Fanchon, qu'il ferait passer pour folle. « Tu sais bien d'ailleurs qu'Anne-Marie ne veut pas parler à la justice. »

Alors? Le joindre et le forcer à s'aligner! Valentin bouillait la fièvre.

Gaspard dit les mots qu'il fallait. Tous devaient marcher d'accord.

Mais d'Amédée Chargnat, plus de nouvelles. Après avoir plastronné pendant deux, trois jours, il avait filé comme un rat empoisonné. Gaspard n'arrivait pas à comprendre cette disparition. Que trouvait-il à craindre? Les papiers publics signalaient des événements en Espagne, des troubles durant lesquels les prisons avaient pu s'ouvrir... Ou bien avait-il imaginé de reprendre l'enfant? Avait-il sur lui plus d'informations que n'en avait encore Gaspard?

Ou bien, pour plus de sûreté, s'était-il simplement mis à l'abri, en attendant que la faillite eût réduit les Grange à rien?

Ils trouvèrent Anne-Marie près de la buanderie. Et comme elle aimait mieux que Pauline ne les vît pas, elle les emmena dans la petite salle.

Voilà : M. Regouyat prétendait avoir aperçu Amédée Chargnat sur la place de Jaude à Clermont, en compagnie de deux messieurs. Mme Regouyat et aussi Mme Solier assuraient que, depuis une huitaine environ, Elmire paraissait avoir des ennuis considérables.

Anne-Marie surprit un échange de regards entre Gaspard et Valentin. Elle se sentit inquiète. Son inquiétude allait toujours à son petit garçon. Elle hésita un peu :

« Souviens-toi de ce que tu m'as promis pour la Saint-Jean. Je sais bien : je suis madame Sans-Patience... »

Elle souriait pour se faire pardonner son insistance; mais comme ses yeux parlaient.

Dès qu'ils furent assez loin dans l'allée, Gaspard dit à Valentin :

« Elle a raison, il faut retrouver le petit! »

Il entendait éclaircir vite ce qui lui avait été dit du côté de Saint-Bonnet-le-Chastel. Plus d'un par là croyait avoir vu l'enfant aux chèvres.

Gaspard allait y retourner ce même soir. Il ferait un détour par le bois des Tourtes, où était restée sa carnassière. Passe pour la carnassière, mais Chopine n'avait pas reparu depuis la battue.

Cette chienne si vaillante avait peut-être sauté à la gorge de quelque bête folle et s'était laissé mordre. On disait : « Elle est partie. » Car on n'ose en dire davantage quand un chien disparaît pour courir la campagne. Cela était arrivé chez le cadet Redon. Il avait fallu barrer les portes, faire de nuit des rondes avec un fusil autour des bâtiments. Le chien pouvait revenir et mordre les bêtes; peut-être les avait-il mordues déjà. Si jamais les vaches dansent dans une écurie, c'est à croire que le diable y est; c'est à faire blêmir. Et l'on sait que la terre tremble neuf jours là où l'on a enterré une bête morte de la rage.

Tout le monde plaignait cette Chopine, gentille comme une personne.

Gaspard allait de genêt en genêt, cherchant l'endroit de la carnassière, lorsqu'il entendit, non pas bien loin, un pauvre aboi étouffé qui lui parla.

« Mais c'est Chopine! Il faut qu'elle ait été blessée. Si elle est là depuis la battue... »

Et il la vit. Elle était à côté du carnier, couchée sous un pin. Elle n'avait pas de blessure, mais elle était si faible qu'elle ne put que battre de la queue avec de petits jappements de joie. Elle n'avait vécu que de mulots et de l'eau lapée sur la mousse, sans jamais toucher au manger de cette carnassière. Plus de dix jours durant, elle s'était fait conscience de demeurer gardant ce qui avait été laissé à sa garde. Elle releva les yeux sur son maître, et dans ces yeux marron il y avait un tel don de dévouement que Gaspard, penché sur elle, sentit que ses yeux, à lui, lui brûlaient.

Il lui donna un peu à repaître et l'emporta dans ses bras. Toute sa vie il aima à conter ce trait d'une chienne.

L'avoir retrouvée, c'était comme une promesse de retrouver par elle l'enfant perdu. Avec Chopine il lui semblait qu'il reprenait sa chance. Ce jour-là il ne s'occupa que de se faire prêter une carriole et de la ramener à la maison. Mais le lendemain, reprenant sa quête où il l'avait laissée, il fut conduit jusqu'aux Issarts-de-Marsac et jusqu'aux Quatre-Routes par les dires très circonstanciés d'un métayer, puis de deux bergères. Alors il ne douta plus qu'un avis ne fût bon, qui lui était venu des monts de Grandrif.

DEUXIÈME PAUSE

La grande Fête-Dieu d'Ambert. — Gaspard et le dîner du curé de Marsac. — L'ânichon de la Poule-Courte s'envole.

De toute la semaine on ne le vit pas à Saint-Amand. Mais le samedi il croyait, il croyait bien que le petit Henri avait pris sa route du côté du Forez, dans la montagne. La Fête-Dieu arrivait; Ambert devait être déjà bourré de Foréziens. La grande Fête-Dieu d'Ambert avait un tel renom chez eux que souvent le futur s'engageait par le contrat à y mener sa femme dans l'année du mariage.

Quand Gaspard entra en ville, que de monde, sans parler des mendiants. Chaque auberge était pleine comme un œuf. On ouvrit les granges à Bayle, pour donner abri aux pèlerins : ils venaient à l'hospice vénérer les cendres du père Gaschon, de si heureuse mémoire.

Dans les rues, filles et garçons, réunis par quartier, achevaient de plier les charges de poudre dans du papier bleu. A en croire les garçons on n'avait jamais assez de fusées.

La lune avait amené un temps léger et sonore. On se leva le lendemain avec le plus beau soleil du monde. De bonne heure on tendit les maisons de linceux ornés de dessins en fleurs de genêts, ou piqués de bouquets de roses. On dressait les reposoirs, celui de la maison de Mme de Fontanet, celui de la grand-rue. On pendait au milieu du Chicot le vaisseau de quinze pieds de long bourré de pièces d'artifice.

La procession sortit devant le moulin de Chinard. Des enfants à oriflammes escortaient la croix paroissiale, que portait un nommé Rolhion, bien proprement habillé en sous-diacre, avec une dalmatique. Venaient la bannière cramoisie des saints Côme et Damien; puis celle des Dames de Charité, de Notre-Dame du Rosaire et de Notre-Dame de Layre, encadrées par les confréries en gris, en bleu, en noir. Les petites du couvent fermé suivaient, en blanc, ornées de voiles et de couronnes, et l'institution de Mlle Pécaud : celle-ci représentant la Samaritaine, celle-là sainte Véronique; et saint Jean avec son mouton.

Au fond des rues, entre les maisons à croisillons, avançaient et vacillaient d'autres bannières. Après celle du Saint-Sacrement, Gaspard reconnut le Dodon de la Fête-Dieu. Il se présentait en tambour-major devant trois rangs de tambours et la musique, composée de soixante amateurs jouant du flageolet, du serpent ou du bugle.

Parurent les papetiers, en chapes et chasubles louées à la sacristie; et les chantres et les pénitents portant le dais, conduits par leur recteur. Là tout resplendissait comme un soleil de Pâques. Les anges bouffarés en robe rose jetaient les fleurs de leurs corbeilles; les clergeons en robe rouge balançaient haut l'encensoir dans un cliquetis, pour « faire la couronne ». Les acolytes, avec qui le cierge, qui la bourse, précédaient un vieux prêtre écrasé sous sa chape toute d'or. Et Dieu passait parmi son peuple.

Derrière les autorités, les trois gardes, suivait tant de monde que la tête de la procession, revenant, trouvait la queue non sortie de l'église.

Cela n'allait pas sans bousculades là où les rues s'étranglent. Gaspard en profitait pour lier connaissance avec l'un, avec l'autre. Les fusées partaient en feux de file dans les jambes des femmes. La sonnette tintait, tous mettaient le genou en terre. Un serpenteau de feu allait allumer les pétards du vaisseau...

« Vése, vése, la sainte estiale, que monte et que dévale! »

Les deux canons de la ville, qu'on traînait de reposoir en reposoir, tonnaient; et quand le fracas roulant, renvoyé comme une énorme pelote, s'apaisait, on entendait :

« *Tuus uum, ritus uus...* »

Puis tout s'ébranlait, les plumets du dais bougeaient au-dessus des têtes, tandis que les pigeons effarés tournoyaient dans le bleu du jour.

Devant les boutiques, les points de vue, les théâtres de marionnettes, Gaspard sut accoster celui-ci qu'il connaissait, entrer en propos avec celle-là qu'il ne connaissait pas. Sur le soir il se mêla aux Foréziens qui visitaient le jardin de M. Dupuis, fameux pour ses statues : des anges tenant entre leurs jambes des requins d'où l'eau fluait, Adam et Eve, sainte Geneviève et sa biche.

Il passa aussi le lundi à Ambert, qui est une grande foire, non moins agréable que la fête. Ces gens du Forez sont doux, faciles, volontiers confiants. Gaspard en ces deux jours fit assez pour reprendre la montagne à bonnes enseignes. Du col de Chemintrand au col du Fossat il suivit les burons. Il apprit que l'enfant avait été vu, ces derniers jours. Mais il lui était malaisé de le figurer aux gens; trois ou quatre fois il eut du mécompte.

Le mieux ne serait-il pas de revenir avec Pauline, à qui l'enfant ressemblait, selon quelques Foréziens qui l'avaient aperçue à la fête? Mais sans attendre. Des bruits inquiétants couraient, d'étrangers rôdant, de messieurs en campagne. On parlait d'un particulier qui aurait été vu pendu au fond d'un bois.

Gaspard redescendit la veille de la Saint-Jean, le jour où la fougère graine. La Saint-Jean, cette année-là, se confondait avec le dimanche de la seconde Fête-Dieu. Dès son arrivée, le Dragon lui dit que la semaine dernière Amédée Chargnat se cachait dans une petite maison de chasse, en forêt, entre le Fossat et la Fourtiche, et que pour l'heure cette maison était vide.

Gaspard eut froid. C'était dans ce canton qu'on signalait le passage de l'enfant. Mais la chance serait pour eux. Il le prit ainsi lorsqu'il sut que Grange, avec Pauline et Fanchon, se trouvaient au moulin. Les préparatifs lui répugnaient : tout fut réglé sur l'heure. Ses frères, Plampougnis et Valentin, qui voulaient suivre, et lui, ils allaient tous monter à Pierre-sur-Haute. Mariette, Lucie, Fanchon, accompagneraient Pauline. La Poule-Courte servirait de chaperon, s'il le fallait absolument.

Il demanda à Grange de ne rien dire à Anne-Marie;

elle devait dans l'après-dînée le rejoindre en ville. Grange qui attendait les huissiers à la fin de la semaine, consentit à tout.

Gaspard court, presse, ordonne, organise la caravane, dit qu'on part dans une heure d'ici.

Le Grand-Blanc porterait deux bennes : l'une pour telle demoiselle fatiguée, l'autre pour les provisions. Mais il n'y avait pas de provisions; et l'on était dix, et l'on passerait deux jours dans la montagne.

« Ça va. Attelez le Grand-Blanc. A midi je suis de retour. »

Il saute en voiture, secoue les guides; et à fond de train sur le chemin de Marsac.

En ce jour de Saint-Jean, fête de l'endroit, tout le bourg était à la grand'messe, Gaspard descend devant la cure. Rouge comme une écrevisse, la servante se démenait entre la cheminée, où le chien tournait la broche, et son fourneau de terre couvert de casseroles.

Gaspard, qui amenait souvent un poinçon de blanc ou une feuillette de rouge, connaissait les aîtres.

« Vite, bonjour la Perrine, vite à la cave! Monsieur le curé a oublié de mettre en perce le dernier tonneau, et il veut le faire goûter à ces messieurs. »

Comment s'y prit-il avec la bonde et le fausset, lui si adroit de ses mains? Le vin sortit en hoquetant du trou, et le robinet ne se retrouvait plus.

« Perrine, Perrine, votre doigt! Là, enfoncez le doigt dans le trou. Je remonte chercher ce qu'il faut. A propos, vous direz à M. le curé qu'il a eu bien tort de ne pas me prêter son cheval. Voyez, moi, je le débarrasse...

— Oui, je dirai. Mais dépêchez-vous, mon dîner brûlera.

— Pour ça, ne portez pas peine. »

Il eut la charité de lui laisser la lanterne pour lui tenir compagnie. Le dîner ne brûla pas, car il transporta plats et casseroles dans la voiture. Sans rien laisser : ni la dinde rôtie, ni le pâté, ni la longe aux morilles, ni le nougat, ni les tartes. Rien ne fut trop chaud ni trop lourd. Il n'oublia même pas les beaux pains dorés qui craquaient en refroidissant. Quant aux bouteilles qui chambraient, il les coucha dans le caisson sur un lit de paille.

Un quart d'heure après, M. le curé, rentrant avec messieurs ses invités, trouva la cuisine parfaitement nettoyée. Guidés par les cris, ils découvrirent enfin la servante accroupie au fond de la cave, et retenue là, un doigt dans le trou du tonneau. Il fallut bien prendre la farce comme elle avait été faite.

Sur le pont des Feignants, Gaspard rencontra le pauvre Barthaut qui traversait la ville, un bâton à la main. Le magister sembla embarrassé et se contenta de dire que la Dorothée les mettrait au fait.

« Et où allez-vous? demanda Gaspard en hâte.

— Par là, dans la montagne. »

« Bon, nous saurons tout par la Poule-Courte. »

Mais la Poule-Courte n'était guère en terme de donner des explications. On l'entendait lamenter et crier près du porche.

« Tu la trouveras sur la place, dit le Dragon avec une mine qui ne valait rien, au milieu de tout un peuple, le nez en l'air. Son ânichon, plus heureux qu'elle, s'est envolé à mi-chemin du ciel. »

Tantôt ils étaient dans la cour, assis sur les degrés, ou à l'ombre de l'arbre de lilas. Plampougnis regardait la Lucie; le Dragon c'était la Mariette, et Benoni la Fanchon, en l'honneur de qui il s'était paré d'un foulard écarlate. Toutes étaient bonnes à regarder! Parce qu'il était à côté de Pauline Grange, rose comme une jacinthe de mars, Valentin paraissait rajeuni jusqu'aux seize ans par son sourire. Dans leur cage, à l'imposte, les chardonnerets menaient leur chamaillis. — Martin ne passait jamais devant eux sans leur dire : « Petit! Petit! » pour les faire chanter. On causait donc, dans le haut du ton, avec de jolis éclats de voix. Et ces jeunes, en ce matin de dimanche, leur jeunesse les grisait autant qu'un vin de soleil.

Cette vieille taupe de Dorothée eut bien la canaillerie de manquer la procession pour emmalicer tout le monde. Dès qu'elle fut là, ce fut comme si la lune se mettait à la pluie. La pauvre Lucie faisait modestement un point à l'ourlet de sa jupe qui risquait de se découdre. Elle se l'entendit reprocher pis qu'un péché mortel. « Eh bien! de la vie des vivants! Voyez-moi cette souillon, qui coudra ses atours un dimanche! » Là-dessus Martin se montra.

Il vint inviter la Poule-Courte à écouter ce qu'avait à lui dire l'oncle de Plampougnis devant un petit verre de cassis. Elle entra dans le moulin, gongounant encore; mais renvoya bien loin les deux hommes, qui la cajolaient pour conclure le mariage. « Une fille si jolie qu'on me l'a demandée onze fois le soir de la Fête-Dieu! Un vrai bouquet d'amours! Et je la donnerais à ce tombe-soupe! » Car elle faisait miracle de sa nièce dès qu'elle ne la voyait plus. On entendait tout par la fenêtre ouverte : « Non, non, la Lucie, c'est une nymphe des bocages : elle n'est pas pour votre dévorant! »

Le Dragon et Benoni cependant s'éclipsèrent. Le clocher avait une petite porte, près du porche qui donnait sur la place. Ils y poussèrent l'ânichon. Que lui avaient-ils mis sous la queue? Il grimpa comme un écureuil. Ils l'attelèrent là-haut au charreton, démonté, transporté pièce à pièce, puis remonté sur la plate-forme, et pour finir lui attachèrent aux épaules deux de ces ailes de poule qui servent de plumeau dans le ménage. Voilà l'équipage sur le clocher à cent cinquante pieds du sol.

Un moment après le baudet vient à braire. A cette

voix venue des airs, les gens renversent la tête, l'aperçoivent, s'écrient. On accourt comme au feu. La Poule-Courte paraît à ce bruit et en fait bientôt autant que tout le peuple ensemble.

« Ça va, dit Gaspard, partons sans elle, puisqu'elle ne saurait partir sans son âne. Dépêchons, nous rattraperons le Barthaut. »

TROISIÈME PAUSE

La route de la montagne. — Halte au clair de lune. — Le lever de soleil à Pierre-sur-Haute.

Ils se mirent en route, Gaspard neuvième, par la Vernadelle et Valeyre. Des vallons de boutons d'or et de cerisiers, jolis de tout en tout. Partout l'eau sourdait, courait et tournait, glissant entre les vergnes liés de chèvrefeuille et s'abattant sur la petite roue qui tournait follement au flanc de la fabrique. Un tapage de bois, un goût d'antiquaille — ces cadrans solaires, ces lucarnes sculptées — un brun chaud à l'œil, des séchoirs de planches au-dessus des bouquets de frênes : tout un air étrange. Dans les jardins en escaliers, les abeilles revolaient vers leurs paniers de paille, parmi les capucines. L'un, l'autre reconnaissait Gaspard et criait quelques mots sur ce beau temps parti pour durer.

C'était la Saint-Jean! La vallée de Laga n'était qu'un vaisseau de verdures fines, aux creux de ses feuillages.

Passé Mignaval, ils prirent par Jarroux et Jarrix. Cela sentait déjà la montagne. On voyait des hangars de fagots et d'écorces, des bacs moussus faits d'un tronc d'arbre;

l'aimez-moi mêlé à la dentelle neuve de la fougère toi sonnait autour des gerbes d'eau rejaillissantes. Gaspard leur montra la fontaine dont les eaux rendent fou. Mais c'est une folie plaisante, et le Dragon y voulut boire. Mariette lui donna de l'eau dans le creux de sa paume, et Lucie dut en faire autant à son aimable.

L'eau bue, comme il n'en fallait pas perdre une goutte, ils baisèrent la main. Les linottes, dans le gros vieux frêne qui ombrage la source, n'y virent aucun mal. Ces demoiselles trouvèrent cela d'une hardiesse à ne pas le souffrir. Il y eut des menaces. Gaspard regarda le manège de son œil net, un peu sauvage, et reprit le sentier. Les amourettes, c'est bête, si ce n'est pas autre chose. Vous le voulez? Entrez-y alors, entrez dans le mariage, mais ce sera pour n'en plus sortir.

Ils entrèrent simplement dans le bois des Besaces, où font noir d'énormes sapins, tombant parfois de vieillesse ou arrachés par les orages. Trois arbres enchevêtrés ressemblaient à des araignées, avec leurs bras cassés chargés de quenouillées grises. Et l'on eût pris pour des rochers certaines souches étouffées de mousse et de fleurettes.

Ah! qu'il y a haut! Une dure montée par ce sentier de terre et d'éclats de pierre qui tenait plus d'une crevasse que d'un chemin. Le Dragon cherchait des framboises pour rafraîchir les demoiselles; il ne trouva qu'un bouquet d'airelles. Mariette seule en voulut, sans crainte de se barbouiller les lèvres.

Après le Pas-de-la-Mule et les bois de l'Hôtesse, ils débouchèrent dans les pâturages.

Sur plus de dix lieues, jusqu'à Noirétable, ce pays s'étend, sans une terre, sans une maison. Un aspect de silence. Rien que des croupes ni vertes ni rousses, brunes de bruyère par places, où le pas des vaches a tracé des chemins d'herbe rase; rien que les lourdes ondes de ces bourrelets et de ces combes, avec leurs bastions d'énormes granits usés s'épaulant en cavernes; et dans les fonds, tournées vers le midi, parfois un rang de pauvres cabanes.

On se sent si léger, si dispos de son corps, qu'on irait tant qu'ils seraient longs dans ces déserts. Sur ces terrasses, au-dessus des pays! De toute la poitrine on y prend la santé, la pureté de l'air. Et l'on ne peut s'empêcher d'y cueillir ces fleurs les plus proches des étoiles : la gentiane dorée, l'aconit couleur de l'orage, l'euphorbe, l'orpin, l'arnica, le lys-martagon aux clochettes roses. L'heure était claire encore. Les nuits de la Saint-Jean ne font qu'un long crépuscule où du couchant au levant une pâleur tourne sur le bord du ciel. Pauline et Lucie, se tenant par la taille, étaient assises sur le Grand-Blanc. Mariette allait, s'arrêtait pour déterrer et gratter de son petit couteau des racines de réglisse. On montait et l'on descendait par sept ou huit montagnes basses. Mais, sur ces empans d'airelles et de gazon, ils auraient marché toute la nuit, comme s'ils allaient au-devant d'ils ne savaient encore quel royaume du matin.

« Nous approchons de la Fouont-que-Parce. Nous y souperons, et il ne faudra qu'une heure pour être à Pierre-sur-Haute. »

Cette fontaine est creusée comme une jatte. L'eau vient de plus haut. Elle sort en sautelant et en bouillant, si glacée que Gaspard obligea les jeunes filles à y plonger les mains un moment avant que de boire.

Ils soupèrent, assis en rond sur les pieds-de-chat, les pensées, d'autres fleurs dont ils ignoraient le nom, peut-être la fleur du baume ou bien la fleur qui chante. On se sentait le cœur donné aux brises.

Soudain la lune se leva, derrière une roche. Elle poussait et grossissait, toute d'une lueur nue, sortant de derrière l'épaule de la pierre, ainsi que quelqu'un qui serait venu les voir. On ne pouvait cesser de tenir les yeux sur elle.

La solitude, la compagnie de cette lune, éclatante comme une grande patène d'or inexplicable, cette paix de lumière et le silence de la nuit, tout cela donnait le désir de pleurer doucement.

Il faisait tiède. Un peu de vent passait, avec l'odeur mêlée des herbes de senteur. Et Lucie commença de chanter à mi-voix. C'était une chanson de bergère :

Un soir, un soir, tout en me promenant,
Sur les pâturages,
Parmi les monts, j'ai rencontré
Une rare beauté.
Grand Dieu, qu'elle est aima-a-able!...

Ses amies s'étaient prises à la suivre en son chant. Leurs voix montaient selon le vieil air amoureux et solennel :

— Oh! non, oh! non, ne vous en moquez pas,
Ma charmante belle,
Car vos beaux yeux et votre ardeur
M'ont tant ravi le cœur,
Cent fois la plus aima-a-able,
Que je suis votre serviteur
Pour faire votre bonheur.

— Mais mon bonheur n'est que parmi ces monts,
Sur les pâturages,
Tout en gardant mes agneaux blancs,
Où les oiseaux des champs
Chantent quelques rama-a-ages.
— Ils ont chanté mille bonheurs
A ton aimable cœur.

L'air lentement se formait, s'étendait en basse note, se relevait comme fait l'arbre qui a ployé au vent. Entre l'herbe et les étoiles, cette histoire d'un ancien amour revenait prendre vie et voix.

— Adieu, adieu, à tous mes agneaux blancs,
Et à ma montagne!
Il faut donc quitter les champs
Et suivre les grands rangs,
Complaire à la noblé-é-esse.
Puisque Dieu l'a destiné,
Allons nous marier!

La lune donnait en plein. Les quatre jeunes filles se tenant par la main chantaient. Et cela aurait fait attendre les anges de retourner en paradis.

Gaspard comptait les conduire à un buron où dormir dans la fenière. Mais le foin de la montagne est de si forte odeur qu'il entête. Il faudrait bientôt repartir, afin d'être au sommet pour le lever du soleil. (Le matin de la Saint-Jean, le soleil danse à sa sortie, comme s'il balançait à pousser encore vers le nord, du côté de nuit, ou bien à revenir déjà vers le midi, le côté de jour.) Alors, comme la nuit était avancée, ils préférèrent se reposer là même.

Le moment venu, Gaspard entraîna la caravane. Bientôt Pierre-sur-Haute leur apparut comme une masse de rochers détachés et de gazon, levée contre le ciel. Il y eut à gravir une côte malaisée, où chacune accepta la main de son ami.

C'était la roche nue, une sorte de blanc où ils s'assirent, les jambes pendantes. Ils avaient au-dessous d'eux tant de pays que les jeunes filles n'en pouvaient revenir. Elles s'émerveillaient d'être là plus haut que le puy de Dôme, qui paraît si haut dans la nue. Le Dragon nommait par leurs noms les puys à la file, montrait les monts d'Or, le Cantal. Elles ne se lassaient point de tant et tant d'espace : et de ce côté le Forez montueux, ses bourgs, ses châteaux, ses étangs; les montagnes des Cévennes, celles du Dauphiné; et dans ces reculées, comme une traînée de sel, les grandes Alpes.

« Regardez! »

De leur dentelure montait une chose sombre que Benoni compara au fond d'un chaudron. Le soleil en sortit, en palet de fer rouge. On aurait dit d'une éclipse. Depuis un grand moment, jusque dans les hauteurs, l'air s'était teinté de rose; mais un rose si pur, d'une pureté si vive, si matinale, si fraîche... Au sortir de cette nuit de voyage et de chant sur les montagnes, la tête montée, le cœur remué, savaient-ils bien encore où ils étaient? Le ciel semblait un grand ange d'aurore aux ailes ouvertes sur un monde d'argent, de feux légers et de merveille.

Et eux, ils étaient là, seuls, parmi les blocs arrondis par les âges et les hautes fleurs étincelantes qui commençaient de pencher sous la rosée. Ils regardaient ce matin en allé vers le paradis, ces étendues, cette lumière. Le soleil en Dieu se levait, sur ce ruban de pics lointains au bord du monde.

Il s'éclaircissait, lançant des rais qui éblouissaient l'œil : on n'en supportait plus la vue. Alors les Alpes commencèrent de flotter en vapeurs, et le regard se perdit sur des fantômes de montagnes. Déjà touchées, les cimes d'un bleu brouillé luisaient d'un pâle incarnat. Des nuages naissaient dans les pendantes vallées, se déroulaient comme des fumées, dont se rejoignaient les têtes rondes. Entre leurs glissements, de larges campagnes apparaissaient, si fines dans l'éloignement qu'on distinguait le trait d'un chemin montant vers une chapelle ou une tour déchiquetée sur une butte. Le silence allait encore à l'infini sur la montagne. C'était bien le pays où l'on ne meurt point, où de mémoire d'homme on n'a vu porter Dieu à ceux qui passent l'été dans les burons. Car il semblait que l'on bût là de la jeunesse et du bonheur.

Le vent s'était levé, après le soleil. On aimait respirer sa bonne violence. Mais il fallait se tourner de flanc pour lui résister, et le froid se faisait plus vif. Gaspard emmena les jeunes filles vers la jasserie de la Richarde. Ils dévalèrent entre les ramas de roches, les pieds rebondissaient sur cette épaisse laine d'airelle et de réglisse. Sous la pente, dans un lacis de fissures, l'eau riait et brasillait au soleil.

Le vent redoublait d'haleine, retournant et faisant étinceler les feuilles côtelées des gentianes. Pauline et Lucie, serrant les épaules, tâchaient de marcher à l'abri du Grand-Blanc.

Les jas, les burons n'étaient que de misérables cahutes couvertes de pièces de gazon fichées par des chevilles. Le premier qu'on ouvrit parut si sale que Lucie se pendit au bras de son ami pour l'empêcher d'entrer. Dans le voisin, ils furent accueillis par une vachère à l'air doux et tranquille. Elle y passait l'été seule avec sa sœur; mais la coutume de la montagne voulut qu'elle reçût les voyageurs comme eût fait sa maîtresse. Sa baratte était pleine d'un beurre encore en lait qui sentait toutes les herbes du pâturage. Ce beurre, la fourme, la tourte, elle apportait tout. Et de jeter des bourrées dans le feu, et d'envoyer sa sœur faucher une brassée toute fraîche pour le Grand Blanc.

Les garçons s'assirent sur la pelouse. Ils n'auraient pas tenu dans la salle, bien qu'il n'y eût là que le lit, quelques pots et seilles et la selle à faire des fourmes. Les mains aux hanches, la vachère regardait déjeuner les jeunes filles et riait d'aise de leur voir si grand appétit.

« Vous êtes nouvelles par ici? Vous allez vous perdre. »

Elle avait attendu que leur première faim fût apaisée pour tâcher honnêtement de leur faire dire d'où elles venaient. Déjà prête à tout leur montrer : la fenière, l'étable, traversée d'eau courante, où un tronc de sapin garni de fromages en bûches blanches était suspendu, le cellier où les fourmes « se faisaient », alignées sur des planches.

Gaspard remarqua que ses yeux revenaient toujours à Pauline. Il sut s'y prendre, et elle raconta que trois jours avant, à l'heure où l'on lâche les vaches, un enfant avait passé qui avait quelque chose de cette demoiselle. Elle lui avait donné une écuellée de lait et un morceau de pain. Le pauvre demandait son chemin pour aller en paradis, voulant dire, pensait-elle, à Pérotine, à l'Ermitage.

A ce moment, Plampougnis passa la tête par la porte : « Venez voir qui nous arrive.

— Ma tante? fit Lucie, un peu tremblante.

— Non, une bonne visite. Mais venez voir. »

QUATRIÈME PAUSE

Conte de Barthaut et du pendu. — La caravane sur le plateau. — Conte de M. Amédée et du pauvre homme.

Ils virent le Barthaut qui arrivait, un grand bâton à la main, comme un pèlerin.

« Où a-t-il pris ces bottes? »

Le bonhomme était chaussé de bottes magnifiques, qui ne l'empêchaient pas de tirer la jambe misérablement.

On lui fit fête, on le conforta de lait chaud et de tartines, on le retapa du mieux qu'on put. Lorsqu'on lui demanda ce qu'il était venu chercher en ces quartiers :

« Je suis plutôt venu y laisser qu'y chercher », soupira-t-il

Gaspard demanda d'un clin d'yeux qu'on les laissât seuls. Les jeunes filles allèrent faire un somme dans le foin, tandis que les garçons s'allongeaient sur l'herbe, à l'ombre du buron.

Alors le bonhomme raconta tout à Gaspard.

Mais il faut arranger les affaires. Ce qui arrive dans ces montagnes des chansons semble vouloir tourner à la folie. Voici comment le Dragon narra toujours l'histoire.

« Chaque année, au printemps, le Barthaut avait des tournoiements de cerveau. Un jour il rencontra le médecin de Fournols sur la route.

« — Envoyez-moi de votre eau dans une fiole, j'examinerai le cas. »

« Le lendemain la Dorothée passa par le Monestier, allant à Fournols assister à quelque clôture de mission. En homme simple et naïf, le Barthaut lui parla de sa santé : elle, qui grillait de se mêler de tout, se chargea de la bouteille.

« En chemin, pour se faire valoir, elle la montra bien à quatre ou cinq connaissances. Elle bavardait avec la Jeannette au haut d'un pré, lorsqu'elle voit un peu plus bas la Victorine. Elle va la joindre. Le chien, cependant, en jouant, renverse la fiole, qui roule, se débouche. La Jeannette court, la rattrape. Mais dedans, plus rien. A ce moment, regardez les choses, une vache à deux pas de là arrosait le pré. La Jeannette n'eut qu'à tendre la fiole. Elle la rebouche, l'essuyant d'une poignée d'herbe. « Anen, co se counnitra pas, co se counnitra pas! »

« Aussitôt à Fournols, la Poule-Courte porte cette fiole au docteur Meissoux. Il remplit un verre, y verse trois gouttes d'une drogue... Puis il se gratte la tête, jette le tout, recommence en y mettant le nez de plus près. Le voilà, l'œil tout riant, qui hausse le sourcil.

« — Ce n'est guère croyable. Cependant impossible de « dire autre chose : le maître d'école va faire le veau, « il va le faire! »

« La Dorothée, la cervelle renversée, part, en tous ses états. Elle pétillait tellement d'avertir le Barthaut qu'elle regagna le Monestier presque sur l'heure.

« Lorsqu'il la vit, il comprit qu'il arrivait de l'extraordinaire. Que de façons et de mystères, avant qu'elle lâchât le paquet! Enfin elle le lâche. Le Barthaut s'assoit. Ça le coupait en deux, comme on dit. « Pareille histoire dans le village! Que devenir? »

« Tout confondu, tout perdu, il met la clef sous la porte, ce même soir de Saint-Jean, descend à Ambert, traverse la ville, et prend la montagne. Il avançait le pas comme un dératé. Mais il avait mauvais marcher sur ces pentes de pierres, de fougères, de racines. Ses souliers étaient des souliers découverts, ainsi qu'en portent les gens d'Eglise. « Ah! si seulement tu avais des bottes! » La lune de minuit achevait de lui brouiller la tête. C'était au fond des bois, montant vers la Fourtiche. Tout à coup, au clair de lune, il vit un homme pendu à la branche d'un gros fayard. Et ce pendu avait des bottes. « Il me « faut ces bottes, le pauvre n'en a plus besoin; je récom- « penserai la famille. »

« Il tire sur les bottes, il tire. Mais les jambes avaient enflé. Et d'un côté, de l'autre, je te tire, que tireras-tu? A la fin, les bottes viennent. Le Barthaut, épouvanté, les prend sous son bras et se sauve. Derechef il va, va devant soi, dans le vent, dans la nuit, ne sachant plus rien, jusqu'au moment où il aperçoit une lumière, une maison. Il toque. On ouvre.

« — Faites excuse, nous n'avons même pas une paillasse « à vous offrir. »

« — Seulement me laisser asseoir au coin du feu, sur « cette paille?

« — Prenez vos aises. Nous, nous nous trouvons avoir « bien à faire, cette nuit!... »

« Ces gens étaient en effet empêchés à aider leur vache qui mettait bas. Le veau venait mal. Il naquit à demi mort. On le porta sur la litière préparée devant le feu, on le posa près du maître d'école, qui sitôt tombé là s'était endormi comme une souche, le nez dans son gilet. Et l'on s'en retourna à l'étable soigner la vache.

« Ce petit veau, pourtant, avait envie de vivre! Le feu le remet en point. Il tend le mufle, il beugle, il éveille le Barthaut, qui se dresse en sursaut. Ouvrant tous les deux des yeux ronds, le veau et lui se regardaient. « Ça y est! « ha, ça y est!... » Le Barthaut se jette sur les bottes, en fait tomber je ne sais quoi qui y était resté, les enfile, enfile la porte et puis se sauve à l'aventure dans la montagne.

« Moins d'un quart d'heure après, la bonne femme rentre. Elle trouve le veau tout debout sur ses pattes, qui flairait les souliers à boucles, et deux, trois doigts de pied venus avec les bottes, traînant là, dans la paille...

« — De la vie des vivants, le veau a mangé l'homme! « Il n'a laissé que ses souliers et ses arpions!... »

« Ils n'allaient pas parler d'une pareille histoire. Le Barthaut encore moins qu'eux, mes bonnes gens. De sorte, concluait le Dragon, que personne n'en a jamais rien su, pas même moi qui le raconte. »

Non, mais, le Barthaut, croit-on, savait par l'un ou par l'autre que l'enfant devait errer dans la montagne. Il avait toujours rêvé de le retrouver et de le ramener lui-même aux Escures. C'était sa folie. L'idée de la joie qu'aurait Anne-Marie lui chavirait la tête. Il s'était donc mis en route. Et il avait eu sur le soir les pieds horriblement meurtris, juste au moment où il se voyait sur les traces de l'enfant.

Alors il avait désiré des bottes de tout son cœur. L'affaire ne tenait plus qu'à cela. Avec des bottes il rejoignait le petit garçon, et il rendait la vie à Anne-Marie. Làdessus, la cervelle brouillée de fatigue, il avait aperçu un pendu dans le bois, un pendu qui avait de si belles bottes...

Et puis, au matin, bouleversé par son vol, il n'avait plus eu que le désir de disparaître.

Gaspard cependant s'impatientait. Le soleil était déjà haut. Il appela les jeunes filles, qui sortirent de la fenière, des brindilles de foin encore plein leurs cheveux, mais fraîches comme des feuilles de mai. Et les voilà prêtes à repartir.

Le Barthaut les considérait, si vives, si roses, près de leurs amis, sur la pelouse. Le bonhomme se passa la main sur le nez, balança, puis demanda doucement à Gaspard ce qu'ils faisaient à Pierre-sur-Haute.

« Hé! vous voyez. Ils sont quatre qui ont enlevé chacun sa chacune. Ils les emmènent peut-être en Suisse où il y a des ours, peut-être en Italie où il y a des brigands...

— Mais, Gaspard, il faudrait les marier.

— Chargez-vous-en. Moi, je suis là pour chercher le petit Henri. Je vois bien qu'ils vont prendre leur volée sans nous. »

Le Barthaut paraissait fort en peine. Il songea un moment, rougit, demanda si toute cette jeunesse suivrait au cas où il lui apprendrait que le petit Henri se trouvait en certain lieu... Eh bien — et il devint écarlate —, eh bien, s'ils voulaient l'accompagner, ils trouveraient l'enfant au couvent de l'Ermitage.

Gaspard avait presque décidé de s'y rendre. Une hâte le poussait. Tous étaient reposés. On hissa le Barthaut sur le Grand-Blanc, qui se mit en route, un pied après l'autre.

Le vent s'était calmé. On suivait les crêtes en plein

ciel, de château de roches en château de roches. Des lézards noirs comme des racines couraient entre les gentianes. Quelquefois on apercevait, au loin, un très grand troupeau de vaches en ligne, tout brillant. On allait bon train, comme si l'impatience de Gaspard roulait dans le sang de tous. Le Dragon passait l'œil de tous côtés sur ces espaces lavés de vent et de soleil. Mais quel soleil étrange! Il cuisait sur le dos de la main, pis qu'une drogue. Mariette taquinait Lucie, lui assurant que son nez était devenu comme une engelure. Les cris, les rires se suivaient pour des perdrix qui s'envolaient devant Benoni, pour un criquet aux ailes vermillon qui s'abattait contre le genou de Pauline. Sur ces hauteurs, avec tant d'air bleu devant eux, ils se sentaient comme les rois du monde.

Le Barthaut, dodeliné, regardait de haut la troupe avec un certain air de malice et d'encouragement qui ne laissait pas de surprendre Gaspard.

Mais Gaspard revenait toujours de l'œil aux bottes du bonhomme. Il ne cessait de faire des suppositions sur ce pendu, et, sans s'en douter, il pressait encore le pas.

Il sut par la suite que dès ce moment il avait brûlé. Ce fut bien M. Amédée qu'on trouva étranglé sous un hêtre, à trois cents pas du pavillon de la Fourtiche. On le trouva la figure à moitié rongée par les fourmis, ne ressemblant plus à rien. Lui, l'homme le plus riche du pays, et si jeune, si beau mangeur, si fort de moyens et de santé! Dire qu'on se croit tant!

La famille parla d'une congestion, puisqu'une congestion avait emporté M. César. Mais on a su que M. Amédée, qui avait alors les allures d'un homme traqué, avait été aperçu en compagnie de deux messieurs. Une certaine nuit d'orage, des ombres furent vues passant de chambre en chambre derrière les fenêtres du percepteur. Et les deux étrangers disparurent cette nuit même. Quant à

Elmire, retrouvant les papiers du défunt c'en dessus dessous, elle faillit sécher de rage; mais elle ne déposa aucune plainte.

Les métayers portèrent, selon l'usage, la bière au cimetière sur leurs épaules. Il se murmura que cette caisse était bien peu lourde. Si peu lourde qu'elle devait être vide. L'orage de la nuit des ombres fut d'ailleurs tellement sauvage qu'on n'y voulut point voir un orage comme les autres. N'y a-t-il pas des nuits ainsi faites pour les démons, où ils viennent par le milieu des airs chercher non pas seulement les âmes, mais les corps mêmes?

Gaspard fit parler des gens. Les têtes étaient en l'air après les accidents extraordinaires des temps derniers. On racontait qu'un pauvre homme, le vieil oncle du filleul, faute de quittance, allait avoir à payer une seconde fois sa taille.

Un jour cet homme travaillait dans son pré, mais l'ennui le mangeait si fort que par moments, il lâchait le taille-pré pour s'arracher les cheveux. Tout à coup il vit devant lui un monsieur à cheval qui lui demanda ce qu'il avait pour se traiter de la sorte. « Ce que j'ai? Ah! j'ai bien de quoi, monsieur! » Et il amena son histoire. « Est-ce là tout? Monte en croupe. Nous irons trouver quelqu'un qui te renseignera. »

Ils partent et ils arrivent... où ça? En enfer. Là, pour se dissiper, des bourgeois jouaient aux cartes, et tout premier M. Amédée. « Te voilà, toi! Tu es cause de ce que je souffre. — Mais vous êtes trop bien ici! — Tu crois? Pose ton taille-pré par terre. » Le feu saute, et en moins de rien l'outil devient rouge. « Tu viens pour la quittance. Eh bien, elle est dans le salon de compagnie, derrière la glace. » Puis il le tire par la manche : « Ecoute, on te repassera par l'endroit où on t'a pris : demande bien poliment qu'on arrête. Si l'on n'écoute pas, ne regarde pas s'il trotte ou galope : laisse-toi couler sur le cul du cheval. N'attends pas que l'endroit soit passé, malheureux! »

Dès que le pauvre homme se voit dans son pré : « Monsieur, s'il vous plaît, que je descende. » Le monsieur donne de l'éperon à sa bête. L'autre, alors, sans tourner, de se laisser glisser par terre. Comme il se ramassait, il s'entendit crier : « Ah! Chose, quelqu'un t'avait fait la leçon! » Et M. Amédée dut recevoir quelque bon coup de fourche.

C'étaient les nouvelles d'Amédée Chargnat. Gaspard aurait préféré en avoir d'autres, des deux messieurs. Ce matin-là il sentait beaucoup de choses dans l'air et l'esprit remué, il lui tardait plus qu'on ne peut dire d'avoir enfin l'enfant sous les yeux.

CINQUIÈME PAUSE

Arrivée de la caravane à l'Ermitage. — Sur le chemin du paradis. — Conte de l'enfant et de Notre-Seigneur.

Les demoiselles n'avaient plus à s'inquiéter des coups de soleil. On marchait sous le couvert de grands bois de sapins, d'excellente odeur. Ces arbres garnis de filasse et de queues de renards, emperlés de résine aux gerçures de leur écorce, montaient droit jusqu'à plus de cent pieds. Un bourdonnement de bestioles vertes et dorées, qui volaient parmi les rayons, semblait accompagner la caravane. Des places d'airelles, des bouquets de sureaux, des longues pierres brutes polies par l'âge, des mousses lustrées et des verdeurs de lumière, de chancelantes percées de soleil, faisaient un désordre sauvage et gai. Maintenant s'espaçaient de grands sapins antiques aux racines ressorties, aux branches en pattes tombantes, sous lesquelles on se sentait comme dans une église. Dans le demi-jour de ces chapelles, on imaginait des buissons pleins de nids à œufs verts comme la feuille de saule ou de hauts candélabres de fleurs rouges. Et, si l'on avait pu s'avancer jusqu'à ces clartés entre les arbres d'où le bois semblait prendre sa pente vers les plaines, on aurait découvert des royaumes couleur du matin, avec quelque ville aux clochers étincelants dans la boucle d'un fleuve.

Dans les temps très anciens, un seigneur, qui avait assassiné le comte d'Urfé, son maître, chassant un jour dans ces bois, entre la Chambonnie, Noirétable et Vollore-Montagne, vint boire à la fontaine qui sourdait dans une clairière. Il s'attardait là, bourrelé par un remords qui n'avait pas de cesse, lorsqu'il se vit environné d'une lueur. La Bonne Dame lui apparut. Elle lui dit de confesser son crime, d'en obtenir la rémission et de se retirer dans ce désert. Et, pour lui laisser un signe, elle imprima la marque de son pied sur le roc de la Rochette.

Le seigneur découvrit une grotte hantée des chèvres sauvages, défricha un lopin de raves et de choux verts, car le seigle même ne vient pas ici, et mena en ces lieux une vie de pénitence. Les évêques de Clermont y fondèrent pour les missionnaires une église et une ferme. Y avait vécu, au temps du père Marclan et du père Gaschon, le cousin prêtre qu'Anne-Marie vénérait si fort. Depuis dix siècles peut-être, on venait à l'Ermitage puiser l'eau de la fontaine et prier la Bonne Dame, dont on n'a jamais entendu dire qu'elle ait abandonné ceux qui lui ont demandé secours.

L'Ermitage, ravagé pendant la Révolution, tombait en délabres. Mais, depuis quelque temps, deux pères de saint François y vivaient du miel de leurs abeilles et du lait de leurs chèvres.

Devinant sur la droite une large vallée bleuissante, on prit un chemin qui tournait sous les arbres. Un toit de lauze, lissé par la lumière, luisait en trait blanc au haut de la forêt. On monta lentement; des prés se creusaient, où s'étendaient en chapelets des corbeilles d'anémones. Il y eut, retenu par sa levée, un petit étang brun comme aux Escures. Puis une grande bâtisse, une chartreuse, aux murailles bises tachetées d'une rouille couleur de feu. Les fenêtres s'encadraient de lave sombre, sous un toit qui n'était pas fait comme celui des fermes. Au-dessus de la porte on lisait : QVARENTANA. Tout gardait un air d'abandon. Ils heurtèrent, puis entrèrent. Sous ces voûtes, un froid tombait aux épaules. Ils appelèrent sans que personne répondît.

Alors ils gagnèrent, à trente pas, les rochers de Pérotine : des noyaux de pierre érodés, aussi gros que des chars de foin, ici mordus d'un lichen gris et noir, là vêtus d'une peau de mousse déteinte, aplatie par les neiges. Dans les disjoints de leur masse avaient pris racine des touffes de framboisiers et des sapins en aigrettes.

Un escalier grossièrement taillé les conduisit jusqu'au sommet du rocher où était plantée une croix. Et de là non plus, ils ne virent personne.

A longueur de bras, les sapins de velours remuaient lentement leurs rames hérissées, couvertes d'une ruche couleur de cendre. Mais tout partout, par monts et par vallons, que de sapins serrés, comme une laine d'une infinité de brins rêches! D'ici, il semblait qu'on planât sur la bosse de ces forêts, qu'on n'eût qu'à s'élancer pour voler sur elle comme l'ombre traînante des nuages; car son tapis paraissait assez épais et dru pour vous recevoir et vous faire rebondir.

Le Montoncel et des dômes bleus s'en allaient vers le nord. Cette grenaille de maisons, c'était Noirétable; et sa vallée, parmi un monde de collines marquetées par les prés et les bois des paroisses, s'enfonçait jusqu'à la Loire. Dans ses lointains, des yeux d'aigle auraient peut-être retrouvé le Mont-Blanc.

Les jeunes filles ne parlaient plus. Ces pays, ces forêts, ces pierres-fées de la montagne avec leurs noms et leurs signes, tout cela leur en disait trop. Elles ne savaient à quoi s'attendre. Elles revinrent au bâtiment, allèrent murmurer un *ave* devant une croix de pierre dont le piédestal portait des écritures. Sept ou huit très larges degrés de mousse faisaient l'entrée du bois. Mais elles suivirent l'allée au long d'une immense prairie en montée molle, que quelques saules grisâtres coupaient de leurs buissons. On y voyait un oratoire, où coulait la fontaine miraculeuse, et, plus loin, une petite église tombant en ruine. Un père en était sorti, en robe de bure, chargé d'ans, dont la barbe aussi blanche qu'un torrent, descendait jusqu'à l'herbe. Gaspard se détacha à sa rencontre.

Il parla au vieux moine l'espace d'un *pater*. Déjà il se retournait vers eux — Pauline avait compris —, il rougissait de joie. La pensée du bonheur qu'aurait Anne-Marie leur donnait à tous un transport.

Pleins de questions, ils entouraient le père dans l'allée pierreuse. Il les avait regardés de ses yeux bleus, embrumés sur les bords, et cependant plus purs que les yeux des personnes, comme l'air et l'eau d'ici le sont plus que ceux de la plaine. On ne pouvait s'y tromper, disait-il : l'enfant et cette jeune demoiselle avaient vraiment quelque ressemblance. Il était arrivé l'avant-veille. Il se trouvait là, dans l'église.

La singulière pensée : cet enfant tant couru, qu'Anne-Marie, depuis des années, serait allée chercher aussi loin que le soleil, il était là, derrière ce mur de pierres branlantes.

Des semaines et des mois il avait vécu dans les bois

avec les biques, trouvant sa vie de nuit, tant ses yeux étaient faits à l'obscurité, couchant en rond dans les creux, sous les buissons, comme un petit lièvre.

Une femme à la fin l'avait retiré chez elle et lui avait fait garder les moutons.

Un matin, il avait suivi deux dames, telles qu'il n'en avait jamais vu. Elles parlaient du paradis, qui était dans son idée l'endroit des belles fleurs. Et elles disaient qu'on y allait par le chemin des épines. En vaguant dans les pâturages, il avait trouvé une sente bordée d'églantiers. L'odeur des roses sauvages, cette odeur une fois déjà respirée dans son souterrain, lui avait fait croire qu'il était dans la voie.

Il est allé rentrer les moutons et il est venu prendre le chemin avant la fin du jour.

Souvent il a cru s'être égaré dans les landes. Quand il voyait sur la porte d'un buron quelque vachère de figure douce, il osait lui demander le chemin du paradis. Elle l'envisageait sans lui répondre. Quelquefois, elle croyait qu'il voulait aller à Pérotine : elle lui montrait le côté de bise.

Le soir qu'il arriva en vue de l'Ermitage, le ciel était bleu comme les aimez-moi de mai.

Un tel bonheur d'air pur, de pelouses et d'ombrages qu'il fallait que ce fût le paradis même.

Il s'avança vers une église qui l'attendait dans les grandes herbes.

De sa vie il n'avait approché d'une chapelle. Quelques arceaux, c'était ce qui demeurait de celle-là, et des pans de mur où deux vitraux, pourpres et roses, traversés par le soleil, flamboyaient comme des liqueurs. D'un coin, un églantier étendait ses surgeons, et les petites roses dont il était semé avaient des cœurs en poudroiement d'or.

L'enfant s'était assis sur une pierre. Son long jeûne

lui faisait les yeux éblouis et la tête un peu bourdonnante. Il ne dormait pas, mais tout l'enlevait à soi et l'enchantait : tout, l'odeur des églantines, les vitraux allumés de lumière, la vive pureté du temps, tout, jusqu'au remuement des herbes, jusqu'à cette bête à Bon Dieu grimpant vers la pointe d'un long brin qui penche. Son ravissement avait tant d'innocence que les verdiers, les linots, les charlets revenaient autour de lui, plongeant à travers l'église ouverte et vide. Puis la paix s'étalait, l'heure s'élargissait. Il partait, il glissait dans l'air, au-dessus des choses; et c'était si facile : il n'y avait rien d'autre à faire que d'être là, dans le paradis!

A l'heure de l'angélus, un des deux pères a passé, ramenant les chèvres. « La nuit va tomber, petitou, il faut retourner chez toi. » Le père lui a parlé, l'a questionné, puis, voyant qu'il n'y gagnait rien, il est allé conter la chose à son vieux supérieur. L'apparition de cet enfant en ce lieu et ses propos sur le paradis leur ont paru tenir quelque peu du prodige. Ils ont pu l'amener enfin à l'Ermitage, mais non sans avoir dû lui promettre d'abord qu'ils le laisseraient revenir dans la chapelle le lendemain.

Le vieux père, une main sur la tête, lui a fait raconter ce qu'il savait sur sa vie. Ils l'écoutaient tous deux, se regardant, songeant à la folie et à la méchanceté des hommes qu'ils avaient oubliées dans leur montagne. Et il leur paraissait que tout cela devait répondre à quelque secrète volonté de Dieu.

Ils ont gardé là l'enfant, l'ont fait souper comme eux de pain bis et de beurre. Ensuite ils l'ont mené dans une chambre blanche, où se voyait un très grand crucifix dressé à la muraille.

Lorsque l'enfant s'est trouvé seul, il a considéré longtemps ce crucifix.

« On a percé vos mains et vos pieds, on vous a cloué à ces pièces de bois... »

Il pensait qu'il avait eu souvent peur des hommes dans la cache, mais qu'il n'aurait jamais imaginé de voir un être humain traité si cruellement. La compassion lui enflammait tellement le cœur qu'il ne songeait plus à dormir. Il touchait doucement les pieds et les mains de Notre-Seigneur, la plaie de son côté, et lui parlait. Il lui disait qu'il savait ce qu'il ferait le lendemain pour adoucir un peu ses blessures.

Le lendemain il n'osa rien demander, ignorant qu'il était, innocent et sauvage. Il a pris son petit repas avec les deux pères et il a passé sa journée dans l'église, parmi les fleurs d'herbe et les oiseaux, mais rêvant aux moyens de soulager le soir l'homme blessé de la chambre.

Le soir, les ermites l'ont ramené pour le faire souper avec eux, suivant leur ordinaire, de beurre et de pain bis. L'enfant s'est arrangé pour ne manger que son pain, gardant le beurre dans les feuilles fraîches de gentiane dont il avait fait provision.

Le plus jeune des pères s'est avisé de quelque chose. Il couchait dans la cellule joignant celle de l'enfant, et, la veille, il l'avait entendu parler sans comprendre son dire. Il se proposa de l'écouter mieux ce soir-là.

Une fois seul dans la chambre, l'enfant s'est approché de Notre-Seigneur pour oindre ses cinq plaies. Et d'un cœur tout en feu, il lui parlait encore : « Dites-moi si je fais bien et si cela soulage votre mal? »

Et Dieu lui a répondu. Il lui a dit que cet acte d'amour était un soulagement à ses grandes douleurs; qu'Il s'en reconnaîtrait, et qu'Il l'aurait un jour assis à son festin dans la demeure de son Père.

Au matin, l'enfant, prenant confiance, a répété au vieil ermite ce qu'avait dit le malheureux homme cloué à ce bois contre le mur de la cellule.

« Mon enfant, dis-Lui ce soir que je voudrais moi aussi avoir part à son festin. »

Le soir, l'enfant s'est entendu répondre que le vieux Père pareillement serait à ce festin, et que, maintenant, son temps était proche.

D'autres ont conté d'autre façon l'histoire du petit Henri, mais celle-là demeure la plus belle.

« Nous allons prendre le carrosse de saint François », avait dit le père en souriant aux demoiselles.

Mais, sur ses jambes, il n'allait pas bien vite, et cette jeunesse bouillait. Ils arrivèrent pourtant à l'église. On eût cru qu'une stupeur de joie les liait tous. Le pauvret, lui, d'abordée reconnut Pauline, et il n'était aucunement surpris de la revoir. Ce qui le surprenait, plutôt, c'était de ne pas voir la dame qu'il attendait, et qui ne pouvait manquer d'être dans le paradis.

Les jeunes filles ne se lassaient pas de le contempler, si pâle, si maigre — on lui eût compté les dents à travers les joues —, mais de si claire figure, avec ses yeux brillants, qu'il fallait lui sourire. Elles souriaient et en même temps pleuraient à pleins mouchoirs. Le Barthaut, lui, pleurait comme on saigne du nez. Les garçons, tout secoués, étaient sortis dans le chemin.

Ils bataillaient contre Gaspard. Sans craindre de surmonter de fatigue le pauvre bon Grand-Blanc, ne voulait-il pas partir pour les Escures? Eh bien, il allait descendre à Vollore, louer un cheval... Le vieux père, que le Barthaut, en s'essuyant les yeux, venait d'entretenir à l'écart, lui demanda de ne se mettre en route qu'après sa messe du lendemain. Les jeunes filles promirent que tous y assisteraient, et prièrent le père de la dire en actions de grâces dans cette église même où avait été retrouvé le petit Henri.

SIXIÈME PAUSE

Le réveil à l'Ermitage. — Messe dans la prairie. — L'été sur la montagne.

En s'éveillant il se vit dans une chambre blanche où le soleil entrait. Il crut un instant au rideau blanc plein de soleil qu'il avait devant soi en ouvrant les yeux, dans l'enfance, le matin de Pâques. La joie d'alors, la même, mystérieuse et sans cause, le soulevait encore.

Aussitôt son idée le jetait hors du lit. Il faut qu'Anne-Marie sache! Vite et vite. Il fait du vent. C'est le vent du beau temps. La journée sera bonne pour lui rendre son petit garçon.

Le père avait ouvert aux demoiselles un bâtiment séparé dans la cour. L'enfant était avec elles. La Fanchon, d'ailleurs, ne l'aurait pas quitté, ni pour prières, ni pour menaces.

Leur caravane, dans la matinée, redescendrait sur Olliergues. Lui, il allait partir, dévaler par les bois, trouver un cheval, et galoper de bourg en bourg, plus vite que la poudre et le vent du matin, avec cette joie au bout de sa route.

Il oubliait la messe du père. C'était vrai qu'il y avait des grâces à rendre. Et c'était bien ainsi. Il y aurait même plaisir à rompre cette promptitude, puisqu'elle n'allait à rien qu'on pût faire, seulement à de la joie. Cependant, il ne tenait pas en place. Il courut se laver à grande eau à la fontaine.

Comme il revenait, il avisa les bottes du Barthaut.

Sa tête avait dû travailler dans le sommeil. Tout d'un coup ses idées se rejoignirent, s'éclairèrent. Ces bottes, mais ce sont celles de M. César. Amédée les portait, le gland d'or enlevé pour le deuil. Ce sont celles d'Amédée... Il les prit, les palpa. Il avait une oreille à entendre pousser l'herbe : il lui sembla que sous ses doigts une des tiges crissait un peu. Il passa la lame de son couteau entre le cuir et la doublure, ramena un feuillet.

« *Je soussigné, Joannès Coussangettes, banquier, reconnais et déclare qu'encore que, par diverses obligations passées aujourd'hui devant Me Pannetier, notaire à la Pointe-à-Pitre, il paraisse que le sieur Jérôme Grange me doive des sommes montant à trois cent vingt mille francs, la vérité est qu'il ne me doit rien et que je n'ai accepté lesdites obligations qu'à sa prière et pour lui faire plaisir; desquelles je le décharge entièrement, ainsi du payement desdites sommes...* »

Amédée avait dû cacher le papier là, ces derniers jours, soit pour le soustraire à ceux qui le chercheraient chez lui, soit pour pouvoir en racheter sa vie, au cas d'un trop grand péril. Gaspard relut; ses yeux se foncèrent comme quand il s'animait; il écouta ses compagnons qui se levaient dans les cellules voisines, plia la contre-lettre et la mit dans sa poche.

Il aimait faire et ne rien dire.

Une cloche tinta dans le soleil sur la montagne. Entre les feuillages pendants, encore moites de nuit, et les fougères trempées, s'illuminent les métairies où la femme à genoux ravive les braises; les châteaux de tours rondes où les pigeons remuent au premier trait du soleil, au-dessus de la chambre à fleurettes de la demoiselle; les villages où les attelages de vaches viennent savoir aux fontaines quel goût aura l'eau ce matin.

Gaspard restait debout à la fenêtre ouverte. Dans sa tête, l'enfant, la contre-lettre, Amédée et les autres, faisaient un peu la sarabande. Mais il ne se laisserait entamer par rien, pas même par la joie.

Le soleil montait, prenant le ciel pour lui tout seul. Les compagnons s'appelaient dans la cour, les jeunes filles les rejoignaient sans presque se faire attendre. Un aigle, porté par les courants de l'air, tournait là-haut comme pour les couronner tous au nom de la montagne. Les fumées d'encens du matin, déployées en contrebas sur les collines, s'élevaient et s'évanouissaient comme des anges. Les contrées, les cantons des sorbiers et de l'herbe, des pommiers et du seigle, avec tous leurs endroits de travail et de vie, s'éveillaient à présent, au large de l'espace. Le métayer, considérant de la porte le temps qui se mettait au beau, décrochait pour la faire chanter la faux éblouissante. Les filles avaient envie de prendre leur mouchoir de cou le plus rouge, et de chanter en battant le linge au puits-fontaine. Tout le peuple de la campagne sortait pour être heureux en face des monts fumants et roses.

Gaspard aurait voulu déjà galoper sur la route. Mais il devait arriver ce matin-là à tous ces amis et amies, un accident de grande conséquence. Ils se virent brusquement en face de la chose. Tout s'était préparé sans qu'aucun s'en doutât, et il eût même été trop tard pour reculer.

Dans le chemin, simplement, le vieux père leur annonça qu'il allait les marier. Barthélemy ne leur avait parlé du petit Henri à l'Ermitage que pour les amener devant l'ermite. Et son mensonge, à lui si candide et si vrai, ne put même pas en être un. Le père vivait en grand air dans les monts, sans rien vouloir savoir de ce qui n'était pas la voie droite. Lorsque le Barthaut l'eut entretenu et qu'il eut considéré ces jeunes gens, il décida de leur donner la bénédiction nuptiale. Car il n'y a pas tant à tourner : la simple déclaration faite devant un prêtre qu'on entend se prendre pour mari et femme comportait autrefois le mariage. Et cette volonté, voilà le sacrement même; ni arrêtés, ni règles ne vont contre cela.

Lucie fut la première à donner son accord. Mariette ne marchanda pas longtemps. Fanchon acceptait aussi de se marier, mais ne quitterait pas le petit garçon avant de l'avoir remis à Mme Anne-Marie.

Pauline avait pris Valentin par la main. Elle lui dit à mi-voix qu'elle était pauvre à présent, et qu'elle avait moins d'orgueil que lui, car on pourrait raconter qu'elle avait su profiter des apparences pour conclure son mariage.

« Si vous vous embarrassez de considérations, c'est que votre amitié n'est point pareille à la mienne.

— J'aurais aimé leur jouer le tour, et Barthaut le leur joue. » Ainsi songeait Gaspard, tandis que le père, avant de les confesser, leur adressait quelques paroles.

« Oui, le père a raison : c'est beau l'homme et la femme habitant la maison et ne faisant qu'un par le cœur. Il s'agit seulement de savoir si vous avez trouvé la femme de toute votre vie, celle avec qui vous pouvez tout partager. Vous n'aurez plus rien à vous seul. C'est cela, le mariage, cette espèce de pacte contre nature, cette foi donnée afin qu'on puisse au moins s'assurer sur l'amitié d'un être. Qu'est tout le reste, qui n'est pas cela?

« Eh bien, encore aujourd'hui, je sais qu'avec Anne-Marie ç'aurait été cela. Mais qu'est-ce que j'étais, moi, pour avoir droit au bonheur? »

L'ermite le moins âgé avait dressé, dès l'aube, un autel de roches et de gazon. Des carreaux de pierre bruts, à plusieurs pans, comme des cellules d'abeille, entouraient d'une marge la petite église. Le soleil buvait déjà sur les foins toute l'eau de l'aurore. Des lotiers, plus éclatants que le genêt, et des trèfles roses, poussant dans les joints, envahissaient la place et le parvis, au-dedans même des murailles rompues. La prairie se mêlait ainsi aux ruines. Et il n'est pas de prairies sur terre qui portent de plus grandes fleurs et à plus grand foison que celles de l'Ermitage.

Leur foin bougeait, aux souffles qui couraient sur sa houle comme des fumées roses ou rousses, couchant et roulant par ondes toute sa fine bourre de panaches, d'aigrettes, de pinceaux, de massettes et de pampilles. Les fleurs, là-dedans, c'étaient cent mille personnes d'un monde de couleur. Sur les bords, la verveine et des touffes de mauves bleues aux feuillages en ramages; et, dans les creux, ces soucis d'eau luisants qu'on a nommés des joyes, de hauts bouquets de reines des prés, des angéliques; la marguerite, qui sait les secrets, et l'arnica qui est comme une marguerite jaune; la centaurée, le nez-d'ivrogne, le silène, l'orpin, le mélilot, le lychnis, la bourrache; des boutons d'or aussi gros que des anémones; et partout la pensée avec la campanule, l'œillet de la montagne et le mille-pertuis, le sceau de Salomon, le gant de Notre-Dame. Toutes, toutes, en astres ou en rosaces, en grappes ou en clochettes, on les découvrait, peintes à vif dans leur fraîcheur mouillée. C'était la fête des fleurs, une fête qui rafraîchissait le sang; et l'on comprenait que ce lieu eût paru à un petit garçon l'entrée même du paradis.

Quel bienheureux silence! Les jeunes filles s'étaient agenouillées sur leurs mouchoirs. Gaspard, d'un long regard, ne lâchait plus ces couples. Valentin avait pâli. Très lentement, comme sans bouger, il levait une main, touchait d'un doigt le coin de son œil, redevenait immobile. Il dit son oui assez bas, en appuyant de la tête, à peine, avec une gravité d'émotion qui saisissait. Pauline, au contraire, était fort rouge, et ouvrait de grands yeux brouillés et brillants. Le oui, elle le murmura, mais en le marquant bien. « C'est tout de bon, songeait Gaspard, et tout le cœur y entre. Que de pareilles choses soient, voilà qui vous réconcilie avec la vie. Ce que nous n'avons pu faire, eh bien, que nos amis sachent le faire pour nous. »

Mais le Grand-Blanc hennit, là-bas, vers l'Ermitage, comme s'il annonçait du nouveau, une arrivée. Les jeunes filles, mariées maintenant à la face du ciel, suivaient la messe sans détourner la tête. Gaspard se déplaça, de façon à tenir le chemin sous son regard.

Il crut entendre un pas léger, suspendu, dans les pierres. Le vieux père élevait l'hostie, la chair et le sang. Le pas reprit, derrière les saules. Gaspard vit, devançant Grange et Jean Domaize, et, déjà toute proche, Anne-Marie.

Lorsque, en arrivant au moulin, elle avait appris qu'ils étaient tous ainsi partis pour Pierre-sur-Haute, elle l'avait pris assez mal. Peut-être n'était-elle pas sans se douter de ces espérances sur son petit garçon. Là-dessus, on ne la trompait guère. Si fin que fût Martin, il n'y put rien; elle eut vite percé ce qu'il ne voulait pas lui dire encore. Tout de suite, elle avait décidé de rattraper la caravane, avec son père et son cousin Jean.

Comme père et cousin la rejoignaient, au coude du sentier, elle leur fit le signe du silence. Pour approcher sans bruit, elle marchait sur l'herbe. Maintenant elle découvrait ce que lui avaient caché les pans de muraille : ces quatre couples à genoux, si recueillis qu'ils ne s'étaient pas aperçu de son arrivée. Surprise, un peu choquée, amusée peut-être, des yeux elle questionnait Gaspard. Sans paraître comprendre, il l'envisageait d'un air dur. L'officiant disait le *Pater*. Elle s'attacha à le dire avec lui, comme si elle le formait de son cœur : ç'avait toujours été sa prière la mieux aimée, parce que c'est celle que nous tenons de Dieu même. Lorsque le prêtre eut communié, elle ne put s'empêcher de questionner de nouveau son cousin, toujours à la muette. Alors, il s'effaça un peu.

Et elle vit à côté de Fanchon un petit garçon en guenilles.

Elle devint blanche comme sa guimpe, et dut faire un effort incroyable pour éviter de défaillir. Il y eut un instant où les yeux seuls parlèrent. Elle comprit que c'était bien cela, qu'elle ne se trompait point : Gaspard le lui disait.

On ne raconte pas une pareille heure : l'enfant trouvé, ces quatre mariages... Grange, malgré les soumissions de Valentin, ne savait comment prendre la chose. Sur ce point, Gaspard tira de sa poche la contre-lettre.

La tête reportée en arrière, Grange essayait de déchiffrer, mais la feuille dansait sous ses yeux.

« Lis, toi, je ne sais pas ce que je lis, je ne suis pas sûr de comprendre. »

Le papier lu, il se le fit relire. Enfin, tout hors de lui, il jurait qu'il le savait, qu'il l'avait assez dit à tout le monde. Il tendait le papier à Plampougnis, au Dragon.

« Tiens, petit, tiens-le! Tu pourras te vanter d'avoir tenu trois cent vingt mille francs dans tes doigts! »

Gaspard reprit le papier, le remit dans sa poche :

« Je vous le rendrai aux Escures. »

Anne-Marie avait peut-être compris que Pauline était mariée, mais non pas que son père avait recouvré la contre-lettre. « Ce matin-là, dit depuis Lucie, nous nous sommes crus au milieu des étoiles. »

Il faisait chaud, et c'était bon dans ce grand air. La prairie nageait dans l'été. Ces épaisseurs de trèfle surtout, parmi les lotiers et les carreaux de pierre tiède autour des ruines. Du simple trèfle, mais aux énormes boules laineuses, d'un rose ici pâle et passé, là d'un ton aussi franc que la chair de la fraise, tournant au cramoisi, au grenat, au ponceau. Une odeur de miel flottait, si épaisse que Gaspard crut d'abord qu'il y avait dans la muraille quelque nid de bourdons.

Ils s'arrêtèrent, éblouis par ce jour de pleine matinée.

La grande vue, ces lieues de forêt puissante, les blocs de roche et les cimes, de tout cela venait la force. Mais la pelouse, avec son peuple de fleurs et l'innocence de l'immense temps bleu, quelle douceur d'enfance! Cette force et cette enfance ensemble, c'était la montagne. Une rumeur d'abeilles s'étendait, s'enflant dans l'odeur des trèfles et les parfums poivrés qui bougeaient sur l'herbage. O goût, par brûlantes bouffées, de la belle saison! Et ces solitudes semblaient s'enlever de la terre pour monter vers la lumière, ainsi que les rides d'air chaud.

Gaspard regardait contre Anne-Marie ce petit garçon : le fils de Robert. Le cœur lui cognait à coups sourds sous la côte. Heureux, malheureux, il ne savait. Une force l'emplissait comme une onde de sang. Il lui semblait, c'était fou, être une de ces roches, qui dévalaient, là-bas, au gourg du Drac, qui dévalaient à travers les buissons, les genièvres, frappant le sol, allant toujours. Il irait, il ferait. Ce n'était plus la vieille colère de tant d'années, mais un poids tranquille. Un poids tel que de ces masses sous les gazons et les clochettes bleues. Il releva la tête, cherchant la vraie fille de la montagne et la lumière de ses yeux châtains. « Anne-Marie... Et notre vie à nous, que sera-elle? Je ne sais où j'en suis. Mais, pourvu que je sache ce qui est à faire, le reste ne regarde personne. »

LA TOUR DU LEVANT

OU

QUAND GASPARD MIT FIN A L'HISTOIRE

PREMIERE VEILLÉE

PREMIÈRE PAUSE

Le feu du moulin. — Anne-Marie et l'enfant au Cadran-Bleu.

LORSQUE Anne-Marie s'éveilla, *dit la vieille,* elle crut qu'elle continuait son rêve.

... Ç'avait été une longue salle rouge, une sorte d'entrepôt encombré de ballots, de coffres, de bahuts. Sous les fenêtres montait le bruit d'un peuple en émotion. Un personnage qui avait une figure aigre et très rouge aussi, couperosée — certainement son mari, certainement Robert —, les guettait d'un coin de cette salle. Quelle peur l'oppressait. Elle se sauvait, entraînant l'enfant, sans pouvoir empêcher qu'il se cognât aux coffres. Mais alors, comme il arrive dans les rêves, les coffres étaient des mulets chargés de bennes, qui se mettaient sur pied et barraient le passage. Elle essayait d'appeler Gaspard : Mon Dieu, mon Dieu, tout ce peuple s'agitant, discutant, l'empêchait de se faire entendre...

Elle était à peu près éveillée, et l'oppression et le bruit même l'accompagnaient encore. Un bruit vraiment comme d'une foule menant dans le haut des voix son brouhaha de risées et de disputes. Qu'y avait-il?

Soudain, quelqu'un dévala l'escalier: des poings à une

porte : « Le feu!... dans le petit grenier... après celui de l'avoine! »

Le feu! Et fallait-il qu'il fût déjà en train pour qu'en vînt ce bourdonnement dévorant...

C'était la nuit de Noël. On s'en est trop souvenu. Il faisait un vent! un de ces vents du Midi qui arrachent les tuiles et semblent ébranler la maison. Anne-Marie avait amené l'enfant à Ambert : il avait une telle envie de voir la messe de minuit. Et les Escures étaient trop loin du bourg pour lui faire faire le chemin dans la boue, dans le noir. « Gaspard nous conduira en ville. Nous coucherons au moulin de la place. »

Elle sortit du lit doucement, le cœur battant, entrouvrit les volets. Un craquètement à mille pétillements et crépitements lui emplit les oreilles. Des fumées, qu'une rougeur éclairait d'en dessous, filaient sur le toit du hangar. Elle prit à peine le temps de regarder; mais ensuite, elle se rappela s'être dit, du premier coup d'œil : « Ils se trompent : le feu est à l'étable. » Au même instant la buanderie s'abranda. Martin et son gendre le Dragon, d'ailleurs, ont toujours soutenu que le feu avait paru tout d'un temps en trois endroits du moulin.

Les mains tremblantes, elle vêtit Henri, qui commençait de pleurer. Le passage des fumées bousculait le rougeoiement de l'incendie. Ce ronflement s'enflait. Les vantaux du portail tapèrent, rabattus comme par un coup de vent fou, et des hommes à grands chapeaux de paysans se jetèrent dans la cour. Un vieux maigre, apercevant Anne-Marie, lui cria de descendre. Il sauta sur la porte, en bas, essayant de la dégonder, sans doute.

Cela ne dura pas le temps de le raconter. De l'étable les vaches déboulèrent en meuglant, dans des tourbillons d'étincelles. Gaspard et le Dragon les poussaient, les chargeaient de jurons, de bourrades; et ils avaient bien autant de mal à les empêcher de retourner au feu qu'ils en avaient eu à les faire sortir. Brusquement Gaspard fut près des hommes et envoya à trois pas, d'un coup d'épaule, celui qui secouait la porte. Une avalanche de fumée noya la cour. Le tocsin s'était mis à sonner dans la tour Saint-Jean.

Anne-Marie, tenant Henri par le poignet, avait rejoint Mariette. Les cheveux collés aux joues, cette pauvre Mariette errait du palier au lit sans savoir à quoi se prendre. « Moi qui étais si contente! J'avais tout nettoyé pour la fête, tout mis bien propre. » Elle appelait un garçon qui traversait la salle en courant, lui demandait où était son homme, où était son père. « Qu'ils laissent tout! Qu'ils laissent tout! Qu'ils n'aillent pas attraper du mal! »

On galopait lourdement dans les montées. Un tohubohu de pieds nus, de sabots, de cris, d'avertissements. Des flammes s'élançaient à travers les planches du galetas. Dans un poudroiement, des gerbes de bluettes partaient et chaviraient au vent qui roulait en tempête. De là-haut, du clocher, les coups du tocsin s'abattaient l'un sur l'autre. Mais le vacarme du feu, ce grondement d'enfer entremêlé de craquetis, s'étendait, montant dans sa rage, et prenait tout pour soi.

Anne-Marie savait Gaspard là; elle n'avait point de peur. Il revint haletant. Sa chemise et son pantalon ruisselaient. Un vieux manteau militaire était jeté sur ses épaules. Il prit Henri dans ses bras pour le porter au Cadran-Bleu, de l'autre côté du boulevard. Mariette, toute défaite et tout affolée, rattrapait Anne-Marie sur la place, lui remettait un panier, qu'elle l'adjurait de garder avec elle.

L'hôtesse leur donna sa plus belle chambre, celle du lit à galons d'or. — C'était un grand lit carré comme une boîte, et peint en gris. Les courtines de serge verte avaient des galons qui montaient, qui tournaient, qui faisaient des roses. J'aurais pris ça pour une saleté, et à présent on le cherche tant... — Elle aida Anne-Marie à coucher le petit garçon. Devant la fenêtre elles dressèrent un matelas, de peur que ce flamboiement qui l'épouvantait ne l'empêchât de se rendormir.

Du cabinet, elles regardaient. Les poussées de lueur ou les montagnes de fumée, chassées par l'ouragan, battaient les architectures de l'église, s'élevaient contre les jambes de pierre, les galeries hautes, les balustrades, retombaient dans la nuit. Puis les flammes les écartaient en grandes déchirures. On voyait comme en plein jour des troupes de gens grouiller autour du moulin.

Ils déménageaient le logis en basculant tout par les fenêtres. Anne-Marie reconnut Mariette qui arrivait à la croisée avec une pile d'assiettes et la laissait choir sur le pavé. Elle eut la curiosité d'ouvrir le panier tant recommandé : même en tournant tout, impossible d'y trouver autre chose qu'un morceau de savon et des haricots de semence. Il n'y eut que ceux qui pillèrent pour savoir ce qu'ils faisaient, cette nuit-là. Et Dieu sait si l'on pilla! On marchait sur le linge autour des murailles.

Anne-Marie ne se sentait pas en droit de quitter l'enfant, et cependant elle aurait voulu aller assister Mariette. Mais ceux qui étaient encore dans le moulin abandonnaient tout : les encadrements des fenêtres prenaient, les bords du toit tombaient en flambant; la charpente et ses chevrons ne faisaient qu'une carcasse de braise.

... L'hôtesse se glissa dans la chambre. C'était une grosse bonne femme aux seins sur la bedaine, aux joues molles, comme en suif rouge. « Ah! madame, ce pauvre Martin criait : « Sauvez les meubles si vous ne pouvez pas sauver « la maison! Je ne veux pas qu'on passe le plat pour « moi! » Mais que voulez-vous sauver? avec ce vent! »

Elle se tenait là, en cornette et en camisole, les mains posées sur son ventre. « Qu'il s'en faut voir des peines! »

Des clameurs les ramenèrent aux vitres. Un mur en torchis qui penchait — « Ho! ho! » — s'écroula, soulevant une nuée vite attaquée par la rafale. Les hangars où le père d'Anne-Marie entreposait ses marchandises, les greniers, le moulin même, tout flambait. Les flammes volaient en énormes touffes déchiquetées dans ce vent de démence. Des voisins arrosaient leurs volets, leurs murailles. D'autres étendaient des couvertures trempées sur les toitures. « De l'eau! de l'eau! de l'eau! » On se passait les cris comme on se passait les seaux dégoulinants qui n'arrivaient pas à moitié pleins. Et ces dégringolades de solives, ce vomissement de volcan. « Gare! gare! » Des hommes injuriaient le feu en lui montrant le poing. Un peuplier prit comme une torche. La foule recula en poussant des cris. La place et le boulevard fourmillaient de monde. Le curé, M. de Rostaing, qui était podagre et ne sortait qu'en chaise, venait de se faire porter devant le moulin par deux valets en livrée.

« Tout ce côté de la ville y passera, pauvre dame. Un garçon m'a dit que les flammèches allaient jusqu'à Cleurettes. »

L'hôtesse jeta sur Anne-Marie un drôle de regard, rusé, timide, rapide, et se détournant pour se coller à la fenêtre : « C'est un feu mis », murmura-t-elle.

Anne-Marie se sentit perdre souffle. Ces noirs nuages arrivaient sur elle l'ensevelissaient dans leur nuit de malheurs. Elle recula, retourna près de son petit garçon. En se penchant elle le vit, les yeux tout grands comme pour la questionner

Des tambours, s'éloignant, se rapprochant, ne cessaient de battre la générale dans les quatre quartiers de la ville.

DEUXIÈME PAUSE

Les bruits publics. — Visite inattendue.

Le matin vint mouillé et le vent tomba un peu. De grosses vapeurs fuyaient, sur la place, teintes de rose, traînant une odeur de suie si âcre qu'elle coupait l'haleine. Parmi les tuiles cassées et les flaques, des ouvriers envoyaient encore des seaux d'eau aux poutres charbonnées qui sifflaient. Deux pans de pisé restaient debout, cuits comme des briques. Le temps était bas : un de ces matins jaunes de décembre où les montagnes semblent proches sous leurs genêts et leurs pins.

Assis sur une mauvaise chaise, Martin, l'épaule basse, considérait son désastre.

« Je suis découragé, disait-il à Mariette qui aurait voulu l'emmener, j'aimerais autant mourir. — Mourir, pauvre père? Tant de travail comme nous avons! Et s'il y a des petits enfants à élever? — Ha, je ne me sens pas fort. J'aimerais autant mourir. »

Des ouvriers, des domestiques de maison bourgeoise, les petites gens des boutiques, qui revenaient, la soupe du matin mangée, toute une jeunesse blonde ou brune de servantes, de ravaudeuses, de blanchisseuses, tournaient par là autour, s'arrêtaient, repartaient, se montraient une meule éclatée ou quelque cruche verte au milieu des gravats. A la dérobée, on jetait l'œil sur Martin. Des vieilles gémissaient. « Un malheur pareil, ça vous plie un homme! — De la vie et des jours!... »

Lâchant la besogne et se battant les côtes de ses bras pour se réchauffer, un de ceux qui noyaient les décombres racontait comment il avait le premier vu les flammes. Ceux de la campagne arrivaient pour la messe : les femmes toutes lourdes sous leurs capes pesantes, les hommes lents et gauches, avec leurs grandes guêtres embouées, leurs habillements roides et leurs chapeaux plus larges que leurs épaules. Ils traînaient, s'attroupaient, sans trop parler, embarrassant le passage avant de se décider à entrer dans l'église.

On s'entre-regardait. « Un feu mis... » Une sourde fièvre chauffait les têtes. Mais on n'en disait pas bien long, ni ne le disait bien haut. Certains racontaient qu'au moment où tout craquait, alors que les flammes paraissaient devoir dévorer le quartier du Chicot, le curé avait paru sur la place; il s'était fait soulever de sous les bras par deux hommes en habits de soldats parce qu'il fallait qu'il ne touchât pas terre, et il avait conjuré le feu. Aussitôt la flamme avait baissé. On sait bien que les prêtres ont pouvoir sur les incendies; reste qu'ils ne les conjurent pas sans courir des risques terribles.

Il se disait que le sacristain avait passé devant le portail vers trois heures de nuit. Il faisait le tour de ville avec sa cloche :

Réveillez-vous, vous qui dormez!
Priez pour Jean Clod trépassé.

Il avait vu trois hommes collés au mur, qui ne parlaient pas et qui semblaient attendre.

« La dame des Escures couchait au moulin... »

Autrefois, chez elle, à Chenerailles, elle avait eu la visite des messieurs des bois, ceux qui arrêtaient les diligences. Ils venaient se saisir d'un papier considérable, une contre-lettre qui déchargeait son oncle, Jérôme Grange, de plus de trois cent mille francs de dettes fictives. Elle avait tranché les doigts du plus maître de tous, sous la porte, si bien qu'il avait juré de lui faire crier pitié quelque jour. Et quand elle s'était mariée, son mari avait disparu dans la semaine; et quand elle avait eu un enfant, cet enfant lui avait été ôté, — elle ne l'avait retrouvé que depuis six mois. Alors ce feu, c'était la queue de la vieille histoire.

Les gendarmes enquêtaient. On les voyait se donner du mouvement. Le procureur du roi vint même parler au Dragon. Pour eux, le feu avait pris par la faute de Martin : après la messe de minuit, en souvenir du bœuf et de l'âne de la crèche, on donne toujours une ration aux bêtes; et il avait oublié la lanterne dans la paille.

Mais les gens laissaient dire.

L'hôtesse, ayant toqué, poussa la porte; et, rattrapant ses voiles de deuil, agitant tout l'espace, entra Mlle Elmire Chargnat.

Elle s'élançait vers Anne-Marie, l'embrassait, l'accablait d'exclamations, de protestations, de démonstrations.

Anne-Marie ne croyait pas voir ce qu'elle voyait. Elmire! Elmire dans sa chambre. La sœur de ces Chargnat qui nous ont fait tant de mal, qui nous ont volé le papier de l'oncle que les autres n'avaient pas su découvrir. Ils sont morts, ils ont rendu leurs comptes, mais que me veut à présent cette grande fille-chèvre?

L'entendait-elle bien? Elmire lui offrait avec de chaudes instances de s'installer dans sa maison du Pontel. Anne-Marie arrivait à peine à dégager ses mains, à respirer, à comprendre.

Le matin restait couvert; et dans cette chambre, où une tasse de lait chaud fumait sur la commode, l'ombre s'alourdissait encore. Malgré cela, au miroir de la cheminée, Anne-Marie se vit blêmir. Cette idée l'avait traversée : Elmire peut tout oser, elle me tient. Elle sait toute notre histoire, puisque ses frères et les messieurs ne faisaient qu'une bande. Elle sait le malheur de ma vie et que mon mari s'est trouvé être ce Robert, à qui j'avais tranché deux doigts, à Chenerailles. Elle peut nous honnir, dire à tout le monde que mon enfant est le fils d'un malfaiteur... Que me veut-elle? Il y a eu trop de guerre entre nos familles : avec nous, elle ne saurait en être que sur la grimace.

Elmire dut sentir qu'Anne-Marie ne répondait guère à ses empressements.

« Je suppose que d'atroces calomnies ont noirci mes proches. Un jour je lèverai devant vous le voile qui couvre trop de forfaits. Mes pauvres frères! Ils voyaient si clair — César a été le premier à parler d'une contre-lettre au respectable M. Grange —, ils étaient si bons! Souvenez-vous de nos projets : César, puis Amédée, ils ont tous deux désiré épouser votre sœur Pauline, et quelle joie ils se faisaient de vous faire la surprise de cette contre-lettre au jour des noces! »

Voilà arranger les affaires, pensait Anne-Marie. Comment a-t-elle le front de me débiter tout cela? Et pourquoi, pourquoi, surtout?

Elmire s'avança d'un pas pour reprendre la main d'Anne-Marie.

« Ma bonne amie, ne voyez-vous pas que les mêmes malheurs nous menacent? Robert n'est pas mort. C'est lui qui a étranglé le pauvre Amédée, il n'y a pas six mois. Et ce feu... Nous sommes toutes deux ses victimes : unissons-nous contre ses entreprises. »

Anne-Marie vivement l'arrêta, d'une main levée, l'empêcha de poursuivre. Elle avait entendu l'enfant se tourner derrière les courtines. Peut-être s'éveillait-il, tendait-il l'oreille. Sur la pointe des pieds, elle emmena Elmire jusqu'au bout du couloir. Si Robert a tué Amédée, songeait-elle, où étaient les torts? Amédée l'avait trahi et était bien aussi avant dans le crime. Mais à présent je la comprends! Elle croit que Robert a fait mettre le feu au moulin, et elle a peur qu'il ne le fasse mettre chez elle.

Elmire, cependant, étouffant la voix, revenait à la menace qui pesait sur leurs familles. Il faudrait aviser des mesures à prendre, se renseigner, s'avertir l'une l'autre. Anne-Marie, reprenant les choses de plus haut, dit que cet incendie n'était pas le fait de Robert.

En bas, des hommes s'affairaient et criaient. Poussant avec des perches, ils renversèrent un bout de mur branlant. Le gros vent revenait par à-coups sous le ciel chargé. Derrière les gargouilles de la tour, les montagnes, leurs quartiers de forêts, leurs hauts ravins, leurs échines de pierre, bleuissaient sombrement, comme quand il va pleuvoir.

Anne-Marie écoutait Elmire et la démêlait mieux. Elle n'est pas venue me signifier qu'elle a barre sur moi par mon secret : simplement, elle a peur de Robert et des siens.

Cet air de douceur, de calme, de jeunesse, qu'elle ne perdait que pour des moments, Anne-Marie l'avait retrouvé. Ses yeux couleur de noisette, toujours si parlants, disaient peu à peu qu'elle était moins roidie, moins lointaine. Ecartant ses voiles, et comme cédant à son élan, Elmire lui ressaisit les mains.

« Venez chez moi! Votre cousin, le bon et brave Gaspard vous ramènera plus tard aux Escures. Je sens que je peux tout vous conter, tout vous confier. Si vous saviez, bonne amie! »

Elle lui jeta les bras au cou. Anne-Marie, remuée, lui rendit son embrassade.

« Voyez, j'y vais de tout mon cœur : faisons alliance. Si nous ne devenions pas grandes amies, il arriverait des malheurs, je vous le jure. Avec vous, je serai tranquille. Je vous donnerai un petit paquet blanc. Nous nous concerterons, votre cousin, nous deux... »

Elle parlait avec action, et ses mots, sa voix, son geste, sentaient la vérité, montée toute chaude du fond de l'être. En garde tantôt contre cette personne à transports et à convulsions, Anne-Marie se laissait maintenant gagner. Si l'on avait des affaires avec Robert, jamais, pourtant, elle n'accepterait l'aide d'Elmire Chargnat contre celui qui était son mari, le père de son enfant. D'ailleurs elle n'avait confiance qu'en un seul être au monde.

Ce fut un soulagement pour elle d'entendre un pas dans l'escalier. Gaspard venait les chercher, Henri et elle. Elmire reprit son allure de théâtre.

« Etes-vous armé? prenez garde! On a pu tendre un guet-apens sur la route. »

Il souriait, il fit semblant de pousser Anne-Marie vers la chambre.

« Dépêche. J'ai les couvertures. »

Lorsqu'elle revint avec l'enfant, elle ne retrouva plus Elmire.

« J'ai pensé rêver! Elle veut que nous soyons amies. Le croiras-tu? cela m'a touchée, dit de cet air-là. Je ne peux pas prendre d'elle une mauvaise idée.

— Oui, elle veut; et quand la lune aura tourné... Ton Elmire et ses amitiés, laisse-moi ça, va. »

Ils se turent à cause de l'hôtesse qui sortait de la cuisine.

« Ce feu, demanda-t-elle très bas, lorsque Henri fut dans la voiture, toi, penses-tu, comme Elmire Chargnat, que quelqu'un a pu le mettre? »

Il fit non, de la tête, d'une façon qui devait la rassurer, mais il le fit un peu trop en hâte.

TROISIÈME PAUSE

L'enfant aux Escures. — Sorties d'hiver. — Le feu à la remise. — Anne-Marie tire une promesse de Gaspard.

Henri aimait qu'on lui permît d'être les soirs dans le grand lit. Il n'avait pas voulu sortir ni même se lever. Il détestait le vent. Dans le grand lit ou alors dans la petite chambre ronde où il rangeait ses bâtons; à l'abri dans cette tour de pierre grise, au coin du château. Il montait sur un tabouret, accrochait ses doigts à la lucarne, appuyait son menton dessus. Le grain du rebord marquait sa peau — il aimait regarder ses doigts ensuite —, et à travers le branchage sans feuilles du tilleul, il contemplait le monde : la nuée aux grosses fronces s'échelonnant et plafonnant, là-bas, les oiseaux qui volent, les monts où la forêt vient finir sous des amas de roches.

Marguerite ourlait des torchons au jour de la fenêtre. Il tenait les yeux sur elle, réfléchissait.

« Marguerite? Qu'est-ce que c'est, des boutons couleur de flamme? »

« Il avait un habit noir avec des boutons couleur de flamme... » Louise, l'autre servante, avait parlé des messieurs des bois. Ils banquetaient sous le couvert, la nuit. Il arrivait qu'on tombât sur eux. Une fois, une vieille, tout éperdue, n'avait su que leur demander ce qu'ils faisaient? « Pour le savoir, il faut en être, pour en être, il faut s'en mettre. »

« Couleur de flamme, c'est comme une pomme d'orange. Mais n'allez pas parler des messieurs à votre maman; vous ne devriez même pas y penser. On ne doit penser de mal de personne.

— Louise a dit qu'après le moulin de la place, les messieurs mettraient peut-être le feu chez nous. »

Marguerite ne répondit rien. Elle savait par sa mère que c'était jadis une verrerie ici, et plus anciennement un château : du temps des verriers on était réveillé par un homme tout de rouge qui tapait à la porte et demandait le maître des Escures. Cet homme rouge était comme le signe qu'il y aurait le feu, un jour. Mais elle ne répéterait pas cela à l'enfant.

« Quand ma mère viendra, nous lui ferons raconter la verrerie. Il y avait tant d'ouvriers qu'on tuait peut-être douze cochons... »

Il fallut qu'elle parlât des fours qui flambaient, des marchands qui passaient, des charrois, des fêtes. Et puis, comme il la questionnait encore, elle parla malgré soi de l'homme rouge. Alors, il suivit sans doute son idée là-dessus, parti dans des songeries : vraiment il avait dans les yeux quelque chose qui n'était pas de ce monde. Elle se disait que ceux qui sont ainsi que lui difficiles à comprendre dans leurs paroles, d'air triste, de figure pâle, avec des regards lents, passent pour voir ce que ne voient pas les autres. Ces grands yeux jaunes, vaguement luisants, qu'il arrête devant soi... Si j'avais plus de hardiesse, je lui demanderais bien s'il a vu quelque chose. Mais j'ai toujours eu la honte du monde, même de ce petit.

Lorsque Anne-Marie vint, dès le premier pas, elle devina ces pensées dans l'air de la chambre. Elle-même, à retrouver ainsi l'enfant, sentit comme autrefois que tels objets autour de lui — une boîte peinte, le chandelier, les mouchettes —, étaient ses véritables compagnons, plus que les personnes. La veille, tandis qu'elle lui parlait, un panier au bras, elle l'avait vu changer de figure. Quelle patience, quel amour elle avait dû y mettre : enfin il avait confié que ce panier était devenu tout à coup sous ses yeux la gueule d'une bête, une bête tournée vers lui pour l'engloutir.

Mais il me l'a dit, j'ai eu sa confiance. Il y a en lui une cache de silence et de secret; son regard vous arrive du fond d'une ombre, comme de la poche d'un souterrain. Si je pouvais toujours tout lui faire dire. Avec quels êtres s'est-il trouvé? Que lui a-t-on appris dans les années où je ne l'avais pas?

Elle lui donna un morceau de canevas, des laines de couleur. « Quand nous irons à Ambert, nous achèterons du sucre candi. Ta tante Pauline en était si gourmande! Chez l'apothicaire elle demandait « des morceaux avec de la ficelle » parce que ceux-là ont plus de goût. »

Le tombereau, après un cahot, roula dans la cour. Le Nanne dételait ses vaches. Puis le père rentra; il mit son cheval à l'écurie, revint, chaussa ses sabots; l'un, l'autre sonnèrent sur les dalles. « Allons, toi, te reculeras-tu? » disait-il au chien. Anne-Marie savait que d'ici l'enfant suivait le train de la maison, comme les malades qu'un ennui rend attentifs; mais lui, c'était dans sa nature, ce guet, cette crainte.

Grange monta lentement, soufflant dans ses joues.

« Eh bien, notre homme?

— Il se lèvera demain, dit Anne-Marie.

— Il faudrait lui nourrir le sang. Donne-lui un œuf en carcasse. Tu sais comment ça se prépare, Henri? On prend un œuf, on le met couver; ce qui sort, on le nourrit six mois, on saigne, on plume, on vide, on trousse, on fait cuire, on jette les pattes et on le mange. »

Il riait. « Eh bien, oui, un poulet. Tu ne comprends pas? » Il se tourna vers Anne-Marie, ne parla plus que de la fabrique à papier, de ses affaires d'Ambert.

« Martin ne reconstruit pas : la ville achète pour agrandir la place. Quant à l'enquête, elle est close : c'est bien la lanterne qui a mis le feu. »

Une certitude officielle. La mère d'Henri avait ce même regard fixe, arrêté sur un tourment, qu'il lui avait vu dans la voiture. Autour des Escures les bruits de la campagne prenaient leur voix du soir. Les balais remuaient lointainement dans les pâtures désertes, pleines de vent sombre.

Cette fin de décembre continuait d'être douce. « Nous allons sortir. Gaspard dit qu'il faut que tu sortes. » — « Des fleurs? reprenait sa mère en le chaussant : nous trouverons peut-être des pâquerettes. A la Noël les bergers n'ont pas eu d'autre bouquet pour l'enfant Jésus. Mais il les a touchées d'un doigt, et le bout des pauvres feuilles blanches est devenu tout rose! »

Les pieds des moutons avaient marqué comme d'une grêle la sente défoncée. Des taupinières pointaient parmi l'herbe couleur de chanvre, et un arbre avait encore, en rond, sous lui, ses feuilles violettes. De quelque métairie venait le bruit du blé qu'on bat, celui des fléaux, deux par deux.

A la fourche des chemins, une douzaine de troncs, noirs de mouillure, attendaient qu'on les chargeât. De là on voyait la pierraille et les vieilles tuiles du bourg la route dévalante de Clermont. Elle remontait des côtes désolées, aux bords mangés de genièvres, de touffes de bouleaux, de bois de pins débandés allant rejoindre ceux qui se massaient sur les hauteurs. Au loin s'étendait on ne savait quelle attente.

De l'endroit qu'Henri préférait, on avait le Mont-Thialei devant soi. D'entre les nuages errants, il se haussait comme une grande chose bleue et brumeuse. Une forêt noire toute levée, des cassures de rochers, des creux de pelouses, des villages coiffés de chaumes, étaient peints sur son flanc. Là, sous les balcons de planches, de vieux hommes courbés devant leur lucarne fabriquaient des fuseaux, des sébiles, des tasses. Au-dessus d'eux pendait un canton de sapins et de loups. Il fallait relever la tête pour voir apparue dans les brumes, la tête chauve du mont.

Quand on avait regardé cela on se sentait, même ici, dans un pays perdu. Il tardait à Henri d'être assis près du feu, au fond de la salle close.

Ils étaient allés jusqu'à la route. Parut un cavalier en habit bleu d'uniforme. Grange, baissant son chapeau en visière, pour répondre à la question d'Henri s'arrêta près de la banquette. « Ça m'a passé d'être jeune et d'y voir clair, mon petit, et ça passera à d'autres avant que ça me revienne. » Le cavalier trottait, lancé, relancé. « C'est un officier des cuirassiers de Condé; ou plutôt d'Angoulême : il a le col et les parements aurore. » Henri buvait des yeux ce capitaine au cheval noir, son uniforme, son sabre, ce sabre magnifique, surtout.

L'officier, agacé sans doute d'être un objet de curiosité, mit sa bête au galop. Sans leur donner un regard, il passa assez près d'eux. Henri sentit que sa mère lui serrait l'épaule.

Dans le chemin, elle marchait plus vite. Tout excité, la tête remplie de l'habit bleu et aurore, du cheval et du sabre, il devait faire trois pas en courant pour demeurer à sa hauteur. Les nuages obscurs de quatre heures s'abaissaient encore sur les cornes des montagnes.

A peine furent-ils rentrés qu'il fallut allumer. Grange cherchait ses lunettes. « Petit, j'ai dû les laisser à l'entrepôt. »

Comme Anne-Marie ressortait du cellier, portant un pot de laitage, elle vit par la fenêtre passer Gaspard. On ne l'attendait pas. Elle posa vite sur la table le pot qui lui tremblait dans la main.

« Tu es venu? »

Gaspard n'eut pas le temps de répondre. Henri rouvrait la porte, hors d'haleine :

« Il y a le feu dans la remise. »

Grange se précipita, suffoqué, essayant de courir.

« Enfermez-vous ici, le petit et toi! » cria Gaspard; et il empoigna les deux seilles.

... Du porche de la remise, comme il ressortait, il s'entendit appeler. Anne-Marie se penchait à la lucarne de la tour. Son visage faisait lueur dans l'ombre, le beau front, le petit nez droit, les joues pâles.

« Viens, va! Vous pouvez descendre tous deux. »

Elle avançait sous le frêne pleureur, accompagnée par l'enfant.

« Ce n'était rien?

— Viens voir, Henri. On ne se laisse pas surmonter par la peur sans savoir d'abord ce qu'il y a pour faire peur. »

Il se retourna vers elle :

« Des échalas de châtaignier qu'on a rentrés mouillés : dans ce fond, ils luisent comme du phosphore. »

Sous le porche, ils se heurtèrent à Grange. « Sacré bougre d'éberlué, de visionnaire! » Par bonheur, Gaspard était là pour lui tirer des mains l'enfant, qu'Anne-Marie reprit, embrassa, remit en ordre. « Vous donner des peurs pareilles! Je le guérirai, moi, de ces visions! »

Ils revinrent, Grange marmonnant encore. Elle s'assit, le petit sur ses genoux, lui fit boire une écuellée de lait chaud, lui fit dire sa prière; mais encore gonflé de sanglots, il ne voulut dire que celle de Marguerite : « *Si je trépasse, je recommande mon âme, — Si je m'endors, je recommande mon corps. — Les anges sont autour de mon lit, — Les évangélistes aux quatre piliers, — La Sainte Vierge vers la tête...* »

Elle ne redescendit qu'un moment après, ayant attendu qu'il fût endormi. Grange chaussa ses lunettes, — « Plaisirs de la vieillesse! » fit-il en essayant de rire — et il attira une gazette qui traînait sur la table.

« Il ne faut pas le rudoyer. Voyez-vous, père, ce n'est pas un enfant comme les autres.

— Allons, coupa-t-il, je ne voulais pas le battre. On

me connaît — il brandissait la main —, lève haut, tombe doucement! »

Mais ce : « Il y a le feu dans la remise », ainsi dit d'une voix blanche, le laissait désagréablement remué. Ce petit semblait parler dans une vision. Non, pas comme les autres, certainement. Un soir, repartant de la ville et passant devant le cimetière — il ne savait même pas ce que c'était qu'un cimetière —, il avait lâché la main de sa mère dans la voiture : il voyait de jolis enfants parmi les rosiers et les croix, il voulait aller les rejoindre.

« Il a connu trop de misère, dit Gaspard, laissez-le se reprendre à la vie. »

Anne-Marie lui envoya un regard de remerciement. Le dos rond sur son tabouret, il faisait doucement sauter entre ses mains le vieux canon de fusil qui servait de soufflet. Pauvre Anne-Marie, pauvre beau cœur aimant, songeait-il. Parce qu'il est fils d'un scélérat, elle l'aime davantage, comme s'il était infirme.

« Il n'est pas fort, dit-elle, mais je crois qu'il prend le désir d'être fort. Il a une douzaine de bâtons, et il les veut près de lui quand il se couche. Ce courbe, tout argenté, que tu lui as coupé, il le nomme son sabre. »

Elle parut hésiter, puis conta leur rencontre de la route. « Quand il a vu que nous le regardions, ce capitaine a lancé son cheval... » Elle épiait Gaspard, mais on ne voyait qu'un pan de sa joue, de son menton, qui rougeoyait comme les jarres de cuivre du bahut.

« Pour ça, enchaîna Grange, il a le goût des armes. »

Vieux cuir, vieille bête! Gaspard lui aurait tapé dessus avec plaisir. C'était dire que l'enfant tenait de Robert à qui l'on connaissait bien ce goût-là. (Peut-être parce qu'il est sans vrai nerf : pour pouvoir croire à soi, il lui faut une lame dans la main.)

Anne-Marie se taisait comme si elle avait reçu un coup.

Repliant la gazette, Grange se rétablit sur sa chaise, et parut se faire fort de ce silence.

« Il faut voir les choses, pauvre petite. Le sang ne se perd pas. Plus tôt, plus tard, tout revient, dans les familles, tout a son retour, et jusqu'à la chance. Ceux qui s'ivrognent, ceux qui courent, ceux qui dissipent, ils reparaissent dans les maisons. Une minute, laisse-moi dire. Tu as parlé d'un vœu que tu fis, le jour où on l'a enlevé : que si jamais on le retrouvait on le ferait prêtre. Eh bien, je crois que c'est un bon vœu.

— On ne peut pas forcer la vocation. Je donnerais tout pour le voir prêtre un jour, mais jamais je ne voudrais le contraindre. »

Elle se dit, pensait Gaspard, que tant de grands-pères sont heureux d'avoir un petit-fils, de songer qu'il leur succédera! Et elle voit que Grange tient cet enfant pour suspect.

Marguerite rentra; devinant qu'on causait, la timide, la craintive, elle alla éplucher des raves à l'écart, près de la bassière. La Louise revint de verser le petit-lait aux cochons. Elle prit un pot, un pilon, s'occupa dans un coin, elle aussi.

« Oui, murmura Anne-Marie, un prêtre. Mais je serais contente si je pouvais seulement lui apprendre à ne jamais perdre la présence de Dieu. »

C'est son fils à elle, la vraie et la vaillante, Anne-Marie des grandes mœurs, mais c'est aussi le fils de l'autre. Essayez de lire dans ces yeux d'innocent ou de chouette, et dites-moi ce qu'il est bien. On ne va pas contre le sang. Le grand-père et la mère peuvent avoir leurs projets : demain, qu'en sera-t-il?

Il enfonça son chapeau, posa le canon de fusil sur le landier, se leva.

Au moins ce qu'elle dit. elle. au rebours de Grange, cela change l'air.

Elle l'accompagna jusqu'au portail. Elle aurait voulu lui demander si rien de particulier ne l'avait amené, ce soir?

Il la sentait en peine, et plus en peine qu'au temps où l'enfant était à retrouver. Voilà cette tour qui joint sa chambre. Les branches des sureaux et des pruniers remuent. Le pays à l'entour est plein de vent, et d'histoires et de bruits. Elle, tantôt, là-haut, penchant la tête — elle l'a petite et bien façonnée, cela lui donne l'air grand —, elle semblait une reine des chansons. Qu'elle puisse être en repos, à présent! Elle a eu assez de croix dans sa vie. A qui viendrait en lui voulant du mal, je saurais vite faire un sort.

« Ecoute, dit-elle, la main sur le loquet : il faut que tu me promettes... »

Il se tourna vers elle. Elle était là, entre la tour et le tilleul. Il la vit comme aux anciens jours, une jeune fille, dans sa robe-fourreau noire. Ses tresses en couronne luisaient faiblement. Il ne savait pas s'il voyait son regard, ou bien s'il éprouvait qu'elle le regardait; mais il devinait tout le courage d'âme qui brillait dans ses yeux châtains.

Il respira sa fraîcheur à un remous du vent, et le cœur lui sauta.

« Promets-moi. Je voudrais que tu prennes l'enfant, quand tu le peux, que tu en fasses ton vrai cousin, un homme de droiture. »

La rumeur des grands bois arrivait du fond du pays, apportant peut-être le trot d'un cavalier sur la route.

Il fit signe que la promesse était faite.

QUATRIÈME PAUSE

Gaspard et Mlle Elmire. — Gaspard et les Verdier. — Gaspard et Jeuselou. — Gaspard et ses idées.

Ce premier de l'an, quelle journée de courses et de trottes.

Il débouchait de derrière l'église, il se trouva nez à nez avec Mlle Chargnat, que M. Regouyat embrassait en lui présentant ses vœux. Elle l'accrocha au passage, le fit entrer chez son défunt frère, et dans le corridor lui tendit la joue. « Il ne faut pas aller contre les usages, n'est-ce pas? ! »

Mille façons distinguées, un envol de voiles, un flot de paroles. Elle le poussa dans une pièce étroite, à solives, à rayons de bois peint, qui sentait les paperasses et la pipe. Et elle vantait la bonne distribution de cette maison, étalait ses moyens, parlait de ses domaines, de ses bois, de ses valeurs. A quoi cela va-t-il, se demandait Gaspard. A me donner dans la vue? Voilà ses pauvres frères, maintenant. Qu'elle les laisse où ils sont. Je les connaissais un peu trop.

L'air qu'il respirait là le gênait, l'air de la maison, grosse cuisine bourgeoise, grosse amabilité poisseuse, grosse façon matoise de penser à ses profits et de mener sa politique. Comme si M. César, gras et glacé, ou l'épais Amédée, rotant le vin blanc, étaient encore là pour alourdir l'heure.

« Ç'aurait été un honneur, et un bonheur pour eux d'être de vos amis. Mais si je désire vos amitiés, je ne le fais pas que pour déférer aux vœux de mes chers morts! »

Elle le força à s'asseoir. Va toujours. Il l'écoutait en

homme qui laisse couler l'eau. Son deuil ne l'avantage pas : il plombe encore ce teint gris qu'elle a, il la vieillit... Elle lissait d'un doigt le bord de sa collerette, elle disposait sa tête sur son cou. D'une bouche sucrée, elle reprit, voulant faire la jeunette : « Vous me croyez donc bien méchante que vous n'avez pas osé venir à la maison? Je vous avais donné un rendez-vous, pourtant! » Il fallait qu'ils causassent. Elle avait eu ces jours derniers quelques nouvelles. L'autre été, on avait publié par là que Robert était mort. Il l'était si peu qu'il venait de reparaître chez lui, près de Brioude. « Eh bien, ne pensez-vous pas que nous avons une justice à exercer sur lui?... Attendez, je veux vous faire goûter mon eau de noix. »

Voilà qu'elle parle français : elle entend se venger de Robert. Sur les bonnes dispositions de ses frères, elle n'a parlé que par bienséance : elle sait bien qu'elle ne m'en contera pas là-dessus, ni même qu'elle ne me fera croire à ses regrets douloureux. Ses frères, elle essayait de les rendre ennemis l'un de l'autre. Mais tout cela ne fait rien : Robert a mis le pied sur eux, il a triomphé de la famille : elle veut se venger.

Elmire revint, remplit deux petits verres. « Laissez, laissez, mon eau de noix ne vous empoisonnera pas. D'ailleurs je trinque, je m'empoisonnerais aussi... Oui, j'aime mieux m'entretenir avec vous qu'avec votre cousine. Elle est trop sainte. Une personne d'un tel mérite! Quand nous aurions, vous et moi des mesures à prendre, elle s'embarrasserait de scrupules qui arrêteraient tout. »

Il n'allait guère à Gaspard que cette créature se mêlât d'affaires qui touchaient Anne-Marie. Elle pouvait pourtant les aider.

Elmire disait être sûre que Robert était dans le pays.

Sur ce point, on cogna du heurtoir à la porte. « Aujourd'hui, nous serions sans cesse dérangés. Revenez bientôt : il importe que nous nous concertions. »

De cette alliance, il voulut raisonner avec Pauline et son mari. Pauline l'agaça. Pour être mariée depuis six mois, elle semblait considérer sa sœur comme une vieille fille un peu naïve. « Anne-Marie pour cet enfant devrait... Si Anne-Marie s'y prenait mieux... »

A califourchon sur sa chaise, Valentin l'admirait avec bonne humeur. Il fut toujours le meilleur des époux, jamais chagrin, jamais tracassant, trouvant tout bon sans sauce. De sa vie il ne mangea une grive sans lever les deux ailes et les poser dans l'assiette de sa Pauline. Là, quand elle se montait trop, — « Mais Gaspard, tu connais bien ma sœur, il n'y a pas plus opiniâtre », — il l'arrêtait d'un coup de tête. « Allons, allons, Petit-Cœur : qu'est-ce que Dieu? » C'était sa façon à lui de rappeler au premier point du catéchisme et à la raison une jeune femme trop vive.

Regarde-le : le voilà marié, bien mis — quel beau pantalon vert-pistache à plis amples —, heureux, plus occupé du jeu qu'il mène avec Pauline que de ce qui peut se passer aux Escures. Ils sont ensemble, ils ont trouvé cette compagnie qu'on cherche tant, car on ne peut accepter d'être seul en ce monde. Alors ils choisissent de penser que Robert est mort, qu'il n'arrivera rien.

Gaspard chauffait dans sa paume un petit verre de marc. Sur un guéridon, il y avait une écuelle d'argent. Henri était venu, on lui avait fait boire du lait chaud. Robert... Henri... Une peau de lait restait collée au bord de l'écuelle. Ce petit est dégoûté et Anne-Marie lui passe tout. Trop dorloté, trop pouleté. Pourrait-on bien en faire un garçon?

Cette écuelle donnait à Gaspard le sentiment d'une vie à Anne-Marie et à l'enfant : une vie à eux deux, dans leur chambre, dans la tour; et lui, il n'y entrerait pas.

Il détourna les yeux, les porta vers les vitres. Elles

découpaient un grand morceau de campagne, des bosses de terrain, avec leurs gros arbres, les héritages... Et tout cela portant son histoire : les domaines, les familles, les procès, les événements.

Valentin Verdier, surprenant son regard, crut que Gaspard songeait à ce qui se disait dans ces campagnes. Un bâtiment avait failli brûler à Cunlhat l'avant-veille. Les vieux assuraient que des feux prendraient l'un sur l'autre, comme en l'an six, alors qu'une ferme flambait presque chaque nuit et que les hommes faisaient des patrouilles avec des fusils et des fourches. Il devrait arrêter ce bourdonnement, empêcher les têtes de se monter. Valentin lui rappelait ce qu'il avait entrepris, depuis trois ans, comment il avait changé la face du canton.

« Bon. Es-tu sûr que ça tourne pour le mieux, à la fin du compte? Nous avons tant fait que le Conseil d'Etat a attribué aux paysans les parcelles usurpées sur les communaux. A présent, je le vois : ce sont les communaux qui retiennent les petites gens dans la commune. Sans eux, ils ne peuvent pas tenir de bêtes.

— Que vas-tu chercher? Tout le monde est content de ce que tu as obtenu. »

Gaspard levait une épaule. Qui sait quelque chose? Il sentait étrangement que ces affaires qu'il avait menées n'étaient pas son affaire à lui, la vraie sienne.

En sortant des Escures par la porte du haut, il aperçut Jeuselou qui venait d'en partir. Et Marguerite...

« C'est que je t'ai embrassée sans y penser, dans toutes ces politesses!

— Que tu es tourmentant... »

Jeuselou prit la tête de la petite comme pour la cacher contre soi. Elle se dégagea, vite, mais fit gauchement à son prétendu un baiser sur la joue. En se détachant de lui, elle se trouva devant Gaspard et devint rouge comme le feu.

Ces deux, ils devaient faire leurs noces dans l'été, après les gros travaux. Anne-Marie avait demandé à Marguerite de rester près d'Henri jusqu'à ce mariage.

C'est vrai que la petite est bien dévouée, gentille, un peu sauvage, toute bonne. Elle est semée de rousseurs, comme lui; mais elle a l'allure douce et tendre des blondes. Et quand on regarde ses yeux bleus, à facettes et à étoiles comme de la neige fraîche, on croit n'avoir jamais vu d'yeux bleus auparavant.

Gaspard dit ce que la civilité demandait. « On n'est pas sauvée parce qu'on est mariée », soupira-t-elle avec une sagesse soucieuse, la joue encore envahie de rose.

« Voilà sept ans et plus que je l'ai prise en idée », fit Jeuselou dans le chemin.

Il frottait ses mouffles rousses, tapait ses mains comme pour se réchauffer, non sans une pointe d'embarras.

« Marié, pas marié, ça ne fait pas comprendre cette vie... »

Gaspard dit cela sans relever le nez, en bourrant sa pipe. Ils marchaient coude à coude. Le gel avait fendillé la boue; on aurait cru qu'elle était semée de milliers d'aiguilles.

« Pour moi aussi, confia Jeuselou, tout un temps j'ai pensé au mot d'ici : il n'y comprend pas plus qu'un chien à la messe. Peut-être que nous voyons rouler le monde comme un chien regarde dire la messe, sans rien y comprendre. J'ai calculé, calculé, et puis, lâche tout, Jeuselou! Tu ne peux pas être l'aigle. »

Ainsi qu'aux dimanches, un ennui, un désœuvrement traînait sur la campagne. Les paysans retournaient du bourg, dans leurs habits des fêtes, les habits à manger la viande, comme on dit : les femmes, les jeunes, qui pensent à un mari, à monter d'un rang, à se faire honneur d'un garde-habit comme il y en a un chez la cousine riche; les vieilles, qui se contentent de suivre les vieilles rubriques, et ce matin. elles ont tâché de se lever avant leurs voisines pour que leurs vaches aient la fleur de l'eau à la fontaine; les hommes, que deux ou trois gouttes n'ont pas mis en joie parce qu'ils savent tout ce qui reste à faire pour payer leur taille, et leur cense, et le vivre de leur maisonnée. Le long des prés, ils s'en vont contre le vent, contre le froid de la morte-saison, ils tournent leurs braves figures rouges ou brunes, de pesante simplicité, de finesse, d'honnêteté soupçonneuse, saluent d'un mot. On leur répond, on les dépasse. Ils font leur temps de vie. Le matin avant la soupe, ils fendront les souches devant l'escalier branlant; ils iront fagoter, ils cureront l'étable, ils panseront les vaches. Et pourquoi tout ça? Pourquoi y a-t-il quelque chose?

La journée a passé. J'ai fini de leur servir de patène. Gaspard revient d'Ambert sur son Grand-Blanc. Des carrioles dansantes le croisent. Passe le coucou de Mlle Chargnat, que mène un domestique assis sur le brancard.

Gaspard se voit plus tard, quasi bourgeois, rentrant ainsi les soirs, jetant les guides à sa descente de voiture. J'aurai une femme; je lui demanderai qui est venu, je donnerai les ordres pour le lendemain. Et pourquoi faire, pourquoi faire?

Alors? Se dire comme Jeuselou qu'on ne peut pas être l'aigle? S'il se l'est dit, simplement parce qu'il y a Marguerite, qu'il sait pour qui faire ce qu'il fait?

Trouver une compagnie. Mais celui qui se trompe? Celle qui épouse un indigne et qui croit que sa vie est engagée, pourtant. Plus d'avenir, alors, tout gâché, tout perdu? Je ne sais pas comment je suis bâti, mais je ne croirai jamais qu'il n'y a pas une façon de se retourner, de retrouver l'espérance. De reprendre la vie, d'où qu'on parte.

Ha, des idées idiotes. Des idées qu'on n'a pas. Je n'aime pas ces jours de fête. Qu'est-ce qu'il y a pour me travailler l'esprit? Ou Robert n'ose plus rien tenter contre ma cousine, ou il prétend encore lui faire avoir des peines. Mais je suis là, derrière elle, avec elle. J'abats la main sur Robert. Elle ne pourra pas toujours m'arrêter le bras comme dans les temps.

CINQUIÈME PAUSE

Henri à La Belle Bergère. — La Perrine sait que Robert est mort.

« N'AIE pas peur, avance encore. » Gaspard approcha sa bouche de la ruche. A la bouffée d'haleine, deux ou trois abeilles sortirent du petit porche de paille sur la planche. « Ça va, tu viendras les voir au printemps quand elles ressortiront tout de bon. Il faut toujours leur parler. O les belles, ô les gentilles! mais vous êtes chargées comme de petites ânesses! Elles s'habitueront à toi. Elles ne piquent que ceux qui ont de mauvaises idées en tête. »

Il époussetait ses grosses guêtres bleues. Il remit à sa place le morceau de tuile qui protégeait l'ouverture de la ruche. Henri le regardait faire d'un peu loin.

« Allons, suis-moi à *La Belle Bergère.* »

Du tournant, cela sentait la paille, les bêtes fumantes, le civet de lièvre ou la daube. Il y avait toujours à voir, dans ce grand château bruyant, étalant sa rangée de fenêtres sous son enseigne de couleur. Là, parmi les claquements de fouets, les remuements de vaisselle, le tintamarre des grelots, des cors de postillons, des chaînes roulant dans les muids qu'on rince, on rencontrait des hommes qui prenaient tout d'un air délibéré. Ils tapaient de leur bouteille sur les tables et buvaient du vin chaud Ils trinquaient avec des militaires à plastron d'écarlate Serait-il possible de parler comme eux, et surtout de s'arrêter comme eux, debout contre la muraille, une main renversée devant la braguette?

Un grand voiturier, remontant son pantalon, clignait de l'œil à Gaspard : « Dis donc, tu n'as pas entendu dire?... » Il y avait des nouvelles mystérieuses. Il y avait des surprises : un jour, une calèche et deux dames à voiles verts; un autre, un général et son état-major.

Henri repensa au capitaine en habit bleu.

« Aurore, est-ce que c'est la même chose que couleur de flamme? »

Gaspard tâchait qu'il s'expliquât. Il faudrait lui parler et le faire parler, arriver à l'amitié; mais on ne sait jamais si son cœur vous répond.

« Ton grand-père a dit : « Des cuirassiers du duc d'Angoulême? Son corps est en garnison à Mulhouse. Ce n'est pas là. Mulhouse. »

L'enfant était encore tout plein de cet uniforme de ce sabre, de ce cheval noir. Gaspard voulait prendre cela au plus ordinaire.

« L'hiver il arrive qu'on voie davantage de cavaliers. Sur bien des routes les voitures ne rouleraient pas, à cause des boues. »

Il parla d'autre chose, de muletiers du Vivarais qui avaient passé l'avant-veille. Henri les avait vus poussant leur file de mulets à larges bennes : leurs chapeaux relevés par-devant leur donnaient un air de voleurs. De cols en cols, ils avaient traversé les déserts, où marquent seuls une cabane et un grand amas de pierres surmonté d'une croix. Sur un sentier fin comme un fil, qui mord, à des lieues, une croupe de roches râpées et de bruyères, leur convoi chemine vers le midi. Henri aurait voulu chevaucher, plus tard, avec des pistolets, dans les monts solitaires de l'Ermitage. Il se disait, parce que Gaspard le lui avait dit, que puisqu'il ressemblait à sa tante Pauline, il aimait voyager et n'avait peur de rien. Il osa demander au cousin de l'emmener à Ambert un jour.

Ambert,
Bâti par un sauvage au pied d'un sapin vert,

dit Gaspard pour dire quelque chose et continuer à part soi ses réflexions.

Henri, maintenant, voulait l'histoire du sapin et du sauvage.

Brusquement, il revit cette figure d'homme qu'ils avaient rencontré au bois sous un sapin, et sa mère était devenue toute blanche. Au soir tombant, l'avant-veille.

En revenant, ils rencontrèrent la Perrine, la mère de Marguerite. Elle allait chez le panseur de bêtes, tirant sa vache par la corde.

« Ah! pauvre Gaspard, la Ribande est malade : si tu savais un remède!... Bonjour, m'ami. Alors, aujourd'hui, on n'a pas sa langue? »

Henri ne sut que lui sourire et tira vers un buisson en longeant le fossé. L'air était sombre, tranquille. Des crécelles de pies se répondaient vers les lisières. Les prés bâtards, les buges d'ajoncs gris et d'eau grise, s'étendaient sans un troupeau, sans une âme. Vers Toutée, chevauchant une crête, le grand chemin s'enfonçait dans les bois.

La Perrine avait suivi le petit de la vue.

« Tu lui fais faire un bout de promenade? Vois-tu — elle baissa encore le ton —, il est trop fin, il n'est pas pour vivre.

— Il n'y a que les imbéciles qui restent?

— Tu sais bien, quand un enfant est fine tête... »

Elle avait cette habitude de parler en chuchotant, sans

finir ses phrases; ou alors de façon débridée, comme sous le coup de l'indignation; mais toujours en mystère. Elle demeurait à présent dans la maisonnette qui lui venait de chez elle, au-dessous de la Rousse. Jamais Anne-Marie n'avait pu lui faire dire combien elle y tenait de chèvres. « Ha, pas beaucoup, allez! » ou bien : « Assez pour faire quelques chevretons. Je vous en porterai un... »

Elle serrait les lèvres, l'œil encore vers la haie où le petit, s'escrimant de son couteau, essayait de couper une pousse de frêne. Gaspard sentait qu'elle voulait amener autre chose. Quand elle le rencontrait, c'était rare qu'elle ne se mît pas sur les affaires de Mme Anne-Marie. Elle l'avait accueillie au moulin de Martial, lorsque Jeuselou avait trouvé la pauvre dame en forêt, blessée par Robert, trois jours après l'affreux mariage, et elle l'avait encore cachée tout un hiver par la suite. Elle était dans les secrets et l'amitié de la famille Grange, elle ne laissait pas tomber cela.

« Il est trop fin, reprit-elle, il ne veut pas devenir vieux. Pour moi, il sait ce que nous savons, moi et toi, et qu'on ne sait pas dans le pays. Il a deviné qui est son père, et tout... Mais, dis, s'il vivait, est-ce qu'il serait pour en voir, ou pour en faire voir? Le Bon Dieu le ramasserait, tu crois que ce serait une mauvaise chose?

— Taisez-vous! Ah! on l'a vite donné au Bon Dieu! Et sa mère, qu'est-ce qu'elle en dirait?

— Elle devrait dire : pauvre petit, en partant de ce monde, tu as laissé bien des peines! Pour la famille, il vaudrait mieux le savoir mort comme son père. Si, si, je te le dis que Robert est mort! »

De ses yeux qui lisaient les figures, de vrais yeux de basilic, Gaspard l'envisageait... Hâlée comme une nèfle, avec un peu de goitre, elle secouait sa vieille face à plis et à lippes; et elle avançait le cou pour appuyer ses dires. Parfois elle se tournait, faisant mine d'en avoir assez conté, de repartir, emmenant sa vache. Elle s'assura pourtant que le petit ne pourrait l'entendre, et donnant un coup de menton :

« La preuve que Robert est mort, c'est qu'il revient. L'autre jour, ils étaient au bois, le petit, Mme Anne-Marie. Tout par un coup, ils l'ont vu, le petit l'a raconté à Marguerite. Sa mère s'est arrêtée, blanche comme une cire d'église. Quand elle lui a demandé ce qu'il voulait, le monsieur a dit : « Maintenant, j'ai besoin de tout. »

Comme le monsieur du Grand-Vimal, que la fille du métayer avait vu apparaître dans le salon de compagnie; comme d'autres, des domaines, qui avaient fait un peu trop parler d'eux avant leur mort.

SIXIÈME PAUSE

On mène Henri chez le médecin. — Singuliers comportements d'Anne-Marie. — Rapport étrange fait par Perrine.

Ce même soir, dès qu'il fut aux Escures, Gaspard comptait voir Marguerite. Mais Anne-Marie le prit à part. Elle lui demandait de conduire le lendemain l'enfant à Fournols. Le docteur Meissoux avait fait dire qu'il les attendrait dans l'après-midi. Et elle se sentait souffrante. « Tu l'y mèneras bien, toi, avec ma sœur. »

Elle ajoutait qu'elle préférait voir cela s'ajuster ainsi : leur médecin d'Ambert aurait pu être blessé; là, ce serait comme si Pauline avait agi de soi-même.

« Alors, que Valentin les accompagne.

— Je ne serai tranquille que si tu y vas. »

Elle ne voulait pas faire reculer le rendez-vous par le

médecin. La nouvelle lune amènerait peut-être un temps sale et pourri, les chemins seraient difficiles. Ou alors le froid reviendrait, on ne pourrait plus laisser l'enfant sortir. Trop de raisons.

Elle raccompagna Gaspard jusqu'au portail. Entendait-elle l'empêcher de parler à qui que ce fût des Escures? Peut-être seulement lui demander loin de tous s'il croyait, vraiment, s'il pouvait lui jurer que le feu du moulin n'avait pas été mis?

Eh non, il n'avait pas été mis. De la lanterne le feu avait pris à la paille et couru le long des lambourdes.

Gaspard ne fut pas peu surpris de la voir décontenancée par cette assurance. Toute la soirée, il repensa à l'air d'Anne-Marie après cela, à l'espèce de déception qui avait passé dans ses yeux.

Le docteur Meissoux était en passe d'acquérir une grande réputation. Chauve, avec des cheveux noirs massés à la nuque, il avait une figure pleine, brune, grêlée comme une morille, et des yeux très bons, très vifs qu'on n'oubliait plus. Dans sa redingote de futaine gris-de-loup, toute tachée il portait sur soi une odeur de drogues.

Il palpa l'enfant, l'ausculta, dit qu'il fallait le vêtir de laine et lui faire manger beaucoup de poisson, — une marotte à lui, il avait acheté les étangs de trois communes. Après quoi il parla un peu à Pauline et n'ordonna aucun remède.

Gaspard le remarqua : Anne-Marie les attendait dans l'allée avec une espèce de fièvre. On te le ramène, ce petit! Cependant, elle ne parut pas comprendre ce qu'avait dit M. Meissoux. Pauline dut tout répéter comme si Anne-Marie avait eu d'abord l'idée à autre chose, à d'autres soucis. Et pour oublier ceux-là, elle s'inquiétait à présent de ce poisson : ce devenait une affaire : où en trouver, comment en avoir?

C'était un mardi. Le mercredi, de bonne heure, Valentin Verdier vint prier Gaspard de l'aider à marquer les arbres. « Tu amèneras l'enfant, ces sorties lui feront du bien. »

De fait, on passa là-haut de bonnes heures de mouvement, de grand air. Le soir, Henri sentait la mousse, les champignons, les écorces. Gaspard lui avait expliqué comment sont bâtis tous les nids : ceux des geais, ceux des huppes, ceux des écureuils. « Tu ne m'aurais pas fait manger ma soupe le matin de la Saint-Joseph! Il faut jeûner ce jour-là pour trouver des nids. Je t'apprendrai. On voit à quels arbres il y en a. Ça se sent! »

Le jeudi, même commerce.

Au moment de se séparer, chez les Verdier, Valentin demanda à Gaspard s'il ne pourrait pas lui donner la soirée du lendemain, encore? « Je voudrais faire ouvrir un chemin vers Balance. Tu m'aiderais à marquer le tracé... »

Gaspard regarda le bout de ses souliers, releva les yeux sur Valentin. Ils se taisaient tous deux. Puis ils passèrent ensemble de la cuisine dans la salle.

« C'est Anne-Marie qui a voulu que tu me demandes?

— Je ne devais rien t'en dire. Mais le temps est doux, elle voudrait bien te voir promener ce petit.

— Ecoute, il y a quelque chose, ou alors, quoi? Hier, j'arrivais : elle était à coudre derrière la fenêtre et elle se parlait à soi-même. C'est bien la première fois que j'entends Anne-Marie parler seule. Et tout en trouble, l'œil fixe, du rouge aux joues. Qu'est-ce que ça veut dire? Elle se fait des montagnes d'un rien, elle s'embrouille dans ses besognes.

— Il n'en faut guère pour brouiller la tête d'une femme. »

Valentin l'avait dit pour Pauline qui entrait, venant les retrouver. Elle fit mine de prendre un cahier de musique sur l'épinette et de le lui envoyer à la figure.

« Une femme telle qu'Anne-Marie, non », coupa Gaspard.

Ils s'assirent. L'horloge au cadran enfumé battait le temps dans un coin. Ce bout de la salle s'assombrissait, là où se mêlait au noir le relent des placards à confitures, sous les poutrelles dépeintes. De sorte qu'il leur sembla y tenir un conciliabule.

Pauline savait que sa sœur était allée deux matins de suite à la cure et y était restée fort longtemps. Elle qui n'avait pas accompagné Henri à Fournols parce qu'elle ne pouvait sortir!

Le mardi, Elmire s'était présentée aux Escures, en visite. Anne-Marie, qui s'était écriée à cette annonce, l'avait reçue d'un air de contrainte, d'absence, un air d'être sur des charbons. Elle l'avait à peine fait asseoir.

Elmire était revenue horriblement blessée. La Poule-Courte ne tarissait pas sur ses plaintes. « Moi qui avais la bêtise de proposer une amitié à cette Anne-Marie! Elle m'a presque balayée de la maison! J'étais trop sotte aussi. Me voilà payée pour savoir me conduire. »

La Poule-Courte, enragée de se mêler de tout, était allée la veille aux Escures négocier un rapprochement. Mais un peu avant trois heures, Anne-Marie avait montré une espèce d'inquiétude à se défaire d'elle. « Elle ne me donnait ni temps ni patience. »

« Que ma sœur n'ait pas cajolé Elmire; qu'au bout d'un peu de temps elle ait eu assez de la Poule-Courte, qui sent la graisse fondue, et son caquetage vous étourdit la tête, passe. Seulement, seulement... »

Valentin avait cru qu'Anne-Marie s'était laissé tracasser par les bruits qui couraient sur Robert reparu. Pauline assura que ce n'était pas de la peur. « Elle était ailleurs quand je lui parlais, distraite, concentrée, comme tout occupée d'une question qui se poserait pour elle. »

Ils s'apercevaient qu'Anne-Marie s'était arrangée pour

les écarter, ces derniers après-dîners; et l'enfant même, et le grand-père aussi. Vingt choses maintenant leur donnaient à penser.

Gaspard ne disait pas un mot. Il avait promis de ramener le petit à cinq heures, et il se mit debout, se secoua. Pour l'adieu, il avait la voix embrouillée d'un homme qu'on réveille dans le noir.

Cette nuit-là, il n'est pas certain qu'il se soit couché. Son frère Benoni et la Fanchon, sa belle-sœur, l'entendirent monter, descendre, tracasser par la maison, ouvrir, fermer les portes. A minuit il alla boire un verre d'eau à la fontaine.

En tout cas, vers le fin jour, il passa son fusil en bandoulière et prit la porte. Sans s'arrêter aux Escures, il gagna les étangs. Là, il s'attarda, quêtant avec Chopine. Il s'agenouilla même, au bord du chemin, comme pour renouer son lacet, mais il examinait des marques de pas dans la boue. Ensuite, par le bois, il descendit vers la Rousse.

Chez la Perrine, il entra en voisin et demanda du feu.

Les mains sur la ceinture, elle attendit qu'il eût tiré trois, quatre fois sur la flamme et jeté la brindille dans les cendres.

« Tu t'es manqué pour ta chasse. C'est le vent de la traverse. Il va encore pleuvoir.

— On ne tient pas le temps. »

La vieille enfonça sous son haut bonnet une mèche grise.

« Dis, et Mme Anne-Marie?

— Eh bien?

— Eh bien, est-ce que tu sais?

— Je saurai s'il vous plaît que je sache.

— Ce que je te dis, garde-le. Voilà trois jours que ça

dure. Hier, je sors sur le midi avec mes chèvres, dans l'idée d'aller voir la Marguerite. Au bord du bois une honte me vient. Tu iras encore ennuyer ce monde. Reste là : quand ta petite sortira, tu lui feras signe. J'avais vu arriver la Poule-Courte. Je tricotais; je laisse passer peut-être trois heures... »

Oui, se disait Gaspard, et les chèvres prenaient leur vie dans le bois.

« La Poule-Courte repart. Mme Anne-Marie sort. Elle descend vers l'étang, passe le regard partout, tire une clef de sa poche, entre dans le petit moulin, celui du domaine, où l'on ne va que des moments pour faire moudre. D'où j'étais, je voyais tout. Je ne m'étais pas montrée parce qu'elle aurait peut-être été contrariée à cause de mes chèvres. Elles n'abîment rien, pauvre Gaspard! Elles ne mangent que le genêt, la ronce, elles nettoient le bois de M. Grange... »

La Perrine baissait le ton d'une manière décente, ou le haussait, tout emportée. Alors elle levait les mains de chaque côté de ses vieilles rides jaunes; on voyait luire son alliance, mince comme un fil.

« Je vais pour joindre Mme Anne-Marie. Près du moulin, oh! mais, mon sang n'a fait qu'un tour. Pense! J'étais là devant, depuis des temps, des temps : et le moulin fermé, bouclé, pas d'autre porte. Eh bien, arrivée à cette porte, j'y entends une voix. Une voix à donner froid, serrée, tranchante. Mme Anne-Marie répondait, la voix reprenait. Ho! pauvre petit, je ne peux pas te dire cette peur!

— Ma cousine parlait seule.

— J'ai rêvé, peut-être? C'est vrai, vrai comme voilà mes deux sabots. La peur m'enlève, je prends ma course jusqu'aux Escures. Quand ma petite a vu cette figure renversée... Et alors, écoute, je lui conte tout : elle et la Louise se regardent, elles finissent par me dire que le

Nanne est dans le même cas. Qu'il a aussi entendu la voix parler à la dame et qu'il n'y a personne dans le moulin. Comprends-tu?

— Oui... Je comprends.

— Trois soirs de suite, à trois heures. Des dames sont venues la voir : ta cousine les a priées de ne pas lui donner tant de leurs moments et d'autres politesses; mais elle ne vivait pas. Sitôt ces personnes congédiées, elle s'est échappée, avec défense expresse aux filles de sortir avant son retour. Mais elles n'approcheraient pas du moulin pour tout l'argent qui entrerait dans la maison. »

Gaspard s'adossait à la muraille. Sa pipe s'était éteinte. Un brouillard sur les yeux, il voyait entre lui et la cheminée un entassement de fagots, les genêts noirs, aplatis comme des ailes, leurs racines couleur de pain bis. Sans savoir qu'il l'avait prise, il déchirait une de ces racines; sa main saignait.

Il tressauta : la porte s'ouvrait lentement. Le vent l'avait poussée, la traverse qui soufflait sur les prés vides où quatre gros cerisiers s'espaçaient. Il y avait là-bas une petite montagne de buissons et de pins.

La vieille lui mettait sa main sur la manche. Il n'avait pas entendu ce qu'elle lui avait dit; il ne savait pas ce qui l'indignait, mais elle levait le coude comme pour envoyer le poing au travers de l'air.

« Tu ne me crois pas, peut-être? Tu ne veux rien croire, toi? »

D'un haussement d'épaules, il se débarrassa de l'histoire et de tout. Il demanda un verre d'eau. Il ne pouvait avaler et il lui semblait se déplacer dans un air épais comme du plomb. Une odeur de pomme, mariée à une autre de vieillerie, venue sans doute de ce tampon de chiffons qui remplaçait un carreau, l'écœurait.

« La couleur te change partout. Tu es sorti de trop bonne heure sans rien prendre : le mauvais air t'aura attaqué l'estomac. Assieds-toi, tu mangeras un bout de fromage. Si j'avais du vin... »

Il se laissa servir. Pour l'amitié. C'était bon de rester un moment dans la maisonnette, près de la vieille bonne femme. Avant de repartir pour le monde, et la bataille, et la misère que ce sera.

Tout est petit, pauvre, ancien, ici, poli par les mains, embruni et rendu luisant par la fumée qui pique les yeux. Tout est de bois ou de terre; ou de grosse pierre. Des glanes d'oignons pendent, un cabas, deux bottes d'herbes de médecine. Ce n'est pas haut sous la claie aux chevretons; ce n'est pas large, de la maie entre ses bancs jusqu'au lit affaissé sous sa courtepointe dans son placard de planches. Mais nous serions deux : elle avec la cruche, le balai, moi, ma hache, ma faux, ma pioche. Comme j'aurais goût au travail. Et je sais qu'elle m'aiderait bien.

Elle dormirait là. Nous nous réveillerions ensemble. De la porte, sous l'arbre, on comprend à voir le matin blanc que le temps tourne au beau. Nous mènerions notre journée ensemble, notre vie ensemble. Mais cela ne sera jamais. Je ne l'aurai jamais pour dormir près de moi, du moins jusqu'à l'heure de la mort. Je vais penser à une vie de bonheur et je sais que le vrai temps de vie est fini.

DEUXIÈME VEILLÉE

PREMIÈRE PAUSE

Le capitaine au Cadran-Bleu. — Préparatifs de duel. — L'incartade relevée.

GASPARD et l'hôte s'écartèrent de la porte pour un officier qui rentrait, son sabre sous le bras : un grand homme sec, dans les quarante-cinq, cinquante ans.

« Un baron, un monsieur de. Il s'est arrêté ici pour faire des recherches dans les registres de curés sur les alliances de sa famille.

— Un peu puant, hein?

— Oh! il cause. Il a servi en Espagne. A propos de l'incendie, je lui parlais du Dragon : il m'a dit qu'ils avaient peut-être fait le coup de pistolet ensemble.

— Oui, peut-être. »

Un demi-quart d'heure après, Gaspard revint avec le Dragon et le lieutenant Rouvet, de l'ex-garde. Ils entrèrent dans la grande salle, peinte de pigeons verts et bleus, de feuillages. Des particuliers de la ville y faisaient un piquet, tout en parlant du déblaiement du moulin auquel on voyait travailler sur la place.

« Qu'est-ce que c'est que cet autre? marmonnait Rouvet. Un baron, à ce qu'on m'a dit? Quelque garde du corps qui a pris du galon en léchant les pantoufles de Louis XVIII? »

Ils allèrent s'asseoir à la table voisine, demandèrent du

vin blanc. L'officier avait devant lui sa demi-tasse, son carafon de cognac. Sans vouloir savoir qui pouvait être là, il ne s'intéressait qu'au spectacle du dehors : les ouvriers piochant les décombres, un roulier achevant d'arrimer son chargement et donnant un tour de garrot à la liure.

Gaspard s'était tourné de ce même côté du jour : il semblait tout occupé à se tirer une épine de l'ongle.

Soudain, le Dragon fut si surpris qu'il faillit le tirer par la veste. L'épingle dont il venait de se servir, comme il l'aurait fichée dans une pelote, Gaspard l'avait piquée dans la main gantée de l'officier, tout droit dans le petit doigt.

L'officier n'avait pas bronché. Il eut pourtant le sentiment que quelque chose s'était passé sur sa gauche. Il tourna très légèrement la tête et, d'un air de hauteur, jeta un coup d'œil par-dessus son épaule. Gaspard l'envisageait sans battre des paupières. Il y eut ainsi un engagement de regards. Les yeux de Gaspard se portèrent sur l'épingle toujours plantée dans le gant, puis revinrent droit au capitaine. Eux seuls parlaient dans sa face : une façon de lancer la lumière, qui riait, qui défiait, qui poussait on ne savait quoi de terrible.

La figure aigre de l'officier, basanée, mais allumée par en dessous d'un sang âcre, devenait grise comme de la cendre. Ce fut une scène si singulière que Rouvet et le Dragon la suivirent la bouche entrouverte. Puis le Dragon dut comprendre : Robert! le personnage aux doigts tranchés, qui s'est fait épouser par Anne-Marie.

Robert, cependant, avec un incroyable effort, prit sa tasse. Il la vida lentement, passa d'une jambe sur l'autre. Une espèce de sourire lui vint. A son tour il les défiait, les provoquait du regard. « Et puis? Je sais bien que vous n'irez pas chercher le commissaire de police. »

Tout cela avait fait si peu de train que les joueurs

de piquet étaient sortis sans rien remarquer. L'hôte chantonnait dans la cuisine. Un enfant vint acheter des chaussons aux pommes. « C'est trois pour un sou. Bise-moi, tu en auras un par-dessus. »

« Vous avez quelque chose à me dire? fit enfin Robert. Si vous êtes homme à venir faire un tour, je ne serai pas fâché de la rencontre.

— Voilà une satisfaction que vous auriez pu vous donner plus tôt. Mais ça va : je me battrai avec vous. De peur, ajouta Gaspard de fort près, que la justice ne s'occupe trop d'un homme dont telle personne porte le nom.

— Cette personne l'a porté et le porte encore, dit Robert, en versant un peu de cognac dans sa tasse, et il y trempa un morceau de sucre. Peut-être estimez-vous qu'elle eût fait meilleur ménage avec vous-même. En attendant, oui, elle porte mon nom. Vous me direz que ce n'est plus pour longtemps, mais vous n'en savez rien.

— C'est trop parler, dit Gaspard, sortons d'ici. »

Rouvet avait tiré à part le Dragon et essayait de lui faire expliquer ce qui se passait.

« D'ailleurs, reprit Robert, une personne d'un tel mérite ne saurait en aucun cas être à vous. Car, ou bien je vous expédie, ou bien vous m'expédiez. Et, alors, je sais, la connaissant, que jamais ma veuve ne vous épousera. »

Gaspard respirait lourdement, comme un taureau. La honte le brûlait. Une honte plus insupportable que si cet autre l'avait dépouillé, mis tout nu. Mais brusquement cette idée l'aborda : il cherche à m'exaspérer; pourquoi veut-il me faire perdre le nord? Du coup, à sa façon de traîner la voix, d'observer la salle, il devina que Robert préparait quelque tour.

« Laissez vos mains sur la table. Rouvet se contentera de ce que je lui dirai, que j'accepte de me battre avec vous. Il vous servira de témoin, n'est-ce pas, lieutenant Rouvet? »

Rouvet se rapprocha, la mine sombre. Il accepta d'un coup de tête.

« Eh bien, dit Gaspard, je vous prie de désarmer votre client. Retirez-lui les pistolets qu'il a sous son habit.

« Je te voyais venir : tu me lâchais le coup dans le ventre, tu sautais par la fenêtre. Et ton cheval peut-être tout sellé à l'écurie... Ce n'est pas si bête, ce déguisement qui te permet de porter des armes. »

Le Dragon s'était saisi du sabre et s'était rendu chez Ronzier qui devait en avoir un tout pareil.

De plus en plus sombre, Rouvet toisait la salle à grands pas. Il attira Gaspard, le poussa contre la muraille. « Qu'est-ce que c'est que ce pâtissier? Me le donnes-tu comme bon?

— Vous verrez, on se battra dur. »

Rouvet, après l'avoir soupesé de son petit œil vert, donnait des conseils à son client. Le Dragon revint avec deux sabres. Il connaissait un bon endroit, un pré enclos d'arbres, derrière la ferme de la Calandre.

« Oh! fit Robert, pas si vite. J'ai un petit rendez-vous. Dans une allée du cimetière. M'accompagnera qui voudra, d'ailleurs. »

Et on ne le contraindrait pas à se battre avant ce rendez-vous là. On ne pourrait que l'assassiner. « Mais je vous préviens que je crierais haut! » Redressé maintenant, relevant vers eux son nez court, il les menaçait visiblement d'ameuter les gens, pour se proclamer l'époux d'Anne-Marie Grange.

Gaspard... Le Dragon a dit ensuite ne l'avoir jamais vu ainsi. Ce silence pénible durait. Chopine, couchée sous la table, se prit tout à coup à se gratter, en battant le plancher précipitamment.

« Enfin, demanda Rouvet prêt à la colère, pour quelle heure est-ce?

— Emportez ces sabres, fit Gaspard, mais comme quelqu'un qui revient d'un autre monde, nous ne nous battrons pas. »

Les amis l'écoutaient sans croire l'entendre. Rouvet voulut parler.

« Il n'y aura pas de duel. Je sais que tout est réglé... Nous ne nous battrons pas, non. »

Robert se versa un autre doigt de cognac. A des lieues d'eux, de tout cela. Il prit la soucoupe et envoya un peu de café qui restait sur les guêtres de Gaspard. Comme s'il ne daignait plus s'apercevoir de sa présence.

Rouvet, les bras croisés, les oreilles dressées, les yeux sur eux, se hérissait. Le Dragon sentait la sueur lui couler dans le dos.

Leur étonnement même réveilla Gaspard, à la fin. A peine s'ils virent comment, il se saisit de Robert, l'empoigna au collet, le planta tout debout. « Essayez de crier! Vous ne crierez pas longtemps. Riche idée que vous avez eue de cette incartade. Je vais vous la renfoncer dans les côtes! » Tout son sang le portait. Il tenait Robert par le cou : on entendait craqueter les os. « Un duel? Mais après le rendez-vous, pour qu'elle soit là, prête à vous couvrir de son corps, n'est-ce pas? Quelle comédie! Voulez-vous que je vous force à ne plus parader? Voulez-vous que j'arrache votre habit à coups de fouet de poste? » Dans sa rage il le secouait comme pour l'enflammer on secoue un brandon. « Ne me brutalisez pas », râlait Robert. « Et vous irez droit! Et où je dirai. Et comme je dirai! Sinon rien, rien au monde ne m'empêche de vous coller par terre et de vous écraser la figure. »

Il le souleva de six pouces encore, puis l'appliqua sur la chaise. « Voilà! je vais vous parler. Si vous manquez l'heure du rendez-vous, tant pis. Ce ne sera d'ailleurs pas vous qui vous y montrerez tantôt. »

DEUXIÈME PAUSE

Au cimetière. — Arrangements de famille. — Violence de Gaspard.

IL sentait sous ses doigts des gâteaux de mousse. Un souffle de vent se levait dans les pointes d'arbres et ne remuait qu'ensuite le branchage. Quelque chose dégringola, rebondit devant lui, un cône de sapin.

Il ne se rappelait pas comment il était venu là, à l'endroit juste, sur la tombe du cousin prêtre. Il s'apercevait qu'il y était, assis au bord de la dalle qui versait dans la terre.

On a élevé une croix de fer contre le mur; et sur ses bras terminés par des piques mal forgées, on a gravé en tout petits caractères une inscription. Mais est-ce une tombe, puisque quand ils l'eurent assassiné, ils brûlèrent son corps? Cette question le fatiguait. Rien n'arrivait bien jusqu'à lui; et il se ballait de tout, comme aux soirs où vraiment on n'en peut plus, assis près d'un feu de bois vert, après les journées en selle de marches et de contre-marches.

Anne-Marie arriverait par cette place jonchée d'aiguilles où étaient les monuments des curés d'Ambert, au milieu du champ d'orties sèches, d'épines-vinettes, de croix branlantes. Il y avait une question qu'il aurait terriblement voulu lui poser. Par fierté, il ne la poserait pas.

Les franges des gros vieux épicéas pendaient par grappes au bout des branches balançantes. Le lichen jaune d'or d'un sarcophage à volutes tirait l'œil. Un rendez-vous bien choisi. Personne ici, en semaine. Si quelqu'un s'y montre, d'aventure, il ne sera pas surpris de voir Anne-Marie Grange, — on la nomme toujours ainsi, son mariage n'a guère compté. On sait que quand elle est trop en peine elle vient prier sur la tombe de son cousin le missionnaire.

La grille n'avait pas grincé. Il vit soudainement devant lui Anne-Marie mortellement pâle.

Il ne comprit pas d'abord ce qu'elle lui demandait, d'une voix qui tremblait en dessous.

« Ah! j'aurais pu le nettoyer, certainement. Je savais où l'attendre... »

Quoi? qu'il promit de ne pas tuer? « Mais je ne veux pas tuer, dit-il. Quand j'ai su que tu le rencontrais, que vous vous entreteniez, j'ai tout vu d'avance. Le forcer à se battre? tu arrivais pour l'empêcher, et tu aurais plutôt crié à la face de tout le monde qu'il était ton mari... Non! si vous vous entendez, qu'est-ce que j'ai à dire, moi? »

Elle tenait sur lui des yeux suppliants. Elle se mit à grelotter sans pouvoir réfléchir.

Ils avançaient un peu, parmi les tables de lave, les colonnes tronquées, les ifs noirs, qui laissaient voir des branches rousses dans leur épaisseur, d'autres arbres, grossièrement taillés en fuseau, pareils à des genièvres. L'étrange jardin. Le vent passait, au-dessus des épicéas; mais dans ces coins humides, un air obscur dormait entre les pierres sculptées et les verdures amères. Bizarre lieu de refuge, à l'écart, dans la plaine. Par-dessus le feston de tuiles des murailles basses, les montagnes formaient de tous côtés l'assemblée, dans leur bleu sombre de la morte-saison.

Elle ne demandait rien. Il lui expliqua en quatre paroles pourquoi il était là, à la place de l'autre. « Tu t'es entendue avec lui : bon. Mais moi, pour la famille, je veux savoir quelle existence il mènera, de jour en jour, de façon à nous garantir tous contre ses entreprises. S'il bouge, il y mettra sa vie. » Gaspard entendait bien lui attacher le licou. Le Dragon, sa femme, son beau-père, s'installeraient dans le moulin qui joignait le petit château, près de Brioude. Il songea d'ailleurs que la prison les avait brisés, Robert et Gilbert. Robert au premier accroc, la tête lui tourne. Gilbert, tout ce qu'il demande, c'est manger son pain, son fromage, coucher entre deux draps, et pas d'histoire. Gaspard tâcherait d'avoir des indications par Gervais, le tailleur du bourg, — le gaillard devait être entré dans les affaires des Chargnat contre les messieurs.

« Je souhaiterais même que Robert bougeât. Il y en a une... Elle ne peut pas le dénoncer, parce que ce serait découvrir ses frères à elle. Mais si elle le savait en campagne, elle s'arrangerait pour l'attirer dans quelque traquenard. Nous n'aurions qu'à laisser faire Elmire. »

Il disait cela, sachant bien qu'Anne-Marie se croirait obligée en conscience d'avertir Robert. Se savoir guetté par Elmire Chargnat contribuerait à le tenir en repos. Gaspard voyait tout maintenant, comment tout agencer.

Ils s'enfonçaient pas par pas dans l'allée. Il semblait à Gaspard qu'ici, dans ce lieu nouveau, Anne-Marie était plus loin de lui, des Escures et du bourg. Le bruit de la Dore en crue roulait faiblement d'un bout à l'autre de la plaine, dans l'enceinte des montagnes.

« Tu as songé, reprit-il, que votre bien, et même celui des Verdier peut passer à cet homme? L'enfant est votre héritier à tous. Vois-tu ce que tu fais? Si tu reprends Robert aux Escures, il n'a plus qu'à se débarrasser de vous pour devenir maître des terres et des valeurs, en qualité de tuteur de l'enfant? »

Les pieds lourds, un froid sur les tempes, il fit encore un pas ou deux. Robert et Gilbert n'ont plus un sou, ils sortent des prisons d'Espagne. Va-t-elle leur donner de l'argent? L'argent du domaine, et je l'ai refait de mes peines, moi! Le voir aller à ces hommes, je ne le supporterai point.

Elle n'a pas protesté tantôt, lorsque j'ai dit : Si tu le reprends aux Escures... Serait-elle vraiment pour le reprendre?

Il mourait d'envie de le demander. Le gosier barré, il n'avalait qu'avec un effort.

« Mais, en attendant, de quoi comptent-ils vivre? »

Anne-Marie dit qu'en effet Robert lui avait déclaré ne rien avoir. Puisqu'elle faisait exploiter leurs bois, elle leur remettrait l'argent des coupes.

Ils revenaient vers la grille. Et Grange? songeait Gaspard. Accueillera-t-il Robert aux Escures? Un homme comme lui, tout d'une pièce sur le chapitre de la probité, acceptera-t-il jamais pareil gendre? Ah, le temps use tout. L'affaire de l'héritage s'est réglée à sa satisfaction; il mettra la canaillerie au compte des Chargnat défunts. Les gens ont des cervelles de veau où les choses mollissent. Il suffit que les années passent : les crimes de Robert ont pris couleur de politique. « Il était pour le roi... »

Un coup de vent fit pleuvoir des aiguilles mortes. Anne-Marie porta la main à son cou, et, pour chasser une brindille, le dégagea de la guimpe. Gaspard revit la cicatrice du couteau de chasse.

C'était à l'Arbre Blanc. Il a voulu l'égorger. Il a trempé dans l'assassinat du cousin prêtre, il a volé, il a tué; et rien n'arrête cette déraisonnée parce qu'elle s'est laissée marier sans savoir par son imbécile de père. Alors? elle et cet homme de crime, ensemble, vivant ensemble aux Escures?

« Enfin, tu lui as montré qu'il pouvait tout avoir, l'enfant et les biens. Y as-tu pensé? Tu vas peut-être procurer la mort de ton père et celle de ta sœur, la tienne... »

Elle leva la main pour demander grâce. Tout était si difficile. Elle avait fait ce qu'elle avait cru qu'il fallait faire. Allait-il la rejeter dans le tourment?

Mais Gaspard entendait s'acharner contre elle. Qu'elle souffre, tant pis : je souffre assez, elle peut bien souffrir!

Elle se tournait vers lui. Ne voulait-il donc plus se souvenir de leur amitié?

Elle avait pensé à faire un testament, disait-elle. Robert était prévenu : jamais, quoi qu'il arrivât, l'enfant ne lui serait remis. Elle marquerait pourquoi, s'il le fallait; et Valentin serait chargé de veiller à ces volontés-là. Plutôt encore voir l'enfant perdre l'honneur de son nom que de le voir perdre son âme.

L'enfant! elle ne songeait qu'à lui! Gaspard, arrêté au bord de l'allée, suffoquait de colère. Il s'aperçut qu'elle le regardait, et qu'elle changeait de visage, le souffle mort, toute blanche. Ils étaient seuls dans ce jardin sans raison d'être, avec ces tombes de familles dont personne ne se souciait plus. Cette lame de pierre-là, aux grosses lettres gauches, à demi brodée d'une lèpre, ces arbres noirs hérissés, ces enfonçures, ces rosiers griffus, aux fruits rouges quasi pourris, il voyait tout cela, mais la vue lui dansait. Il se sentait comme fou d'empoigner ce cou nu et de le serrer jusqu'à broyer les os. Ou bien la prendre, elle, entre deux bras, et l'emporter n'importe où, loin des gens.

Il marcha sur elle pour se faire un passage.

Sans bouger, blanche et tremblante, elle avança seulement la main.

« Jure-moi que tu ne tueras pas. »

Elle s'attendait à une explosion. Mais non. Il prit un air buté, presque honteux.

« Eh bien... il hésita : dis-moi tout, dis-moi ce que tu lui as promis. »

Elle dit qu'à l'automne son mari pourrait paraître de fois à autre. Et plus tard, si tout montrait qu'il allait droit... il reviendrait.

La face de Gaspard était comme un bloc de pierre rougie au feu. Sous la roulière, la poitrine se soulevait par secousses.

« S'il combinait le mal, dit-elle lentement, il s'empêtrerait dans le mal même. Dieu m'aiderait. »

Elle vit que les yeux de Gaspard se fonçaient encore, ainsi qu'il lui arrivait dans la fureur. Tout d'un coup il se mit à parler avec une sorte de sourde violence. Comment avait-elle bien pu ne lui rien dire? Ne plus tenir compte aucun de lui, son cousin proche. Elle aurait tout décidé selon son idée à elle, il ne serait pas allé contre. Mais il lui en voudrait toujours de s'être tue ainsi.

Il se laissait emporter, outré, fou de colère. Puis il baissa la voix, comme s'il traitait d'une chose indifférente. Il gardait cependant un air de force et de sauvagerie qui la faisait transir. S'empêcherait-elle de lui mettre la main sur la bouche? Ah! ne pouvait-il comprendre? C'était à lui surtout qu'elle ne devait pas demander conseil. Et elle n'avait même pas le droit de lui dire cela. Une lassitude l'écrasait.

« Ecoute, en me mariant, j'ai juré assistance à cet homme. Indigne ou non, il est le père de mon enfant... Et celui qui se repent, comment ne pas lui laisser chance de revenir? A tout moment, un être doit pouvoir changer, se racheter, faire son salut. »

Ah! se dit-il : être toujours à même de repartir, de vivre : il faudrait que ce nous fût donné; je l'ai senti : c'était un matin, près d'un bois, je ne sais plus où. Mais le goût de vivre, je ne l'ai plus au cœur. La voilà à un pas de moi, contre l'if. Le vent remue son gros manteau bleu. Et c'est fini. Elle ne sera plus avec moi, jamais.

Dire que j'ai dû ruser avec elle, ruser pour la faire, sans qu'elle s'en doutât, agir sur l'autre. C'est avec lui qu'elle s'est entendue. Dans ma vie, il n'y avait que cela qui valût, cette entente. Comment a-t-elle pu trahir ainsi les anciens jours?

« Tu restes? demanda-t-il. Alors, tu remonteras seule; j'ai des affaires. Tu ne risques plus rien de lui maintenant : tu as acheté assez cher ses bonnes grâces. »

Elle le questionnait d'un regard ardent, désolé : lui signifiait-il qu'il entendait tout à fait s'écarter d'elle? Elle fit un mouvement, sembla vouloir se réfugier près de lui, pour lui demander secours contre la vie, contre le monde, contre lui-même.

Mais il avait passé. Il tournait le coin de l'allée. Elle ne le vit plus.

TROISIÈME PAUSE

La rentrée d'Anne-Marie. — Anne-Marie dans la chambre du galetas. — Les idées de la nuit.

Ils étaient assis en face l'un de l'autre, les pieds de l'enfant contre ceux de Marguerite sur la chaufferette. Il se penchait sur ses genoux, et elle tricotait malaisément, soulevant son ouvrage, de peur qu'il ne se mît les yeux dans les broches. La porte fermée, le rideau tiré, le lumignon allumé, il y avait plaisir à se tenir dans la chambre ronde.

Mais Mme Anne-Marie aurait dû être rentrée de la ville.

« C'est que je ne sais plus d'histoires. Voulez-vous que je vous dise la Passion? »

Le mauvais temps battait les grands arbres autour de la maison et tenait toute la campagne, de bois en bois, de carrefour en carrefour. Là-haut dans le galetas, le vent avait un drôle de ronronnement gémissant.

Marguerite récitait, partie sur un ton solennel : « vers le mont Calvaire, dans la boue et dans le sable, et les femmes de Jérusalem en pleurs aussi toutes... » Hochant la tête, elle marquait une cadence. Son regard passait par-dessus celui d'Henri, puis se rabaissait et cherchait le sien comme pour lui faire sentir la compassion de certains mots. « Nous avons vu un pauvre criminel qui vient de passer sans que personne l'assiste, ils sont tous pour le trahir. — Ha, ce sera peut-être mon fils, je ne l'ai pas vu de trois jours. La Sainte Vierge, si sage et si sainte, en quitta le grand chemin et prit un petit sentier... »

Le mont Calvaire devait être fait comme le puy de Loire, au-dessus de Grandrif. De derrière la maison, sur les toitures chargées de pierres, descendaient les bruits brouillés que le vent de la nuit brasse dans les arbres. Marguerite avait la mine de quelqu'un qui prête l'oreille, et achevait en la précipitant sa récitation. « Si vous trouvez quelqu'un qui dise cette oraison quand ses péchés seraient grands comme le sable de la mer, le paradis ne lui sera pas refusé. »

Elle se leva, Mme Anne-Marie arrivait, qui avait encore son manteau, ses brodequins — d'ordinaire elle les quittait toujours avant de monter —; et avec quelque chose d'égaré sur toute sa personne.

« Tu ferais mieux de voir s'il a les pieds chauds. Quelles espèces de prières lui apprends-tu? D'abord, crois-tu que nous soyons faits pour tant pratiquer la sainteté, ma pauvre Marguerite? »

Elle tâtait les pieds d'Henri; du dos de la main, touchait son front, ses joues. Elle l'embrassa, le retint contre soi. Elle entendait son propre cœur qui battait, qui battait. La tour. était-ce enfin sa retraite, où retrouver, sinon la paix, du moins l'espoir d'une paix, seule avec son petit garçon, à l'abri du monde?

Sur la minuit — et pourtant il lui semblait être éveillée depuis longtemps —, elle arriva à comprendre que l'idée qui l'obsédait —, ils étaient trois, il y avait du chiffre trois, là-dedans —, n'était rien qu'une vision informe, un nœud de cauchemars.

Pour se débarrasser de cela, elle mit les pieds par terre, alla regarder Henri qui dormait. Un volet du galetas tournait sur ses gonds, en grinçant comme une brouette, et cognait la muraille. A présent elle était bien éveillée, mais c'était pour reprendre ses peines. Autant auraient valu les obsessions de tantôt. J'ai cela tellement dans la tête... Si je pouvais parler à quelqu'un. Mais je suis seule comme au milieu d'un bois.

En nattant ses cheveux, avant de se mettre au lit, elle avait tâché de penser aux provisions qu'il fallait faire pour le carême : du riz, des châtaignes, des harengs. Il y avait des chandelles au grenier... Elle essayait d'être à tout cela encore, voyait les chandelles pendues en grappe à une poutre. — Quel bruit faisait ce volet sur la cour! — Les ruches donneraient assez de miel, pas besoin de cassonade. — Je vais aller arrêter le volet, il réveillerait Henri.

Lorsque ce fut fait, il lui sembla que Marguerite remuait dans sa chambre. Elle hésita devant la porte, se décida à soulever la clenche.

« C'est vous, madame? Vous m'avez fait peur.

— Je t'ai fait peur tous ces jours-ci, pauvre petite, avec mes promenades. Va, c'est fini; mais ce n'est pas fini pour moi, au contraire. »

Elle s'assit près du lit, arrangeant distraitement d'une main le couvre-pied d'indienne. Oh! oui, quelqu'un à qui elle pût dire ses raisons. Et cette petite s'était montrée si fort mon amie, jadis, dans sa détresse.

Alors, Anne-Marie se mit à raconter comment son mari s'était présenté à elle dans le bois. Elle n'avait pas eu peur : elle avait compris d'abord ce qu'il demandait. Leur débat avait duré plus de trois jours. Il donnait sa parole de changer, de ne plus rien faire qui choquât la droiture.

« Vous êtes ma femme : vous devez vivre près de moi avec mon fils. Vous me rejetez au mal si vous ne le faites pas. Voilà comme il m'a parlé. Et dis, Marguerite, quelqu'un a-t-il le droit de me faire un reproche? »

Le sang lui monta à la face, tout comme là-bas lorsqu'elle avait entendu Robert : « Vous aimez mieux vivre ici d'amitié avec votre beau cousin, et vous vous croyez honnête femme parce que vous n'êtes pas sa maîtresse! » C'était alors qu'elle était entrée en doute sur soi. Elle avait dit qu'elle donnerait sa réponse le lendemain, et il avait deviné que ce serait oui.

Elle avança la main, touchant machinalement les robes de Marguerite, pendues dans cette soupente de planches, comme les femmes de l'homme à la barbe bleue dans le cabinet noir. Mieux aurait valu mourir que d'être en pareil tourment. Si l'on ne mourait qu'une fois!

Elle se perdait dans cette pensée, les yeux sur la chandelle qu'elle avait posée à terre. A côté, elle sentait toute la maison endormie : le galetas, ses bouquets de sureau sec, son monceau de linge attendant la lessive; les chambres dans leur remugle de couettes et d'arnica; les aîtres, telle montée de trois marches, les salles du bas, leurs arrière-cabinets, un corridor... Parmi cela, les ennuis, les affaires, les soucis d'entre le père et Pauline, tant d'heures à nous. Notre maison. Et j'ai promis d'y recevoir cet homme. Lui qui sort de prison, il serait là, chez nous, où il n'y a jamais eu qu'honnêteté. Comment ai-je pu promettre que dans un an j'accepterai de le reprendre?

Gaspard ne restera pas dans le pays et il aura raison.

Mais que ferons-nous? Mon père n'est plus le même homme. J'allais juste demander à Gaspard de venir toiser le foin : j'ai peur que la provision ne s'épuise avant qu'on puisse lâcher les vaches. Et qui taillera nos arbres? Il y faut toujours la même main, comme il faut se faire soigner toujours par le même médecin qui connaît votre tempérament.

Marguerite s'était levée pour lui mettre une de ses robes sur les épaules. Elle ne peut pas retrouver son calme, se disait-elle, la voilà à se tracasser de cent choses; mais c'est qu'elle a trop de peine, elle a trop de peine.

Anne-Marie secouait la tête, comme si ses nattes la gênaient, et serrait les bras contre soi sous la robe.

« Sais-tu, quand je suis rentrée ce soir après avoir promis... Je devrais me taire, je dirais de mauvaises choses. Il y avait en moi un fond de colère contre la Providence. J'ai entendu cette récitation en arrivant : « Quand ses « péchés seraient grands comme les sables de la mer... » Une colère m'a prise. C'est Dieu seul qui peut pardonner ainsi. Est-ce qu'il me demande d'être une sainte? »

Elle, elle avait toujours eu le goût de la vengeance. Lorsqu'elle avait appris que la Fanchon avait laissé voler l'enfant, elle ne s'était pas fait faute de la haïr, voire de désirer la tuer. Et à Chenerailles, lorsque Robert avait passé la main sous la porte, le goût de se venger l'avait emportée, et il lui avait fallu décharger sur cette main un coup de couteau.

Si elle avait su ce qu'elle faisait, cette nuit-là! Si elle avait su ce qu'elle faisait, le matin, ici, où, pour pleurer son saoul elle était allée pleurer dans la buanderie, avant qu'on la menât se marier à l'église!

« Marguerite, toi qui me vois à toute heure du jour, dis-moi en conscience, as-tu senti que j'étais en faute? »

Elle tremblait. Elle la regardait dans le fond des yeux comme si son destin dépendait de la réponse. Marguerite, couverte aussi d'une robe en guise de mante, essayait de la calmer.

« Toi, est-ce que tu n'aurais pas promis? C'était forcé, on doit bien comprendre que c'était forcé. Il faut que mes cousins continuent de venir aux Escures. Gaspard comme les autres. Si je l'écartais, quel air cela aurait-il? Cet homme aurait eu raison de supposer, alors... Tu l'expliqueras à mon cousin. »

Le cœur lui grossit, les larmes lui vinrent. Elle enroulait une de ses nattes à son poignet, et se tenait près de la fenêtre, le visage en feu, frissonnante de froid. Gaspard quitterait Saint-Amand, elle le savait. Mais comment veux-tu qu'ils se rencontrent ici en plein soleil, lui et Robert?

« Madame Anne-Marie, nous brûlons de la chandelle. Il faut retourner dans votre chambre. »

Anne-Marie n'entendait pas. Accotée à la fenêtre, elle contemplait le démènement des têtes d'ormeaux, de tilleuls, la campagne, le noir de la nuit. Elle se remit à parler à mi-voix, très vite. « En rêve, je ne suis qu'à Champétières ou à Chenerailles, jamais aux Escures. Sans doute parce que je n'ai eu que ces jours d'autrefois. Je me rappelle. Comme tout cela est passé. C'était au fond du verger, sous le prunier plein de rayons. J'avais un ami qui travaillait près de moi, j'avais ses yeux qui me riaient. Maintenant, je serai seule tous les jours de ma vie. »

Toujours elle revenait à ce qu'avait dit Robert. Elle avait cru assez faire en gardant l'alliance à son doigt. Elle ne s'était pas défiée de ses songes... Comme je suis devenue! J'aime mieux avoir honte et me faire du mal en m'occupant de Gaspard que de ne pas m'en occuper.

Elle parlait encore plus vite que tantôt, de sorte que Marguerite ne pouvait plus la comprendre. Une quinte de toux lui vint qui l'épuisa. Puis une fatigue telle qu'elle crut qu'elle allait mourir. Marguerite l'avait étendue sur le lit; elle lui mouillait la figure d'un peu d'eau, lui frottait les bras, les épaules. Si je mourais, songeait Anne-Marie, que deviendrait cet enfant? J'ai cru que je ne l'aimais plus, ce soir, Gaspard voudrait-il le prendre en charge? Il a trop de dureté. Certainement, je ne vivrai pas, à cause de leur dureté à tous, ils ne me laisseront pas vivre.

Elle frottait elle-même ses bras, pour aider Marguerite. Mais tout tournait. Cette chambre aussi l'embrouillait avec sa cloison de bois mal raccommodée, sa poutre toute fendue. Elle ne savait plus où elle était; une idée la travaillait, d'après le souvenir d'une promesse que Gaspard autrefois lui avait faite. Il devait lui fabriquer un coffre où entreraient tous les bois du pays : mais tous les bois, depuis le noyer jusqu'à l'épine noire des buissons. Puis il était parti soldat. Elle ne le laisserait pas repartir qu'elle n'eût ce coffre dans sa chambre. « S'il en oublie un seul, le mélèze, le genièvre, il faudra qu'il recommence! Il y a le néflier, j'ai vu un néflier dans le bas du verger, au château du Lac. — Que j'aimais aller là! L'azerolier qui porte des pommettes, jaunes en dedans. Comptons, toutes deux : l'alisier, le houx, le sorbier, le bouleau, le sureau noir et l'autre; l'alisier, — je l'ai dit! — allons, aide-moi, allons plus vite. Tu verras qu'il partira si nous laissons faire! »

Marguerite commençait de s'effrayer, voyant bien qu'elle délirait un peu.

« Venez, madame Anne-Marie. Demain nous ferons promettre à votre cousin. »

Elle essayait de la tirer vers la porte. Anne-Marie, toute parcourue de tressaillements, semblait céder, se relever; puis elle retombait sur le lit, repartait de plus belle pour le pays de son cauchemar. La vilaine heure, dans cette chambre haute, où le vent ronflait, comme autour de quelque cabane perdue dans les bourrasques, au haut d'une montagne. Marguerite se demandait si elle devait aller chercher Grange. « Madame, je crois que le petit Henri s'est réveillé et qu'il pleure. Il s'épouvantera s'il se voit seul. » Anne-Marie consentit enfin à la suivre, tout agitée et murmurante encore. La peur de mourir, la peur de voir partir Gaspard, se mêlant dans son esprit, pesaient sur elle, confondues avec des images de dalles penchantes, d'allées fuyant entre des arbres obscurs. Elle alla au lit d'Henri, resta là devant, l'espace d'un pater. Marguerite l'entendit qui disait : « Dieu règle tout. Sans cette pensée, que deviendrait-on? »

QUATRIÈME PAUSE

Gaspard et ses affaires. — La salade au lard. — Pauline va parler à Gaspard.

JANVIER s'en fut, avec toujours du vent, un temps noir, turbulent, désagréable. Février vint sans froidures. On commença de voir que les jours allongeaient. Certains soirs couverts, la tranche rouge d'un vergne abattu, les plaies jaunes des arbres ébranchés, ou de la haie taillée à coups de serpe marquaient dans le crépuscule. Comme aussi les plaques noires du feu avec le gris des cendres, aux talus de ronces.

Gaspard n'avait plus paru. On le disait dans les bois, bûchant avec les bûcherons.

Selon Grange, trois officiers suisses du régiment de Salis, qui avaient tenu garnison à Clermont, lui offraient de s'associer à eux. Ils y établiraient une fabrique de pâtes de Gênes, vermicelles et macaronis dont les pharmaciens avaient le débit pour les personnes faibles de l'estomac. Des Piémontais sous leurs ordres, connaissant la partie, formeraient des ouvriers. Il y avait de l'argent à faire en manufacturant les blés durs de Limagne.

Tout le monde rêvait de devenir industriel pour faire fortune. Mais cette idée de fabriquer des pâtes pour les pharmaciens mettait Gaspard à contre-poil. On mange du pain, disait-il.

Il trouverait autre chose, il ne resterait pas ici à traîner les jambes. Il arrive, par moments, dans la vie, qu'on se sente le cœur mort au fond de la poitrine. Le mieux est d'aller voir dans un autre endroit s'il n'y a plus moyen de reprendre goût au pain et de trouver le vin bon.

Il avait ses projets. Déjà l'alouette chantait « Cinq sous de mieux! » parce qu'on peut faire la journée plus longue en mars et gagner davantage. Les autres années, il aimait ce premier temps clair, encore sans bruits de mouches, sans cris d'oiseaux. La campagne reste couleur d'étoupe, couleur d'écorce, couleur des choses. Pas de feuilles aux branches, des minous, seulement. Mais la lumière est si neuve, l'air est si vif, si léger, qu'on voit tout, qu'on est partout.

Cela ne lui disait plus rien, maintenant. De trop de points, il voyait les Escures, avec leur air de paix, derrière les hauts branchages. Il les regardait d'un long regard noir et il ne se sentait pas bon.

Son ami Plampougnis irait travailler en Limagne, dès que pointerait le vrai beau temps. De Clermont à Issoire, sur les plans de M. Adrien Mitton, se bâtissaient plusieurs châteaux. On aurait besoin de bois de charpente. Et Plampougnis lui avait parlé d'une certaine forêt près de Murols, qu'on aurait à bon compte, parce que d'exploitation difficile. S'il avait l'audace d'entreprendre l'affaire, il pourrait augmenter beaucoup son état.

L'audace, oui, et il y avait autre chose pour le pousser.

Ici tout lui donnait une impatience. Plampougnis n'avait pas tenu sa langue devant sa femme; aussitôt la Lucie avait tâché de savoir si vraiment Gaspard comptait acheter ce bois. « Alors? vous allez dire comme le marin : Adieu à tout ce qu'on aime! » Il n'avait pas fait mine d'entendre.

Pauline aussi aurait voulu le faire parler. Toutes ces femmes! Il devinait leurs propos sur lui. Rien que cela l'aurait fait sauter par la fenêtre, plutôt que de rester dans leur air. Valentin et Pauline se promenaient souvent à cheval dans les quartiers où il travaillait. S'il les rencontrait, il les saluait de quelques paroles de bonne humeur, comme on fait, et passait vite, avec ses hommes.

Une fois, pourtant, ils le trouvèrent seul, menant un chargement de sapins. C'était en haut d'une montée, et ses chevaux, recrus, fumaient, les sabots écartés dans les ornières et l'herbe rude. Il venait de resserrer la mécanique, il laissait souffler les bêtes devant la grande vue, avant la descente.

Il fut pris. Tout de suite Pauline lui demanda pourquoi on ne le voyait plus aux Escures. Il s'était engagé pourtant à emmener Henri les après-dînées.

« Quand nous ne serons plus dans les petits jours. »

« Et puis, dit-il, si c'était un enfant qui ne fît de façons ni avec le vent ni avec le soleil! Mais c'est comme le rouge-gorge, ça craint le froid et la chaleur. »

Quelle drôle de chose, songeait-il : Henri ressemble à cette Pauline : seulement elle, vive, rieuse, intrépide, avec cet air qui plaît; lui, d'un autre tempérament, plus nerveux ou bilieux, une espèce de biscuit manqué, un emplâtre. Depuis que j'ai dévisagé Robert, je ne peux plus songer à ce visage étroit de l'enfant, à ces grands yeux jaunes enfoncés qui ne lui servent de rien.

Cependant Pauline s'était mise sur la résolution déplorable de sa sœur. On n'avait pas encore parlé au père. Comment le prendrait-il?

Si ça lui plaît, à moi aussi, faillit dire Gaspard. Il laissa démarrer ses chevaux comme par inattention, puis, en hâte : « Du moment que ta sœur a pu s'entendre avec l'autre... Sur ce pied-là, elle sera sûrement plus tranquille. » Et il courut pour rattraper les bêtes.

Pauline, poussant son alezan, resta à sa hauteur. « Mais cet homme aux Escures! Gaspard, comment peux-tu le prendre si doucement? »

Il lui envoya un tel regard qu'elle se tut. Elle s'était pourtant juré de le mettre hors des gonds lorsqu'elle le rencontrerait.

Un autre jour, il revenait de Balance, un renard en bandoulière. Il tomba sur Henri et sa mère au sortir du bois des Fayes. Henri touchait d'un doigt le museau de la bête, ses dents rougies, avec le désir visible de demander pourquoi elles étaient rouges.

En face de cet enfant muet, secret, craintif, Gaspard se sentait la gorge bridée. S'il avait pu trouver le mot de l'adieu. Mais il se tenait à côté d'Anne-Marie et il n'arrivait pas à repartir.

Ils parlaient du temps. Un papillon couleur de primevère sortit des genêts, voleta sur le chemin.

« Mme Combe m'a dit qu'à Paris les élégantes guettent le premier papillon pour prendre sa couleur; et elles décident par lui du jaune ou du mauve qui sera à la mode...»

Enfin Gaspard se souvint que le petit aurait voulu manger, par curiosité, d'une salade de pissenlits au lard. « Suis-moi à *La Belle Bergère*. Je t'en ferai une pour ton quatre heures. »

Il les mena dans le pré. Son couteau à la main, il allait courbé le long de la haie, là où l'herbe est plus verte. Une fleur de pulmonaire, du rouge tourne au bleu, dans sa rosette de feuilles tachetées. Il fait presque doux; ce soir un crapaud chantera goutte à goutte. C'est mars, l'entrée de la belle saison, l'étendue ouverte au bout des prés, devant un autre bleu de la montagne. Mais ces prés, ces chemins, ce bois des Fourches, que me fait tout cela?

Il revint vers eux, les mains rouges, portant ces pissenlits lavés dans l'eau de la rase, une eau qui sent encore la neige.

Anne-Marie aurait voulu pouvoir lui demander s'il était vrai qu'il eût acheté un bois dans les Monts d'Or? Mais elle le voyait si peu d'humeur à entrer en vrai propos. A ses coups d'œil assenés court, à sa façon de serrer les mâchoires, on le sentait intraitable, un de ces hommes qu'on ne réduit pas. Il voulait allumer un feu là dehors. On aurait goûté sur l'herbe. Elle fut forcée de dire qu'Henri prendrait froid, assis par terre. « Oui, même sur ton manteau. Dans l'atelier nous serions si bien. »

Il bourrait le poêle de copeaux. Et, s'apercevant qu'il se taisait depuis un grand moment, il se hâtait d'expliquer : « Tu vois, on fait chauffer le saladier, les assiettes, le vinaigre. On met le lard à fondre en guise d'huile... »

Comme Henri avait désiré cette salade! Mais après trois bouchées, il n'y allait plus que du bout des dents. Le lard se figeait; ce n'était pas très bon.

« Il y a des pierres...

— Eh bien, laisse. Je n'y regardais guère, à ton âge. Je mangeais comme le feu. »

Il sembla à Gaspard qu'il venait de jouer un rôle, celui de l'homme de la campagne qui tâche de régaler le cousin de la ville, un peu dégoûté d'avance. Anne-Marie souriait pauvrement, s'excusait du regard. « Il n'a pas beaucoup d'appétit. »

Celui qui n'a pas d'appétit, à quoi se prendra-t-il dans le monde? Et ce n'est pas en le mignardant qu'on va lui en donner. Elle en fera un freluquet, le fils d'un monsieur.

« Allons, laisse ces pissenlits, dit-il en reculant sa chaise.

Tu apprendras plus tard à n'être pas difficile. Manger ce qu'on trouve, s'arranger de ce qui tombe. Et la première des choses à savoir, c'est qu'on n'a droit à rien. »

Aussitôt il rougit violemment. Comme si ce petit n'avait pas eu assez de misère, alors qu'il vivait avec un vieux fou dans les bois! Sa mère ne faisait que bien de le dorloter, sans doute. Le chaud à la joue encore, il n'aurait pas relevé les yeux sur Anne-Marie. Elle se hâta de le prendre sur son embarras pour lui demander de les mener à la métairie de Valentin le jour où l'on referait le bornage.

Deux minutes après, comme ils traversaient le verger, allant rejoindre l'enfant près de la Fanchon : « Tu n'as pas besoin de moi, dit-il. Plus de risques, maintenant. Puisque tu as passé un traité avec qui de droit... »

Ha! il ne s'agissait pas de ces risques : elle écartait cela de la main. Elle tournait le visage vers lui pour qu'il y lût ce qu'il était défendu de lui dire : la confiance, la timidité, le reproche, et toujours dans cette douceur... Il y a des figures qui vous suivent, qui ne vous quitteront pas, jusqu'à la mort.

« Je ne veux pas te perdre », dit-elle légèrement, comme elle eût dit une chose toute simple et gentille.

Seulement sa voix était basse; et, sur le dernier mot, elle faillit manquer.

Pauline n'admettait pas, n'admettrait pas qu'on vît un jour Robert aux Escures. Le père en aurait une attaque. En tout cas, elle savait bien que Valentin ne tendrait jamais la main à cet homme.

Sa sœur était folle. On devait l'empêcher d'achever son malheur. Il fallait absolument conférer avec Gaspard. Si Gaspard agissait sur Anne-Marie, on ajusterait tout. Et le dernier dimanche ne l'avait-il pas accusée devant Valentin avec une rancune furieuse? « Quand vous avez fait l'impossible pour tout régler, et que vous voyez la folie d'une femme renverser votre ouvrage! Rien d'étonnant, alors, à ce qu'un ennui vous mette la tête à l'envers. »

Cela voulait-il dire qu'il allait partir pour Murols? Il en avait parlé comme d'une chose arrêtée : « J'en tordrai, de l'ouvrage! » Cependant la vente n'était pas passée encore.

Pauline était intervenue là-dessus. Elle avait essayé de lui faire comprendre que puisque Anne-Marie allait à sa perte, on se devait en conscience de l'arrêter. « Je t'assure qu'elle-même se demande... Si tu lui parlais, tu emporterais tout. Tu n'as pas idée du tourment où elle est à présent! — Ta sœur a ses ennuis : elle l'a voulu. J'aurai peut-être les miens demain. Chacun sait l'heure qu'il est à son horloge. » Pauline avait bien vu que ses poings tremblaient. Il les avait enfoncés dans ses poches.

En se levant le surlendemain, elle se jura qu'elle le remettrait là-dessus. Dans la journée, elle le manqua trois fois. Enfin, à la nuit tombée, Benoni lui dit qu'il devait être dans le champ au-dessus de la chènevière. Elle décida d'y aller tout de suite. Il ne pourrait pas se fâcher : elle lui apportait un message.

Elle prit à travers champs. La terre des labours et le fumier de mouton épars sur les prairies sentaient fort. Un petit feu rougeoyait sur la crête. Elle aperçut Gaspard vers les pins et la lune basse. Il courait, une poignée de paille allumée à la main. Il la jeta par terre et du bout de la fourche se mit à poser sur elle des fanes, des pelotes de chiendent, qu'il soulevait, secouait un peu. Du côté qui n'était pas au vent, la fumée commençait de se dérouler en grosses torsades grasses.

Essoufflée ou émue, Pauline lui disait que s'il devait partir, il lui fallait auparavant voir Elmire Chargnat. Elmire avait à lui confier des choses d'importance.

Il continuait à fourrager, faisant sortir d'entre les fumées des languettes de flamme, et il haussait les épaules.

« Bien sûr, Gaspard, elle est une ceci, une cela. Mais elle doit savoir du nouveau sur Robert. »

Pauline ajoutait qu'il n'y avait certainement pas plaisir à fréquenter cette fantasque; elle se disputait avec ses servantes, se permettait des excentricités à l'occasion. Restait qu'Anne-Marie avait cent fois tort de ne pas la ménager.

« Moi, vois-tu, je ne me mêle plus de rien. Votre Elmire...

— Je sais : elle ne peut pas dénoncer Robert, ce serait découvrir sa famille; mais elle peut faire courir des lettres anonymes. »

A la clarté du feu, Gaspard prit Pauline dans son regard. Voilà donc! Je croyais qu'elle travaillait pour sa sœur : c'est pour Valentin. Ce ne serait pas très agréable à Valentin de voir son beau-frère reconnu publiquement pour un scélérat. Il s'agit bien d'Anne-Marie!...

Les flammes sautaient d'un coup, en coques déchirées, d'entre les lentes colonnes d'une fumée jaunâtre. Les yeux cuisaient, il recula d'un pas. Une onde s'élevait en tremblant qui semblait emporter la lune.

« Raisonne ma sœur, lorsque tu l'amèneras à notre métairie pour le bornage. Tu dois l'amener avec Henri, je crois.

— Je dois si tu veux.

— Mais si tu pars pour Murols...

— ...

— Vois Elmire d'abord. Il faut que tu t'entendes avec elle pour tenir Robert... »

Des dents de la fourche il éparpillait un écheveau de braise qui tombait en poudre, et se réduisait à rien.

« Elle voudrait te parler dans son domaine de la plaine. Elle préfère t'entretenir seule à seul. Dimanche soir, cela t'irait-il? »

CINQUIÈME PAUSE

Gaspard au domaine des Chargnat. — Propos et offres d'Elmire. — Les secrets desseins de Robert. — Politique de Gaspard.

IL y alla sur le Grand-Blanc. Se souvenant du goût d'Elmire pour la toilette, il avait pris sa blouse fanée, ses grosses bottes suiffées.

L'hiver semblait revenu. Dans la plaine, les avenues de chênes allaient se perdre vers le bleu détrempé de quelque côte lointaine et basse. Deux feuilles couleur d'amadou grelottaient seules aux ramilles. Les autres, dans le fossé, faisaient refluer par places un gros courant d'eau trouble contre leur amas serré comme les pages d'un registre. « Ils laissent gâter le chemin. » Le derrière du domaine paraissait délabré. il y avait là des cailloux de rivière en tas, des troncs, dont le bois jaune, sous l'écorce tombée, était creusé de signes et de rainures. Deux poules s'envolèrent, passant au travers d'une haie aux trous mal bouchés d'épines. Une girouette grinçait tristement.

Il faut croire que sa tête est trop pleine d'histoires pour qu'elle puisse seulement gouverner son bien. Une de celles qui aiment entrer dans tout et se mêler de tout pour occuper d'elles tout le monde.

L'entrevue l'embêtait carrément et il n'était pas disposé à penser grand-chose de la demoiselle Chargnat. Elle se montra, comme il attachait le cheval à un poteau du hangar. Les civilités faites, il la suivit. Il y aura du fruit, observa-t-il en longeant les espaliers. Là-dessus, il se dit qu'aujourd'hui du moins il avait la visière nette. Un temps durant, il ne voyait pas ce qu'il voyait.

Il restait cependant préoccupé d'apprendre ce que lui voulait Elmire. Il s'attendait à quelque surprise désagréable.

A l'étage de la maison de maître, elle le fit entrer dans un petit salon-parloir, bas de plafond. Du feu y était allumé comme pour un personnage. La vieille blouse avait fait pincer le nez de la demoiselle. Elle, ha bougre! dans son deuil, elle relevait sa toilette d'une collerette découpée, d'une écharpe; et tant de ruches de crêpe, de rubans, de pampilles! Fallait-il qu'elle eût l'imagination bouillonnante pour s'habiller de la sorte!

Pas plus tôt assise, elle l'attaqua sur Robert. Forçant les couleurs du portrait, elle faisait du monsieur un monstre de nature. Féroce, faux, impitoyable. Oui, peut-être, se disait Gaspard, mais c'est parce qu'il est vaniteux, toujours occupé d'un effet à produire : voilà sur quoi tout roule chez lui.

A sa contenance, à un haussement de sourcil de rien, Elmire dut comprendre qu'il rabattait bien la moitié de ses dires. Elle se fit attentive, de façon à ne rien perdre des mouvements de Gaspard et marqua par un silence l'importance de ce qui allait suivre.

« Je sais qu'il se propose de faire empoisonner votre cousine. »

Gaspard n'avait pas bronché. Il lui semblait qu'Anne-Marie ne pouvait pas mourir. Et ma foi, si jamais elle voyait de près ce que valait l'autre, serait-ce un si grand mal?

« Vous n'ajoutez pas foi à mes sincères confidences! Fiez-vous à moi, je vous en conjure. Il y a en cet homme, sans même qu'il le sache, une fureur de vengeance. Il ne l'oubliera jamais : il a juré de faire un jour crier pitié à Anne-Marie Grange! »

Elle articula cela d'une telle manière qu'elle effaroucha Gaspard. Redressée, s'appuyant des deux bras au sofa et poussant les ongles, elle semblait enfoncer dans le capitonnage sa conviction qu'il en irait ainsi.

Tout dans ce salon était agaçant par un certain air de prétention : le tableau de petites perles qui faisait voir une pastoure d'opéra, et, à côté du pot garni d'allumettes en papier, les flambeaux aux cires jaunies, semées de chiures de mouches, qui n'étaient là que pour la parade.

« En punissant ce criminel, vous, le vengeur de la vertueuse famille Grange, vous préviendrez les attentats les plus déplorables. De quel cœur je vous aiderai dans votre noble tâche! Il n'est rien, croyez-le, que vous ne puissiez demander à la malheureuse Elmire. »

D'un mouvement gracieux sur le sofa, elle se rapprocha de sa chaise et lui tendit une main qu'il toucha respectueusement.

Ensuite elle se targuait de ses relations, se faisant fort de tout aplanir si jamais la justice voulait intervenir entre Gaspard et cet homme. Elle avait pris un ton plus enjoué pour parler de ce qu'elle nommait « notre conjuration pour le bien ». Quelle femme ne serait fière de seconder Gaspard dans ses entreprises. Il pouvait, lui, compter sur tous les dévouements. « Vous avez tellement le mien, que mon cœur me dit mériter aussi une part du vôtre. J'ai à venger mes pauvres frères, et prendre cette vengeance de concert avec vous me donnera une double joie. »

Ses frères, oui, songeait Gaspard. Pénétrée comme elle l'est de l'importance que son argent lui donne, elle a été enchantée d'en hériter. Je les ai menés raide, ses chers frères, et elle n'a pas l'air de trop m'en vouloir. Seulement, elle doit se venger, cela se doit! Quelle farce que ces sentiments de convention, qu'on éprouve parce que c'est l'usage.

Lui voyant un visage détendu, Elmire s'anima. Son teint, blafard et humide d'ordinaire, rosit. Ses yeux, un peu gros et ressortants, étaient devenus si brillants, qu'elle parut changée du tout au tout.

« Il faut que nous soyons associés. Si mes frères ont eu des secrets, vous les saurez. Il n'y a rien, rien de ce dont je dispose qui ne puisse être vôtre! »

Les bûches sifflaient. Un tison tomba des genêts, roula jusque sur la foyère. Gaspard se précipita, arrangea tout minutieusement, revint s'asseoir en reculant un peu sa chaise.

Elmire s'était débarrassée de son écharpe. Elle la froissa en boule, la bourra dans l'angle du sofa.

« Ecoutez, je ne veux pas qu'on se moque de vous! Votre cousine s'entend avec son Robert : elle lui a donné des rendez-vous, je le sais! »

Elle allait, elle allait furieusement, en débitant et en débitant. Gaspard sentait venir la minute où il se lèverait. Et il la ferait taire, quand il devrait lui enfoncer son écharpe dans la bouche.

« Mais enfin, mademoiselle, à quoi cela va-t-il? Que proposez-vous qu'on fasse?

— Rien, ricana-t-elle, oh! rien. C'est Robert qui fera. Je le sais, il empoisonnera votre cousine. Et vous, vous demandez ce qu'il faut faire?

— Comment savez-vous qu'il empoisonnera Anne-Marie Grange?

— Je dis ce que je sais. Il empoisonnera la mère parce qu'il est intéressé d'honneur à sa vengeance. Et il liera l'enfant par des liens si forts que cet enfant ne pourra jamais les rompre. Celui-là non plus, vous ne le connaissez pas. Imaginez-vous bien par où il a passé? Sa mère verra tout trop tard. Ah! si elle avait su répondre à mes empressements! J'allais à elle de toute mon âme. Mais c'est fini...

Je disais, l'enfant. Eh bien, Robert n'a qu'un désir : le pervertir. Parce qu'il ne cessera jamais de la haïr, elle, d'avoir le désir de la rabaisser, et l'enfant lui servira à cela. Il ne supporterait pas la supériorité d'Anne-Marie Grange. Alors il a trouvé : l'enfant à pervertir — ce ne sera pas bien difficile —, de façon à le voir bafouer plus tard toutes les idées, tous les sentiments de la mère; et que Robert puisse rire un jour avec lui de la bêtise de votre cousine. »

De telles imaginations faisaient mal à Gaspard. Le pis c'est qu'elle doit bien voir. Le Robert humilié d'après le Cadran-Bleu peut avoir cette pensée dans la tête. Quant aux projets d'empoisonnement, cette fille les invente. L'autre ne saurait vouloir assassiner Anne-Marie d'abord et la rabaisser ensuite.

Elmire alla tirer une bûche du coffre à bois. Il la lui prit des mains, la disposa dans la cheminée pour se donner le temps de réfléchir. Plus qu'il n'avait fait jusqu'alors, il sentait qu'Elmire n'avait pas de bonne volonté pour Anne-Marie. Mais pour la tenir en bride comment s'y prendre?

« Voyez, mademoiselle : pour les raisons que vous pouvez comprendre, nous ne devons désirer qu'une chose : que tout demeure enterré. Si quelques vieilles histoires revenaient, cela ne sonnerait pas bien dans le monde. Seulement, celui qui se mettrait jamais sur le chemin de ma cousine, je le déplanterais, Robert ou un autre. »

Bien qu'il ne fît pas le moindre geste, ainsi ramassé sur sa chaise, le front baissé, l'épaule en avant, il paraissait formidable.

Elmire se réinstalla sur le sofa en faisant gémir les ressorts. Elle reprit son écharpe, s'en drapa, se mit à contempler de biais par la fenêtre le brouillis d'une chênaie qui laissait deviner les bords de la rivière. Un ciel gris s'étirait à l'horizon, avec ses longs bancs luisants comme du cuivre. Cambrant le pied, Elmire agitait le bout de son escarpin.

Avec beaucoup de fausse chaleur, il fut finalement convenu qu'on se ferait savoir l'un à l'autre ce qu'on pourrait apprendre sur « cet homme ». Remerciements, compliments, considérations sur l'avenir.

Pour mettre au jeu et aussi pour ramener Elmire, Gaspard lui fit des confidences. Il lui dit comment il s'y était pris pour tenir Robert : par l'argent.

Il expliquait que Valentin Verdier avait pourvu à tout. En échange d'une pension, Robert avait dû remettre les titres de créances qu'il assurait avoir sur certaines personnes.

« Il y en a sur vos frères, je crois. Nous pourrons reparler de tout cela par la suite. Valentin n'a rien voulu débrouiller. Il le cachera même à Grange qui entendrait peut-être les mettre en recouvrement. »

Te voilà avertie. Ce n'est plus Robert qui te tient, c'est nous. Nous avons de quoi répondre aussitôt à tout méchant tour. Tu aimes trop l'argent pour ne pas faire tes réflexions.

Ensemble ils battirent la campagne sur Grange, ses maladresses, ses fougues. Elmire revint doucement aux papiers remis par Robert. Gaspard, évitant de donner des précisions, se retrancha sur son ignorance. Il essaya de la promener sur les renseignements qu'elle pouvait avoir et les particuliers dont elle les tirait. Mais il comprenait qu'elle ne s'entortillerait pas la langue. La singulière créature. — La Perrine dit d'elle : « On ne peut pas la comprendre : elle ne s'aime pas elle-même. » — Et la singulière entrevue. Il respirait sans plaisir cette odeur de feu de bois, et de rat, de moisi. Les dindons gloussaient et grattaient dans les feuilles mortes, sous la fenêtre. Ces après-dîners de dimanche, la campagne est vide, sans même une fumée qui traîne, lointainement. Un gros buisson s'endort, et au bout de la plaine rousse, un rayon ennuyé éclaire pour une minute Arlanc-Bourg et Arlanc-Ville, tout petits sur la côte.

C'est le domaine des Chargnat. On vit. On mène ainsi une comédie de ruses et de pièges. Et puis? Qu'a-t-on de tout cela? Nous avons mené un triste jeu ce soir.

SIXIÈME PAUSE

A l'Arbre-Blanc. — Le bornage. — Devant les Monts d'Or.

La carriole penchait, quand une roue s'enfonçait dans les mottes poussiéreuses, entassées pour les combler dans les creux du chemin. On longeait des pacages dont les fonds étaient tout de touffes bleuâtres. De mauvais pacages froids, mouchetés d'un jaune pâle là où les jeannettes étaient en fleur; et ailleurs, là où c'étaient les soucis d'eau, d'un jaune éclatant comme l'or. L'air était presque doux. Un ruisseau roulait en clapotant. Dès qu'on passait, il s'y abattait des grenouilles.

On retrouvait les bois. Gaspard montrait les parcelles de belle venue. Partout les pignoles s'entrouvraient aux premières tiédeurs et cela faisait, en plus lent, comme le pétillement d'un feu. Deux graines blondes tournoyantes s'en allaient dans un souffle d'air.

« Tu vois, le pin laisse ses enfants partir à l'aventure, tandis que le père sapin les sème près de lui. »

Puis Gaspard reprenait :

« Ces sapins-ci, des monts du Livradois, seraient moins sujets à se piquer que ceux des monts du Forez. Encore faut-il les luner, les couper au bon moment de la lune. »

Mais tout ce qu'il disait prenait un air faux, dit pour boucher du vide. Parce qu'Henri faisait trop sa tête de fils de monsieur, sans doute. Robert a toujours la mine de s'ennuyer ou de se moquer. Le petit s'en tient à l'ennui. et il s'y tient raide.

Ils arrivaient à l'Arbre-Blanc. Anne-Marie se demanda si Gaspard n'avait pas fait exprès de passer par là pour lui rappeler les choses? C'était à ce gros sapin qu'elle avait été liée et blessée d'un coup de couteau et laissée pour morte. Après un regard encore sur Gaspard elle se sentit allégée, joyeuse : comme il se raidissait...

Des particularités de l'arbre la frappèrent : un nœud énorme, empâté de suif, deux racines qui ressortaient d'une place sèche. Le jour de sa blessure elle avait dû remarquer cela, mais elle s'en apercevait seulement à cette heure.

« Arrête, je veux revoir un peu. »

Elle avait parlé avec une espèce de gaieté. Il répondit assez durement que cela les mettrait en retard.

« Tu me ramèneras?

— Pas de sitôt. Je pars lundi. »

Il partait. Elle le savait d'avance. Mais si elle le voulait elle pourrait encore l'arrêter, en lui racontant l'histoire d'un de ces derniers jours.

La Louise récurait un pot de lait avec des orties devant le portail. Elle avait reparu, tout extraordinaire. « Ho! Madame, qu'est-ce qu'il faut entendre! Il vient de passer un mendiant, un crasseux, tout en poil, on lui voyait courir les poux derrière les oreilles, et des gros. Il me toise : « C'est pour la dame que tu t'échines? Si j'étais que « de toi, avec une pincée de farine blanche dans sa soupe, « j'en serais tôt débarrassée. » Moi, saboulée, j'ai fini par dire : « Si elle ne meurt que de cette mort, elle vivra « encore cent ans après moi! »

Anne-Marie lui avait défendu d'en parler à personne. Ce n'était rien : le mot en l'air d'un mauvais homme à la tête perdue. Et, s'était-elle dit, Robert n'est pas derrière. Elle avait trop senti qu'il désirait non pas sa mort, mais de revenir près d'elle. Alors elle s'était aperçu qu'elle détestait son mari depuis qu'elle avait promis de l'accueillir aux Escures.

Il avait voulu l'égorger un jour. Variable comme il l'était, il pouvait le vouloir de nouveau. Elle aurait dû mettre Gaspard au fait. « Et maintenant, regarde comme tu pourras me laisser ici et n'avoir pas de crainte. »

En bordure du bois, Valentin faisait planter les bornes. Le voisin, M. Regouyat l'aîné, se trouvait là, les pouces aux entournures. Il avait demandé qu'Henri vînt assister au bornage. Il fallait qu'il pût se le rappeler dans soixante ans et retrouver les limites. D'un coup de pioche, le métayer cassait franc, en deux, quelque caillou bien net, il enterrait les morceaux de chaque côté de la borne. « Tu vois, mon petit, ce sont les témoins; ils assurent contre un déplacement. » On arrosait le tout d'un verre de vin, pour plus de solennité.

D'un peu loin, une troupe de gamins en sabots observait ce monde. Ils reculèrent, les sauvages, lorsque Anne-Marie alla vers eux, tenant Henri par la main, puis ils tournèrent le dos et se sauvèrent dans le bois. Je le voudrais comme eux, songeait Gaspard, remuant, criant, détalant, prêt de tout son cœur à dénicher les pies à coups de pierres ou à mordre dans quelque tranche de milliard portée à deux mains devant sa bouche. Il le voyait tirer vers la métairie : ce petit gardait un goût pour les coins d'ombre de ces masures où rancit un relent de cave à fromages; peut-être en souvenir des endroits sans jour où il se réfugiait du temps de sa misère. Avec cela il ne peut plus se passer des délicatesses qu'il a une fois connues.

Malade, lui? Il veut être mignardé. Les médecins n'ont pas encore inventé cette maladie-là.

Pauline s'arrangea pour emmener Gaspard à vingt pas de là, derrière un jardin de noisetiers, de choux. Elle s'inquiétait : que savait Marguerite, qui lui avait donné la hardiesse, à elle si peu hardie, d'arrêter Gaspard sur le chemin : « Ne partez pas, il y en a qui seraient trop contents. — Soit content qui voudra, avait-il répondu; la semaine qui vient, je partirai. »

Pauline s'assit sur la murette pour faire entendre qu'elle voulait causer à l'aise.

« Tu as parlé à Anne-Marie?

— Je lui ai fait parler par l'Arbre-Blanc : « Souviens-« toi de ton mari, du paquet de cordes et du couteau. » Si elle ne veut pas entendre ce français, ce n'est pas ce que je pourrais dire qui lui changerait le cœur. »

Pauline chassa une abeille qui bourdonnait devant son frais visage et, se remettant, demanda des nouvelles de la visite à Elmire.

Gaspard, d'un coup de tête, renvoya cela au diable.

« Mais qu'avait-elle à te dire de Robert? Cette chose d'importance?

— Elle a surtout peur qu'il ne la fasse contribuer, comme il a fait jadis aux acquéreurs de biens nationaux. Nous la tiendrons par là, et elle nous aidera à le tenir aussi. »

C'était une permission de partir qu'il se donnait. Et pourtant, il aurait aimé avoir plus de confiance en tous ceux qu'il laissait autour de sa cousine. Ah! et puis tant pis, à la fin! Puisque Anne-Marie tenait à faire la bêtise, elle lui verrait porter son fruit un jour. Si tu plantes un prunier, ne me demande pas d'empêcher qu'il porte des prunes.

« Sais-tu, Gaspard, j'ai peur qu'Elmire ne nous joue un tour. Quelqu'un l'a vue, le lendemain... »

C'était la Poule-Courte. Pauline ne le disait pas, parce que Gaspard n'ajouterait pas foi aux propos de cette vieille toupie. Elmire en avait fait sa confidente. Ces personnes à histoires et manigances, se sentent de loin les unes les autres. Par la Poule-Courte, Pauline savait donc qu'Elmire était comme enragée contre Anne-Marie. « Il faut qu'elle ait fait boire un philtre à son cousin! » Mlle Chargnat avait assez bonne opinion de soi pour comprendre que Gaspard aurait été ravi de la suivre en toutes ses volontés, s'il était demeuré lui-même. Mais Anne-Marie Grange s'était emparée de lui par magie et par ruse.

« C'est une Chargnat, fit Gaspard. Rappelle-toi l'Amédée : par moments, un vrai détraquement de cervelle. Empêche-la de venir aux Escures. »

Il surveillait le bornage, qui s'achevait. M. Regouyat, le chapeau à la reculette, ses breloques dansant sur son ventre, sommait le petit Henri de bien garder cela en mémoire. Gaspard le vit lever la main et arriva juste à temps pour attraper le poignet au vol.

Souvent, lors d'un bornage, on fait aux enfants la surprise d'une gifle magistrale; c'est pour leur imprimer le souvenir dans la tête.

Anne-Marie ramenait l'enfant contre sa robe et s'en voulait d'avoir oublié cette coutume barbare. Valentin l'ignorait, lui. Si Gaspard n'avait pas été présent...

A un endroit où le chemin tourne, il fallut arrêter la voiture. Henri voulait regarder les Monts d'Or. Par-delà les descentes, la plaine, l'autre versant de côtes reculées, se levaient leurs flèches lointaines, faites des mêmes vapeurs que le ciel. Un amas de nuées, gonflées comme des ballots de plumes, passait en glissant au fond du soir. Le soleil s'en allait au-dessus, sur de grandes jambes qui perçaient d'entre leurs masses, et un rayon plus bleu que les autres se promenait avec lenteur.

De la pointe du fouet, Gaspard dut désigner les cimes : celle de l'Angle et celle de Servielle, avec leurs coulures de neige; le puy Ferrand et le puy du Barbier, la Banne d'Ordanche. Il parlait des passages : celui de la Croix-Morand, qui veut son homme tous les ans, celui de la Croix-Robert...

Il se tut brusquement. Puis, vite :

« C'est tout pays pauvre. On y fait un peu de seigle, de blé noir. Il faut voir les garçons tailler l'herbe, là où une bique même n'aurait pas pied. Ils ont des ceintures de cuir larges d'un travers de main; par l'anneau, ils s'attachent à un pieu et ils vont promener la faux sur des pentes, où pour le moindre souffle, ensuite, leur foin s'éparpille à la venvole. »

Des monts décharnés où l'on ne trouve que quelques sapins écorcés par la foudre. — Elle y tape souvent sans y être dangereuse et jamais ne tombe sur le village des bains.

Voilà que je fais le docteur, pensa-t-il. Il n'arrivait jamais à parler à cet enfant. A côté de lui il se trouvait en malaise, comme s'il eût été assis trop près de quelqu'un qui eût du mal sur la peau. Ce qu'avait dit Elmire Chargnat lui demeurait dans l'idée et l'embarrassait.

Anne-Marie le questionnait pour Henri, qui ouvrait les yeux sur ces monts, bleus comme la nue, et pendant en précipices. Il y a là-bas des pics où s'enroulent les brouillards, des orgues noirs, des cascades de cent pieds, chassant une fumée où se prend l'arc-en-ciel.

Le Grand-Blanc faisait crier son harnachement et tapait du bout du sabot sur un caillou.

« Nous repartons?

— Et ton bois, de quel côté? »

Vers le Chambon, au-dessus du lac. Les charrois seraient malaisés. Tant mieux. J'ai besoin de me tanner le cuir.

S'éveiller au fond des bois, dans la loge, quand les oiseaux crient, sauter sur pied, vite empoigner la hache, travailler à plein corps, et manger à plein corps, et dormir à plein corps. S'il n'y a pas de chemin, je m'en ouvrirai à la cognée; et s'il faut taper dans le tas, basculer les rochers, jeter bas les arbres, tout déblayer et tout abattre, je suis encore bon pour faire tout.

Mais maintenant me lever d'auprès de ce petit et trouver un autre pays où je puisse avoir ma salive.

Il avait dû prendre un certain air, il s'en aperçut à la façon d'Henri.

« Viens-y dans une quinzaine. Il y aura plein de fleurs : des tachetées, des rouges, ah! qu'elles sont belles; d'autres en grosses coques d'un incarnat noircissant... »

Comme s'il était déjà là-bas, vint sur lui le sentiment d'une solitude. On va s'asseoir à l'écart, après la besogne. Du campement une fumée bleue se sauve à travers les feuillages. Je suis seul devant la tranquillité du soir. Le soleil est rentré beau, signe de beau temps, et les nuages peints de couleurs voyagent au-dessus des montagnes de chez moi. J'ai devant moi le pays, la vie du monde. Alors je m'aperçois que j'en suis à détester ma vie...

Je sais ce que j'aurais voulu : aplanir le chemin pour Anne-Marie. Il s'est semé trop de haine à son entour : un jour cela lèvera comme des ronces. Mais elle ne m'a pas laissé passer avec la hache.

Là-haut, il y a des vallées : la prairie y est comme une pelouse, et des fontaines partout, entre d'épais bouquets de fayards et de coudres. On voit de grandes plantes aux feuilles marquetées, on y respire l'odeur de la fraise sauvage, et celle du foin vert, celle de la résine. Dieu sait si l'on est bien à la fraîcheur du jour. Et moi, j'aurais fait le monde pareil à une de ces vallées devant elle. Si seulement elle me l'avait demandé, je me sentais debout et fort comme le fer.

TROISIÈME VEILLÉE

PREMIÈRE PAUSE

Le jour des abeilles. — Anne-Marie et ses entours. — Le médecin vient aux Escures.

Un vendredi soir, à Ambert, Lucie vit Elmire Chargnat entrer chez elle comme une furie. Quels cris, aussitôt, quelle violence de paroles et de gestes. Anne-Marie Grange avait dit à son cousin des choses affreuses : que Mlle Chargnat sentait l'échauffé comme une épaule de mouton! D'autres horreurs encore que l'hôtesse du Cadran-Bleu avait répétées à une dame.

Une scène à croire qu'Elmire allait se jeter sur Lucie et lui arracher les yeux. Elle parut au moment de sortir sur la place et d'ameuter les gens en criant que le gendre de Grange avait volé, arrêté sur les grands chemins, assassiné! Ainsi transportée de rage, on aurait dit d'une figure de spectre : elle faisait peur. Le même soir, elle dut faire venir le médecin, qui la saigna au pied : on le sut par la Poule-Courte.

Lucie vint donc rapporter cela aux Escures. Ses souliers craquaient comme ceux d'un abbé, et elle avait son air, toujours, de marcher sur des épines. Anne-Marie l'écouta, pelotonnant sa laine, devant un écheveau passé au dossier d'une chaise. Eh bien, non, elle ne ferait pas un pas vers une réconciliation. Elle ne saurait pas y aller assez chaudement.

Il ne restait à Lucie qu'à aller trouver Pauline. Pauline fut aussitôt aux cent coups. « Vois-tu, l'idée que Robert pourra s'installer aux Escures fait à Valentin l'effet d'un couteau au travers du corps. Qu'est-ce que ce sera, si cette Chargnat fait éclater un scandale! »

Elle sauta sur son châle, sur son chapeau vert. Lucie allait revenir aux Escures avec elle. A elles deux elles raisonneraient Anne-Marie.

Elles la trouvèrent sous les noisetiers. On levait le miel des abeilles. Jeuselou était là, avec le masque et les outils de Gaspard. Il avait allumé des graines de foin, dans un pot, et il attendait que la fumée eût étourdi les essaims. Elle sortait en grosses boules et bouffait autour des planches à ruches. Le soleil mêlé de rais d'ombre la prenait en travers et lui donnait une blancheur qui éblouissait les yeux.

Henri avait accompagné sa tante et Lucie jusque passé la remise. « Il a peur des abeilles, leur chuchota Anne-Marie. Il se laissait pourtant habituer par Gaspard. » Il y avait dans l'herbe un panier de pissenlits et de doucettes. Elle y jeta le couteau ébréché qu'elle tenait à la main et dit à mi-voix à Jeuselou :

« Il paraît qu'Elmire a pris une colère contre moi. Mais, elle ne s'emballera pas, Gaspard lui a passé la bride.

— Tu ne veux donc pas comprendre qu'elle est folle? Quand elle se met sur les outrages qu'elle a reçus de toi, elle n'a plus sa tête. »

Pauline était lancée. Elle prédisait des catastrophes. On n'avait même pas encore osé parler de Robert au père! Il recevrait un bien autre coup si le déshonneur public éclatait comme une bombe.

Appuyée aux noisetiers, Anne-Marie ne répondait point.

Un frémissement de ses épaules agitait par instants les branches en fleur et faisait descendre des chatons une poudre fine comme du soufre.

Pauline se croyait bien en colère contre elle; et au même moment, le cœur remué, elle sentit la montée des larmes.

« Surtout, ma sœur, ne va pas croire que c'est l'idée de Valentin qui me pousse. Pour l'amour de toi ou pour l'amour d'Henri, il supporterait tout. »

Anne-Marie serrait les lèvres. A cause de la fumée, elle se déplaça un peu.

« Oui, Henri serait déshonoré devant le monde. » Elle aspira l'air d'une façon entrecoupée. « Ça n'y changerait pas grand-chose. Je vois bien qu'on ne l'aime guère. »

Ses yeux grossirent et rougirent. Mais elle se reprit :

« Elmire, une comédienne. Enfin si vous y tenez, Lucie peut lui dire que je n'ai jamais tenu les propos qu'on me prête.

— Fais-lui une visite, au moins. Tu la lui dois. Non? »

C'était non.

Sa sœur et Lucie parties, elle travailla plus encore que d'habitude, aida Marguerite à transporter le miel sur une table de pierre, dans l'entrepôt. Elles avaient décidé qu'elles le mettraient en jarres là même. Mais cette double visite l'avait impatientée, fatiguée. Elle le comprit le soir en s'apercevant qu'elle avait oublié sous le porche les rayons d'une ruche; et les abeilles en avaient repris la moitié en moins de deux heures. « Je ne suis plus bonne à rien. Toute affaire me tourne la tête. »

Peu à peu, elle avait imaginé ce que ce pourrait être si Elmire parlait. Elle en eut le cœur serré au point que la fièvre la prit, le soir.

Pauline vint le lendemain et se fâcha, voulant qu'elle fit appeler M. Meissoux. « Est-ce que tu ne peux pas te faire soigner? Est-ce que tu n'en as pas les moyens? » De tels propos mettaient Anne-Marie à bout de nerfs. Le médecin pour un peu de fièvre! Si l'on devait se gouverner ainsi! Les pauvres gens, alors?

Elle batailla là-dessus avec Pauline, qui finit par lui dire que quand on a ces idées-là, on va dans un couvent. « Et puis le médecin viendrait, on te saurait malade, Elmire n'aurait plus à se froisser de ne pas recevoir ta visite. »

La lune de Pâques avait amené des arrière-froidures, mais Anne-Marie ne voulut pas garder la chambre. Par ces après-midi aigres où la bise malmenait les baguettes rougies du gros tilleul, elle descendait coudre dans la petite salle. Henri regardait l'almanach. Elle ne se pressait pas de lui montrer ses lettres : les leçons duraient un quart d'heure; puis elle l'envoyait jouer ou aider le Nanne qui taillait des branches à ramer les pois.

« Mon père veut que je lui apprenne à lire, disait-elle à Marguerite; c'est pour lui voir prendre la prêtrise. Certainement j'ai fait vœu d'en faire un prêtre : mais d'abord qu'il devienne fort; et adroit, courageux. Avais-tu remarqué comme Gaspard savait l'éveiller? »

Pauline n'avait pas voulu qu'on l'envoyât à l'école, chez la Myon Groisne. Depuis la semaine dernière, après certains propos d'Elmire, il aurait fallu au contraire qu'on l'y envoyât, qu'il s'y montrât, tout pareil aux enfants du bourg. Elles ne me laisseront jamais la paix. Il faudrait les suivre en tout, ne voir que ceux, celles qui leur plaisent. J'ai pourtant assez d'âge pour me conduire. Quel besoin de se mêler de la vie des personnes. Ces dames ont-elles assez parlé et déparlé lorsque Gaspard est parti. « Comment fera-t-elle cette année pour lever le miel? — Et pour pêcher les étangs? — Son cousin menait tout aux Escures! Elle sera forcée de s'en tirer avec ses domestiques. Les autres y sont bien forcées! » On vous aime, mais avec une certaine satisfaction quand des contrariétés vous arrivent.

Et n'est-ce rien que de s'attendre à voir Robert se présenter ici vers la mi-septembre? Verrai-je cela, vraiment?

Elle songeait à son père qu'elle avait à mettre au fait. Quand il rentrait d'Ambert, les soirs, il s'asseyait, plein d'affaires et d'importance. On le sentait, comme il disait, remonté sur sa bête. Le retour de Robert, les craintes de scandale, jamais il ne voudrait bien prendre tout cela.

Anne-Marie se penchait, essuyait la vitre, cherchait dans la nue bleuâtre aux pâles éclairages quel était le vent. Un coq sautait sur la barre des volets, regardait de côté dans la salle.

Elle se levait. Marguerite, la devançant, courait chercher à la cuisine son pot de tisane d'orge. Une petite fièvre la consumait. Elle mettait son fichu, mais n'aurait pas toléré qu'on fît du feu. « Prendre ses aises! Il y en a qui n'ont pas leurs aises! » Un homme, le matin, avait dit que la diligence n'avait pu passer aux Pradeaux. Il devait neiger dans les Monts d'Or. Gaspard tient de notre côté, où les hommes prennent des douleurs quand vient l'âge. Dieu sait comment il s'arrange. Il dort au milieu des bois dans une cahute, sur des sacs de feuilles...

La nuit approchait. Rappeler Henri, donner le grain aux poules. Ainsi la vie se passe et ce n'est que cela. L'an dernier je pensais que si jamais j'avais mon petit garçon, tout irait bien. Et je l'ai. Il est là et voilà où j'en suis.

Pauline parla à son père. Ils firent venir M. Meissoux.

La Perrine survint comme il repartait. « Alors, pauvre dame? Moi qui ai encore dit mon chapelet pour vous!

Je ne comprends pas le Bon Dieu. » Elle parlait des maladies qui couraient, conseillait les remèdes d'herbes, car ceux-là vont chercher le mal par la racine. Le bossu avait des secrets pour guérir. « Si vous vouliez que je lui demande? » Mais tout cela n'était que pour amener le malheur de sa vache, crevée la veille. Sans vache, arriverait-elle à vivre?

Ta mère est bonne femme, avait envie de dire Anne-Marie à Marguerite, mais comme elle me fatigue.

A la Perrine succédèrent Pauline et Lucie. Pauline essoufflée, rose, contente. Elle avait tout arrangé avec la Machine Infernale, c'était ainsi qu'elle surnommait Elmire, en riant. « Ecoutez, m'a-t-elle dit, nous pourrions nous voir comme autrefois... Enfin, elle a été très bien. Elle m'a entretenue du goût qu'elle aurait à t'être bonne à quelque chose, c'était à l'embrasser. Elle viendra ici de demain en huit.

— Mais qu'elle ne me parle ni de Robert, ni de l'enfant. Ni de Gaspard. »

Et tout de suite Anne-Marie demanda à Lucie des nouvelles de Plampougnis. Il travaillait vers Champeix. Un dimanche il était allé à Murols, voir le fameux bois. « Gaspard, rien ne l'arrête, même en pays si pénible. Mon mari lui a dit : Vas-y plus doucement, au moins! » « — Ha, j'en ai promis à mon corps! »

Plampougnis, lui, faisait du beau travail. Ces châteaux le changeaient d'Ambert où les bourgeois ne vous prenaient qu'en journées, fournissant le bois, les clous et tout. Mais quand il reviendrait, il saurait bien changer cela, et faire comme les patrons des villes... Ainsi de suite.

Lucie croit, se disait Anne-Marie, que Plampougnis a eu ces idées, et c'est Gaspard qui les lui a soufflées. Qu'elle est aise de jouer à la dame, d'entrer dans mes affaires avec Pauline. Elle joue à la vie, comme tout le monde. Moi, j'ai eu le malheur de voir ce que la vie pourrait être.

Sur la porte, Lucie se souvint que Gaspard viendrait d'ici peu chercher ses affaires.

Mais on ne le vit pas dans les jours qui suivirent. C'était avril. L'herbe courte luisait au vent. Gris de fleurs, les cerisiers ressemblaient de loin à des fumées. Des nuages suivaient les forêts sur les hautes pentes d'un bleu sourd de velours. Cependant il faisait plus tiède. Un soir on entendit le coucou et des roulements de tonnerre.

Anne-Marie n'en allait pas mieux pour cela; et Grange ne supportait pas que sa fille fût malade. Il serait entré en fougue quand il la voyait dîner d'un œuf à la coque.

Il fit revenir M. Meissoux, qui ne rédigea pas d'ordonnance.

« Mais, enfin, docteur, vous ne lui marquez pas un remède? » M. Meissoux s'assoit brusquement, tire son calepin : « Pour combien en voulez-vous? Pour six francs? Pour douze?... Votre fille a besoin de tranquillité et non pas de drogues! »

Il promit que la malade irait mieux, avec la belle saison, alla voir les étangs, fit parler Grange. Grange se plaignait que sa fille fût opiniâtre. « Si je vous disais que nous nous disputons? Pendant que j'étais aux Iles, elle s'est habituée à mener le domaine, et elle voudrait tout faire toujours comme faisait son cousin. »

M. Meissoux dit que lorsque les boues le permettraient, il faudrait organiser pour elle et pour l'enfant un petit voyage.

« Ho, elle ne se plaît qu'ici. Aller dépenser de l'argent sur les routes et laisser pendant ce temps la maison rouler comme elle pourra, je ne pense pas que ça lui chante beaucoup. »

DEUXIÈME PAUSE

Le mont des cerises. — La chèvre endormie. — Le retour avec Jeuselou.

Le mardi où Elmire devait venir, Anne-Marie dit à Marguerite qu'on dînerait un peu plus tôt. « Tu m'emmèneras Henri tout de suite après chez ta mère; et vous ne reviendrez que le soir. »

Est-ce, se demandait-elle, parce que j'ai toujours en idée Robert vivant ici? Mais je ne peux plus sentir les gens à manières, ceux qui ne remuent pas un doigt sans penser à l'idée qu'ils vont vous donner d'eux. Si c'était possible, j'irais habiter une petite maison comme celle de la Perrine, dans la montagne, auprès d'une fontaine.

Elle savait qu'Henri était un sauvage, comme elle, qu'il aimait ce coin écarté, ces étroites terrasses soutenues de murettes, ces têtes de rochers sous les églantiers, ces sentiers dorés qui vont tourner à l'avancée de la colline. C'était le mont des cerises pour lui, à cause de ces gros arbres luisants, pleins de geais bleus, pleins de vent dans leur feuille.

De pierres couleur de feu et gâchée en terre, la maison portait un auvent et, sous le petit galetas, des planches où mettre sécher les noix et les prunes. Il y avait un cep à la muraille, et une cabane pour les chèvres et un guichet pour les poules. Dans la salle toute basse, toute brune, toute bonne, depuis le banc massif qui boîte sur la terre battue, jusqu'au loquet qu'on tire par une ficelle les choses étaient façonnées dans le fayard ou dans le sapin de la montagne, comme chez ces ermites dont parle la *Vie des Saints.* Et moi je fais toujours ce rêve d'un coin de campagne où tout serait simple, vrai, ne suivant que son cœur.

... La Perrine commença par aller à son armoire et revint fourrer une poignée de noisettes dans la poche du petit.

On s'assit à l'ombre. A côté de la porte quatre pierres chaussaient une motte verte : là fleurissait un pied de couronne impériale, rapporté des Escures, mais bien plus beau que ceux des Escures, avec ses lanières pointues et ses cloches d'un roux de cuivre rouge. Marguerite et sa mère, l'une tricotant, l'autre filant, demandaient à Henri s'il était bien, s'il n'avait pas froid?

« Alors, la dame a la visite de l'Elmire? Qu'est-ce que cette sorcière va trafiquer chez vous? Si le Bon Dieu n'avait pas fait le diable, celle-là le ferait. »

La Perrine tenait sa quenouille bien droite, enfoncée sous le lien de son tablier et rattachée par un cordon à son corsage. Sans cesse elle mouillait son pouce. Le fuseau tournoyant montait, descendait et remontait. Comment pouvait-il s'élever ainsi?

« Si encore Gaspard était resté au bourg... »

Elles continuèrent de parler à voix très basse. Marguerite dit : « Je pense à elle et je ne peux pas manger, les soirs. »

Enfin la Perrine lâcha ses chèvres. Henri aimait ces bêtes et le grand-père n'en voulait pas aux Escures. « Bœuf à barbe, c'est mort des arbres. »

On alla derrière les montagnes, grimpant vers des bouquets de pins en mousses sèches, en pignoles rongées des écureuils. Des mésanges volaient, d'un bouleau tout moucheté de pousses claires à un alisier chargé de boutons pareils à des tulipes d'argent à peine verdissantes. Les petits gradins de colza faisaient une lumière dont on ne pouvait retirer la vue. Il en soufflait un goût de printemps, un peu mol, qui tenait de la primevère et du chou. Cela s'accompagnait d'un gros bourdon d'abeilles, sous cette nue d'un blanc de cire, qu'un peu de ciel veinait au loin.

Henri trouva un bâton sous la haie. Mais la Perrine le lui fit laisser, de peur que quelque mauvaise personne ne l'eût posé exprès en y mettant un sort. Alors Marguerite coupa une jolie canne, la pela, la para. « Il suffit qu'elle soit de noisetier : si petit soit le coup, le serpent que vous touchez demeure mort sur place. »

Ce fut là, sur un terre-plein à l'aspect du midi que, tenant en main sa baguette, il arriva au pommier en fleur. Penché, écailleux, comme une vieille chose, l'arbre arrondissait et abattait de toutes parts ses branches pour en faire un bouquet merveilleux tourné vers la lumière. Qu'il était beau. Parmi la feuille pointant à peine, quelle abondance de grains rouges, et d'un rouge si frais, si vif, ouverts çà et là en douces rosaces, mais plus éclatants en boutons, ho, d'un tel rouge, que l'œil, pour cette joie, y revenait toujours.

La Perrine tira un gros verre de sa poche, appela une des biquettes. C'était bon, ce lait qui moussait. On pouvait se mettre dans l'herbe; elle n'était pas encore plus haute que la cheville. Le cœur vous manquait un peu à l'odeur du pommier, pourtant si légère. Ou plutôt c'était l'air même qui avait pris sa sève d'avril. De cette terrasse, on l'avait large jusqu'aux monts allongés et voilés, la grande chose, là-bas, d'un bleu pâle qui est celui des violettes de loup.

Il pouvait être quatre heures; mais il n'y avait plus d'heures sous ce ciel blanc où l'on ne voyait pas cheminer le soleil.

« Tenez, pauvre mère, il me tarde de savoir comment je trouverai Mme Anne-Marie. »

Marguerite était pieds nus, comme un ange. Elle avait repris une vieille coiffe à elle. Henri la voyait toute changée, redevenue la fille de cette maison. En comptant ses mailles, elle écoutait ce que lui chuchotait sa mère. « Surtout n'attends pas qu'il revienne aux Escures. Vous serez pris dans les affaires, Jeuselou et toi : que deviendrait ton mariage? » Et Marguerite tombait dans une de ces songeries qui vous emmènent loin de tout. Henri se souvint de l'avoir vue ainsi un soir : et voyant arriver Jeuselou, elle paraissait ne pas oser s'avancer vers lui. Elle avait murmuré : « Le cœur me brûle... »

Elle ne se réveilla que lorsqu'on rencontra le bossu Gervais dans le chemin.

« Tu n'as pas laissé ton petit monsieur aux Escures pour le montrer à la demoiselle Chargnat? »

Elle rougit. Ce fut sa mère qui sut répondre.

« Voyez-moi ce renard, qui sait tout!... On avait promis au petit du lait de mes chèvres pour son quatre heures. La demoiselle n'a pas tant besoin de le voir.

— Ce petit, faisait le bossu en reculant son chapeau et en s'essuyant le front, il faudrait lui fortifier l'estomac, lui enseigner à la façon des anciens Romains les lois de la santé en même temps que les principes de la vertu. On dit que la mère aussi est malade?

— Il se dit assez de choses. Vent de bouche ne coûte guère. »

On causait. Le bossu passait pour un jacobin, c'est-à-dire qu'il était contre les gros. Mais la Perrine s'était aperçu que Mme Anne-Marie ne lui en savait pas mauvais gré, parce qu'on avait traité Gaspard de jacobin, dans un temps.

« La dame n'a pas tout vu. Rappelez-vous ce que je vous dis. Comment a-t-elle pu laisser partir son cousin, qui l'a tant de fois tirée de peine. Est-ce qu'il ne va pas revenir, le Gaspard?

— C'est parce que tu portes le paquet que tu sais toutes les nouvelles?

— Vous voulez parler de ma bosse, pauvre Perrine? Oui, il y en a là-dedans. Touche-là, té Marguerite, pour avoir du bonheur. »

Mais Marguerite allait à la recherche du petit. Lorsqu'elle revint avec lui, ce fut pour retrouver le bossu toujours prêchant et sa mère tout en train.

« Ce pèlerin! Il vous ferait rire quand vous auriez la mort entre les dents. Venez là, pauvre m'ami, vous avez l'air tout endormi ce soir? Moi, je voudrais vous voir courant, sautant comme mes chèvres!

— Ah! vos chèvres? »

Le bossu tomba à genoux, attrapa une des biques par le jarret, la coucha par terre; et frappant du poing tout autour, il prononçait des mots de grimoire. La bête ouvrait de grands yeux jaunes : on se demandait quelle créature à longue face brute vous regardait ainsi, d'un autre pays. Elle restait là, sur l'herbe, tombée en sommeil.

La Perrine s'ébahissait, et ne savait comment le prendre, car elle craignait qu'après cette sorcellerie sa bête ne vînt à tarir.

« Eh bien, vous qui les disiez si réveillées? »

Le bossu se mit à faire la chèvre sur le pré, courant à quatre pattes, avec des bêlements chevrotés, des béguettements, des grimaces. Il rentrait le front pour donner des coups de corne à Marguerite, qui s'écarta, gênée, toute rouge. Et la Perrine se pâmait de rire, en criant après lui.

Henri revint souvent boire du lait de chèvre. Un soir, Jeuselou les raccompagna. Dans les endroits où le chemin n'est pas large, Marguerite et Jeuselou se touchaient à l'épaule. Il y avait une fraîcheur dans le soir, un grand calme. Une lumière emplissait le ciel jusque dans les hauteurs, et la soirée paraissait plus étendue qu'à l'ordinaire.

Henri musait d'une haie à l'autre. Il revint à l'esprit de Marguerite qu'un jour il avait demandé si c'était vrai qu'elle se marierait avec Jeuselou. Puis, sans attendre la réponse de sa mère, il avait fait signe que non. Cela oppressait un peu Marguerite d'y songer.

Du linge qui battait mollement à des cordes envoya une bouffée de lessive fraîche. La porte d'une ferme soufflait une bonne vapeur de soupe d'herbes, cerfeuil, laitue, oseille. Quand seraient-ils ainsi chez eux, avec leur vie à eux, leur maison, leur jardin? Jeuselou lui avait paru, ce soir, distrait, contrariant, tourmentant, comme quand il songeait à quelque chose qui sonnait un mauvais son. Il lui avait fait dire les nouvelles de Mme Anne-Marie. Mais vraiment la dame allait mieux : elle sortait, ou elle cousait dans le petit pavillon du potager quand le temps était beau. Après la visite de la demoiselle Chargnat, elle avait confié à Marguerite qu'elle se sentait délivrée, tout s'étant passé comme elle pouvait le demander.

Si j'étais à même d'aider Mme Anne-Marie, moi!... Mais je ne sais ni malice, ni tour. Je suis bête, je crains les raisons, comme une fille de campagne qui aime sa vache et qui ne comprend pas le monde.

Du haut d'une montée, elle vit le bossu, un peu loin devant eux. Avec sa bosse, il semblait qu'il allât la tête enfoncée dans les épaules, comme sous le coup d'une peur; il allait vers les grands bois qui faisaient sombre derrière les Escures. On dirait que le petit Henri le suit; on dirait que nous le suivons nous-mêmes. Les bois m'ont toujours donné de la crainte : d'entre tous ces sapins, de tant de caches sous tant d'arbres noirs, on se demande ce qui viendra à sortir. Pourquoi faut-il que nous ayons été engagés dans l'histoire de Mme Anne-Marie et des messieurs? Il ne se peut pas que le monsieur revienne bonnement, qu'il soit là avec elle, avec Gaspard, avec nous tous. Ils ont trop cherché le crime; le crime ne les lâchera point. Il les poussera qui sait où, nous avec eux, mon petit bon ami et moi.

TROISIÈME PAUSE

Apparition de Gaspard. — Pratiques du bossu. — Gaspard et ses compagnons.

En retournant du catéchisme, les gamins de la Rousse et de la Souderie s'arrêtèrent au portail. Le plus hardi avança vers la cour. Mais ils avisèrent Marguerite dans le pré; et ils coururent en troupe, avec un terrible tapage de sabots, pour crier tous ensemble que Gaspard était revenu, qu'il venait d'arriver sur son Grand-Blanc!

Elle n'en dit rien à Mme Anne-Marie, et s'arrangea pour aller au bourg après le dîner, la vaisselle faite.

Sitôt le bois des Fourches passé, elle eut la surprise de le voir, travaillant un lopin, à l'écart, au haut des prés verts. En sabots, sans gilet ni veste, il bêchait. Il menait la besogne d'un train tranquille, et elle semblait lui fuir au-devant. Il ne fit la pause que lorsque Marguerite fut tout à côté de lui. Alors il croisa les mains sur la poignée de la bêche.

« Comme tu vois... Mais je fais mes paquets ce soir et je repars demain.

— Vous passerez bien aux Escures?

— Ne dis à personne que je suis ici. »

Il aperçut un fil de chiendent, se baissa, le tira et le mit dans sa poche.

« Mais ce champ, ce n'est pas à vous? »

A la vieille Toupine. A peine l'avait-elle su là qu'elle était venue : personne ne voulait planter ses pommes de terre! « S'il avait fallu tout entendre... C'était plutôt fait de retourner le carré. » Du nez de son sabot, il nettoyait le fer de la bêche. « Allons, la besogne ne se fera pas toute seule. » Il s'y remit, la menant vite. Marguerite demeura là une minute encore; et son air de retenue, d'embarras, paraissait plus marqué que d'habitude.

Il bêchait. M. Meissoux lui avait dit que quand il était trop en souci d'un malade, il descendait au jardin et donnait une façon à quelque carreau de légumes. Oui, le travail allège. Tout retrouver ici, sentir les Escures derrière ce bois, l'avait alourdi, entêté comme s'il avait dormi dans le foin.

Il bêchait, il bêchait. Une autre année, j'aurais été content de travailler en grand air, au haut de tous ces prés. Les alouettes sont partout ce soir. Il y a déjà des pensées bleues, blanches, violettes, par bandes dans l'herbe : c'est bien aussi avancé qu'à Murols ou Saint-Nectaire.

Au-dessus de la montagne du nord, des nuages arrêtés luisaient dans un ciel blanc comme du beurre de mars. Le temps tiendrait encore le lendemain pour le laisser repartir.

Il n'avait pas vu revenir Marguerite. Au retour du bourg elle tenait à lui dire qu'elle n'avait pas parlé. Jeuselou cependant savait qu'il était là.

Elle ne s'en allait pas. Elle avait le même air que tantôt. Gaspard ne voulait pas y prêter attention.

« Vous devriez demeurer », dit-elle enfin.

Elle continuait d'hésiter, comme si elle avait encore à dire, travaillée par une sorte d'inquiétude.

« Chacun sait ses affaires. Ne me parle pas de celles des Escures. Je n'ai plus à m'en mêler, moi. Quand te maries-tu? »

Elle devint toute rose, mais rose comme une bruyère sous le premier rayon. Avant de repartir, elle voulait lui faire promettre qu'il reviendrait au moins pour la noce.

Sur la route, pensant encore à ce qui s'était passé ces temps derniers, Marguerite demeurait embarrassée, soucieuse, interdite.

Presque chaque jour elle avait emmené Henri chez elle. Il aimait tourner autour des chèvres, guetter un gros lézard sur une roche, s'arrêter entre les trois pierres brutes qui font l'entrée d'une de ces caves de terre pratiquées sous les terrasses. Il revenait demander une histoire. La mère commençait par dire : « Vous me prendriez bien pour une corne! » Puis elle cédait et récitait de sa voix de cérémonie le conte du *Corps sans âme*, ou la *Bête de sept Têtes*, ou les *Bras d'Argent*, ou *Jean de l'Ourse.*

Et presque chaque jour, le Gervais passait, s'arrêtait pour une causette. Il aurait voulu raconter des histoires, lui aussi. « Mais fais bien attention de dire celles qu'il faut devant les enfants! » Malgré sa façon de le malmener en paroles, la mère le voyait volontiers, parce qu'elle en tirait de bonnes recettes, pour un panaris, pour un mal d'oreilles. Il lui avait appris que si les essaims ne profitaient pas, c'était parce qu'un crapaud se trouvait sous les ruches pour enchanter les abeilles, comme la vipère fait avec les petits oiseaux. « Il les regarde, elles lui tombent dans la gueule. Regarde-moi, Marguerite, je te fascinerai. »

Il mimait si bien le crapaud que Marguerite rougissait et qu'elle en avait peur. Dans son habit moitié ville, moitié campagne, avec son chapeau à poil, sa grosse chaîne de montre, son biais d'assurance et de malice, il lui faisait l'effet d'un de ces sorciers qui ont tiré un mauvais livre. A ceux-là, de par leur magie, tout réussit et tout vient, jusqu'au jour du diable. Ils se détruisent alors, eux et leur livre, de façon qu'on en trouve à grand-peine les restes, se jetant dans quelque gouffre ou dans un four en flammes.

« Qu'est-ce que tu vas chercher, pauvre petite? disait la mère : il n'y a pas d'homme plus fait pour faire rire. » Elle et lui menaient tout un commerce de taquineries, de plaisanteries. Il demandait les nouvelles des moutons-à-queue-courte — c'étaient les chèvres. « Reviens-y à les endormir! Tu les as bridées, mais tu ne me brideras pas! » Sans répondre autrement, il faisait de petits yeux comme si le soleil lui donnait dans la figure.

Il y avait eu deux jours de bruine où Marguerite et le petit étaient restés au domaine. Puis une grande après-dîner de vent, de nuages volants, où ils étaient allés aider la mère à planter les pommes de terre. Le bossu était survenu. La mère l'attendait les mains sur les hanches. Dès qu'il avait été à portée, elle lui avait flanqué un coup de pied en travers des jambes. « Et celui-là? Tu sais pourquoi je te le donne?... Dis que ce n'est pas toi! Je n'ai parlé qu'à toi hier matin. »

Elle l'avait rencontré en allant préparer le champ. Ensuite était venu un de ces gros brouillards qui mouillent. A midi, voulant rentrer, elle n'avait vu de tous côtés que de l'eau, des sapins, des fourrés de ronces. Elle était ensorcelée... Et de tourner dans le champ jusqu'au soir, au milieu du nuage. Il avait fallu qu'un homme de Virennes passât, qui l'avait délivrée.

« Reviens-y! Allons, aide-nous à porter nos paniers, je te ferai goûter mon miel. »

Marguerite avait pris les devants avec le petit. Le vent, par bribes, lui apportait des propos de sa mère et de Gervais sur la dame. « On dit, disait-il, qu'elle s'est rapatriée avec ceux que vous savez... » Marguerite avait pressé le pas et parlé haut à l'enfant.

Avant de partir, elle avait recommandé à sa mère de ne rien raconter au bossu.

« Porte pas peine; je ne lui raconte que ce que je veux perdre. C'était pour le défâcher du coup de pied. Sais-tu ce qu'il m'a dit? Que les messieurs étaient rentrés chez eux; mais qu'ils ne tarderaient guère à prendre leur vengeance. Les affaires des gros ne nous regardent pas, pauvre petite! Si tu veux, que Jeuselou parle à Gaspard. C'est Gaspard qui devrait être aux Escures, non pas toi. Il me tarde trop que tu sois mariée et dans ta maison! »

Cela n'était rien encore, au prix de ce qui avait suivi.

Un jour de dimanche, Marguerite avait trouvé sa mère assez drôle. A force de questions, de l'une à l'autre, elle l'avait amenée à tout dire.

Le matin, elle avait vu le bossu monter, tout plan-plan, les mains derrière le dos. Il avait tiré à soi un tabouret, et, après les nouvelles, les plaintes sur le temps : « Vous m'avez bien arrangé la jambe. Si j'étais aussi mauvais que vous, je vous donnerais le cours de ventre pour quinze jours. Mais nous allons faire notre paix. » Voulait-elle gagner une bonne récompense qu'ils partageraient ensuite? Il connaissait un secret qui aurait bien le pouvoir de guérir la dame. Il suffirait de lui faire prendre un peu de poudre...

Comme elle n'avait dit ni oui ni non, il lui avait glissé dans la main un petit paquet blanc. « Seulement, n'en parle pas même à la petite. Il faut le secret. C'est comme pour les brevets, ces papiers roulés qu'on pend au cou des malades : si l'on va lire ce qu'il y a d'écrit dessus, on en meurt! »

Marguerite avait demandé à voir ce paquet blanc, l'avait tourné, retourné et finalement jeté sous le chaudron. Ç'avait fait une flamme verte si singulière qu'elles s'étaient signées toutes les deux.

« Tu lui diras que tu l'as perdu et que ce n'est pas la peine de t'en donner un autre. »

Gaspard bêchait; et il repensait à l'air qu'avait Marguerite. Quelque chose ne devait pas bien aller aux Escures. Il savait qu'il n'avait pas l'esprit en repos, mais il savait aussi qu'il ne se mêlerait de rien...

Quand on est loin, les soirs, ou la nuit, tout seul, on la revoit, Anne-Marie, assise sous un sureau. Elle me regardait, le front un peu baissé, et toute d'amitié, de tristesse et d'attente... Alors, une masse de visions, de souvenirs : les chemins bordés de pierres brutes, dans la montagne, les sombres villages, les fermes basses, près du sapin et des piles de bois; les figures amères de ceux qui peinent, les vieux, les timides, qui sentent le peu de cas qu'on fait d'eux, les hommes sans bonheur. Avec Anne-Marie en tourment, toute la misère du monde m'est revenue dessus.

Peut-être qu'il vaut mieux ne pas être trop heureux : c'est seulement dans la peine qu'on comprend la peine de toute vie.

Mais pourquoi n'a-t-elle pas voulu me laisser tout régler?

Toujours cette colère qui vous barre la poitrine

Le champ était retourné. Il vidait la terre de ses sabots. Il vit arriver Valentin.

L'embarras des demandes de santé débrouillé, Gaspard qui n'avait pas voulu s'enquérir auprès des femmes, se décida à questionner Valentin sur l'entrevue entre Anne-Marie et Elmire Chargnat.

D'abord la demoiselle avait eu des façons, des phrases, un peu inquiétantes. Puis Pauline était arrivée. « La visite s'est bien terminée, quoique sans amitiés trop engageantes. »

Gaspard s'était fait des idées à Murols. Il avait imaginé

qu'Elmire se piquerait de beaux sentiments, voudrait gagner toute la confiance, parlerait de Robert, du passé, et blesserait Anne-Marie. Qui savait dans quels sentiments une créature telle qu'Elmire sortirait des Escures?

Mais Valentin parlait d'autre chose : Pauline et lui venaient d'apprendre ce qu'un mendiant avait dit à la Louise, devant le portail.

De ces bavardages de campagne, Gaspard ne voulait faire aucun cas. Elmire Chargnat les faisait courir pour assurer que Robert n'avait pas renoncé à ses projets de vengeance.

Jeuselou, à ce moment, les rejoignit. Ils redescendirent ensemble par le pré, sautèrent sur la route. Jeuselou s'enquérait du bois en exploitation, des mille et des cents qui tomberaient dans la poche de Gaspard. « Qu'en auras-tu, d'avoir quitté le pays? Il ne faut pas être si enragé! L'argent, on ne l'emporte pas dans sa fosse. »

Ils marchaient vite. L'amitié était là, présente comme une personne. Alors, il n'y a pas besoin de parler pour s'entendre.

« L'argent, dit pourtant Gaspard. Que me fait l'idée de me pousser? J'aurais horreur, tiens, d'entrer dans la comédie, de dire des phrases, de m'habiller en monsieur. Elmire Chargnat, je volerais par-dessus les murs plutôt que de vivre dans le même air qu'elle. »

Elmire... Valentin reparla des avis qu'elle donnait, des bruits qui passaient. On publiait sourdement qu'il arriverait encore des malheurs aux Escures.

Justement! Il n'y avait pas à s'y arrêter, à ces bruits, parce qu'on sentait qu'ils étaient lancés à dessein.

Mais Jeuselou et Valentin entreprenaient Gaspard. Ils voulaient qu'il revînt et qu'il demeurât au bourg.

« Tu sais qu'Anne-Marie a été vraiment malade?

— Et pourquoi voulez-vous que je sois là? »

Il s'était arrêté, face à tout ce pays, en dessous d'eux.

Il tenait sa bêche par le milieu du manche, comme une cognée, d'un air aussi violent que s'il devait fendre le crâne à qui voudrait se mettre en travers de sa route.

« Quand on voit quelqu'un aller se casser la tête contre un mur, on se dresse tout droit pour l'arrêter à temps. Mais quand ce quelqu'un bâtit le mur de ses mains et vous empêche de le flanquer par terre, eh bien, alors, vous n'avez qu'à faire demi-tour, les poings dans vos poches. »

Il repartit le lendemain au chant du coq.

QUATRIÈME PAUSE

Rencontres avec le bossu. — La vision de Jeuselou. — Le bossu endoctrine Henri. — L'enfant et les fades.

QUAND Henri arrivait avec Marguerite, il voyait que la Perrine et elle s'entre-regardaient d'une certaine façon, parlaient bas dans les coins.

« Ce bossu a passé hier. Il cherche des herbes. Il m'a encore chanté qu'il guérirait bien la dame.

— Et alors, pauvre mère?

— Et alors il faut dire au loup : bonne bête! »

Un après-midi le bossu fit un crochet par le pré du pommier. Il voulait emmener le petit plus haut, dénicher des geais-de-bois. « On leur apprend à parler en les élevant dans le noir. J'irai vous montrer aux Escures. »

« Sa maman n'aimerait peut-être pas voir ça », dit Marguerite. Elle se força à ajouter : « Elle n'aimerait peut-être pas trop vous voir, non plus.

— Et pourquoi? Je ne cherche qu'à être agréable au monde. »

Mai arriva. Marguerite et la Louise devaient aller à une dévotion nouvelle qui se ferait chez une vieille fille, à Roche-Savine. Les femmes avaient arrangé un autel avec une figure de la Sainte Vierge, des draps blancs, des bouquets blancs et bleus, de la mousse. On en parlait beaucoup.

Ce premier de mai, comme elles revenaient, à la nuit, elles entendirent venir une bande de garçons, partis à la quête des œufs avec un tambour.

Voici le printemps des merveilles,
Voici le joli mois de mai.

Ils dévalaient par le chemin creux. Au passage, sans lâcher leur chanson :

Il est si joli, l'est si gai.
Il est tout rempli de violettes,

ils attrapèrent Louise par les poignets et l'entraînèrent en tumulte, comme pour lui faire sauter les brandons. Marguerite s'était garée contre un gros vieil arbre. Mais quelqu'un de la bande, qui avait l'œil plus pointu, laissa rouler les autres et vint à elle. Malgré le noir, elle reconnut le bossu.

« Tu ne m'as pas porté tort près de ta dame, je pense? Mets-toi dans mes amitiés. Je lui enlève sa maladie et je prends l'état de guérisseur. Allons, ne fais pas la bête, pourquoi ne veux-tu pas voir tes avantages? Il n'y a pas de fille qui me plaise tant que toi! »

Il la prit par le haut du bras. Elle se dégagea sans rien dire. Le cœur lui battait jusque dans la gorge.

« Si tu me connaissais! Tu connais le soleil, cet astre radieux? Il est là pour éclairer tout le monde, pour faire plaisir à tout le monde. Eh bien, nous devons être comme le soleil... »

Un discours. Elle se demandait comment il pouvait avoir tant de mots dans la tête.

« Margueri... ite! »

La Louise l'appelait d'en bas. Elle vint à bout de passer. Mais le bossu la retint par la manche.

« Ta dame, je connais son mal. Ce n'est que par secret qu'on peut la guérir. Regarde bien ce que tu vas faire. Et si tu parles, même au Jeuselou, je te montrerai ce que je peux. »

A huit heures du soir, les cornes de bois des bergers beuglaient le long de la montagne. « Ils cornent le mois de Marie! » Marguerite s'apprêtait. Jeuselou, maintenant l'accompagnait toujours dans le chemin.

Une fois, il ne parut pas. Tout était comme à l'ordinaire : l'odeur des bouquets et celle des fagots de pin dans la salle, les hommes en tas, parlant des blés qui montaient, les femmes, les filles, enjambant les bancs, s'installant. Déjà la vieille débitait grand train les *ave* que reprenaient les voix bourdonnantes. Jeuselou ne se montrait point. La lecture, que la vieille menait péniblement, avec un arrêt au bout de chaque ligne, Marguerite l'entendit sans y rien comprendre; et elle ne suivit pas mieux la prière du soir. Les gamins riaient d'un vieux qui s'endormait, plongeant des épaules comme s'il sonnait les cloches.

Lorsque tous se relevèrent, dans un bruit de sabots, un froissement de jupes, elle se dit qu'elle trouverait Jeuselou à la porte.

Elle s'attarda parmi les gens qui s'en allaient vers les escaliers de pierre, vers les chemins ouverts entre deux murettes. Elle sentit le froid. Une grande fraîcheur d'herbe mouillée venait des prés. La campagne avec ses bois en bosse, ses creux enfoncés semblait du même sombre, peut-être bleu, que le ciel. Mais elle n'avait que deux ou trois lumières, tandis que là-haut c'était semé de poignées d'étoiles.

Il fallut redescendre avec Louise. Dans le chemin, personne.

Au lieu de rentrer aux Escures, Marguerite avança vers le bourg.

Un crapaud chantait par moments, sans qu'on s'y attendît, comme pour un signal sournois. Marguerite allait, le souffle coupé. A chaque pas, elle pensait voir Jeuselou.

Lorsqu'elle eut dépassé la métairie, elle le vit. Elle le vit de loin dans son habillement blanc. Il paraissait à demi assis dans les brandes.

Elle ne sut jamais comment elle était arrivée près de lui, comment elle l'avait pris dans ses bras. Il parlait d'une voix où il n'était pas, et elle n'osait pas l'abandonner pour aller demander du secours.

« J'étais avec Benoni dans l'auberge. Quelqu'un que je ne connais pas nous a parlé. Quelqu'un que je connais a trinqué avec nous. A la montée tout bourdonnait de vent. A la descente ils m'ont lancé dans l'air. Je suis parti par-dessus les sapins, de bois en bois, jusqu'à l'endroit des ruines. »

Il s'était vu en lieu haut et désert, une esplanade avec des éboulis. Il y avait des fades tout de blanc, il y avait des lutins, tout de rouge. Puis je t'ai vue, c'était bien ta façon. Le mauvais sort m'empêchait de te joindre. Je te cherchais sous le brouillard du temps...

Elle se serrait contre lui, et elle pleurait à petit bruit, le front appuyé contre sa veste. Il fit un effort, se tint debout.

« Je te jure que j'ai voyagé par le milieu de l'air. Et je t'ai vue dans cet endroit de pierres, sous la lune. Tu étais morte et je l'étais peut-être... Je n'avais bu que deux verres à l'auberge. Un certain homme a versé le vin blanc, et le bossu m'a fait boire le vin rouge. »

C'est pour moi qu'on a fait cela, se disait Marguerite, pour m'avertir... On devait les guetter de sur la pente, derrière les houx. Mais qu'importait? Comme en rêve, elle entendit la voix de M. Grange : « Il a un coup de trop dans la tête : il faudrait l'enterrer un moment dans du fumier de mouton. » Et celle de Mme Anne-Marie : Vous ne voyez pas qu'on a drogué son vin avec du chanvre? » Qu'importait qu'on les fît mourir? Ils mourraient : on mettrait leurs os blancs dans la terre. On y dort bien, à l'abri du malheur.

Vinrent les brouillards de la Pentecôte, qui ramassent les noix. Puis le temps bleuissait, comme l'ombre dans les bois sous les enfoncements de feuillages. Avec ses arbres fumeux et ses montagnes en grands pans, la campagne semblait un pays de solitudes. Au soir, l'air devenait tout rose. Quand le soleil arrivait sur les découpures au loin si petites des crêtes, entassements de roches et bouquets de pins, il n'était plus qu'une meule de braise qu'on pouvait regarder comme on fait de la lune.

Par ce temps-là, Anne-Marie reprenait goût au jardin, à des sorties. Un matin, en ramant les pois, Marguerite lui demanda de la laisser retourner chez sa mère. Qu'elle pût travailler un peu pour soi avant sa noce.

« Tu travailleras ici, je t'aiderai. »

Agenouillée, Anne-Marie cherchait son regard à travers les ramilles. Mais Marguerite baissait le front, ne laissant guère voir que la masse de soie de ses cheveux.

« Elle est simple comme un œillet à quatre feuilles, dit Jeuselou : allez pourtant savoir ce qu'elle a dans la tête.

— J'ai déjà pensé à t'aider. Reste, tu vois comme je suis seule. Nous ferons ensemble tes draps, tes chemises. Les après-dîners, avec Henri, nous irons chez ta mère.

— C'est loin pour vous... »

Rouge, démontée, elle plantait maladroitement une rame. » Je ferai faute à ma mère pour les foins. J'avais pensé... M. Meissoux avait dit que les bains du Mont d'Or seraient bons pour le petit Henri... »

Anne-Marie rougit à son tour jusqu'à la racine des cheveux.

Sitôt après dîner, ils partaient tous les trois pour le mont des cerises. Anne-Marie et Marguerite se mettaient à l'ombre pour coudre. Le petit accompagnait les chèvres, arrachait de la gomme au tronc des cerisiers, contemplait une araignée tissant sa roue entre deux branches.

... Il était là, à deux genoux devant une fourmilière, perdu dans une espèce de vision. Il n'avait rien entendu, et soudain une ombre avança à sa gauche.

« Moi aussi j'admire ces bestioles. J'y vois l'image de ce que devrait être la société des hommes dans la justice et le travail. Tandis qu'on écrase les petits, ceux qui ont des malheurs de conformation ou de naissance... »

Le bossu posa à terre un sac de grosse toile et sa canne à pomme de cuivre par-dessus.

« D'intéressant enfant vous deviendrez un bienfaisant jeune homme. Voyez, je ramasse des simples; je voudrais me consacrer à soulager les infortunés. »

De sa basque il tira une tabatière, la cogna de sa paume et offrit une prise à Henri. Pour le parfumer et le tenir frais, il y avait une feuille de menthe dans le tabac. Le bossu relevait le pouce, plaçait la poudre dans cette salière, la reniflait, s'époussetait le nez; tout cela méticuleusement, comme pour minuter ce qu'il avait à dire.

Un pivert, qui becquetait un tronc, était seul avec eux sous le soleil, de ce côté de la montagne.

« Rien de si beau que de connaître les herbes et leurs vertus. Je pourrais vous les montrer toutes : l'herbe au chantre, l'herbe au charpentier, qui ferme les coupures, l'herbe aux verrues, qui fleurit le jour où arrivent les hirondelles. Tenez, voilà le millepertuis. Regardez au jour une de ses feuilles : un millier de trous, plus fins que la pointe d'une aiguille. Sa vertu est de rendre la vue perçante. Je vous expliquerais tout. Seulement, ce sont de grands secrets. Sans rien dire, si vous m'écoutiez, vous pourriez guérir votre maman mieux que les médecins. »

Henri, toujours à genoux, regardait les souliers du bossu sans répondre. Gervais disait que parce que vous êtes petit, les gens vous croient dépourvu, malhabile. « Votre grand-père Grange ne se douterait jamais. Lorsqu'il verra l'effet de nos secrets, oh alors!... »

« Si je vous parle, c'est que je sais que vous n'aimez répéter les choses à personne. » Il passa les yeux autour de lui, et, enfin, dit que dans trois jours il donnerait au jeune ami de quoi guérir la maman.

Henri continuait de se taire. Mais comme le bossu cueillait du millepertuis, il s'approcha et l'aida à faire sa récolte.

L'année était en avance. Perrine commença ses foins le lendemain de ce jour-là. Jeuselou était venu faucher de grand matin. L'après-midi déjà on prit le râteau.

Henri fut chargé d'empêcher les chèvres d'approcher du nid de caille. Jeuselou avait piqué à côté un rameau de genêt dans l'herbe, afin qu'on évitât d'aller là effaroucher la mère. Il y avait onze œufs bleus à taches brunes.

Quelques quarts d'heure après, Anne-Marie voyant Henri toujours à l'écart, une baguette à la main, lui cria qu'il pouvait bouger, que les chèvres n'avaient pas envie de venir. Il ne parut pas l'entendre. Elle se le rappela plus tard : il regardait sous le bois, vers des roches arrangées en cave qu'on disait habitées par les fades.

A quatre heures on redescendit goûter.

La Perrine remonta la première au pré du pommier. Et tout à coup, d'en haut, elle poussa la voix : « Ho, pauvre! Ho, vous autres! Le foin est tout mis en andains! Venez voir! C'est l'ouvrage des fades... »

Comme ils arrivaient, un coup de vent s'éleva, si vif qu'il fallut retenir les grands chapeaux de paille. Le foin tourbillonnait, voltigeait aux cris de la vieille. Il couvrait de nouveau toute l'aire lorsque ce vent follet retomba.

Perrine jurait qu'à son arrivée ce foin était en andains, les andains qui ressemblaient aux vagues de la mer! « Eh bien, voilà, fit Anne-Marie en riant, les fades ont voulu prouver qu'elles sont nos voisines. »

Henri tourna les yeux vers elle. Perrine et Marguerite reprenaient les râteaux. Tandis que sa mère lui nouait un mouchoir blanc autour du cou, il dit presque bas :

« Moi, je les ai vues. »

Anne-Marie fut si saisie qu'elle s'assit, sur un peu de foin, le fit asseoir sur elle. Longtemps, doucement, elle le questionna, sans en tirer d'abord autre chose : il les avait vues, il avait vu les fades. Peut-être sentait-il qu'il y avait là du prodige et qu'il pourrait arriver quelque mal s'il révélait ces secrets-là.

Non, pas en rêve : il ne rêvait ni ne dormait; mais il les voyait comme du milieu de son front. Ce n'étaient pas des femmes, des personnes : c'étaient des êtres pourtant.

« Tu sais, quand je te disais que j'avais mal à la tête? J'y sentais des élancées pour les voir. Je les avais déjà vues dans la cache, sous terre, mais ça n'avait duré que quinze jours. »

Anne-Marie le tenait entre ses bras et le berçait : « Mon petit, mon petit... »

Elle ne dit rien à Pauline ni à personne. Elle alla trouver M. Meissoux.

Il sourit, rêva, la questionna, battit des doigts sa tabatière. Finalement il lui conseilla de voir le mari de sa cousine Domaize, un jeune médecin d'Issoire qui pour la saison s'installait comme médecin consultant au Mont-d'Or.

« Faites le voyage avec votre amie Lucie qui doit aller retrouver son mari à Cordès. Promenez l'enfant, montrez-lui les lacs, le lac d'Aydat, le lac de Guéry, le lac Chambon. Nous n'avons que des étangs par là. Tâchez qu'il s'amuse, qu'il se prenne aux choses. Vous reviendrez par Murols, si votre cousin est à Murols, et par Issoire. »

Il entrait dans les indications, combinait tout, disposait tout. Anne-Marie l'aurait embrassé.

Ce voyage résolu, elle se sentait aussi légère qu'aux matins où elle attendait devant l'escalier, à Chenerailles, que le père amenât la carriole. La rosée mouillait les fraisiers d'entre les dalles. Il allait faire beau. Tout s'arrangeait pour une grande journée de lumière, de course et de vent.

CINQUIÈME PAUSE

Anne-Marie à Orcival. — Voyage dans les Monts d'Or. — Gaspard au bois du lac.

Le voyage fut monté en trois jours. Grange aurait voulu qu'on en parlât longtemps, qu'on fît des préparatifs. Plampougnis, en venant chercher sa femme, arrangea tout.

De bourg en bourg, de butte en butte, saluant les tours, là-haut, puis les maisons de Limagne à galerie de bois, puis les champs de sable effilés de l'Allier, on allait au-devant de la belle saison. Comme tout était plus hâtif dans la plaine.

Le château de Cordès, le lendemain, parut à Henri le plus beau qui fût à voir, en grosse joaillerie de pierres grises et blanches, ornementé d'une rouille d'or sous des toits en écailles d'argent. Les charmilles étaient faites de murailles de verdures aussi hautes que les tours. Au bout de leur couloir surprenant, se dressait à des lieues, la motte bleue d'un mont qui était le Puy de Dôme.

Quel pays propre, vert et rond, où les arbres étaient tous en lignes serpentantes. Des feuillages, sortaient un clocher à pans, un logis à tourelles. Voilà donc la fameuse église d'Orcival!

Plampougnis parlait du pèlerinage de l'Ascension. De vieux hommes avaient suivi la procession pieds nus dans les cailloux; et le monde avait dîné sur l'herbe, bien que tombât par moments une pluie à quoi la neige n'aurait rien pu. Mais dans l'église on étouffait. Si remplie de gens de Rochefort, de Latour et de Tauves, qu'une épingle ne serait pas tombée à terre! L'air épais y sentait le fromage, la vache, comme à la fin d'une veillée dans une étable.

Ce matin-là ils n'y trouvèrent personne. Elle était haute, arrondie, d'un gris de cendre. Le maréchal battait le fer sur la place où grattaient une demi-douzaine de poules. Autour de la Vierge noire étaient des cadres comme les mendiants s'en pendent sur la poitrine, portant en écriture moulée des récits de miracles. « Le 10 janvier 1808, par une journée froide mais sans neige... » Sur les deux piliers du fond, même, des écritures avaient été tracées avec la pointe d'un clou : « Bénissez ma vie », « Guérissez-le », « Je vous donne mon enfant, soyez sa mère. » Des bourgs, des domaines, combien étaient venus là dire leurs raisons à la Vierge dans leurs angoisses : celle dont le garçon tourne mal, celui qui ne peut plus payer et qu'on va vendre, ceux qui ont peur, ceux qui sont malades, ceux qui voient arriver la honte, tous ceux qui pensent, tête basse, à leurs tourments et à leurs propres jours. Ils n'étaient plus ici et cependant ils y étaient encore.

Anne-Marie, qui n'aimait pas beaucoup les pèlerinages, ne s'était pas attendue à cela. Elle regardait N.-D. d'Orcival qui semble une dame de domaine, assise bien droite, de face grave, un peu sévère et secrète, toute bonne. La bouche lui tremblait. Elle mit la tête dans ses mains. De tout son sens, elle priait pour l'enfant; et les larmes, lui ruisselant entre les doigts, coulaient jusqu'à son poignet.

Au commencement de l'après-dîner, ils montèrent à cheval et entrèrent dans une vallée profonde, toute frisée de verdure. Au bout se levaient deux bornes géantes, la Roche Sannadoire et la Roche Tuilière, celle qui fournit les lauzes dont on couvre les toits. Des ruisselets sautaient et ressautaient parmi des plantes à gros tuyaux, des coudriers, des lianes.

Enfin, le plat de ses eaux luisant tout bleu, on déboucha sur le lac de Guéry. Cet espace de clarté, la pente d'herbe haussée vers un ciel d'enfance, le goût plus libre et plus léger de l'air, ah! c'était la montagne!

Plampougnis avait posé à terre l'enfant qu'il tenait devant soi sur sa selle. Il cueillit au bord de la rampe une herbe qui sentait fort, plus menue que des feuilles de carotte. « C'est du mion. J'en emportais à l'école, je m'en bourrais le nez et il se mettait à saigner. Alors le maître me laissait sortir... » Henri l'entendait à peine. Avec sa mère il contemplait ce mont qui n'était qu'une masse de gazon égueulée, bosselée, ravinée de fissures. Tous deux, ils auraient aimé monter là-haut, en se tenant par la main, à la découverte des grandes fleurs et de la grande vue. Vers ce pays de cantiques recueilli dans un immense silence de bonheur.

Plampougnis dit que ce devait être le Puy-Gros, et ces échardes de pierres, le Sancy. Il allait lui falloir retourner aux parquets qu'il posait dans le château de Cordès. Mme Anne-Marie trouverait le Mont d'Or par là. Murols, avec Gaspard, était un peu plus à main gauche.

Maintenant va s'ouvrir le royaume où l'on arrive en face du matin, dans l'herbe, les clochettes; et devant tant d'étendues bleuissantes, tout ira à la joie du cœur.

Il entendait ses hommes répondre à quelqu'un dont la voix arrivait mal. Il portait la tête d'un côté, de l'autre, cherchant à voir entre les troncs; et il vit un enfant tout en blanc, en pantalon flottant sur ses souliers, à la blouse ouverte en pointe; il vit une jeune femme à la guimpe blanche...

Il aspira le vent comme un cheval qui flaire le loup. Il la voyait. Anne-Marie! L'air autour d'elle était plus étincelant que celui qui bout à l'entour d'une flamme.

... Il étendait son mouchoir sur un billot et voulait qu'elle s'assît. Elle obéit et tint le petit contre elle. Alors elle commença d'expliquer tout, M. Meissoux, le voyage, et comment le mari d'Hortense Domaize faisait faire à Henri un traitement de douze jours, avec des bains, des boissons et des douches. Henri n'était pas malade, avait dit le médecin, seulement un peu de névrose.

Elle tournait la tête pour tout examiner; on voyait ses traits purs. Elle se mit sur ce bois, sur le travail de Gaspard.

« Oui, j'ai les mains empierrées, à présent. »

Il les tournait, les montrait, jaunies de cal sous les doigts, des mains souples, nettes, bien découpées, qui lui ressemblaient à lui-même. Il riait, son visage brillait. Elle le retrouvait pareil au Gaspard d'autrefois; elle riait et Henri riait aussi.

Au Chambon, Henri avait aperçu le Grand-Blanc devant une auberge. Une petite fille avait dit : « C'est le cheval de Gaspard des Montagnes! » Et le valet : « On peut dire que son maître en a abattu de l'ouvrage, depuis qu'il est dans l'endroit. » L'hôte, alors, d'un ton solennel : « Ce garçon, c'est un foudre de labeur! »

Anne-Marie rapportait cela et forçait Gaspard à leur montrer les chemins qu'il avait tracés, la clairière qu'il avait ouverte. Il fallait enjamber des branches, prendre garde à ne pas se donner d'entorse, entre les quartiers de roc. Mais on allait, les prunelles claires. Le temps était si clair aussi qu'on se sentait porté par les anges.

Il les mena sur le Tartaret, à une place choisie. Avec des pelures de bouleau, qui s'enflamment encore mieux que la paille, il alluma un grand feu où faire cuire des œufs et des pommes de terre sous la cendre. On croit qu'il n'y a plus que cette cendre en poudre; et puis, dès qu'on l'écarte, on retrouve l'éclat, la force du brasier... De sa loge, il avait rapporté du beurre frais dans un étui de fayard, un jambon, une bouteille, des tasses de bois. Il faisait une table d'une souche, roulait un tronc qui servirait de banc, découpait le jambon, arrangeait délicatement les œufs.

Et de minute à autre un regard rapide sur Anne-Marie, pour s'assurer qu'elle était là, que c'était bien elle.

Peut-être entendait-on le clapotement de l'eau, couleur de pervenche sous les gros saules à branchages jaunâtres. Le Chambon luisait vaguement dans le fond, sous les monts de bure brune où des neiges pendaient par places. On dominait la petite île empanachée de feuillages, et tout le lac peint de monts et de ciel.

« Tu vois, la montagne n'a pas encore rentré sa lessive.»

... Gaspard les avait ramenés au chantier, et il donnait ses ordres aux hommes. Deux mots, mais qui disaient tout et qui tombaient bien. On allait abattre un hêtre; il prit soin de détourner un jeune bouleau, le courba, posa doucement une cognée sur sa tête couchée pour le tenir ployé à terre. C'était beau, ces précautions chez ce terrible, ce souci de sauver un petit arbre. Même dans sa dureté, il se comportait ainsi. A ces moments, penchant sa tête solide et fine, aux joues nettes, comme il semblait jeune, comme il avait l'air doux. Anne-Marie aurait voulu qu'Henri le regardât.

Il y avait au bord de l'eau un rocher fort élevé et cassé droit, qu'on nommait le Saut de la Pucelle. Ce matin Henri avait vu au Chambon une étrange chapelle, ronde comme une meule. Et tantôt, au haut d'un glacis, le château-fort de Murols, un assemblage formidable de remparts, de tours, de corps de logis aux fenêtres crevées sur le vide. Mais ses yeux revenaient toujours à cette grande peinture sur le lac, cette double haie de puys en forme de huttes ou de tentes, et faits de brumes d'argent sous la lueur du jour. Là devait être la vallée où on ne le mènerait pas, celle des chutes d'eau, des pelouses, des aiguilles de pierre que hantent les aigles. Ainsi mirée sur l'eau, elle ondoyait à un souffle, se défaisait une minute. Puis elle se rétablissait, mais plus brillante que la vraie, avec un air, si bleue et si suspendue, d'être déjà en Paradis.

Anne-Marie tira Gaspard d'un doigt pour lui faire remarquer l'enfant. Le chapeau, de reps blanc, comme le costume, retroussé sur le front, dégageait la figure. On le voyait, les yeux béants, enfoncé dans le rêve. « J'espère que le traitement lui fera du bien », murmura-t-elle. Il comprit qu'elle aurait voulu en dire davantage, et ne le pouvait pas devant le petit qui ne la lâchait guère.

« J'irai vous voir au Mont d'Or », fit-il.

Et sa voix chantait.

SIXIÈME PAUSE

Au Bain de César. — Promenade dans les vallées. — Rencontre avec Elmire.

Il alla au Mont d'Or, le surlendemain matin. Anne-Marie attendait devant le Grand-Bain Henri qu'on baignait. Ils remontèrent jusqu'au Bain de César. Une coulée de basalte couchée de biais ressemblait à la tranche noire d'un rayon de miel. Il y avait là une petite façade datant des Romains que surmontait un fronton en triangle. Un banc de rondins avoisinait l'entrée; mais ils ne s'assirent pas. Il avait plu dans la nuit; et le temps s'était rafraîchi. Le vent secouait des herbes sur la corniche; il balançait assez rudement des rameaux de ronce en fleur, qui retombaient sur cette entrée en la faisant mystérieuse comme une grotte. Des nuages déchirés passaient vite en gris et blanc dans le ciel.

Allant et venant sur la place, il l'écoutait lui tout dire de l'enfant.

Le malheur était qu'on ne pouvait traiter ce petit tout à fait comme les autres, lui parler de son père sans qu'il y sentît de la gêne. Cela suffisait pour l'isoler, lui fausser l'esprit.

Sans trop appuyer, Gaspard expliquait ainsi à Anne-Marie ces allures de songerie, en retraite et en recul.

Un air vif et frais soufflait. Les branches de ronce glissaient, chassées comme un rideau et il tombait encore des gouttes. De l'auberge où Gaspard avait établé son cheval, venait un parfum de café qu'on grille. Des litières, des chaises à porteurs traversaient la place, mais Anne-Marie ne les voyait pas.

Gaspard rougit un peu, se passa la main sur la face, et essaya de montrer que, puisque le père d'Henri reparaîtrait aux Escures, cela pourrait simplifier les choses.

Anne-Marie, surprise, choquée peut-être, regardait à terre. Elle sentait bien qu'il ne parlait plus dans l'âpreté et comme par dérision. Mais elle n'en avait aucune joie. A sa voix elle démêlait pourtant qu'il n'entrait pas dans ce qu'il disait, qu'il le disait sans y croire.

Le temps s'élevait. Au coin de la place un sycomore, épais comme une touffe de luzerne, bruissait fort, de toute sa feuille. Le ciel se nettoyait peu à peu. Le vent sentait le matin, les pâturages des sommets, l'air cru d'après la pluie. Il mettait une faim au creux de l'estomac. Gaspard recommença de parler, mais d'une autre façon plus vive.

Après tout, disait-il, ces difficultés qu'on a avec l'enfant, elles sont faites d'embarras, elles sont dans le cœur. « Tu trouveras le moyen. Oui, tu verras : il y a encore bien des jours derrière la montagne. »

Il revint deux fois. Il démêla les désirs d'Henri et lui promit de lui faire voir les vallées.

Cet après-midi-là, il les conduisit loin, dans une grande ravine, au bord du torrent. Sur le poli des roches, des sapins abattus s'enchevêtraient parmi les gerbes jaillissantes, les cuves grésillantes, les écumes. Le courant couvrait et découvrait leurs troncs râpés, où quelque branchage effiloché se plaquait comme des étoupes. Par endroits, c'était caché, c'était mouillé, c'était vert, à ce bruit d'eaux fluant, et l'on se serait cru derrière un moulin. Ailleurs, le rocher reparaissait et sur sa paroi encroûtée, la couleur ondoyait en larges rubans, ou bien l'on voyait comme une arche de pierre brûlée, d'un rouge mort.

Le petit allait partout, voulait tout voir, avec un appétit qui faisait plaisir. Il ramassait de petits galets mauves, ou gris de perle, ou du vert des feuilles de saule. Il y avait des cailloux troués comme des éponges; et il en découvrit un aussi transparent qu'on disait être le sucre candi.

Sur la berge il déracina un grand plant de valériane.

« Maman, tu te rappelles? Quand la minette se roulait sur ses genoux et que Marguerite disait : « Comme elle « m'aime, cette minette... »

Eh bien, c'était parce qu'il avait frotté le tablier de Marguerite avec ces racines.

Gaspard demanda qui lui avait appris le tour : Jeuselou? Ah! le bossu?

« Il a dû t'en apprendre d'autres. Tu le rencontrais chez la Perrine ou dans le voisinage?

— Je ne savais pas, dit Anne-Marie à mi-voix. Je ne pensais pas à écarter ce Gervais. Il me semblait que tu le voyais...

— S'il m'est bon à voir, cela ne veut pas dire que je le donne pour bon.

— Voilà, fit-elle, quand tu n'es pas là, tout va mal.

— Allons, ne te fais pas des dragons de tout. A propos, je t'annonce une visite. »

Du premier coup, elle devina : Elmire! On ne pourrait donc plus se détortiller de cette fille! Que voulait-elle? Que venait-elle manigancer?

Elle venait faire une saison d'eaux et avait à raconter un fait de conséquence arrivé dernièrement chez la Perrine. Elle demandait à Gaspard de lui envoyer un mot à Issoire, à l'hôtel de la Poste, où elle serait ce dimanche.

« Dimanche? Nous partirons samedi. »

Ils suivirent la pelouse. Un bruit se faisait entendre plus haut, comme si des biches venaient à travers un hallier : un fort friselis, un froissis de passage et c'étaient des bouleaux, livrés à l'air de toute leur feuille, mêlés de souffles, brassés par le soleil, remuant, ruisselant de mille brasillements de lumière. Leur voix vous rafraîchissait, et près d'eux, Anne-Marie trouva le courage d'adresser une prière à son cousin. Samedi, donc, n'aurait-il pas la gentillesse de les conduire à Issoire lui-même? Il verrait Elmire à l'hôtel. « J'aimerais savoir ce qu'elle te veut. Prometsmoi de me répéter tout. »

Il se cabra. Il fallait toujours qu'elle eût à en tirer quelque promesse! Mais il s'était fait une petite promesse à lui-même avant de quitter Saint-Amand.

« Je suis tenu, dit-il avec roideur. Il y a ce bois. J'ai à gagner ma croûte. »

Ils étaient maintenant dans un val de gentianes dorées en cierges sur le gazon, de flèches de roches, de grands sapins épars à déchiquetures de velours. Des sonnailles, dont les tintements roulaient on ne savait où, faisaient une chanson bizarre qui n'était ni des gens ni des choses. Cela s'accordait bien avec ce vent gai de l'après-midi et ces légères solitudes.

« Mais si je te donne de quoi faire fortune? »

Elle s'était arrêtée au milieu des gentianes. Ses yeux riaient comme ceux d'une petite fille. Essaierait-il de se mettre en colère? Non, elle le sentait changé. L'autre jour, en lui parlant du retour de Robert, il avait su redevenir son seul ami d'assurance. Elle l'avait compris, et la gratitude lui remontait au cœur, si chaude.

D'une bourse en soie verte, elle tira un écu qu'elle lui mit dans la main.

« Tiens, regarde : c'en est un de la vache; je te le donne! »

Un écu de l'an XII, Bonaparte premier consul, marqué d'une petite vache sur le bord. Ils sont rares et ils portent chance. Dans le Forez, on les achète trente francs et davantage. Gaspard le coula dans son gousset.

Il les ramena en berline du Mont d'Or à Issoire.

... Lorsqu'il revint de l'hôtel de la Poste, il alla trouver Anne-Marie au jardin. Elle était avec Hortense dans le vide-bouteilles qu'ombrageaient des vinaigriers et d'autres arbres d'agrément.

Gaspard avait rencontré Elmire Chargnat, parée comme Proserpine, dans la cour même de l'hôtel. Elle l'avait accueilli avec des remerciements pénétrés, de ce qu'il était venu tout exprès à Issoire...

Ils s'étaient promenés dans la galerie, repartant, s'arrêtant près des piliers de bois. Mais Gaspard rapportait simplement que d'après Elmire la Perrine aurait reçu une visite. Un homme ayant à peu près la façon d'un recors d'huissier avait poussé la porte, tout inspecté à la ronde. « Alors, tu as quitté la baraque où tu avais caché la dame des Escures? C'est bien étonnant que les autres ne l'aient pas fait flamber et toi avec! » Elmire voulait que la Perrine se fût mise à trembler de tous ses membres. « Ecoute, avait repris l'homme, qu'est-ce que tu dirais d'avoir ton plein tablier de pièces de quarante sous? Avec ça, on se fait des amis... Un jour où la dame viendrait, tu lui donnerais une tasse de lait froid... » Il disait de lait froid, faisait remarquer Elmire, parce que le lait froid resserre le goût du poison. La Perrine avait fini par répondre : « Qu'on est riche d'être honnête et de ne pas aimer l'argent qui vient on ne sait d'où. »

De ce conte, Gaspard demandait ce qu'il convenait de retenir?

Anne-Marie, comme lui, plaisantait, se moquait d'Elmire qui lisait trop de romans, mais sans être tout à fait à sa plaisanterie, et la joue un peu pâle.

« Sais-tu? Je vous reconduis aux Escures. Je questionnerai la Perrine. »

Levant le visage, elle fit un mouvement vers lui comme pour l'embrasser. Aussitôt, toute rougissante, elle se mit debout.

Le soleil cuisait les pivoines, en tirait des odeurs de vin et de rose, et d'autres des œillets, des lys. La chaleur bourdonnait, mêlée à la rumeur d'une matinée de dimanche.

Dans l'allée, elle l'entreprit sur Elmire avec beaucoup de gaieté et de feu. « Se venger de Robert, oui! mais ce qu'elle voudrait surtout, c'est te sentir occupé d'elle. » Anne-Marie arrangea ses cheveux sous son chapeau. Il ne l'avait jamais vue aussi vive, aussi prête aux taquineries, aux malices.

« Tout de même, dit-il, elle te sert et tu devrais lui avoir de la reconnaissance.

— Va, elle n'a que faire de ma reconnaissance; mais elle s'estimera bien payée si tu lui montres des sentiments un peu doux. Quand elle t'aura vu si beau et venu à Issoire pour elle!... »

Midi sonna à une horloge qui avait un drôle de timbre grave, au fond de quelque corridor. En cette entrée du verger, ils se sentaient tous deux dans la belle saison, dans le voyage! Sur la margelle du puits, un arrosoir luisait près d'un chapeau à longs rubans. L'allée dorée s'en allait, entre des touffes d'énormes pavots, vers on ne savait quelle fête.

Elle apprendra que tu es venu pour nous et elle séchera de dépit! »

Gaspard ne reconnaissait pas sa cousine. Elle voit l'enfant redressé, guéri, la joie l'emporte. Mais comment peut-elle oublier qu'avant trois mois elle verra l'autre reprendre pied aux Escures?

Il marchait cependant à son côté. Toutes chaudes de soleil, de grosses fraises un peu salies de terre parfumaient le jardin. Le gravier criait. On arrivait à une resserre basse, dont la porte était peinte de vert, derrière les capucines. Des rayons passaient à travers les abricotiers et l'arbre de Sainte-Lucie. Sous une grande chanson d'abeilles, qui se berçait sans fin, l'endroit paraissait fait pour qu'on y oubliât les gens et le monde.

QUATRIÈME VEILLÉE

PREMIÈRE PAUSE

La soupe du colporteur. — Scène d'épouvante. — Desseins de Grange. — Le coup de sifflet.

Ce dut être le mercredi après ce retour.

Grange rentra d'Ambert comme d'habitude. La Louise était seule pour le recevoir. — Depuis le Mont d'Or. Marguerite était chez elle, et l'on avait prêté le Nanne à Valentin, pour les foins. — En l'aidant à dételer, elle lui apprit qu'il y avait un pauvre diable à la cuisine. Comme Grange était dans ses bonnes, il déclara que les diables sont de trois sortes : les bons, les mauvais et les pauvres, et que les pauvres sont tout confessés. Il faudrait tremper la soupe à celui-là.

« C'est un vendeur de complaintes. Il ne tient plus sur ses jambes. Mme Anne-Marie a dit de lui dresser un lit avec des draps dans le foin. »

Les Escures donnent sur le vieux chemin qui monte de Marsac retrouver la grand-route. Pas de semaine sans qu'on vît passer quelque porte-balle, marchand de lunettes ou d'almanachs.

L'homme était sur une chaise, devant le feu. Il se leva, ôta son chapeau, prenant appui de l'autre main sur le dossier. Un pauvre diable, oui, vêtu d'un mauvais pantalon ouvert sur les chevilles, d'une veste de ratine violette montrant la corde. Derrière la chaise, il avait posé son bâton, sa balle, et un rouleau, un de ces tableaux dont on touche chaque carré avec une baguette. « Le voilà repoussant sa mère qui veut l'empêcher de partir. — Le voilà qui se fait soldat en arrivant à la ville. — Le voilà qui tue son capitaine... » Grange vit tout cela d'une vue.

« Alors, notre homme?

— Ça m'a pris dans les bois. Pour descendre, j'avais deux genoux à chaque jambe. La dame a dit qu'on me tremperait une soupe. Mais si je pouvais aller me coucher tout de suite, ce serait bien le meilleur.

— La fille te mènera à la fenière. Veux-tu une goutte de vin? »

Grange en versa un peu dans les deux verres, trinqua avec l'homme, qui avait repris place sur la chaise comme n'en pouvant plus. L'horloge battait le temps. La soupe faisait sa petite chanson. De fois à autre, le chat tressaillait de toute sa peau à une étincelle.

Comme chaque soir qu'il y pensait, Grange se souleva pour prendre une poignée de sel dans le coffre. Louise ne salait jamais assez; lui il aurait vidé la salière dans un œuf à la coque.

« L'homme en a déjà mis. »

Ils sautèrent à cette voix. Grange avisa le petit, gîté sous la table, en compagnie d'un livre à images. Avec le bâton du colporteur, il fit mine de fourgonner pour le faire sortir. Puis il se tourna assez roidement vers l'autre, le camp-volant.

« Tu t'es mêlé de goûter la soupe? »

Il le vit battre les paupières. Au même moment il entra en soupçons. Il lui trouvait maintenant une dégaine fausse, sournoise, avec cette tignasse noire et cette barbe couleur queue de vache. Il s'en souvint, son père disait :

De barbe rousse et noirs cheveux,
Garde-toi bien si tu le peux.

« Fais voir tes poches!

— C'est bien à tort que vous vous faites des idées sur moi. Si vous avez peur que je mette le feu, voilà mon briquet. »

Il vidait ses poches : un couteau de six sous, un mouchoir jaune, des bouts de ficelle. Grange lui passa les mains sur le corps.

« Et ça?

— C'est quand je ne pouvais plus avancer. Je m'étais assis près de l'eau... »

Alors, pour passer le temps, il avait fait un sifflet comme en font les enfants, d'une branche de vergne.

La Louise entra à grand bruit, portant deux seilles ruisselantes et, toute saisie, s'arrêta. L'homme se tenait assis, figé, gelé, une main sous son chapeau. Sans tourner la tête il regardait Grange de côté, par instants. Avec ses pommettes pointues, ses yeux brillants comme ceux d'un renard, il semblait une singulière créature tapie sous la menace et n'osant plus risquer un geste. Grange soufflait fort. Le petit se rencoignait près de la fenêtre comme pour entrer dans la muraille.

« Louise, ferme ta porte, cria Grange, à pleine tête. A clef! Apporte la clef! »

Lorsqu'il l'eut en poche, il s'adressa à l'enfant.

« Petit, qu'as-tu vu? »

Henri baissait le visage.

« Je ne sais pas pourquoi il raconte ça, dit l'homme, c'est bien à faux que...

— Il a mis du sel?

— Il a tiré un papier de sa veste, murmura Henri, il a vidé du sel et il a jeté le papier au feu. »

Grange ordonna au petit d'aller attendre dans les chambres sa mère qui comptait du linge au galetas. « Ne lui dis rien ou tu fais arriver un malheur! »

Henri s'en alla en pleurant. De l'escalier il entendit encore l'homme : « Ce n'est pas parce que vous êtes un monsieur que vous avez le droit de faire des misères au monde. Laissez-moi partir ou je porterai plainte. » Par une vitre qui, de la montée, donnait dans la cuisine, Henri vit Louise sortir du cabinet et passer le fusil double au grand-père.

L'homme s'était levé. Il était aussi blanc qu'une assiette.

« Tu vas la goûter, maintenant. Tu me diras si elle est assez salée, ta soupe! »

S'esquivant soudain, l'autre tenta de lancer à la marmite un coup de pied qui l'aurait fait basculer dans les cendres. Mais Grange s'était jeté sur lui, l'avait rattrapé par l'épaule, rejeté sur la chaise.

« Mets-lui l'écuelle entre les mains. Une cuiller. »

Il arma les chiens du fusil et resta debout, à trois pas.

« Toi, mange, et rondement! Ah! tu porteras plainte aux gendarmes? Ajoute au procureur, ça ne te coûtera pas un sou de plus. Foutu gredin! Est-il possible que tu aies voulu faire un coup pareil! »

L'homme tremblait tellement en portant la cuiller à sa bouche que la moitié du bouillon tomba sur les dalles.

« Une autre, et plus vite que ça. »

Soulevant son fusil, le grand-père allongeait les canons vers lui comme pour lui envoyer les deux coups dans le ventre. Recroquevillé sur l'écuelle, suant, verdâtre, l'homme mangeait. Henri se sauva, monta jusqu'au galetas rejoindre sa mère.

Anne-Marie descendit un quart d'heure plus tard, pour s'enquérir. Henri était tout blanc d'émotion, de peur.

« Il y a qu'on m'a parlé d'un chien fou qui rôde. Et Louise ne veille pas assez à tout fermer. Elle m'a mis en furie, j'ai envoyé une bûche à travers le feu qui a renversé la marmite. »

Ces fougues du père, Anne-Marie les connaissait bien, sans avoir jamais pu s'y faire. A Louise qui reniflait et pleurait, elle dit de préparer une eau bouillie à l'oignon. Elle tâchait de rassurer Henri, de rendre à la maison son train et son calme, mais elle se sentait le cœur étrangement serré.

« Où donc est le marchand de complaintes?

— A l'abri. Je ne l'ai pas laissé partir. »

Le père avait bien fait, puisque des chiens enragés couraient le pays.

En se levant de table, il lui dit qu'elle pourrait bien entendre du bruit, cette nuit, autour du domaine. Il allait envoyer Louise chercher le métayer. « Nous veillerons, nous regarderons un peu. Ne t'étonne pas pour des coups de sifflet, ni pour des coups de fusil même. Que je voie la moindre chose, tu comprends! » Il faisait le simulacre de coucher cette chose en joue.

Le métayer vint, plus tard. Ils s'attablèrent, seuls dans la cuisine, devant une bouteille et une croûte. Grange marmottait, la main sur la table. Il alluma la lanterne. « Viens voir le personnage. Je vais le faire parler. Il y a que maintenant je vais le faire parler. »

Il l'avait traîné dans le bas de la tour qui joint l'ancienne chapelle. On remisait là des riens, des balais de genêts, les balances à écrevisses. L'homme, pieds et poings liés, était couché sur la terre, parmi des vomissures. Une tête de cire, qui paraissait mauve par places, à la lueur de la chandelle, des yeux ternes et comme ne voyant pas, montrant à moitié le blanc. Il essayait de remuer les bras et commençait de râler.

Grange et le métayer se consultèrent; mais Grange tira sa montre : il était près de minuit. Il songeait toujours au sifflet trouvé sur l'homme. Dans son idée il voyait tout : nous mangeons la soupe tous quatre; l'autre attend que nous ayons tourné l'œil; il siffle, bon; Robert, son frère, ou les amis se présentent au portail, et les voilà maîtres de la campagne. Il y a un petit changement :

c'est lui qui a mangé la soupe, et maintenant, c'est moi qui siffle.

Il s'échauffait, grommelait, pour s'aider, des paroles de force : « Je lui laverai la tête avec du plomb. Tant de fois j'ai juré de le tuer comme un chien à la première vue! » Il abattrait Robert, l'achèverait d'un coup de crosse à la volée, derrière la nuque. Puis lui bourrer les poches de pierres et l'envaser dans l'étang. Après quoi on respirerait mieux.

Siffler, tirer, le reste, ce n'était plus un plan imaginé : c'était une chose montée comme une mécanique et qui le prenait dans ses rouages. Il fit grimper le métayer à une échelle pour qu'il tirât de dessus le mur, caché par le tilleul. Alors il entrebâilla le portail, siffla et attendit, le doigt sur la détente.

Rien ne vint.

Des minutes passèrent. Il eut l'idée de siffler trois fois. Rien.

Un plafond de nuages faisait la nuit plutôt noire. La lanterne qu'il avait couverte d'un manteau s'était étouffée. Il la ralluma, la disposa mieux. « Et fais comme moi : mets un bout de papier blanc à la mire de ton fusil. » Des bois, par vagues, venaient des rumeurs; mais rien que des roulements de vent ou d'eau courante.

A la fin, peut-être y eut-il autre chose. Un cheval galopait sur la chaussée, à la montée, du côté du bourg. Grange ne se trompait pas. Le galop se faisait plus sourd, à présent; le cavalier avait pris à travers prés pour arriver plus vite. Tout allait se passer ainsi qu'il l'avait prévu, Grange en était sûr-certain. Il se sentait là sans pensées, sans impatience même, changé en un automate qui n'aurait plus qu'à lâcher son coup de fusil au moment juste.

Le galop s'arrêta à l'entrée de l'allée. Ils avaient repris leur poste. On y voyait assez pour distinguer un homme à une douzaine de pas. Grange siffla. On lui répondit par un sifflement assez proche. Il vit quelqu'un se séparer d'un sorbier et bondir au sorbier faisant suite. Il tira comme au vol. Le particulier tournoya, s'affala à terre, tandis qu'un peu trop tard, le métayer doublait le coup.

« Recharge, cria Grange l'entendant sauter de l'échelle, recharge avant de sortir! »

Lui-même, il s'avançait à travers la fumée, pour achever l'homme qui bougeait confusément dans l'herbe.

« Ah! Grange, ah! dieux! vous m'avez bien arrangé! Où est-elle? où est Anne-Marie? »

C'était Gaspard.

DEUXIÈME PAUSE

Après le coup de fusil. — Explications de Benoni. — La nuit blanche.

Grange et le métayer, le sens perdu, tournaient autour de lui sans savoir par où le prendre. Il leur avait fait signe de le laisser en repos. Il se tordait lentement, les dents serrées, approchait de la lanterne une face toute blanche, pour considérer, mouillée, rouge, cette main qu'il venait de porter à son flanc; et il haussait l'épaule. « J'ai votre plomb dans le ventre... » Grange, précipitant ses mots comme un furieux, expliquait, expliquait : « Si tu n'avais pas sifflé, toi... » Le métayer ne savait que répéter : « Bougre de sort! bougre de sort! »

« Qu'est-ce que c'est? »

Grange se relevait, mettait la main sur son fusil. Il avait si peu la tête à lui qu'il faillit faire un nouveau malheur. C'étaient Benoni et Valentin, hors d'eux, le cœur sautant, qui arrivaient, qui ne comprenaient pas... Il y eut un moment d'extrême confusion, qui parut mettre

Gaspard à bout. Penchés sur lui tous trois, ils l'examinaient. Le côté gauche paraissait tout en sang.

Gaspard envoya à Valentin un regard qui voulait dire : tu ne te trompes pas, mon compte est bon. « Mettez-moi sur n'importe quoi, et emportez-moi chez nous tout de suite. Elle, ne la laissez pas descendre. »

Valentin emmena Grange et le métayer chercher un matelas. « Nous allons le coucher ici, dans le cabinet. Les blessés au ventre, il faut les soigner sur place. »

On ne put faire si doux, si bas, qu'Anne-Marie ne l'entendît.

Ces moments où l'on ne sait plus si l'on vit, où l'on voudrait crier, perdu de saisissement, d'étrangeté, d'horreur. Chaviré de vertige comme sur le bord d'un précipice. « Ne t'étonne pas. Je te jure que je me sens mieux. Ce ne sera pas ce que tu penses. » Les tempes gelées, fourmillantes, elle essayait vainement d'avoir un mot, mais disait oui à Gaspard, de la tête, comme une personne bien calme. Elle le quitta pour préparer du linge, de l'eau chaude, du vulnéraire. Allées et venues, une lumière tremblante en main, dans la maison noire, au milieu du silence noir de la campagne. On va en hâte d'une armoire au cellier, — mon Dieu, pourquoi quelqu'un court-il dehors? — et il faut revenir souffler le feu qui ne veut pas prendre.

Elle suivait le matelas, souffrant de tout son être, quand les hommes qui transportaient Gaspard tournaient avec des efforts, pour passer sans le heurter par les portes.

« Sois sage, sois bien sage. » Et elle aidait à le coucher.

Le métayer ramenait le Grand-Blanc que Gaspard avait attaché près de la métairie. Valentin le prit pour être plus vite chez M. Meissoux. Anne-Marie était restée avec son cousin. Elle posait un premier appareil. « Même si je devais te prier et te supplier, ne me donne pas à boire. » Il s'agitait. Il voulait qu'elle appelât son père, pour qu'on s'entendît tout de suite sur ce qu'on dirait à la justice.

Il assurait qu'il se sentait de mieux en mieux. Mais Anne-Marie se demandait si la fièvre ne venait pas.

Pour le faire taire, elle questionnait Benoni. Il était venu s'asseoir près d'eux, les mains nouées entre les genoux, et de moment en moment, il poussait un fort soupir.

Elle ne comprenait rien à leur arrivée? C'était la demoiselle Chargnat. Elle avait tapé à la porte jusqu'à ce que lui, Benoni, eût paru à la fenêtre. « Appelez votre frère, et descendez vite! »

Sitôt la porte ouverte, elle avait dit qu'il y avait un événement sinistre aux Escures. « C'est pour cette nuit, je l'ai appris en voyage, je rentre à l'heure même. Dépêchez-vous! Un colporteur a dû empoisonner votre cousine! »

« Gaspard a sauté sur le Grand-Blanc et m'a envoyé réveiller Valentin. »

La demoiselle Chargnat leur avait encore dit : « C'est Robert. Faites la justice vous-mêmes. Payez-vous d'abord sur le colporteur. Mais pour Robert ne traînez pas non plus. Je vous aiderai à tout couvrir. J'ai le bras long. »

A une question de Gaspard, Grange répondit que le métayer était allé voir et que l'homme était mort.

On continuait de vivre comme dans le moment d'un réveil en sursaut, où l'on s'habille, où l'on se démène, où, sans être à soi, on voit dans un jour blafard la vie changer de figure... Ils étaient assis là, et il leur semblait encore être emportés dans la fumée, dans la bourrasque.

Gaspard regardait Anne-Marie ainsi que dans le bois du Tartaret, d'un coup d'œil qui prenait tout et qui se retirait vite. Lorsqu'elle était à genoux près du matelas, j'ai cru que je ne m'empêcherais jamais de toucher ses cheveux, de prendre sa tête dans mes mains... La seule ressource, ç'a été de m'occuper tout de suite à tout régler pour les juges.

Je suis fou. J'y suis bien allé comme un fou, tantôt. Au coup de sifflet j'aurais dû me garer, voir venir. Mais l'idée d'un malheur déjà fait me lançait de l'avant.

Une joie, qu'il ne s'expliquait pas, lui venait. Savoir Anne-Marie sauve? Etre chez elle, soigné par elle? Non, autre chose. Il se sentait plein d'idées, de ressources.

Il dit à Grange d'enlever le sang sur le chemin en quelques coups de pelle; et de porter le marchand de complaintes au lit dressé dans le foin; on ferait dire à la Perrine de venir le voir.

Il voulut parler lui-même au métayer : « Malheureux! Tu m'as tiré dessus sans raison. Serais-tu sûr de ne pas aller aux galères? Je tairai tout, en faveur du cousin, mais tiens ta langue! »

Anne-Marie s'inquiétait de lui voir tant de mouvement dans l'esprit. Elle lui prit le poignet, et n'arrivant pas à saisir le pouls, elle lui caressait la main doucement.

Une lanterne passait devant la fenêtre. Le père appelait Benoni à mi-voix. Puis de nouveau ce silence. Le remuement d'une vache qui se dresse, donne du flanc contre la cloison, la galopade d'une troupe de rats entre deux planchers; et le silence revient, celui de la nuit noire.

Il y a une heure je dormais dans ma chambre. Ils pouvaient me le tuer, me l'apporter là, roide comme un cadavre. J'ai vu ce que je devenais, alors. Maintenant je le tiens, je l'empêcherai bien de mourir. Ce doit être pour cela que j'ai si fort le sentiment d'une délivrance.

M. Meissoux ne voulut pas la rassurer. « Votre cousin est si pâle que je crains un écoulement de sang à l'intérieur. Peut-être la rate rompue... » La charge avait dû s'aplatir contre ses pistolets et lui porter un furieux coup sur le côté gauche.

Anne-Marie regagna le cabinet, secouée encore par le

quart d'heure que Gaspard venait de passer, tandis qu'on lui tirait du flanc trois bouts de plomb. Il respirait large et ne bougeait point. Mais il ne pouvait pas dormir. Il écoutait, venant de la cuisine, le cliquetis des outils que M. Meissoux rangeait dans sa trousse, et les explications de Grange : « Je suis un père Soupe : il me faut ma soupe trois fois par jour, et elle n'est jamais assez salée pour moi... »

Avait-il peur d'être pris pour un paysan parce qu'il aimait la soupe! Derrière cette porte, c'étaient les affaires d'hommes, les prétentions et les calculs. Ici, Anne-Marie, claire comme le jour quand on le retrouve au bout des pâturages du matin, dans la montagne.

M. Meissoux rentra, suivi de Grange, approcha le quinquet de la figure de Gaspard. « Il reprend ses couleurs : bon signe. » Pendant ce temps, Grange, rajustant ses lunettes, examinait et Gaspard et Anne-Marie.

Mais je n'ai rien, se dit Gaspard un moment après; et je suis là, à jouer au blessé, pour une bourrade. Dire que quand je me suis vu sur ce matelas, j'ai failli parler à Anne-Marie comme un homme qui n'a plus qu'une heure à vivre... C'est l'écu qui m'a sauvé! Il s'est imprimé dans ma peau. Me voilà moi-même à la vache : j'ai du bonheur pour tout mon âge.

« Je n'ai pas soif, je suis tout bête », répondit-il à Anne-Marie.

Il aurait voulu réfléchir, et il ne le voulait pas. Sa tête ne pouvait lui servir encore. Plus tard il reviendrait au colporteur, il tâcherait de voir où l'affaire les mènerait. Il mettait cela de côté, comme un espoir; et c'était cet espoir-là qui l'enlevait, sans doute.

Les coqs s'appelaient, de ferme en ferme. Dans les arbres du ruisseau, se levait le vent du petit jour, celui qui ressemble au flux d'une fontaine. La fenêtre paraissait déjà blanchir. Il s'endormit.

TROISIÈME PAUSE

Le mort dans la fenière. — Les gendarmes. —
Anne-Marie demande assistance.

De peur que le soleil n'éveillât son cousin à travers les branches, Anne-Marie avait épinglé un rideau de serge verte à la fenêtre. Elle s'était assise derrière ce rideau. Il lui semblait qu'on menait plus de bruit que d'habitude autour de la maison, que l'eau sonnait davantage dans la cruche qui s'emplissait, que Louise faisait grincer plus fort la grille du jardin.

Pourvu qu'on n'empêchât pas Gaspard de reposer. Elle se sentait en fièvre et toute légère, comme dans les commencements.

Mais elle aurait voulu mieux comprendre et ses peines et ce grand soulèvement de tout son être.

Sur les neuf heures, elle était allée à la fenière prier devant le corps du misérable. Le drap rejeté sur le foin le laissait voir tout habillé et les pieds nus, d'énormes pieds gris, cornés comme ceux d'une bête.

Cet homme, avec sa vie dont on ne savait rien, était entré dans la leur. Il était venu pour les empoisonner. Elle regardait anxieusement sa figure maigre tout en pointe, aux cheveux noirs hérissés, à la bouche ouverte. Cette bouche, elle avait essayé de la fermer, en calant le menton par un livre de messe. Mais elle n'avait pas osé mettre un chapelet autour des mains.

Quelle mort! Seul, dans le coin d'un débarras. Sans doute la peur et le poison l'avaient mené plus vite qu'on ne l'aurait pensé. « J'avais trop serré la corde; le sang s'est arrêté dans les veines et le venin a pu toucher au cœur », avait simplement dit le père.

Tous les hommes sont faciles au crime et retombent de nature dans le mal. Dieu a pourtant voulu faire amitié avec eux. Il a même donné à chaque chrétien le pouvoir de faire entrer par le baptême toute créature dans cette amitié. Et cet homme-là, qui aurait peut-être retrouvé la lumière au dernier moment, on l'avait laissé mourir dans le désespoir. Pourquoi fallait-il que le père eût agi de la sorte, à l'heure où ils avaient tous été sauvés du poison? A genoux sur les grosses planches poussiéreuses, en face du mort, elle se disait que tant de dureté attirerait sur eux le malheur.

Ses yeux ne quittaient pas ce corps tordu, sous les toiles d'araignées qui pendaient en loques noires de la charpente. Songe à cette fin, à ce destin.

Perrine et Marguerite étaient entrées, laissant leurs sabots à la porte. Elles s'étaient avancées comme à l'église, s'étaient mises à genoux. Tout en marmottant, la Perrine envisageait le mort et, sans attendre, elle avait fait signe à Anne-Marie que non, que ce n'était pas là l'homme qui avait paru chez elle...

Mais Gaspard ouvrait les yeux. Il s'effara, une seconde; et la douleur de son flanc le mit au fait. Dans ce demi-jour vert, il distinguait sa cousine, la pâleur des mains, du visage.

« J'attendais pour te panser, il est onze heures. »

Ensuite, elle s'assura qu'il était reposé, rafraîchi. « Attends, fit-elle : j'ai tellement besoin de ne rien te cacher et de te dire mes peines, d'abord. »

Ces peines venaient de l'enfant. Il n'était pas changé, comme elle l'avait cru au retour du Mont d'Or. Tantôt n'avait-il pas profité du désarroi pour se glisser dans la fenière? « Je pensais tout juste à lui, devant ce colporteur, à la fin qu'il aurait pu avoir si tu ne l'avais retrouvé.

Et qui sait si nous ne l'avons pas repris trop tard? Qui sait ce qu'il a en lui et où il ira? »

« Non, dit Gaspard. On s'y mettra, et tu en feras une belle plante d'homme. »

Elle ouvrait tout grands les yeux pour retenir des pleurs qui y roulaient, qui y brillaient.

En guise de remerciement, elle toucha du bout des doigts la main posée sur la couverture.

« Allons, raconte-moi ce qu'il a fait. »

Mais la Louise accourait. Elle ouvrit brusquement, passa la tête :

« Les gendarmes! »

Il leur était revenu quelque chose, non de la mort du colporteur, mais des coups de fusil tirés dans la nuit.

Dans la cour, près du frêne pleureur, Pauline leur expliquait déjà que le père les avait tirés sur une bête qui grattait au portail. Un des chiens était parti le mois d'avant. On avait eu peur que ce fût lui qui revînt avec la rage. « Vous savez que les ennuis arrivent par bataillons : mon père et ma sœur ont eu une autre émotion, hier au soir. Je croyais que vous veniez pour le mort? »

Elle leur déballa sa petite histoire et les conduisit au grenier à foin. Anne-Marie les y rejoignit comme ils dépouillaient et examinaient le cadavre. Le père avait pris le passeport de l'homme et était allé à la mairie et à la cure.

Le brigadier, se mettant sur le pied d'une autorité au courant de tout ce qui se passe, déclara que c'était certainement là le colporteur qui avait traversé Roche-Savine avec toutes les apparences d'un individu fort malade. Mlle Chargnat lui en avait parlé, comme en peine de ce pauvre diable.

« On est vite nettoyé, dit le gendarme. Ç'a été son moment.

— J'en ai vu un mourir en une nuit, dans notre chambre de sûreté. La tête est étouffée par les vapeurs qui montent de l'estomac, à cause des saletés qu'ils mangent, des champignons qu'ils ramassent, qu'ils font griller sur une pierre. Seulement, voilà de l'embarras pour vous. »

Ils remontèrent à cheval et partirent, sur un verre de vin.

Mais après cela, s'ils apprenaient qu'il y avait un blessé aux Escures? Tout le temps de leur visite, Anne-Marie avait été sur des épines. M. Meissoux ne démentirait pas Gaspard qui avait décidé que le Grand-Blanc l'avait envoyé sur une souche. Ce qu'en penseraient les gendarmes était encore à savoir.

Gaspard l'appelait.

« On attendra minuit; mais cette nuit, et pas plus tard, on me reportera chez moi. »

Anne-Marie savait bien que M. Meissoux avait trop peur d'une rupture de la rate pour le permettre. Il reviendrait dans la soirée et verrait alors, disait-elle.

Gaspard ne cédait pas, l'intraitable. C'était tout vu. M. Meissoux en penserait ce qu'il voudrait. Cette nuit même, on l'emporterait sur son matelas. Sinon, il se levait et s'ouvrait le passage.

« J'oubliais, dit vivement Anne-Marie pour rompre sa colère, tu as eu une visite : celle de ton agitée. Est-ce qu'elle ne voulait pas te voir? A toute force, à toute force!!!

— C'est elle qui nous a avertis.

— Oui, avertis juste à temps pour t'envoyer recevoir un coup de fusil. Enfin, non, je l'ai remerciée, sois tranquille Je dois dire qu'elle m'a paru assez remuée. En apprenant qu'il aurait dû y avoir quatre morts ici, elle est devenue toute blanche. « Il ne se peut pas, a-t-elle fait, qu'on ait « voulu cela! » On, tu comprends, c'est Robert. »

Les joues d'Anne-Marie se couvrirent d'une petite rougeur. Elle voyait soudain d'où venait la joie qui depuis cette nuit ne la quittait plus : si Robert était dans le crime, il n'avait plus de droits sur elle.

Il y avait un fait assez parlant. Ainsi qu'elle le racontait lorsque Louise l'avait interrompue, ce matin, tout à coup, elle s'était avisée de la présence d'Henri dans la fenière : d'un peu loin, il s'appliquait à examiner le mort et il avait dit : « C'est Poil-de-Vache! »

Gaspard l'arrêtait : entendu, un homme de la bande; mais ceux-là avaient pu vouloir faire ce coup en dehors des messieurs. Les Escures, pour eux, c'était depuis si longtemps la maison pourrie d'argent, qu'on rêve de piller un jour.

Il se tut. Il écoutait les poules caqueter et gratter, Valentin et Henri se promener au jardin, tous les bruits calmes d'une matinée de campagne. Le soleil donnait dans le prunier, derrière les carreaux; il y avait des feuilles vertes comme un vitrail... Ses yeux revinrent à ceux d'Anne-Marie.

Eh bien, non, Gaspard voulait se défendre contre cette joie qui montait en lui aussi à l'idée de Robert assassin. Il entendait d'abord garder la visière nette. Il faudrait savoir.

Alors elle reparla d'Henri. Une heure après, il lui avait échappé et il était retourné près du cadavre. Comme s'il y avait là pour lui une attirance et une horreur. Il se sauvait, mais il y revenait toujours.

« J'ai repensé aux goûts de Robert, au sang qui ne se perd pas. Songe!... Et puis : il avait dû reconnaître cet homme et il n'avait mis personne en garde. »

L'homme était sûrement méconnaissable, sinon il ne se serait pas risqué aux Escures. Il avait fallu que la mort lui refît les traits. Allons, le petit grandirait au soleil et il irait à bien.

Comme elle aurait voulu le croire. Gaspard savait, lui, vous redonner une vaillance. Il y avait Pauline, et Lucie, la Perrine et sa Marguerite; cette Elmire, même, peut-être; mais on dit bien : l'ombre d'un homme vaut cent femmes. Elle s'était mise près de la fenêtre et, vaguement, regardait les bourdons qui s'enfonçaient aux trous du vieux portail, un char de foin branlant, le soleil sur les prés.

« Ha, fit-elle, cet enfant, Robert... Tant de choses pour me tourner la tête. Je ne sais plus ce qu'il faut que je fasse, je ne le sais plus. Si tu m'abandonnais encore, je n'aurais aucun courage. »

QUATRIÈME PAUSE

Sollicitations et discours. — Gaspard taquine Mlle Elmire. — Le jeu s'embrouille.

Après son départ pour Murols, comme on lui avait entendu dire qu'il ne reviendrait pas de sitôt, on avait fait de sa chambre un petit grenier. Entre trois planches et la muraille, Benoni avait vidé quelques sacs de seigle. L'odeur du grain l'entêtait, ce soir. Il finit par se lever, par monter comme il put le petit degré qui menait dans la grande salle.

Il faisait lourd. Un après-midi couvert; et des lointains, bleus comme un fer chauffé, vint un premier grondement d'orage. De tournant en tournant, d'une croix à un oratoire, la route balayée de poussière s'en allait vers les hauteurs d'où l'on voit la Limagne. Quand pourrait-il la reprendre?

En bas il y eut un bruit de paroles. Cela reprit dans l'escalier. « Je suis venue trois fois! » criait une voix que Gaspard reconnut. Il releva la tête.

Elmire fit son entrée, une entrée de théâtre qui mimait la supplication, l'admiration, la réserve. Allongeant deux maigres bras assez mal faits, avant qu'il eût pu en revenir, elle se précipita à deux genoux.

« La déplorable Elmire se met sous votre protection! Elle sait que son intervention lui fait désormais courir un sinistre danger! Délivrez-la de la menace... »

Mais il la relevait; pour la lâcher aussitôt, comme si quelque élancement réveillait sa blessure.

« Ne puis-je vous soulager, moi qui voudrais tant vous entourer de mes soins, de mes veilles! »

N'était-ce pas pour elle, victime aussi du scélérat, qu'avait coulé ce sang généreux? Douterait-il désormais que cet homme poursuivît ses atroces desseins? N'allait-il pas enfin venger des infortunés, sans attendre que le monstre commît quelque forfait nouveau?

« Mais je vous en prie, mademoiselle, asseyez-vous. »

Il lui poussait une chaise. Elle dut obéir. Sans reprendre sa tirade, elle déclara que si la mort du colporteur avait valu des difficultés à la famille Grange, elle serait intervenue. Et ses relations, et son argent, et ses pouvoirs! Elle parlait comme s'il lui fallait se prêter de l'assurance.

Gaspard lui demanda comment elle avait découvert la scélératesse. Elle s'embarqua dans une histoire. Là, ce peut être vrai; là, elle s'écarte; là, ce n'est plus vrai du tout... Mais elle ne peut pas tout me confier : ce serait dévoiler les accointances et les commerces de ses honnêtes gens de frères.

L'air était chaud, et cette grande salle sentait le renfermé, avec ses tables et ses bancs repoussés près des fenêtres, son alcôve aux courtines verdâtres. Dehors, de grosses gouttes tambourinaient le chemin. Un mendiant s'arrêta pour chanter devant la porte.

« Votre cousine, en épouse trop vertueuse, ne le voudra pas, mais c'est Robert le vrai coupable. L'homme au poison est un de ses affidés. Il était au Pont du Merle.

— Et au Pavillon des Amourettes.

— C'est Robert! Et ce que votre cousine ne vous avouera jamais, c'est qu'elle a des communications avec lui. Pour le ramener au bien, elle tente tout, en se cachant de vous. Même des menaces de dénonciation! Ce sont ces menaces qui ont précipité l'entreprise criminelle. »

Pour la couper, il se dit surpris qu'elle n'eût pas, en apprenant leur projet, envoyé immédiatement un mot d'écrit par un homme à cheval.

« Ho, confie-t-on au papier de pareilles horreurs? »

Elle entamait une autre histoire. Mais il la ramenait, la prenait par son récit même pour lui montrer avec une mine candide qu'elle se contredisait. Si bien qu'elle balbutiait, s'empêtrait, changeait de position sur sa chaise par un mouvement convulsif.

« Je m'attendais à plus de gratitude. Votre cousine est si prévenue contre moi qu'elle vous a communiqué une part de ses dispositions. »

« Ma cousine, encore! » Assis à trois pas d'Elmire, il s'appuyait des deux paumes au banc et des reins à la table.

« D'Issoire, vous m'envoyiez un mot : à cinq heures j'étais aux Escures, je trouvais le poison dans la poche, je faisais parler l'homme. Nous tenions Robert, alors. »

Il la regardait entre les deux yeux.

Elle perdit contenance. Vraiment, la famille Grange avait-elle couru un si grand péril? C'est très difficile d'empoisonner quelqu'un. Gervais, qui se mêlait de faire des remèdes, le lui avait dit : trop peu de poison, cela n'a pas d'effet; trop de poison, le corps le rejette. D'ailleurs, on ne pouvait en vouloir qu'à Anne-Marie Grange. Comment supposer qu'on se proposerait de faire mourir quatre personnes?

Il crut qu'il allait l'empoigner par le cou et lui écraser la tête contre la muraille. Voilà! voilà! Au fond, voilà ce qu'elle attendait : qu'arrivant là-bas je trouve Anne-Marie morte et que je parte pour étrangler Robert. L'abominable fille.

« Tout de même, mademoiselle, Grange qui n'y entend rien a réussi du premier coup à expédier son homme. Enfin, ce mort a passé comme une lettre à la poste. Quand je pense à ce que nous vous devons... Pardonnez-moi des reproches de militaire. Une demoiselle ne peut pas toujours tout mettre en ordre dans sa jolie tête! »

Riant, plaisantant, complimentant, il brodait là-dessus.

Elle le regardait par moments, d'un vif regard, comme se demandant ce qu'elle devait penser de ces façons soudain aimables.

Lorsqu'il l'accompagna jusqu'à l'escalier, il se sentait la cervelle pleine de bourres. Etait-ce sa blessure, ce temps, la venue de cette fille?

Un dégoût lui venait de la ruse, des combinaisons, des astuces. Les gouttes d'orage ne tombaient plus que de loin en loin. Par-delà la route déserte, sur la grande campagne des bois, des pacages, ses yeux allaient aux hirondelles. Elles descendaient au ras des chemins, filant, fendant d'un trait cet air qui sentait la poussière et les herbes roussies, mais se relevaient, remontaient, chaviraient dans l'espace, si libres et si vives devant les ondes couleur de plomb de la nue. Le tonnerre roulait encore du côté de la Limagne.

Un ennui comme du dimanche, à l'heure des vêpres...

« Quand pourrai-je sortir! »

Me trouver le matin, comme d'autres fois, en haut d'une côte et contre le vent. J'avais l'esprit plus net que l'air de la montagne, un esprit qui allait partout, qui voyait tout d'une vue, et chaque idée avec ses conséquences. J'avais...

Voilà : il suffit de deux onces de chevrotines dans le flanc... Comme on est mené... Il faudrait tantôt céder au corps, le laisser se refaire, tantôt le reprendre en main, et l'esprit serait encore vainqueur... Arriverai-je assez à temps à voir clair dans le jeu de cette fille?

Il retourna péniblement à la chambre, délaça ses souliers, les ôta, s'étendit sur son lit.

CINQUIÈME PAUSE

Convalescence de Gaspard. — Les propos du monde. — Le brevet de prévôt.

Il allait mieux de jour en jour, mais les après-midi du dimanche vous assomment un peu. Il devait sommeiller lorsqu'on heurta à la porte.

Le petit entra, et sa mère. Ils lui apportaient du bouillon des Escures et comme on fait aux malades qui guérissent, une bouteille de bon vin. Un petit bouquet aussi, Henri l'avait voulu : trois roses entourées de marjolaines. On le mit dans un verre d'eau, sur l'appui de la fenêtre. « Mais surtout, enlève-le avant de t'endormir! »

Anne-Marie ne parlait pas beaucoup. « Marguerite m'a demandé dix fois de tes nouvelles. Le bossu était en bas qui en demandait à ta belle-sœur. » « Celui-là... », fit Gaspard. D'un haussement d'épaules, il marqua son impatience d'être tenu à la maison. S'il avait pu courir un peu il aurait eu des idées plus nettes sur certaines gens.

On croyait savoir à peu près, par le Breléqué, ce qui se trafiquait autour des messieurs. Le Dragon écrivait qu'ils se tenaient en repos. Mais Robert était dangereux à un point étrange.

Et les jours passaient. Et tout serait plus difficile.

A la seule façon dont elle demeurait assise, Gaspard

devinait Anne-Marie. Elle était toujours au lendemain de la mort du colporteur, ne pensant qu'à cela, vivant au milieu de cela comme dans un nuage.

« Dans les temps, dit Gaspard, j'avais des frères et amis.

— Eh bien, tu les as encore.

— Ils sont mariés. »

Il le dit comme il aurait dit : ils sont finis. En d'autres jours sa cousine aurait ri, lui aurait fait la guerre. Elle sourit à peine.

« Il y a Jeuselou.

— Jeuselou? Le jour d'après notre retour, je suis allé lui parler des racontars d'Elmire : si tu avais entendu la Marguerite me demander comme en grâce de le laisser en dehors de toutes nos besognes... »

Elle avait couru après Gaspard dans le chemin, elle l'avait rattrapé toute hors d'haleine, ses pauvres yeux suppliaient. Elle et sa mère, il les avait senties prêtes à se terrer maintenant, elles qui s'étaient tant montrées pour Anne-Marie, terrifiées, liées par la peur, une de ces peurs de campagne qui ferment toutes les bouches.

Une carriole roulait sur la route. Un enfant pleurait. Au-dessus d'une grande bande de chaume où s'alignaient des javelles, la montagne s'en allait par longues bosses garnies de genêts, de touffes d'églantiers, de bouquets de pins. Il y avait sur ces étendues, une espèce de chaleur blanche, de solitude.

Le petit avait pris les devants dans la salle. Anne-Marie s'arrêta au pied du degré de cinq marches par quoi l'on sortait de la chambre.

« Dans trois semaines, dit-elle, Gilbert doit venir. Il a été convenu qu'il viendrait toucher l'argent d'une coupe de bois. S'il parle de son frère, que répondrai-je, alors?

— M'as-tu tout dit? Est-ce que Robert t'envoie des lettres? Y a-t-il eu du débat entre vous? »

Elle tourna la tête, le regarda du fond de ses grands yeux châtains, si droit que cela valait sa foi jurée.

« Je t'ai tout dit. »

Il montait les marches derrière elle et depuis sa blessure jamais il ne les avait montées si bien. Qu'est-ce que la vie peut donner de plus beau que la confiance, l'amitié d'un autre être qui ne cache rien, ne réserve rien de son cœur? Anne-Marie semblait ce soir plus paralysée que d'ordinaire. Repensait-elle à ce poison? Si l'autre y était pour quelque chose, il l'ignorait encore, lui, ainsi cloué à la chambre; ha, que de lanternes! — Qu'avait-elle? Mais il pouvait le lui demander, maintenant, et cela le réconciliait avec la vie.

Il le lui demanda. « Tiens, je parie qu'Elmire Chargnat sera allée te voir. »

Il n'y avait rien. Elmire avait seulement — cela valait-il qu'on en parlât? — rapporté à Anne-Marie certains propos de ces dames. On disait d'elle qu'elle avait si adroitement mené sa barque qu'elle était devenue maîtresse aux Escures; qu'elle s'était débarrassée de son mari dans les trois jours, qu'elle avait empêché Gaspard de s'établir pour en faire son domestique, jusqu'au moment où, pour tout mieux prendre en main, elle l'avait expédié du côté de Murols; son père, elle l'avait forcé à retourner aux Iles, puis à s'occuper de fabriques à Ambert; et sa sœur, elle l'avait mariée et mise hors du domaine.

« Enfin, j'ai envoyé ma sœur au bourg, mon père en ville, toi au Mont d'Or et mon mari au diable afin de tout gouverner toute seule.

— Et que te fait ce que ces dames pensent de toi? Ces dames! »

Une méchanceté joyeuse lui venait, le besoin de bousculer ces personnes qui passent le temps à interpréter les comportements de tous.

« Ne suis que tes idées, va. Moi, personne ne me mettra la main dessus. »

Anne-Marie lui souriait : je ne devrais pas tenir ces misères si à cœur; mais se voir ainsi juger dans le pays...

« Il n'y a pas que ces dames : la métayère, je sais comme elle a pris ce que j'ai fait, souvent. »

Lui, il se rappelait la vieille : « Reparlons d'Anne-Marie Grange : celle-là nous fait bien parler. »

Confusément, il la sentait proche, ce soir, comme elle ne l'avait jamais été. Elle vivait devant vous à cœur ouvert. Quand on y pensait, même, on s'en effrayait : il fallait qu'elle fût à une heure définitive et voyant monter l'orage.

« Les nuits, je pense, dit-elle. Si le vent fait battre le portail, je crois que tu reviens. Voilà, c'est toujours vers toi que je me tourne. »

Il regardait les clous du plancher, devant soi...

A ce bout de la salle, une porte ouverte répondait sur un palier de bois d'où l'on descendait au verger. Le vent s'était levé, il arrivait, comme un souffle, de la trouée de montagne où se perdait le monde. Le lointain bleuissait; tout changeait sous un jour plus fin, de la croix sur son pilier et des monceaux de pierres aux coins des friches, jusqu'au chevauchement des crêtes au loin couleur du temps. Mais ce n'était pas ce vent qui lui rendait tout et qui lui refaisait un cœur sans veulerie.

Elle disait qu'elle avait expliqué au petit les coups de fusil, la blessure. Lorsqu'il avait su que le cousin était ainsi venu au milieu de la nuit, il s'était pressé contre elle. « Va, Gaspard, je l'ai revu comme à l'Ermitage. Il ne faut pas se laisser surmonter par le malheur de sa naissance. L'âme est plus forte que le sang, si Dieu y met sa grâce. Aide-moi, fais-en l'homme que tu m'as dit, un jour. »

Il ne put répondre. Quelque chose lui serrait le cou.

Le petit revint. Ses longs cheveux peignés, sa collerette lui donnaient l'air un peu fille. Il avait un bouton de fièvre sur la lèvre. On lui aurait voulu plus de diablerie et plus de couleurs.

C'était le brevet de prévôt du Dragon, accroché entre deux fenêtres, qui l'avait retenu. Ce brevet faisait voir deux militaires s'escrimant, un cœur rouge sur la poitrine, devant un tribunal de maîtres d'armes à schakos ou à colbacks. Henri désirait que Gaspard lui lût l'imprimé au-dessous de l'image. Il répéta les derniers mots : « Nous invitons nos frères à lui prêter aide et assistance, leur promettant réciprocité. »

Quels frères, quelle assistance?

« La camaraderie au combat, tu ne peux pas savoir quel bien c'est. Quand on n'a trouvé qu'un œuf, on le casse dans la marmite, pour le partager entre tous. Tu te feras raconter par le Dragon. »

Mais j'ai le temps de tout me rappeler : je suis couché, j'entends le vent revenir de côte en côte, sous la lune. Avec les chasseurs de la garde je me vois par les routes. Dans la poussière. Ou bien, c'est le matin, sur les plateaux de cailloux, de broussailles : les chevaux toussent. Que je pourrais en dire, pauvre petit. Tu marches à côté de ton camarade, et tu sais que si tu tombes il suivra la besogne, que ce que tu ne pourras pas faire, il le fera pour toi. Pas besoin de se le promettre, il y a l'honneur. Il compte sur toi, tu comptes sur lui. Et quand tu as reçu les ordres, tu ne sais plus rien, jusqu'à ce qu'ils soient exécutés. C'était cela, du temps de l'empereur.

De ce balcon il laissait les yeux sur les chaumes à javelles, sur les landes, qui formaient, là devant, l'échine des montagnes. Il lui semblait revoir ses compagnons, allongés ou les genoux pliés, parmi les boulets, les chariots rompus; les revoir tous, çà et là, et le champ rempli d'ombres, sous le brouillard des mêlées furieuses. Des hommes que ceux-là, et si vrais camarades, si courageux, si peu méchants.

Il mit la main sur la tête du petit.

« Que tu apprennes l'amitié et ce que c'est que le courage... »

Ce que c'était, il n'aurait su le dire : un éveil, un manque entier de paresse, le goût de faire et de s'opiniâtrer contre le mal. Quand on a le courage dans le sang, cela suffit pour vivre. Le bonheur? il ne s'agit jamais du bonheur pour les hommes.

SIXIÈME PAUSE

Impatience de Gaspard. — Gaspard et l'enfant. — La matinée au domaine.

M. Meissoux lui avait défendu de remonter à cheval avant trois semaines. Mais il ferait ces trois semaines en dix ou douze jours. Que se brassait-il, pendant qu'il était là à se remettre?

Il ne tenait plus dans sa peau... Il allait s'asseoir sur une botte de foin devant la grange. Il se relevait, gagnait par le pré-verger le fond de l'enclos en s'appuyant d'une main contre le mur. A chaque pas, des escargots craquent sous les semelles, dans le lierre terrestre et la mousse. Il y a tout plein de noisetiers, des pierres verdies, des orties, des cassis. Là, on est seul, là on est bien.

En se penchant, il aperçoit la porte de la cour. Peut-être verra-t-il Anne-Marie entrer, nu-tête et le col nu, entre les verdures noires. Elle dira bonjour à la muette, avec ses yeux qui font de la lumière.

Elle aurait dû me laisser faire autrefois : il y en aurait un qui mangerait de la terre à cette heure.

Bon, elle serait délivrée. Mais serait-elle libre? Elle ne peut pas changer. Pas de manquement possible en elle. Une Anne-Marie qui aurait à se cacher, à tromper, à rougir, ne serait plus Anne-Marie Grange. La faute est trop loin de sa vie. Et même je comprends que je ne pourrais pas la voir autre.

Il ne faudrait plus penser qu'à la besogne. Tout est comme marqué devant moi de ce que j'ai à faire. Robert, Gilbert, et il n'y a pas qu'eux. Cela fait et bien fait, je trouverai peut-être des ordres.

Le petit, amené par Valentin et par Pauline, finissait par le dénicher là. On allait au vieux sureau d'écorce jaunie, si vieux que des jets partaient de son pied. Gaspard coupait le plus beau pour faire un canon. Sur l'herbe tondue, aux bouts carrés, tremblaient des écus de soleil.

S'il n'avait pas été si entrepris, tirant encore la jambe, il serait redevenu enfant. Taillant le bois, agençant des frondes, des mécaniques, combinant des tours, au long des haies qu'on pille, enseignant au gamin un monde de petits profits, de ressources buissonnières. Il aurait bien joué au sautaré, au quienlion, au ramounadis. Peut-être pour amuser son impatience, alors qu'il bouillait la fièvre.

Le soir, il ramenait le petit, s'arrêtant chez le sabotier, chez le maréchal. Deux garçons débitaient un noyer sur le foirail. « Je t'apprendrai à scier au passe-partout. Il faut savoir, pour bien faire, et tout vaut d'être bien fait. Laisse-moi essayer, tiens, que je voie si je ne me suis pas trop rouillé les bras. » Il s'agenouilla à la place d'un des garçons, empoigna le manche. Il faisait poser au petit les mains sur les siennes pour qu'il suivît le mouvement.

Il y a du goût à être un homme de la montagne, un de

ces hommes qui savent non pas seulement labourer, abattre les arbres, gouverner et panser les bêtes, mais tout : maçonner, boulanger, creuser les sabots, assembler une roue, couvrir un toit en chaume, tout ce qui sert à la vie.

Le petit comprenait : il essayait de s'y prendre comme il fallait, appliqué, rose, trois grains de sueur en rosée sur le front. Ses yeux brillaient bien.

Ces yeux sur moi qui brillent de confiance, ces yeux d'un petit être plein de songes, de mensonges, de marchandages, comme les hommes, mais qui voudrait arriver à la force et qui attend qu'on l'aide, comment cela ne toucherait-il pas le cœur? Tandis qu'il causait avec le bon Barthaut, un peu pour faire la pause, Gaspard regardait le petit : il s'était à demi couché sur un échalier, une barrière de baliveaux de bouleau attachés par de gros liens de paille, et la tête sur un bras, il balançait une jambe en chantonnant. Il avait une façon plus gaie, plus libre. Ce n'était plus désagréable de le voir.

« Allons, ménage-toi! — Et vous, tenez-vous réveillé », disait Gaspard. Il repartait, rattrapait Henri. Il n'avait pas voulu le faire parler sur Poil-de-Vache, ni sur le bossu, ni sur d'autres. Non, je m'en tirerai bien seul.

Il montait, pas par pas. D'habitude, Anne-Marie venait les attendre à la sortie du bourg. Il y avait beaucoup d'air sur la côte. Des cailles poussaient leur cri; un homme assis à terre, les jambes écartées, battait sa faux. Les fraises des bois, les jasiones en boules bleues, les mille-feuilles, d'autres herbes qui sentent fort étaient couvertes de poudre au talus de la route. Les genêts, en gousse à présent, avaient pris leur pousse plus verte de juillet. Par-delà ces landes touffues, les monts du Forez paraissaient aussi un pays de berger, mais entré dans le ciel et tout couleur du temps, où la tranquillité du soir était sans mesure.

Il dut monter jusqu'au bois des Fourches : Anne-Marie

ne paraissait pas. Du tournant, il entendit sa voix, qui s'élevait comme pour une semonce. A qui en avait-elle?

« Hé! madame Anne-Marie, vous voulez rire! »

C'était au bossu. Il avalait doux comme l'eau ce qu'elle lui disait, se contentant de répéter : « Hé! vous voulez rire, madame Anne-Marie! »

Elle l'avait tancé, lui avait ordonné de ne plus approcher l'enfant, et tandis qu'elle y était, de ne pas tourner autour de Marguerite.

« Ces temps-ci, mène-le doucement », conseilla ensuite Gaspard.

Rentrant chez lui par la traverse, il se disait qu'il prendrait des informations sur le personnage à Issoire, lorsqu'il reviendrait de Murols. Il lui fallait aller à Murols pour son bois. Une idée lui était venue : celle d'installer là-bas le jeune ménage et la Perrine. La Marguerite refleurirait, délivrée de ses peurs. Il arrangerait cela en quatre jours et il reviendrait. Il reviendrait tout de bon.

Chaque matin, il faisait chabrol, vidait une chopine de rouge sur le bouillon, dans son écuelle. Rien de tel pour reprendre vigueur. Il put pousser jusqu'aux Escures.

On n'avait pas trouvé de seconde servante encore. Les coups de fusil et la mort du vendeur de complaintes par là-dessus avaient fait du bruit dans la campagne. Un meunier prétendait avoir rencontré de nuit plusieurs hommes portant un blessé sur une civière et Grange suivant avec un fusil de chasse. Une fille qui devait venir remplacer Marguerite ne s'en était plus souciée, une autre non plus.

C'était le commencement de la matinée. Anne-Marie partait avec le petit pour aller au pré retrouver les vaches. Gaspard les suivit par le chemin de gravier et de grosses pierres que lavait une eau vive.

Le ciel était de la couleur des tout petits aimez-moi qui fleurissaient encore, là, sur le bord, dans la terre noire et les brins verts en touffes. Des oiseaux criaient, volaient au-dessus de l'étang. La digue de l'autre, le plus haut, au haut du val, semblait une redoute couverte de fougères. Sous la chaussée, près du moulin, la cascade roulait dans les boulets habillés de mousse brune. En ce grand lieu d'herbe et de feuille, assis en large vue, au pli de la montagne, tout était ce matin comme tout devait être sous la chape du soleil.

Il y a encore beaucoup de temps avant midi, de belles longues heures où suivre le travail, comme l'eau court, comme le ruisseau roule. D'ici, l'on comprend bien tout le train des Escures. Voici la Louise courbée sur la terrasse, devant les perches à haricots fleuries de rouge. Voici le Nanne et le gamin du métayer, qui bâtissent une petite meule, au coin du champ Redon. On sait pourquoi ces javelles de branches au pied des frênes : il a fallu « faire la feuille », pour les moutons, parce qu'il n'y a pas beaucoup de foin, cette année. Le métayer ébranche encore sur le chemin, au haut de Sagne-Rouge.

Gaspard lisait la campagne comme un livre, écoutant la rumeur de vie et de soleil qui se formait jusqu'aux villages, plus bas, sur les côtes, jusqu'à l'aire déjà moissonnée de la plaine.

Gouverner un domaine : chaque jour alors a sa raison d'être, parce qu'il ramène sa besogne commandée par le train des saisons : on va d'accord avec la terre. La vie qu'il faudrait avoir, c'est cela, c'est cela. Approprier tout ce que les champs portent et nourrissent, afin qu'il y ait moins de misère pour les créatures. Un domaine . l'homme et la femme se partageant la grande tâche de pourvoir à tout et faisant ensemble leur temps de vie.

Cette vieille fureur dans le sang, je croyais qu'elle allait à tout changer, tout élargir; à faire que chaque paysan eût à soi le bien qu'il travaille. Etais-je dans le vrai? La terre rapporte si peu qu'il faut peut-être des maîtres de domaine, capables de consentir des avances ou de supporter des pertes, en comprenant l'honneur que c'est d'avoir des biens... Au Mont d'Or, je pensais leur montrer ce qu'il y avait à entreprendre. Et puis? Ils s'enrichiraient, mais qu'y gagneraient-ils? Il s'agit d'autre chose, trouver la vie où s'emploie la force du cœur. Ce que j'ai fait n'a été qu'une façon de tromper cette force.

Le chemin tournait, bordé de pins en buissons, de pierres usées, de bouquets d'arnicas. On voyait les Escures. De ce côté, de hauts vieux arbres entouraient les bâtiments, penchant sur les toitures brunies leurs charges de feuilles, pleines d'air obscur et pleines de calme. Sur le flanc de la remise, les pommiers du préau moutonnaient de leurs touffes basses. Ce massif d'ormes, de frênes, de bouleaux, de tilleuls, tous d'un beau croît et d'une fière ampleur, c'était au-dessus. De leurs larges têtes retombantes, où les masses de feuillages formaient dans leur foison des profondeurs avec l'ombre, ils donnaient au domaine un abri de grandeur et de tranquillité.

Est-ce que tout cela ne parle pas d'une certaine vie retirée et vraie, de cette vie et d'une compagnie — tout ce qu'on met dans ce mot!

Cela n'a pu être. Est-ce que je vais oublier que personne n'a droit à rien?

Anne-Marie marchait à son côté, tricotant un bas, s'arrêtant pour compter les mailles. Elle appela Henri, lui fit fermer le poing, prit sur ce poing la mesure de l'ouvrage. Sa tête penchée, son air qui plaît tant. Silencieuse et menacée toujours. La paix de ce domaine, ce bonheur de feuillages, d'oiseaux, de matinée d'été dans les monts, c'est encore un mensonge. Tu ne veux pas que je mette fin à l'histoire. Mais l'histoire aura sa fin quelque jour. Que je puisse alors être là. De si grand cœur, je risquerai tout. Et jusqu'au sang, jusqu'à la mort.

CINQUIÈME VEILLÉE

PREMIÈRE PAUSE

Le lait froid. — Gaspard et le petit dans les collines. — La cloche de la narse.

ANNE-MARIE se rappela par la suite comme Marguerite lui sembla singulière ce dimanche-là.

Elle, elle n'était pas allée depuis longtemps chez la Perrine. Il lui parut que ce serait bon de prendre ces sentiers, au long des cassures du rocher, pleines d'aigrettes, de fils, de rosettes crépues, de retrouver tout d'un coup du tournant la petite maison rousse.

Les feuilles des cerisiers, piquées, un peu déchirées — deux ou trois étaient déjà roses —, flottaient comme des pointes de ruban, quand un souffle revenait d'en haut. Les jours sont longs, encore, mais l'été tourne à l'arrière-saison, et on le sent par ces montagnes on ne sait à quel goût dans l'air.

La Perrine était sur la sente, les mains aux hanches. Elle surveillait une poule qui chantait et qui cherchait quelque coin pour faire l'œuf.

Sans se donner autant de mouvement que d'habitude, elle se réjouit de la mine du petit Henri, et l'envoya au jardin chercher la Marguerite, en lui criant de cueillir des pommes de moisson. Elle revenait à Anne-Marie, toute retenue, toute réticente. Elle aurait eu honte de faire entrer la dame : ce n'était pas balayé! On n'avait guère du goût au ménage, quand on pensait à ce qui pouvait arriver dans la vie du monde. « Aux grandes portes les grands vents, comme on dit. Mais nous, qu'est-ce que nous sommes? Nous n'avons même plus de vache. Ce serait bien malheureux si quelque peine nous tombait dessus. Vous verrez la petite : elle ne mange pas, on sent que tout lui coûte; elle ne me dit plus les choses, mais je sais qu'elle a l'idée d'un malheur parce que l'autre soir un crapaud est entré dans la maison. »

Marguerite se montra. Elle ne fit pas grand accueil à Anne-Marie et demeurait là, un peu brouillée, sans savoir que dire. Puis elle se détourna vers le vaisselier, en tira des écuelles.

« Eh bien oui, dit Anne-Marie, nous boirions bien une goutte de lait chaud.

— Il n'y a que du lait froid, ce soir.

— Tire les chèvres, pauvre petite, dit la mère; c'est quasi l'heure.

— Non, il n'y aura que du lait froid, je les ai tirées plus tard, ce matin. »

Un peu d'embarras établit un silence. Une bouffée de vent promenait deux feuilles sèches de la vigne, avant de les pousser au pré d'en dessous. Anne-Marie voulut s'asseoir devant la porte.

« Ce temps fatigue, finit par dire Marguerite. On a cuit le pain hier, il fait si chaud dans ma chambre que je n'ai pas pu dormir. »

Elle avait pris la main d'Henri. Sous les épines du jardin les poules gloussaient dans leurs nids de poussière et se secouaient en gonflant leurs plumes. Une chaleur douce et couverte dormait sur le chemin, sur les murets de pierres sèches. Volant par ondes, d'un boqueteau à un boqueteau, le pivert allait en criant s'agripper à un tronc.

De ce côté, au bout de la plaine, le bleu de la montagne s'étirait comme une fumée; des allées de chênes pas plus grosses qu'une enfilée de pois verts rejoignaient les domaines enterrés dans les arbres. Ce devait être celui d'Elmire près d'une boucle de la Dore... Henri, sur la pierre du seuil, tenait son écuelle entre ses genoux, sans se décider à boire ce lait froid.

On parlait des blés, qui n'avaient pas beaucoup rendu. « Le Gervais nous a dit qu'ils étaient beaux, vers la rivière. Ce ne sera pas l'année de la montagne, ce sera l'année de la plaine. »

Au moment de partir, Anne-Marie attira Marguerite pour lui dire que si elle était malade ou que si elle prenait de l'ennui, elle n'avait qu'à revenir aux Escures. Avec sa mère ou sans sa mère, et pour le temps qu'elle voudrait. Elle la prit, l'embrassa. La petite lui rendit bien l'embrassade, et, profitant de ce qu'elle était contre elle : « Quand je pense à ce qu'ils ont voulu... chuchota-t-elle : surtout, prenez toujours garde. »

Elle la raccompagna un peu. La noce se ferait dans trois semaines. Si elles n'invitaient pas Mme Anne-Marie, c'était parce qu'elles n'auraient que du petit monde de campagne. « Ma mère dit que nous devrions vous envoyer un gâteau du dîner; mais ce serait bien une dérision. Nous! faire porter quelque chose aux Escures! »

... Ils trouvèrent Gaspard qui les attendait sous le tilleul. « Je ne sais ce qu'il y a, lui confia Anne-Marie; cette petite m'a paru drôle. Sa façon de ne pas m'inviter au repas de mariage... »

Gaspard répondit que l'idée du poison tournait la tête à Marguerite.

Elle devait craindre que quelqu'un ne guettât une occasion nouvelle.

Il fallait absolument donner à ces mariés le moyen de s'établir à Murols. Lorsqu'elle saurait pouvoir quitter l'endroit, Marguerite dirait quelles idées elle se faisait. Comme il aurait voulu être parti et revenu. Il se serait mordu les mains d'impatience.

De bonne heure, le lendemain, il vint prendre le petit pour un tour de chasse. Ils poussèrent derrière les chiens courniauds, jusque chez la Perrine.

Porte close et maison vide. Personne à l'entour. Comme si Marguerite avait peur du logis et de ceux qui pouvaient y venir.

Ils prirent par les prés, de replain en replain, des prés bâtards, secs, caillouteux, où ne se voyait plus qu'une centaurée rouge, qu'une fleur de carotte sauvage. Gaspard essayait ses forces. Il grimpait par ces chemins de chèvre, avec son fusil et son fourniment. Des cardées de nuages brouillaient le soleil : le temps tournerait bientôt.

Arrivé dans les friches, il enleva les grelots des courniauds pour les faire chasser en chiens d'arrêt. On gagna un pâtis, ras comme un feutre; de vieux sapins embourrés d'un givre gris et de filasses pendant en queue de renard s'y espaçaient par deux, par trois. Certains semblaient sortir d'une même souche. Tant de ciel, la hauteur, ce sol nu, ces groupes divers de gros fûts aux plis roides, aux grumeaux d'or farineux, aux branchages fournis seulement par le bout de dures houppes d'aiguilles, cela faisait un lieu aéré et solitaire, ni bois ni lande.

Un des chiens aboya. Gaspard se pencha, pressa le pas, et vit le bossu Gervais qui se serait sans doute passé d'être vu, mais qui maintenant venait à eux.

« Alors, dit le camarade de sa voix aigre, vous prenez le divertissement de la chasse? Je cherche des racines, des pieds de fougère mâle, reprit-il, pour répondre à un regard qui allait à son sac, à son piochon.

— Va vers les narses de Tirevache. Il n'y a que si tu as peur d'entendre la cloche? »

Le petit demandait quelle cloche.

« Eh bien, celle qui a été engloutie là avec une église.

On l'entend quelquefois, et ça ne porte guère chance.

— Ce sont des sornettes de paysans, déclara Gervais. Nous devons rendre à la divinité un tribut d'adoration, mais aussi refuser notre créance aux superstitions des campagnes.

— As-tu dit? »

Avisant un mouchoir jaune dont le coin sortait, Gaspard le tira de la poche du bossu, fit semblant de lui en prendre le nez : « Mouche-toi et laisse parler ton père! » le froissa, le rebourra d'un coup de poing dans la poche.

« Vous allez loin? demanda le bossu sans s'émouvoir.

— Nous allons par ici. Toi, tu vas par là! »

Gaspard l'empoigna par les épaules, le fit pirouetter, l'expédia loin de chez Marguerite. On connaît ton numéro, va, marche!

Un peu plus haut, sous un père sapin d'où se découvrait tout le pays, Gaspard fit faire la pause à l'enfant.

« Vois-tu, dit-il au petit, il nous racontait qu'il cherchait de la fougère mâle, et il en avait là! » Gaspard montrait les plants, leurs aigrettes toutes découpées en arêtes, leurs rosaces vertes comme un marécage. « Il a dû aller rôder du côté de la narse. Qu'est-ce qui l'attire dans ces quartiers?... Nous le verrons peut-être redescendre un peu vite.

— C'est vrai que cette cloche porte malheur?

— Nous l'entendrions, toi, moi, que nous ferait? Un homme tout droit va sans rien craindre de ce qu'il peut y avoir à la rencontre. Mais le bossu... »

Gaspard se sentait les jambes raides. Il tira un morceau de pain de son carnier, se mit à manger, après avoir donné le croûton au petit. Il lui demandait s'il aimerait le suivre. A Allègre, où sont les potences; à Brioude, où l'on voit la fontaine de saint Julien, qui était si fait pour l'amitié qu'il écoute ceux qui s'adressent à son ami, saint

Ferréol; au Puy, où est la cathédrale consacrée par les anges : et quand il se fait des réparations au bâtiment, un chanoine doit toujours être là, au cas où se retrouverait un trésor caché pendant les guerres. Et le cloître de Lavaudieu, et le château de Chavaniac, où est né le général Lafayette, les villes, les bourgs, et tout. Le noyer, c'est le bon pays, et la vigne c'est le pays chaud.

J'étais comme Grange, se disait-il cependant : je songeais trop à Robert devant ce petit. Mais si chacun remontait à trois cents ans, il se trouverait un peu plus de mille grands-pères et grand-mères, dont quelques-uns certainement ne seraient pas trop catholiques. Les dispositions, nous les avons toutes. Il s'agit seulement d'apprendre à leur dire oui ou non.

Le petit est le fils d'Anne-Marie aussi, et si peu qu'il tienne d'elle, il y a là un grain de feu.

Il sortit de ces pensers comme d'un songe. Henri l'appelait pour lui faire voir — quoi donc? Le bossu qui déboulait d'un bois, là-bas, puis au tournant sautait le fossé, et de pacage en pacage, détalait, à se rompre le cou.

Lorsqu'il avait été vers les narses, non loin du pavillon des messieurs, il s'était collé à un arbre. Examinant, supputant, réfléchissant. Il savait que Gaspard ne l'avait pas suivi : il pouvait être tout à ce qui lui occupait la pensée. Sans plus bouger qu'une borne, devant son arbre, il enrageait de ne savoir comment chercher ce qu'il aurait voulu trouver là. Pas un bruit, pas un oiseau. On ne vient jamais dans ces parages, et maintenant que les alises commencent de mûrir, les grives descendent des montagnes. Ce silence de cimetière finit par l'effrayer : il semblait que quelqu'un fût là à écouter et à attendre.

Il recula de tronc en tronc, se replia vers la pente.

Il n'avait pas fait dix pas, tournant le dos à la narse, qu'il entendit un son triste, étouffé. Non point, portée par le vent, quelque cloche de village : un son, arrangez ça, qui semblait tinter à son côté et pourtant venir de loin, d'une profondeur.

Le poil de ses bras se hérissa. Il descendait, ce son le suivait. Il pressait le pas : toujours ce son l'accompagnant, presque à son flanc, et qui venait, se faisait plus fort.

La cloche, la cloche de la narse! Alors les trois sueurs le prennent. Il se met à courir. Et la cloche se rapproche comme si elle le poursuivait. Il se lance à travers les genêts, les pâtis, galope, crève des haies, et la cloche, sans lâcher, tinte plus près, plus vite.

Elle s'affole comme il s'affole, toujours triste, étouffée, sonnant d'on ne sait quel voisinage invisible.

Tremblant et suant, précipité par sa fuite, mais ne se soutenant plus, il se jette contre la porte de la Perrine, la secoue en homme que la mort talonne, tire son mouchoir, et voit tomber à ses pieds un grelot.

Le grelot d'un des chiens de chasse.

De rage, il donna un tel coup par la porte qu'il ébranla la muraille, jusqu'à faire sonner la clef cachée entre deux pierres.

DEUXIÈME PAUSE

Inquiétudes d'Anne-Marie. — Maladie soudaine de Marguerite. — La journée déplorable. — La visite du soir.

Il faisait depuis trois jours beaucoup de vent, un temps pénible qui vous laissait sans forces. Des Escures on voyait des tourbillons blancs se lever et glisser sur la route tandis que les nuages allaient s'étager en sombres rouleaux sur les monts du Forez. Anne-Marie s'éveilla, ce dimanche-là, avec le sentiment que la semaine ne passerait pas sans un malheur. Gaspard était parti pour Murols et ne reviendrait au plus tôt que le vendredi.

Elle achevait de préparer Henri pour la grand-messe. Entra la Perrine qui remontait du bourg.

« Hé oui, seule. La Marguerite est dans son lit... Ça passera ou ça ne passera pas. C'est malheureux, avec tout l'ouvrage que nous n'avons pas! »

Elle demanda s'il y en avait dans le pays qui fussent malades du même mal que sa petite. Le premier coup de la messe avait sonné. Anne-Marie se hâtait. Elle donna à Perrine des biscuits et une bouteille.

« Merci, pauvre dame... Enfin, tout doucement, peut-être... »

Le soir Anne-Marie eut à descendre en ville avec son père.

Dans la grand-rue elle tomba sur Elmire qui l'aborda aussitôt, en personne qui saute sur une occasion souhaitée. Après les politesses, les amitiés, tortillant un peu, avec un air d'y songer par hasard, Elmire s'enquit de Marguerite. « J'ai appris qu'elle était souffrante. Près de vous elle serait remise en trois jours. Vous n'avez pas idée du manque de soins dans ces maisons de paysans! » L'autre année, chez le beau-frère de son métayer, toute la famille avait failli périr, pour une soupe faite dans une marmite où avait cuit de l'euphorbe à empoisonner les taupes. Avec beaucoup d'instances, elle engageait Anne-Marie à reprendre cette fille. Même elle indiquait comment cela pourrait s'ajuster et paraissait mieux savoir que quiconque quel était le train du ménage aux Escures. Toujours ce besoin de se mêler de tout et de se fourrer au plus épais. Le reste de la soirée, Anne-Marie en garda un agacement.

Au bord de nuit, comme on dit, Jeuselou passa. Marguerite s'était levée sur le midi. Elle avait bu une écuellée de lait tirée du matin...

Selon l'ordinaire des hommes, il ne pouvait pas souffrir de voir une femme malade à côté de lui. Il voulait que ce ne fût rien, des imaginations que se fît la petite. Demain elle irait mieux, et de samedi en huit viendrait la noce.

Replié sur un tabouret, il revoyait Marguerite affalée sur le banc et se laissant aller contre l'appui de la fenêtre. « Que veux-tu que je te parle? Je dirais des choses tristes... » Elle s'était rapprochée pour se mettre près de lui. Au bout d'un moment, elle lui avait dit encore : « Tout ce que je demande si je viens à mourir, c'est que tu n'en prennes pas une qui soit pire que moi. » Il aurait voulu l'embrasser des deux bras et la battre. Imaginer qu'elle le laissât, il ne le pouvait, il s'était trop mis dans son amour.

Il ventait devant la maison. Une feuille passait, suivant le courant d'air de la ravine, pour aller se perdre dans les espaces, au-dessus des héritages, des paroisses, des routes. Et celles du cep de vigne, rabattues, s'agitaient par moments comme des mains devant les carreaux de papier huilé vernis par la fumée. Marguerite se détourna. « J'ai peur quand je regarde. Il me semble toujours que l'ombre d'une tête va y paraître tout d'un coup. »

« Ecoute, avait-elle repris d'un ton changé, presque rusé, peut-être que demain je serai guérie. Nous nous marierons la semaine prochaine, nous demeurerons dans le bourg au milieu des personnes; tu ne me quitteras jamais plus. »

Le soir tombait : la mère ramena les chèvres. Tout de suite elle se mit avec Jeuselou pour prêcher Marguerite : « Hé, tu n'es plus malade; il faut que tu soupes avec nous; c'est de ne pas manger qui te rend faible d'estomac. »

Elle ne mangerait pas. Depuis cette écuellée de lait, un feu lui brûlait le corps. « Vous ne sentez pas le mal que j'ai. » Elle se pliait, se couchait presque sur la table. Et elle ne se plaignit plus. Mais comme sa mère sortait sur le pas de la porte, elle prit la main de Jeuselou, l'appuya sur sa joue pour lui faire toucher sa fièvre.

Au matin, une fille du Mont de Quiquandon dit en passant aux Escures qu'elle allait chercher Jeuselou. La nuit avait été mauvaise. Marguerite demandait sans cesse de l'eau mêlée d'un peu de vin de Mme Anne-Marie, et ces verres, elle les buvait d'un trait, comme desséchée de soif.

Lorsque Jeuselou fut en face d'elle, qu'il lui vit ces yeux d'un éclat qui faisait mal, dans une pauvre figure brûlée de rouge, il se sentit froid. « Tu vois! » dit-elle seulement.

« Est-ce que tu étais venu hier dans la matinée? demanda-t-elle un peu plus tard. Quelqu'un est venu. Je te dis que pendant que ma mère était à la messe, il est entré quelqu'un en bas. »

Il sortit de la chambre, il étouffait. L'idée le prit d'aller chercher un médecin. La Perrine ne voulait pas la croire si mal. Mais il partit, moitié marchant, moitié courant.

M. Meissoux vint, au trot de sa vieille jument, balançant la lanière de cuir qui lui servait de cravache. On le connaissait et aussi sa bête, qui savait tous les chemins, si bien que quand il rentrait et que le soleil le gênait pour lire sa gazette, il s'asseyait à l'envers sur la selle. Mais le voir arriver chez soi pour un malade de la maison...

Il questionna, goûta au vin de la bouteille, qu'il

trouva fort bon, examina la petite. A la voir si agitée, il parla de douleurs de nerfs et emmena Jeuselou à Fournols pour lui donner une potion calmante.

Sa mère n'osa la quitter que pour panser les chèvres. Lorsque Marguerite la vit rentrer, elle la saisit par le poignet, l'attira près du lit : « On m'a trahie, chère mère, ne dites rien, il faut mourir. »

Les vomissements venaient de la prendre. Elle demanda à boire et but avidement. Les vomissements revinrent. Elle murmurait des choses très vite : c'était de Mme Anne-Marie, de Jeuselou. Ensuite elle voyait des hommes au pied de son lit. « Ils m'attendent, ils m'emportent. Non, ce n'est pas Jeuselou, ni toi non plus : des hommes que je ne connais pas. »

Le retour de Jeuselou... Le viatique... Sa tête se dégagea un peu. Mais toujours ce martyre. Et la potion n'y avait rien pu. Jeuselou décida de retourner à Fournols. Le feu était éteint. Il se coupa un morceau de pain. De gros nuages montaient et commençaient de faire la nuit. Il mâchonnait ce pain sans pouvoir l'avaler, écoutant, tout secoué, la mère courir dans la chambre au-dessus de sa tête. Sur chacune des bouchées, il fallait un coup d'eau. Il mit le morceau dans sa poche et retourna vers Marguerite.

Elle le regardait, les yeux suspendus à tous ses mouvements. Elle devinait qu'il allait repartir, elle l'appela de la main. « Reste, ne va plus dehors, reste... Tu dois avoir dégoût de moi, mais fais semblant de m'embrasser. » Tout grelottant il se pencha. Elle le retenait, d'un bras autour du cou. « Mon Dieu, si vous nous donniez seulement une année, seulement six mois, pour nous deux! »

A peine était-il en bas qu'il entendit cogner précipitamment au plafond. Il remonta quatre à quatre. La petite lumière que la mère abritait de la main n'éclairait que par battements. Des convulsions tordaient Marguerite. Elle ne répondait plus, ne voyait plus.

Anne-Marie y alla dans la soirée d'après, avec Henri. Cette visite lui coûtait affreusement, elle ne savait pourquoi. La Perrine parlait sans arrêt, tandis que les larmes roulaient dans le cuir de ses rides. « Ha, madame, j'avais perdu ma Ribande. On peut se relever, sur le malheur d'une bête : mais là! je n'ai plus de goût à mes prières, plus de goût à rien... Prenez garde à la marche. »

De l'escalier on entendait un grillon. Anne-Marie entrait pour la première fois dans cette chambre : c'était comme si elle allait faire avec Marguerite une amitié nouvelle, alors que Marguerite était partie pour toujours. Elle vit d'abord une touffe de jupes pendant des solives. Une chandelle plantée sur un pot renversé laissait grossir ses coulures de suif.

« Dites, madame Anne-Marie, est-ce qu'il pouvait m'arriver un plus grand malheur? Et vous le voyez, vous : le malheur de ma pauvre petite lui est venu par les vôtres... Non, va, Jeuselou, ne la dérange pas; elle est bien. »

Jeuselou la redressait un peu sur le chevet. Si Anne-Marie ne l'avait pas connu, elle l'aurait cru pris de boisson : il semblait que le vin le roidissait et l'empêchait d'avoir un seul mot. La Perrine, elle, parlait trop haut, en femme qui a acquis le droit, maintenant, de dire ce qui lui vient à la tête. Une voisine, un peu à l'écart, paraissait tout surveiller, tout ordonner, comme si elle les traitait en créatures qui ne sont plus bien à elles. Lorsqu'elle vit Anne-Marie se relever, la prière faite, elle approcha doucement, pour lui donner la compagnie d'une personne raisonnable.

« C'est quand la pauvre est entrée en agonie. J'étais là, madame! J'ai entendu des gens qui parlaient bas, oui, des gens réunis qui n'arrêtaient pas d'en débiter tout bas devant la maison. J'ai ouvert, je vous jure qu'il n'y avait rien. Mais après... Ils étaient entrés, ils étaient devant le lit, qui continuaient, comme s'ils disaient, toujours tout bas, des prières. Et jusqu'à ce qu'elle eût passé. C'étaient ses morts, j'entendais leur murmure et je ne pouvais pas les voir. Moi, là, mon bonnet se levait sur mes cheveux. Quand je vivrais cent ans!... Tenez, écoutez : c'est pour dire que je n'ai pas parlé à faux. »

Le garde-habit craquait dans un coin d'ombre. Du fond de cette vieille chambre, encombrée et basse comme un débarras, Anne-Marie voyait s'entrouvrir le chancelant royaume de la mort.

TROISIÈME PAUSE

Après la mort de Marguerite. — La Perrine vient aux Escures. — Elmire Chargnat y vient aussi. — Intervention d'Anne-Marie.

MARGUERITE est morte. On ne l'entendra plus réciter la Passion, en reprenant longuement son souffle, on ne verra plus ces grands yeux bleus de timidité, qui n'étaient qu'à elle. Anne-Marie en est toujours au mot de la Perrine : « Le malheur de ma petite lui est venu par les vôtres. » Faut-il comprendre : Marguerite a pris vos malheurs si à cœur que c'est allé chercher sa maladie? cela seulement, ou qui sait quoi?

Le jour de l'enterrement, au petit soir, Anne-Marie a voulu reparler à la vieille. Elle l'a trouvée qui sortait du bois, un fagot en travers des épaules.

« J'ai vu un serpent gros comme le cou de ma cruche. Je lui ai crié : « Va-t'en, sale bête! » Il s'est tourné, il a pris la détourne. Mais il y en a que le démon attend! »

Elle restait là, toute ployée sous le faix de branches mortes. Anne-Marie regardait, cramponnées au fagot, ces mains brunes où un peu de sang noir avait séché sur des égratignures. Elle sentait les yeux de la vieille arrêtés sur elle, pour lui signifier plus de choses que ses paroles ne lui en disaient.

« J'avais besoin du travail de ma petite pour vivre. Mais le malheur est venu du côté que vous savez. Maintenant, mes joies sont finies. »

Anne-Marie ne voudrait s'entretenir que de son chagrin. Impossible pourtant de ne pas rouler des idées tout le long du jour et impossible aussi de se faire une idée sur ce qui est arrivé chez la Perrine. Comme il lui tarde que Gaspard soit de retour.

Y sera-t-il pour l'entrevue avec Gilbert? Pourvu que le père ne se doute pas de ce qui se passera. Il a vieilli, ces temps-ci. La mort de Marguerite n'a pas tiré de lui la moindre marque de peine. « Tu pleures? Mais ça ne nous est pas parent! » Reste qu'au premier mot sur Robert, il entrera en fougue.

Au bout de toutes ses inquiétudes, elle retrouve ainsi Robert.

... Elle cousait dans le pavillon, au bout de la terrasse. Henri apprenait au chien à rapporter des pierres, et tout en jouant s'éloignait avec lui du côté de la remise. Deux nuages marchaient avec lenteur. De la rampe serrée des sapins sortait une fumée qui bouclait en l'air, bleue comme une pervenche. Que tout était calme. Là, dans le prunier, deux oiseaux jouant à « ta place me plaît », sautaient de branchette en branchette, ou se suspendaient la tête en bas pour becqueter une prune.

A trois pas des marches on voyait un glaïeul. Si frais, si élancé, si rose. Il avait sa vie. De la terre, des pluies, du soleil et des souffles de l'air, ce glaïeul se faisait une vie d'innocence et de merveille. Il poussait, se tournait vers la lumière de Dieu. Comme c'est apaisant de regarder une fleur.

Pauline parut. Ses escarpins criaient sur le gravier. On la sentait toute chaude de ce qu'elle avait à dire. Elle s'assura qu'Henri était loin vers le préau. Elle n'en poussa pas moins la porte, et tira sa sœur par le bras sur une chaise. Voilà, elle avait rencontré Elmire, une Elmire tout en mouvement, très affectée, mais dévorée de curiosité sur la mort de Marguerite. C'était à se demander quels soupçons lui étaient venus sur cette mort?

Anne-Marie continuait de coudre. Elle appuya sur son dé pour y enfoncer le doigt, tourna la tête vers le jet de glaïeul.

« Il paraît qu'Elmire ne manque pas un bal depuis la fin de son grand deuil. Elle lirait même des romans mythologiques, à ce que dit la Poule-Courte, — ce doit être des livres de fables galantes. Enfin, certainement, il y a quelque chose qui la travaille. »

Pauline voulait savoir ce qu'Anne-Marie était portée à en penser. Sans cesser de coudre, Anne-Marie montra par sa mine qu'elle n'imaginait ni ne cherchait rien.

« Pour moi, elle a peur. On a voulu vous empoisonner. Elle se demande si l'on n'a pas empoisonné Marguerite, et si son tour à elle ne pourrait pas venir. Comprends-tu? »

La réserve d'Anne-Marie faisait bouillir Pauline. Il n'était pas possible qu'on continuât de vivre ainsi sous la menace. Oh! mais, elle savait ce qu'elle allait faire! Elle reverrait Elmire avant dimanche pour tirer au clair le fond de sa pensée.

Anne-Marie ne répondit rien. Comme Henri revenait en courant avec le chien, elle se pencha, rouvrit la porte toute grande.

Deux jours passèrent, trois jours. Anne-Marie se disait qu'elle ne voulait pas être mêlée à la folie, aux histoires des gens. Qu'elle n'avait pas à s'enquérir de ce que combinait Pauline.

Peut-être déjà Pauline avait-elle averti le père. Ces derniers soirs, dans la cuisine, les mains à cheval sur les cuisses, il ouvrait de gros yeux sur les uns et sur les autres. Il se mettait sur pied avec un « ha! », prenait son chandelier à la cheminée. « On serait mieux en terre qu'en pré », soupirait-il. Il se plaignait de rhumatismes volants, mais ce n'était pas cela...

Ils se trouvaient dans le préau, ce matin-là, Henri et elle. Ils ramassaient les pommes tombées, les véreuses, ces vertes à peine brunes sur une joue, et les coupaient en quartiers pour les lapins. Louise cria de la cour que Perrine était là qui voulait parler à la maîtresse.

La Perrine vint. Elle commença par des plaintes. Son petit bien lui aurait permis de tenir une vache, mais cette vache, elle ne l'avait pas. Elle avait toujours été si honnête! « Deux fois j'ai trouvé de l'argent sur le chemin et je l'ai fait crier à la porte de l'église. » A présent comment ferait-elle pour vivre? « Madame, si vous avez deux sortes de pain mangez le meilleur. Le malheur vous tombe dessus tout d'un coup, dans la vie. Ce n'est pas pour vous le reprocher, mais cette cache, voilà ce qui nous a porté tort. J'aurais encore ma pauvre petite. Tandis qu'à présent je ne sais pas que devenir. Si tu crèves, ce sera comme ça! »

Anne-Marie l'envisageait, si oppressée qu'elle n'arrivait pas à lui dire qu'elle l'aiderait, qu'elle l'assisterait. La Perrine amenait enfin sa demande : M. Grange ne pourrait-il pas lui avancer un peu d'argent, de façon qu'elle achetât une vache? Cette vache lui tenait-elle assez au cœur! Elle ne s'était pas consolée d'avoir vu crever la sienne au mois de mars.

Si elle a une vache, la voilà guérie de la mort de Marguerite. Non, je la juge à tort. Une vache, aujourd'hui, pour elle, ce serait ce que serait pour moi une aide, un appui.

« Vous ne direz rien à mon père : nous nous arrangerons toutes deux.

— Ah! pauvre dame, je vous mettrais en Paradis si je pouvais! C'est ma pauvre petite qui m'a soufflé de venir vous trouver. La nuit, je parle avec elle, je me rappelle ses mots. Elle le savait, voyez-vous, elle le savait par avance, et comment lui viendrait sa mort. »

En partant, au coin de la remise, elle se retourna, jeta un coup d'œil sous les pommiers, entre les troncs et les pieux qui soutenaient les branches. La main sur le bras, elle arrêta Mme Anne-Marie.

« Il y en a un... Je lui ai dit : « Tu es pour le diable. »

Après le dîner, Anne-Marie partit avec l'enfant pour *La Belle Bergère*. Elle espérait qu'on leur y donnerait des nouvelles de Gaspard.

Dans l'allée, cahotant, se haussant sur une roue comme un homme qui boite, arrivait le coucou d'Elmire.

Il fallut rentrer, envoyer Henri aider Louise à cueillir les fèves, s'enfermer avec la demoiselle dans cette odeur de friture à l'huile de noix de la salle à manger.

Tout vint comme elle l'avait prévu. « On n'a pas pu vous atteindre, on s'est revanché sur votre Marguerite. Et puis elle avait des attraits et ce mariage la rendait si heureuse! Vous ne savez donc pas que certaines natures ont du plaisir à faire le mal, non pour aucun intérêt qu'elles y aient, mais pour rien, pour le plaisir? »

Vouloir le mal par haine des créatures. Cela donnait le vertige à Anne-Marie. Elle regardait ses mains au creux de sa robe. Comment aurait-on empoisonné Marguerite?

« Elle est restée seule en haut dans la matinée du

dimanche. Quelqu'un a pu trouver la clef, ouvrir, entrer, que sais-je? Un peu de poudre blanche dans du papier blanc... Il y a des cas où l'arsenic n'agit pas aussitôt. »

Anne-Marie se disait : Pauline certainement croit au poison et la Perrine de même. « Il y en a un : je lui ai dit : Tu es pour le diable. » C'est Robert qu'en pensée elle accuse ainsi.

« Si vous m'aviez écoutée! reprenait Elmire. Je ne pouvais vous faire part de mes soupçons, je n'avais rien qui les appuyât et vous les auriez rejetés bien loin, dès qu'ils portaient sur un époux, même indigne. En m'écoutant, pourtant, vous sauviez cette jeune paysanne. Vous vous souviendrez que j'ai voulu la sauver; je le jure devant Dieu! »

Anne-Marie n'était pas allée à *La Belle Bergère.* Toute mécontente d'elle-même, tout à la gêne, elle sentait qu'il se tramait quelque chose à côté d'elle. Pauline menait cela. Le père avait des allures bizarres. Il sortait moins, il dormait mal. Il avait même réglé les sonneries des quatre horloges à un quart d'heure d'intervalle, de façon à savoir toujours de nuit l'heure qu'il était.

Anne-Marie réfléchissait. Elle étendait du linge entre les pommiers au fond du préau. Il lui avait fallu de l'air, bien qu'elle se sentît lasse comme un soir de grande lessive. Appuyée en avant, elle laissait ses mains pendre, les poignets sur la corde. Elle aimait ce coin, ces vieux petits pommiers penchés, contournés, aux fourches garnies de mousse. Cela formait un bocage comme d'un ancien temps de rondes. Une pomme tombait, roulait un peu dans les pâquerettes. La branche, en se rétablissant, faisait tout bas le signe d'une grande paix. Entre les grosses coques de feuilles sombres, le bleu du ciel — lointain à ne pouvoir le joindre — paraissait si pur dans sa finesse que le tissu d'une fleur n'était pas aussi pur.

Et si Marguerite était morte de maladie? Elles aiment tant bâtir des histoires...

Anne-Marie ne se donnait pas la permission de croire que Robert eût fait mourir la petite. A cause de son chagrin, elle détestait cette joie, qu'elle ne voulait pas reconnaître et qui la gagnait malgré elle. On ne devait pas accuser trop vite Robert. Gaspard l'avait dit : c'était une question d'argent pour cette Elmire, qui avait peur d'avoir à revenir sur les affaires d'Amédée et de César. Argent aussi pour la Perrine : mettre Robert en avant, afin de m'obliger à donner une vache. L'argent partout, qui mène tout. On voudrait pouvoir vivre dans un ermitage. Mon Dieu, faites à mon enfant un cœur sans détour. Que je lui apprenne à haïr le mal, à haïr le veau d'or.

Un grand zèle la montait, et elle sentait que dans cette colère elle trouverait son chemin. En se parlant à mi-voix, elle allait le long des cordes, entre les pommiers. « Ce n'est pas le droit! ce n'est pas le juste! » disait-elle, pensant aux vraies raisons pour lesquelles Pauline, la Perrine, Elmire, condamnaient Robert. Le vent soulevait, emplissait, claquait les pièces de linge et son visage brusquement était enflammé de soleil ou voilé d'ombre.

Mais soudain elle rougit violemment. Elle comprenait ce que lui voulait sa colère et dans quelle tentation elle avait vécu ces derniers jours. Car elle avait deviné à quoi travaillait Pauline et elle s'était efforcée de n'en rien savoir.

Pauline, justement, la trouva encore là, sur les quatre heures. La voyant enfoncée en ses pensées, elle parla de choses indifférentes; puis elle se mit sur Elmire, sans trop dire d'abord qu'elles avaient conféré ensemble.

« Sais-tu que c'est vrai, qu'elle a une intrigue avec le surnuméraire de l'enregistrement? Elle le recevait à son domaine. On raconte qu'il tient maintenant garnison dans sa chambre et qu'on l'a vu sortir de nuit par le jardin! Qu'est-ce que tu dis? »

Anne-Marie ne disait rien. Elle était sûre, elle, qu'Elmire avait quelqu'un d'autre que ce jeune homme dans le cœur : comment croire alors à ces amourettes? Mais elle ne discuta pas. Regardant pensivement sa sœur, elle commença de rapporter ce qu'Elmire pensait de Robert et de la mort de Marguerite, cela d'une façon lente, coupée, comme se demandant si elle devait la suivre dans ses vues?

Pauline s'échauffa. Elmire avait cent fois raison! Quelle folie de ne pas voir les choses comme elles étaient et de ne pas faire le nécessaire. Fallait-il, allons, tant marchander pour cet homme? Un peu d'eau bénite sur la tête, et que tu seras bien pour ton repos et pour le mien!

Anne-Marie entrouvrit les lèvres avec effort. « Non, dit Pauline, ne dis rien, je devine, écoute. Gaspard ne doit pas être mêlé à cela. J'ai parlé à Jeuselou. Ils partent demain soir pour Brioude, lui, Valentin, Benoni. Elmire a donné des indications qui permettront de surprendre Robert et son frère. Ils se troubleront, ils avoueront. Gaspard n'y aura même pas trempé. »

Une rougeur montait au cou d'Anne-Marie, lui envahissait la face, pour céder dans le moment à une effrayante pâleur. « Je suis fatiguée... L'oncle disait... qu'il faut s'étendre... à plat sur l'herbe... » Elle n'acheva pas. Pauline la vit toute longue par terre. Comme une morte. Elle courut au lavoir, rapporta de l'eau dans ses deux mains, lui en jeta au visage.

Anne-Marie revenait à soi. Elle soutenait qu'elle ne s'était pas évanouie. Se sentant fatiguée elle avait seulement voulu s'étendre.

« Que tu m'as fait peur! »

Pauline s'inquiétait de la voir si pâle, avec cette figure tendue, ces yeux arrêtés droit devant elle. Elle voulut aller chercher de l'eau d'arquebuse à la maison. Anne-Marie la retint par la jupe : « Là, donne-moi la main... Tu vois bien que je suis debout. »

Elle se redressa, remit ses vêtements en ordre. Puis, avec une extraordinaire autorité, elle qu'on voyait perdue dans les hésitations, partagée par les doutes :

« Dis à Valentin de les retenir tous. C'est moi qui dois décider. »

QUATRIÈME PAUSE

Gaspard vient trouver Jeuselou. — La moisson aux Escures. — La grande promesse.

Gaspard rentra le même soir. On a prétendu qu'il avait reçu un mot d'Elmire Chargnat : peut-être désirait-elle qu'il fût de l'expédition à Brioude.

Il cherchait Jeuselou dans le jardin, jusqu'au fond, vers les framboisiers. Personne. Il ne faisait plus très clair. Les dents d'une houe abandonnée dans l'allée luisaient comme de l'argent. On voyait encore une grosse touffe de fleurs de quarantaine et les espaliers gris contre le mur. Des éclairs de chaleur palpitaient au bord du ciel, entre les montagnes.

Gaspard remontait, ne cherchant plus, lorsque en tournant le coin des cabanes, il sursauta. Assis, le dos rond, dans sa brouette, Jeuselou se levait avec lenteur.

Gaspard le prit par les épaules, serra un peu sans le lâcher tout de suite. Il s'assit à côté, sur le bord de la petite bâche où l'on fait les semis.

« Voilà, dit Jeuselou, pour moi, maintenant, c'est comme si tout le monde allait mourir. »

L'histoire, tant de fois faite depuis le jour terrible, il la refaisait, s'aidant d'un mot de Marguerite, d'un rien, d'une particularité dont il tirait des conséquences étranges. « Un jour, tard dans la soirée, elle est venue... » C'était sûr qu'elle avait peur pour lui. Les soirs, quand le brouillard traîne dans les fonds, elle l'accompagnait jusque passé le bois. « Je ne faisais pas attention, j'étais trop bête. On l'avait menacée parce qu'elle l'avait cachée chez elle, autrefois, et on aurait voulu qu'elle mît du poison dans le manger de ta cousine. Voilà pourquoi elle n'est pas restée un jour de plus aux Escures. Mais on lui avait dit qu'on me tuerait si elle parlait... »

Les soirs il s'asseyait dans ce coin et il pensait à tout. Quand les messieurs avaient compris qu'ils ne tireraient rien d'elle, pour être sûrs qu'elle se tairait, ils lui avaient fait donner du poison. Il revoyait tout, les peurs de Marguerite, ses façons de ne pas répondre ou de se couvrir la bouche d'une main.

Comme s'il riait, sa voix eut deux ou trois soubresauts, des sanglots épais, faits pour surprendre. Il continuait à parler, presque sans larmes.

Gaspard n'aurait pu parler, lui. Une espèce de rage le dévorait, noire et féroce. Si Jeuselou avait su veiller! Mais, moi, si j'avais su, au moins, ne pas dormir! Comment ai-je pu être aussi calme quand j'ai appris d'Anne-Marie son pacte avec Robert? Et cette petite qu'ils ont tyrannisée : moi qui pensais la tirer de peine...

Il se sentait enfoncé dans le déshonneur et dans l'horreur comme s'il avait reçu la schlague. De telles choses vous mettent dans le sang la passion de la vengeance. Une telle passion qu'il se sentait comme fou de venger la petite.

« Nous parlerons, dit-il en se levant. Demain, tu me suivras aux Escures. »

Il fallait y finir la moisson. Benoni lui avait appris que le Nanne était malade et qu'on ne trouvait plus de gens pour venir travailler, tant les têtes étaient en l'air. Depuis la mort de Marguerite, on s'attendait au feu, à des coups de fusil.

« Ce malheur m'a rompu, fit Jeuselou. Pauline m'avait dit de ne pas te le dire, mais nous devions partir demain soir pour confesser les messieurs. Sa sœur nous a arrêtés. Eh bien, je l'ai pris comme ça. Tu me connais, je fais les choses par veines et parties; je séchais d'envie d'étrangler Robert, et voilà, cela même m'a quitté, je suis vidé de tout.

— Sur Robert ou sur quelqu'un d'autre, ah! dieux, si l'on ne se disait qu'on prendra sa vengeance...

— Et qui veux-tu que ce soit d'autre que Robert? Personne ne pouvait en vouloir à la pauvre petite. Ah! tu es revenu, qu'allons-nous tant attendre? Viens, allons-y; toi et moi! »

Il suivait Gaspard vers la porte, tout grondant maintenant, comme un démon. Gaspard remuait les épaules, près de céder à cette rage qui les poussait tous deux hors d'eux-mêmes.

« Mais nous verrons », dit-il.

Il dormit vite, et le premier sur pied, à la pointe du jour.

Dans le chemin il attendait les hommes qu'il était allé demander. Ils arrivaient, portant leur faucille. Le vallon était traversé de longs rayons mouillés, de passages de buées, de vols de geais, de huppes. Sur le mont de Job, un brouillard à demi enroulé s'enlevait, déjà nuage dans le bleu de l'air.

D'entrée, il comprit qu'Anne-Marie avait à lui parler, mais lui, il n'avait rien à dire encore. Il s'occupait de former les équipes, une lieuse pour deux hommes. La Louise se vantait de cravater cent gerbes à l'heure, et un vieux assurait avoir connu une femme qui en liait cent quatre. Tout un brouhaha d'appels et d'entrain, tandis que quelques-uns, dans la grange, se faisaient des housaux de paille.

Mais on ne musa pas. Gaspard emmena son monde, le jeta à la besogne dans la grande pièce de sous la métairie. Quatre coups pour le passage. Et allez, marche! Il avançait, lui, le capoulié, chef de bande, enjambée par enjambée, la faucille au poing. Le grand travail à corps perdu dans les blés en retard. Mais ils sont beaux, grâce à Dieu, d'épis bien grainés et pesants, et les gerbes, comme on dit, feront le setier.

Une couleuvre se sauvait, on trouvait un nid de caille. Une colère le chauffait sourdement, qui ne savait à quoi se prendre. Il baissait la tête et il allait, dans une odeur de mottes, de paille brûlante et de sueur. Tout allait. Quand tu en tiens ta pleine poignée, tu la couches à terre, les épis à main droite, et celui qui te suit pose sa poignée par-dessus. D'un coup d'œil il s'assurait que les lieuses faisaient de bon ouvrage, serrant la gerbe sur leur jambe, liant et appuyant d'un coup de genou, tordant de trois tours et renfonçant. Le soleil monte. Il tape dur. Les pailles crissent. Un vieux s'est mis à chanter.

Les quatre premiers jours d'avril
Nos jeunes gens sont tous partis...

Après lui les hommes répètent, et puis les femmes. Anne-Marie doit les entendre, de la cuisine où elle épluche les herbes. Les Escures sont redevenues un domaine, où tout roule des quatre roues.

Et le soleil plane au plus haut, et l'on fait sa journée. On va s'ombrager sous un arbre, manger ce que la fille apporte, boire à la cruche tenue dans un creux, sous des rameaux.

Tandis que tous dorment, la face sur les bras pour la méridienne, il court trouver la Perrine qui mène ses chèvres le long de la haie.

Jeuselou à la fin vient les joindre. Mais il n'y a pas à raisonner avec Jeuselou. Quand on s'est fait une idée, tout sert à la nourrir. Jeuselou s'est fait la sienne sur les messieurs et il s'arrange de ce qui vient pour lui donner plus de corps. Le voir ainsi tout tourner selon ses désirs, ne pouvoir seulement lui faire regarder les choses, jour de Dieu! C'est donc si difficile d'être un homme, quelqu'un qui va à la vérité, sans vouloir savoir si elle l'arrange ou le dérange?

Gaspard se rejetait au travail, l'œil bas et colère. Il y allait si furieusement, qu'il s'entailla deux doigts. Mais cela fait du bien de voir gicler le sang. Il se serait volontiers enfoncé dans le bras une lame de couteau.

Les moissonneurs se redressaient, les mains aux reins, fondus de sueur. Venaient les lourdes heures de la fatigue qui vous casse l'échine. En attendant, le travail dénoue le corps, vide la tête. Ce qui était petit, compliqué, tracassant, tombe. Seulement, tant que tout ne sera pas fait, je n'aurai ni paix ni patience.

L'enfant couché, Anne-Marie était allée chercher son ouvrage dans le pavillon. Quelqu'un venait sur les cailloux du chemin, en contrebas. A travers les branches, elle aperçut une blancheur. Le cœur lui sauta : il venait. Il avait compris qu'elle désirait tant lui parler aujourd'hui même. Elle alla l'accueillir au portail. Il s'y était arrêté pour passer son gilet, enfiler sa veste.

Le lumignon était resté sur les marches. « Viens au jardin, mon père est dans la salle. » Elle se fit suivre de Gaspard vers la grille.

« Ils ont dû te dire leur sentiment sur la mort de cette pauvre petite. Tu sais que cet homme devait revenir ici. Seulement il fallait qu'il ne s'écartât plus. S'il est en faute, jamais je ne le revois. »

Elle levait la figure vers lui, cherchant ses yeux, et il devinait la vivante lueur des siens. L'importance de ce qu'elle allait répondre lui donnait une fièvre extraordinaire. Il la sentait aussi animée, aussi belle, que le soir où elle était venue le chercher au fond du verger, la grande fois, après les Cosaques. Comme si, de nouveau, la vie changeait et prenait feu.

« Gaspard, toi, dis-moi : est-ce qu'il a fait empoisonner Marguerite? »

Ils étaient arrivés devant le pavillon. Un papillon de nuit vint voleter sur la lumière. Autour de ce lumignon, le noir de la campagne paraissait sans limites. Comme si cette petite flamme jaune qui vous désignait faisait à deux pas tout plus obscur, plus empli de menaces, qu'on entendait bouger sous les feuilles, au long des ravins et des routes.

Eh bien, si l'homme n'avait pas ordonné, ni même voulu cette mort, ne l'avait-il pas amenée par ses crimes? Tant chercher! N'avait-il pas tout mérité cent fois, depuis la nuit de Chenerailles? Laisse, que maintenant nous lui fassions un sort. Je ne demande rien; mais si, un jour, plus tard, je te vois rire aux choses, je serai heureux jusqu'aux os.

« Je me déterminerai d'après ce que tu pourras me dire, reprit-elle. Je le reverrai ou je ne le reverrai plus. »

Ils crurent apercevoir un feu derrière le cognassier. C'était la lune qui sortait de la montagne. Anne-Marie était là, espérant, attendant, s'en remettant de tout à lui. Cette faiblesse à bout de peine qui s'avoue, cette faiblesse et cependant ce cœur. A la lueur de la lune, on la voyait; et ses yeux, sa face tendue disaient : je sais que tu feras la droiture, que tu me répondras tout droit, sans calculs, sans feintise. Et tu es le seul vers qui je me tourne.

« C'est que je ne sais pas assez, je ne peux pas parler encore, non. »

Les veines de son cou se gonflaient. Il avait cet air de dureté qui lui venait dans les moments difficiles.

« Tu sauras, je me fie à toi. »

Il posa sur elle ce terrible regard brun-noir que personne n'était sûr de lire. La force de la fureur y était encore, mais avec une espèce de solidité, de bonté, de patience.

« Ça va. Tu peux.

« Même si je dois te voir accueillir cet homme et commencer avec lui et l'enfant une vie où moi je ne serai plus rien. Tu es Anne-Marie : il faut que tu sois Anne-Marie. Je ne peux même pas vouloir autre chose. A présent, j'ai les ordres. »

CINQUIÈME PAUSE

Gaspard retourne à la métairie de Mlle Elmire. — L'argent caché. — Réunion de famille.

Il y avait eu les moissons, mais il les avait faites en deux jours et demi. On ne savait où il passait. Il partait, il disparaissait. On le sentait de sang grouillant, bouillant, plein d'affaires qui se débrouillaient dans sa tête.

Pauline envoyait Valentin aux nouvelles. Et elle venait elle-même : elle grillait d'impatience. Le soir, tard, on courait chance de le trouver dans l'atelier de l'arrière-cour. Il sentait la sauvagine. la fumée, l'écorce. Il s'asseyait de côté sur l'établi, le poing sur la cuisse, l'œil droit devant soi. Ce n'était pas aisé de lui poser des questions.

Mais on apprit par le bon Barthaut qu'il avait arrêté le cabriolet d'Elmire Chargnat sur la route.

« Eh bien, nous avons parlé un grand moment. Les paroles lui viennent comme il lui plaît, à cette fille, et finalement, elle n'a rien de précis à articuler contre Robert. »

Il avait rendez-vous avec Elmire pour le lendemain. Dans le domaine de la Chênaie. Qu'elle parlât, qu'elle parlât! Dans ce flot de bavardage, il trouverait bien à pêcher quelque chose; et quand il l'aurait une fois accrochée, il serrerait si fort la prise qu'elle n'échapperait plus.

Là-dessus une explosion de colère à faire tout trembler dans la baraque.

Pauline et Valentin furent effrayés de le voir ainsi, la face rouge, l'œil farouche, dans un état à ne plus garder de mesures.

Assez avant dans la nuit, les Verdier s'en entretinrent. Pauline croyait comprendre que Gaspard n'était si outré que parce qu'il n'avait rien pu trouver qui accusât Robert.

Il n'a jamais raconté ce qui se passa au domaine, dans ce salon de compagnie où il avait été reçu au mois de mars. On a su que l'entrevue fut longue. Elmire haussa la voix à plusieurs reprises. La fille du métayer dut cogner très fort à la porte. Elle venait avertir que M. de la Thiolerie — le jeune galant, le surnuméraire —, demandait à présenter ses respects à Mademoiselle. Mademoiselle avait calculé cela peut-être pour piquer Gaspard, peut-être pour rompre une conversation trop difficile.

On ne sut non plus ce qui arriva alors. Brusquement la fenêtre s'ouvrit. M. de la Thiolerie, rué dans l'espace, arriva sur un prunier et dégringola dans un fracas de branches.

Environ dix minutes après, le jeune monsieur revint avec le métayer et le domestique. Gaspard sortit sur le palier, un tabouret au poing. A cette vue, ils s'arrêtèrent net dans l'escalier. M. de la Thiolerie voulut parler cependant. Gaspard descendit de trois marches, le saisit à poignée par son habit, son gilet, son jabot, et poussant devant lui, les jeta tous dehors.

Elmire, comme ne se possédant plus, criait, penchée sur la rampe : Adolphe! ce sont mes vœux, mes ordres! Retirez-vous pour quelques moments. » Et ses yeux brillaient d'animation, tandis qu'elle répétait, toute hors d'elle : « Quelle folie! Quelle folie! Mais c'est de la jalousie... Et je ne le comprenais pas! »

Pour le coup, la colère partit en fumée. Gaspard remontait au salon. Vous voilà servie puisque vous aimez le drame. Maintenant, nous allons reprendre l'entretien.

Dès le matin du lendemain il profita d'une occasion de voiture pour se rendre à Issoire. Il reparut le jour suivant sur les onze heures; et sitôt après dîner, il repartit pour Champétières.

Les Verdier, qui l'avaient manqué de cinq minutes, allèrent le soir à sa rencontre. Ils l'aperçurent dans les bois de Virennes. Il avait une façon telle que Valentin se rappela le temps où les vieilles femmes, le croisant sous le couvert qui passait sans les voir, comme si des coups de fureur l'enlevaient, se sauvaient devant ce possédé en laissant là leur fagot.

« Je l'ai encore trouvé là-haut, fit-il, sans autre bonjour. Qui? le bossu, parbleu. Il faudra pourtant le payer. »

Le feu de la haine dans les yeux, il marchait sans paraître les entendre. Son visage semblait de pierre.

Ils entraient dans le plus épais du bois. Les bras des

sapins, s'abaissant pour se relever du bout comme les pans d'une tente, faisaient partout du sombre. Des touffes d'airelles et des fourrés de framboisiers foisonnaient dans le demi-jour. L'argent d'une branche retournée luisait, ou celui, plus éclatant, d'un fût de bouleau.

Apercevant là un grand sapin écorcé, couché sur son lit de rameaux en échelle, Gaspard s'assit; et Pauline, sans prendre garde à la résine, s'assit pareillement. Il repoussait du pied les écorces enroulées, d'où venait une senteur piquante, presque pénible.

Cette Elmire, disait-il, glissait pis qu'une anguille. Il en avait pourtant tiré ceci : que Robert, après l'Arbre-Blanc, et comme il avait l'argent de la dot dans ses fontes, avait d'abord enterré ces sacs d'écus dans son pavillon de Balance. Ensuite, craignant qu'on ne vînt les chercher là même, car on se douterait qu'il n'avait pu les emporter bien loin — et qui ne sait vider une cruche sur le sol, et fouiller là où cette eau est le plus vite bue? — il avait envoyé Gilbert reprendre les deux sacs pour les cacher probablement dans les bois.

Elmire voulait que ses frères se fussent proposé de les recouvrer, pour les rendre à la famille Grange. Ces hommes probes et vertueux! Robert, qui en avait eu vent, les avait bravés et menacés. Pour servir leurs amis Grange, ils s'étaient attiré sa haine...

« J'ai pris ça pour du bon argent. Mais les deux sacs, ce doit être vrai. Elle m'a jeté cette histoire comme on jette un os à un dogue qui flaire de trop près vos jambes. »

Elle n'avait jamais rien dit à Anne-Marie. C'était à lui, à lui seul qu'elle confiait ce secret des vingt mille francs dans le bois!

Il l'avait laissée s'enferrer pour lui demander soudain comment il se faisait qu'elle l'eût d'abord confié au bossu? (Il venait de se souvenir des patrouilles de l'autre entre

Virennes et Balance.) Protestations, cris, début d'attaque de nerfs, aussitôt arrêtée, parce qu'il s'apprêtait à asperger, de l'eau de la carafe, le visage et la gorge d'Elmire, ce qui aurait gâté tout son beau crêpe blanc.

Il pensait cependant : elle n'a pas confié cela au bossu sans être certaine de le tenir : par quoi le tient-elle, et qu'est-ce que c'est que ce gaillard?

Ensuite, M. de la Thiolerie s'était présenté... L'incident expédié, Gaspard avait repris la conversation au même point. Il avait eu à presser, tordre, essorer Elmire, pour en tirer quelques réponses. Mais ce qu'il voulait, il le voulait dur. Convulsive, éperdue, pâmée, comme si elle s'abandonnait aux tempêtes, Elmire avait fini par lui livrer le bossu. Il avait eu le sentiment qu'elle le lui livrait, qu'elle entrouvrait une porte, le poussait dans la caverne où l'autre était rembûché : et maintenant, débarrassez-m'en!

Après les dires d'Elmire, après ces courses de la veille et du jour, il voyait l'homme. Le bossu, c'était le fils de ce Simion qui courait le loup-garou à Champétières. « Oui, dit-il à Pauline, celui qui causa la mort de votre pauvre mère et que ton père abattit d'un coup de fusil. Comprends-tu le bien qu'il vous veut? Et il y avait un bossu dans l'assassinat du cousin prêtre. »

Il se remit debout, la tête fumante. Tout d'un coup au cœur de ce bois, il éclata en menaces formidables. Ce n'était plus une créature, disait encore le soir Pauline à Valentin... Chaque montagnard est une montagne qui appelle à son moment le vent, l'ouragan, la foudre.

Ils s'en revinrent par les Escures.

Les chiens étaient entrés derrière eux — on songeait bien aux chiens —, mal reçus par ceux de la maison, qui tournaient en grommelant, l'échine hérissée. Bataille et tapage allaient commander. Gaspard se retourna, les regarda. Ce regard leur tomba dessus comme un seau d'eau froide. Tremblant de toute la peau, ils se retirèrent dans les coins des balais, des seilles, des chaudrons, s'y tapirent.

Grange, de son bâton ferré tisonnait les braises. Son bonnet de coton enfoncé jusqu'aux oreilles et ses joues mangées d'une barbe de quinze jours, le Nanne tâchait de rôtir ses douleurs sur le banc de la cheminée. Ces hommes en désordre, ces chiens et leur odeur, le quinquet qui grésillait, un tabouret en travers du passage, des bourrées éparpillées sur la foyère, tout cela prêtait à la salle un air de désordre.

Anne-Marie rentra avec Pauline et l'enfant. Elle tira les volets, régla la mèche, arrangea le feu. Elle allait, venait, paisiblement, et tout s'ordonnait. Une sage lumière tirait de l'ombre les plats du vaisselier, une écuelle d'étain, les flancs polis ou les panneaux des meubles.

Pauline vit s'éclairer la figure de Gaspard. Il restait debout, la main posée sur les cheveux du petit. Entre lui et sa sœur, elle sentait une nouvelle entente.

« Je passerai demain matin », disait-il.

Elle savait que ce serait pour tout régler avant de recevoir Gilbert.

L'enfant était allé vers Valentin. Tous trois là, ils causèrent une minute, à mi-voix. A peine quelques mots. C'étaient les yeux qui parlaient. « Je te dirai tout, tout ce que j'ai pu savoir. » Et ceux d'Anne-Marie remerciaient : « Je sais, je me fie à toi. »

Grange, qui s'abritait d'une gazette devant la flamme, avait fait un peu pivoter sa chaise. Il les considérait, les mains à cheval sur ses genoux. Il considérait Anne-Marie, puis Gaspard, puis de nouveau Anne-Marie.

Lorsqu'ils partirent, qu'ils furent tous sur la porte, lui retint Pauline par la manche. « Ils sont le fait l'un de l'autre, lui souffla-t-il. Moi, maintenant... Et il faut pourtant quelqu'un aux Escures. Arrangez ça, toi et Valentin, quand je n'y serai plus. Ta sœur ne peut pas toujours être tenue par ce bandit. Et peut-être qu'il a déjà débarrassé la terre. Alors, alors... Ton cousin paie deux cents francs de contributions, le voilà électeur! S'il s'habillait un peu plus en bourgeois... »

Mais les autres ralentissaient pour les attendre. En arrivant dans leur dos, le père montra Gaspard, et il poussait le doigt sur lui, plusieurs coups, pour signifier à Pauline qu'elle aurait à le faire avancer.

Dès qu'on se fut un peu éloigné, qu'on eut entendu le père et Anne-Marie barrer le portail, Pauline demanda avec action ce qu'on allait faire du bossu. Valentin la fit souvenir que Gilbert arrivait le surlendemain. Après, on aviserait mieux.

« Le bossu, dit Gaspard, au bout d'un moment. Mais vous n'êtes pas curieux, vous. Pourquoi l'Elmire m'a-t-elle parlé de ces écus dans le bois? Pour me relancer sur Robert et Gilbert? Et surtout pour me détourner d'autre chose. Je ne veux pas me laisser détourner. Je veux crocher dans le fagot. Des associations comme celles des messieurs et des Chargnat, d'Elmire et du bossu, ça commence par Dieu soit béni! et ça finit par le diable t'emporte! A présent il faut tirer à nous, et que tous ceux qui sont dans le fagot nous arrivent dessus. »

SIXIÈME PAUSE

L'attente. — Jugements d'Anne-Marie. — Le chapelet. — Les moutons et les loups.

La tranquille soirée. Un temps tiède et sombre, un ciel chargé arrêté au-dessus des montagnes. Ce silence élargi d'espace s'étend sur les prés, les communaux, les friches de fougères, sur toute la descente du val pour gagner là-bas, la paix du canton bleu. Henri, à genoux, taille des morceaux de bois : il essaie d'agencer un moulin comme il l'a vu faire à Jeuselou. Le chien s'est allongé près de lui, les pattes en avant.

Les vaches broutent, égaillées. La Marcade, ou bien la Fromente, avance d'un pas, envoie la queue sur son échine, se remet à paître. Près du ruisseau, Anne-Marie voit ces mottes de petits joncs rougeâtres qui donnent la douve aux moutons. Elle demandera à Gaspard comment en débarrasser le pâtis. Il y a encore des scabieuses, en globules grenus, et cette fleur, blanche comme du givre sur une vitre, qu'on nomme parnassie, croit-elle. La nuée semble en suspens et la campagne engourdie sous l'attente. Les grands arbres des Escures ont leur toison déjà plus retombante et plus noire; deux frênes y paraissent d'un vert quasi jaunissant entre les meules de sombre feuillage des ormeaux.

Demain même, elle doit recevoir Gilbert. Ce sera, pour lui aussi, dans le petit moulin de l'étang. Il va venir coucher au pavillon de Balance, et au matin de bonne heure, il arrivera par le bois. Valentin sera là, aux côtés d'Anne-Marie. Ils lui remettront contre reçu l'argent de la coupe. Et elle lui dira, donc, qu'elle compte parler à son père pour obtenir de lui qu'il revoie Robert aux Escures.

Mais elle ne laissera pas partir Gilbert sans lui demander à l'improviste où se trouvent les deux sacs d'écus de la dot.

Ç'a été réglé ainsi. Gaspard se tiendra dans le bouquet de sapins de sous l'étang.

Anne-Marie songe, installée au pied du cerisier, où la bergère a fait un siège de trois grosses pierres. A l'entour, sur l'herbe usée comme du poil, traînent des brins de laine, un petit bâton cassé et des cerises noires séchées par le soleil.

« Je demanderai au cousin d'affûter mon couteau. »

Avec une grosse moue, faisant voler un copeau à chaque coup de poignet, Henri taillade une pousse verte. Il essuie une goutte de sueur à son sourcil, relève le nez, sourit à sa mère. Elle rougit de plaisir, et le contemple à la dérobée, reparti à l'ouvrage.

Gaspard l'a bien vu : c'est à cause de ce qu'il faut lui taire qu'il y a du mystère en lui. Mais je l'aime assez pour tout tourner du côté du soleil. Ce n'est pas vrai que l'ange de lumière pourrait moins sur lui que l'ange noir.

Elle pense aux défauts de l'enfant, surtout à son silence. Elle pense à Robert. Mon Dieu, faites-moi un cœur exempt de haine, puisque demain il me faudra promettre de le reprendre.

Lorsque j'ai compris qu'il voulait revenir, j'aurais dû songer d'abord que je devais tout accepter pour le sauver; songer du moins à l'enfant, à lui donner par ce retour davantage d'honneur et d'assurance. Et je n'ai eu qu'une pensée : voilà ce qui pouvait m'arriver de pis.

Quelquefois j'ai imaginé Henri d'après cet homme, alors que j'aurais dû tâcher de comprendre cet homme, d'après Henri. Robert n'a été qu'un faible, un vaniteux, qui a pu trop jeune servir tous ses désirs. On lui a sans doute appris à pratiquer le mal. Dieu seul voit d'où nous venons, par où nous passons, quels efforts nous tentons.

J'ai jugé cette Elmire, et je ne peux seulement pas la démêler. Elle est amoureuse de Gaspard et avec cela elle a un galant...

Gaspard en sait assez long sur elle, et j'ai senti qu'il ne voulait pas se faire une idée encore. Pourquoi ne suis-je pas aussi raisonnable? Que suis-je aller penser de Perrine? Qu'elle accusait Robert pour tirer de moi de l'argent. Eh bien, ce n'était pas Robert qu'elle avait dans l'esprit.

Gaspard n'avait parlé que de soupçons sur le bossu, mais Anne-Marie l'avait entendu à demi-mot...

Elle regardait ses mains, les retournait lentement. Voilà que j'aurai mes bêtes d'aversions, moi aussi : ce bossu, je ne lui pardonnerai jamais, je ne peux rien à cela. Et pourtant je ne voudrais pas garder un tel poids sur le cœur.

Comme elle était faite! croyait-elle vraiment valoir mieux que Robert ou qu'Elmire? On me dit bonne. Mais que vaut le plaisir que je prends à des charités? Ou à réconcilier les gens? J'ai accepté de faire le partage chez les Regouyat, flattée, parce qu'il me semblait que j'imitais mon cousin... On me croit femme de vertu. Et certains soirs, si Gaspard était seulement venu, qu'il m'eût touchée du doigt... De quelles chances est faite notre vie, et comme il faut que Dieu ait pitié de ceux qu'on appelle les honnêtes, tout autant que des autres.

Elle tressaillit parce qu'Henri l'embrassait. Elle le prit par les mains pour se mettre sur pied avec lui d'un élan. Un peu de vent s'était levé, qui fraîchissait, qui tournait en creusant des sortes de rosettes dans les rameaux des frênes. Elle transporta son tabouret à l'autre bout de la pâture, derrière la haie de chèvrefeuille. De sa poche, elle tira son chapelet, le fit couler au creux de sa jupe, et se mit à le dévider grain par grain.

Un *ave,* un autre *ave,* un autre... Elle échappait à ce monde, à ces figures mauvaises en face d'elle. La misère de rencontrer partout la méchanceté n'était plus une misère. Elle s'apaisait. Les *ave,* l'un après l'un, répétés, monotones, se suivaient comme des pas dans un enclos où elle entrait en air meilleur et la chair plus légère. « Je vous salue, Marie, pleine de grâce, le Seigneur est avec vous... » Le Seigneur avec vous... une confiance, l'obscur sentiment d'un lieu de rafraîchissement, de lumière et de paix.

Le petit s'était assis en tailleur sur ses talons. Il essayait de partager une pomme « en faisant la couronne royale ». Il fallut qu'elle lui montrât comment découper les dents, de façon que les deux moitiés s'emboîtent. Comment ne pas croire encore que tout ira, devant un petit garçon qui s'applique, pomme et couteau en main, agenouillé dans l'herbe?

Le train des *ave* la reprenait. Elle regagnait le pays qui ressemble à ces espaces faits de lumière et de nuées, très loin, derrière les toutes petites crêtes du couchant où sont des bouquets d'arbres.

Elle s'aperçut qu'Henri l'envisageait. Il s'approcha sur les genoux, se poussa contre elle. « Je vais te dire un secret. Ecoute... » Quel secret? Aussitôt elle pensait au bossu, à Robert. « Je te disais que j'aimais le Bon Dieu. Mais je crois que c'étaient des grimaces... Maintenant je me le suis expliqué... — Qu'est-ce que tu t'es expliqué? Allons, dis-le-moi? — Comment veux-tu... Je me suis expliqué le Bon Dieu, mais je ne peux pas te l'expliquer à toi... »

Elle ne cherchait pas à comprendre, remplie d'une joie trop forte. Elle retenait le petit serré des deux bras contre elle. Il lui sembla que quelqu'un du paradis s'était approché d'elle pour lui rendre courage. Un bien, une douceur céleste, qui ne dura que le temps d'un éclair. Mais comme ces choses-là vous demeurent.

La Louise vint chercher les vaches. Elles la suivirent, s'arrêtant par moments, pour se frotter du cou et de l'épaule contre un arbre en bordure.

La soirée avait passé. Il fallait retourner au domaine, vers les vieux ombrages qui cachaient à demi le bâtiment de pierre grise. Aller au-devant du lendemain. Le lendemain, c'était Gilbert. Et puis Robert, le bossu, tout cela.

Le petit, à deux pas, boudait parce qu'elle lui avait dit de fermer son couteau. Il voulait continuer de taillader un bout de bois tout en marchant. Quelle nature avait-il? Aurait-il était possible qu'abandonné il devînt un scélérat, lui aussi?

Elle connaissait depuis ce matin l'histoire du bossu. A douze ans, le père mort, la mère morte, il s'était trouvé parmi le peuple des vagabonds. — Ç'aurait pu être le sort de mon enfant. — Bossu, il l'était devenu tout jeune pour avoir été éreinté à coups de bâton par un traiteur d'Issoire qui l'avait surpris dans sa cave. Il avait chipé quelques bouteilles, et voilà ce que les gens en ont fait. Si c'est un criminel, aujourd'hui, est-ce que nous ne sommes pas tous engagés dans ses crimes?

Elle aurait voulu retrouver son sentiment d'un soir, alors qu'elle avait traversé le foirail de la louée à Arlanc. Les figures défaites, de fatigue ou de déception, de ceux qui attendaient encore, sans espérance, ne lui étaient plus sorties de l'esprit. Malingres ou boiteux, ou de pauvre mine, ceux-là n'avaient trouvé personne pour vouloir d'eux.

Ils étaient rentrés dans leur maison pour s'asseoir, la tête dans les mains, devant deux tisons qui charbonnent.

L'un pleurera, l'autre finira mal. On naît mouton ou

loup. Mais parler de mérite!... Alors comment peut-on juger?

La nuit allait tomber. La campagne continuait d'être parfaitement tranquille au long de ses chemins déserts. Gilbert arrivait peut-être à cette heure même au pavillon des bois. Une répugnance et une crainte oppressaient Anne-Marie à la seule idée de son approche. Elle comprenait qu'elle avait tout fait pour se persuader de ne pas juger, de ne pas haïr, et qu'elle continuait de haïr.

Le petit courut chercher une pomme dans un trèfle : elle dut s'arrêter, lui montrer de nouveau comment la couper à quatre dents pour faire la couronne. Il riait, sa joue était rose. Elle repensa au bossu : c'est parce qu'il a désiré de pervertir mon enfant que je ne peux supporter l'idée de ce misérable. Je lui en voudrais moins pour l'assassinat du cousin prêtre.

Sur ce Gervais non plus, Gaspard n'en avait pas dit long. Mais à une certaine lueur fixe de son œil, elle savait qu'il était déchaîné maintenant et qu'il n'aurait pas plus de pitié qu'un morceau de fer. Elle ne voulait pas songer à ce qui allait arriver.

SIXIÈME VEILLÉE

PREMIÈRE PAUSE

La venue de Gilbert. — Recherches sur la montagne. — Gaspard à la narse.

La nuit n'avait pas été froide; sur les regains, pas un brin de rosée. Le soleil sortait seulement, tout rouge, d'un éclat qui donnait aux yeux, comme un fer de forge.

Gaspard allait aux Escures demander comment avait tourné cette entrevue. Ç'avait été au moulin, dans la petite salle empoussiérée, où trois planches s'appuyaient au mur, près de sacs pliés sur un boisseau; une ratière traînait devant la fenêtre. Gilbert venait de repartir. Il avait été là, vêtu de chasse : à cette place même, près de la trémie. « Je l'ai reconnu et pourtant je n'en gardais pas cette idée-là. » En le voyant Anne-Marie avait revu Robert, et elle n'arrivait plus à former ses pensées. Elle laissait parler Valentin.

Gilbert avait vieilli, avait pris la façon d'un homme qui a eu les reins cassés et qui va prudemment du bon côté : argent et considération. Sa touche de lourdeur, sa figure ladre et dure, enflammée de quelques boutons à pointe blanche, l'auraient fait prendre pour un propriétaire un peu brutal, qui a des procès avec ses fermiers faute d'oser taper dessus. En entendant parler des sacs enterrés, il avait battu des paupières, et dit qu'il ne croyait pas, que c'était sûrement un conte. Cela, comme s'il renvoyait ce conte bien loin, avec les chansons qui avaient pu courir sur eux. Il ajouta que lorsque son frère saurait être agréable à qui de droit, il pourrait aider la famille Grange à tirer au clair ses affaires : elle s'apercevrait alors que ses amis n'étaient pas là où elle le pensait.

Ensuite il s'était tu, en homme qui a récité sa leçon et ne se hasarde pas sur un autre terrain.

Gaspard écarta du pied la ratière, approcha de la fenêtre.

« Le brouillard arrive. Dépêchons. Il faut savoir par où il passe. Crois-tu qu'il reparte tout droit pour Brioude? »

Ils n'étaient pas à la route qu'ils virent le canton s'embrouiller, s'emmêler d'un gris d'argent qui se levait par traînées un peu partout. Des fumées tournaient en écharpe sur le bourg et rejoignaient les flottements qui s'embarrassaient dans les rangs de frênes de pacage en pacage. Une rosée trempait l'herbe, maintenant. Entre les ouates du brouillard, le soleil bas envoyait sur elle des espèces de reflets couleur de paille d'avoine. Les masses et les coupures des monts se marquaient à peine en bleuâtre dans le lointain.

« Le coton va s'élever. Il fera beau », dit Valentin, qui voulait toujours tout bien prendre.

Ils trottaient. Le piquant du froid leur courbait le dos sur la selle. Mais le pays se perdait de plus en plus sous ces buées s'étalant comme un lait répandu dans l'air. La montagne devenait un étrange monde de fumées, de lueurs, de grisailles. Gaspard se disait qu'ils n'allaient pas retrouver leur homme.

Le sang lui fourmillait sous la peau. Ils croisèrent un bûcheron, qui allait à sa journée, la cognée sur l'épaule;

il leur cria qu'il venait de rencontrer Jeuselou parti pour la chasse. Ils le payèrent d'un bonjour, d'une mine d'amitié et d'empressement, et passèrent sans s'arrêter. Gaspard se hâtait, voyant qu'avec la bise arrivait la vraie brume. A Balance, à la vieille auberge du carrefour, ils ne prirent que le temps de jeter les brides à la femme, sans même boire un verre de vin. Et ils filèrent à pied vers le pavillon.

Les plateaux semblaient déserts, sous un aspect de silence. On ne voyait rien, sinon, au plus ou moins d'obscur, en ce gris confus, le passage sans cesse du brouillard. Et parfois à terre sur les buges, quelque rond de sorcière tracé d'une herbe plus sombre. Il arrivait que le sol, sous la botte, sonnât comme si l'on marchait sur une voûte. Gaspard avait sa grosse roulière de laine tout emperlée de bruine.

« Il mouille. Le temps est pris pour la journée. »

Il croyait, il croyait bien qu'après ce qui lui avait été dit, Gilbert se défierait de la cachette et voudrait en tirer l'argent sans attendre. Mais où le chercher? Ils pouvaient passer à trente pas de lui.

Ils arrivèrent au bois, à travers une bruyère. Au-dessus des têtes d'arbres courait le sifflement chuintant du vent.

Pourquoi n'avait-il pas répondu net sur cet argent? Et puis, autre chose, c'était sûrement lui ou son frère qui avait envoyé cet homme au bossu, l'avant-veille. Quels rendez-vous avaient-ils encore avec ce gredin? Puisqu'ils prétendaient approcher d'Anne-Marie, ils devaient aller droit.

Le brouillard roulait toujours; il s'épaississait par moments, donnant un faux jour; et aux moindres choses, à une souche, à un buisson, il faisait prendre alors un biais hagard. Tous deux ils battaient le bois en hâte, s'arrêtant pour écouter, s'écartant.

Valentin brisait les fougères, faisait sauter du bout de

sa botte des champignons, de mauvais champignons lie de vin rongés par les limaces.

Tout à coup, étoupé à travers le nuage, mais longuement roulant, un coup de fusil retentit au cœur des bois.

« C'est la vieille pétoire de Jeuselou. »

Ils se regardaient. Renvoyés par les échos, déportés par les hauts courants, les sons ne disent pas aisément d'où ils sont partis, dans la montagne. Le silence revenait, sous un faible bruit de vent parmi les pointes houlantes des arbres.

Ils convinrent de se séparer, de passer à main droite et à main gauche pour se retrouver finalement à l'auberge. Et ils s'enfoncèrent au jugé sous les pins.

Gaspard marchait, courait, s'arrêtait trois secondes, repartait. Il ne rêvait pas : il entendait des appels, des beuglements d'appel. Mais allez trouver la voie, dans ces épaisseurs d'ouate, et de mousse et de branchages. Chopine, la queue basse, tremblait de froid et trottait contre ses guêtres.

Un instant, ces bramées arrivèrent plus fortes : « Au marri! au marri! » comme crient les malheureux enlisés dans les congères sous la tourmente. Avançant de ce côté, il n'entendait plus rien.

Deux minutes après, ce furent des frappements sourds : un bruit, une galopade, çà et là, tout au travers du bois. Brusquement, dans ce gris d'ombre, surgit une masse — on eût dit d'un chariot bâché —, lancée d'une façon inexplicable parmi les arbres. Cela fit un écart et passa en trombe à quatre pas de lui.

Il s'étonnait peu, d'ordinaire, mais il resta planté là, droit en pied; et il lui fallut reprendre ses esprits pour reconnaître un cheval. Le manteau jeté sur la bête s'était accroché au harnachement, et se gonflait dans la course, achevant de lui donner sous la grisaille une figure fantastique.

« Chopine! té, Chopine! »

Il sut l'éveiller. Elle fila en flèche, sauta aux naseaux du cheval qui se cabra. Gaspard le rattrapa par le bridon, lui parla, le calma, l'attacha à un arbre.

La jument de Gilbert. Où est Gilbert? Où est Jeuselou? Le coup venait de la vieille demi-canardière de Jeuselou, j'en suis sûr.

Il faisait quêter Chopine et la suivait, ardent, inquiet, plus courant que marchant. Une clairière s'ouvrit dans la futaie. Puis il reconnut le Paquet de la Vialle, le pâtis de la ville, vers Tirevache. En ce lieu s'étendent de longs monceaux de pierrailles extrêmement antiques, comme d'une ville du temps des fades.

Se coulant entre les genêts, Chopine gagnait la narse de la Cloche, celle qui entre en pointe au milieu des bois.

Il y a par là ces espèces de marécages qu'on nomme narses : des fondis où, dit-on, se sont engloutis des chars attelés de leurs bœufs. Sans parler des bâtiments d'autrefois qui se sont enfoncés sous terre et du clocher avec sa cloche.

Rien n'avertit du hasard qu'on court. Aux abords, peut-être, des gentianes bleues, des joncs, des linaigrettes à floquet de soie, les plantes des terrains froids et gorgés d'eau. Ceux de la montagne savent qu'on ne croirait jamais comme c'est traître et difficile. Tu vois une belle place unie, un gazon plus vert qu'un blé en mars. Un peu trop vert. Si tu t'y engages tu passeras mal ton temps. Ce sol mou semble rouler sous le pas, tremble, se meut par grosses ondes. Le pied que tu viens de poser crève le pelage d'herbe, s'enfonce dans une bourbe épaisse, collante, qui ne le lâche plus. Pour t'en tirer, tu fais porter le poids de ton corps sur l'autre pied qui s'enfonce à son tour. Si tu ne te jettes tout de ton long, ou si tu n'es secouru, tu risques de périr, étouffé par la fange.

Gaspard ne fut pas peu surpris que la chienne entrât dans la narse. Par une manière de passage, de motte en motte, elle avançait vers un lieu où l'on devait avoir pied, puisqu'on y voyait quelques sureaux et un bouleau de maigre vie. Elle s'était mise à hurler, et, reparaissant entre les feuilles, elle ne cessait plus de hurler et de japper, tournée vers son maître.

« Tu vois le Jeuselou, Chopine? Tu le vois? »

Il fit le tour de la fondrière, tout courant, espérant de l'autre côté apercevoir quelque chose. Mais personne ne se trouvait là, personne sous le bouleau, dans cet espace grand comme une chambre.

Il ne souffrit pas d'attendre davantage. Il se hasarda sur la piste branlante, tâtonnant, revenant, obliquant, rampant même. Il remarquait des pas dans la boue, des marques de bottes — Gilbert? — presque recouvertes par d'autres, de souliers. Trois hommes au moins avaient passé là. L'étrange était qu'aucun ne fût revenu.

Soudain il vit un long corps à plat ventre, dans une flaque de sang noir.

DEUXIÈME PAUSE

Jeuselou aux trousses du bossu. — Rencontre du bossu et de Gilbert. — Jeuselou se laisse surprendre. — La narse.

Depuis qu'il savait, Jeuselou n'avait pas dormi. Les nuits sont longues qu'on passe à regarder dans le ciel les carrés des étoiles. Les étoiles, la lune qu'essuie une charpie de nuages. Peut-être qu'on pourrait vivre là-haut, dans de petites chambres blanches.

Marguerite serait là, des passeroses sous la fenêtre, comme j'en ai vu à Maringues, dans une salle ouverte sur un pays tout de lumière douce... Je me souviens de son regard, de son air à elle : ce qui était elle ainsi, est-ce que cela a pu mourir?

Les heures tournent; on se croit éveillé, et l'on ne saura plus si on l'était, lorsqu'on sera debout; les songeries, les pensées passent, et la peine ne passe pas. La lune clarinelle descend sur les montagnes, du côté du moulin que Marguerite a habité si longtemps.

... Une lumière s'est allumée, derrière les carreaux du bossu. Jeuselou se lève, s'habille. Il monte sur le banc du jardin pour regarder dans la ruelle entre les branches. Il y a encore une grande heure avant le jour.

Le bossu sort de chez lui et s'en va à pas de chat.

Jeuselou chausse ses souliers, qu'il bouchonne de foin, pour marcher plus coitement, prend son fusil et le suit. Il l'a perdu dans les prés, à cause des haies, mais il le revoit grimpant la butte de Roche-Savine. Les gens ne sont pas levés encore. Jeuselou boit deux grands coups à une fontaine, sous un tertre où il y a des poires d'oiseau à un arbre. Il va, du coude du sentier à un endroit creux. d'où l'on a tiré de la pierre, d'un bouquet de houx à un gros buisson couvert de cenelles. Il a peur d'avoir reperdu le bossu; il le devine à la lisière, qui sort pour jeter un coup d'œil dans le vallon.

Jeuselou traverse des terrasses de chaume qui sentent la roche et la sauge. Il y a des lueurs de soleil. Le brouillard commence de paraître. On ne sait plus trop où l'on est. Des perdrix partent. Il écoute le pas d'un cheval, plus bas, dans un chemin de troupeau.

Lorsque Gilbert et le bossu furent ensemble, Jeuselou put approcher à une douzaine de pas, dans les broussailles. Gilbert parlait à mi-voix, ployé sur sa selle.

« J'ai à te demander pourquoi tu es allé chez ces femmes. Tu me comprends bien! On a mis du poison.

— Vous dites que c'est moi qui ai fait cet ouvrage-là?

— Je te demande pourquoi tu l'as fait?

— Et si j'ai voulu payer ses façons? Il n'y a pas de quoi tant se déplorer. La mère des femmes n'est pas morte.

— Peut-être que ça te faisait malice de voir cette fille et de n'en avoir pas grand contentement. Mais peut-être que c'est parce qu'elle n'a pas voulu empoisonner la dame des Escures. Si je le croyais, je te ferais sauter la cervelle à dix pieds de haut. »

Le bossu se retira un peu, s'appuya à un arbre. »

« Oui, méfie-toi. Je sais ce que tu vas dire. Je sais qui a envoyé Poil-de-Vache. Il se peut qu'elle te tienne, mais nous la tiendrons, elle aussi. Dis-le-lui, à ta demoiselle. »

Le bossu marmonna quelque chose.

« Ecoute-moi bien : on peut toujours trouver quatre ou cinq gaillards. Si l'Elmire et toi vous touchiez à la dame, nous ferions pour vous une mascarade sans violons ni flûtes dont on parlerait. C'est compris? Alors, adieu, toi, je t'ai vu! »

Il secoua les rênes. Le cheval fit un brusque mouvement. Aussitôt un bruit éclata, comme de l'orage dans des toiles secouées et fouettées : des claquements d'ailes par douzaines et des croassements se répondant. Parmi les étoupes de la brume s'enlevait lourdement une nuée tournoyante de corbeaux.

Le cheval s'effarait, bondissant de côté, manquant de jeter le cavalier contre un arbre. Gilbert descendit, assez pesamment, le maintint et le corrigea.

« Ça ne vous rappelle rien? fit le bossu qui avait repris son aplomb. Le même endroit, le même matin, presque les mêmes fumées; et les mêmes corbeaux qui tournaient en criant comme s'ils voulaient nous faire prendre. »

Il voulait parler de l'assassinat du vieux prêtre au bois de la Greleyre. Gilbert affectait de tancer sa bête. Il se remit en selle, assura son chapeau.

« Je t'ai dit ce que j'avais à te dire. Fais attention, si tu veux que nous soyons camarades. Allez, sans adieu! »

Il poussa son cheval dans le chemin. Le bossu redescendit d'une vingtaine de pas. Ensuite, sentant le monsieur hors de vue, il s'arrêta et se fourra en plein bois. Jeuselou le suivit.

Des bancs de brouillard, des pins, des genetières; une débandade de sorbiers, un tas de pierres sombres. Jeuselou voyageait encore à travers ses visions de la nuit. Ce qu'il venait d'entendre le rendait fou. Lorsqu'il allait vite, par le plateau, il lui semblait qu'il n'était plus dans son corps, mais qu'il filait dans le vent noir par le milieu de l'air. Un autre aurait perdu le bossu vingt fois : mais une bête tapie au fond de son être le lui faisait suivre comme à la piste.

Ils arrivèrent jusque près du pavillon. Là, le bossu se rabattit sur lui. C'était pour éviter Gilbert qui revenait, portant une pioche en travers de sa selle. Il allait vers la narse. Sa pioche à la main, se défilant d'une façon plus dégagée qu'on ne l'eût attendu de ce gros homme à dégaine brutale, il atteignit le petit bouleau.

Le brouillard était épais comme une soupe. Dans ce haut quartier désolé de bois sauvages et de terres vagues, on se sentait à cent lieues des personnes. Le vent menait son bruit toujours pareil, de chute d'eau perdue au fort de la montagne, comme si le silence même ne pouvait être une paix ici.

Jeuselou n'avait rien dans le corps depuis la veille. La tête lui tournait, après les propos atroces du bossu. Quatre ou cinq fois par minute, dans le coton, au-dessus des sureaux, il voyait glisser une lueur. Il croyait vaguement que quelqu'un jetait là des pièces d'argent l'une après l'une. Il comprit enfin que Gilbert piochait. Il s'aperçut alors que le bossu essayait le chemin. Gilbert, tout à sa besogne, ne devait pas l'entendre... Le bossu se glissait, gagnait l'endroit, se terrait derrière les branches. Des minutes coulèrent. On ne voyait plus monter et descendre la pointe luisante du pic. Il y eut un sourd vacarme. Des feuillages s'agitèrent, comme si quelqu'un, se roulant sur l'herbe, donnait des coups de pied dans le buisson...

Gervais avait dû surprendre Gilbert alors qu'il tirait un sac du trou, et lui fendre le crâne de sa pioche. Ceinturant le cadavre, il le souleva comme le boucher fait du veau qu'il veut pendre au croc, avança de deux petits pas pénibles et le flanqua dans la narse.

Le gazon s'ouvrit. Le corps s'enfonça de biais, happé par la fange. Le bossu se démenait, du manche de la pioche essayait de le pousser, faillit choir, se rattrapa, affolé, envoya l'outil au milieu du bourbier vert. Un moment, il se tint ainsi, tout secoué. Il se retourna enfin. Et ce fut pour se trouver devant Jeuselou qui écartait les sureaux.

Les jambes lui manquèrent. Il était épouvantable à voir, d'un blanc de mort, éclaboussé de boue et les mains barbouillées de sang. D'un doigt qui allait comme une feuille, il voulut montrer les deux sacs encore enveloppés d'une pièce de cuir. « La moitié pour toi, murmura-t-il d'une voix enrouée.

— A condition que la justice fasse le partage. »

Ils écoutaient le bruit du sang dans leurs oreilles.

Jeuselou surprit un geste, aperçut dans les joncs un petit pistolet de cuivre. Il mit le pied dessus et reprit en main son fusil.

« Il faut qu'on te voie guillotiner sur la place du bourg. Mais je te casse les jambes si tu bouges. »

Une sueur trempait la face verdissante du bossu. Il s'essuyait d'une main, par secousses.

« Tu veux me voir guillotiner? Et qu'est-ce que je te dois? Sais-tu qui j'ai poussé dans la narse? Un des messieurs qui ont procuré tant de peines à Mme Anne-Marie. C'est tant de fait pour elle.

— La Marguerite! » cria Jeuselou.

Gervais vit la mort dans ses yeux.

« Ce n'est pas vrai! hurla-t-il, ce n'est pas moi! On a voulu empoisonner Mme Anne-Marie, mais c'est la demoiselle Chargnat, ce n'est pas moi. Vous devriez donner gros pour savoir ce que je sais. Elle a mis dans son idée d'empoisonner la dame et de faire croire au Gaspard que ce sont les messieurs, parce que alors Gaspard les tuera sans rémission. Et elle, ensuite, elle se flatte de le tenir dans sa main : elle le cachera, elle le protégera. Je te raconterai tout, si tu me promets la vie! »

Encore aplati de terreur, il parlait et suppliait. « Laisse-moi me mettre dans vos amitiés, je vous dirai tout! » De sa poche il avait tiré sa tabatière et l'agitant entre ses mains, s'étourdissait de paroles.

Jeuselou continuait de vivre un cauchemar. Gervais se rapprocha d'un pas, osa tendre à demi la tabatière pour une prise de réconciliation.

Le regardant de façon à le faire rentrer sous terre, Jeuselou parut s'éveiller. Ce fut subit. Le bossu lui envoie son tabac dans les yeux, saute sur lui, qui, criant de douleur, s'était jeté les mains au visage, lui arrache le fusil et le lui décharge dans le flanc.

Le fracas, le coup du recul, donnèrent aussitôt à Gervais une sorte de panique. La frénésie de l'argent put seule le retenir. Il s'abattit sur les sacs, en déchira un, remplit ses poches d'écus, empoigna l'autre. Retourner embourber Jeuselou, il ne l'aurait pu. « Mais si jamais on le retrouvait on penserait qu'il s'était détruit lui-même. »

Il se sauva.

A la deuxième enjambée, le pied lui glissa : sa jambe plongea jusqu'au genou. Il voulut se hisser sur la motte, il la fit basculer. Violents et précipités comme ils l'étaient, ses mouvements accrurent le mal. De partout, une eau noire arrivait en sautelant, gargouillant, soulevée de bouteilles qui crevaient entre les joncs.

Serrant le sac sur son estomac, il essayait de tirer une jambe, puis l'autre, et, à chaque effort, la narse cédait sous lui. La fange mêlée d'eau le prenait jusqu'à la ceinture. Un frisson lui rebroussa le poil. Son crâne tintait comme si la fameuse cloche battait dans sa tête.

Tout à coup, soulevant le sac, il s'efforça de l'envoyer jusqu'au bouleau. Déjà, il était mal libre de ses gestes. Il porta les mains aux poches de sa veste, parmi la boue, les retourna, les vida de leurs écus. Ensuite, contenant sa rage, et y allant retenu, il tâcha de s'accrocher à une touffe de joncs.

Le bourbier tremblota, fléchit, monta en clapotant. Il en avait jusqu'aux aisselles.

Cet argent, serait-ce sa mort? Les poches de son pantalon, gonflées d'écus, continuaient à le tirer par en bas, comme des boulets. Il aurait juré que le diable même le halait au fond par les cuisses.

Alors, il se prit à crier, mais de telle sorte que le cheval laissé au bord du bois s'enfuit ventre à terre à travers le brouillard.

Jeuselou, tiré de sa pâmoison, souleva les paupières. Il vit une face de damné, des yeux qui semblaient hurler, une bouche qui n'était qu'un cri...

Lorsque le bossu, qui avait tourné la vue sur Jeuselou, comprit qu'il ne pourrait en attendre aucun secours, il l'injuria avec transport :

« Crève, crève! Et tous tes Grange! Mais l'Elmire leur fera faire le saut! Je le lui ai assez mis dans la tête! »

Il levait la figure pour bramer. Le bouillon de l'eau

noire lui entrait presque dans la gueule. Ses poignes agrippèrent le vide.

Jeuselou ferma les yeux. Il entendit l'eau tournoyer et le petit bruit des bouteilles qui crevaient au milieu des remous de la bourbe.

TROISIÈME PAUSE

Jeuselou à l'auberge de Balance. — Confession de Gaspard. Il apprend la vérité sur Elmire.

On ne sauverait pas Jeuselou; Gaspard savait qu'on ne le sauverait pas. La plaie était affreuse à voir : la charge — du plomb de lièvre —, avait fait balle; des morceaux de toile noircie y étaient pris encore.

M. Meissoux refusait de donner une espérance. « Il faudrait qu'il voulût furieusement guérir... » Comment y compter, quand on voyait cette tête appuyée en arrière — on avait retiré le chevet pour ne laisser qu'un oreiller tout plat —, ce nez pincé, ce luisant de cire, ces yeux troubles comme sous un gel?

Il ne prenait haleine que par intervalles. Il semblait loin de tout, déjà, parti pour ailleurs.

C'était cela, aussi, cette chambre d'auberge : il n'était pas chez lui. « Laissa me n'a! Tira me d'ati! » avait-il dit d'abord, sans être bien revenu à soi. Il ne reconnaissait pas cette muraille épaisse, aux gros bossages, où la petite fenêtre fait comme un guichet au bout de l'embrasure. Il aurait voulu qu'on le tirât de là, qu'on le laissât aller.

C'était triste, ce carrefour dans la montagne : la chambre sentait le vieux, la pierre, les feuilles sèches. Une assiette avec la mie de pain de l'extrême-onction était restée sur la fenêtre. Derrière les carreaux, les barreaux, il n'y avait que du gris, peut-être la bande d'ombre d'un bois, parce que tout paraissait pris par le brouillard. Sous sa toiture chargée de pierres brutes, la baraque de granit, tout écrasée, toute sombre, ne donnait pas des idées gaies. Est-ce qu'Anne-Marie n'allait pas arriver avec Valentin? Jeuselou l'avait bien sauvée, sous l'Arbre-Blanc du bois de Maucher : ne le sauverait-elle pas maintenant?

La tête de Gaspard avait travaillé : Jeuselou surveillait le bossu; l'un suivant l'autre, ils auront surpris Gilbert sur l'argent même; Gilbert et le bossu ont-ils été d'accord pour abattre Jeuselou?...

Il blêmit. Ses mains, dans ses poches, bougeaient comme des bêtes. Empoigner ces deux hommes, leur enfoncer les pouces dans le gosier jusqu'à ce que les os craquent! La fureur l'aurait jeté contre les murs.

Il s'efforçait pourtant de donner des soins à Jeuselou et d'y aller alors aussi délicatement qu'une fille. Pansé, bandé, le pauvre avait repris un semblant d'existence. Gaspard lui mouilla les lèvres de fil-en-quatre. Si l'amitié avait pu suffire à rendre le goût de la vie! Pour la poignée de main, pour faire encore le chemin ensemble.

Il s'assit sur une selle de bois, entre le lit et la fenêtre, — on n'aurait pas trouvé une seule chaise dans cette auberge.

Les bras sur les genoux et la tête en avant, il se forçait à parler, d'une voix sans timbre, un peu lourde. Est-ce que Jeuselou se rappelait le retour de l'armée, la colère, les moments noirs?

« Dans ma vie, j'ai reçu deux fois une poutre sur le crâne : lorsqu'on m'a dit : « Ta cousine s'est mariée », et lorsqu'elle est venue me dire : « Mon mari reviendra « aux Escures. » Quand on a tant d'attache pour une personne, qu'il n'y a qu'elle! et qu'on la voit liée à un autre, comprends-tu ce que c'est, Jeuselou? Il vaudrait mieux la savoir morte, va! Tu ne peux pas savoir par où j'ai passé, après mon retour, en 1815...

— Mais tu courais?... fit Jeuselou, presque sans souffle.

— Ha! — il s'empoigna la nuque. — On se sent! C'est le diable! Oui, j'ai couru les filles... »

Il regardait Jeuselou, longuement, de dessous ses sourcils.

« Vois-tu, enchaîna-t-il, d'un autre ton, il m'arrive de souhaiter que ma cousine soit morte...

— Ne dis pas cela, chuchota Jeuselou, sans même glisser un coup d'œil.

— Si, continuait Gaspard, avec une sorte d'entêtement sauvage. Si! Notre destin, c'était nous deux ensemble. Et elle ira vivre avec cet homme; je n'aurai plus le droit d'être rien dans sa vie. Jamais je ne la tiendrai entre mes deux bras jusqu'à la mort. Puisque c'est ça, je préférerais la voir morte. Sais-tu le vrai? C'est qu'il y a des moments où je tuerais Anne-Marie Grange. La nuit, je me réveille et je lui en veux à mort parce qu'elle s'est laissé marier autrefois, et que, depuis, elle s'est laissé remettre la main dessus. Oui, voilà où j'en suis, Jeuselou. Ça ne fait rien, aller quand même. Tant que nous pourrons aller avec nos compagnons, est-ce que ça ne vaut pas de vivre? »

Il disait ces choses, et tout d'un temps sentait sa naïveté. Il faut que la peine m'embrouille. Des paroles vont changer le cœur de ce pauvre agonisant, lui redonner le goût à la vie qui ferait le miracle!

Jeuselou, très lentement, avait un peu tourné la tête. Il écoutait d'un air avisé, avec un sourire de sagesse, de malice : comme s'il avait deviné, puis vu, à quoi allait cette confession.

Il parut s'éloigner de nouveau, songer à tout autre chose. Il fit comprendre à Gaspard de s'asseoir là, tout contre, pour qu'il pût lui parler de bouche à oreille.

« Tu veux raconter? Mais je crois que je vois à peu près; je vais te dire. Tu me marqueras si j'y suis par oui ou non, d'un clin d'yeux. »

Quand il le fallait, Jeuselou le guidait, d'un mot. Avec de longues pauses, il lui rapporta les propos de Gilbert et du bossu.

Gaspard ne paraissait pas autrement s'émouvoir, soit qu'en ce moment il fût tout à l'état de Jeuselou, soit qu'il eût déjà ses idées sur Elmire Chargnat. Pauline était venue le trouver la veille. A force de discuter avec Valentin, elle avait entrevu la vérité. « Vous n'avez qu'à parler assez fort! Lorsqu'elle croira que rien ne vous empêchera de la dénoncer, pas même la crainte de déshonorer l'enfant, qu'elle verra la prison, les assises, elle retrouvera bien, dans quelque fond de tiroir, un peu de poudre blanche! » Pauline secouait ses boucles et leur faisait des yeux furieux, à Valentin et à lui. Mais ce ne serait pas de cette façon-là qu'il faudrait s'y prendre.

Gaspard laissait Jeuselou retrouver un peu d'haleine. Il se levait. Il n'y avait là pour tout meuble qu'un crochet de bois cloué à la cloison, une simple fourche de branche, taillée à la serpe. Il y pendit les habits restés en tas sur le plancher, les braies tachées, la veste coupée par M. Meissoux, que le coup de feu avait enflammée, à moitié brûlée. Il en roula les restes, en fit un brise-bise pour la fenêtre qui fermait mal. Le brouillard passait toujours, avec cette désolation de la montagne.

Il trompait sa fièvre, son besoin de savoir. Puis, il revenait s'asseoir près du chevet.

Jeuselou redemanda un peu d'eau-de-vie. Il voulut, voulut absolument, achever de dire.

Sans même jeter les yeux sur lui, Jeuselou sentait que la fureur emplissait, étouffait Gaspard. Une fureur venue du fond des années, comme ces amas qui se font de dalles de glace, de buissons morts, de branches arrachées, quand la débâcle en tournoiements d'eau jaune soulève les torrents : la masse part, avance de quelques toises, s'arrête dans un étranglement où elle monte, repart, monte et s'enfle encore, jusqu'au moment où, s'abattant dans un craquement de tonnerre, elle dévale en emportant tout.

Ils avaient l'esprit si profondément saisi qu'ils n'entendaient pas heurter à la porte.

QUATRIÈME PAUSE

Interrogatoire de Jeuselou. — Il veut qu'Anne-Marie soit mise au fait. — Départ soudain d'Anne-Marie.

On heurta de nouveau. Anne-Marie entra.

D'entrée, elle sentit qu'elle surprenait Gaspard. Elle comprit qu'il se repliait dans son silence, décidait de faire sans en parler ce qu'il avait dans la tête.

Regardant Jeuselou pour lui demander secours, elle fut saisie. Valentin ne lui avait pas laissé prévoir qu'elle le trouverait si mal. Elle dégrafait sa mante, en secouait les bords mouillés par la bruine. « Je veillerai jusqu'au matin », dit-elle rapidement à Gaspard.

Peu de paroles et peu de gestes; mais il semblait qu'elle eût réchauffé l'air de cette chambre misérable.

Jeuselou avait à peine marqué qu'il la reconnaissait; il dormait comme on tombe en faiblesse. Gaspard fit mine d'allonger le menton vers lui. Cela signifiait : « Regarde. Qu'en penses-tu? » Sans chercher cependant une réponse sur la figure d'Anne-Marie, il tendait l'oreille. Il alla sans bruit à la fenêtre, puis à la porte.

A ce moment Jeuselou rouvrit les yeux.

« C'est les gendarmes. N'aie même pas l'air de comprendre. Ils ont le temps de revenir. »

Deux minutes après, ils furent là. Ils saluèrent, avancèrent jusqu'au lit.

« Est-ce que vous pourriez vous faire entendre pour deux mots de déposition? »

Jeuselou, les yeux clos, ne bougeait point.

Remontant sa moustache, le plus vieux envoya à Gaspard une moue qui disait : « Il n'ira pas loin. J'ai l'habitude... » Un moment encore, il considéra le blessé; puis ils se retirèrent, son camarade et lui, sur la pointe de leurs bottes. Gaspard les suivit dans la salle.

... Soudain, Anne-Marie s'aperçut que Jeuselou ouvrait de grands yeux d'angoisse et que son front se couvrait de sueur. Il gémit. Elle lui essuya la figure, lui parla, et se glissa jusqu'à l'escalier, pour appeler.

On crut qu'on ne ferait pas revenir Jeuselou. Anne-Marie lui mit la tête plus bas encore, lui mouilla les tempes de vulnéraire. « Nous sommes trois de trop ici, dit Gaspard aux gendarmes. Savez-vous, tant qu'il fait encore jour, allez à la narse; vous comprendrez mieux que moi. » Après un regard au mourant encore, ils se consultèrent d'un œil et sortirent.

On les entendit partir avec Valentin et l'homme de l'auberge. Un busard criait au-dessus des communaux. Le petit soir n'était plus loin. Jeuselou parut remonter du fond d'on ne savait quel étang, pour se voir étranger à ce lieu, à ces personnes. Il regardait Anne-Marie et Gaspard, debout, près du lit, côte à côte. Un reste de jour blanchissait l'embrasure bosselée de la fenêtre. Il les regardait d'une façon sévère : je vous regarde et je vais mourir.

Anne-Marie se détourna et soupira. Elle approcha des carreaux, versa dans une cuiller de bois, au-dessus de l'écuelle, un peu du vulnéraire que M. Meissoux avait envoyé par son domestique.

« Je ne prendrai pas de remèdes, murmura Jeuselou. Marguerite est morte. Nous étions pauvres tous deux, mais nous nous aimions bien. »

Il releva les paupières. Ses yeux allèrent autour de lui, dans cette chambre où il n'y avait que ses habits pendus et une image de Notre-Dame du Puy, jaune et bleue dans sa chape. Les planches où elle était collée avaient joué; on voyait tout du long les barbes de la déchirure. D'un air las, il ramena le regard, changea de visage, comme s'il retrouvait une amitié pour Anne-Marie.

« Il faut lui tout dire. »

Il voulait que Gaspard lui répétât tout. De la main, il leur faisait entendre de s'asseoir.

Gaspard racontait d'une certaine voix blanche, en marquant un peu qu'il y allait à regret. Alors Anne-Marie n'était pas sûre que ces histoires ne fussent pas de fièvre et de déraison. Le pauvre Jeuselou les emmenait au pays de son délire, et l'on se prêtait à cela.

Peu à peu elle comprit que c'était vrai, que Gaspard ne parlait pas par complaisance. Elmire avait voulu les empoisonner tous.

Les yeux de Jeuselou s'attachant aux siens lui signifiaient que Gaspard disait bien, qu'il ne la trompait point. Comme il se rappelait tout à coup ce que le bossu lui avait crié, qu'Elmire ferait faire le saut à tous ses Grange, il le rapporta comme il le put.

Quelle horreur, mais quelle horreur! Qu'Elmire ait tâché de se venger de nous, passe. Mais qu'elle ait eu la malice de vouloir ma mort pour mettre la main sur Gaspard, en faire un assassin et le tenir à sa merci!

La haine revenait, plus serrée que jamais. Anne-Marie, tressaillante, perdue, ne savait plus ce qui aurait pu la satisfaire. Cette hideuse Elmire tortillante, avec ses yeux de grenouille, ses bouclettes, ses rubans, ses écharpes, on la jetterait à terre devant moi, je pourrais lui poser le pied dessus, lui écraser la tête comme à un serpent : je crois que la même colère me tiendrait encore.

Il fait vite sombre par temps gris. Mais la lune montait, une lune qui buvait, au milieu d'un grand anneau fauve et verdâtre. En bas, des portes battirent, dans un bruit de grosses voix. C'étaient les gendarmes et Valentin qui revenaient de la narse.

Gaspard alla voir.

Il reparut au bout d'un quart d'heure, laissant la chandelle sur le palier, de peur de fatiguer les yeux de Jeuselou. La lune donnait et éclairait vaguement la chambre.

« Ils s'en vont. Ils renoncent à leurs questions pour aujourd'hui. »

On étendrait un matelas pour Anne-Marie, et Valentin suffirait à veiller, puisqu'il ne fallait pas toucher à la blessure. Alors, Gaspard s'en allait jusqu'au jour. « Parle-lui, encourage-le. M. Meissoux avait l'air de dire qu'il pourrait s'en tirer s'il le voulait à toute force... Mais qu'est-ce qu'il y a? »

Ses yeux s'étaient faits à ce peu de clarté. Il s'apercevait qu'Anne-Marie tremblait des pieds à la tête. Il se redressa, reprit souffle brusquement.

« Elmire? Tu as peur que j'aille la... »

Elle faisait non, très fort : il s'agissait d'autre chose.

Gaspard poursuivait d'une voix sourde, pénible : « Elmire! ha, ça va, laisse, laisse faire! » Il se contenait, à trois pas du lit, et c'était chose effrayante de le voir ainsi élargir et remuer les épaules, comme dans le moment de foncer.

Anne-Marie ne parlait point. Pouvait-elle raconter ce qu'elle venait de voir? Ce n'était pas une vision, non. Elle sentait encore ce frémissement glacé sous ses cheveux.

Cependant Jeuselou l'appelait d'un signe. C'était pour lui murmurer de rentrer aux Escures.

Elle réfléchissait, un peu égarée, passant les doigts dans un trou de la vieille couverture grise, un trou de brûlure aux bords jaunis. Valentin, qui était entré, elle le regardait comme elle regardait cette couverture même. Elle se mit à genoux contre le lit, adressa tout bas la parole à Jeuselou. Si bien que les deux hommes s'écartant, sortirent sur le palier.

« Elle veut le faire prier avec elle?

— Ou bien convenir de ce qu'il racontera aux gendarmes? Elle pense à Gilbert et à Robert. »

Elle les rappela. Jeuselou, avant de lâcher la main qu'il tenait la pressa un peu. Une façon de dire : « Nous sommes d'accord! »

Ils furent surpris qu'Anne-Marie allât reprendre sa mante. Elle demandait à Valentin qu'il l'emmenât, et elle se hâtait, remettant les explications à plus tard.

« Je reviendrai cette nuit », promit-elle.

CINQUIÈME PAUSE

Le signe. — Anne-Marie et Valentin chez Elmire. — Scène violente.

MAIS reviendrait-elle à temps? Elle savait que Jeuselou allait mourir.

Ils étaient en plein bois, au milieu de la brume. La voiture y roulait plus doux, et elle aurait pu, sans forcer la voix, tout raconter à Valentin. Elle ne raconterait rien, puisqu'elle n'avait pas raconté à Gaspard, dans sa hâte de partir, pour le forcer à demeurer à Balance.

Ç'avait été lorsqu'elle s'était trouvée seule près de Jeuselou. Sans raison, elle était allée à la fenêtre. Il faisait clair de lune. La campagne était vide et comme à l'abandon : les fagotiers, un tronc couché dans les plantes sauvages, et plus rien que les pacages s'éloignant vers une forêt ou quelque chose d'obscur. D'abord, elle avait entendu un léger soupir. Un frisson lui avait passé sur la face. Elle s'était dit : « Il y a une personne là, en bas. » Et elle l'avait vue, sous la lune : une fille, toute blonde, la figure timidement levée, qui attendait. Qui attendait et qui regardait.

Anne-Marie avait reconnu Marguerite. C'était le signe, selon le mot d'ici, l'avertissement donné à ceux qui l'aimaient que Jeuselou allait bientôt mourir.

Notre vie! Nous calculons, nous tracassons, nous détestons! et pour un jour nous trouver sur un lit, les mains ouvertes. Les histoires auxquelles nous donnions tant d'importance tombent alors d'un coup. Etait-il bien besoin de faire un paquet de haines, puisqu'il nous faut à la fin lâcher tout ce bagage misérable?

Elle avait senti étrangement cela. Comme si lui apparaissait le monde véritable, mais qu'il ne lui fût pas accoutumé encore, lumineux et faible, et tel que ces vapeurs au clair de lune.

Lorsqu'elle avait compris ensuite que Gaspard partait, et certainement pour courir à quelque ouvrage de sang et de haine, cette pensée, dans laquelle elle se serait complue une heure avant, l'avait fait transir. Elle avait décidé d'agir et s'était confiée à Jeuselou.

Valentin la vit sortir de ses réflexions. Mais il connaissait cette façon qu'elle avait de soupirer, de vous considérer, de sourire pour demander qu'on l'excusât, soit parce qu'elle ne parviendrait pas à s'expliquer, soit parce qu'il ne lui était pas permis de le faire encore. Il attendrait. Il ne l'approuvait pas toujours, mais il avait une admiration pour elle. Les soirs en fumant sa pipe turque, il prenait son parti contre Pauline.

Au bourg, elle ne voulut pas descendre de la voiture, parlant à sa sœur. Elle avait prié Valentin de prendre la route d'Ambert.

Elle toussait et se renfonçait dans la capote. Du bout du fouet, Valentin excitait sa bête. La gentillesse qu'il mettait dans les deux mots jetés à ce cheval attestait pour Anne-Marie sa bonne volonté : quand vous voudrez, comme vous voudrez, tout à vos ordres. La lanterne entraînait une couronne jaune, comme la lune, là-haut, une couronne rousse. On entrevoyait un bac ruisselant, ou, du côté de la pente, une toiture, un coin de métairie. Au Grand-Tournant, elle se pencha sans apercevoir les lumières de la ville. On filait on ne savait plus vers quoi, dans ce brouillard et dans la nuit de la montagne.

Il était tard lorsqu'ils arrivèrent près de l'église. Ce fut là seulement qu'Anne-Marie dit à son beau-frère de la mener chez Elmire Chargnat.

Elles l'avaient laissé seul dans une grande salle à manger, où l'on avait dû mettre de la liqueur de genièvre en bouteilles. Son parfum se mélangeait d'un relent d'humidité, de cire, de brioche. Les murs étaient peints en camaïeu de cariatides ou de nymphes grises et blanches. A la lueur dansante de la chandelle, on eût dit d'une assemblée de fantômes.

Par moments, venait de la pièce voisine un flot de questions, de protestations, de récriminations. Valentin comprenait qu'Elmire rejetait bien loin ce que le bossu avait rapporté d'elle. Elle niait tout, avec un aplomb renversant, discutant les charges, les retournant contre Robert, gauchissant, enfilant un détour, s'emportant en menaces.

Puis, il fallait bien qu'elle s'arrêtât, et la voix d'Anne-Marie reprenait, égale et calme.

Cela durait. Une horloge avait sonné onze heures. Valentin marchait de la cheminée à la fenêtre. Qu'est-ce qu'Anne-Marie pouvait bien attendre d'une telle entrevue? Elle ne voulait pourtant pas conclure un traité avec la Machine Infernale?

Il se demandait ce qui se passait de l'autre côté du mur. La discussion s'éternisait. N'aurait-il pas dû tout brusquer, ouvrir la porte, emmener Anne-Marie? L'incertitude, l'impatience le taraudaient, la peur aussi de laisser arriver du fâcheux. Des silences s'étendaient où seule une goutte tombait du bord de quelque toit sur les dalles de la cour. Par là, autour, la ville emmarmottée dormait sous ce brouillard de septembre.

Il se jeta sur une chaise. A la fin, les jambes lui rentraient dans le corps.

Elmire repartait sur son innocence. Gaspard — elle disait Gaspard —, saurait dissiper les noirs nuages de calomnie dont on cherchait à offusquer sa réputation. Il distinguerait, lui, les véritables coupables qu'Anne-Marie Grange ne voulait pas apercevoir, de peur de déshonorer son fils.

Dans la voiture, Anne-Marie avoua ensuite à Valentin qu'elle avait été stupéfaite de voir Elmire tenir tête ainsi. A travers ses propos à moitié délirants avait pourtant fini par percer ce qu'imaginait cette folle : que si elle le voulait, elle, avec ses attraits, ses dons, ses relations, son argent, que si elle le voulait bien, elle retournerait et entraînerait Gaspard. Se pourrait-il qu'il ne fût pas eperdu d'orgueil, à l'aveu de ce qu'une personne telle qu'Elmire Chargnat avait fait pour le conquérir!

Devant cette déraison, Anne-Marie s'était sentie prise de pitié.

Cependant, ayant trouvé un point sur quoi se persuader de sa bonne conscience, Elmire s'était jetée dans sa défense avec plus de véhémence que jamais.

« Rappelez-vous! Après le feu du moulin, est-ce que je ne suis pas allée vous demander de devenir mon amie? Je vous ai même parlé d'un petit paquet blanc à vous remettre. Je voulais m'interdire d'en user par la suite. Et vous, vous m'avez reçue avec des manières glacées, distantes... »

Alors, elle avait usé du paquet blanc! Comment peut-on vouloir la mort d'un être? Marguerite, qui aurait dû demain sortir sur la porte, rentrer, s'occuper dans la maison, cette petite qu'on ne voyait pas sans en avoir le cœur plus doux.

Les yeux d'Anne-Marie prirent une fixité singulière. Si Gaspard avait été là, il aurait réduit cette créature, l'aurait poussée jusqu'au mur où l'acculer, Gaspard avec sa tête en ordre, son idée terrible. Anne-Marie n'était plus elle, mais Gaspard : il lui venait une force qui la faisait sans inquiétude aucune.

« Pourquoi discutez-vous avec moi? Vous savez bien que je sais. Et mon cousin? Vous oubliez qu'il vous a vue, et qu'il vous a contrainte de confesser à moitié ce que vous voulez nier à présent? »

Elmire roulait deux yeux d'un éclat animal, comme ceux d'un serpent sous le sabot. « Il vous a parlé de moi, à vous?

— Il ne s'agit même plus de cela! Voyez-vous bien quel homme est mon cousin? Avez-vous pensé à ce qu'il pourrait faire? »

Elmire lui jeta un coup d'œil à épouvanter. Elle avait pris machinalement un petit bouquet de verre filé sur la console, et le tournait, le retournait, ne respirant plus que par saccades. Tout à coup, elle attaqua Anne-Marie de cris et de reproches.

« Eh bien, c'est vrai, j'ai voulu votre mort! Mais je ne savais pas que le colporteur essaierait d'empoisonner tout le monde, parce que le bossu lui avait insinué qu'on pourrait piller les Escures. Et votre petite paysanne, je n'y suis pour rien. Je vous ai conseillé de la reprendre pour la sauver du bossu. Vous, c'est vrai, je vous déteste! Sans vous, votre cousin s'entendait avec nous! Votre mort, est-ce que je n'ai pas été assez payée pour la vouloir? »

Seulement, vous vouliez faire tuer Robert aussi, songeait Anne-Marie, et enfoncer Gaspard dans le meurtre.

De la main elle écarta tout cela.

« Comprenez-vous pourquoi je suis ici? Je vous le dis, n'affrontez pas mon cousin! »

Elle voyait Elmire remuer des choses dans le tiroir de la table à ouvrage, et croyait que cette malheureuse le faisait faute d'être bien à soi, sans remarquer qu'elle en tirait une paire de forts ciseaux pointus.

Elmire se rapprocha. Soit que la rage la tînt d'avoir tout manqué, soit qu'elle fût hors d'elle de sentir Anne-Marie sûre de son cousin, une sorte de convulsion la secouait.

« J'essaierai de lui changer le cœur, disait Anne-Marie, et qu'il pardonne. Mais n'attendez pas! Partez, partez!

— Qu'il pardonne! Il n'a pas à me pardonner! » Elle s'était redressée, comme une vipère prête à lancer son coup de pioche. « Je n'ai rien fait contre lui; et je n'ai besoin du pardon d'aucun autre.

— Pas même de cet autre qu'on appelle Dieu?

— Dieu? Hé, croyez-vous que j'aie à lui savoir gré de ma vie? Alors, si moi je considère qu'il aurait lui-même besoin de mon pardon, et si je ne veux pas pourtant le lui donner, et si je ne veux pas non plus qu'il me pardonne? »

Elle se lança sur ce chapitre, déchaînée, démoniaque. Anne-Marie ne pouvait durer auprès d'elle. Si elle n'avait perçu là une part de détraquement, elle aurait été terrifiée. Devinant que toute parole ne ferait qu'exaspérer Elmire, elle prit le chemin de la porte.

L'autre à cette vue, revenant à soi, se ressaisit de ses ciseaux et voulut se précipiter sur Anne-Marie. La crise la terrassa au même moment. Elle s'affaissa sans couleur de vie, s'allongea, grinçant des dents, frappant de la tête le pied de la table. Elle s'échevelait; les muscles de son cou saillaient, tandis que les globes flamboyants de ses yeux chaviraient, tournaient au blanc, comme si elle allait rendre l'esprit dans un transport.

... Valentin n'en pouvait venir à bout. Des secousses pareilles à des décharges galvaniques la roidissaient ou la pliaient en arc. Anne-Marie et lui s'agenouillaient, se relevaient. Des mots rapides, trois pas vers un flacon de liqueur, un va-et-vient, des soins.

Elmire, cependant, abandonna un châle qu'elle avait à peu près déchiré entre ses dents, se redressa à demi. Elle marmottait, très vite. Anne-Marie comprit : « Ça ne fait rien, je suis damnée... »

Comme Valentin refermait la porte sur sa belle-sœur et sur lui, il entendit Elmire leur crier du fond du salon : « Eh bien, je partirai! Et je ne partirai pas seule! »

SIXIÈME PAUSE

Au petit jour. — Anne-Marie parle à Gaspard. — Le vent de la montagne.

Elle ne voulut jamais que Valentin s'arrêtât aux Escures ou chez lui, même pour panser le cheval. Il fallut qu'il la ramenât à Balance avant le jour.

La montagne était encore noyée de nuit, de brume, de mouillure. Des oiseaux qui paraissaient énormes, partaient des genêts, se perdaient au-dessus de ces déserts.

Au premier regard de Gaspard, lorsqu'il vint lui ouvrir, elle comprit que tout était fini. Elle s'appuya de l'épaule contre le chambranle et ne put se tenir de sangloter. « Allons, viens; allons, viens, disait Gaspard, à deux pas d'elle. Il est mort doucement. »

Elle trempa le rameau dans le verre, aspergea Jeuselou entre les trois cierges. Il souriait d'un air de mystère et de bienveillance, l'air de quelqu'un qui, d'un autre monde, considérerait nos enfantillages. Dans sa fatigue, agenouillée, elle s'appuyait des deux bras au lit. Elle se perdait un peu dans ses idées, ses songes. D'où il est, maintenant, Jeuselou peut voir la vérité. Il voit Elmire et peut-être qu'il ne la juge pas si coupable. Qui sait si à une époque elle n'a pas été vraiment prête à l'amitié, prête à jeter au feu le petit paquet blanc? Je crois qu'elle a été intéressée, attirée par Gaspard, par moi, par Gaspard et moi ensemble. Une hantise d'imagination. Qui sait ce qu'elle s'est figuré de nous, et comment cela lui a passionné l'esprit? Oui, peut-être pas si mauvaise. Il suffit de se détacher des intérêts; on sent alors l'image qu'on se formait des êtres toute grossière, établie pour notre pratique, ne répondant pas vraiment à ce qui se passe en eux. Et c'est avec ces fausses images que nous faisons tout notre compte. Quelle dérision que les choses de cette vie humaine.

« La blessure était trop dangereuse, dit Gaspard. Il y a de ma faute. C'était à moi de me charger de ce Gervais. Je le connaissais, moi. »

Voilà ce monde, songeait Anne-Marie. Eve l'a vendu pour une pomme.

« Ecoute, est-ce que tu ne sens pas ce que je sens? Puisque c'est cela : les accidents, les malheurs, tant de mal et de peine, et la mort pour finir... Et nous trouvons encore le moyen de nous en vouloir les uns aux autres.

Peut-on ne pas voir ce qu'est cette terre? Peut-on ne pas avoir pitié des créatures? »

Elle lui parlait d'en bas, à genoux, les yeux sur les siens, avec une grande passion de le convaincre.

Tout de suite raidi, il la perçait du regard.

« Avoir pitié? Et alors! quand on me tire dessus? »

Nous sommes tous pitoyables : mais il y a ceux qui veulent le mal. Il faut voir cela et prendre parti.

Il la surveillait, se demandant où elle voulait en venir et prêt à la bloquer, déjà.

Valentin vint les rejoindre. Gaspard prit place à son côté, devant le corps.

« Il a passé vers minuit... Il murmurait : « Adieu, je « m'en vais, adieu, je m'en vais... »

Anne-Marie se demandait si Jeuselou avait parlé de pardon... La peur lui venait en impatientant Gaspard de l'enfoncer en sa colère. Mais elle s'aperçut qu'il n'était plus dans la chambre.

Avant de seller le Grand-Blanc, il avança un peu dans le chemin, vers la blancheur de l'aube. Un bois de bouleaux faisait le bruit d'un gros courant lancé sur les cailloux. Le vent soufflait. Il se posait comme une main sur la masse fourmillante de ces jeunes arbres, la ployait, la laissait se relever, la ployait encore. Et tout le bois allait, s'élançant, se rasseyant, comme une mêlée de gens dans la danse. Des brouillards qui se bousculaient et se déformaient, couraient au bord du ciel.

Le même vent agitait un chiffon à la lucarne de l'étable, devant ce commencement violet du jour sur le plateau. Le froid piquait. Un moment Gaspard regarda à terre les veines d'eau, les pointes des pierres, les bancs d'une légère vase, brillante de mica, où étaient collés des fétus, derrière l'auberge. Dernière pause avant le long départ. Il s'assit pour deux minutes sur un tronc, contre les fagotiers. C'était ce goût qui l'y forçait, un goût de vent mouillé, de montagne. Il respirait ces bonnes prises, et d'autres matins lui revenaient du fond du temps : des rumeurs de voix et des pas dans les pierres, des dos de bure bleue, un chien qui furette, des luisants de hache; départs au petit jour, les propos, les visages, et la vielle de Jeuselou. Il est mort maintenant, et mes jours à moi, que valent-ils?

Un peu de bruit le fit tourner. Anne-Marie inquiète, essoufflée dans sa mante. A sa recherche sûrement, et elle avait eu peur qu'il ne fût en route. L'air et la hâte lui avaient donné un peu de couleurs. Elle souriait avec embarras, attendant pour parler que le cœur ne lui battît plus si fort.

« Tu ne me demandes pas où je suis allée, cette nuit? Si j'ai quitté Jeuselou, c'est qu'il m'a envoyée à Elmire Chargnat, dire qu'il pardonnait.

— Que celui qui est à la mort pardonne. C'est sa façon de passer au Bon Dieu la besogne qui reste à faire... Alors, reprit-il vivement, tu as averti Elmire? Sais-tu ce que tu es allée chercher? Sais-tu ce qu'elle peut combiner encore? »

Elle s'assit sur le tronc d'arbre, à côté de lui, lui prit la main, tira dessus pour la garder. Elle se taisait d'abord. Puis elle lui rapporta ce qu'Henri lui avait dit au pré l'avant-veille. « Et vois! Je m'inquiétais tant. Ce que nous aurions fait n'aurait peut-être rien pu, tandis que la grâce en un moment peut tout. Est-ce que ce n'est pas surtout à Dieu qu'il faudrait s'en remettre? »

Elle tenait sa main. Oui, se disait-il, l'enfant a changé; elle l'a changé à force de cœur. Moi, j'essayais de lui apprendre les choses, j'avais plaisir à jouer au maître d'école, je parlais, je tranchais... Quelle bêtise! C'est autrement beau d'aller comme Anne-Marie, avec une humilité et une confiance. Elle, elle a raison de dire que nous sommes accompagnés : je ne l'ai peut-être jamais regardée sans deviner son ange derrière elle.

Il aurait dû se lever, prendre son cheval par la bride, et en route. Mais il se donnait encore ce répit avant de redescendre. Il faut que cela sorte à la fin, il faut essayer de dire tout ce qui prend trop de force dans le cœur. Pour qu'elle ne croie pas qu'en ce que je vais faire le sang seul m'emporte. Le sang, le goût de la vengeance.

Il y avait pensé souvent : il y a l'honneur. Il faut qu'on puisse s'assurer les uns sur les autres. Les bons ce sont ceux qui tiennent ferme.

« Toi, murmura-t-il, parce qu'un jour tu as dit oui à l'église... Bien sûr, que tu sois faite ainsi, je t'en ai voulu à mort. Mais je comprends, je comprends... »

De la main qu'elle lui avait prise, il prenait son autre main, à elle, serrait ses doigts froidis. Elle, pleurant, riant, elle secouait la tête. « Si tu savais! » Ah! elle n'était pas celle qu'il se figurait; et qui allait tout droit, ignorant les marchandages!

Sans les voir — il les revit en idée par la suite —, il voyait une souche, ses nœuds, ses pierres encastrées dans la terre et les racines, un bâton de digitale monté en graines, avec trois cloches à la cime. Il ne savait plus ce qu'il avait voulu expliquer à Anne-Marie. Mais la garder encore une minute; avoir encore, rien qu'un moment, l'odeur de sa tête, et l'odeur de laine mouillée de son manteau.

Elle se leva, grelottante. Il prit garde alors que le vent de bisant poussait toujours ces brouillards venus des froides montagnes. Un vent qui devait mordre la peau. Mais il ne savait qu'une chose : qu'il était près d'elle.

Elle était là, plus vraie que le bruit furieux de la feuille ou que la poursuite de ces nuages brassés de vent contre l'argent fumeux du matin. Il regardait sa petite bouche, ses yeux de lumière vivante. Un torrent de force et de joie le baignait; peut-être pas de la joie, un enthousiasme monté du fond de l'être. Que j'aille à ma perte s'il le faut, moi; mais que je pardonne, non et non.

« Avec toi, tout n'irait qu'à la bonté, dit-il.

— Vois-tu, j'ai repensé à ce mot du petit : Je me suis expliqué le Bon Dieu. Peut-être que c'est si simple : il suffit de voir que l'âme a été donnée pour aimer. Tout le reste, affaires, soucis, vengeances, quels enfantillages. Seulement ce n'est que dans les peines que l'on apprend cela.

— Va, à la mort, il n'y a que nos bonnes œuvres pour nous suivre. »

Eh bien, il pardonnerait, mais après. Sinon, ce serait lâcheté, erreur, et abus.

« Non, pas erreur : personne ne peut se perdre en exerçant la charité.

— Sais-tu quelle bête c'est, un besoin de vengeance? »

Il avait dit cela tranquillement, parce qu'une grande amitié ne le quittait pas. Le vent, le froid du matin étaient bons comme l'haleine même de la montagne. Au bord du chemin, une traînée d'il ne savait quelles herbes faisait penser à un brasier vert. Mais la langue lui avait fourché, quand il avait parlé de vengeance! Et justement c'était cela qu'il avait à expliquer à Anne-Marie, ce qu'il cherchait tantôt. Il ne s'agissait pas de vengeance : il s'agissait de haïr le mal. La vision de l'injustice, des faibles à qui l'on fait tort ne pouvait-elle pas vous jeter hors de vous? Non pas se venger, ni punir, ni même faire la justice, mais faire la grande netteté.

Il le disait, bougeant à peine la main. Anne-Marie avait le sentiment d'un bloc de rocher, et qui tout à l'heure prendrait sa pente, s'abattrait en foudre. Ce qui allait se trouver à la traverse serait balayé, comme par une déboulée de granit ou de basalte.

SEPTIÈME VEILLÉE

PREMIÈRE PAUSE

Les heures qui suivirent. — Conseil tenu chez les Verdier. — Nouvelles extraordinaires d'Elmire Chargnat. — Pressentiments d'Anne-Marie.

Toute la matinée il y eut du train autour de l'auberge. Les gendarmes reparurent. Puis le procureur du roi, le juge d'instruction et son greffier arrivèrent, dans la grosse vieille berline que le maître de poste donnait pour ces transports de parquet, et que dans le pays on nommait la Justice. M. Meissoux fut appelé pour ouvrir le corps. Il le fit porter sur une table qu'on monta de pieux et de planches, au bord du communal. Un gros vent froid battait les murailles. Sur le chemin passait une fille assise sur une mule; ou bien un char de bois, et l'homme courait pour reprendre sa place devant les vaches en apercevant les gendarmes.

Anne-Marie disait le chapelet dans la chambre. Elle vit ces messieurs du parquet, suivis de l'hôte, de Gaspard et de deux ou trois garçons, prendre une sente à travers les pacages pour se rendre à la narse. Le procureur et le juge, un peu en arrière, causaient d'une façon fort animée.

Gaspard et Valentin montèrent trois ou quatre fois pour la tenir au courant de l'enquête. On aurait pu conclure à un accident : Jeuselou amenant son fusil par le canon au travers des sureaux... Seulement il y avait le cheval de Gilbert. Alors que Gaspard l'avait rechassé en plein bois, il était allé se faire arrêter vers N.-D. de Mons par deux bûcherons qui l'avaient remis aux gendarmes. Les gendarmes étaient sur les traces de Gilbert, et ils ne tarderaient pas à s'occuper du bossu : dans le bourg les voisins commençaient à s'inquiéter de lui. Racontars. curiosités, mystères faisaient tout un bourdonnement.

Voir l'attention de la justice attirée sur Gilbert et Robert aurait hier encore tellement tourmenté Anne-Marie. Mais un autre tourment l'occupait trop. Les yeux sur ces pauvres habits de Jeuselou pendus tout sanglants, elle se demandait ce qu'allait faire Gaspard.

Elle sortit sur le palier. De ce côté des arpents de gazon, de genièvre, de brume, allaient se perdre vers les bois. On devinait que derrière ces sombres barres se vallonnaient d'autres pâturages sous un vent de solitude. Une croix de pierre aux bras courts, marquant le lieu de quelque malheur, se faisait voir au bord du ciel, sur un ourlet de terrain. Où pouvaient bien mener ces voies antiques, pareilles à des lits de torrent, qui semblaient à travers les landes gagner là-bas le fond du pays?

Les gendarmes et la berline repartirent sur les deux heures. Anne-Marie fit avec son cousin un dîner de pain noir, de petit-lait et de fromage. Une ensuaireuse était venue coudre le pauvre Jeuselou. Ils allaient le ramener dans la voiture.

Chez les Valentin, Anne-Marie retint Gaspard, sous couleur d'examiner ce qui serait à faire. Pauline disait très haut son sentiment. La menace du scandale l'effarouchait plus que sa sœur. Elle se redressait dans son spencer de soie bleue, prête à batailler contre la justice. Valentin, les mains sous ses basques, se promenait parmi la salle. Ils espéraient que si Robert n'était pas sûr d'avoir fait peau neuve, il déciderait de disparaître. Il fallait donc vite l'avertir, et au besoin, lui faciliter les choses.

Anne-Marie suivait la discussion du haut des yeux, tournant la tête tantôt sur son beau-frère, tantôt sur sa sœur, pour pouvoir ensuite envisager Gaspard. Gaspard, dès qu'on les lâcherait, ce soir, dans une heure, il précipiterait tout en un moment. Au point où les choses étaient portées, elle avait le sentiment d'un gouffre et d'une avalanche retentissante devant elle.

Anne-Marie vit cependant que Gaspard aurait assez à faire ce soir : il partit comme le plus brusque des humains, pour aller chercher Benoni, régler l'enterrement, sonner les cloches. Elle, elle voulut retourner à pied aux Escures.

Ils étaient au bois des Fourches, elle et Valentin, lorsqu'ils aperçurent Plampougnis sur un bidet de louage. Il venait pour Jeuselou. A sa femme, par le conducteur de la berline, Anne-Marie avait fait passer un mot demandant avec instances ce que faisait Elmire Chargnat. Eh bien, Lucie avait pu apprendre que Mlle Elmire s'était enfermée pour écrire une lettre; et qu'elle avait envoyé le domestique en course sur le cheval, une course de trois jours puisqu'elle lui avait remis six francs pour sa dépense. Autrement, rien ne montrait qu'elle fît des préparatifs de voyage. La Poule-Courte savait que M. Adolphe viendrait passer la soirée en sa compagnie.

« Est-ce qu'elle voudrait l'enlever? Elle m'a crié qu'elle ne partirait pas seule. Mon Dieu, pourvu qu'elle s'en aille avant que Gaspard la rejoigne!... »

La bride de son bidet au bras, Plampougnis restait là, embarrassé de voir Anne-Marie si en peine. Le temps changeait. Dans un ciel qui verdissait, paraissaient des queues-de-cheval, en grands brouillis tordus. Un peu de vent chaud se levait par à-coups. « Le vent du bouillon », fit à mi-voix Plampougnis.

« Savez-vous, dit Valentin, demain, après l'enterrement, j'irai dire à Robert qu'il prenne ses sûretés, je partirai moi-même pour Brioude. De la sorte, Gaspard sera forcé d'aller avec les gendarmes faire sonder la narse. Cela le tiendra bien deux jours. »

Au sortir du cimetière, Valentin ne prit que le temps de manger un morceau et sauta à cheval. Gaspard devait prendre ses mesures avec les gendarmes : on charroierait ce soir des planches, des fascines, des cordes, et l'on entreprendrait la fouille. Il s'agissait de poser Gilbert en victime et de boucher ainsi la vue de ceux qui voudraient regarder le passé de trop près. Gaspard le dit en trois paroles et s'en alla, la main sur son chapeau, à cause du vent.

En une nuit le temps s'était fait lourd. Des nuées roulaient; l'air devenait sombre. Anne-Marie ne cessait de songer à Elmire. « Pourvu qu'elle parte aujourd'hui même! » Avec Henri et Pauline, elle fanait dans le préau. Tourner et retourner ce peu de regain sous les pommiers n'était pas un travail; et cette promenade d'arbre en arbre, d'andain en andain, lui permettait de suivre ses pensers. « Plampougnis ne savait rien d'Elmire ce matin. Il m'a promis d'autres nouvelles. Si je n'en ai ce soir, je redescends à Ambert. » Elle retournait ce foin frisé, le soulevait, l'éparpillait, et, sous le râteau il chantait déjà le sec. « Ce vent le mène vite. » Bien qu'il ne prît guère, dans ce coin, parfois d'un coup il en roulait tout un ruban sur quelques pas. En râtelant on trouvait des pommes entamées par la faux, montrant leur tranche couleur de feuille morte. Henri courait les jeter dans un tablier, au coin de la remise.

Il y eut des éclats de voix du côté de la maison. Le père questionnait, s'écriait. On le vit paraître. amenant Lucie.

« Eh bien, je vous annonce du joli! Devinez ce qu'a fait votre Elmire?

— La ville est c'en dessus dessous, disait Lucie, on ne parle d'autre chose. C'est ma tante qui les a découverts. Dans la matinée je l'avais envoyée au Pontel. « Mademoi-« selle ne doit pas encore être descendue... » Elle trouve un drôle d'air aux servantes; elle prend à part sa plus affidée, la questionne, lui fait dire que M. Adolphe ne s'est pas retiré, le soir, et que son chapeau est encore dans le corridor. Ces filles n'avaient pas osé aller heurter à la porte de la chambre. Vous connaissez ma tante : elle ne devait plus tenir en place. La voilà qui s'échappe, qui monte, qui écoute, qui redescend. Une heure après, elle remonte, se hasarde à gratter, à entrouvrir. A la fin, du placard-alcôve, elle voit couler sur le plancher un rien de fumée bleue. Dans ce placard, ils étaient déjà refroidis : ils se sont détruits au charbon! »

Lucie ajoutait que sa tante en avait eu les sangs tournés : il avait fallu la mettre au lit, lui apprêter de l'eau sucrée...

C'est vrai d'ailleurs que cette aventure la retourna : peu après, quand la Myon Groisne, qui tenait l'école, mourut, elle vint prendre sa place dans le bourg et ne se mêla plus que de régenter les enfants.

« Pour moi, dit le père, votre Elmire avait quelque chose de démonté dans la tête. Il ne faut pas attaquer la mémoire des morts, mais quand je pense qu'au couvent, déjà, elle avait accusé Pauline d'avoir volé sa croix d'or, je me dis que ça devait finir par cette histoire.

— Elle écrivait des lettres, dit Pauline, qui étaient de véritables divagations. Elle s'est même vantée d'avoir composé un roman.

— Et ses caprices d'appétit, dit Lucie. Vous n'avez pas idée! Je lui ai vu manger du papier brouillard, des tiges d'oseille... »

Anne-Marie écoutait sans rien dire. Une idée l'assombrissait toute : c'est ma faute, c'est arrivé par ma faute. D'autant plus remuée qu'elle sentait là, chez tous, ce plaisir que donne toujours la nouvelle d'un drame...

Un vent tempêtueux s'était levé, et montait au visage. On se mit à pousser les andains en un tas, courant après des poignées de ce foin qui partaient en l'air et se collaient aux branches comme des haillons.

Mais tout en se démenant, on ne cessait de parler dans le haut de la voix.

« Quand ses frères n'ont plus été là pour la tenir... »

Au moment où l'on avait découvert le scandale, racontait Lucie, il n'y avait eu pour l'étouffer personne de la famille. On ne savait pas si M. le curé consentirait à faire un office de sépulture.

« Vous n'imaginez pas le bruit en ville, tout ce qui se colporte! »

Anne-Marie profita d'une accalmie pour retourner seule au préau et râteler le foin resté aux pieds des troncs.

Comment comprendre Elmire? Elle avait je ne sais quoi d'outré pour Gaspard, et elle va se suicider avec ce M. Adolphe... Elle a bien pu verser du laudanum dans son café. Avant de mourir n'auront-ils pas eu le temps de se reconnaître? Mais pourquoi a-t-elle entraîné ce jeune homme? Peut-être lui fallait-il un triomphe à tout prix dans sa rage de honte.

Anne-Marie s'appuyait d'un bras sur son râteau et laissait le vent déranger des mèches autour de sa figure. Toujours ce remuement de branches et toujours ce bruit fou. Des oiseaux emportés sous la nue, montaient tout droit là-haut et tourbillonnaient comme des feuilles. Il lui semblait que ses pensers tourbillonnaient comme eux, sans qu'elle sût où les reprendre.

Lorsque je l'ai quittée, Elmire tremblait d'humiliation. J'étais trop sûre que Gaspard est à moi, et qu'elle n'y peut rien; qu'il l'écraserait, si je ne parlais pas pour elle; et je le lui ai laissé voir. Elle, si vaniteuse, elle aura tout d'un coup senti cela... J'aurais dû comprendre qu'à mon pardon elle préférerait la mort. Quand nous croyons être bons, voilà ce que nous sommes.

Elle renversa son râteau, se mit à rentrer le foin, brassée par brassée, dans la remise. Elle sentait une telle inquiétude qu'elle ne pouvait durer nulle part. Et pourtant, Pauline venait de le lui dire, après cette mort, elle aurait dû se trouver plus au large. Il n'y avait plus à se demander ce que ferait Gaspard à présent!

L'affaire de la narse, peu importait comment la justice la prendrait. Robert devait se sentir bien couvert. Vis-à-vis de nous, il n'est pas en faute. Nous avons fait notre paix et il a tenu parole. Tout est venu d'Elmire, rien de lui. Rien ne viendra de lui. Il ne songe qu'à vivre en monsieur de campagne.

Mais adossée au montant de la petite porte, elle regardait le bois noir qui montait vers Virennes : ces étages et ces étages de sapins, derrière quoi elle savait les creux de mousse ou de plantes pendantes et les retraites bouchées de fougères. Plus haut commençait le pays qu'elle avait devant soi, de la fenêtre de Balance. Et ce pays se confondait ce soir, dans son idée, avec ses années mêmes, avec son histoire à elle. Une étendue de bois hantés du loup et de la fouine, de longs vallons à fontaines basses, à sentiers perdus, des pâtis, des fourrés de genêts, des sagnes mouillées d'une eau rouge, toute une contrée ouverte et déserte, mais pleine de secrets, de caches. Il y avait Gaspard et lui seul, pour faire face à tout cela. Je ne sais ce que c'est, mais je ne peux pas penser que l'histoire va se défaire ainsi. Ce n'est pas Robert, c'est l'histoire.

Le ciel se bouchait de plus en plus. Une cavalerie de nuages galopait dans le jour tombant, en suivant les crêtes : du mauvais temps pour le lendemain. Elle arrangea ses cheveux, et oubliant là le râteau, remonta vers la maison. Le vent la jeta presque dans la salle. Une grosse fumée bouffa de la cheminée, fit tousser et pleurer tout le monde.

Lorsque s'étant remise elle vit là trois lumières et trois femmes — Pauline, Louise, elle-même —, elle ne put s'empêcher de le prendre pour un fort mauvais présage.

Je devrais me confier à Dieu. C'est péché, les superstitions. Pourquoi cependant les pauvres morts ne nous donneraient-ils pas cet avertissement d'être prêts?

Elle se disait que le vent du midi la fatiguait toujours. Mais jamais elle n'avait eu si fort au cœur une angoisse sans nom ni mesure.

DEUXIÈME PAUSE

La fouille de la narse. — L'assassin reconnu. — Grange ramène un muletier aux Escures. — Le sucre qui parle.

Le lendemain, le vent reprit au lever du soleil. Des rafales à faire tinter les cloches. Les arbres s'emmêlaient, sifflaient, se débattaient derrière les toitures.

Dès qu'il eut mangé la soupe, le père monta à la narse.

A midi, il raconta qu'il y avait du monde là-haut, comme quand on pêche un étang, le mercredi des Cendres. Qu'on avait cru crocher un corps, dans la boue, mais qu'on n'avait ramené qu'un chapeau, qu'on disait être celui du bossu Gervais. Et que Gaspard avait retrouvé dans les joncs un pistolet de cuivre.

Après le dîner il y remonta. Tout le monde s'affairait. On venait de tirer du bourbier un cadavre qu'on inondait de seaux d'eau. Trois tombereaux à grosses roues pleines, étaient dételés à bonne distance, près des amas de pierres du Paquet de la Vialle. Les attelages meuglaient, cherchaient à tondre le gazon, ou essayaient, d'un coup de tête, de se dégager du joug. Des garçons armés d'aiguillons ferrés, les gardaient, de peur qu'ils n'allassent vers la narse. Il arrivait encore des hommes, des pelotons de trois ou quatre, les mains aux poches. On voyait même des vieilles que le vent empêchait de tenir leur quenouille, et qui regardaient d'un peu loin, rentrant le cou, comme des poules. Des vieux, à toque de fourrure et grand tablier de cuir, qui ne sonnaient mot; des jeunes qui parlaient haut, en se donnant de l'importance. « Une autre fois, tu croiras à mes almanachs! »

Grange comprit qu'on rappelait le feu du moulin, et qu'on s'attendait à de l'extraordinaire. Un courtaud tout noueux prédisait des incendies, des événements sinistres.

Comme s'ils attendaient tout de Gaspard, ils le questionnaient et se tournaient vers lui.

Le vent chassait sur leurs épaules leurs cheveux tombants, les leur jetait en paquets par la figure. « De ce vent! » Mais voyant le cadavre à peu près nettoyé, ceux qui sondaient la narse, tout essoufflés, se rapprochèrent. Se haussant, tendant le cou, ils regardaient, les uns pardessus les autres. Le terrain criait sous les sabots, et il montait une forte odeur d'herbe écrasée et de vase.

Grange se pencha, se cala sur ses voisins, resta là une bonne minute; — Gilbert n'était pas trop défiguré, la plaie ne lui ayant ouvert que l'arrière du crâne; — puis il se dégagea, s'en alla vers le bois, des fourmillements plein la tête.

Dans le bois, partout la mousse était mouillée, et le

chiendent, jauni et pourri sous son vert, collé par l'eau en touffes molles. Enfin il trouva un tas de branches mortes où s'asseoir.

A peine y était-il, essayant de lier ses idées, que des cris, une explosion de cris, le ramenèrent à la narse. Les hommes, tout courbés, se pressaient au même lieu. On avait halé au bout d'un croc quelque chose de fort pesant : lorsque le paquet, dégouttant d'eau et de vase toucha l'herbe, on vit par la déchirure luire des écus. Cela les mit tous en combustion. Pour rien au monde on ne les aurait empêchés de repartir à brasser le bourbier avec leurs perches. Sous la boue, on ne distinguait déjà plus la bure bleue de la bure bise ou brune, la toile de la chemise de la ceinture de cuir, ni même de ces mottes, les grosses mains cordées de veines. « Il en tombera bien assez pour une lessive tout à l'heure! » Sans se soucier des poussées d'ouragan qui les malmenaient, à peine s'ils levaient le nez vers le ciel qui devenait d'un sombre de plomb. Ils ne prenaient que le temps de rattraper leur chapeau, de le renfoncer jusqu'aux oreilles; et deux ou trois en imitèrent un qui attacha son mouchoir par-dessus, en rabattant les ailes.

Ils firent tant qu'un quart d'heure après, ils amenèrent le bossu. Du coup, un silence tomba. Ils se cherchaient des yeux, s'entre-disaient juste deux paroles devant les gendarmes. La Perrine, qui venait d'arriver, parlait bas, avec des coups de tête, à l'aubergiste de Balance. Par moments elle s'arrêtait, coupait une tranche de pomme à ses chèvres pour les faire demeurer sur la place.

Trois hommes, qu'on ne reconnut pas pour être du pays, avaient paru entre les arbres. On les appela, faisant de grands bras, — « Venez aider! Il y a de la besogne pour tous! » — et ils semblèrent venir; mais dans le bois, on les perdit de vue. Quelqu'un dit qu'il avait rencontré des mulets sur la vieille route; et voilà qui eût bien fait pour porter les cadavres. Ces hommes devaient avoir eu peur qu'on ne leur demandât leurs bêtes. Comment descendrait-on les corps? Tout un tapage, tout un train de gestes et de discours, comme après une bouviérade.

Soudainement, la voix de la Perrine éclata : « Vois! vois! L'autre saigne! »

Car il se dit que quand un assassin approche de sa victime, les blessures se rouvrent et le dénoncent. On avait déposé Gilbert sur une petite berge de gazon, râpée comme une étoffe. Il fallut le tirer pour étendre l'autre corps : un peu de rouge, sanie et sang corrompu, s'écoula de la plaie. C'était alors que Perrine s'était mise à crier et à les prendre tous à témoin.

« Dites que ce n'est pas le bossu! Il a voulu voler l'argent! »

Elle montrait les écus que les gendarmes retiraient de ses poches.

Gaspard prenait chaque circonstance et remontait tout haut le crime pièce à pièce, comme une horloge. Déjà le brigadier recommençait l'explication comme si elle venait de lui.

Mal remis, Grange considérait tout de ses gros yeux.

La nue à lourdes outres semblait s'appesantir davantage. Des branches fouettaient l'air, les arbres ployaient, le temps paraissait disposé à une furieuse tempête. La Perrine arracha une poignée de feuilles à un frêne pour appâter ses chèvres, les appela et se sauva.

Grange regardait charger les deux cadavres sur un tombereau garni de genêts. Il regardait surtout l'argent qu'un gendarme emportait dans le chapeau du bossu. Est-ce que cet argent n'était pas sien? Il toucha Gaspard à l'épaule : « Petit, passe à la maison, que je puisse te dire un mot.

— Ecoutez, demain, pas ce soir. »

Après ces journées et ces nuits, Gaspard était exténué

à en choir sur les dents. Il repartit avec les gendarmes, et s'assit à l'arrière du dernier tombereau jambes ballantes.

Lorsque Grange reprit la sente, on eût dit que la nuit tombait. L'ouragan menait un vacarme terrible. Des gouttes claquaient sur les pierres, et, d'une minute à l'autre, ces nues couleur de poix allaient crever en gros abats d'eau.

Il se hâtait péniblement, de tournant en tournant, s'abritant derrière les buissons que le vent secouait comme avec une main. Il se trouvait sous le bois de Fanlat, lorsqu'il vit, plus qu'il ne l'entendit, un homme le héler, lui courir après dans un manteau de pluie battant comme des portes. C'était un muletier, qui poussait sur le chemin de Roche-Savine trois mulets à fortes bennes.

Tout hors d'haleine, cet homme lui dit qu'il menait du sucre à des confituriers de Clermont, et qu'il n'arriverait jamais au bourg avant l'orage. « Montrez-moi vite quelque grange où remiser mes mulets; en payant, comme s'entend. »

Grange, encore en trouble, le comprenait mal.

« Ho bien, si c'est ça, suivez : j'ai des écuries à loger cent chevaux. On a fait les regains : nous allons couper par là, avec vos bêtes. »

L'homme expliquait que son chargement était tout de sucre fin des Iles. Il venait de Valence. Il avait pris par le vieux chemin de traverse.

Tous deux ils avançaient le pas. « Si nous pouvions être à l'abri avant la rincée...

— Ha, mon ami, j'ai trois propriétés : un rhumatisme, la maladie de vessie et la courte haleine : alors ça m'a passé d'être leste. »

Mais on n'arrivait pas à s'entendre, dans les rafales hurlantes qui assaillaient ces côtes. Devant eux la moitié d'un vieux sorbier se tordit, se déchira et déroula sur la pente comme un ballot de fourrage. « Vous mangerez la soupe avec nous! » cria Grange. Il savait gré à l'homme de de l'avoir ramené à ses jeunes années, avant les routes de l'empereur, alors que lui aussi il menait des mulets à travers la montagne.

Ils débouchèrent derrière les Escures, étourdis, époumonés, piquant les bêtes, comme la pluie arrivait en rideau gris de par-dessus la rampe de sapins.

Grange courut ouvrir les portes de l'entrepôt. Puis, lorsque les mulets furent déchargés, il les conduisit à l'écurie, près du cheval.

La pluie roulait sur les toits en lames balayées et faisait fumée à terre. Une tuile enlevée dégringola, sauta en morceaux sur le parapet, mais son bruit se perdit par la tempête. Le dos rond, s'ébrouant, Grange et le muletier se replièrent dans la salle.

« Chance pour vous que vous m'ayez rencontré là-haut! Pense, un chargement de sucre, dit-il à Anne-Marie, tout échauffé et de bonne humeur, à l'idée du service rendu. Ça tombe d'un tel appétit qu'il n'y a pas de bâche qui tienne. Je vois le sucre là-dessous! »

Le muletier s'assit à table en face du grand-père. C'était un grand blond, le front dégarni, avec un nez un peu camard, et des yeux bleu-faïence. Planté à un pas, Henri admirait ses guêtres, sa veste blanche carrée, épaisse comme une galette. Cette arrivée soudaine, ce muletier dans son habillement à lui, ces mulets, leur harnachement tintant et leur lune de cuivre qui portait gravé : *J'aime Marion, j'aime son nom,* tout cela le passionnait comme aurait pu faire le passage d'un régiment.

Le muletier poussa son verre plein contre celui du grand-père : « A la bonne vôtre! » Il but, s'essuya la bouche. « Vous êtes bien royal », fit-il. « Ah! fit le grand-père, à ce mot, vous, vous devez être du Velay ou du

Vivarais? » L'homme dit d'où il était. De l'enfer de sa veste, il tira un portefeuille de parchemin ridé, détortilla le lien, montra des lettres de roulage. « Monsieur, lisait le grand-père qui avait chaussé ses lunettes, je vous envoie à la garde de Dieu et aux soins du sieur Missonier, muletier, six ballots de sucre... »

Du sucre en provenance de Marseille qui avait remonté le Rhône. Henri aurait voulu demander si c'était là de ce fameux sucre candi qui ressemble aux chandelles de glace. « Les morceaux les meilleurs sont ceux où il y a de la ficelle... » Ne pourrait-on pas voir au moins ces ballots qui venaient des navires, de la mer et des Iles? Mais le muletier ne causait pas beaucoup et n'avait pas l'air commode. Il ressemblait à l'un des prévôts sur le brevet du cousin Baptiste. C'était le grand-père qui parlait de routes, d'auberges, reprenait la bouteille pour remplir de nouveau les verres.

Anne-Marie allait de la cheminée au vaisselier comme une âme en peine. A la fin, son père le remarqua. Il imagina que l'impatience la travaillait de n'avoir pas encore appris ce que donnait la fouille de la narse. Il s'interrompit, changea de ton. « Petite, je te raconterai. Je te parlerai de ce qu'on a trouvé là-haut. J'avais demandé à ton cousin de venir, mais il ne viendra qu'un autre jour. »

Elle n'attendait pas Gaspard. Savoir cependant qu'elle ne le verrait point fit plus grande sa détresse. La Louise trempait la soupe et allait porter son écuelle au Nanne que des douleurs clouaient dans son lit. Tout en se lavant les mains, Anne-Marie prit garde que le petit n'était plus là.

« Je l'ai vu, dit la Louise, il n'y a pas deux minutes. »

Anne-Marie décrocha le torchon, alla à la porte en s'essuyant, et tout à coup elle sentit Henri se presser contre elle. Il venait de rentrer par l'escalier, sans doute. Elle se pencha et le vit mal; mais elle devina qu'il appuyait sur elle de grands yeux fascinés, comme quand il avait peur de son grand-père ou des pointes de feu du médecin.

« Quoi? qu'est-ce qu'il y a? Allons? »

Elle se débarrassa du torchon, lui caressa la tête.

« Mais d'où viens-tu? Tu es tout trempé. Tu as traversé la cour? »

Il se serrait contre elle comme pour lui demander le silence, et, très bas, la regardant plus fort encore :

« Le sucre qui parle... »

TROISIÈME PAUSE

Retour de Valentin. — Gaspard et le muletier. — Incendie de l'entrepôt. — Les trois coups de feu.

GASPARD rentra si éreinté qu'il n'avait qu'une idée : manger, manger, et aller trouver son lit. Sa soupe expédiée, il en était aux dernières bouchées du pain et du lard, lorsqu'il entendit sa belle-sœur; et dans le moment, elle entra avec Valentin.

« Voilà, dit Valentin dès la porte, il n'est plus chez lui, Robert! »

Du moulin joignant le petit château où les messieurs vivaient sans domestiques, le Dragon avait cru que tout allait comme à l'habitude. La cheminée fumait; le soir, une ombre passait et repassait devant les fenêtres. Il commençait seulement à s'ébahir un peu de n'avoir rien su du retour de Gilbert encore.

Finalement, Valentin et lui ne trouvèrent au château que le Breléqué, toujours dans sa même peau de tremblement et de soumission. Ce n'était pas un mauvais homme;

il avait fait échapper le petit, puis Pauline; mais devant les messieurs, la fièvre froide le prenait et il était prêt à obéir comme un chien couchant. Robert lui avait donné la consigne d'allumer le feu, la chandelle, de paraître dans les chambres. « Je ne pouvais pas aller te parler, pauvre Dragon. Je le paierais trop cher. C'est le domestique de la demoiselle Chargnat qui s'est présenté ici avec une lettre. Après, le monsieur est venu me chercher : il a fallu le suivre. »

Le Dragon et Valentin se mirent en campagne. Une partie de la nuit, ils s'informèrent en ville, au bureau des diligences, à la poste aux lettres et dans les hôtels, s'enquirent aux environs. Autant qu'on pouvait le savoir par le Breléqué, les messieurs n'avaient gardé aucun commerce avec leur gibier d'autrefois.

« Je suis reparti sur le coup de midi. Pour moi, la lettre lui annonçait la mort de son frère. Il a pris peur du bruit et de l'enquête de justice. Il est sur la route d'Espagne à cette heure.

— Elmire le haïssait. Elle ne lui a pas écrit par obligeance. »

Valentin s'était laissé tomber sur un tabouret comme un homme à court de forces. Gaspard vit qu'il ne fallait plus rien lui demander ce soir-là. « Ça va. » Il se versa un verre de vin et se mit sur pied, remontant son pantalon.

Il pleuvait encore à torrents, mais il ne voulut rien savoir. Pour être plus vite aux Escures, il prit un raccourci à travers les terres.

La Louise qui avait couru lui ouvrir le portail, un tablier jeté sur la tête, lui dit qu'il y avait là un muletier de l'Ardèche et ses mules.

« Tu as bien fermé, bouclé partout? »

Ce muletier le faisait un peu tiquer. Mais, lorsqu'il entra

dans la salle, venant de ce tumulte de pluie et de vent, il lui sembla qu'il entrait dans la paix même. La lumière, les lueurs que le feu poussait sur les assiettes du râtelier, l'odeur de la fumée de bois, l'odeur meilleure encore de la soupe, c'était le monde tranquille qu'Anne-Marie avait toujours ordonné autour d'elle.

Le muletier attablé en face de Grange se retourna, souleva d'un doigt le bord de son chapeau. Tous deux piochaient dans leur écuelle, écrasant les pommes de terre parmi le pain bis, le petit salé et les côtes de chou.

« Alors, vous êtes en train de bien faire? »

Mais il n'écouta pas la riposte. Il s'était aperçu qu'Anne-Marie avait une singulière mine. Ou plutôt une pâleur sur les traits, quelque chose d'éperdu. Dans le dos de l'homme, redressée, elle faisait le signe de la méfiance, comme si un cri, un geste brusqué pouvait d'un coup abattre les Escures sur eux.

Il y eut un silence bizarre; le muletier se retourna de nouveau.

Gaspard se mit à rire en étalant son manteau sur une chaise.

« Eh bien, qu'est-ce qui tombe!

— Comme te voilà fait, dit malaisément Anne-Marie. Viens te changer. Ta veste aussi est mouillée. »

Il se palpa, la suivit dans le cabinet, tout en haussant l'épaule. « Enfin, si c'est ton idée à toi... » Le muletier penché sur la table, avec au poing le couteau dont il taillait son petit salé, les suivait de la vue.

Deux, trois minutes passèrent. Grange, déconcerté, attendait que tout le monde fût installé pour reprendre ses histoires.

Gaspard revint. Il s'essuyait la nuque de son grand mouchoir bleu.

Subitement, cela tomba comme la foudre, de ce mouchoir roulé en corde, il attrapa le muletier par le cou

Soulevé, l'homme suffoquait. Par malheur, — « Tu es fou! Mais que fais-tu? » — Grange s'accrocha au bras de Gaspard. Une mêlée, une secouée, le banc se renversa, et l'homme, un fort gaillard, put pousser un hurlement avant que Gaspard l'eût jeté à moitié étranglé sur les dalles. Anne-Marie lui tenait encore à deux mains le poing du couteau et parlait au père.

Maintenant il était bâillonné d'un torchon, ficelé depuis les bras jusqu'aux jambes. Il fallait aller plus vite que le vent. Si les autres, ceux des bennes de sucre, avaient entendu, de l'entrepôt, ils pouvaient à la minute tomber ici.

Ce serait difficile de savoir au juste comment tout arriva. Dans les veillées, cela s'est raconté de bien des façons. On a dit que Gaspard avait forcé sa cousine à se réfugier avec le petit dans la chambre de la tour. Comme elle aurait dû n'en plus bouger, lui obéir!

Il sortit, lui, devant la porte. Ses nerfs étaient tendus à claquer. Il était à la fois la bête blottie qui sent approcher le chien, et le chasseur qui avance, un doigt sur la détente. Le porche de l'entrepôt pouvait s'ouvrir à tout instant.

En deux sauts il ramena Grange et la servante.

« Au char de fagots, et vite! et vite! »

Ils n'arrivaient pas à l'ébranler. Dans la remise, cependant, on commençait d'entendre des bruits, furtifs, mais qui prenaient une importance sinistre. Un grincement de planches entra dans l'estomac de Gaspard comme un coup de pointe. Il donna un effort à se rompre le ventre. Le char roula, plongea dans le caniveau, ressauta, rasa la fenêtre grillée, et vint trois pas plus loin buter contre l'embrasure. Ils l'avaient poussé là de biais, sans pouvoir bloquer tout à fait la grande porte.

Du dedans, les autres s'étaient jetés sur les vantaux. Ils

les entrebâillèrent de façon à y passer l'épaule. Six, ils étaient, et qui avaient sous la main tout plein de madriers, d'échelle : combien leur faudrait-il pour forcer le passage?

On ne put se rappeler par la suite qui eut l'idée. Grange courut à la salle, revint avec une bûche flambante. Ils allumèrent les fagots par en dessous; la pluie n'avait pas encore percé jusque-là. Dans le vent fou qui tournait l'entrepôt, tout le char prit en un moment.

Grange tirait des brandons et essayait de les envoyer entre les barreaux de la fenêtre, parmi les échalas, les claies de parc. Il y avait de quoi fournir au feu : des caisses, des brouettes, un tombereau, des vieilles ruches... Et les autres là-dedans menaient un train d'enfer, déblayant la place, tirant tout au fond, déjà menacés par les flammes du portail.

Avec une pièce de bois ils attaquèrent la grille. Elle bomba, un coin céda, une pierre sauta. Trois coups de bélier tordirent les barreaux, l'arrachèrent. Un homme aussitôt bondit sur la fenêtre, mais se rejeta dans le noir avant que Grange, qui venait de reparaître armé, eût pu le coucher en joue.

Ce qui restait des vantaux, lâchant les gonds et s'abattant dans un nuage, effondrait au brasier la carcasse du char. Sous les langues de feu, l'entrepôt n'était plus que crépitements et craquements; tout allait s'enflammer, d'une seule bouffée, parmi les tourbillons de cette ombre grouillante.

Comme le poids de sa masse est dans une pierre, Gaspard sentait en lui une espèce de force fatale. L'acharnement et la peur de tantôt, ce resserrement sombre, étaient devenus fureur de justice. Soudain, il ne sut ce qui arrivait dans cette confusion. Cela lui fonçait dessus, hurlant à dix ou vingt voix, montant sur les débris des vantaux et en ruant d'autres au diable. Il s'était saisi, comme en rêve, de la grosse latte du char. Il la ficha de biais dans les rayons d'une roue. Poussant au timon, à la caisse, la bande avait lancé le tombereau pour s'ouvrir un chemin. Mais le tombereau, enrayé, butait, se couchait sur le flanc.

Gaspard vit des êtres, les cheveux grillés, un bras replié devant la face. Ils se jetaient à travers les flammes qui ressautaient et se perdaient en l'air. Ce fut avec un rondin qu'il fondit sur ces fantômes. Il lui semblait qu'on l'aurait tué sans le jeter à bas. Chacun de ceux qui voulurent passer crut l'avoir en face de soi seul.

Grange avait dû tirer sur la troupe; mais l'amorce était mouillée, le fusil fit long feu. Un grand à la gueule béante, plongeait, assommé, et Gaspard se retournait sur un, à bonnet de renard, sur un autre, les joignait, les abattait le nez dans la boue.

A cette seconde même, Grange eut le sentiment que quelqu'un venait de sauter par la fenêtre. Robert qui me file entre les mains. Mon second coup me reste... Comme un somnambule, il fit face à gauche, avança de trois pas, tira. Le fuyard eut un haut-le-corps et tomba raide, à la renverse. L'épine du dos brisée, pensa Grange, qui savait qu'on tombe sur sa blessure quand elle est mortelle.

Le métayer accourait, trottant pesamment. Deux individus qui s'étaient collés contre la muraille, jetèrent leurs couteaux. L'entrepôt, derrière eux, ronflait. Une première corne de flamme, relevée par le vent, sortit du toit. Des vols de fumée, du noir étoilé d'étincelles, des poussées de rouge tournoyaient. Gaspard se demandait s'il entendait encore des cris de démons ou s'il en avait plein les oreilles. Mais il savait que c'était fini des messieurs, de leur bande et de la vieille histoire.

La cour semblait quelque salle géante éclairée par ce feu. Une énorme lueur tremblante balançait dans la tempête, s'élargissant ou revenant sur soi. Anne-Marie était là, et l'enfant avec elle. Au coup de fusil, elle n'avait pu se tenir de descendre. Elle vit Gaspard, ces hommes couchés dans la boue, dont on liait les mains. Elle vit l'autre, qui hurlait, en se traînant à terre. Et il la vit, lui aussi. « A boire! à boire! »

Grange lâcha l'homme qu'il garrottait, pivota sur les talons, tout accroupi : il cherchait de l'œil son fusil, ah! il l'avait appuyé au frêne pleureur. Avec un grondement de dogue, il sauta dessus, l'empoigna par les canons.

Anne-Marie, blêmissante, une écuelle à la main, avançait, elle entraînait son petit garçon tout contre elle. En hâte elle le poussa vers le moribond de sorte que Grange ne put porter son coup; regardant le vieil homme, tout bas, fermement, elle dit à l'enfant : « Tiens, donne à boire à ton père. »

Alors, Robert, qui gémissait toujours devant soi : « A boire, à boire... », se tordit lentement vers eux. On vit à peine comment, il prit dans sa veste un pistolet double. Les deux coups de feu éclatèrent l'un sur l'autre.

QUATRIÈME PAUSE

Incendie des Escures. — Anne-Marie dans le pavillon. — La nuit terrible. — Le viatique.

Elle, on l'avait étendue sur une jonchée de paille, devant le feu. L'enfant était mort.

Des galopades dans la cour, une bousculade, des questions, des lamentations autour de lui, disaient à Gaspard que des gens arrivaient, ceux de Roche-Savine, ceux de La

Rousse, tirés de leurs maisons par la rougeur du ciel. Deux femmes se mirent à faire des cris. Gaspard se dressa soudain et ses yeux les atterrèrent.

« Sortez! Sortez tous! Allez-vous sortir? »

Le métayer amenait Grange — on l'avait arraché au cadavre du monsieur —, le soutenant par-dessous les bras, et lui parlant comme à quelqu'un qui n'a plus ses idées. Valentin tenait à la main le portefeuille de Robert; il venait d'y trouver la lettre écrite par Elmire après l'entrevue avec Anne-Marie.

« Vous n'avez donc pas vu? Le feu est au galetas!

— Eh bien, laisse, que tout flambe! Prends ton cheval, va nous chercher M. Meissoux. Et dépêche, dépêche! »

Il fallut aviser, pourtant. Des flammèches portées de l'entrepôt avaient allumé les voliges de la charpente. Déjà sous ce vent des morceaux de bois en flammes tombaient du galetas dans les chambres de l'étage. Benoni, le pauvre vieux Barthaut — le bonhomme mourut de la pleurésie qu'il prit cette nuit-là —, eurent juste le temps d'aller chercher de la literie, un peu de linge. Sans vouloir d'aucune aide, Gaspard transporta lui-même Anne-Marie dans le pavillon du jardin.

Ce vacarme la tue. Quand je l'aurai installée à l'abri, elle sera mieux.

De minute en minute s'enflait ce ronflement à cent gorges. Et l'effroyable aurore montait, semblait se soulever, s'ouvrir par à-coups dans l'air sur les têtes rebroussées des arbres. Que tout flambe, que tout parte au vent. Il s'était agenouillé : en attendant M. Meissoux, de son mieux, il rasait les cheveux et dégageait la plaie. Par instants, Anne-Marie se plaignait; alors, la regardant avec des yeux de torturé, il s'arrêtait, la main suspendue.

Ensuite il s'aperçut que M. Meissoux était là; et Fanchon, et Pauline. On le poussa doucement dehors. Il entendit M. Meissoux dire à Valentin, près des marches, qu'elle était sous le coup d'une hémorragie qui pouvait l'emporter à tout moment.

Lorsqu'il rentra, elle gisait dans un lit garni de draps. Elle débitait des noms, d'affilée; et il ne comprit pas d'abord que c'étaient ceux des personnes qui lui avaient fait du bien et qu'elle avait mises dans ses prières. Elle bénissait Dieu des grâces reçues, — ses malheurs, elle ne les avait regardés que comme des épreuves. Puis, s'agitant davantage, elle haussait la voix, une voix vive, enjouée, tintante. Elle était à Chenerailles. Elle disait à Gaspard qu'il y aurait des cerises :

Année de cerises rouges
Met le rire sur les bouches.

Et elle voulait qu'il lui fît une petite échelle, pour elle seule, aussi un tabouret de bergère. « Je le cacherai sous le noisetier, dans le pré du haut! »

On la recouchait doucement, on lui prenait les poignets.

M. Meissoux étalait sa trousse sur une chaise. « Je peux compter sur toi? Bon. Tu tiendras la tête. Il faudrait plus de lumière. »

L'espace pourtant était allumé d'un rougeoiement qui faisait mal.

Des deux mains Gaspard tenait cette tête châtaine. Il appuyait sur la joue du bout des doigts, lorsqu'elle poussait quelque léger cri dans un sursaut de souffrance. « Anne-Marie, Anne-Marie... » Il lui parlait comme à une petite fille, lui assurant que c'était fini, que M. Meissoux ne la tourmenterait plus.

Il tenait cette tête contre soi, il respirait l'odeur de ce sang. Et il sentait qu'il n'avait pas encore fait le tour de son malheur... M. Meissoux, parfois, soupirait profondément, comme un homme tout empêché à sa besogne. Du dehors venaient de grands bruits confus, la rumeur d'une foule en tumulte. On entendait crier des ordres, et les hennissements des mulets, les meuglements des vaches.

La tempête avait faibli. Mais le vent rudoyait toujours les branchages et faisait tourner un battant ouvert de la fenêtre. Pense à Chenerailles, à sa jeunesse. Serait-ce vrai qu'elle va tout quitter?

La tête bandée, elle ressemblait à une sœur. Aussi blanche que ses bandages, les traits cavés, les tempes mouillées. N'était-elle pas quasi morte?

M. Meissoux haussa les sourcils, n'osant répondre autrement au regard de Gaspard. Quelque peu après, rencontrant encore ce regard : « Peut-être, fit-il, si nous pouvions l'amener jusqu'au matin... »

Des gens entraient dans le pavillon. Valentin vint chercher Pauline parce que Grange avait eu une fatigue. Quelqu'un, sans doute Benoni, passait la tête par la fenêtre pour avoir des nouvelles. Une dame apportait un remède qu'elle disait éprouvé...

M. Meissoux, debout au pied du lit considérait Anne-Marie d'un air mécontent. « Elle ne passera pas la nuit », avait dit l'abbé Boutarel, se faisant fort de sa longue expérience.

Elle parut pourtant revenir à elle, et arrêtant les yeux sur M. Meissoux, qui avait la tête couverte d'un bonnet de soie noire, elle fit un petit mouvement d'effroi. « Qui est-ce? » Gaspard se pencha vers elle. « C'est M. Meissoux qui te soigne! » Elle ne répondit rien mais parut avoir compris. A un certain air de mystère, il devina qu'elle voulait lui parler. « Ma mère et mes grands vont venir me chercher, murmura-t-elle. Quand ils seront là, tu fermeras la porte. »

A cette parole étrange, ce fut comme s'il la voyait déjà avec les morts. Le cœur lui creva tout d'un coup. Tournant les épaules, à gros sanglots d'homme, il se prit à pleurer.

« Tu pleures, tu pleures, toi? »

Elle s'étonnait, revenant lentement de son délire. Elle se réinstalla sur son lit.

« C'est vrai, il nous a fallu vivre en cachant notre cœur. »

Il ne comprenait pas bien ses paroles, mais il se sentait soulevé d'espérance parce qu'elle parlait posément. Tantôt il avait été gêné par son délire : elle toujours si raisonnable!... Là, elle semblait songer, de même que quand elle cousait derrière les carreaux de la salle basse.

« On va me porter Dieu. J'ai entendu qu'on le disait. Et je mourrai au point du jour. »

Il fit non, sauvagement, de la tête. Elle lui jeta un coup d'œil, essayant de démêler si c'était assurance ou révolte. Un instant elle se troubla, les prunelles toutes grandes. Elle les tournait vers lui, suppliant qu'on l'assistât, qu'on la protégeât.

Elle se remit peu à peu; alors, d'une façon malicieuse qui lui rendit soudain seize ans. « Si j'avais des amis qui sachent leurs prières... Ah! — sa figure changea de nouveau — tout comme Dieu voudra; on ne me trompera pas, mon petit garçon est mort. »

Un moment après elle reprit :

« Ce n'était pas difficile de pardonner à Elmire : tu la détestais. Mais pardonner à cet homme du fond du cœur... »

Quelle nuit, quelle nuit. De forts battements faisaient seuls sentir à Gaspard qu'il existait. Il se levait, respirait avec effort, retombait sur sa chaise. Sa tête n'était qu'un feu. Ce qui s'était passé lui semblait un rêve pénible dont il n'avait pas encore l'explication.

Et toujours ce bruit de foule en désarroi, ces clameurs,

ces effondrements de toits et de murailles. Comme si hors de ce pavillon le monde même s'écroulait.

Tout s'écroulait. La vie a passé, a passé, et voilà que tout roule au gouffre.

Une tache rouge brusquement apparut, s'élargit sur le bandeau du front. La vue subite de ce rouge sur le linge lui avait cloué le cœur comme d'un coup de couteau.

Malgré ce que disait M. Meissoux, il n'osa se rassurer d'un grand moment. Le jour ne viendrait-il jamais? M. Meissoux a tiré sa montre : on est sur la mi-nuit. Elle sommeille un peu...

Pauline était rentrée en ramenant son père. Il y eut des paroles sans grand sens. Grange disait qu'on pouvait descendre à la cave par la première cour et remonter un petit tonneau. Il fallait donner à boire aux paysans, aux gendarmes, cela se devait! « Et toi, ma petite, fit-il en approchant du lit, ça va mieux? Allons, tu verras, allons! » Il rattrapait Pauline, recommençait à parler du tonneau qu'on remonterait bien du côté de la souillarde.

Gaspard sortit. Il marchait, dans une angoisse de mort. Il se trouva dans le préau, devant un dépôt de meubles, de literie, d'ustensiles. Le Nanne le gardait; il tremblait la fièvre, serré dans une couverture de cheval. Un gendarme ramenait deux femmes qu'il avait prises emportant des bouteilles. C'était comme une foire aux torches avec des ombres gesticulantes, des disputes, des chassés-croisés dans le tapage.

Puis il se retrouva près du parapet, entre Valentin et Pauline. Pauline essayait de lui parler.

« On peut mourir de trois pouces de fer dans le corps, dit-il sombrement, mais le chagrin ne tue pas un homme. »

Valentin affirmait qu'Anne-Marie allait reposer, qu'on la soutiendrait par des cordiaux, et qu'au matin tout prendrait meilleure tournure.

Au matin! quand le matin serait-il là!

A peine si Gaspard écoutait encore. Valentin voulait trop prouver que les blessures à la tête guérissent quand elles ne sont pas tout de suite mortelles. « Vois-tu bien les choses? aurait-il mieux valu que l'enfant vécût, fils d'un tel père? Et elle, comment aurait-elle, de sang-froid, supporté cette mort? Il fallait peut-être ce bouleversement. Songe, songe. Après, elle sera débarrassée de tout lien, de toute crainte... »

« Oui, mais elle est à l'agonie et l'en tirerez-vous? »

A voix basse, Valentin lui lut la lettre d'Elmire. Elle mandait que Gilbert avait été guetté et assassiné par Jeuselou et le bossu, qui s'étaient entre-tués lors du partage. Que dans la nuit même Anne-Marie s'était rendue à Balance; que là, elle s'était donnée à son cousin, pour le remercier de l'avoir délivrée de Gilbert. Une lettre d'une invention et d'une perfidie telles qu'elle avait dû rallumer chez Robert quelque rage atroce. Pour finir, elle indiquait les noms et les endroits de six particuliers probablement perdus de vue par les messieurs mais que les Chargnat avaient toujours su où prendre.

Ha, qu'importait désormais! Gaspard ne pouvait raisonner. Il était tombé dans cette somnolence de l'esprit que donne l'extrême fatigue. De ce parapet, il voyait l'incendie tirer de l'ombre les vieux ormeaux d'ampleur et de paix qui de ce côté abritaient les Escures. Le vent n'avait pas cessé de souffler, brassant leurs grands faix de feuillages. Le mouvement de ces paquets de verdure, glissant les uns devant les autres, se rapprochant, s'écartant, faisait penser à celui des hommes qui font la chaîne. Des cardées de fumée allaient se mélanger plus loin à d'autres arbres. Au milieu des noirs nuages qui roulaient en chancelant, s'accablant de leurs molles masses, apparaissait une muraille où donnait l'or rouge des flammes.

Il s'avisa d'un étrange silence. Les gens ne criaient plus

Il en vit qui se rangeaient et qui mettaient un genou en terre. Une clochette tinta. Des falots à verres cramoisis brillèrent dans l'allée.

... Il avait suivi la foule qui escortait le prêtre. Il se tenait près du pavillon, et regardait, son chapeau appuyé contre sa poitrine. « Mon Dieu, si vous le voulez, vous pouvez la guérir. »

Que vous existiez, nous, nous l'oublions un peu. Mais elle, elle l'a toujours su. Quand elle cousait sous le gros cerisier ou près de la fenêtre, elle savait penser à ce mystère de douleurs.

Il la voyait allongée sur le lit. Elle s'était signée. Elle joignait les pieds, et ses yeux, maintenant, étaient pleins de son âme. Elle sentait, elle, que Dieu était là, comme dans les maisons où il entrait pour rompre le pain avec ses amis, en Terre-Sainte, Dieu présent, la personne du Sauveur présente. Mon Dieu, laissez ma cousine au domaine. Sans elle, nous ne saurions jamais comment penser à vous.

Le prêtre et les gens sont repartis. Lui, il ne sent plus si le temps marche. Il s'assoit, rompu de fatigue, sur les degrés. La porte est restée ouverte. De cette porte, il la regarde; elle semble en sommeil, comme une morte. Elle bouge, cependant, à peine. M. Meissoux lui prend le pouls, dit un mot à Pauline. Dans le noir, sous le cognassier, quelqu'un s'approche d'une autre personne : « La nuit l'a mise si bas qu'elle ne parle plus. »

Et il y a encore trois heures de nuit, peut-être.

Comment vivre jusqu'à ce que le soleil se lève?

CINQUIÈME PAUSE

La course de nuit. — Les mauvaises présences. — Les Escures en décombres.

Il sursauta. Il avait devant lui M. Meissoux qui tenait un feuillet plié.

« Il faut que tu ailles à Fournols, chercher un flacon dans mon cabinet de pharmacie. »

M. Meissoux n'avait confiance qu'en lui; il lui disait où prendre ce flacon. Il avait noté les indications, d'ailleurs.

« Oui, j'espérais, mais... Tu vas prendre ma jument. Pars vite. »

... Lorsqu'il eut la fiole dans la poche de sa poitrine et qu'il se vit de nouveau en selle, ce fut comme s'il n'avait plus à rester éveillé. La lassitude l'accabla.

Il allait, cependant, il allait. Et le vent noir allait dans les chemins déserts. La feuille des sorbiers cliquetants faisait son bruit de fuite. Sans jamais dévoiler tout à fait une lune de sabbat, courait là-haut la nue confuse.

L'orage traînait encore sur la plaine, du côté d'Ambert, le fameux orage calamiteux qui marqua l'enterrement de l'abbé de Rostaing et fit dire qu'on payait cher la conjuration du feu, au moulin de la place. Ici, sur le dos des montagnes, partout les eaux ruisselaient. Elles clapotaient aux étangs, aux fontaines, roulaient en hoquetant aux sentiers de pierraille, et là où elles se dégorgeaient de haut vers quelque enfonçure, elles sonnaient comme dans une cruche.

Cette nuit avait la froide douceur des premières nuits

d'automne. Le plateau s'abaissait, remontait, redescendait, de pinière en pinière, de lieu vague en lieu vague.

Il allait; il allait; il donnait du talon dans le ventre du vieux cheval pour lui faire forcer l'allure. A présent il était dans les arbres d'un petit bois, et ces arbres se cabraient, plongeaient, glissaient sur la gauche pour revenir se regrouper à droite. Des idées, dont il n'aurait pu rendre compte aucun, se sauvaient devant lui, à la façon de ces ondes que le vent poursuit et reforme sans cesse sur le foin des pâturages. En cette énorme fatigue, le travaillait le souci d'être à temps aux Escures. Puis le pressentiment que quelque chose allait l'arrêter en route. La chose qui l'attendait, une présence ennemie sûre d'avoir son heure dans ces solitudes.

Mais plus vite, plus vite. Il arriverait, il donnerait la fiole à M. Meissoux. « Il était temps que je remonte et que j'arrive! »

Ses souvenirs horribles, les apparences de la nuit, les pins remuant leurs houppes, ce tournoiement de landes, ces pensers bousculés, ce galop, ces changements d'allure et d'assiette, ces buissons et ces rafales, tout cela le perdait.

Dans sa poitrine s'amassait il ne savait quoi de plus furieux que la douleur.

Il s'était fait autour de lui une étendue sauvage où passaient des lambeaux de brouillard, montés des fonds, et parmi les haleines gelées, des rumeurs étranges. Il savait seulement qu'il était sur les landes de Fournols. Une file de pierres-guides, ces pierres plantées pour marquer la route en temps de neige, lui fit signe. Il n'était que là! Tant de chemin dans le noir, encore.

Ce noir, qui tuait Anne-Marie.

La nuit, il y a une inquiétude sur ces espaces. Tel bouleau qui penche au coin d'une pâture paraît blanc comme un revenant. Des joues, le frisson remonte aux tempes. Une malveillance vous a pris en charge et de loin vous laisse venir. La chose le guettait, la chose l'attendait. Et lui, il courait droit dessus.

Il fouaillait à toutes brides le vieux cheval. La montagne même ne courait-elle pas avec lui, comme une masse en panique de bruits, de froissements, de fuites? Sur ces lieues obscures, accompagné de musiques étouffées, s'étendait le piétinement sans fin d'une foule. Les tambours battaient. Suivant le vent, les colonnes chantaient. Comme une fois en Champagne, où avec les éclaireurs, il s'était fourvoyé au milieu des divisions russes. Des taches blanches lui filaient devant les yeux. Le cerveau ébloui, il entrevoyait un peuple ennemi qui marchait par colonnes, mêlé aux vents et aux brumes de l'ombre. Les tambours battaient. Oui, il entendait les chants cadencés des Russes, les tambours qui battaient la marche. Un refrain achevait de se dérouler là-bas, au bout du plateau où remuaient et glissaient les ombres.

C'était la vieille de Roche-Savine qui disait : « Les morts viennent mordre. » La nuit appartient aux morts. D'entre les pierres et les genêts, leurs esprits se lèvent. L'air fuit, traversé de pluie, et obscurci de montants fantômes qui cherchent le sang. Les eaux dévalent sous les sagnes; au bout des montées, les bois remués font leur bruit. Une foule invisible est là qui se presse, comme à ces messes que vient dire avant le jour un prêtre défunt depuis des années.

Il s'est publié jusque dans le Bourbonnais, le Berry, la Marche, que cette nuit-là des cavaliers furent entendus à travers la tempête, qui s'arrêtaient aux croisées des chemins et qui criaient : « Robert est mort! »

Le vieux cheval continuait de galoper, mais à peine Gaspard s'apercevait-il de ce qu'il devenait. Un frisson de glace le prenait aux reins.

Il arrivait au bois des Fayes. Il avait le sentiment que

la chose était là. Du milieu du noir, elle le voyait. Dans le silence, sous les branches, il crut sentir une sorte de souffle : cela venait : il le recevait sur la face.

Le cheval tout à coup piétina, se renversa d'épouvante. Il y avait sur la route à hauteur de son cou, une forme comme d'un personnage sombre, sans voix, sans geste. La terreur qui fait dresser les cheveux à la tête... Mais il faut que j'arrive, rien ne m'arrêtera! Il bourra d'un coup de genou le flanc du cheval qui bondit. Et la forme se défit dans le vide.

Sur l'enfer même il aurait foncé. Ce hérissement, ce n'était plus de la peur. Il se sentait lancé à travers tout. Il suffit d'aller dans sa force : on a puissance alors sur les esprits de l'ombre.

Il coupa par la pente, forca la bête à sauter par-dessus les pierres de bordure. Cette odeur, toujours, celle du sang d'Anne-Marie, qu'il avait respirée lorsqu'il tenait sa tête. Il faut que j'en aie sur ma veste... Mais une autre le saisissait, celle, mêlée à un goût de labour, de fleurettes blanches, qu'ont les champs de pommes de terre à l'arrière-saison. Tant de fois respirée dans la vieille campagne. Sur les monts du Forez il cherchait si le côté de matin ne venait pas à blanchir. La fumée le noya. Elle poussait d'entre les arbres ses gros panaches, et le vent, qui, pourtant faiblissait, les rabattait dans l'allée des Escures. Il ne pleuvait plus. Des feuillages étaient chargés de suie. Une âcreté vous prenait à la gorge, comme près de la cheminée froide, dans une maison abandonnée.

Il sauta à terre, laissant aller le cheval, la bride sur le cou. Les bâtiments n'étaient plus qu'une ruine. Les murailles du nord et du levant seules, avaient tenu bon. Abrité par elles, le bouquet de pruniers se berçait dans du sombre. D'un coup d'œil, il vit tout, et qu'on avait dressé là, avec un coffre et des draps, une sorte de catafalque pour l'enfant. Assise sur ses talons, comme les femmes à l'église, la métayère le veillait. C'était sous la tour, celle où Anne-Marie se réfugiait avec lui.

Autour de ses pierres grises, si loin qu'on peut savoir, le monde est plein de peines. Il faudrait la force et la bonté, pour faire du moins une tour, un refuge!

Dans la cour il ne croisa personne, il tournait après la grille, sous les poiriers du jardin. Le pavillon! Anne-Marie! Elle, elle a su tout comprendre, pourquoi la peine, et que l'âme est donnée pour aimer. Elle, elle a eu le don d'aimer, de changer les cœurs. Je ne l'ai vue nulle part qu'elle n'ait mis plus d'amitié dans l'air.

Une idée terrible l'aborda : la destinée d'Anne-Marie arrangée d'en haut pour qu'elle trouve plus de lumière que nous, c'était la peine et la mort. Qu'aurait-elle à faire de la terre, à présent?

M. Meissoux se montra, sortant de derrière le pavillon. Il avait dû s'avancer sur la terrasse pour surveiller le chemin : et il levait un bras, — allons, vite! — pour dire qu'il attendait le remède.

Anne-Marie vivait donc. Elle vit!

SIXIÈME PAUSE

Les adieux d'Anne-Marie. — Le jour se lève.

M. Meissoux, cependant, prit la fiole sans empressement, avec un petit haussement d'épaules. Il ne relevait pas les yeux, comme s'il ne voulait pas être questionné.

Le bruit d'une cuiller dans un verre... Et l'odeur de ce sang, qui ne me quitte pas. Mais les chuchotements et les piétinements de la nuit ont fait cesse. Est-ce que le ciel ne blanchit pas au bord de la montagne? Si ce pouvait être le jour.

Il faut lui laisser de l'air, a dit M. Meissoux. Alors, être à guetter d'un peu loin les derniers signes sur sa figure pâle, si douce à voir. Peut-être que les yeux se voilent, les beaux yeux sombres, où l'âme, cette nuit encore, transparaissait. Voici venir la fin. Ha, dieux, comment pourrai-je vivre et faire tête?

Il s'est levé droit en pied. Ce n'est pas possible d'accepter le sort des hommes. Il faudrait que, si enfoncé fût-on dans le malheur, on pût toujours revoir une espérance. Sentir qu'il est toujours bon qu'on vive, qu'on reparte. Etre comme Anne-Marie, savoir que dans la pire misère même, le chemin est encore ouvert. Quand on a mis cela dans son cœur, alors on peut penser que le monde est de Dieu. Quand!... Seulement, l'espérance, c'est trop haut pour moi.

Le jour sans doute a commencé de poindre. Anne-Marie soupire, tente de parler, se soulève. Pauline s'est penchée pour essuyer sa face où la sueur coule. M. Meissoux a avancé d'un pas, lui a pris le poignet sans rien dire. Elle fait signe d'ouvrir la fenêtre, et dans le premier gris de l'aube, elle regarde lointainement les prés, les cerisiers où l'air s'agite, la montagne.

Les souffles du matin arrivent, des métairies entre leurs meules et leur jardin, des domaines dans leurs allées, leurs pilastres à boules. Et, des sentes vertes, des bouquets de bois à l'écart, des gradins de chaumes et des pâtis tranquilles où l'on mène les vaches.

« Qu'est-ce que j'ai fait, pourtant? »

C'est sa première plainte, si basse.

« Voilà ma vie, et voilà ma mort. »

Gaspard s'est tourné vers la muraille.

Elle l'a vu. Elle l'appelle.

« Viens. J'aurais voulu mieux t'aider. Embrasse-moi avant que je meure. »

Il est sorti de la chambre. Valentin l'a accompagné sur la terrasse; Valentin assure que M. Meissoux ne désespère pas... « Laisse-moi, va. » Je sais maintenant ce que c'est que de ne pouvoir se contenir.

Brusquement, il ne sait ce qui arrive, il retire la main. C'est Chopine qui l'a enfin trouvé, et qui le lèche, se poussant entre ses genoux, les yeux sur ses yeux. Comme si se rappelait à lui toute sa vieille amitié de campagne. Mais que lui fait l'amitié, s'il doit voir mourir Anne-Marie?

Il guette les signes du matin dans le ciel. Il n'y a presque plus de nuages. Les étoiles brillent, grosses, pures, comme des flammes de cierge qui tomberaient à travers l'air. Un coq a chanté le jour dans une ferme. Une branche balance; on est tout près de reconnaître la couleur verte. Il essaie de compter combien il reste d'étoiles encore.

... Ses épaules, en glissant, frottent contre le mur; il est allé donner de la tête dans le feuillage de l'espalier.

Effaré, il rouvre les yeux.

L'épuisement l'avait laissé couler au sommeil. Il a dormi, une demi-heure ou davantage.

Le jour se lève.

Il fait clair. Autour des murailles en décombres, la feuille des arbres semble toute neuve, et comme moite. Un peu de fumée se sauve, qui va bleuir un morceau de la pente. Des oiseaux crient. Le ciel nettoyé s'élargit d'une immense aurore, ainsi qu'un autre matin, là-haut, à Pierre-sur-Haute.

« Le jour se lève, le jour se lève... » Il le répète, formant les mots sur sa bouche. Il pose les yeux sur le pavillon, les reporte au loin sur les lisières d'où partent les lièvres, sur les champs mouillés, d'où les alouettes s'élèvent par bonds en chantant furieusement. Il est là comme une créature qui doit sous la menace ne pas faire un geste, ne rien demander, ne rien espérer : attendre, seulement attendre... Il y a beaucoup d'air. Deux nuages et si frais, si neufs, gonflés de blancheur, voyagent au-dessus de ces monts d'un bleu de pensée qui sont vers le Nord. Après la nuit affreuse, les cris, les coups, dans le rougeoiement de l'enfer, la course à travers le noir et la folie, — c'est le jour. Est-ce donc vrai qu'il faut croire à l'amitié des anges?

Il n'ose pas bouger, n'ose pas espérer.

Voici le jour sur les grandes terrasses roses de la montagne. Voici cette planche de terre, près de moi, avec, sur son bord, le coin du cerfeuil, et les fleurs brunes, en velours, d'une touffe de giroflées, — comme elles sentent bon! Est-ce qu'il suffit de regarder cela pour que le cœur bondisse? Ou bien est-ce qu'une voix, dans le secret, parle maintenant d'espérance? Il y a un escargot brillant de rosée sur le treillage de bois dont le vieux vert s'écaille. Voici la belle lumière : le soleil jaune arrive de biais et peint l'ombre humide d'une branche sur le crépi du pavillon. Et voici Pauline au haut des trois marches, encore en larmes, qui sourit.

FIN

PUISQU'IL EN FUT AINSI.

Ambert 1918-1931.

CONGE

Face au soleil et face au mont doré de rosée par l'aurore,
Est l'esplanade à la vue longue où balancent les lents bouleaux.
Ils frémissent au fil de l'air parmi les frênes et les ormes,
Et de la ruine à l'abandon bruit un chamaillis d'oiseaux.
Rien n'est mort. Une rose ici te donne son haleine encore :
Et cette rose maintenant, elle sent meilleur qu'aucune autre,
Parce qu'elle est redevenue sauvage.

Vous qui vaquez dans le vaste des plaines,
Vendant la toile, achetant le chiffon,
Ou qui peinez de toute votre peine
Sur les chantiers ou dans les Bois-Charbons,
Il vous faut être au dur argent qu'on gagne :
Les soirs, pourtant, regardant devant vous,
Vous retrouvez d'autres soirs et le goût
Du pain de seigle et du vent de montagne.

A la racine de ce mont suivi des piverts et des huppes,
Là où les trois étangs carrés étagent leurs dalles d'eau brune
Entre le rang d'aveliniers et la rampe des pins obscurs,
Là sont les cours et l'entrepôt, le portail et la tour caduque,
Le frêne pleureur et le vent. Là souvent je suis revenu
Rebâtir dans l'air un château qui me regardât sous la lune
D'un feu de lune à toutes ses fenêtres.

Ce soir, vous qui trimez à tant de lieues
De ce bien-fonds sans limite et sans nom
Où sont les puys couleur de pierres bleues,
Hommes, amis, pays et compagnons,

Rappelez-vous l'histoire à cent histoires
Qui vient de loin sur le vent et qui court
De bourg en bourg, de labour en labour,
Faite d'un souffle et de notre mémoire.

La vieille histoire sans bon sens, et qui n'a ni père ni mère,
Se lève de l'ombre et s'emmêle au bavardage des veillées.
On a parlé de cinq ou six, aux yeux vifs, aux lèvres mouillées,
D'une au grand cœur; de vingt garçons, d'un surtout et ce [qu'il valait
Son sang l'a chanté, celui-là! Ils sont à six brasses sous l'herbe,
Mais tant que vous, vous êtes bons pour bûcher, rire et faire [tête,
Ha! n'est-ce pas qu'ils ne sont pas si morts?

Va, maintenant, va vers eux, vieille histoire,
Descends des plombs et des soixante puys,
De ces pays d'air bleu, de pierre noire.
Pays du peuple aux os durs, nos pays!
Va vers ceux-là que l'Auvergne accompagne,
Si loin soient-ils, vole-leur au-devant!
Vieille musique, aussi loin que le vent,
Vole vers ceux qui sont de la montagne.

Il est large notre pays, aussi large que les deux bras,
Plus large encore qu'on ne dit, car elle est partout, la montagne.
Partout où l'herbe du matin palpite et brille au vent sauvage,
Partout où court le conte fol, où passe un parfum de campagne,
Où l'homme d'aplomb sur ses pieds travaille d'un cœur [montagnard,
Et, parce que la feuille est verte et qu'il est devant tant [d'espace,
Rit à la vie, sous le soleil de Dieu.

TABLE

LE PAVILLON DES AMOURETTES

OU GASPARD ET LES BOURGEOIS D'AMBERT

PREMIÈRE VEILLÉE

PREMIÈRE PAUSE. — Le retour de J.-P. Grange. — Il parle de l'héritage. — Ce que lui apprend Anne-Marie. 7

DEUXIÈME PAUSE. — Débats en famille. — Le temps des deux sœurs. — Le domaine des Escures. — Ce que Grange résout. 13

TROISIÈME PAUSE. — Grange fait ses visites. — Il s'occupe de ses filles. — Pauline et son cœur. 18

QUATRIÈME PAUSE. — A la chasse au lièvre. — Gaspard et les personnes du sexe. 24

CINQUIÈME PAUSE. — Gaspard et les papetiers. — Dîners bourgeois. — Gaspard enseigne les gens de Thiers. 29

SIXIÈME PAUSE. — M. César parle de la contre-lettre. — Anne-Marie a recours à Gaspard. 36

DEUXIÈME VEILLÉE

PREMIÈRE PAUSE. — M. César fait parler de lui. — Anne-Marie reçoit une lettre. — La farce du Mardi gras. 43

DEUXIÈME PAUSE. — Anne-Marie accueille les chercheurs de pain. — M. Verdier le père et les trois misérables. 49

TROISIÈME PAUSE. — Les jours de disette. — L'enfant dans la cache. — Arrivée de la troupe. 53

QUATRIÈME PAUSE. — Le drap de M. César. — Le marché

du dimanche. — La maison Chargnat tremble dans la nuit. 58

Cinquième pause. — Les portes de la maison Chargnat disparaissent. — Troubles sur le Pontel. — L'événement. 63

Sixième pause. — Après la disette. — Au préau des noisetiers. — Les grands jours. 70

TROISIÈME VEILLÉE

Première pause. — Valentin et ses espérances. — Au quartier des jardins. 76

Deuxième pause. — Banquet des papetiers. — La tournée du Dragon. — Plampougnis et le Bel-Ange. 81

Troisième pause. — La jeunesse et son train. — Le petit bal. 87

Quatrième pause. — Tonton Amédée vient au bal. — Le jeu de quilles. — Scène fâcheuse. 93

Cinquième pause — La Mariette de l'Imberdis et son message. — Gaspard sur les routes. 99

Sixième pause. — Le second jardin. — Détermination de Pauline. 104

QUATRIÈME VEILLÉE

Première pause. — La Poule-Courte assassinée. — Elle sauve le tailleur de la rage. 108

Deuxième pause. — Pauline parle à sa sœur. — Tracas d'Anne-Marie. — Catastrophe d'affaires. 112

Troisième pause. — M. César fait la demande. — Grange parle à ses filles. — Il porte la réponse aux Chargnat. 117

Quatrième pause. — Le père confère avec Anne-Marie. — Tourments d'Anne-Marie. — Elle ne sait que tirer de Gaspard. 123

Cinquième pause — M. César perd sa botte. — Il la retrouve et ne l'a pas davantage. 128

Sixième pause. — Le dernier bien du Guillaume. — Accident subit. — La complainte de M. César. 133

CINQUIÈME VEILLÉE

Première pause. — L'enfant des fées. — L'avare des grands bois. — Le petit Henri prend la campagne. 139

DEUXIÈME PAUSE. — Gaspard et ses veillées. — Nouvelles des amourettes. — Les Chargnat reparaissent. 144

TROISIÈME PAUSE. — Idées sur les Chargnat. — M. Amédée manque de perdre la vue. — La tête de veau mugissante. 151

QUATRIÈME PAUSE. — Gaspard en campagne. — Tourments aux Escures. — La montagne de Roche-Savine. 158

CINQUIÈME PAUSE. — Le Gourg du Drac. — La pêche aux flambeaux. — Trait d'énergie du curé de Saint-Amand. 164

SIXIÈME PAUSE. — Les amis se concertent. — Les spectres du bois des Fourches. — Entrevue de Pauline et de Valentin. 169

SIXIÈME VEILLÉE

PREMIÈRE PAUSE. — Les autorités visitent le pays. — Gaspard organise une battue. — Singulier propos de M. Amédée. 174

DEUXIÈME PAUSE. — La grande battue. — Gaspard et Valentin au bois des Tourtes. 179

TROISIÈME PAUSE. — On annonce que Valentin est blessé dangereusement. — Pauline sur le chemin du bois. — Le voyage en chariot. 183

QUATRIÈME PAUSE. — Le chasseur et ses propos. — Pauline et Fanchon au pavillon. 190

CINQUIÈME PAUSE. — La nuit dans les bois. — La robe blanche. 194

SIXIÈME PAUSE. — Le monsieur du Pavillon des Amourettes. — Récit de Valentin. — Pauline et lui au Siège de la Reine. — Le chemin des épines. 198

SEPTIÈME VEILLÉE

PREMIÈRE PAUSE. — Grange et les jours à venir. — Politique étrange de M. Amédée. — Gaspard retrouve Chopine. 205

DEUXIÈME PAUSE. — La grande Fête-Dieu d'Ambert. — Gaspard et le dîner du curé de Marsac. — L'ânichon de la Poule-Courte s'envole. 210

TROISIÈME PAUSE. — La route de la montagne. — Halte au clair de lune. — Le lever de soleil à Pierre-sur-Haute. 217

QUATRIÈME PAUSE. — Conte de Barthaut et du pendu. —

La caravane sur le plateau. — Conte de M. Amédée et du pauvre homme. 224

CINQUIÈME PAUSE. — Arrivée de la caravane à l'Ermitage. — Sur le chemin du paradis. — Conte de l'enfant et de Notre-Seigneur. 231

SIXIÈME PAUSE. — Le réveil à l'Ermitage. — Messe dans la prairie. — L'été sur la montagne. 239

LA TOUR DU LEVANT

OU QUAND GASPARD MIT FIN A L'HISTOIRE

PREMIÈRE VEILLÉE

PREMIÈRE PAUSE. — Le feu du moulin. — Anne-Marie et l'enfant au Cadran-Bleu. 249

DEUXIÈME PAUSE. — Les bruits publics. — Visite inattendue. 254

TROISIÈME PAUSE. — L'enfant aux Escures. — Sorties d'hiver. — Le feu à la remise. — Anne-Marie tire une promesse de Gaspard. 260

QUATRIÈME PAUSE. — Gaspard et Mlle Elmire. — Gaspard et les Verdier. — Gaspard et Jeuselou. — Gaspard et ses idées. 269

CINQUIÈME PAUSE. — Henri à *La Belle Bergère*. — La Perrine sait que Robert est mort. 275

SIXIÈME PAUSE. — On mène Henri chez le médecin. — Singuliers comportements d'Anne-Marie. — Rapport étrange fait par Perrine. 279

DEUXIÈME VEILLÉE

PREMIÈRE PAUSE. — Le capitaine au Cadran-Bleu. — Préparatifs de duel. — L'incartade relevée. 287

DEUXIÈME PAUSE. — Au cimetière. — Arrangements de famille. — Violence de Gaspard. 292

TROISIÈME PAUSE. — La rentrée d'Anne-Marie. — Anne-Marie dans la chambre du galetas. — Les idées de la nuit. 298

QUATRIÈME PAUSE. — Gaspard et ses affaires. — La salade au lard. — Pauline va parler à Gaspard. 305

CINQUIÈME PAUSE. — Gaspard au domaine des Chargnat. — Propos et offres d'Elmire. — Les secrets desseins de Robert. — Politique de Gaspard. 313

SIXIÈME PAUSE. — A l'Arbre-Blanc. — Le bornage. — Devant les Monts d'Or. 319

TROISIÈME VEILLÉE

PREMIÈRE PAUSE. — Le jour des abeilles. — Anne-Marie et ses entours. — Le médecin vient aux Escures. 326

DEUXIÈME PAUSE. — Le mont des cerises. — La chèvre endormie. — Le retour avec Jeuselou. 333

TROISIÈME PAUSE. — Apparition de Gaspard. — Pratiques du bossu. — Gaspard et ses compagnons. 339

QUATRIÈME PAUSE. — Rencontres avec le bossu. — La vision de Jeuselou. — Le bossu endoctrine Henri. — L'enfant et les fades. 346

CINQUIÈME PAUSE. — Anne-Marie à Orcival. — Voyage dans les Monts d'Or. — Gaspard au bois du lac. 354

SIXIÈME PAUSE. — Au Bain de César. — Promenade dans les vallées. — Rencontre avec Elmire. 360

QUATRIÈME VEILLÉE

PREMIÈRE PAUSE. — La soupe du colporteur. — Scène d'épouvante. — Desseins de Grange. — Le coup de sifflet. 366

DEUXIÈME PAUSE. — Après le coup de fusil. — Explications de Benoni. — La nuit blanche. 372

TROISIÈME PAUSE. — Le mort dans la fenière. — Les gendarmes. — Anne-Marie demande assistance. 377

QUATRIÈME PAUSE. — Sollicitations et discours. — Gaspard taquine Mlle Elmire. — Le jeu s'embrouille. 382

CINQUIÈME PAUSE. — Convalescence de Gaspard. — Les propos du monde. — Le brevet de prévôt. 386

SIXIÈME PAUSE. — Impatience de Gaspard. — Gaspard et l'enfant. — La matinée au domaine. 391

CINQUIÈME VEILLÉE

PREMIÈRE PAUSE. — Le lait froid. — Gaspard et le petit dans les collines. — La cloche de la narse. 397

DEUXIÈME PAUSE. — Inquiétudes d'Anne-Marie. — Maladie soudaine de Marguerite. — La journée déplorable. — La visite du soir. 403

TROISIÈME PAUSE. — Après la mort de Marguerite. — La Perrine vient aux Escures. — Elmire Chargnat y vient aussi. — Intervention d'Anne-Marie. 409

QUATRIÈME PAUSE. — Gaspard vient trouver Jeuselou. — La moisson aux Escures. — La grande promesse. 417

CINQUIÈME PAUSE. — Gaspard retourne à la métairie de Mlle Elmire. — L'argent caché. — Réunion de famille. 423

SIXIÈME PAUSE. — L'attente. — Jugements d'Anne-Marie. Le chapelet. — Les moutons et les loups. 430

SIXIÈME VEILLÉE

PREMIÈRE PAUSE. — La venue de Gilbert. — Recherches sur la montagne. — Gaspard à la narse. 436

DEUXIÈME PAUSE. — Jeuselou aux trousses du bossu. — Rencontre du bossu et de Gilbert. — Jeuselou se laisse surprendre. — La narse. 441

TROISIÈME PAUSE. — Jeuselou à l'auberge de Balance. — Confession de Gaspard. — Il apprend la vérité sur Elmire. 448

QUATRIÈME PAUSE. — Interrogatoire de Jeuselou. — Il veut qu'Anne-Marie soit mise au fait. — Départ soudain d'Anne-Marie. 452

CINQUIÈME PAUSE. — Le signe. — Anne-Marie et Valentin chez Elmire. — Scène violente. 456

SIXIÈME PAUSE. — Au petit jour. — Anne-Marie parle à Gaspard. — Le vent de la montagne. 462

SEPTIÈME VEILLÉE

PREMIÈRE PAUSE. — Les heures qui suivirent. — Conseil tenu chez les Verdier. — Nouvelles extraordinaires d'Elmire Chargnat. — Pressentiments d'Anne-Marie. 468

DEUXIÈME PAUSE. — La fouille de la narse. — L'assassin reconnu. — Grange ramène un muletier aux Escures. — Le sucre qui parle. 475

TROISIÈME PAUSE. — Retour de Valentin. — Gaspard et le muletier. — Incendie de l'entrepôt — Les trois coups de feu. 482

QUATRIÈME PAUSE. — Incendie des Escures. — Anne-Marie dans le pavillon. — La nuit terrible. — Le viatique. 488
CINQUIÈME PAUSE. — La course de nuit. — Les mauvaises présences. — Les Escures en décombres. 496
SIXIÈME PAUSE. — Les adieux d'Anne-Marie. — Le jour se lève. 500
CONGÉ. 504

IMPRIMÉ EN FRANCE PAR BRODARD ET TAUPIN
7, bd Romain-Rolland - Montrouge - Usine de La Flèche.
LE LIVRE DE POCHE - 22, avenue Pierre 1er de Serbie - Paris.

*

ISBN : 2 - 253 - 01221 - 1

30/2016/1